国民书店

邵磊 著

中国文史出版社

图书在版编目（CIP）数据

国民书店 / 邵磊著. -- 北京 ：中国文史出版社，
2024. 9. -- ISBN 978-7-5205-4793-2

Ⅰ. I247.5

中国国家版本馆 CIP 数据核字第 2024BD7023 号

责任编辑：刘华夏

出版发行：中国文史出版社

社　　址：北京市海淀区西八里庄路 69 号院　　邮编：100142

电　　话：010-81136606　　81136602　　81136603(发行部)

传　　真：010-81136655

印　　装：济南精致印务有限公司

经　　销：全国新华书店

开　　本：1/16

印　　张：30.5　　　　字数：609 千字

版　　次：2024 年 9 月第 1 版

印　　次：2024 年 9 月第 1 次印刷

定　　价：98.00 元

序　言

  红色历史是中国共产党人创造的，红色文化是革命先烈用鲜血浇灌的。山东枣庄是一片红色沃土，是一个英雄辈出的地方，在抗日战争、解放战争中产生了"五大革命力量"，发生了"五大战役"，为打败日本帝国主义、推翻国民党反动统治、完成新民主主义革命、建立中华人民共和国，做出了重大牺牲和贡献。枣庄属于"沂蒙革命老区"，这里的革命故事多、红色印迹深。在中国共产党的领导下，枣庄人民利用地理优势、社会人脉，凭借赤诚之心、坚定信仰、革命斗志，不怕牺牲，创造出了不少英雄业绩。从地理上讲，枣庄北部岭脉相延、群山连绵，与泰沂山区连成一体；南面地势平坦，有 2000 多年的大运河穿境而过；西与微山湖对接，南与江苏相连。当时区域内交通发达，有津浦铁路、枣台铁路与连云港、徐州陇海线对接。现在京沪高铁、京台高速公路、菏临高速公路在此交会，是典型的战略要地。由于向北绵延不断的山脉隐蔽性强，向南有铁路、水路交通可进可退，这里成了革命武装的汇集地。从社会人脉看，因枣庄煤炭资源丰富，从清朝开始采挖，民国时期形成规模，并组建了"枣庄煤炭中兴公司"，1931 年九一八事变后被日本人占领。在枣庄境内还盘踞了多伙土匪及各种恶势力，一些反动势力抢盗成风，峄、滕人民深受迫害，处在水深火热之中。哪里有压迫，哪里就有反抗，对此，中国共产党人看在眼里，带着初心使命和历史责任走进枣庄。在这块有情感、有温度、有血性的土地上，1926 年就有共产党火种被点燃；1931 年滕县在国民书店建立中共滕县特支；1931 年中共枣庄特委成立；1933 年中共峄县县委成立；1935 年中共苏鲁边区临时特委在峄县西集镇建立；1936 年滕县五所楼懋榛小学党支部成立。随着党组织建设发展，峄、滕地区革命斗争形势发展较快，引起了党中央的高度重视。为了创建全国革命根据地，在中央军委的指挥下，八路军第一一五师挺进峄县北部山区，为建立山东革命根据地打基础，在此发展革命武装力量。其间苏鲁支队、运河支队、峄县支队、铁道游击队、文峰大队等武装相继建立。枣庄人民为抗日战争、解放战争的胜利，以及全国的解放、新中国的成立，都做了重大贡献。

枣庄是典型的革命老区，红色故事多、红色印迹深。在大革命时期和土地革命时期，中国共产党组织建立得比较早；在抗日战争时期，鲁南第一个抗日民主政府在峄县成立。此时还发生了抗击日本侵略者的滕县保卫战、台儿庄大战、津浦铁路阻击战。在解放战争时期，鲁南战役、淮海战役（战争开始在枣庄地区）等，无论是人民军队还是枣庄老百姓，都做出了重大牺牲，人民军队有5万多人的热血洒在枣庄这块土地上。广大人民群众支援前线，达到了男性人人上战场、女性个个忙支前，全民共同参战的局面。历次革命战争也给枣庄留下了厚重的红色文化。经全方位调研认定，红色印迹深的乡镇达20多个，红色村150多个，国家级红色遗址1处，国家红色经典地4处、省级红色文化遗址12处、市级红色文化遗址30处，这些红色遗址对今天的枣庄起到重要影响。

红色文化是在中国5000年文明史的基础上产生的，也是共产党人用生命换来的。红色是中国共产党的底色，如何将底色保护好、传承好，是我们这代人的责任。我作为枣庄市革命老区建设促进会的会长，有这个义务把发生在枣庄地区的红色文化、红色故事、红色基因挖掘好、整理好、弘扬好。为此，我在深入调研、认真思考的基础上，产生了用文学创作的方式弘扬红色文化的想法，想要将发生在大革命时期、土地革命时期、抗日战争时期、解放战争时期中国共产党组织建立情况、抗日战争英雄故事、有影响的重大战役等进行文学创作。在创作中还原红色文化内涵，释放文化正向能量，达到弘扬传承之目的。我作为创作指导人，首先提出了创作形式、创作意图、创作手法、创作提纲。在众多的红色资料中，最终确定有重要影响、有可创作价值、有可弘扬意义的红色经典，定为文学创作的着笔点。同时在兼顾文学价值、艺术审美、篇目结构、小说成色等基础上，确定五部大型历史题材长篇"红色纪实小说"（以下简称小说）。

《国民书店》是以新民主主义革命时期的滕县"国民书店"为背景，讲述1926年共产党火种被点燃，1931年成立滕县共产党特别支部，开始传播马克思列宁主义。小说创作以"国民书店"党的特别支部任务为主线，把"国民书店"培养革命青年走向革命道路、党组织开展革命斗争的过程作为小说创作的路径。小说融合真实红色故事、时代革命情怀、红色基本素材、辩证理性思维、高尚真挚情操，讲述了共产党人经营的特色书店所发挥的作用，以及在革命战争年代所产生的独特价值。小说以"店"为背景，以人为主线，以事为看点，将店的故事、人的作用、事的情节，串联成一部有骨头有血肉的文学大作。相信这部小说，会在红色文化弘扬中展现风采、产生影响、发挥作用。

《沙沟受降》是以抗日战争为题材，将日军受降地"沙沟"作为创作背景。讲述了发生在枣庄地区抗日战争的斗争经过、日军投降的真况、枣庄人民英勇抗日的故事，歌颂了共产党领导的人民军队，揭露了日军在枣庄地区所犯的滔天罪行。作品让人民记住国家蒙辱、人民蒙难、文明蒙尘的屈辱历史。相信此作品可与其他抗日文学作品相媲美，也会在爱国主义教育中发挥作用。

《鲁南硝烟》是以鲁南战役（峄枣战役）为背景，全过程讲述战事的发生、战争的经过。该小说叙说的英雄人物、红色故事、战斗历程、军民团结，皆是鲁南战役的真实写照。小说展现了人民军队应有的特征，证明了共产党领导的人民军队是一支战无不胜的军队，鲁南战争的胜利是人民的胜利。

《初心本色》歌颂了中国共产党组织在枣庄的发展，反映了中国共产党领导人民群众坚持抗战斗争、建立人民政权、发展人民武装、解放劳苦大众的革命历程。小说还讲述了枣庄早期党的建设活动情况，歌颂了中共枣庄特委、峄县县委、苏鲁豫皖特委在枣庄地区革命斗争的壮举。小说以党的组织建设为红线，以共产党人的特质为本色，以革命斗争为基本内容，讲事、说人、论情，是一部较为完美的长篇文学作品。小说的创作出版，会对枣庄地区中国共产党领导的革命斗争史进一步完善补充，增光添彩。

《运河儿女》这部文学作品以八路军第一一五师领导运河支队抗战斗争为素材，讲述了枣庄段大运河两岸的英雄儿女参加革命抗战的历史。小说讲述了一名女共产党员，在抗战斗争中的英雄气概，以及运河支队在抗日战争、解放战争时期活跃在苏鲁大地、运河两岸的抗战英雄故事。小说将运河传统文化、红色革命文化、枣庄风土人情相融合，把女英雄气概和运河女性的内在美，表述得入情入理，是一部既有抗战特色又有运河文化底蕴的文学作品。出版发行后，能让读者了解枣庄大运河的文化内涵、革命抗战英雄故事，也会对弘扬中国共产党的革命精神产生积极影响。

五部小说的创作是一个大型文化工程，又是命题小说。从创意、选题、立纲、定篇，创作指导人和作者都做了认真思考和斟酌。总的创作指导思想是：坚持以习近平新时代中国特色社会主义思想为指导，按照小说创作规则，采用文学创作基本方式，纪实叙述红色故事，力创红色经典作品，为培养社会主义核心价值观提供红色素材，达到启智润志、培根铸魂、释放社会正能量的目的。为了创作好这五部长篇小说，创作指导人对每部小说进行了立意、定性、把关，从故事情节到小说人物，都与作者做了深入交流，形成了创作思维上的无缝衔接，有效提高了五部长篇小说的创作质量。

在创作过程中，创作指导人要求作者盯住四个问题：一是向历史学。学党史、学革命史、学文化发展史，把党的历史进程中三个关于若干历史问题的决议作为创作的政治遵循。要求作者讲党性、遵历史、重实际，坚定创作的信仰、信念、信心；二是走出去学。启发作者灵感，组织作者走入"大别山区"，向革命老区学习，激发灵感，拓宽路径，增加素材，提高觉悟。让五部长篇小说充满红色文化底蕴，展现革命风采；三是向故事发生地学。为把命题小说写实、写真、写好，要求作者到故事发生地学习调研，取得第一手真实素材。每位作者全部走到故事发生地，与知情人面对面交流，了解故事发生的背景、人物的生活经历、革命斗争的真相、抗战取胜的真况、党与百姓的真情，力争小说的内容真实、文创高尚、语言流畅、有情有味；四是向文学经典学。五位作者虽然都有文学创作史，也都有文著，但是创作红色革命历史题材纪实小说还是第一次。创作指导人，要求作者总结创作经验，向文学经典学，向红色著作学，从而找到新的创作理念，注入新的创作动能，激发新的创作灵感，把每部小说创作成文学经典、红色纪实小说的典范。经过两年的创作，每位作者不分昼夜，圆满完成了创作任务。在中华人民共和国成立75周年之际出版发行，这是对国家的大爱、人民的真爱、文学的热爱，也为深耕红色文化、厚植爱国情怀，撰写了五部红色典籍。

小说的创作成功，主要取决作者的艰辛创作，用心耕耘。《国民书店》的作者邵磊，不光有厚实的文学创作功底，还有良好的政治素质，完全具备写好这部长篇小说的能力。这部小说的创作，政治站位高、文学语言好、故事情节多，有高山流水之美，有曲径通幽之感，内容引人入胜，阅后收获颇多，是一部典型的优秀红色文学作品。对于不忘初心、坚定信仰有积极影响。《沙沟受降》的作者张玉军，有扎实的文学创作真功，有良好的政治觉悟，出版过多部文学作品。这部小说准确把握了抗日战争的历史，完整地叙述了日军在枣庄投降的全过程。看后能激发读者的爱国热情、增强爱国认知。《鲁南硝烟》的作者邵磊，是在创作指导人多名遴选者中，谨慎斟酌，反复衡量，确定的最佳人选，来承担《鲁南硝烟》的创作。读完这部作品，犹如亲临鲁南战役战场。小说把鲁南战役的真况，用文学创作手法，塑造了鲜活的军事文学作品，把战役中军队的担当、牺牲、力量、情意化作战无不能的军魂。同时，还把战役中产生的英雄故事、军民情怀融合到小说之中，是一部有血、有肉、有情感、有担当、有使命的红色纪实小说，有战地火花分外重之感。《初心本色》的作者殷振峰，是一位有经验、有品位的作者，从事文学创作多年，又在地方党校任职，对写好《初心本色》具有地方性党组织发展历史的作品是完全胜任的。这部作品对歌颂枣庄地区早期党的组织活动，以及革命斗争有着重要意义。《运河儿女》的作者晏宝银，擅长文学创作，有良好的写作基础，从事过法教工作，出生在大运河岸边，对运河文化颇有研究，对红色文化更有情怀，是承担这部作品的最佳人选。《运河儿女》是一部歌颂运河支队抗战历程的作品，小说对于赓续红色血脉、传承运河文化有积极作用。这五部长篇小说既有弘扬红色文化的共性，又有文学作品的纪实性，还有故事的独特性，出版发行后，会在社会上产生积极的文化反响。

文学作品永远相传，红色经典永不褪色，相信这五部长篇纪实小说，会成为枣庄文化发展史和文学创作史上的重要一笔。集成创作出版大型红色历史纪实性小说，是文学创作的大动作，也是文学创作创新的体现，在我国文学创作史上有不少范例。但是一个地方同时集成连续出版五部长篇红色纪实小说是少有的。实践证明，创作指导人与作者们的坚毅奋进，艰辛创作，排除困难，消除干扰，用两年时间全部完成创作出版任务，这在枣庄文学史上是一个创举，是无私的奉献。在五部作品的创作过程中，创作指导人、作者、协助人员付出大量艰辛的劳动，没有经费、没有报酬，全靠个人拿退休金、工资外出调研、寻找资料，如果没有坚强的党性、崇高的信仰、奉献的精神是办不到的。在创作过程中，创作指导人多次召开动员会、协调会、推进会、审定会，对每部作品全篇通审两遍，提出问题，写出评语，寄予希望，推动小说顺利完成创作。在创作过程中，创作指导人还对小说应遵循的原则、把握的篇章、故事的情节做出系统安排，在会上从每部小说的创作点评，到审后评语，都做了精心指导。

这五部红色历史题材纪实小说的创作，对于枣庄革命老区红色遗迹的保护宣传、红色资源的挖掘利用，都具有重要意义。小说全面完整地把枣庄老区红色文化进行了创新提升、挖掘弘扬、传承延续，是对中国共产党人在枣庄革命历史真相的有力还原和褒扬。通过文学方式将红色经典提升到更高、更远、更深的层面，是对红色经典的致敬，也是对红色历史负责。在枣庄文化发展史上，曾有一部《铁道游击队》长篇小说把枣庄宣传到全国，提升了枣庄知名度。相信这五部红色长篇小说也会像《铁道游击队》一样，进一步扩大枣庄对外影响力，并形成一体效应。多部长篇小说共同发力，会更好地拓展枣庄文化内涵，增强文化自信，推动枣庄经济社会全面发展。枣庄市革命老区建设促进会自 2019 年 10 月 16 日成立以来，就把弘扬红色文化、利用红色资源、传承红色基因作为己责。我作为枣庄市革命老区建设促进会会长，想在心里、抓到手上、干到实处，编辑出版了《枣庄红色记忆》《枣庄革命老区发展史》，记录了枣庄百年红色历史。如果说那几部红色书籍是对枣庄革命历史真况的盘点和保护，那么这五部长篇红色纪实小说更是对枣庄红色经典的传承和奉献。文化的力量是无穷的，红色文化的生命力会更强，通过文学作品将红色文化转化为社会正能量，对助推爱国主义教育、社会主义核心价值观的培育，将起到重要作用。这五部小说的底色和成色是饱满的，可以说底色正、成色足，对于坚持习近平新时代中国特色社会主义思想，推进强国建设、民族复兴伟业，建设中国式现代化，推动革命老区乡村振兴，产生积极作用。

红色纪实小说的创作，要坚守灵魂、遵守道义、保守品格，作品创作坚持什么、反对什么、弘扬什么是底线，也是文学作品应把握的问题。这五部红色小说皆遵循了这些基本原则，应该说都具有马克思主义立场观点，具有中国共产党人的精神品格，具有中华优秀传统文化的脉络内涵，具有文学作品创作的情操，具有可读应知的红色故事，具有作者朴素高尚的真挚感情。在小说中形成了一个系统文学体系，用生动具体的实例、科学合理的情节、高尚的情操，让红色历史可感可及、可读可学。在计划创作这五部红色经典时，我作为创作指导人，思考最多的有两个问题：一是找谁来创作？二是在什么时间节点完成？第一个问题是最难确定的，在我的谋划中，凡是在国内我了解的文学创作爱好者都与本人做过沟通，见面交谈的有20多人，按我确定的作者标准，"政治信仰坚定、文学功底扎实、情怀境界高尚、无私奉献担当"的人可作为创作人选，最后确定现在的四位作者。从创作成果来看，这个决定是成功的，达到了我需要的结果。在完成时间节点上，用两年时间赶到中华人民共和国成立75周年前出版发行，体现革命老区工作者的爱国之心。2024年也是《中华人民共和国爱国主义教育法》实施的第一年，从各个时间节点看，本套书出版发行意义重大、对于坚定文化自信，弘扬革命精神，从优秀经典中汲取营养和智慧，延续红色血脉，萃取思想精华，展现红色魅力，升腾民族意志都会产生重要影响。

小说的创作需投入精力，更需时间打磨，还需各方配合。一次性创作出版五部红色纪实小说，工作量可想而知。特别是作者邵磊，承担了两部作品的创作任务，实属不易，更不简单。这五部共计230多万字，从调研采风、素材收集，用时半年，征集史料达3万多份，创作指导人和作者都付出了艰辛劳动。在这里首要感谢作者。小说的创作出版是一项综合性工程，不仅需要有作者的文学智慧和奉献精神，还要有为红色纪实小说出版发行的服务者，没有他们给予的支持也是办不到的。在这里，要衷心感谢中国文史出版社给予的支持肯定，感谢山东诗韵书坊文化发展有限公司给予的大力帮助。再好的远景预期，没有众人的支持是不成功的。枣庄市革命老区建设促进会有关人员，为红色经典创作提供了热情服务，值得称赞。五部红色纪实小说在各方的帮助下，创作出版才得以圆满成功。这五部小说除了在内容上用心用情创作外，小说的封面也做了精心设计。封面景照为北京八达岭长城，意在"江山就是人民，人民就是江山，红色文化有人民的贡献"。压底照片采用"大运河枣庄段画面"，意在大运河2000多年的文化史孕育了枣庄这片有温度、有情感、有血性的热土，产生了许多红色文化、红色故事，体现了枣庄特色。小说的出版发行，是对枣庄革命老区红色文化传承的贡献，也是向红色经典致敬的最好形式。作为创作指导人，深感高兴。红色纪实小说的出版发行，也填补了枣庄历史题材长篇红色纪实小说创作的空白，无论对枣庄、山东，乃至对全国都是一份厚重的文化大礼。枣庄市革命老区建设促进会，对这份厚礼会倍加珍惜，积极呼吁社会各界搞好宣传，并在此基础上做好影视作品的创作生产，为宣传沂蒙枣庄革命老区做出积极贡献。

枣庄市革命老区建设促进会会长　荆宗敬

2023 年 12 月 12 日

目 录

第一部

第二部

第一部

楔　子

　　"唰"一声，一条火龙从小邱的手中蹿出，张着奇形怪状的红色爪牙将周边一众物什燎了个遍，顿时红光冲天，宁静的夜晚，滕县的大街上，一条小巷打开了地狱大门。

　　冲在前方一个警察被吓得声音劈了叉，鬼哭狼嚎地高声提醒身后的同伴："这小子要和咱们同归于尽！"

　　原来他早已在身上准备了火药和洋火，随手一把天女散花便能将一二十个警察烫成筛子。

　　王景临冲过去大吼一声："小邱！"

　　小邱看着他，脸上露出快要回家的微笑："我娘是河南确山县人，我外公一家人祖祖辈辈打得一手的好铁花，不承想今日还有这等殊荣，好好伺候警察局的大爷！"

　　他突然仰天大笑："看来人真不应该做好事啊！就不应该做好人！穷人一辈子就该是被践踏的命吗？"

　　自言自语轻声道："当年老家闹饥荒，我们全家往外逃荒，边走边要饭。可怜的爹娘当晚就饿死了。他们走之前紧紧拉住我和妹妹的手，说不出话，那眼神我懂，要我照顾好妹妹。她以后就是我唯一的亲人了。

　　"我和妹妹逃荒到滕县，我在一家小酒馆打杂做事，吃尽苦头受尽白眼。后来，我打算自己出来单干，支个小摊做点小生意。便在市面上借了印子钱……我大字不认几个糊里糊涂签了契约，就这么入了套。

　　"那个假洋和尚看到我被催款的毒打，他主动上来替我还了利息，还说把妹妹介绍到滕县新开的工厂里去做女工。后来我才打听到，他把我妹妹卖进了妓院……"

他的眼睛变得血红，仿佛刚从地狱中出来一般："他们，那个假洋和尚，放高利贷的徐大掌柜，还有那个道貌岸然的美国女人，他们通通是凶手，为什么？为什么半条活路都不留给我们？我杀他们是天经地义的！

"王先生，我遇到过你几次，可惜与你的缘分不够，若我和妹妹能早点遇到你，或许早点到国民书店认识你们，现在就不会这样。可是，现在我已经无法回头了。"

他仰天微笑道："爹，娘，妹妹，我来找你们了。"

他站了一会儿，突然大吼一声，看样子是使出浑身的力气，张开双臂向着人群冲了过去，边跑边把手伸进怀里拉了一下。

只听"轰"的一声，顿时小巷口血肉横飞，一时惨叫声连连。原来他身上早已经绑了自制的火药，他准备和警察同归于尽。

小邱的躯体已经伴随着绽放的火焰和硝烟黑雾，从这个世界上消失了。

王景临站在火焰外早已泪流满面。

又一条鲜活的生命消失在他眼前。

多好的孩子。

第一章　冥昭瞢暗露霞光，星星之火欲燎原

随着长长一声鸣笛，黑色沉重的火车头从漫天白色蒸汽中轰隆一下显露真身，车厢擦过滕县火车站站牌，缓缓滑行直到停驻。

滕县站。

这个在津浦铁路沿线的鲁南小城——滕县，自古便有九省通衢之称，自1912年津浦铁路通车以来，时隔十多年，更是成为天南地北不可忽略的要道，每日火车站都会有大量乘客经过此地。

从车站的高空往下俯瞰，人群从车厢鱼贯而出，从滕县站牌旁边匆匆走过，荆河流水般覆盖车站每一个角落。每一滴水都马不停蹄地奔赴着，向自己与生俱来的目的地，直至汇入滕县城里的四大街道，再分别地，悄无声息地，融进东南西北四个方向的城门以外。

九月初的滕县的阳光依旧毒辣轰烈，万丈金光织成亮堂堂的大网笼罩着整座县城，给这座白色恐怖下的县城带来些许的焦灼和不安。

滕县城，高大的城墙有四个城门楼，以砖石砌墙，并建有女墙、垛口、望角楼和二十四个城堡。

在四个城门上各建门楼，门楼上分别写着东面"宗鲁"，西面"怀古"，南面"迎薰"，北面"望阙"。城墙高三丈五尺，宽一丈五尺，城壕深一丈五尺，宽三丈五尺，城壕口设有木质吊桥，并引城河水穿城过黄山桥入护城河。

城墙上挂有个木匣子，木匣子里挂着一颗血肉模糊的人头，木匣子下面告示牌上贴有告示一道。告示历数受难者的罪状，告示说他们都是危害党国的罪犯。血腥的告示虽

然历经风雨冲刷，字迹仍然十分清楚，上面都是用红色打了××的人名，分明又有十几个危害民国的叛逆分子，在这里被处决。

街面相互四通八达，茶馆、当铺、饭店、药铺、绸缎庄、裁缝铺、胭脂水粉小摊、古玩斋、文房四宝书店各类商贩铺面接踵相连，人声鼎沸、车水马龙。

自五四运动后，滕县街面已出现更多新派洋化的商铺，表面看上去比以往更光鲜洋派，但细心窥探，巨大的阳光般繁荣的景象，背后的阴影淹賸乃至血腥的真相，让每个人的毛孔都透着不寒而栗的气息。

随着街边各色店铺迎来送往的叫卖声和招呼声，很可能会突然出现数十个身穿统一黑色制服、手持长柄枪支的男子从街的十字路口跑过，待他们莫名闯入一家商店，里面传来恶鬼般叫器声和被捕者大声的抗议。不一会儿，就有人莫名被押送到警察局中。

更有不知多少着神秘便装，头戴盖帽，眼神若鹰隼的男子，在街头巷尾穿插行动，几声枪响猝不及防地在县城上空炸开。

偶有好奇心重的探头观望，被好心的店小二一把拉了回来，面色惨白低声小声嘱咐道："千万别多管闲事！可不像前些年那么太平，现在警察跟疯狗似的在抓什么共产党，还有那些特务，个个是吃人不吐骨头的角色，有句话怎么说来着……宁可错杀一千不能放过一个！"

闻者无不吓得噤口失声，恨不得就地将自己藏在地下不被发现。

店小二所言并不虚。

县城街道上，即便白天，在空气中也常常弥漫着铜管火药烧过的味道，却不见任何人的踪迹，地上大摊的血渍无言地诉说着发生的屠杀，触目惊心得让人不敢直视。

除了少许衣着华贵的人有着清闲悠然的姿态，街上几乎所有人都面无表情，低头快速处理着自己的事情，尽量不与任何人做眼神上的交会，生怕自己一个不小心便会招惹横祸。

熙熙攘攘的街道和众人的冷漠交织一起，形成巨大的反差，如同一座硕大的冰山被安放在即将喷发的火山口，恐惧和压抑，像岩浆和寒冰，从地面的石板缝隙中丝丝冒出令人窒息的气体。

即便遇到有人发生冲突摩擦，也鲜有人驻足围观理会。

放眼望去高高矗立的铁牌坊，王家祠堂，高翰林大院，文庙，天齐庙，春秋阁楼，欧式建筑的教堂，威风凛凛的县衙，处处都显示着这座县城的历史悠久。

王家祠堂西侧，是一条宽敞繁华的商业街，西门里街因位于县城西门内侧而得名，更是横穿滕县城东西走向的交通要道。这条街上建有龙家牌坊、警报楼、王家祠堂。

大街上熙熙攘攘的人群忙着交易，巷子口靠墙处，七八个穿警察制服的男人肆无忌惮地形成一堵围墙，把两个学生打扮的女孩堵在墙边。

两个女孩紧紧抱着怀里的书包，欲努力昂首做抗争状，仍然禁不住瑟瑟发抖。

一个满脸胡须的警察把袖口卷了几卷，露出长满黑毛的胳膊，翘着下巴狞笑道："快拿出来。"

一个亭亭玉立、椭圆脸、大眼睛、梳着时下知识女性非常时兴的荷叶头的女孩小声问："拿什么？我们是滕县华北弘道院的学生。"

"不是学生我还不问你了，装他娘的什么蒜，就是你们这些喝了点洋墨水的妖孽蛋，这个时候还往枪口上撞，快把你们身上的禁书统统交出来。"

旁边另一个警察帮腔道："痛痛快快交出来，大家都省事，不然这大庭广众下搜起身来，你们姑娘家可别自找不好看呀！"

话音刚落，围堵的几人爆发出几声猥琐的大笑。女孩脸涨得通红，还是高昂着头，声音的颤抖却露了怯："你，你们敢！你们知道我爹是谁！"

为首的络腮胡戛然变脸，目露凶光："少他妈废话，当老子跟你玩是吧。"说罢伸手朝女孩怀中的书包夺去。

"住手！"一声沉稳有力的声音传过来。

众人循声看去，一个面色白净、鼻梁上架着眼镜、风度翩翩、手提行李箱子的年轻人不知何时出现在他们跟前。他体型颀长单薄，唯有那双眼睛闪着灼灼的光芒，坚定沉稳有力。

络腮胡双目微微眯起，轻蔑地打量了他一番："哟，敢问尊驾何方神圣？有何指教啊？"

警察局上上下下都是人精，能出来当差的都练就了一双看人下菜碟的奴才眼。

滕县历来是商贾之地，南北交通之要道，近年来因为国内国外形势变化，动荡极大，世道上更是鱼龙混杂，各路神仙、八方势力更是盘根交错。

眼前这个年轻人，一身布衣算不上多光鲜尊贵，也算体面肃静，特别是他身上隐隐散发的气场，让人一时无法判断他身后背景如何，但也能意识到，对他不能像对待一般人那样随便糊弄。

不知对方是哪路神仙，几个警察很识时务地收起身上狂傲的气质，不敢轻易造次。

年轻人微微一笑，双手抱拳："在下王景临，是滕县华北弘道院的教师，还请各位军爷高抬贵手，她们俩是我的学生，别为难小孩。"

一个警察嘘了口气，嗤笑一声："原来是个教书匠，瞧他那架势，我还以为是蒋委员长派来的特派员呢，滚一边去。"

另一个上前正色道："她们私藏禁书，上面三令五申，但凡发现必须严肃处罚，你想跟着进局子兄弟几个也能帮你一把。"

王景临不急不躁、面不改色转头问女学生："你们带的什么书？"

两个女孩面面相觑一下，小声答道："《少年维特之烦恼》。"

王景临哈哈一笑："这也算禁书？德国版的梁山伯和祝英台嘛！"冲着几位警察再抱一拳，"想来这是误会。如今国民政府看重学子，还请各位兄弟高抬贵手，给我这两个学生行个方便。"

说罢，居然还凑上前去，在为首的络腮胡子耳边低语几句。

络腮胡脸色一惊，上下打量两个女学生几眼："果真如此？"

王景临颔首，络腮胡胳膊一挥："行行行，你们走吧，兄弟们快让让道！"

人墙打开一个缺口，两个女孩手拉着手定定神，迟疑地出了人圈，拔腿飞奔而跑。

络腮胡子冲着年轻人一抱拳："多谢这位兄弟提醒。我都不知道那是大坞张家的千金，张家那可是脚底板跺跺整个滕县都要抖三抖的人物，我们局长见了都要让三分，兄弟们混口饭吃得罪不起。多谢多谢！"

滕县八大家威震当地，甚至名声传遍全国。滕县百分之九十以上的各类产业几乎被这八大家族垄断。且他们中间不少因为生意或姻亲关系极为复杂，牵一发动全身，哪一个都是不能轻易得罪的人物。

王景临回礼笑道："不敢不敢，江湖上都是朋友。"

络腮胡叹口气："现在这江湖乱啊，我们也不想跟学生过不去，谁让那书从她们书包里掉出来，那封面一看就不是正经书。这段时日我们头儿吩咐下来，这些禁书一定要抓严了，党国政府嘴上又说要保护国之栋梁的学生。可偏偏又是这些个学生带头闹事，我们也都是猪八戒照镜子里外不是人。"

王景临听他的话沉默半晌，不再多言，只是告辞便转头要离去。

此时，一名警察跟络腮胡说了几句，络腮胡突然面色一沉，喝道："站住！"

王景临紧握箱柄的拳头一紧，但立马转身面不改色转身笑道："兄弟还有何贵干？"

络腮胡警察"呸"一口吐掉烟屁股，上前冷不防一把揪住年轻人胸口："我问你，刚才那是张家小姐？这是我兄弟，他三姑就在张家当差洗碗，那张家唯一的千金才五岁，孙子敢骗你爷爷，滚犊子去！"

王景临见事情败露，也不作声，任由络腮胡警察推搡。

几个警察将他反手绑住，骂骂咧咧往警察局走去。

警察局大院门口，络腮胡吩咐几个下属："现在火车站正是人多的时候，保不齐还会看到这种搅屎棍，你们继续去蹲守，我带这小子进去！"

说罢便推着年轻人往里赶。

几个小警察互相递了个眼神，无奈地朝外面走去："这个孟老五，又一个人领赏去了，算了算了，官大一级压死人，何况人家现在可是局长跟前的红人，都少说两句吧……"

络腮胡押着年轻人进了大院，趁无人注意，领着他从一条偏窄的巷道穿过，再溜过王家祠堂后面的墙根，行至另一个偏门，将他带到警察局大院门外。

两人又穿过一片枝木横生经年不曾打理的花圃，钻进一条偏僻小巷才停下来。

络腮胡四周环顾一圈，忙替年轻人解绑一边说："景临老弟，对不住，受委屈了。"

王景临扔掉麻绳，转头紧紧握住络腮胡的手："孟五哥，好久不见！没想到你现在……"

络腮胡嘿嘿一笑，将他的手提箱递还过去："套着这身皮，狐假虎威混口饭吃。倒是你，咱们从上次分别后都快两年多没见到你了，你这路见不平的性子还没改，现在世道可不比之前了，一年比一年乱，啥时候你可得多顾着自己啊！"

王景临笑叹："我是看到你才敢上前说下理，换成别人我也不敢轻举妄动。就怕你今日放我，等下如何交差呢！"

孟五哥叹口气："无妨！这几个月，我们在大街上哪天不抓七八个人回去。咱警察局的监狱都快不够用了。这世道，自从前两年南方闹了土地革命，我们上头箍得严了，一个个跟疯狗似的，说什么要铲除苏什么政府，防止毒害思想扩散，查禁书查共党，兄弟们每天跑得跟陀螺一样，还说我们当差不力。不知道啥时候是个头。"

听他这般说，王景临低头沉默一瞬，抬头一手盖住他的肩膀："会好的，以后都会好起来的，我们都要好好活着。"

孟五哥也扣住他的手："对，好死不如赖活着！想当初我这条命还是你给的。当年我从老家逃难过来投奔亲戚，盘缠都被人偷光了，偷拿别人一个烧饼差点被人打残。你那会儿还是学生吧，自己都过得紧紧巴巴，还一连十多天匀给我煎饼吃，我才能现在好好站着。后来我找到了亲戚，阴差阳错地还吃上皇粮饭。滴水之恩，涌泉相报，以后你有什么难的，尽管来找我，兄弟我虽人微言轻，有帮得上忙的地方绝不说二话。"

两人不敢寒暄太久，互道珍重后便抱拳离别。

王景临目送孟五哥消失在巷尾，掸掸衣襟上的灰，转身挺胸大步流星朝巷子另一端走去。

县城小巷曲径通幽，王景临朝着巷口的深处行去，在一个清静的街口，一个摆着大铁鏊子的小摊上，一个中年妇女在奋力将小麦面糊糊摊在没有锅沿的圆形大黑鏊子上，烟气飘飘，旁边一个方脸肩膀上搭着白色毛巾的中年男子正可劲儿吆喝："煎饼，煎饼，刚摊出来的热腾腾的大煎饼！"

王景临来到摊位前，喊了声："你家的煎饼烙的是一面黄还是两面黄！"

中年男子一看，眼神一亮："两面黄的明天才有，今天都是一面黄的。少爷要还是不要？"

王景临回道："老样子给我叠五十张好了。"

中年男人拿起一旁的布袋罩住摊位上的煎饼，说："少爷，你要五十张煎饼，我这里不够，我带你去煎饼作坊拿去，保管都是新摊的。"

两人拐了两个巷口，来到高中街的一间小平房里，左顾右盼四下无人，王景临低声问："方叔，上次给你的书全都发出去了？可遇到麻烦没？"

方叔压低的声音也掩不住高兴："都发出去了。那些学生孩子稀罕得什么似的，他们也了解时下这个紧张的局面，都是很注意保密，就是书太少了，有好几拨学生过来问我新书到没有，你要再不过来，我都不好意思跟他们交代了。对了，书你都带来了？"

王景临打开箱子，一股油墨香气扑面而来。

方叔拿起一本，面色掩饰不住失望："就这些？"

王景临无言，脸上露出愧色。

方叔急忙放缓语气："唉！我知道，现在到处都在查这些书，想拿到这些书比以前更不容易了。"

王景临内疚地笑笑，抬头坚定看着方叔："过段时日就好了。我以后会长期在这里工作，除了在学校教书外，首要任务是在这里开一家书店，或者文具店，总之便于我们传播马克思主义思想。方叔你放心，不会等太久，我们的同学很快就会看到更多的各种各样的红色革命书籍了。"

方叔眼睛一亮："这敢情好！有了书店，得到合法的审批和证件，就算现在警察局查得严，我们也有掩护的地方。"

王景临若有所思微笑着点点头。

方叔突然想到什么，面色黯淡下来："以后你也得万般小心。就在五六天前，我家巷口斜对面的邻居男主人被警察抓了，他是马号街'祥宏典当铺'的老板，被人告发怀疑他加入共党，家里人这些天到处找关系，想把他弄出来，你婶子听他媳妇说，在里面已经折磨得不成人形了，估摸出来人也是废了的……"

王景临心头一颤问道："他，真是共产党？"

方叔摇摇头："是不是我不清楚，现在国民党政府查得严啊，一丁点苗头恨不得抄你家呀！我一个大老粗不明白呀，有这些工夫去多打几个日本鬼子不行吗？"

方叔拉着王景临的手："现在的形势非常严峻，以后不管做什么工作，一定要先保护好自己，关键时刻，书啊什么的，都没有命值钱。留着青山在，不怕没柴烧。"

王景临微笑点头："等我们的书店安顿下来了，到时候你也得转移。"

方叔笑道："那敢情好啊。你现在不是去学校任教吗？以后最好在那里给我谋个差事，咱俩能互相照应，而且我这个大老粗也能沾点你们文化人的光。"

王景临把书一本本掏出放进方叔的一个布袋里，跟他说："这些书都给你，这三本书我留着。书少，本来应该全都给你，但王博源老师再三嘱咐我，让我先留着这几本书。"

方叔连连点头："行。你听组织的就好，我听你的就好！"

与方叔交接后，王景临才往学校的方向走去。

谁想刚转过一个墙角拐弯，冷不丁一个硬家伙实打实地抵在腰间，一丝压低的声音恶狠狠传来："不许动！"

王景临浑身一凛，长年的革命斗争经验让他很快冷静下来，他背对敌人，不知对方人数多少，只能见机行事。

背后的枪口往他身后抵了抵，低声喝道："把手抬起来。"

他能听出这声音是刻意压低放狠，隐隐透着一股子稚嫩。

王景临轻轻吐口气，一手手指勾着箱柄，双臂缓缓往上抬，突然回身将箱子猛甩向对方头部，不待对方反应迅速夺走其手中枪支，将来人撞翻在地，将枪支反过来对准来人。

突然才发现不对劲——居然是把木头枪，小作坊做出的给小孩玩的那种。

来人早就捂着脑袋哎哟大声求饶："好汉手下留情啊！"清脆的女声。

王景临一怔，居然是一个女学生，再细看，可不就是刚才在巷口解围的其中一位？

女学生跟跄地爬起来，一身狼狈，抬头看看王景临，一双杏眼有些愧疚和透着机灵。

老师的天性瞬间上头，王景临劈头盖脸就开训道："你在这里干吗，这又是何意？"说着把木头枪扔给她。

女孩接过枪，揉揉被打得红肿的左脸，也是一腔委屈："逗你玩嘛。想看看你究竟是何人。"

"逗我玩？"王景临心中蹿出一股怒火，"玩什么不好，拿人的性命来玩！"

女孩也不生气，眼珠辘辘一下转出一丝顽皮，大咧咧道："这么紧张干什么？我远远地看到你被警察带走了，我让我同学去找帮手，然后一路跟着你，想把你救出来。本想在警局旁查看一下地形看怎么进去，居然在这里看到了了，好心当作驴肝肺。"

王景临气愤得怔了一瞬，竟然无言反驳，正待开口继续教训。

女孩后发制人，新派大方地朝他伸出手："认识一下吧，我叫林小咏，华北弘道院三年级，也是学校话剧团的主角，你可以来看我演出呢！你呢，叫什么？"

他板着面孔摆摆手："快走吧，以后别玩这个了，现在这么乱，你知道对方会是个什么人？"

女孩知趣地缩回手却没有离开的意思，睁着亮晶晶的眼眸："你是干什么的呀？你是……国民党，还是共产党？"

王景临苦笑道："什么党？我就是一个普通人。"

女孩狡黠一笑："普通人？普通人有胆量替人打抱不平？普通人能跟警察叫板，还有能耐全身而退？你少蒙我。说！你到底是谁，说了我就不缠着你。"

王景临双手一摊："蒋委员长是我舅舅，行了吧！"

说罢，转身就走。

女孩飞快拦在他跟前叉腰道，这也是个犟驴子："有什么了不起？你今天如果不告诉我你到底是干什么的，我就去警察局找局长，说你那个警察兄弟是怎么跟你里应外合徇私舞弊的，你信不信？"

"你！"王景临不想这个丫头片子会来这么一出，被她忘恩负义的一棒当头敲得半日说不出话来。

费了九牛二虎之力，王景临总算摆脱了这个叫林小咏的女孩。

为了不连累到孟老五，他只能服软，好言跟女孩解释他是滕县华北弘道院的老师，从济宁教育局调过来任教。半真半假地解释，总算摆脱了这头犟驴。

他一向对这种大小姐没什么好感，在他的学校也常见过这种女孩。尤其这种仗着家里条件好，读了几天书，头脑里有了一些西方先进思想便自诩进步青年的，内心缺乏持恒之意，娇滴滴，干的事儿却常常不着调。不能说她们没有赤子之心，但真心要为国家做事，岂是喊两声口号这么容易。

到了学校办理入职手续时，他顺便查看了下林小咏的学生档案，父母那栏只有林小咏母亲的姓名，他知道很多非富即贵的大家族的偏房侍妾的孩子在入学的时候一般不会暴露父亲的姓名。

果不其然，是个大小姐。

办理完所有的手续，由于学校尚在假期中，王景临整理好物件，决定回老家看望父母。

他向着东面沿着街道一路前行，穿过高大斑驳的东门城墙，王景临踏上回乡之道。

耳边渐渐听不到街边叫卖的嘈杂声，脚下的路开始变得不平整，质地从县城的砂石路慢慢变成土坷垃乡间小路，蜿蜒蔓延至远处家的方向。

王景临脚步加紧，出城不过一里多路，脚步不由自主渐渐放缓，驻足。

眼前，一座造型浑厚八角九级砖石结构的密檐式佛塔屹立挺拔。

龙泉塔。

王景临一时愣神，随着步伐的不断加快，龙泉塔越来越近在眼前。他脑海不由自主地浮现出自己孩童时候的画面。

还曾是少年的他，常跟随祖父进县城贩卖粮食购置家用，每次经过此处都在龙泉塔下休息，祖父每次都会给他讲一遍龙泉塔的传说故事。

相传这座佛塔是明代修建的，那时荆河内有只兴风作浪的妖怪，长得驴子形状，法力无边却残酷暴虐，欺男霸女无恶不作，还使得滕县每年都要发洪水，民不聊生。

后来一高僧云游此地，听此孽障种种恶行，心中怜悯苍生，便发动当地百姓修建了这座塔，说来也奇怪，自从龙泉塔建成后，荆河再也没有发过大水。民间传言，是魔高一尺佛高一丈，高僧的法力把妖怪牢牢封印在塔下，才能保得滕县数百年安宁丰润。

王景临突然百感交集。塔能镇压住妖怪，却预计不到时代车轮滚滚不停前行，压制不住现在国内外的各种牛鬼蛇神。

如今，日寇、土匪、官僚、军阀，加之政府腐败，像极了一只只张着獠牙的妖魔，给百姓带来无尽的痛苦。若要镇压这些鬼怪，只能修建一座更神奇的塔，才能解救百姓于水火中。

那，应该是一座什么样的塔呢？

他抚摸着年代已久的青灰色砖墙，心中感慨万分。他清楚，他的心中的那座高塔，虽然尚在修建中，尚在打地基的状态，根基尚不稳固，且随时可能遭到黑暗势力的狂风骤雨的摧残。但他坚信，自己所在的组织，共同拥有的革命精神和自己所信仰的共产主义会被天下人所知，点滴聚集汇合成大海，奔腾出势不可当的力量，浇筑如塔，成为天下人最可靠的信仰和支柱。

王景临抬头看看巍峨的塔顶，阳光刺得他眼睛眯成一条缝。他深知曙光到来的黎明前夜虽然短暂，但却是最黑暗的时刻。革命的胜利又不像自然界的曙光会自己出现，它要靠我们的流血牺牲去争取。

他定定神，继续挺胸大步朝前行去。

来到一条三岔路前，他果断选择了虽然道路更崎岖但路程更近的左侧小路。他知道再步行不到一个时辰，就能到家了。深一脚浅一脚走着，好在人年轻，跳上跃下能轻松躲过那些浅坑深洼。他马不停蹄行了一刻钟，小心翼翼地绕过一块巨大的石头，突然愣了一瞬。迟疑片刻，他改变主意，转身往回走。快返回到三岔口时，迎面驶来一辆农户驴车。王景临伸手大喊招呼道："老乡！"

赶驴的是一个年轻后生，也就十七八岁，或许平日少出门，刹住驴车时一瞬间满脸带着对陌生人的警惕和敌意。从驴车后面探出一个白胖的脑袋，眼睛眯成一条线冲自己笑哈哈回应道："老乡，赶路呢？"

王景临道："我去东边的王家村，老乡你们去前岗子村还是王家村？"

中年男子从驴车上蹦下来，肥胖的身子落地时晃了两晃的同时双手将身上的外套抖了抖："我姓刁，王家村新修了一家孔子学堂，我去讲学。"

王景临抱拳施礼："原来是刁先生，这条路不能走，路上怕是有土匪。"

刁先生面色一惧："前不久，县城的警察局不是才来过一次大剿匪吗？不是说土匪都抓获了吗？这条路上，怎么还能有土匪？小先生别不是看错了？"

王景临侧身用手指指向前方："实不相瞒，我至今也没见过活的土匪。方才我在这条路上，看到一些石头堆砌成固定的样子，那极有可能是土匪望风给同伴传递信号的。"

小马夫抢白道："你少胡诌，这条路我一个月少说走十来次，从来没有听说过有土匪。这里本来就是连青山山地，见几块石头也正常。"

刁先生瞪了小马夫一眼："没规矩！"

又转头对王景临道："小孩子家没见识，先生莫见怪。如今世道这么乱，宁可信其有不可信其无。"

王景临忙道："先生若相信我，请同我一起走那一条路。虽然远是远了一些，路况会更好，我们一起走，也能相互照应……"

刁先生冲王景临一抱拳，满面正气："本该信你，只是时间着实仓促不等人。小先生方才也说，不过是有可能，即便真有土匪出来，我一个穷教书的也无妨。多谢小先生忠告，我们还是先行一步，就此告辞。"

王景临见其态度坚决也不好太过勉强，两人互相道别后，便分道扬镳。

刚才在回家的途中，发现那些看似凌乱的石头，虽然不能十分确定那是土匪堆砌传递消息的，但王景临还是隐约有些担忧刁先生一行的安危。

听着渐渐远去的驴车声，他心中莫名觉得有一丝不对，但一时也说不清什么原因。

家乡独有的新鲜空气进入肺里的舒畅感，儿时熟悉的味道总能给人莫名的踏实和亲切的安全感。

归心似箭的乡愁瞬间将他紧紧裹挟，他不由得脚步加急，直到出现大片红褐色高粱秸，穿过又是一个小山坡的玉米地，三三两两的佃户正在掰玉米棒子，远远看他过来，高声招呼："王家大公子！是王家大公子回来了！"

转头又喊："赵二娃，快去告诉你王大娘！"

一个十三四岁剃光头后脑门留小手辫子的小孩光着脚飞奔而去。

王景临笑着朝他们挥挥手。远处数个年轻人听闻也放下手中农活，大声喊道："景临哥！"

他朝他们兴奋地打招呼："铁蛋！"

家乡的孩子憨厚，若这片土地也能如此安详淳朴，该多幸福啊！

他脚不停歇朝祖屋走去。面前那栋四合院的屋子离自己越来越近。刚推开院门，跟对面来人撞了个满怀。

王父唬了一大跳，愣了一下劈头就骂："你个揍瞎的，撞你老子一身烟灰。你还知道回来，你眼里还有这个家不？"

王景临忙伸手去扶住父亲，老头是方圆百里的"拧筋头"，把胳膊一甩，回绝儿子的好意。

王景临哭笑不得。

王景临的父亲王柏成早年读过几年私塾，能识文断字，王家几代人一直居住在这里，家中有百十亩土地，家境宽裕，靠自耕地生活。王父不是普通的庄稼人，他文武双全。从小跟随父亲习武，有一身好功夫。王母是抱犊崮山下大户人家的小姐，裹了一双三寸金莲。据说是上辈的两家老人为好做亲，将千金嫁给了王柏成。

王景临几日前得到家中来信，说父亲病重让他速回老家。当时他便心生怀疑，如此骗他回乡不是一次两次了。

恩师王博源知道这个情况后说："此信来得正是时候，你是该回乡了。"

如今看到父亲一身龙马精神，骂他的声音比去年还响亮，他暗暗放下心来。

母亲也闻讯从织布的忙碌中停下来，走了过来，看到儿子喜得见牙不见眼，扔掉手里的棉花筐子一边手擦着围裙一边亲自给王景临倒水，王父拿着拐杖不停地杵地大声责备她："你还给他倒水，慈母多败儿。"

王母怨嗔看他一眼："孩子刚回屋，讲究这些俗套做啥，如今皇上都不当了，那私塾里的话你还当圣旨一样咧。"

王父气得吹胡子瞪眼，也只能端端坐在堂屋主位，眼睁睁看着老婆子给儿子又是嘘寒问暖，又是张罗烙饼摆饭，忙到日落西山、月明星稀。

月光下，田地里此起彼伏的虫鸣越发清亮。

王家院落里铺满一地刚摘下的新鲜花生，一只大花猫警惕地在墙根踱过，屋内马灯深黄的光束摇曳，宁静祥和。

王父盘腿端坐堂屋东侧的土炕上，"吧嗒吧嗒"抽着烟袋，满脸肃静，深深地叹了口气。

王景临坐在一旁的马扎子上，早已做好心理准备屏气凝神，静候暴风雨的洗礼。

王父干咳几声，总算发话："我和你娘给你相了门亲事，东村头的老赵家的大闺女，虚岁二十了，年岁大了些，但配你这个奔三的人也过得去，明日就跟我去他们家……"

"爹！"王景临猛一抬头，对上父亲严厉的双目，气势又蔫了下去，"儿子早说了，成家立业，先立业再成家，儿子现在还不能……"

"你这个熊孩子，老子还没跟你说完话就犟嘴，你喝了几天洋墨水喝到狗肠子上去了，就忘本是不？"

母亲听到骂声急忙进到屋里来阻止父亲，转脸对王景临也劝道："你的几个堂哥的孩子都能打酱油了，你真的也要抓紧时间考虑成家了。"

老头吼道："他是存心要我做不忠不孝的罪人。我们祖上几代都出了举人，当年就不该送你去省城读书，后来你说想习武，家里请师傅教你，一年花销我们几亩地的玉米粒子。现在让你传宗接代，跟要你命似的！你到底……"

老头冷不防一个烟杆朝他掷去，王景临的脸颊顿时吃疼一下，正想辩解一番，父亲却剧烈地咳嗽起来。

这一咳简直海枯石烂惊天动地，老头脸埋在腰间半日直立不了。

王景临急忙上前轻拍父亲背脊，才看到父亲的颈窝下已白发丛丛，脖颈也出现褶皱呈苍老之状，心头一股悲凉油然而起。

他怎么能答应娶妻呢！

别人都以为他不过是一个教师，其实在一年前他在恩师王博源的介绍和指引下，加入了中国共产党。

自从两年前认识了山东省第七中学教导主任王博源老师，接触到了马列主义和共产主义思想，仿若黑雾中划过一道惊雷，更如同黑暗中一道曙光，他才猛然惊醒，在这世间里，何为自己的信仰，自己一生努力的方向在何处。

他也深知，特别是如今这个局势，他无法光明正大施展自己的抱负，只能开展地下工作来完成自己和同志们的理想。他和战友们几乎每天都在布满荆棘的悬崖边上行事，稍有个不慎便会粉身碎骨牺牲自己的生命。

他自然不能将实情告知，不能在父母身边侍候已属不孝，怎能让双亲更加担心？怪不得恩师告诉他，革命工作的道路，是艰险残酷的，敌人的子弹往往不是最厉害的，血亲的安危以及他们的不理解，才是真正诛心的地方。

此时的王景临唯一能做的，就是抚摸父亲日益衰老的背脊，让父亲最大限度缓和一些。半晌，父亲总算止住了咳嗽，他喘着粗气慢慢抬起头。

王景临惊愕地看到，泪花盈在父亲的眼眶中。他那一辈子坚硬如铁、父纲顽固的父亲，变得如此柔情似水，却又显得无能为力而矮小可怜。

王景临双腿一弯跪下，心头多年积攒的各类情愫开闸喷涌而出，几乎要将所有的真相告知，总算哽咽道："父亲放心，儿子只是不想拖累别人家的姑娘。我打算过了，我光教书这点薪水不够养家，我和朋友打算在滕县做点小买卖，也是为了多攒些积蓄。现在这个世道如此的黑暗，有足够的银子才能安身。"

父亲叹着气问："你打算做什么买卖？滕县城里啥都有，好的生意都让那些大财主给霸占了，你还能干个啥？"

王景临答道："约莫着开个书店，或笔墨纸砚文具店之类的。我在政府有些朋友，都已经是打点好了的。"

王父叹口气："你是我的儿我知道，你有骨气，你如果不想成亲，为父也不勉强你，只是我们王家三代单传，你是我们家唯一的血脉，你要让祖宗安心啊！"

父子俩四目相对，沉默了好一会儿，王景临点点头，回到自己房间。

他心乱如麻，整整一晚无法入睡，到快天亮的时候才眯瞪一会儿，却被一阵锤敲钉子声吵醒了。

他起身一看，心头咯噔一跳——自己房间的门窗都给钉严实了。

王景临拍门喊："娘！爹！"

门外传来父亲的咆哮："你个臭小子！老子还不知道你！我不管你现在在外面干什么，这回不让你把媳妇娶了，我就对不起我王家的列祖列宗。我这就去给赵家提亲下聘礼，你就老实搁屋里待着。"

王景临喊道:"爹,我娶亲就是,只是那赵家姑娘满脸都是雀子,要讨,也给我讨个好看的媳妇呀。"

父亲吼道:"人家不嫌你个穷教书匠,你还嫌人家长得疵毛。少跟我耍心眼子,这次把房圆了才能出来。"

王景临傻眼了,这回父亲是动了真格的。他左右查看,窗户、门果真让板子钉了个严实。父亲这招声东击西真是弄得他猝不及防。

王景临喊:"娘,我饿了,我要吃扁食。"喊了十几声也无人理会。

王景临叹口气,不孝有三无后为大,最疼爱自己的娘这么想也不例外,不然也不会被父亲策反,至少能给自己送点吃的。

王景临在屋内四处检查一番,并未找到可以撬开钉子的工具,不知道踱了多少圈,喝完屋里的水,索性躺在床上迷迷糊糊地睡着了。

不知道过了多久,他抬头看到屋檐缝透出微弱的光。

天刚蒙蒙亮,是父母张罗着一天开始干农活的时候,可是屋外却安静得让人心生疑惑。

王景临敏锐地感到了一丝不安,他一跃而起,使劲儿拍打着门喊:"娘,娘,爹!陆大叔,有人吗?"

无人回应。

王景临用身体撞了几下,老头这回是下了狠手钉的这门,饶是他习过武的身板也如同蚍蜉撼树。他只能继续拍门呼喊,外面依旧悄无声息,却嗅到一丝火烧焦的气味。

王景临心头一惊,抄起桌上烛台用尖锐处对着门缝撬去,隐约能看到缝隙处有蓝色的烟雾从外面飘进,气味更大。

王景临大喊爹娘,突然一旁的窗户传来斧头劈过的声音,几下一把斧头便破窗而出。

佃户老陆从外面扒开一个大洞,探出头来喊:"孩子,快跑!他们来了!"

话音未落只听一记闷棍声,老陆扑通一声倒地没了动静。外面传来一个奸诈的声音:"呵呵,原来有只肥羊还藏在这里呢,这可好了,可跟大哥领赏去了。"

王景临被带了出来,他站在自家院落中心,环顾一圈,地面一片狼藉,家中的大部分粮食已经装进麻袋,几个大汉正在奋力扛着袋子往一辆木头地排车上装,一头驴站在车前打着喷嚏,一个脸上有刀疤的汉子正凶神恶煞朝院里吼:"搬不走的都烧了!"

王景临明白了,家里遭土匪了。

多年前,王景临就知道周边村落里土匪盛行。早期,这些歹人经常在滕县周边龙山一带横行霸道,搜刮民脂民膏。现今在鲁西南范围内杀烧掠夺,无恶不作。

此时,被打晕的陆大叔被扔在院子一侧,母亲跪在地上不住哭泣,嘴上喃喃求饶着:

"好汉饶命！好汉高抬贵手！给我们留条活路吧。"

父亲坐在母亲身边，紧锁双眉一言不发，他的腿似有受伤的迹象，裤腿处已渗出几缕血迹。

王景临心疼得抽搐一下，准备走过去查看，刚一动脑袋就狠狠吃了一下，伴着一声叫骂："动屎动，老实站在这里！"

一个土匪正在翻开王景临从城里带回来的箱子，把里面的物什哗啦啦倒了一地。拾起一本书"呸"了口："我看这个箱子够金贵好看的，还以为里面有啥好东西，全是些破书。"

随手要把书扔到冒着青烟的木料堆上。

"哎哎，等一下我来看看。"一个看着慈眉善目长得肥头大耳白白净净的老头，腆着肚子慢腾腾走过来。

王景临抬头一看，可不是昨日遇见的刁先生？

"《马克思主义读本》？"刁先生一字一顿读完，冲王景临晃晃书，"好久没出来松动筋骨了，你装着这个在身上在城里走来走去，不怕警察局里的搜查！"

王景临冷冷回道："不愧是大名鼎鼎的刁占山，我早该想到了。"

一个大汉迈着八字步一摇一晃走到王景临身边，"啪啪"扬手甩了他两个耳刮子："你他妈的找死，刁爷的大名也是你个兔崽子能叫的，咱刁爷爷是霸天占山的主，知道吗？"

说着，一把提溜起王景临后颈窝，逼迫他跪下。

王景临嘴角泛出一丝血迹，但眼神无半点快意，仰头凌色直逼大汉。

大汉被挑衅，气急败坏还想动手，刁占山轻声咳嗽一声制止了。

刁占山背着手走过来低头看着王景临笑眯眯道："别人第一次见我，怎么会想到我就是刁占山。别说你了，就算是神仙来了也想不到啊，哈哈哈……"

王景临自嘲笑道："那堆石块果然是你的人堆的，你们驾着驴车还会往那么崎岖的路上赶，想必是把车藏在那里等着接应的人抄小路往回走。我早该考虑到这些。"

刁占山哈哈大笑："我已好多年没亲自下山了，今儿个来了兴致，出门活动活动筋骨。唉，你小子看着斯斯文文，还算有点见识，读书人脑子就是灵光。"

王景临语气冷静、不卑不亢："刁占山在县城北面的北龙山一带烧杀掠夺、无恶不作。我一到院子就看到你了，绅士打扮，其他土匪对你却毕恭毕敬。何况，打家劫舍，杀人放火，还能这般气定神闲，除了滕县混世魔王刁占山，还能有谁？"

刁占山依然乐呵呵的，突然捏住王景临的下巴面色一凛："谁告诉你在龙山见过我？看着我的眼睛说话，若有半句假话，我就把你剁碎了扔到河里喂鱼。"

王景临笑道："既然刁爷如此害怕别人知道自己的行踪，为何还会亲自出山？"

或许被王景临不惊不惧的神情镇住了，刁占天将手一松，呵呵笑道："这么个乡野村庄，还有这等见识的人。我一向爱才，要不你跟我上山如何？别看我们这行名声不好，这个世道，谁又能说谁呢？你若跟了我，保管吃香的喝辣的。"

王景临还没来得及开口，坐一旁的父亲吼起来："小子，你今天要敢上山去当土匪，除非你爹这条命不要。我王家世代清白，你敢做了这为虎作伥伤天害理的事儿，我做鬼都不放过你。"

一旁的土匪一脚朝他踢了过去，骂道："老畜生给脸不要脸！"

父亲"哇"一口鲜血吐出，几声猛烈的咳嗽，张着嘴喘息不止，一口气差点上不来。

王景临眉头微微一蹙，深吸一口气朝着刁占山双手抱拳："刁爷，这年头都不容易，我只想保我们全家性命。我这次回乡成亲，带了全部积蓄，今日有缘相遇刁爷，便当见面礼请您笑纳，我只求我们全家人性命平安！"

刁占山笑道："娶亲那是大事，到时候我还得来向你道贺！"

王景临回到屋内，从房梁顶棚里掏出一个布包，沉甸甸地捧到刁占山跟前，一层层打开，果然是五六排簇新的袁大头。

刁占山掂掂，递给一旁的马仔，眼睛微微眯起上下打量几番王景临，哈哈大笑几声，突然脸色骤然一沉，"嗖"一声怀里掏出一把精巧手枪，冷不防抵住他眉心。

王景临心头咯噔一跳。

刁占山彻底撕下伪善的面具。

他的双目像两枚毒针狠狠刺向他，嘴角露出狰狞："看看我这枪，这可是德国制造，打穿你脑门连那枪眼儿都是整整齐齐的。小子，我看你不是孬种，也敬你是个读书人，本来我今日心情好，是要给你和你全家一条活路，你却跟你爷爷耍心眼子。我可好多年没亲口舔人血，今天为了你可要开戒了……"

"慢着！"王景临大喊，"我把所有家当给了你，我到底哪里得罪了刁爷，你好歹说清楚让我也走个明白！"

刁占山哈哈一笑："老子大半辈子过的都是刀口上舔血的日子，鼻子比警察局的狗还灵。你的那些小动作是我山里的兄弟们玩剩下的。我问你，你这些银圆上那些灰色的末末都是啥？你可知道！前几年我就是用这玩意儿送岱庙村姓李的财主一家走的。"

王景临心中一颤——老狐狸居然发现了。没错，银圆上沾满了能致人死命的毒药，他方才用极快的手法将粉末抖在银圆上。他知道不少人有一边数大洋一边用手指蘸口水的习惯，借此能毒杀土匪，还能拖延时间。

刁占山恨道："我好心招安你，你居然忘恩负义！"

王景临狠狠地朝他啐了一口："对你这种人谈什么恩。这些年你在十里八乡干的那些伤天害理的事，不用说李家灭门，你们抢人粮食，霸人妻女，毁人房屋田地，多少百姓人家让你们给祸害了！你问问咱们这一带，谁不想抽你的筋扒你的皮！"

刁占山猖狂大笑："那，你见着谁把我怎么样了？不怕告诉你，昨个我才和滕县城里的警察局局长喝过花酒,还有城南赫赫有名的刘贵堂刘七爷,跟我也是拜把子的兄弟!你走前我教教你,这世道真正硬得起来的是啥?是枪杆子,是银子,小子你以为看看什么从外国传过来的共产党的书就能干成啥大事?那是痴心妄想。哼!既然你敬酒不吃吃罚酒,我先杀了你爹娘,再来扒你的皮!"

说着胳膊一晃把枪口对准了王家父母。

王景临大喊:"住手,有什么冲我来!"瞪着血红的双眼要扑过去,胳膊被两个土匪牢牢架住。

"砰!砰!"两声枪响。

第二章　恩师被捕危难夕，烟杆密码授使命

"啊"的一声，刁占山捂着流血的右手腕疼得弯下腰，他身旁的另一个土匪也应声倒地。

刁占山大喊一声："有埋伏，快撤！"

话音未落，又有五六声枪响，弹无虚发撂倒数个土匪，明显对方有备而来。

土匪们急慌慌举起枪杆准备奋起反抗。可他们所有人都在院落中央，身边毫无遮挡之物，俨然成了任人宰割的活靶子。他们不是被子弹击中，就是让不知何处飞来的石块击中眼睛或头部，疼得哇呀呀地弯腰驼背,站在高处递眼线放哨的,也被击中从屋顶摔下,一时鬼哭狼嚎的惨叫声一片。

也就是这一分钟，情况完全反转，所有土匪都被击毙在院落中，刁占山面朝地面倒在地上，肥胖的身体像口支离破碎的大水瓮。

有心者会注意到，枪声不仅出现在王家院子，整个村庄都响起了此起彼伏的枪声。

院子横七竖八躺着不少土匪，几个瘦长的身影从院落各个方向的角落轻快跃出。

王景临激动地喊了声："铁柱！明亮！"

一个身穿土布褂子、肤色黝黑、面部棱角锋利、约莫十八九岁的年轻人，手持长柄枪跑到王景临面前抱住他的双臂，激动不已："景临哥，我们来晚了，你怎么样？王大爷、王大娘怎么样？"

王景临声音还有些颤抖："不晚正是时候，村子里还有多少土匪？"

另一个后生抢答道："嘿！那边几个抢得正欢的土匪也被我们击中了，这回赵二娃可算立大功了，他个子小跑得快，告诉我们的土匪方位和数量也差不离！"

铁柱把枪往背上一扛，满脸兴奋："景临哥，还是你有先见之明，去年你回来，连家都顾不上回，就暗地亲自组建抗匪自卫队，还给我们带来了枪支弹药，教我们暗中训练枪法，教我们在各种情况下排兵布阵，不然今天也不会干掉这么多土匪。"

一旁的明亮小脸激动得通红："我听说，这次我们消灭的是大名鼎鼎的土匪刁占山！"

铁柱挠挠头，跟王景临道："这次我们杀了这个恶棍，可算是为民除害。景临哥，我们这次是不是可以加入你上次跟我们说的那个组织？"

兴奋的铁柱继续说道："我脑子里反复想着你说的那句话'必须抓武装，没有武装就是敌人屠刀下的羔羊'，真是太有道理了。"

王景临食指竖在唇边嘘了一声，拉他在一边，语气笃定："当然可以。放心，我早就把你和铁蛋的名字报上去了，等我的上级同意，就让你们加入。"

铁柱和明亮面面相觑一下，还有些不能相信："可是，我们都不像你一样，读过书有学问，组织能要咱俩吗？"

王景临微笑道："我们共产党就是提倡不分任何阶级人人平等，只要怀着真正为国为民的心，不怕困难和牺牲就能加入，等你们以后入了党，这些思想我再慢慢教给你们。"

王景临说着转过头拍拍赵二娃的肩膀："一年不见，你的弹弓功夫见长呢，过两年，也让你学打枪，让你也加入组织。"

几人把王家老两口扶起，在一旁的台阶上坐稳，两个年轻人为他们包扎伤口。

铁柱径直走到刁占山跟前："这就是天杀的刁占山？麻烦老子再给你补几枪！"

说着提起枪就瞄准，被一旁个头稍矮的年轻人一把拦住了："子弹这么难得，留着打活土匪，别白费在这狗日的身上。"

铁柱放下枪，面容浮起一丝疑惑，转头问明亮："我记得，我刚刚只放了两枪，可是我对准的那个方向倒了至少三四个土匪，是你放倒的？"

明亮歪着头想了想："刚才乱成这样，我又是第一次打土匪有些紧张，不过我记得也只开了两枪，是有些不对……嗨管他的，反正为民除害就行了，你管谁开的枪！"

说着他就蹲下看刁占山："人不可貌相啊，我在村头刚看到他的时候，还以为他是个教书先生，没想到他就是杀人如麻的刁占山，其实刚才别把他打死了，留下活口送到城里，说不定还能领赏赚几块银圆花花……"

正在此时，趴在地上的刁占山突然翻身，明亮还未反应过来，只觉得脖子冰凉一瞬，紧接一股刺痛，继而热血咕咚冒了出来，他疼得大叫一声。

王景临大喊："明亮！"

铁柱等几人也慌忙拿起枪对准刁占山，几个年轻人都跑了过来。

刁占山双眼充血，耷拉着一只伤手，另一只握着他的驳壳手枪对着明亮的脑袋大喊："谁敢乱动，我先打爆他的脑子！"

所有人都像被施了定身术，忙止住动作，狠狠盯着被挟持和挟持者。

刁占山继续命令铁柱众人："把你们所有的枪扔出去，扔到院子外面去！快点，否则我就杀了他！"

铁柱他们迟疑半晌，抖着手，把枪一条一条扔了出去。

刁占山龇牙狞笑道："你们几个兔崽子，跟老子玩还嫩了点。今天老子如果在这条小阴沟翻了船，我也要拉几个垫背的。"

他眼神恶狠狠地盯着王景临："小子，我今天多半是翻船了，好样的！你方才跟他们说的那个什么组织，是不是共产党？哈哈，不管怎样，我有今天拜你所赐，你过来换你的兄弟，不然我就先送他去陪我的兄弟。"说着把枪狠狠往明亮额边戳了戳。

王景临怔了一瞬："好！我来换他！"双目镇定迎着他的目光，一步一步朝他走去。

明亮捂着血红的脖子用沙哑的声音吼："景临哥别过来！今天我要走了，你一定给我报仇！"

王景临心头一颤，停了一下，继续朝刁占山走了两步。还有不到三米距离时，王景临判断这个恶人的手臂受伤，不能更灵活行动身体，看能否快步上前将他制服。

他按捺住心绪，继续上前一步，突听"砰"一声，刁占山身体一挺，双目瞳孔急剧收缩，直立片刻"轰"一声扑倒在地，他的后脑勺豁然一个大窟窿，流着绛红色的液体。

所有人都不约而同朝着枪声响起的方向看去。王景临身后一个身着青衫的年轻人，身形魁梧，目光灼灼，手端一把长杆步枪，枪口冒着青烟。

大家一时愣神，此人不也是跟随刁占山的土匪吗？见头儿大势已去，索性杀主求生？

不容人再多思考片刻，年轻人已大步向前，抱起已经奄奄一息的明亮，为他检查伤口。

年轻人抬头道："他是被有毒的钢丝割破喉咙，这是刁占山暗中杀人的手段，最残忍折磨人的，你这里可有高粱酒？速度快一些，还有一线生机。"

王景临找来家中的高粱酒，年轻人一边用酒冲洗伤口，一边说："快去请郎中。"

赵二娃跑去找来村里的郎中，明亮躺在床上。

年轻人擦拭着枪杆，检查还有多少子弹。

王景临细细打量他一番。虽然衣着打扮就是土匪的模样，但长得高大魁梧，脸型饱满且棱角分明，星眸剑眉间透着一股子城府和沉稳。

年轻人紧锁双眉，一边头也不抬对王景临众人道："你们最好搬离此地。这回刁占山被杀，他龙山窝子里还有一两百人的土匪一定不会善罢甘休。不过现在不慌，我知道二当家、三当家肯定会为争老大打起来。可无论他们谁当上头子，迟早会找到这里，你们必须早做准备……"

王景临打断他的话："你是何人？"

年轻人咧嘴露出一排整齐白亮的牙齿："我是什么人都不重要，不过是刁占山身边一条狗，当土匪就是为了活命，事到如今，我不过想给自己挣条活路罢了。"

王景临异常敏感："我知道凡是加入土匪的人，家人都会被土匪挟持，你杀了刁占山，就不怕家人遭殃？"

年轻人笑道："我是一人吃饱全家不饿的主儿，何况今日之事说出去，所有人都只会以为是你杀的刁占山，与我何干？不过你放心，至少现在我们不是敌人。"

一旁的铁柱突然想到了什么："我们刚到的时候，是不是你在一旁暗中击毙的那些土匪？"

年轻人哈哈道："好耳力！我这般浑水摸鱼还能被你发现，是个好苗子。"

王景临还放不下那个问题："你为何帮我们？你到底是什么人？"

"我是何人有这么重要？"年轻人笑眯眯道，"你又是何人？能这般未雨绸缪，深谋远虑，还能给你兄弟们弄到这些家伙什，有这等能力和手段的，你能跟我说道说道吗？"

王景临真被他问住了，一时说不出话，半晌才低声道："我吗？我不过是一个龙泉塔下的行路人。"

年轻人怔了一瞬："可是荆河畔的龙泉塔？"

王景临一字一板道："不是，也是，是屹立东方晨曦下的龙泉塔。"

"龙泉东岳高，秀极冲青天！"年轻人回答。

铁柱几人看看王景临，看看年轻人，丈二和尚摸不着头脑。

空气凝固了一瞬，王景临和年轻人不约而同地伸出双手，紧紧握在一起。

"同志！"

由于很多同志的身份都是隐秘的，为了辨认出组织内的同志，上级党组织和王博源老师传授给了他一些暗号和口诀。只有真正的共产党人才能知道这些句子的含义。

眼前这个年轻人，是自己真正的同志！

年轻人告诉王景临："我叫张晓生，奉上级命令，打入刁占山内部，今天出来第一遭，没想到立了个大功，现在唯一担心的事，就是这里的百姓以后日子会更不安生了。"

王景临问："你家里是做什么的，你爹娘知道你现在在干吗吗？抽空还是得回去给他们报个平安。"

张晓生大咧咧的："我爹儿子多了，我娘走得早，他才不管我。倒是你的爹娘，你可得瞒住了。"

王景临知道他的意思，也全盘相告："我本是济宁教育局的会计，现在刚刚到滕县华北弘道院校任教。"

张晓生低头思忖一下："济宁教育局？你的上级难道是王博源？"

王景临意外又兴奋。他们有纪律，即便知道对方的身份，也不便告诉对方自己上级的姓名，听到张晓生说出来，一时不知如何回应。

谁知张晓生又说："我前几日跟我们的同志交流过情报，就在上个星期，济宁和周边附近几个地方的同志有十几个被国民党便衣抓走，王博源有可能在其中。"

王景临大吃一惊，一个星期前，正是他离开济宁回滕县的时候。

如果张晓生所言非虚，他在与老师分开之前，完全没有察觉有任何端倪。

此刻的他，心中陷入了巨大的担忧之中。

张晓生说："抓我们同志的国民党便衣中有我们的人，他透露出来的信息，王博源先生手里有一份名单，具体是什么我不清楚。但国民党的人一直在千方百计寻找这份名单。"

王景临心头猛然一沉，一时间回忆的片段铺天盖地向他飞来。

王景临，18岁时考入省立第二甲种农业学校。毕业后又以优异的成绩考取北平平民大学，专攻商科，1924年大学毕业后到济宁教育局工作。王景临在北平读书期间，受到进步思想的影响，在学校经常参加学生运动，从事救亡工作。

当初在济宁，他本不想调回滕县，他希望能和同志们一起革命工作。可是王博源说在滕县有更重要的工作，他本是滕县人，回去工作会更隐蔽从而更方便开展，他才决定服从组织的安排。

在回来的前一晚上，王博源亲自与他道别，送他几本书，还非要给他的父母带一些礼物。

他脑子里浮起王博源当时说的话："这几本书非常珍贵，你一定要好好保管，有空的时候更要仔细读一下，方便以后更好地工作。"

他本以为是恩师在提点他要更加努力提高思想境界，如今想起他那意味深长的眼神、欲言又止的表情，才发现事情没有自己想的那么简单。

王景临突然想到了什么，发疯一样跑到院子里，把土匪扔得到处都是的书一本本找齐。

所有人都觉得莫名其妙。

王景临总共找到几本书《苏俄秘史》《北伐途次》《唐诗宋词鉴赏》《二十年文艺思潮史》，他翻看后焦急万分："我记得还有本《太平洋风云》，被扔到哪儿去了？"

大家一起找，铁柱在院落旁边的沟壑里，找到了已经烧成半本的《太平洋风云》。

王景临心疼不已："听老师说，这本书在全国印刷也没有多少册，很是珍贵，这可怎么好？"

听了王景临最后见到王博源的细节后，张晓生拿起这几本书来回翻看一下，问："老师可有具体交代你什么事情，或可曾交给你什么东西？"

王景临想了想，回到堂屋里拿出一个旱烟袋烟杆。

王博源知道他父亲好抽口叶子烟，专门在济南省城买来说送给父亲。

当时王景临再三推辞都没推掉，王博源略带神秘地说："我这个可是专门定制的，就算你爹不抽，放你家当传家宝也担得起。我的一片心意，也是组织的一片心意，无论如何你也要保管好。"王景临只好接受。现在回想起来老师的每一句话，真正颇有深意。

老师的深意？组织的深意？里面一定大有文章。

果不其然，张晓生拿着烟杆细细抚摸察看，突然喊道："你来看看这里？"

王景临接过，顺着张晓生手指的地方，并不见任何痕迹，但用指腹轻轻抚摸，就在烟嘴的下方，顺着下面的部分直到烟杆尾部，居然摸到整整一大串凹凸不平的地方。

王景临摘下眼镜，用镜片当作放大镜对准烟杆仔细观察，发现上面是十数个三排一组的数字：

15-6-12　　18-135　　7-8

106-11-7　　29-121　　48-7

……

王景临找来纸笔，把烟杆上的字都抄了下来，足足有十九排之多。这些数字又是什么意思呢？

两人看着这些数字，张晓生翻翻书籍，过了好半天突然喊道："我懂了，这个应该是一份名单！"

他拿着几本书翻给王景临看："你瞧这串数字，《苏俄秘史》的第15页，第6行的第12个字；《太平洋风云》的第18页的第135个字，《唐诗宋词鉴赏》的第7首的第8个字，组合起来，就是高成奉。这就是一个人的名字了，是名单中的其中一个人。这里总共十九排数字，就说明这是一份名单。"王景临接过书翻开后，果真如他所说。

但他也有个疑问："数字能对应上，可你如何保证，哪本书对应的是哪个数字，顺序会不会弄错了？"

张晓生说："这三本书的书名，分别是四个字、五个字、六个字，字数最少的字为第一个字，依次往下。最重要的是，高成奉这个名字我是听说过的，他是淄博教育局的一名教育督学。这就能证明，我的推断应该是可行的。"

他想了想又说："我估计，王先生早就料到自己身份已暴露，随时会有危险，但保管那份名单是他的任务，没有他的上级指示，他也不能贸然将此重担转移到自己的下级身上，可是事态过于紧急，他只能将这份名单的信息拆开，分别在给你的那三本书和这个烟杆上。"

王景临心中暗暗纳闷，这个同志果真不简单，难怪能在土匪窝里潜伏这么长时间。

他喃喃自语道："都怪我没有理解老师的意思，不然我就是拼了命也要护住这些书。"

张晓生安慰他："你的命也很重要。老师没有将这些事对你全盘托出，也是为了遵守组织的纪律，再者也是为了保护你。即便你被捕了，也不至于轻易把名单泄露出去。这是组织工作的原则，你不必自责。"

王景临叹口气："就算你的推断是正确的，可是现在《太平洋风云》已经毁掉大半，我们就没办法得到完整的名单了。"

张晓生翻翻书叹口气："这个，的确是个问题。"

王景临说："还有就是，这些名单的人，到底是什么身份，对我们来说，是敌是友还不清楚，名单就算完整，对我们又有什么用处？"

张晓生说："先把名单翻译出来再说，以后也只能走一步看一步了。"

王景临苦笑："能不能找到还是个问题，书都已经毁了。"

张晓生说："其实这些书都是统一印刷，规格和页数都是一样，如果我们能找到相同印刷批次的《太平洋风云》，同样可以得到这些名单。如果我们有进货各种书籍的审批渠道，那就会更容易了。"

听他这么一说，王景临低头思忖一番，突然眼睛一亮："这次我回到滕县，主要的目的是传播马列主义革命思想，上级要求我找到同伴开一家书店。开了书店就可以大量进货各种书籍。"

张晓生很兴奋："这敢情好。刁占山这里我也算完成任务，那土匪窝子我也不能再回去，得回到我的上级那里接受新的任务。我在滕县政府里面有朋友，到时候书店审批手续我也可以帮一点忙。"

两人一拍即合，当即开始商讨开店事宜。

三日后的清晨，王景临回到滕县县城。

走之前，明亮也脱离危险，但嗓子废了，便还在村子里静养。

王家老夫妻为了躲避刁占山土匪的报复，决定去离家乡五十里外的抱犊崮山区王母的娘家。

那日清晨，带着秋意的风吹遍了连青山下的王家庄每一个角落。

村前的河流每日默默地、不辞劳苦地在滕县大地上奔流着。性柔姿秀脉脉含情，每日都唱着清脆甘甜的田园曲，给人们留下一个又一个无限向往的远方。

临走前，坐在马车上的王父对王景临说："我也想明白了，现在的世道不比从前了，你从小就主意大，我再也拦不住你。但你无论如何要记住一点，无论何种情况，都要护住自己的安全，万不得已周全不了，也要走正道，不能丢了我们王家的脸面。"

王景临胸口微微起伏，半晌答道："父亲放心，儿自问所作所为，对得起列祖列宗。"

王父点点头，王母垂着泪，叮嘱了王景临一番。王父抖了抖缰绳，"啾啾"吆喝两嗓子，驾着驴车毅然决然、头也不回地朝着东南面的大山驶去。

王景临站在祖屋院落里，看着父母远去的背影越来越小，泪水终究止不住流了下来。

他多么期待有一天，红色思潮如同龙泉塔般光芒万丈，击退世间所有妖魔鬼怪魑魅魍魉，让自己父母和与他们一样善良无辜的百姓，不会再像今天一样无家可归、四处逃亡。

离开祖屋的那天清晨，满世界飘着雾蒙蒙的秋雨，王景临手提回乡的那个箱子，里面装了烟杆和书、几件御寒的衣服、刁占山的那把德制手枪，还有那包灰色末末。

那包末末，是在万不得已情况下，留给自己用的。

回到县城，王景临和张晓生就此道别。王景临知道，张晓生还有其他任务，自己也不便多问，只能目送他很快消失在茫茫人流中。

当下的任务，还是尽快开书店。

有了书店这个招牌可以更方便进货各种书籍，也能更快找到《太平洋风云》，找到那份神秘名单，为将来，他也不知道的什么样的任务，做好准备。

而且，当下还有一个问题。王博源老师交代他开书店时，告诉他还会有一个同志，也是受组织指派回到滕县，党组织派过来和他一齐筹备书店开业相关的事宜，是准备等他回乡后再通过别的方式告诉他那位同志的公开的身份。

可是现在王老师被捕，他得不到任何指示，那位同志，会是谁？现在又在哪儿呢？

金秋九月，丹桂飘香。

宁静的滕县华北弘道院，校园琅琅的读书声和上课铃，仿佛能让人暂时遗忘窗外的恐怖与动荡。

上课铃声响了，王景临身穿长长的哔叽长衫，手里拿着书本走进课堂。

"同学们好！"王景临微笑着面向学生。

"老师好！"学生们整齐地全都站起来，边说边向王老师鞠躬。

"请坐下！"王景临翻开书本后又扣下。

"同学们，我们今天讲苏联作家高尔基的作品《海燕》……"

王景临上课手里除了拿着课本，讲课桌上还放着一个马蹄表，总是绝对遵守时间，上下课分秒不差。

课堂上他虽然带了课本和讲义，但从不照本宣科，他的课总是受到同学们的欢迎。

时间一天一天地飞逝。

这天，王景临收到了一封信，从济南寄过来的。寄信人落名袁博，是王博源的别名，这个暗语只有王景临知晓，信中的内容只有简单的一串数字和那三本书的书名和"烟杆"一个词，数字 7-11-106。

数字是倒过来的。

王景临对应了一下，因为《太平洋风云》损坏缺页，他根本查不出真正的内容。

为了万无一失，王博源冒着危险用延迟寄信的方式告诉王景临破译方法和工具。

王景临知道老师的方法才是正确破译情报的方法，可老问题没有解决，他爱莫能助，心中如铁烙般烫得着急。

他定定神，合上信，心中早已将纸上的内容默得滚瓜烂熟，连恩师独特的笔画都刻在心里。一边将纸张撕成碎片，一边透过窗户瞧着那同学们一张张青春蓬勃的脸庞，心中革命之火在熊熊燃烧。

拯救中华的希望全都在这些少年身上，他多么希望，坐在教室里的每一个学生都能成为真正的战士，又有些许担忧。

在如此险恶的环境下，这些稚气未脱的孩子是否能承担与他们年龄不符合的苦难和痛苦，不能兼得的矛盾拉扯得他心中有些压抑和疼痛。

他也知道，自己的性格重情重义，遇到事情往往意气用事，有时候也太过于看重感情，王博源老师曾提醒他在革命的道路上，不能过于考虑情感来消耗自己。他深深呼吸一口气，看向学子们的目光变得坚毅起来。

把国家的未来放在第一位，是中华民族每一位子民所具备的品质，如同现在的自己。

王景临一边紧张地备课、上课，闲暇之余便去暗暗地筹备开办书店事宜。

值得高兴的是，他还真替方叔在学校里谋了一个差事，在校园内做卫生保洁。

时间不知不觉过了半个月，王景临多方寻找合适的门铺，一直毫无收获。

这天经朋友介绍，在县城东关黄山桥戏台旁找到一家门面，准备跟房东谈租房事宜。

房东姓迟，一听王景临说准备开书屋，突然变得迟疑起来，问道："你不是说你只是经营一些生活杂货用品吗，怎么还卖书啊？"

王景临忙笑着说："这有什么关系？不全是杂货铺，是搭着经营一些书籍卖，这年头什么赚钱就卖什么呗。"

迟大爷摇摇头："如果卖的都是正经书应该好点，现在禁书查得严，我们普通老百姓也不懂啥是禁书，万一撞了鬼，我就这祖上留下的一间门面房，让警察给封了可怎么办？"

王景临一怔，但还是面不改色赔笑道："禁书是啥样我都没见过，横竖都是市面上买卖的，我的买卖还会做砸了不成？大爷你也太小心了。"

迟大爷叹口气："咱们滕县的笔墨纸砚、书报刊，那可都是龙家的生意，你们这可是从他口中抢食，这龙家可向来不是善茬。如果你们执意要做书的买卖，我看还是……"

即便他愿意在每月房屋租金基础上再加价，那迟大爷说什么也不肯租给他。

王景临有些沮丧。这是他们找的第五家门面了，不是租金太高就是地段太偏僻，好不容易条件符合，房东却又怕招惹是非。

日子一天天过去了，书店还没有找到合适的门面房。王景临心中焦急，书店晚一天开张就晚一天找到《太平洋风云》，很有可能误了党组织的任务。

王景临继续奔波着，他还在课后向一些家中做生意的学生打听，若听到自家大人说哪里有准备出租门面的，请告诉他。

这方法很快奏效了。转天，有个学生跟王景临说，教高级国文科的一位数学老师叫李文庭，刚刚从曲阜二师来到这里，跟他一样也是个新老师，碰巧他现在好像也在到处寻找门面商铺，或许去问问他能有收获。

王景临心头一动，一种莫名的预感涌上心头。他一下课就迫不及待朝教学楼跑去，去见见那位李老师。

刚上楼梯，一个身影唰地挡在他跟前："王景临！"

王景临吓了一跳，定睛一看，竟然是那个在巷子里企图"劫持"他的女学生。

林小咏咯咯地乐不可支："胆儿真小。我几次远远在学校看到你，他们说你是初级的国文老师，可太巧了。"

王景临定定神，有些生气："你应该称呼我王老师。"

"好好好，王老师有礼！"林小咏故作乖巧，朝他鞠了一躬，"你到我们三年级这里来，有何贵干呀？"

王景临定定神问："数学组李老师的办公室在哪里？"

"前面右拐便是。"林小咏努努嘴。

王景临大步走进办公室，恰好碰到李老师单独在备课。

他表明来意，礼貌问候，李老师也谦和让座，两人都是刚到学校不久，互相有股子惺惺相惜的情愫。

聊了一会儿，王景临右手微微握拳放在下巴下，问道："这个周三有没有电影？"

李老师笑道："不知道。"

王景临默默放下胳膊，有些失望，看来李老师并不是自己的同志。

两人寒暄一会儿，王景临告辞。

没多会儿就是放学时间，学生们都离开了教室。

王景临刚收拾好教案准备关门，抬头就看到李文庭站在跟前。

他心中正在诧异，只见李文庭伸出右手，握拳在左胸口上敲了三下，说道："电影我就不去了，如果是书店，我们就一起去吧。"

王景临眼睛亮了。

事后李文庭告诉王景临，他跟自己对暗号的时候，林小咏在窗口探头探脑，那个学生是出了名的捣蛋鬼。他为了保险起见，没有跟王景临确认身份。

王景临和李文庭马不停蹄过去看门铺。

这是个两层楼的小房子，楼下可以营业，楼上能堆货品还能住人，房屋几年前大修缮过，维护得不错，房东收拾得也算干净，周边环境也清静，出门右转行至一百多米就是奎文街十字街路口，街道车水马龙，既方便找寻，也不过于显眼。

王景临和李文庭商量后，当机立断租了下来——开店真的不能再耽搁了。

唯一让他有些顾虑的是，这条街道的拐角处也有一家"万丛书斋"，售卖各种书籍以及笔墨纸砚，店主正是之前不肯出租房给他的迟大爷所说的龙家。

王景临他们也很快感受到他们绝非善茬。

这段时日他们不断过来找碴儿挑衅，嘴上不干不净："臭教书的还学人做买卖，穷疯了吧，这个酸样儿还想当老板，不撒泡尿照照自己。"

换作以前的王景临早就跟他们打起来了，现在为了计划顺利进行只能忍气吞声，看着这些小混混过来闹别扭，拳心快攥出血了，后槽牙咬得咯吱响，差点上去跟人拼命。

还是李文庭更能耐住性子，不急不恼赔着笑脸，又是递烟又是敬茶，点头哈腰说了不少好话，才渐渐圆了过去。

晚上，两人到王景临的学校宿舍里小酌一番，王景临多喝了几口酒，一肚子苦水往外倒。

李文庭安慰他："我刚在社会上跟这种人打交道，心头也是一万个不乐意。我们好歹是读书人，跟这些人搅一块是够恶心。可这就是革命，你会遇到各种形形色色的人，我们只能记住一点。一切为了我们的目标！"

李文庭重重捶了两下自己的胸口："只要这里信仰还在，你管他是谁，都挡不了我们。好了好了，少喝几口，别误了我们的大事。"

李文庭又说："等第一批书到了，我们店马上就要营业了，可书店还没有名字，你可想好了吗？"

王景临一愣："对啊，我还一直没深入想过这个问题。"思量一番又说："你看，叫红光书店或者大众书店，如何？"李文庭笑笑，"我知道此处的深意。但我们党组织现在开展的是地下工作，红色太过敏感，很容易招到是非，还是用中性一点的词可能更稳妥。"

王景临想了想，说："你觉得，国民书店，怎么样？"

李文庭沉思片刻，一拍大腿："这个好！既符合当下时局潮流，也没有什么'书中自有黄金屋'那般俗气，国民两个字还暗含了为了天下人民的意思，我喜欢！"

王景临也很高兴："那就这么定了，就叫国民书店。"

翌日，两人便去了牌匾店，定做好了招牌，还为书店做了一副对联，上联：寻求科学真谛，下联：走上广阔道路。

当天夜里，王景临买来两只红灯笼，点亮了悬挂在书店大门屋檐两侧。虽然书店离开张还有一段时日，但那是革命者满满的期待，王景临憧憬着书店的发展、滕县的未来、中国的未来，乃至普天下百姓的生活，都能像这红灯笼般，充满了生命力。

整整一晚，国民书店门口那两抹微弱的红光，像两颗跳动的红心，在漆黑的大街上异常耀眼，光晕渐渐扩大，似有星星之火燎原之态，持之以恒，直到天亮。

没几日，大部分的书籍已经在国民书店上架。

必不可缺的四大名著，儒家思想的四书，唐诗宋词，当代文人墨客的一些代表著作，还有当下青年人喜爱的电影杂志、时装刊物、风花雪月的小说等。

王景临下课后总是马不停蹄地赶到书店，摆放书籍，打扫卫生，忙得不亦乐乎。

李文庭最近的教学任务很重，抽不开身，这些天书店的事情都压在王景临身上。

傍晚时刻，小雨夹杂着刺骨的倒春寒风，吹得路上的行人脚步变得更加匆忙。

王景临觉得自己浑身是一团火，他将一本本书籍分门别类放书架上，看着每一本书昂首挺胸，如同一个个战士屹立在书架上，一股莫名的悸动在心中荡漾。

"砰"一声响，门被踢开了，七八个小混混大摇大摆走进来，油墨飘香的店内顿时布满了腌臜气息。

领头那个一脚将旁边的椅子踢倒，几人四处打量叫嚣着："呵，这是准备开业了？还挺全乎的！"

王景临拳头一紧，还是忍住自己的愤怒，冷冷回道："各位要买书请改日吧，现在书店还在筹备中，等万事俱备了再请各位光临，定给你们进货的价格。请回吧！"

为首的二流子人称杨老三，最是个欺软怕硬、阴险狠戾的角色，听到王景临这般说冷笑一声："我说你们教书匠不会做买卖还不信，连茶都没请一口就赶人走，就你这么着，你这店怕是开不长啊！"

旁边一个二流子一脚踹翻旁边的椅子："这小子是最不长眼的，我来两次他都臭着一张脸，跟欠了他几个大洋似的。大爷我进你店是给你脸，你他妈还甩脸给我，还要请我们回去，我就不回去，怎么着？怎么着？"

他边说边拿起货架上的书，抡圆了胳膊一本一本往门外扔去，嘴里挑衅着："几本破书看把你能的，我扔你书了，怎么样？信不信我把你也给扔出去……"

王景临直直站着没说话，眼睁睁看着十几本书被扔到外面，他心中一股怒火几乎遏制不住了。

杨老三扬扬手止住小二流子，笑眯眯道："何苦呢？和气生财嘛！我们也不想为难你，可你是在别人家嘴里扒食，总得孝敬一下别人吧。"

王景临冷笑两声："我们的书店买卖也是在政府合法审批的，你过你们的阳光道，我走我的独木桥，又有何相干？"

杨老三嗤了一声："说你是读书人不懂这里面的行道，哪怕是人家嘴里留下的一点渣渣，没两分能耐还能让你吃上？这样吧，我们交个朋友，你先给我一百大洋，我去帮你打点打点，看你们不容易，以后每个月给我们三十大洋就好，有钱能使鬼推磨嘛！"

王景临哈哈一笑："杨老三真是看得起我这个小店，你跟我要一百大洋，我这里是书店不是洋行，你们兄弟找发财找错了地方。"

杨老三笑道："看来你是敬酒不吃吃罚酒了，那就让大爷好好教导教导你！"

他话音未落，"哗啦啦"几声，几个二流子已经把书架上的书通通扒拉在地，还用脚使劲踢了几下，口里嚷道："没钱孝敬我们大爷还敢开店，那就先用这些书来补偿吧！"

他们嘴上骂骂咧咧，轰隆隆几声把书架撞倒，对着书籍又撕又扔，无所顾忌地欺辱人，让他们肆意畅快地大笑着。

一个混混索性将地上一麻袋没有开封的书抱起，准备扛起来往门外走。

王景临心头一紧，那一些书正是他们秘密从上级组织那里取来的各种红色书籍，全是当下妥妥的所谓禁书，如果被这些混混发现了，那就更无法收拾了。

那袋书很重，小混混力气不够不能马上扛起来，拽了拽捆在麻袋上的绳子，麻袋破了一个洞，里面的书露出一角，王景临能看到封面上的马克思几个字。

王景临心脏紧跳一拍，但他很快冷静下来，冲到前台柜子旁打开抽屉，从里找出一个精致小巧木头制作的物件。

没等杨老三反应过来，一个硬硬的圆口物件，堪堪抵在他的腰间。

杨老三吃了一惊，一抬头正好对上王景临喷着火焰的双眼。

王景临语气冷静，但摄人心魄像刺骨银针，一字一句道："这世道，没两把刷子还敢做买卖，你连别人背景都不打听清楚就敢来闹事，你也是蠢得够可以的！"

杨老三双腿微微战栗起来，语气奋拉软了不少："有，有话好好说……"

小混混也都停了手头的动作，都吓了一跳，看不出这个看似文弱的年轻人手上竟然有硬家伙，那张斯文的脸的表象下，也有如此可怖的面孔。

王景临把手中的小木头枪往他腰上狠狠一抵，明显感到对方抖得更厉害了，他睁着血红的眼低声说道："你信不信，今天我就让你的血给我的店开开张,好让我今后更红火。"

杨老三声带都变了，连连求饶："别别，兄弟，我有眼不识泰山，多有得罪，你早说啊！弟兄们，快把这些书都放好了，快！"

小混混们赶紧捡书的捡书，扶书架的扶书架。

王景临怕麻袋里的情况暴露，大吼："少用你的脏手碰我的书，赶紧麻溜滚蛋，再让我看到你们，我一枪把你脑浆子崩出来！你信不信！信不信！"

杨老三整个人几乎都要瘫到地上了，紧闭双眼频频点头："我信我信，我们现在就走。"

几人连滚带爬跑出书店，空气中弥漫着一丝尿臊的味道。

王景临喘着粗气，血红的双眼逐步恢复常态，气息也慢慢平复下来。

刚才还嘈杂成一片的店内，顿时变得鸦雀无声，他知道，这是暴风雨来临前的宁静，现在不是懈怠的时候。

他先跑出店门，四下看看，将自己缴获刁占山的那把枪藏在路边大石头下杂草堆里，摆上几块小石头作为记号。然后飞奔回店，将那袋装红色书籍的麻袋扛起，搬到里屋隔断墙内。

他们刚刚接手这家店时，发现这家店铺的里屋内有一个大概两平方米的暗格小杂物间。

他和李文庭商量了一下，把小杂物间封闭起来，设计了一个推拉门，看上去就是一堵墙。不方便放在明面上的书籍都可以放在里面，非常隐蔽。

王景临刚刚把麻袋里所有的书都放进去，关上门，再用个橱柜遮住，就听到外面大厅又是一通嘈杂的脚步声。

王景临掸掸身上的土，从容地走过去，刚到大厅发现居然进来这么多人，"嗖嗖"几声，几杆长枪对准了自己。

一个身穿黑色制服矮个警察迎面上前，杨老三站他一旁勾腰谄媚的嘴脸，说道："就是这个小子，私藏枪支器械，还差点打伤我和我兄弟。庞长官，你一定要主持公道啊！"

王景临冷哼一声："杨老三，饭可以乱吃话别乱说，你哪只眼睛看到我有枪，你道上混了这么久，木头疙瘩和枪都分不清，我跟你开个玩笑你还当真了。"

庞警官瞥了杨老三一眼，冲王景临翘翘下巴："小子，叫什么？跟谁混哪？"

不等王景临回答，一个小混混插嘴道："我们都查清楚了，他叫王景临，是滕县华北弘道院的老师。"

庞警官不满地啧了一声，杨老三回头给了小混混一个耳刮子："庞爷跟前你敢放肆！不过庞爷，这小子真的不是个好东西，搞不好他是，是什么来着？"

一个小混混接口道："共党！"

"对，就是共党！现在不少文化人都爱进这个那个组织，搞不好他就是你们要找的共党，快把他抓起来审问一下什么都知道了。"

王景临冷哼一声："杨老三，东西能乱吃话不能乱讲。你也欺人太甚了，乱给别人扣帽子，迟早要报应到你自己身上。"

庞警官也不理杨老三，手指扬了扬，五六个警察散开到屋内搜查，留一人还持着枪杆对着王景临。

一番搜查后没有结果，警察都聚拢过来。庞警官得知结果，嘴角牵了牵，对王景临说道："这事因你而起，小子，跟我们去一趟警察局吧！"

王景临双手一摊，苦笑道："警官你也看到了，他们把我的书店搞成这样，怎么还是我的不是了？"

庞警官清清嗓子："私藏枪支是大罪名，我们必须查清楚此事。你放心，我也不认为你是共党，共党比你狡猾多了，哪有你这么血气方刚、办事不管不顾的，你跟我们走，配合调查就行，只要你真的无辜也不会关你多久。行啦少废话，跟我们走吧！"

王景临连忙叫苦不迭道："这分明就是一把玩具手枪，还是木头的。开个玩笑至于当真吗？"边说边把柜台上的木头小手枪扔在他们面前。

杨老三在一旁眼珠子乱转阴险地笑着："他卖禁书。"

王景临心头暗叫不好，这些警察跟杨老三算不上一伙，但性质基本上差不多。如果这次他进了警局，不拿出个几百大洋是肯定出不来的。他有所耳闻，这些警察手段残忍比土匪有过之而无不及。

他开始有些懊悔，当初为什么不忍一时，或许现在还有转机。

庞警官吆喝一嗓子："走吧！"便要转身离去，其他警察拿着枪冲着王景临晃着："还愣着干吗！想吃枪子儿？"

"哎哟庞兄，咱哥俩多久没见啦！"门外传来一个沙哑嗓音。

庞警官回身一看，也招呼起来："孟老弟，你不是在东街巡逻吗？什么风把你给吹来了？"

王景临扭头一看，孟老五踏过门槛进了店里，看看他，继续跟庞警官寒暄："我这不是想你了吗？来请你喝两盅。庞警官最近升官了，不知现在可否赏脸啊。哈哈哈。"

庞警官笑道："你小子啊，我是比你官高一级，可你现在是局长身边的大红人，要请也是我请你呀！"

孟老五哈哈笑着，故意做出才发现王景临的样子："王家少爷，你也在这儿啊！咦，这里怎么搞得乌七八糟的呀！"

庞警官笑容一僵："怎么，你们认识的？"

在孟老五的周旋下，庞警官带着他的属下离开国民书店，杨老三见势不妙，早就偷偷溜走了。

孟老五打发走他的属下，一边帮王景临捡起地上的书，一边埋怨他："这些畜生是你招惹得起的，吃人不吐骨头，个个都是最腌臜的主儿！你一文弱书生斗得过他们？你要做买卖你可以先来找我呀，或者往我管辖的东门里街去。"

王景临笑笑："门店不好找，何况你也有家有口的，不想给五哥添麻烦，害怕牵累你。"

"我哥俩还说啥？"孟老五努力收了收他的大嗓门，四下看看悄声道，"我刚才跟那个庞警官说，你是省政府哪个长官的女婿，具体是哪个长官我就是说得模棱两可了，这年头跟谁说话你都得有退路才行。不过这老庞是出了名的心眼儿又多又坏，你以后遇到他也得小心点。我今天算欠他一顿酒呢！"

王景临笑道："五哥现在越来越通人情世故了，不过话说回来，你怎么知道我在这里，还能来得这么及时，你是长了千里眼了？"

孟老五笑笑："我要有千里眼我就当司令去，还是你福气好，有耳报神庇佑你！"

王景临不解：“什么耳报神？”

一个俏丽的身影蹦到他俩面前：“怎么样？没想到是我吧！”王景临一愣：“你！”随即脸一沉，“怎么哪儿都是你！”

林小咏面带嗔色：“王老师真不够意思，为了给你找帮手我腿都跑细了，还摔了一跤。你以为孟五哥这么快到你这儿来是谁的功劳？不说声谢还给人脸子瞧！”说着撸起袖口，手腕处果真有两寸来长的新鲜擦痕。

王景临愣了一下，转身朝柜台走去，拿出干净棉布替她清洁伤口，口气还有些许责备：“大晚上的女孩子家到处乱跑，你父母就不管教你？何况你怎么会在我这里？”

林小咏被擦得“哎哟”两声，小嘴叭叭个不停：“我跟我娘说我去同学家，我爹很少管我。我早就知道你在这儿开店了，刚开始我还以为是你家亲戚开的店，没想到就是王老师自己开的店。幸亏我机灵腿脚还快，否则你这儿……王老师打算怎么感谢我呢？要不然，你雇我在您店里做店员吧，我也好多点零花钱。”

王景临对她刚起一点的好感和感激陡然消失，哭笑不得：“你，你一个大小姐能看上我这点零花钱？若不是为了生活我也不会开这么家店。不过话说回来，你们俩怎么会碰到一起？”

孟老五笑道：“我和林小姐也算不打不相识。这次也多亏了人家。但那个杨老三，你以后也得多防备，他比老庞还难缠，他跟龙家有亲戚，背后还有青帮做后台，有很多说不清千丝万缕的关系。”

王景临低头喃喃自语：“又是帮派。这年头军阀无道，土匪横行，政府无能，不改变怎么行？”

孟老五没听清他说的什么，只是劝道：“总之你做着买卖跟谁打交道都得多长个心眼子，唉，我就担心你这个性子啊！”孟五哥护送林小咏回家。

王景临拾掇好店里后，在店门口踌躇一番，见四下无人来到刚才藏枪的大石头下，扒开杂草堆里石块——枪不见了！

他心头咯噔一下，马上迫使自己冷静下来迅速分析推断。看这个石块搬开的样子，不像是动物叼走的，更像是人拿走的。这么敏感的东西，谁会有胆子和动机拿走呢？

那是从刁占山手里缴获的，此刻的王景临倒希望是杨老三等人拿走的枪。即便事后他拿着枪去告发自己，到时候他来个死不承认，别人也没辙。

倘若是普通人家的小孩不懂事拿走当作玩具，万一枪走火，后果才不堪设想。

无论如何，丢了枪，在党组织里是个相当严重的错误。

王景临没太多时间懊恼，只能再一次吸取经验教训，努力地克制住自己紧绷的情绪，刻意磨炼自己泰山压顶面不改色的性子。他知道只有沉稳下来，才能以不变应万变。

当务之急，继续找枪，找《太平洋风云》，找到王博源。

第三章　国民书店横出世，红色河流满暗礁

两日后清晨，正是惊蛰时日，一阵响亮的鞭炮声在滕县南门里东路上空响起。在1930年这个乍暖还寒的春天，国民书店历经种种坎坷，总算开启了自己的革命之旅。

书店门口立着一些花篮，一幅手工制作、一人多高的宣传图画，像上海滩百货公司墙上张贴的广告那样，贴在店门——店内书籍通通七折，多购多优惠。没多会儿，还真吸引三三两两的顾客前来看热闹。

国民书店设在滕县南门里街最为繁华的地段，左邻是"春来茶馆"，右邻是滕县城最大的、生意最好的"同仁钱庄"，对面街的门市是"尚善酒楼"、"位育堂"中医铺，还有一家推拿整骨诊所，其他大多是干杂百货店。

国民书店房屋是青砖结构，上下两层，十分的宽敞明亮。一楼是一些古典文献以及四书五经等方面的书籍，二楼是外国文学和一些关于新生活的书刊。

没过多少时日，国民书店成立的消息在滕县各个学校的学生中不胫而走。店内售卖当代最先进的思想书籍这个情报，像一股红色暖煦的春风，吹散初春的冷峭，在滕县大地上开出绚烂的革命之花。

来国民书店里最多的还是学生。买书的人都心知肚明，机智巧妙避开人群，同学带同学、朋友带朋友过来，对好了暗号，就能买到马列主义思想的书籍。

为了保障国民书店的安全正常运营，以及自身的安全，学生们很快掌握并熟练运用买到红色书籍的一系列流程以及暗号。

新顾客第一次购买红色书籍，一定要老顾客领到店里，否则一律不能暴露书籍的书名、购买流程以及暗号。

新顾客要对店员说出准确的暗号："我听同学说，贵店新进了一批浙江来的兔毫毛笔，多少钱一支？"

一个字都不能有错。

店员立马心领神会回答："兔毫毛笔卖完了，有从苏州来的国潮钢笔，你可要吗？"

学生答曰："有什么颜色？"

店员马上回答："有两种颜色，黑色和红色。"

学生答曰："红色喜庆，给我来十五支。"

学生要笔的数字，便是他为第几个来到国民书店的顾客。

因为是学生带学生、朋友带朋友，一个接着一个排了号的。

对于第一次购买的顾客，店员会立马登记下学生姓加上序号，但并不写上全名。也是以防名单万一泄露殃及同学们的安全。

除了苏联的先进思想的书籍，国民书店还进了大批当代具有觉醒意识反抗精神的学者的书籍，如梁启超、鲁迅、蔡元培等学者的著作。

品尝到这些干净丰富的精神食粮的学生，个个感觉甘之如饴。那些清醒警示的思想、有深刻启发性又充满力量的句子段落，让莘莘学子目光灼灼、热血沸腾。

书店里前来购买革命红色书籍的学生越来越多，尤其是放学之后，三十多平方米的大堂可谓门庭若市。

关于马列主义思想内容的书籍销量甚至超过了平常书报。

这天，国民书店内静悄悄的，有几个青年学生在看书，静得只能听到"哗啦""哗啦"的偶尔的翻书声。

这时一个叫徐亚的学生在二楼的新生活阅读书架上找到了一本《三民主义浅说》，被书的内容感染了。拍案而起："太好了，我终于找到答案了。我们干到底，那就是实现了共产主义，也就是世界大同，天下为公。"

"是吗？这是本什么书？"看书的年轻人纷纷围了过去，大家传阅着。

这几个学生都是进步青年。

李文庭见大家产生了强烈共鸣，于是拿出了一本《共产主义ABC》给大家传阅，问道，"你知道'英特纳雄耐尔'是什么意思吗？"

"是共产主义。"机灵的徐亚又忙着说："老师，我终于明白了，咱们干到'底'就是共产主义。"

李文庭满意地点了点头说："对，要实现共产主义，咱们现在好好读书，学习新知识，增长新本领，打垮一切反动派，保家卫国。"

由于书店不以营利为目的，所以很受欢迎。

学生和一些年轻人时常到店里浏览翻阅书籍，有的书页子翻破了不断地用糨糊进行糊贴。许多学生无钱买书，下课后天天跑去书店看书，吸收知识，接受新思想。

林小咏也常来光顾。

当她买到《苏俄秘史》时，意外又惊喜："王老师你怎么不早跟我说，还是我同学告诉我才知道你店里有这么好的宝贝。"又狡黠地眨巴眼，"我就知道，第一次见到您帮我解围，保住了我的《少年维特之烦恼》，我就知道你不是普通人。"

王景临立马喝断她的话，左右看看压低声音呵斥道："林小咏同学，话是可以乱讲的吗？你同学没告诉你规矩？在书店大堂要这些书，一定要用暗语，哪能像你这么信口就来。"

林小咏撇撇嘴，她同学在旁边搋了搋她，示意她小点声。

晚上快打烊时，王景临清扫着大堂，脑子里不由自主浮起林小咏的影子。

身为学校话剧社的台柱子，身上有时下最流行的西洋大胆的活泼，模样却是传统清秀娟丽的可人样子，喜欢卖弄小聪明，爽朗大方，偶尔有些神经质的忧郁，让人捉摸不透。

他总觉得这种性子，干不了严谨残酷的革命。

正想着，突然肩膀被人一拍，他奇怪这么晚还有人来买书，一扭头，一张粉嘟嘟的笑脸在他面前："王老师，你扫地的样子好专心哦。你在想什么，想心上人吗？"

王景临吓了一跳，立马恢复严肃的表情："这么晚你怎么还不回家，你有没有个学生样？"

林小咏上前厚着脸皮调侃："被人说中了心思才会生气，对吧！我怎么觉得你挺讨厌我的呀，我也是传播马克思主义思想的积极分子，你怎么就不会发展一下我呢？"

王景临想快点打发她："在学校我是你老师，跟朋友一起开这个书店也是为了糊口，什么书受欢迎能赚几个铜子儿就卖什么，还能发展你什么？赶紧回去吧，小心点别又把书从书包掉出来让人盘查了。"

林小咏噘着嘴哼了声："翻旧账。你看看，这是什么？"说着从斜挎的书包里掏出一个手绢包裹的东西，朝王景临怀里一递。

王景临仅触碰到这个物件的轮廓，心脏倏地提到嗓子眼，一把搋着林小咏胳膊拉到里屋，压低声响问道："这个，怎么会在你这里！"

林小咏吃疼，甩开他的手："真是不识好人心，人家帮你一次又一次，你就这么对我！"

见王景临还狠狠瞪着自己，她也知道事关重大，只好不敢再逗他，一五一十告诉他。

原来那天她来到书店门口，见杨老三等一行人在找麻烦，躲在对面街角处留心观察。听到里面乱作一团，正着急怎么去帮忙，突然见这些流氓连滚带爬地逃跑了。心里正纳闷，见王景临跑了出来，就在离她不过二十米距离的一棵大树下。

那时天色已晚，林小咏本就待在阴影暗处，他没发现她。只见王景临放了个什么东西又折回到店内。

林小咏慢慢踱过去，蹲下查看，大石头下竟然放着一把枪。

她吓了一跳。虽然自己平时大大咧咧惯了，但也知道这个的厉害，突然看到远远的街口，杨老三领着庞警官过来了，她来不及思考太多，一把将枪塞自己包里。

书店开业后，她也一直在找机会还给王景临。

王景临听得心惊肉跳，抑制心中怒火问道："我藏在那里很隐蔽，你又多什么事。万一杨老三他们发现了你，过来要找你麻烦，翻了你的包，你怎么解释？还有万一枪走火了，伤了你怎么办？"

林小咏也自知理亏，却依然分辩："其实我把枪塞包里马上就后悔了，可我那会儿脑子一片空白，但还好他们直奔你那里去了，根本顾不上我。"

王景临深吸一口气，耐着性子教育她："记住，你现在还是个学生，这些超出你能力范围的事情，能躲就躲，否则害人害己。"

林小咏咬着嘴唇，眼眶似有泪花闪动："那我害了你了？我给你添麻烦捣乱了？以结果为导向，我明明就是帮了你嘛！"

"可你知道这样会有多少隐患。"王景临刚出口也意识到自己话重了，便放缓了语气，"你是个女孩子，现在的任务是好好读书，武装好自己的头脑，为将来中华之崛起奋斗，要保护好自己。"

林小咏把头一仰："王老师，学中干干中学，难道一定要什么都准备好，才能革命吗？"

她字字在理，尤其那"革命"二字，说得铿锵有力，王景临心中一动。

林小咏又说："天下兴亡，男女有责。王老师，你我，是一样的人。"

看着眼前这个女孩，王景临怔住了。他想起那晚和李文庭的对话。

那晚，书店打烊，两人理了账簿，在回宿舍的路上，李文庭问："你是不是对林小咏有意见，那丫头看着挺闹腾，其实人不错，我看是个好苗子。"

王景临苦笑道："这种女孩将来是给别人做太太的，根本不知道国难为何物，仗着自己有些小聪明，以为喊喊口号就是爱国了，一向成事不足败事有余，上次就是她跟我开了一次玩笑，我现在心都还在打鼓。"

李文庭道："组织安排我们的工作，现在书店开起来了，除了传播革命思想，也要发现那些积极的有思想有觉悟的学生和青年，培养他们来壮大组织的力量和队伍。这样我们的中共滕县特别支部委员会也应该建立起来，才能让各位同志们分工协作，更好地完成我们的革命任务。"

王景临笑道："你想推荐她入党？我觉得这事儿你得谨慎考虑。"

李文庭说："我们都是这么过来的，要用发展的眼光看待任何事和人，她年纪小也毛躁些，我觉得还是可以发展一下，我知道书店相当一部分同学，都是她带来的，保密工作还是很到位的，只是在你跟前，她总要表现得俏皮一些。"

这么想着，他一转头对上林小咏那双明亮的眼眸，没想到她能说出这一番话，心头一动，嘴上说着："好了，这次谢谢你，可你也太鲁莽了，下次不能这么轻举妄动。"

但此刻他已经意识到，绝不能用当初的印象来看待这个女孩，也不能再轻易地给任何人扣上帽子。

林小咏恢复笑脸，居然撒起娇："那你什么时候也发展我成为你们的一分子？都这份儿上了，你就实话告诉我，你到底是不是人人口中说的共产党？哎呀你就告诉我嘛，王老师你还是挺关心我的嘛，我拿走枪你关心的是会不会伤到我。"

王景临瞬间对她又成厌烦的状态："好啦好啦，赶紧的，回家吧！"

从国民书店里蔓延出来的红色革命精神，如同一股肉眼无法看见的巨大热浪，引领着滕县广大有志青年的思想。从寒冷的初春，到炎热的夏季，来到盛夏沸腾起来。

树大招风，国民书店因生意兴隆到底引起同行人的眼红。

这天，王景临来店里，店员马秀山告诉他，店门口隔三岔五就被人一大早泼泔水，店铺门脸前面乱糟糟又脏又臭，连续好几天了，好多顾客来了都捂着鼻子离开，而他每次都要清理好久才能干净。

老百姓向来怕事，即便见店门口清爽，也怕进来遇到是非，生意一时冷清了不少。

马秀山不过二十出头，清瘦单薄，嘴角长期挂着谦卑的笑，眼神很是机灵倔强。他的表弟是滕县华北弘道院的学生，当初就是他告诉王景临他们这个门店出租的消息。

他本来在一个五金店做店员，家乡就在县城西郊外五里屯村，一直喜欢读书的他看到国民书店开业了，当机立断跟老东家请辞，毛遂自荐来店里工作。

见此状况，王景临纳闷，要说有孟五哥做后盾，黑白两道多少该对他礼让一番，又是谁来捣乱？

马秀山告诉他，多半还是龙家，那是滕县城乡方圆百里内外独占笔墨纸张和书籍生意的街霸，之前街上也开过两家书店，都让他们家想方设法给挤对关门了。

暑期已至，滕县热浪一片。

这天，王景临一早来到书店，果不其然店门口又是一片狼藉。王景临和马秀山一边收拾着，心里一边想着如何对策。

客人陆陆续续进店来了，半个上午就卖了十几本书，店内人头攒动。

马秀山招呼着顾客，王景临在账簿上记录着书籍售出信息，突然耳边一声刺耳的聒噪："有没有喘气的啊！"

格格不入的声音让书店瞬间安静下来，只见一个脑壳锃亮、嘴上叼根香烟的中年秃头大摇大摆杵在店门口，他身后跟着几个年轻小混混，来人结结实实把店门口堵住了。

与之前的杨老三这样欺软怕硬的地痞不同，此人有备而来，身后两个随从，腰上竟然别着硬家伙。国民政府原则上禁止普通民众佩带枪支，来者显然不是警察局或军队。只有那些豪门大户才有实力和关系让下属带着枪支行事。

虽然一看就是土制货，但火力和威慑性在普通民众前也足够震撼。

那厮又吼：“老子站这儿半天了，连个招呼的人都没有！”

马秀山一见来者不善，忙上前：“这位爷对不住，您快请坐，我去给您斟茶。”

说着忙拾掇把椅子掸掸灰，端正放在窗边。

秃头等人像几只大螃蟹横着走过来，一路还粗鲁呵斥着别的顾客别挡道。

秃头朝着柜台记账的王景临翘翘下巴，傲慢地问：“你就是掌柜的？”

王景临在一旁观察，大致猜出他们的身份，从容地走过来，身体向来人微微一欠：“几位有什么吩咐？”

秃头眯缝着眼打量他一番：“你就是姓王那小子，听说你厉害呀，手里的硬家伙差点把我兄弟杨老三给崩了啊。”

王景临微笑着，面不改色：“那都是误会，外面的传闻信不得。小马，给这几位大爷倒茶。我和杨兄不打不相识，现在也算是朋友。杨兄的朋友也自然是我的朋友，尊驾贵姓？”

秃头摸摸头嘎嘎一笑：“鄙人姓柴。那事就不说了。听说，你这里什么市面上的书都卖，可是真的？”

王景临笑道：“我开店做买卖，吃的就是这碗饭，市面上有什么书，顾客爱什么书，我自然都进。”

柴秃头一脸邪笑：“既然如此，你给我拿一本《北伐途次》。”

王景临一怔，立马笑答道：“好。”

很快将书找到递到柴秃头手上。柴秃头拿着书漫不经心翻了两页，抬头看看王景临，手指点点他，似笑非笑露出一口黄牙：“你胆儿不小啊！居然卖这种书！”

王景临笑道：“此话从何说起？这是郭沫若先生的代表作，据我所知，省政府的官员人手一本，是口碑绝好的书。”

柴秃头冷哼一声，音调缓慢透着阴狠：“少拿省政府说事儿！这里山高皇帝远，你跟我在这儿狐假虎威，骗得了杨老三那蠢蛋，还能瞒过我的眼睛？一个教书匠跑来做买卖，还干些见不得人的勾当。”

王景临从容面对：“我这家小店是经过合法审批的，所进书籍皆合乎法条规定，哪儿来不见光的勾当。”

柴秃头看看四下压低嗓音：“你一个文弱书生，玩不了那些爱走火的，那次对着杨老三的那个硬家伙，你交给我保管，以后你要有麻烦尽管跟我说话。”

王景临干笑几声："柴爷，上次我跟杨兄开个玩笑，那是我在梁场庙会小摊前买的一个小玩意儿，你要我现在就可以给你。"

说罢真的走到柜台里，拿出一个木头做的给小孩玩的把件儿递给柴秃头，柴秃头恼羞成怒一下把枪扔他脸上："小子，敢戏弄你柴大爷！"

一个眼神，手下心领神会，他们全都是有备而来，每人手里都提着一个大桶，一得指令呼啦啦把桶里的腌臜物往书架上撒去。瞬间一排的书弄脏了一片。

王景临一只胳膊护住书架，大喝一声："柴爷你这是故意为难我，再这么我报警了！"

柴秃头哈哈大笑："你赶紧叫警察过来，我们一起看看，私藏枪支，倒卖禁书，看是你进局子还是我进局子。"

王景临按压心中怒火："柴爷，有话好好说。这样吧，这是我做买卖的一点小本钱，请您笑纳！"说着掏出五六个银圆双手奉上。

柴秃头掂起一块银圆放口边吹了道冷风，笑道："你这是打发要饭的。要怪只能怪你自己在龙家嘴里抢食儿，我们哥几个也是奉命行事，你小子受着吧！"

说罢打了一个响指，一行人继续在书店里大肆糟蹋。

眼看一本本书被这些浑蛋撕毁玷污，王景临后槽牙都咬碎了，双目喷火但不敢轻举妄动。他吸取上次教训，深刻理解小不忍则乱大谋的道理。

一转头，他见柴秃头冷眼看着他。王景临突然明白，这个人是来试探自己，无论如何，共产党的身份绝不能暴露，否则刚起步的书店必定毁于一旦。

突然"轰"一声响，紧接着"啊"一声惨叫，只见靠墙边一个顶着天花板的大柜倒了下来，重重地砸到一个人身上。

小混混们一时住了手，紧接着一声刺耳的女声尖叫："救命啊，救命啊，出人命啦！"

小混混们才发现原来不是他们的人被压住，回过神来又立马唏嘘："我的个乖乖，这榆木做的高柜子还放这么多书，这么个压法可真是要出人命了！"

她这么一喊柴秃头也有些慌了，他们只是来捣乱，还不想弄出人命，便站起身扔给他一句话："小子，今天就放过你，等你吃了官司我们再会！"

一行人急匆匆出了书店。王景临冲过去狠命搬着柜子，一旁的女孩像吓傻了一样，王景临大吼一声："快来帮忙呀！"

女孩如梦初醒，抖着战栗的双手跟王景临一起搬柜子。无奈柜子太沉，两人搬得脸都红了，也只把柜子抬起一两厘米高，而此时柜子下的人已经没有声响。

王景临大吼一声，所有的愤怒和哀痛聚集成洪荒之力，当他将柜子抬起，突然感觉胳膊一轻，整个柜子抬起，地上露出一条大缝。

王景临抬头一看，一个年轻人站在他对面，是他加入了营救队伍，给了他很大的力量。

他急忙趴下去查看压在柜子下的人，一看傻眼了。

柜子下面没有人，只是个鼓鼓胀胀的大麻袋，他伸手一拉便拽了出来，打开一看，这不是马秀山夜晚守夜睡的被褥吗？

看到王景临一脸蒙，女学生小声道出实情："是李老师和小马哥让我这么做的。"

年轻人笑着向王景临伸出手："我刚才一直躲在最后一排的书柜看你们，这些混混都是纸老虎，也怕把事情闹得不可收拾，让景临兄受惊了。"

王景临喘着粗气，打量他一番问："多谢你，请问怎么称呼？"

年轻人笑道："我叫李大同，是滕县文庙小学的老师。我来你这个书店好些次了，每次不是你在忙就是我看书入了迷，一直没有机会正式认识，今天总算如愿了。"

李大同又说："我听一个同学说，你的店里有一本书叫《太平洋风云》，对吗？可我问了几次小马，他都说不太清楚。"

一听到这个书名，王景临不由得怔住了。

说罢，李大同说出暗号，证实自己也是可以购买革命书籍的人。

王景临心头咯噔一下，他不知道眼前这个李大同为什么要找这本书。只是单纯慕名向往，还是别有目的。倘若他找这本书的目的跟自己一样，也是为了那份名单，那他是敌还是友？

王景临愣神片刻，说道："那你请稍等。"

王景临在小仓库里翻找了一下，拿出一本《太平洋风云》。李大同拿到书，道谢，和女学生一起离开店里。

国民书店已经通过秘密渠道购买进步书籍好几次，《太平洋风云》也只有两本，但都只是翻印的印刷本，不是原著版本，两个版本的《太平洋风云》页码相差几十页，所以无法准确从其中得出想要的名单。

小马也知道这本书有着特殊的意义，尽管他不太清楚详情，但王景临吩咐他一般顾客问起这本书就说不清楚，下来先告诉自己再做决定。

因为名单一直没有办法复原，王景临只能更加努力经营书店，继续加快进货的步伐，以便更快找到原版的《太平洋风云》。

此时他也正在考虑筹备，是时候该启动，正式建立起中共滕县特别支部委员会。

国民书店开办这几个月来，社会影响越来越大，县城甚至出现一首打油诗：惊蛰时节风飒飒，街上商货乱如麻。学校用具何处有，国民书店第一家。

不知道什么缘故，最近暂时没有人过来再找国民书店的麻烦，国民书店的生意又开始渐渐步入正轨。

王景临没有深究其中的缘故和奥妙，革命的工作让他既要思维缜密，又得抓大放小，此刻他思考的重点任务，是和李文庭筹备，正式建立起中共滕县特别支部委员会。

来书店的积极学生和进步青年越来越多，严峻的社会局面和白色恐怖也阻挡不了他们向往光明的赤子之心。

进步书籍像一面正气凛然的红色大旗，指引莘莘学子引吭高歌，为了新中国光明的未来奋勇前进。

王景临他们经过一段时间暗中考察几个进步学生，决定发展他们为中国共产党党员，壮大自己的革命队伍，凝聚更多的力量，把革命工作完成得更加出色、更为完善。

这天傍晚，国民书店挂出店铺盘点的牌子，提早关门。书店里屋中间有个小圆桌，除了王景临、李文庭、李大同还有五个年轻人。

经这些时日的考察，加上在学习和生活中的培养发展，王景临和李文庭选中了几个积极分子——林小咏、刘天明、马秀山、张元桥、董宜博，今天决定让他们加入自己的队伍，正式成为共产党的一员。微弱的白炽灯泡下，几张年轻的脸庞满面红光，如同清晨刚刚跃出山谷的太阳。

王景临激动地介绍："马秀山、林小咏、张元桥三位同志我们已经很熟悉了，这两位，李文庭，还有李大同，我现在把他们介绍给你们，他们也是我们的组织里的一员。"

原来，就在王景临遇到李大同那日后，他心里一直在惦记这个人。他不知道李大同找《太平洋风云》目的是什么，怀着探索真相的心情，他趁一天没有课时，来到李大同任教的文庙小学。

文庙小学在南门里街一个岔路旁的空地上，几栋黑瓦灰墙的平房传出稀稀拉拉的读书声，年代久远的石阶缝隙处长满青苔。

课后，孩子们陆续回家。在那间屋顶漏风、地面潮湿的学校办公室里，李大同递给他一封信。

王景临打开，熟悉的笔迹扑面而来。

是王博源老师的手笔。

信上说道："景临，见字如面。相信你看到这封信，我们的书店已经开业了，你肩上的担子任重道远……"

原来，王博源深知革命道路艰险，当他代表党组织派王景临返回家乡后，为了他能更好地开展工作，开始为他后面的工作提供更多的帮助。

山东省委决定为了在滕县壮大革命斗争的队伍，王博源早在去年就暗中和李大同、李文庭二人协商开办国民书店的事情。两人都在省政府里有朋友，更容易得到支持，筹到了开店的资金，并且在王博源的带领下都加入了共产党。

王景临读完老师的信早已眼眶湿润。

李大同说："本想你回到滕县就和你联系，奈何书店从开业到现在一路颠簸坎坷，我为了掩护身份一直按兵不动。这些日子，你受到严峻的考验，圆满地做好了组织交给你的任务，党组织和王老师没有看错人！"

王景临十分激动："走到今天，好些事都是同志们在帮我，没有他们我都走不到今天。可我自己，欠缺的，实在太多了！好多次都差点出岔子，辜负老师对我的期望。"

李大同紧紧握着他的手："你本就不是一个人作战，我们革命队伍以后会越来越壮大，这也是你我目前最重要的任务。相信不久的未来，我们的红色旗帜可以插遍整个中国，让世界所有人都能见证中华之崛起！"

王景临充满激情地刚为几人互相介绍后，店外突然传来一阵激烈的敲门声。

听着像是上次的柴秀头。如果被人看到屋子里有不是书店的人一定会引起怀疑，王景临当机立断让刘天明等五位同志从后窗离开，会议时间择日再决定。

他们刚刚开门，一个窝心脚一腿将李文庭踹倒，跟着一声叫骂："妈的，敢让你大爷等这么久！"

李文庭瞬间嘴角流出一丝血迹，他一向肠胃不适，这一脚正中他旧疾之处。

王景临怒火中烧，一把拽住肇事者胸口吼道："你们到底要干什么？"

他真恨不得立马掏枪，崩了这些欺凌弱小、对社会有百害无一益的渣滓。

"不得无礼！"一个不大的男声，却隐隐透着说不出的震慑力。

为首的流氓表情突然变得谦恭，几个人不约而同地侧身移开，一个国字脸、身形魁梧高大的男子站在对面，眼神凛冽，不怒自威。

他身穿当下时兴面料和做工精致的西服，并没有跟随潮流打上领带，三分随意七分贵气。眼神朝属下一凛·"去把远近闻名的叔郎中请来给李先生看看。"

李文庭摆摆手："不必！老毛病，不知龙少爷今日来此有何贵干？"

龙少爷嘴角微微上翘，使了个眼色，一个下属立即跑出去了。

王景临心中暗叫一声不好。滕县人都知道，龙老当家自年前去上海颐养天年后，滕县大小产业都是他的独子龙少爷打点。

相传龙少爷心思活络，继承了老一辈的关系和人脉，也能吸收新鲜的信息，八面玲珑且果敢狠辣，黑白两道都很吃得开。

王景临和李文庭心中不约而同地担心，如果只是一些粗鄙的流氓搞破坏，虽然他们可恶至极，但一般只会伤及皮毛，龙家少爷这种头脑缜密见多识广的人反而更难办，在他面前一个不留神身份便会暴露无遗。

龙少爷微微欠身，行礼道："今日才来拜访，是我失礼。我龙家一向礼敬文化人，王先生、李先生让我钦佩。"

王景临语气揶揄："还得感谢龙少爷这段时日的照顾。"

龙少爷面带微笑："在商言商，我祖上在滕县数十代，一直做些小买小卖，行行有自己的规矩。虽然这些年受外来思想冲击，变化翻天覆地，但该有的规矩还得有。"

李文庭向他一抱拳："龙少爷，我们小店只会售卖书籍，只因我们喜爱看书，绝不会影响您家生意多少。您看这样如何，凡来我店中顾客，购买笔墨纸砚等文具，我一律都请到您店中，同行不一定得是冤家，互利合作更能财源广进，不是吗？"

龙少爷笑了笑，环顾一轮屋内，缓缓道："国民书店。"

他双手环抱慢慢踱步："兴邦立国，国泰民安，这是你们书店的寓意吧。其实，我个人倒更觉得丧权辱国、民不聊生更合适。"

王景临拳头一紧，不知道他到底目的如何。

龙少爷说："我就不绕弯子了，这次前来有个不情之请。我希望二位能把这家书店转给我。"

王景临两人怔了一下，互递一个眼神，诚恳道："龙少爷，实不相瞒，这并非我二人书店，店虽小，但有好几个股东，我们也做不了主。"

龙少爷嘴角微微上翘："都有哪些股东？难道是，共产党吗？"

王景临心头咯噔一下，李文庭反应很快，立马笑道："这个共产党我们倒是常听说，但是真没见过，这家小店只是家里数个亲戚长辈一齐筹备的，龙少爷千万不可听信外面的谣言。"

龙少爷说："无风不起浪。不过我才不在乎。我从小就跟着我父亲江湖码头上跑，三教九流军阀匪盗都打过交道，能在这些关系中生存下来才是能耐。不是我在这里口出狂言，百无一用是书生这句话不是没有道理，做买卖不适合二位，你们最好的活路，还是在学校里平稳度日。我也理解，这家店凝聚二位的心血，所以我也绝不会亏待二位。"

他往一旁使个眼色，一个混混上前唰一下打开一个箱子，十几排崭新的银圆在灯光下铮铮发亮。

龙少爷说："三百银圆，盘下两三家书店绰绰有余。我敬二位的骨气，我虽贱为市井商人，也知书神圣不可玷污，只是在商言商，我不得不采取一些手段。这点心意一来为我这些时日的行为请罪，二来我真心希望你们二位能在这乱世中平安，教书育人即可。"

说罢，向跟随的属下挥了挥手，头也不回地扬长离去。

龙少爷离店后，两人看着桌上一箱银圆，愣愣地站着半日一声不吭。

李文庭打破冰凌："或许，龙少爷的话，我们可以考虑一下。"

王景临不可思议看他一眼："你是说笑的吧！"

李文庭道："先听我把话说完，我们在滕县开书店，龙家绝不能得罪，这个钱暂时别退给他，我们可以先退一步，告诉龙少爷可以入股书店，以后再慢慢周旋，甚至可以把他发展起来。"

王景临嗤之以鼻："这种人怎么可能成为我们的同志？别异想天开了。"

李文庭道："或许我们能这样，采取一个缓兵之计，跟龙少爷商量，这家店不用盘给他，让他入股进来便可。"

王景临想了想摇摇头："我觉得不妥。"

李文庭说："为什么不可能，万事皆不能绝对。龙家势力不可小觑，龙少爷年轻也有接受新思想的可能，倘若有了他的支持，我们的力量会大大增加。"

王景临说："那不一样。我们培养的同志，都是把挽救中华之命运看得比自己生命还重要的人。这种纨绔子弟，满脑子的铜臭，思想根基都不同，道不同不相为谋。"

李文庭笑道："林小咏呢？你我都知道，她的父辈资产颇丰。"

王景临愣了一下："她不同，她还是一张白纸，可塑条件极大。可是这位龙少爷，身在商贾之家，看似儒雅谦和，实则比谁都心狠手辣。"

李文庭无言以对。

他知道王景临的脾气不会被轻易说服。

王景临虽然十分反感龙少爷，但不得不承认李文庭说得句句在理，凭他们目前的处境跟谁都不能硬碰硬，目前只能想方设法跟龙家周旋。

他打算亲自去一趟龙府与龙少爷再商量一番，顺便把他上次留的银圆带过去，劝说让他入股。龙少爷带来的三百银圆，如何处置着实让王景临有些头疼。这么多大洋放在店里，若有个闪失，以后更是后患无穷。他们是费了很大劲儿才筹备到开书店的钱，在经济上他们更得谨慎才行。

翌日，王景临便去了龙府。他提着手箱从书店出来，突然手中一轻，一个身影飞速从他侧面飞奔了过去。

箱子被一个小贼劫了！

王景临拔腿就追，奈何那扒子狡猾敏捷，左冲右窜一看就是老手，他飞快钻进人流中跑过几条街没了踪影。

扒子脚下如飞，提着箱子冲进南街一条小巷深处，钻进一个小院里，迫不及待大喊："哥几个快来看看，这回发了！这沉甸甸的，这里得有多少袁大头呀！"

几个扒子围了过来，兴冲冲打开一看，果真是一摞摞白花花亮锃锃的大洋。

几人对着箱子大眼瞪小眼，没等反应过来，只听门口一阵枪支上膛伴着一声怒吼："里面的人，不想变筛子的通通出来！"

几个小偷吓得屁滚尿流，也疑惑自己莫名其妙得罪了哪一路神仙，自己老窝都要被一锅端了。

原来王景临遇到孟五哥的一个部下，听了王景临被抢劫的形容，立马知道这是哪条道上的街油子小偷，冲着孟五哥的交情，他带着人帮王景临把箱子找了回来。

王景临简单跟孟老五说了情况。

孟老五歪着脑袋想想，嘁了一声："这些大洋的确挺烧手，可你知道，龙少爷这种场面上的人，极其看重面子，你隔日就把银圆拿过去，极大可能会事与愿违。不如你先把大洋拿回去，此事还得三思后行。"

王景临细想不无道理。

龙府他暂时也去不了，必须跟随孟老五去做笔录。他再次进入警察局高大的院墙，一切办理还比较顺利。

按照往常的规矩，追回这么一大笔银圆，王景临可得被揩不少油水。所幸孟老五周旋，箱子里的大洋分毫不差地回到他手中。

他跟随警察来到警察局做完了笔录，出门时看到一群人戴着头套被押着、推搡着、呵斥着进来。出于革命工作本能，他随口问了问旁边的小警察："这些人都犯了什么事儿？"

一个小警察悄声说道："他们都是共党！这段时日上头给我们下令了，但凡有一点亲共苗头的一概不能放过，刑具房里的葛大爷又有得忙了。"

王景临心头一颤。

话音刚落，屋内深处传来一声长长凄厉的惨叫。任何普通人听到都会禁不住打一个寒战，想起牢狱中生死未卜的王博源，他心如刀割。

他担心待在这里太久自己的表情异样让人生疑，飞快地离开警察局。

一晚上，他脑海里总是回荡着那凄惨的叫声。

第二天早晨，他正在学校备课，突然两个警察出现在他面前。一个警察自我介绍道："王景临先生吗？我是警察局的刘峰，我们局长有请。"

王景临跟在他身后，心里纳闷，他从未见过警察局局长，这次找他来不知道何事。

来到门口，那个刘峰小警察轻轻敲了三下门，里面传出一声浑厚又干脆利落的男声："进！"

这间十几平方米的办公室，中央放着一张宽大的办公桌，桌面上整齐地摆放着一台打字机、一支笔筒和一本厚厚的案卷。

一个体格敦厚的中年男人背对着，他转过身来，毒辣的眼神和看似宽厚的背影形成强烈反比。王景临不卑不亢先行招呼："顾局长。"

顾局长上下打量他一番，开门见山："王先生，可与王博源认识？"

王景临垂下眼眸思忖片刻："自然，在济宁我们是同事，倒也常见面。"

警察局长的眼睛像针，仿佛能看穿他的内心："仅仅是同事吗？王先生，我怎么听说你当初能调回家乡滕县，不还是王博源为你调剂筹划的吗？"

王景临从容应对："确切说王先生只是我们在济宁一起工作的同事，虽然我们不是直属上下级关系，他帮我协调安排回家乡工作，也不过是同事之间遇到困难时，相互帮忙罢了。俗话说人走茶凉，我已经数月没见他了，也不知他现在如何。"

顾局长笑道："估计不太好，你可知道，他是共党！"

王景临叹口气："我那会儿在济宁是听到一些风言风语，都不确切，而且这种事我们一般小科员既不能瞎猜更不能乱讲，王先生果真是共党那也只能证明他是个糊涂人。难道他已经被政府抓了吗？"

顾局长点点头："那是自然。"马上又说道，"不过后来，他又跑了，现在济宁那边正在秘密搜捕他，但传闻他现在滕县！"

王景临故意叫道："果真如此？我还没有见过他，不过这些跟我又有什么关系呢？"

顾局长说："你们交情不深那就最好，这次就是想跟王先生打个招呼，若看到王博源来找你，请一定通知我们警察局；如若不然，你可能涉嫌通共的罪名。"

王景临点头："协助政府抓捕要犯，也是我普通国民分内之事，定当义不容辞。"

顾局长起身："王先生的为人我绝不怀疑，但近来有人告密，说你们书店在售卖违法禁书，甚至还窝藏共党。所以为了避嫌，还请王先生竭力配合我们，你的那个什么，哦，国民书店吧，我们还是要查一查。"

王景临心中咯噔一下，忙赔笑道："我们都是安分守己的买卖人，怎么会跟政府唱反调？顾局长放心，我们随时待命，请问顾局长什么时候去？"

顾局长牵牵嘴角，起身拿起椅子背上的外套："走吧，王先生，咱们一起去国民书店。"

一路上王景临心怦怦乱跳，他深知跟这种老狐狸打交道必须十二万个小心，自己一个眼神或表情不当就会酿成大祸。他拼命按捺情绪竭力保持镇定，心中暗暗期盼千万不要被发现异样，又在思考，若发生情况应该怎么解决。

一时间无数个念头从脑子里闪过，本来不算长的路好像行了十万八千里长。他们来到国民书店，果真早已有十数个警察包围了书店。孟五哥不在其中。

王景临明白，虽然孟五哥是顾局长身边最得力的人，也应该知晓他们的关系，故意将他支开以免徇私舞弊，一股不祥的预感涌上王景临心头。

顾局长一边擦着汗一边询问搜查结果。

一个警察过来汇报成果："大堂里售卖的各类书籍都是合乎规定的，一切正常，只是在店铺里屋中，发现一个隐蔽的密室，前面让一个木头柜子挡着，兄弟们差点没发现。"

顾局长眉毛一挑："哦，在那里发现什么了吗？"

下属答道："有！"

随即拿出一个箱子，打开一看，全是亮锃锃的银圆。

顾局长看向王景临笑道："看不出这个小店财力挺雄厚的。王经理，解释解释吧。"

王景临笑道："顾局长有所不知，这些大洋都是龙府少爷给我的。实不相瞒，龙少爷想盘下我们这家店，前两日专门过来跟我们谈这个事儿。不信您可以去调查。"

顾局长看他一眼，继续悠悠地问下属："只有这个吗？"

下属答道："只发现这个。"说罢，亲自引顾局长来到那个密室边。

顾局长在密室旁边探头看看，转头问王景临："是挺隐蔽的，不细看就是一堵墙吗！"

王景临笑答："我刚租下这个铺面的时候就已经有这个小里间。刚开始我也没发现，看到有老鼠在这里打洞才知道这里居然有这么个玄机。我们进货来的书籍都放在二楼，您可以上去查看一下。这里平时都是空着的。前几天龙少爷想盘下这家铺面，我们还没谈好他就非把银圆放在这里。我们也是叫花子捧着元宝没处搁，不知道跟他谈不谈得拢，谈不妥这银圆还要给他，又怕有个差池，才想起先放到这里来。"

听着王景临天衣无缝的解释，顾局长愣是没找到一丝破绽。他在小里间旁边踱了几步，便转身离去。

待他准备出店门口，他突然一个回身，目光阴鸷地盯着王景临："王先生，请务必记住今日我跟你说的话。若你真有通共嫌疑，这不是闹着玩的。俗话说，常在河边走，哪有不湿鞋，望你好自为之！"

王景临微微欠身施礼，面带微笑目送顾局长一行人远去，只有他自己知道，背心已经被冷汗沁得湿透。

马秀山看着也吓得不轻，抹抹脸上的汗水定定神道："差一点点，要是那同学晚来这么一步，那咱们的店可就……"

王景临道："我先回学校，你该干吗就干吗，千万别乱了阵脚，我晚上过来。"

简直千钧一发！

他在学校时，听到顾局长要见他的消息，立马嗅到危险的气息。

进了警察局大门后，他借口先去了趟厕所，实则是找到一个叫韩洪叶的小警察，拜托他赶紧去国民书店找店员马秀山，跟他说一句"今晚可能有雷暴雨，赶紧关窗"。"雷暴雨"是警察局的代称，"赶紧关窗"二字是说很有可能马上会有人到店里来搜查。

尽管事态紧急，好在这次有惊无险。

夜晚，国民书店关上大门。

王景临看到，马秀山将红色书籍都放在书店后院，露天茅房旁边的一个大水池里，里面装满了水，书放进去用几块大石头压着没飘起来。

两人脱下外套，小心翼翼将石头拿起，再把已经沁软湿透的书拿出来一本一本铺展在地上"晒"在惨白的月光下。

这时突然有人在敲门，还从来没有顾客这么晚光顾。马秀山透着门缝看过去，夜色下只看到一个穿着警察服装的警察，吓得腿肚子一哆嗦："怎、怎么办？"

王景临仔细端详，二话不说打开了门，警察韩洪叶从外面进来。

原来是自己人。

这个韩洪叶跟王景临本是一个村的老乡，父辈还受过王家恩惠，小时候还与他一起上过私塾，后来他们一家到县城讨生活，小韩阴差阳错之下当了警察，与孟老五也交好。

小韩也暗中到国民书店购买过红色书籍，是一个思想进步的有志青年，王景临正在考虑积极培养他，准备把他带进党组织里。

韩洪叶拿起一本书摇头叹息："真可惜就这么毁了。好在你手脚快，只要人没事就好，书店没事就好！"

王景临安慰他："放心，这次真是多亏了你，不然损失更重了。当时警察局那个刘峰过来告诉我顾局长要见我时，我就料到会有这么一出。"

韩洪叶深深吐了一口气："真是天不灭我国民书店，相信以后所有的一切都会好的！"

小马也搭腔："就是，连警察局都有我们的同志了，以后我们可以更好地开展工作了！"

韩洪叶笑道："我也期待成为你们正式的一员。以后，看我表现吧！"

王景临欣慰地拍拍他的肩膀："好样的！不过可惜了这些书，现在只能扔了！"

马秀山道："先别忙！之前我在五金店做小二时，看到我家掌柜的处理账本上的水渍，是放在冰窖里冷冻十几个小时后拿出，纸张会皱一些但字还是很清晰，我们可以这般试试。"

王景临眼睛一亮："这个方法好，可是哪里能找到冰窖呢？"

马秀山说："这个好办，东门里街开酒家的刘家，那家掌柜的和我们五金店掌柜是至交，我那会儿常去他酒楼帮忙修缮物件，他们家就有冰窖，离我们不远，我明一大早去弄架推车，把书放上面再铺些稻草，就把这些书带到那里去，他们肯定会帮忙的。"

王景临有点担忧："这些书都太敏感，会不会暴露？"

马秀山语气笃定："看冰窖的刘老伯是我干爹，那儿一般都没人去，何况我也会小心的。"

两人一整夜都待在书店里整理书籍，墙上的钟指针嘀嗒缓慢前进，直到东方微白。

第二天，李文庭和张元桥来到店里，听说了昨天的事情。

张元桥义愤填膺："好好的警察为什么来搜查？难道是我们队伍里出了内鬼？"

王景临想想摇摇头："如果真是我们内部有人叛变，警察早就已经搜到那些书了，书店里的同志多半也全军覆没。我们所有人都知道藏书的具体位置。多半还是同行或者是我们得罪过的那些地痞背后下黑手。我们店，生意好客人多，旁人没有不眼红的，以后还得更小心才是。"又道，"听顾局长的口气，他们正在追捕我之前的同事，认为他现在滕县，对国民书店的搜查不过是为了探我的口风，我们的危险暂时不大。"

李文庭道："我也这么想，树大招风，警察局要是闻到味道迟早会派线人来盯着我们。要想个办法，再找一个活动地点才稳妥，狡兔还有三窟呢，我们得灵活点。"

大家都点头称是。

傍晚，书店打烊之时，马秀山去了趟冰窖，回来后很是兴奋："我有两个好消息。"

那个办法很管用，放水缸里的书籍除了一两本破损严重些，大部分的书通过冰冻都比较完整地保存下来。这是第一个好消息。

第二个好消息是，小马打听到，徐家最近翻修花园，因资金紧张暂时耽搁下来，如今那个花园完全闲置，平时空无一人。毕竟也是一份家业，徐家想找个看管花园的，见小马踏实机灵，想交给他来看管那里的闲置物品。

小马兴奋地说："徐大掌柜跟我说了，估摸这一两年都不会再修缮那个花园，我想我们这里不是不安全了吗？那我们可以把活动地点转移到那里。"

李文庭一拍大腿："徐家那个花园我也听说过，虽然所处县城闹市区，但目前鲜少人去。据说多年前徐老太爷的五姨太住在那里，后来不知道怎么去世了，传闻那里一直闹鬼，去花园中看守的一些用人疯的疯、死的死，现在简直闻风色变。徐家虽然觉得那里不够吉利，但奈何那块地位置实在难得，前年请过道士做法驱魔，再重新利用，目前修缮却不见动静。"

王景临思忖一下道："我们共产党从不相信牛鬼蛇神，人间什么魑魅魍魉都见过，还怕那些虚无缥缈的？既然那里少有人去，还处在县城黄金位置，既适合掩护又方便行动，我们可以把大部分的红色革命书，还有组织下发的重要文件都转移到那里，书店这里正常经营，哪位顾客想要书提前告，知我们再到那个徐家花园取来。"

张元桥心思细密："这里还有个问题，徐家要是知道了，会不会去警察局告发我们？得从长计议才好。"

小马说："咱们书店这个房子的房东，不也不知道咱们的工作性质吗？要都这么想，工作就不要开展了。"

王景临思忖一番，猛抬头坚定地说："好，那我们滕县特别支部的第一次会议，就在徐家花园里举行好了！"

第四章　特支成立壮队伍，光明无限儿女情

　　滕县的盛夏渐渐进入尾声，秋高气爽，大地一片金黄，天空广阔明亮，一曲无声的革命高歌在秋风中嘹亮吟唱，所有具有爱国情怀的中国人，都能心领神会到这首歌摧枯拉朽的力量。

　　徐家花园内，虽因久不曾打理显得颓废，可人团人团鲜红如血的枫叶，势不可当布满整个天空，树荫下活动着十几个青春无限的身影。

　　1931 年 10 月，遵照中共山东省委指示，由国民书店经理王景临主持在徐家花园召开会议，正式成立了中共滕县特别支部委员会（以下简称中共滕县特支），大家一致推荐王景临担任中共滕县特别支部委员会的书记，李文庭和李大同分别担任组织委员和宣传委员。会议确定中共滕县特支的办事机关设在国民书店内。根据山东省委指示精神，中共滕县特支的工作方针是"发展党员，壮大组织；做好宣传工作；开展群众运动"。

　　最初王景临想推辞，推荐李文庭或者李大同，说他们比自己能更好地担此重担。刘天明鼓励他："王景临同志，你要对自己有信心。王博源老师早就跟我商量，这个重担非你挑不可，切不可辜负老师期望！"

　　王景临听到老师的名字，看着他们真挚沉稳的双眼，心头一动。

　　虽然这次是他和刘天明第一次见面，但他们的缘分和联系早在两年前就开始。

　　那时他刚刚加入共产党，党组织根据他的职业和家乡鲁南所处位置，给他安排了参与剿匪的任务，并让他参加了党组织的培训，接受过秘密训练。培训他如何建立一个乡村自卫队，训练他如何教父老乡亲们根据自己的情况击退土匪，以及提供各种枪支武器。教给如何使用暗号，去了好几个地点跟同一个神秘人联系，获得枪支资源，在开展革命

工作中取得不错的成绩，回来后甚至剿灭了土匪头子刁占山。

这个人，就是刘天明。

每次联系，王景临都看不到来人的脸，只听到声音。那天开会前，李文庭说给他带来一个老战友，刘天明说出那声"景临兄，别来无恙"，王景临立马认出了眼前这个同志。

刘天明脸庞瘦削刚毅，眼睛不大却炯炯有神。他之前的身份是山东省第二甲种农校的主任，现在是滕县奎文小学的老师。五年前加入组织，在中共中央军委接受过秘密训练，还曾在上海闸北区军委做过兵运工作，一直暗中为组织的队员提供武器装备，王景临在家乡组建的乡村自卫队的武器，就是刘天明帮助提供的，在国民书店资金筹备上也做出不小的贡献。

此刻，徐家花园圆桌旁，红烛在风中欢快跳跃，所有的同志都不约而同用满怀信任的眼神看着王景临。

王景临郑重地点点头，开始按照之前筹备的内容进行，中共滕县特别支部委员会成立的各项议程，并为各位委员安排工作。

此刻，他们培养发展了九个同志。

王景临和大家商量后，为了以后更方便开展工作，把他们九个同志划分为三个党小组。

第一组，王景临为组长，组员有林小咏、马秀山。第二组，组长是李大同，组员有韩洪业、李雪泉。第三组，组长是李文庭，组员有刘天明，张元桥。

会议上，王景临郑重宣告："现在我们队伍初步形成，大家都经历过各种各样的考验和挑战，现在虽然只有九人，但相信我们的队伍会由小到大、由弱到强迅速壮大，我们的主要任务，依旧是通过国民书店这个阵地，做好共产主义思想的宣传工作，有计划、有组织、有目的地培养学生和广大人民群众的觉悟意识，发展我们的革命队伍，创造广泛坚定的群众基础。结合我们这个队伍现目前的状况和斗争形势，我们应该列出近期工作的重点，有针对性地行动。从下个月起我们这个队伍的各个成员的工作大多有所变动。李文庭不会再在滕县华北弘道院任教，他会去南关吕祖庙小学任教，那里有我们一个新开通的渠道；李大同要去五所楼小学做教导主任，到时候能更容易联系到教育厅的人，开展工作更方便；小马还是继续做店员；刘天明在奎文小学教书的同时，担任国民书店总经理。"

大家正讨论得如火如荼，突然听到东南角落方向传出两声长长的鸟鸣，那是在门口放风的方大叔发出的警报。徐家花园在县城中心地带，四面八方的动静都能很快察觉。

恐惧像一只无形的怪兽在慢慢靠近，王景临宣布会议结束，所有人迅速说出自己来这个花园的目的，分别从花园的不同出口，陆续离去。

王景临和林小咏一组，他们从西南方向的偏门出去。这个门平日被长得枝丫密匝的灌木遮挡，若不是常来此地熟悉地形，一般人不会发现这里会有一个门，王景临也是第一次从这里经过。

不承想，两人刚刚出了院门一拐弯跟对面的人撞了个正着。

被撞的是一个中年男子，也被他俩吓了一跳，骂了一句："我说咋听到这边窸窸窣窣的，你们鬼鬼祟祟在这里干什么？"

王景临见他宽宽的脸庞，面容并无太多皱纹，头发却已经看不到一丝黑色，拳头一紧，手下意识摸向背后，德制手枪正别在他腰间。

林小咏笑眯眯道："徐二伯今天你怎么来啦，你不记得我啦？我是林小咏啊，我小时候可没少到您这花园来躲猫猫，怎么现在破败成这个样子了"边说边无意似的拽一把，把王景临握住枪柄的手打了下来。

原来是徐家二掌柜。

徐掌柜上下打量她一番，哈哈道："叶家小姐啊，长这么高了，以前还是这么个小妮子。什么风把你吹来的？你跑我这花园来不怕鬼来抓你！"

林小咏道："我都来了好几天了，怎么没见到鬼！我本来想来抓些麻雀回去，城里哪儿来的鸟儿，城外我又懒得去，也就是二伯您家这院子还能找到几只。"

徐掌柜不解："抓那干吗？你怎么抓？"

林小咏真敢说："练习打弹弓呀。抓些活物儿回去才能练得百打百中。你看我来学鸟叫，把它们都引过来。"说着从衣服的口袋里掏出鸟笛，"啾啾啾"吹了十几下。

一个声音打断笛声："就你这个小姑娘还学打弹弓，省省心吧！"

王景临这才发现，徐二伯身后还有个人，年龄约莫二十一二岁，个头不高，平头方脸小麦肤色，耳垂吊个大大的耳环，薄薄的嘴唇斜抿着，透着一丝狠辣坚毅。

林小咏脆生生喊："胡成哥，你可少瞧不起人。"

胡成嘴角翘翘，看她的目光有些宠溺，转头看了看她身边的王景临，眼神立即冷下来。

没等他说什么，林小咏忙抢先道："徐二伯，胡成哥，这是我们学校的王老师，今天我特意带他来这里看看房子。"

不等徐二掌柜答话，胡成冷哼一声："老师？"

随即打量王景临一番，猛一把揪住他的领口："我早听说有些道貌岸然的人，表面上虽然做出为人师表的样子，私下里还跟女学生厮混在一起。就你这个穷酸样，你算什么狗东西！"

他身材虽瘦高，力气却极大，一把下来王景临的身体几乎从地面浮起，王景临表情没有一点惧色，反之报以微笑，目光清冷地看着他。

两个男人对视着，一个压抑着满腔攻击性醋意的愤怒，一个略带谨慎和兴趣冷冷地观察。

林小咏赶紧抱住胡成的胳膊带着撒娇的口吻："成哥你这是干吗呀，王老师也是碰巧有事过来的，我们学校准备开个读书会。王老师听说这里闲置，才来查看的，你别乱给人扣屎盆子好吗？"

徐二伯在一旁早把三人之间的关系尽收眼底，哈哈笑打圆场："小年轻的火气别太旺啦，好啦好啦！"

胡成慢慢松开王景临领口，眼神还像刀似的剜在他脸上。

徐二伯看看胡成，敲敲林小咏的头："叶丫头听说你毕业了吧，你爹还没给你找婆家吧，这么跟男人混一块，你成哥怕你嫁不出去。"

林小咏狡黠眨眨眼："怕什么，嫁不出去我就嫁给王老师。"

胡成的脸瞬间更像锅底了，气得扭头就走。

此时，王景临尴尬得脚趾抠地汗水直冒，心中大呼新派女子太过开放，却不敢轻举妄动。

他知道林小咏的家族和徐家在生意上有来往，如今偶遇徐二伯并没有太多担心，但是这个胡成又是何方神圣？

他也不得不承认林小咏耍赖的功夫在关键时刻挺管用，看她玩世不恭的样子，至少这一关过去了。

两人摆脱徐二当家的和胡成之后，继续行走的路上，林小咏有一搭没一搭告诉王景临，胡成的身份。

在滕县大大小小一百多个集贸市场，那里的地盘都归胡成的爹管，作为家里的长子，胡成也在帮他爹做事，经常跟林小咏家里打交道。

半晌，王景临对林小咏说："这个叫胡成的男孩子喜欢你。"

林小咏故意东拉西扯："我从小跟他一个泥巴地滚着长大的，他是我的兄弟，喜欢我也不稀奇。"

王景临换了话题："我刚才听徐家二掌柜叫你叶家小姐，你明明是姓林，他怎么这么称呼你？"

林小咏脑袋一偏："你听错了吧！"

王景临笑道："我听得一清二楚，他可是说了两遍。"

林小咏沉默了一瞬，转移话题："你一直要找的那本《太平洋风云》还没有找到吗？"

王景临摇摇头苦笑一下："书店开张都一年多了，生意还不错，我们的革命书籍也进了八九次，卖出去的红色革命书籍也有两三百本，可那本原版的《太平洋风云》跟钻到地底下了似的，连个影子都看不到。"

林小咏道："这些革命书籍大多是从北平那边带过来，或许想办法联系一下南方的同志，或许能有新的收获。"

王景临点点头："我已经向学校校长申请从下学期起不再教学，目前处理学校勤杂事务，这样以后更方便出校门办事。暂时没有安排你的工作，建议你还是听你家里的话，去上海念书的好……"

林小咏停下脚步："我不去，我就要待在滕县，我要和你……和你们大家在一起。"

王景临劝道："你出去走走看看，去见见大世面。我们的工作也需要与外界联系，队伍需要高素质的人才。"

林小咏送他一记不明显的眼刀："你就知道工作！"脸却莫名其妙涨得通红，加快脚步向前走。

王景临紧跟上她："这是我们的使命，记得我们入党时宣誓时的誓言吗？既然踏入这一步，我们所作所为都要为之负责，如此你我的将来才不会后悔。"

好一会儿，林小咏低下头："我知道，好的，我听你的，只是我家里的事情，我自己有主意。"脸上浮起一丝她并不常见的忧虑。

王景临笑笑："不是听我的，是听党组织安排。"没再多言。看着她那张难得出现忧郁的脸，一时有些恍神。

他听说过，林小咏其实是她父亲的外室所生，虽然过得衣食无忧，也能接受最新派的教育，知道她身份的人也不敢轻易怠慢她，但她亲生父亲畏惧家中原配大娘子家族势力，连姓都不敢给这个女儿。

或许就是对这种封建制度遗留下来的腐朽风气深恶痛绝，林小咏才会放下养尊处优的娇小姐身份来参加革命。

一路上两人各有心思。王景临把她送回府上，又回到国民书店。大概过了一个小时，李文庭、刘天明、张元桥也陆续过来。

几人关上门秘密开了一个短会。

王景临问他们："大家都已经成功撤退了吗？刚才在徐家花园，我们出去就撞上了徐二当家，担心大家出花园时，会碰到其他徐家的人，林小咏想法发出鸟鸣的暗号，提示大家赶紧躲进应急地窖里。"

刘天明笑道："幸亏她发出的暗号及时，我们都没有被发现，成功撤离了。林小咏这孩子够机灵，培养好了以后一定是党组织的中坚力量！对了，你知道今天街上这么多枪声是怎么回事吗？"

王景临眉头紧锁："我回来时听街口瓷器店老板娘说，应该是岳庙街做干货买卖的葛家，说他们大女儿在大别山一带加入了共产党。"

张元桥接话："我也听说了，他们全家都被警察局带走了，老葛血性大，当场跟警察干仗，警察说老葛也是共产党，当场就击毙了他，还有他一家人都……老葛的孙子，今年才三岁。"

刘天明说："应该还不止葛家，我看好多商铺都关门了。现在的国民党跟疯狗一样，老百姓只能顾着命，生意买卖都不敢干了，还怎么让人生存，真是活不下去了！"

几个人沉默不语一分钟之久。张元桥道："国民党越来越残忍，查得也越来越严。我认为徐家花园那里也不是长久之计，我们要多一些活动地点，分散一下可能会更安全。"

王景临说："没错，今天又遇到了徐老当家，徐家花园可能马上要大肆修缮，我们不能经常去了，存放在那里的革命书籍和资料也要尽快转移。"

李文庭想想道："可以暂时放我家。我家旁边有个粮店，每日来往人多，还常有大件的粮食运进来，我们把书和资料当作运货拉过去，放在我房子里的南屋里，那里还是比较安全的。"

马秀山突然想到什么："我们转移这些书和资料的时候，一定要多转几条街，随时看有没有人跟踪才行。我今日早上就发现有两个人，从我们书店门口路过好几次，我都认识他俩了。他是吃饱撑的非在我们这条街上溜达？分明就是来监视我们的。"

刘天明问道："他们可有进店来？"

马秀山摇摇头："进店倒没有。倒来了一个怪人，进店后在大堂到处转，还准备进我们店里屋，被我拦下来。问他想要什么书，也不答话，临走时从书架上抽了一大摞书，也不看书名，直接扔个大洋给我就走了。给的钱倒是绰绰有余，可他也太奇怪了。"

王景临问："这人长什么样？"

马秀山想想道："年轻人，也就二十出头的样子，长得还算清秀体面，可是一脸凶相，好似咱店欠了他八百个银圆似的。耳朵上还挂了个大大的耳环，不男不女的。"

王景临低头思忖片刻。他自然知道此人是谁。他是男子，自然知道嫉妒会让人心中有怎样的疯狂。他心中隐隐升腾出一丝不祥的预感。

但他现在也顾不上自己的顾虑和担忧，继续给伙伴们安排工作："国民书店新订购的一批也快到了，到时候就直接带到李文庭的家里。这批书要尽快到位，大家都知道原因，组织命令我们要加快发展革命队伍的步伐，我的策略是在滕县各个学校暗中开展读书会。

"如今，国民政府也受了新文化运动影响，为了启迪民智，满足更多普通老百姓的读书欲，也支持各种读书社、读书会。我们要充分利用这个条件，让更多的学生教师都能接触和深入了解马列主义思想。很有可能，这个读书会给我们未来的工作起到很多关键性的作用。转移徐家花园的书就由张元桥来负责，注意把所有的书籍和资料，还有一个老式烟杆，通通都要带过去。"

一时间，读书会也开展得如火如荼。

国民书店销售的进步书籍也开始增多，山东省委创办的《红旗》期刊和《励新》半月刊也悄然出现在书店内，在热血青年中掀起巨大的思想浪花。王景临深知自己的工作成效随着时间的流淌会形成巨浪，所有读书会的成员以后都极有可能成为组织坚定无比的力量。

自此，国民书店已经开业一年多。它像黑暗中一座明亮的灯塔，随时面临着腥风血雨，却依然毫无惧色屹立在县城南门里东路街旁。

国民书店沉默着，散发着巨大的力量，吸引着一批批新中国未来的革命者，为他们源源不断输送宝贵的精神食粮，悄无声息地将全世界人民的信仰传播到滕县的每一条大街小巷。

又是一个激动人心的夜晚，南关吕祖庙小学内，会场有十几个人，多是男生。

那天正在学习讨论《共产党宣言》，这本书是马克思和恩格斯为共产主义者同盟起草的纲领，全文贯穿马克思主义的历史观，它是马克思主义诞生的重要标志。

李文庭大声朗读道："一个幽灵，共产主义的幽灵，在欧洲游荡。为了对这个幽灵进行神圣的围剿，旧欧洲的一切势力，教皇和沙皇，梅特涅和基佐，法国的激进派和德国的警察，都联合起来了。"

在场的人都听得入了迷，他的朗读声音普通话中带着浓重滕县腔，他的语言不是溪水，是江河，内容滔滔深广，又处处随所授文章内容而激流奔放。充满激情的朗读，情绪带动着在场的每个人，深深地被他吸引，感情随他的指引而回荡起伏。

这是读书会宣传进步思想的一个场景，会场的讨论非常热烈。夜晚近十点了，大家意犹未尽，久久不愿散去。"今天，就到这里吧！"李文庭边收拾书本边说道。

"下次是什么作品？"有个青年人问道。

"是肖洛霍夫的《静静的顿河》。"

宣传共产主义思想，是王景临、李文庭他们回乡的任务之一，是共产党为了吸收进步知识青年人，凝聚力量、保家卫国之举。

如今，国共合作失败，这样的活动也不能公开进行，只能是秘密聚集。

因此，每次组织活动大家都十分谨慎。

这天傍晚，马秀山刚准备打烊关店，一个身穿长袍、头戴大檐帽的顾客裹挟着寒冬的风雪踏入店门喊："买书。"

马秀山把账簿放入抽屉，心领神会道："先生要的《上海服装周报》已经到了，我现在拿给你。"

"确定是周报，不是月报？"来人问道。

马秀山一边看看门外一边说道："放心，错不了肯定是周报。"

来者递上两支香烟："有劳兄弟了，还是老规矩，都先记在账上，月底再结。"

兹事体大，马秀山不敢耽误，马上来到王景临的宿舍，迅速地上交了这两支香烟。

王景临小心地将两支香烟拆开，把里面的烟丝剔到一边，仅剩下雪白的卷烟的纸，一张是空白的，另一张写着"王杰收"。

他拿出早已准备的碱液滴入一个盆中，加入水搅匀，把空白纸放入盆中。渐渐，纸面上浮出清晰的字迹，分明写着"组织抗议示威活动"。

接着又将另一张写着"王杰收"的卷烟的纸，放在蜡烛火苗上烤了烤，马上显现出纸条上的文字，上面写着"取书地点：杏花村市场陈记干鲜果品店"。

王景临说："这是上级给我们滕县特别支部委员会下达了命令，九一八事变后，蒋介石采取不抵抗政策，他的做法引起了社会上各界人士的强烈不满，现目前上级组织给我们的任务就是联合滕县各个学校的教师和学生，举行抗议示威活动，逼迫国民政府采取强硬的措施抗日，积极抵抗外敌入侵，保卫我中华。"

马秀山愤愤道："我就想不明白，国民党宁愿把枪子儿留着打我们，都不去干日本人，不知道老蒋在想啥。"接着又埋怨，"好好的又换取书地点，这才两个月就换了三次了，真够麻烦的。"

王景临说："非常时期随时转换地点会更加安全。根据最近我们收集到的情报，滕县各个中学包括小学，读书会开办得都比较成功。马克思、恩格斯的思想传播很广泛，这也给我们组织示威游行的行动打下了坚实的思想基础。库存的书所剩无几，得赶紧让新书到位。"

马秀山叹口气："不知道这次我们能不能进到我们一直需要的那本书。"

王景临道："我先去探一下路看看情况，然后再决定以后谁去取书。"

滕县十二月的清晨，天空已经比较亮堂，杏花村集市场地不大，一排排简陋的摊位物品摆放得十分凌乱，满场地都是来自城外，身穿补丁棉袄，勾腰塌背的乡民，面容愁苦、神色焦虑，双手拢在棉袄袖子里，眼神怯弱地望着来来往往的人吆喝着，任凭寒风吹得头发凌乱，雪花飘落全身。

王景临撑着一把朱红色的雨伞，踩着地上残雪夹着泥浆小心踱步。穿过集市，路过皆是求着喊着让他照顾生意的摊贩，他触碰了数十双乞求的无助的双眼，心慢慢滴出血来。

滕县自古是商贸繁盛之地，这里的老百姓说不上大富大贵倒也不愁吃穿，可如今却一派萧条枯寂的景色。更别说祖国其他地方，那又是怎样的民不聊生呀！千疮百孔的祖国，迫不及待等着人给她新的生命。

在陈记和他接头的老者并非他们之前的接头人。接头人不到万不得已是绝不会更换的。王景临意识到，之前的接头人多半已经惨遭不测。

他思绪万千却不敢放任自己感情，尽量控制自己的表情快速朝前走。

他在杏花村集市里几间店铺前寻找着，直到看到门匾上的"陈记干鲜果品店"，抬脚进去。

这个时节没有新鲜的果品，柜台只有一排装各色果脯的玻璃罐子，铺面的大堂大概二十多平方米，三三两两的顾客在挑选果品。

一个矮小银发老头迎了上来，瘦窄的脸庞，厚重得长到膝盖的棉袄裹在身上，也能感受到他的单薄。

王景临踩在漆黑的地上，左右环顾一圈道："掌柜的，可有桃子和李子？"

老者笑答："桃李虽能满天下，大冬天的哪儿来桃子和李子？新鲜的杏脯倒新进来两件，先生可要？"

王景临道："既然是掌柜推荐的自然错不了，就它吧！"

老者又回道："请先生随我到后院来取。"

双方暗号都天衣无缝，王景临随着老者到了后院，得到一个报纸包着的长五寸厚三寸方方正正的物件，将其放入自己的箱匣中。二人并不多话，交易完成就迅速离开了。

王景临穿过集市，路过皆是求着喊着让他照顾生意的摊贩，穿着破衣烂衫沿街乞讨的人敲着木鱼唱道："织成了绸缎是财主的，打下粮食是保长的，养大闺女是长官的，儿子大了是老蒋的。"

他刚出了集市过了一条马路，肩膀被对面来人撞了一下。

王景临轻轻一个趔趄，也不太在意继续朝前走，撞他的人突然回身转到他跟前挡住去路。

一个戴着窄檐黑帽的男子，笑道："这不是国民书店的土掌柜吗？你的书店在南门里东路那边，怎么跑到我们杏花村来了？书店换地址了？"

王景临不记得见过此人，听此语气隐隐感到来者不善，不想逗留抽身想走，奈何五六个与撞他的人穿着差不多的大汉同时围了过来。

大汉嘴角歪着一咧："有人举报，说你在偷偷摸摸买卖禁书，我们也是职责所在。王掌柜的，把你的箱子打开让我们检查一下。"

王景临笑道："做买卖难免树敌招风，我只能清者自清，几位官爷尽管查看好了。"

说罢自行打开箱匣，掏出那个纸盒子。

大汉瞅他一眼，一层一层打开外面的棕色的纸，只见里面并非书籍，而是一封封类似信和资料的东西。

王景临笑道："这是我跟陈老先生购买的一些制作果脯的配方，你要打开看一下吗？"

说着随手掂起一封撕开信纸，抖出一页纸来。

大汉仔细看了看道："即便如此，还是请王先生走一趟。如今南京、北平各地的学生在闹抗议示威，我们不能放过任何一丝蛛丝马迹，你的信到了警察局得一封封打开查验才行。"

王景临将信封折好放在纸袋中顺从道："自然。"

在几个大汉的簇拥下，王景临只得跟着他们。

北风夹着雪花呼啸着扑面而来，路过一座石桥，突然他停下脚步："刚才我这配方好像掉了一页出来，这可是真金白银买来的，容我再检查检查。"

说着收起伞放在地上，打开箱匣取出纸包。

几个大汉不知他葫芦里卖什么药，面面相觑一番。

王景临一层层打开纸张，拿起来左看右看，突然一个箭步冲出重围，使出浑身气力将手中所有信封如天女散花般撒向小清河中。

特务们被他突如其来的动作吓了一跳，待反应过来立马冲上去，两个人一左一右控住王景临，其余跑到桥栏边想伸手抓住飘落下坠的信件，奈何飘得离桥面太远，一封都拿不到。

过了老半天，便衣特务只打捞上来一些纸张的残骸，字迹更是无法辨认。

带头的便衣特务恼羞成怒，上去啪啪就给了王景临两个耳光："你还敢说你没问题，在老子眼皮底下耍花招，你要不是共党，我今天提着头从警察局出来，今儿哥几个可有事情做了，不把你伺候好了算我无能。"

昏暗的灯光下，长长的甬道黑暗深处望不到头，那是通向地狱的大门，魔鬼在发出无声的狞笑。

空气中凝结着恐怖和血腥的味道。

王景临被扒去长衫，坐在冰冷的铁椅上，双手被绑在身后。贴身白衣布满了一道道鲜红的血迹。

便衣特务站一旁，将手里的烟屁股扔地上踩灭，重新拾起皮鞭来到他面前，龇牙咧嘴道："看不出你这个小白脸骨头还挺硬，不过我告诉你，只要是踏进我这警察局的牢房，再出去不是鬼就是只剩半条命，赶紧的，告诉我你到底是什么人，扔到河里的那些纸张都是什么？谁给你的？你在为谁做事。识相点，咱俩都轻松，不然的话那前面只是开胃菜，后面好些口味更重的等着你呢！"

王景临有气无力冷笑一声："我也早告诉你，那是我买的果脯配方，我花大价钱买的，别人知道岂不是断我财路了？做人做事不要太绝对，不然你会为你今天的所作所为付出代价！"

便衣特务哈哈大笑两声："我在这里伺候过这么多人，还没见过能威胁我的，你就承认了是共党，自己少受些罪也好哇。"

王景临哼了一声摇摇头："欲加之罪何患无辞，你会后悔的。"

面对软硬不吃的王景临，狱警见劝说无果，他恼羞成怒，更猛烈的皮鞭毒蛇般扑向王景临。

王景临疼得浑身冷汗，身体与带血液和盐水的皮鞭相交，抽搐着几乎奄奄一息。好一阵皮鞭才再次停下，狱警累得停下来喝水，他也被折磨得奄奄一息，只听门外传来一个声音："他招了吗？"

狱警走出门去，王景临艰难地抬起头，看到门外墙壁上一个人影子的轮廓，左耳上吊着一只大大的耳环。

狱警的声音："还没有，胡少爷您放心。别说这小子是共党，哪怕他不是共党，凭我们的手段就没有不招的。谁让他得罪了我们胡大少爷，敢在您的地盘上鬼鬼祟祟地搞小动作，吃了豹子胆了。"

另一个声音道："下手得有点分寸，即便是没命了，也必须得让他亲口承认自己的罪证。就有劳各位长官好好关照这位王掌柜的。"

狱警点头哈腰："是，是，一定不会让胡少爷失望。"

王景临明白了，那个新接头的陈记所在的杏花村集市，正是胡家的地盘。他一定是窥见自己在陈记中的行为，故意将自己陷害。

这么想着他心里反而有些安心。

这个胡少爷，是因为吃醋嫉妒才将他送进监狱，他的目标是为了击败情敌。

一大桶冰冷加了碱盐的水，王景临上半身一次又一次被摁进去长达一分钟，再提起，不知道反复多少次。盐水浸入他大大小小的伤口，钻心的疼痛尖刀一般剔着他的肌肉深入骨头缝里，他依然咬紧牙关坚持："那些信件只是配方，我做买卖，怎么能泄露配方。"

渐渐地他已体力不支，被折磨得神志不清，头不由自主耷拉下去。

狱警满是坑洼的脸上早布满汗珠，他索性脱下外套凶神恶煞般地咆哮："我还不信你的肉是铁做的，看是你骨头硬还是爷的钩子硬。去把火炉抬过来，把铁柄烧红了！"

旁边一个小狱警说："长官，他已经昏迷了，嘴没撬开前可别弄出人命。"

"那就等他醒了，咱哥几个再来干活。"

王景临不知道昏迷了多久，只觉得身体像浸泡在岩浆中，火辣辣的疼痛如同地狱中的冥火将他的身体融化。想起自己迅速将重要资料毁掉的举动，心中浮起一丝庆幸。

在陈记，陈老掌柜跟他对暗号时，跟他说后院有两件果脯，他便心下明白。如果组织同时给了他们书籍和资料，那都是分开的，由两个人一前一后来取，可分散风险。

他当即带走了重量和体积都较轻的资料，当时在店中，刘天明也在两三个顾客之中，与王景临装出并不相识的样子。

王景临抬脚出店，刘天明便立即和陈家掌柜对上暗号，用一匹小骡子驮走了新到的革命书籍，向王景临相反的方向离去。

王景临猜想，这次他扔到河中的纸张肯定是已经面目全非了，其内容大概率涉及这次组织筹备学校抗议示威的物资和决策。资料丢掉可以再申请寻回，如果流落到敌人手中，那么示威抗议的计划一定会付之东流，自己更会坐实了罪名，若再被顺藤摸瓜，中共滕县特支极有可能毁于一旦。

现在只要咬死不松口，警察特务局拿不到他是共产党的铁证，只要自己有口气出去，那总会有希望。

只要留得青山在，溪水翻腾也能到江海。只是，不知道这次自己能不能出去。

恍惚中，王景临渐渐感觉不到身上的疼痛，他整个人轻飘飘起来，飘到了他所在监狱房间的上空，俯瞰整个房间，看到自己遍体鳞伤地瘫坐在铁椅子上。

他眼前突然出现一片亮光，眼前浮起一个画面，他看到年迈的父母在乡下的地里劳苦地耕种着，母亲眼角的皱纹更深了，嘴角忧悒，眼神坚定，这是他从小到大看到的母亲的表情。去年收成一般，国民政府这么高的苛捐杂税，也不知他们能否糊口。

他又看到了明亮。自从跟土匪那次战斗，他嗓子彻底废了，但还是坚持跟铁柱一起练枪练功，期盼着能像自己一样，加入中国共产党。

他看到龙泉塔屹立在荆河畔，发出耀眼的光芒无限地在大地上展开，展开……

亮光消失，他又回到监狱。李文庭、李大同、林小咏，所有的战友们都陆续走进监狱，看着自己被摧残如此的躯体，他们眼神并没有悲凉之彩，反而充满了恒热的光芒，照在他身上赐予着他无穷的力量。

最后，他看到王博源老师走了进来，双目肃静满含肯定和疼惜地说："我没看错人，你没有辜负党，你不愧是人民需要的战士。"

王景临激动得热泪盈眶："老师！老师！我到处在找您！我辜负了您的期望，请您快些回来，来领导我们战斗！"

王博源在迷雾中若远若近，宛若天上的神，他微笑着："我一直都在你身边，我从来不曾缺席，一直都在和大家一起战斗，你怎么会辜负我呢？自从你回到滕县，我们的队伍越来越壮大，信仰马列主义的有志青年越来越多，他们现在正形成一股世界上最强大的力量。我相信不久的将来，在我们共同努力下，一定会推翻压在我们民众身上所有的大山，解救亿万劳苦民众，迎来属于我们中华民族的独一无二的璀璨世界。景临，相信你自己，这次你一定会顺利出去，去和同志们一起，完成我们最初的梦想。"

他的声音越发清晰，但身影越来越模糊，铺天盖地的白色大雾将他身躯挡住。

王景临想跑过去拉住他，身体不由自主向上升起，魂魄冲出监狱的屋顶，直达夜空中的云端。他俯身看向地面，广袤的滕县大地缀满万家灯火，六角洁白的雪花鹅毛般笼罩人间。

他耳边突然响起震天动地的呐喊，一股红色的滔天海浪势不可当，奔腾到大街小巷每一个角落，每一朵浪花都发出微弱的波浪声汇集一起，已形成摧枯拉朽的海啸，势必吞噬头顶上暗黑的苍穹。

王景临再次想找到王博源老师，身体猛一挣扎，一阵钻心的疼痛让他忍不住哎哟一声，苏醒过来。

屋内的光线刺激得他几乎不能睁眼，渐渐适应了亮度后，他慢慢环顾四周。

雪白的天花板，空气中弥漫着消毒水的味道，一束金色的阳光照在对面的门上，王景临一时想不起这里到底是何处，他甚至都不确定自己是不是已经不在人间了。

门上的阳光晃了一下，门打开，两个头戴白色小帽、身着白色隔离衣的年轻女孩进来，径直到了他床前查看，摸他颈部的动脉，翻了下他的眼皮，一个对另一个说："去告诉张医生，昏迷两天的 18 床的病人，现已经苏醒。"

另一个声音："我说他肯定会醒，叫了半日王老师，这是他什么人啊！"

待医生过来，帮王景临再次查看，他渐渐恢复了神志，才意识到这里是医院，可自己怎么会在这里？

这是，在梦里吗？

正疑惑中，门再次打开，居然是顾局长。

顾局长一脸的和蔼可亲，说："听说王先生醒了，我特地赶紧过来看望！"

朝着门口喝了一声："带进来！"

掳走王景临的带头的大汉，还有那个施刑的狱警丧眉耷眼被推搡进来。

顾局长赔笑："这些个狗眼不识泰山的东西，我全权交给王先生处理。等您大安，还请您高抬贵手，把这两个狗东西打残。"

王景临一时不知如何作答。顾局长只当他身体过于羸弱没力气回复，只好道："那就不在这里碍您的眼，您多多保重，我改日再来看您！"

一众人离去，王景临还不得其解，只有一点他可以断定，区区两日便能将此局面扭转乾坤，定是党组织里的同志们暗中斡旋安排营救的。

果然，当日傍晚上药之时，刘天明前来看望他，他便得知内情。

在他被抓入警察局当日下午，同志们都陆续接到他被捕消息。为了营救王景临出狱，李文庭、李大同、刘天明三人迅速开了一个短会，接着火速行动，打听监狱情报的，传播消息造势的，各司其职。

就在王景临关押的当天晚上，顾局长接到一个省政府官员的电话。官大一级压死人，顾局长只好当夜将折磨得奄奄一息的王景临送往医院。

刘天明告诉他，那个官员也是自己人，他之前作为山东省第二甲种农校的主任，有很多的便利接触到国民党各个领域的上层，那位高官与他是过命的兄弟，现在为了隐蔽，不便告诉王景临他的身份。

王景临紧锁双眉："如今我们共产党与国民党早已势不两立，即便再大的官员在这方面也不能徇私，避嫌还来不及，他这次救了我，如果拿不出我不是共产党的铁证，不会有危险吗？毕竟我把信件和资料通通都扔进河水中，这种举动本身就遭人怀疑。那位同志在国民党内身处高官，提供的情报会更为珍贵更有价值，若因我这件事遭遇不测，岂不是我的大过失。"

刘天明想了想，道："本想你康复一些再告诉你，我还是说了吧。你这个顾虑，我们都解决了。这个，是林小咏的功劳。"

王景临一怔。刘天明慢慢道出了来龙去脉。

王景临思忖一番，吩咐他："你依然守住店，让张元桥来我这里一趟，只能让他去陈记取一下资料。他现在还是学生，舅父家里做蔬果生意，他家里也有股份，让他去鲜果店可信度高一些。"

刘天明说："现在你这里闹这么一出，陈记现在反而可能更安全了。你嘱咐张元桥小心一点便好。"

三日后，王景临顾不上医生的劝阻，毅然出院。

他要尽快与所有组员一起开会，为接下来抗议示威活动做好充足准备。

所有人在国民书店里屋集合，独独少了林小咏。

王景临已经知道内因，但顾不上其他，开始给大家安排行动。

他说："我们滕县特支成立后，就一直在开办读书会，所有参与者都是滕县乃至山东其他地区学校的教师和学生。为了掩护我们的身份，对外我们一直宣称这个读书会的开办，是为了更好地为国民政府服务，开化民众思想和解放学生观念。

"目前我们全县有中小学，包括高级小学大约七十处，学生达万余人。我们要尽量发动更多的人来参加这次行动。从 12 月起少则几日，多则十几日，我们都要组织学生参与游行，向国民政府发出最强烈的抗议，同时要最大限度保护同学们和教师们的安全。"

接着他开始安排分工："前期工作，我们兵分几路。李大同你负责所教学的五所楼小学和大坞小学的组织；李文庭负责南关吕祖庙小学、华北弘道院的组织；刘天明负责凉水泉小学、黄山桥小学的组织。我会去找滕县简易师范学校校长李基民。

"小马依然守着国民书店，根据大家的需要将书店中所准备的有关的书籍提供好；张元桥负责组织把从上海运来的印刷机安装妥当，去各个文具店购买纸张，我们需要印刷大量的传单，分发给百姓，让大家都能了解当前的形势。这些事情两天内都要落实到位。待一切准备就绪，到了那一日我们再行动。"

随后所有人都开始了自己的工作，书店里只剩下王景临和马秀山。

马秀山递给他一条棕色的棉线长围巾，线的纹路并不十分齐整，感觉出自刚学习编织的人之手。

马秀山说："这是林小咏让我务必转交给你的。她现在估计已经到上海了。"

王景临绑着绷带的双手紧紧捏着围巾，裸露的指尖感受着棉绒带来的细微温暖，心头情不自禁晕开一道涟漪。

他知道，他这次之所以被人带到警察局，是那位胡成所为。他是林小咏的爱慕者，两人也算青梅竹马，对王景临有着天生的醋意和敌意。

杏花村集市也是他胡家管辖之地，无意中发现王景临在此地活动，即便没有确切凭据他也会想方设法制造罪证来陷害王景临。

林小咏知道来龙去脉与他大吵一架。胡成也是头犟驴子，尽管平日他对她千依百顺，可面对心中想当然的情敌，无论如何也不肯服软让王景临出来。

林小咏咬牙告诉他："你带我去找顾局长，我自然有办法。如果这次你帮了我，我就答应你，和你一起去上海读书。"

胡成只好依着她。

林小咏见到顾局长告诉他，那些扔掉的资料，都是自己写给王景临的情诗。

她说，她第一次见到王老师，就心生爱慕之情，给他各种情诗情书已经一年之久。王景临一直称她年纪太小拒绝了。

那日一早，王老师将所有情书收集一起，想到林小咏家中找她的父母郑重谈论此事。之前去了趟陈记买些礼物，但并没有买到合适的新鲜果品，没想到刚一出来就被警察当共产党抓了起来。

王景临无论如何咬死了不肯说出实情，是觉得林小咏还是个黄花闺女，此事若传开了影响她的清白声誉，才闹出这等误会，差点把命给搭上。

林小咏口齿伶俐、逻辑清晰，即便有些漏洞也无从查证。再加上刘天明那边在关系上协调造势，省政府打来的电话，顾局长思虑再三，才放了王景临。

林小咏来不及跟王景临告别，更不能跟他解释，便和胡成一起去了上海。他们两家本来就有联姻的打算，两家大人都赞同。

这么长时间以来，王景临岂会不了解林小咏的心思。

他一直提醒自己，革命尚未成功，怎能风花雪月？可他自己都没有意识到，这种刻意对抗自己情愫的想法，反而更促化加深了这种感情。

国民书店里，桌上摇曳着明亮的烛光，王景临看着窗外漫天的雪花，林小咏无邪的笑容，那愈发坚定的面孔和眼神，在寂静辽阔的夜空中，久久映在那里，也镌刻在他的心里。

夜深了，四周静得让人感到压抑。

第五章　首次游行初告捷，金陵请愿又取胜

1931年12月1日清晨，雪雨纷飞寒风陡峭，黑灰色的乌云像奔腾的大海凝固在空中。

若从云端上俯瞰大地，在滕县南城门口，一个数十人的队伍，齐齐整整排成七列五行，他们一边游行一边高喊口号，声音高亢震耳，引得路人驻足观望。

他们大都是滕县各个小学的教师，年龄从二十多岁到五十多岁，大多是素衣粗棉、青鞋布袜。

雪花落到一张张殷红的脸上，瞬间化作一团白烟蒸发雾散，整个队伍笼罩在一片氤氲的水汽中，领头的两人高举横幅，年轻的老师高喊口号："反对内战，抵抗外敌！""坚决反对不抵抗政策，不当亡国奴！"等呼声，其余人拿着旗帜和标语，跟着一起呐喊，每个人无一例外表情愤怒凛然。语调动作随着口号，整齐划一地振臂高呼，人数虽不多，但气势磅礴。

庞大的声势响彻高空，从他们所经之处，无不吸引众多市民的目光和追随，很快三十多人的队伍聚集成七八十人，浩浩荡荡地朝着滕县国民政府县衙方向前进。

警察局里铃声大作，在走廊上行走的科员脚步比往日快了一倍不止，不时有警察过来汇报最新情况。

秘书整理好情报，斟酌了汇报词向顾局长报告："学校已经停课，人数大概五六十人，他们沿街而来，随行逐队，一路上分发传单，高喊反对政府的口号，现在朝着县衙方向过来了。"

顾局长哐当一声把茶杯盖上："这些教书匠不安分守己，活腻了不是！你让人去查清楚，到底是哪些小学哪些教师参与的，名单一一给我报上来，对这些人必须严惩不贷。"

秘书领命下去，顾局长再次把他叫住低声道："交代下去，让兄弟们别手软，该抓抓，该杀杀，这一次必须杀鸡儆猴，不然他们都不知道马王爷长了三只眼。"

秘书有些犹豫："上级一直看重教育及文人，如此会不会把事情闹大，到时候没法交代？对局长仕途不利。"

顾局长摆摆手，冷笑道："我自有分寸，即便弄死两个我也找得到垫背的。不过区区几个学校教师，能掀起多大的妖风？能有什么后台，我不信谁都跟那个王景临一样在省政府都有人。穷酸秀才还学人造反？南京和北平那上千人的学生抗议活动都镇压下来了。我们只要按上级要求，不造成大量人员伤亡，维护好大局即可。"

秘书笑回道："局长所说极是。文人酸腐，怎懂我国民政府高瞻远瞩之策，一定是局长所料，他们被共党分子蛊惑了，被人一挑唆就摆尾呐喊，以为自己是爱国之行。"

顾局长微微眯缝双眼，腮上一缕似笑非笑："滕县简易师范学校的李基民，我一早就跟他打过招呼。外地的学生潮一起来，我就跟他好好谈过一次，滕县简易师范学校的学生有什么动作，他也只会玩命摁住他们，不会出岔子。"

秘书哈腰奉承："局长神通，明见万里。"

他们谈话之际，在滕县的东南方二里以外，滕县简易师范学校校园内早已人声鼎沸。

几乎所有学生聚集在此抗议喧嚣，他们个个怒气填膺，欲冲出学校参与游行，奈何看门大爷早已奉校长之命，用大铁锁将校门封得严严实实，一夫当关万夫莫开的架势，大声呵斥着热血冲到头顶的学生。

即便几个冲动敏捷的男生爬上大门铁栏杆，充其量也只起了个助长气势的功效，汹涌的人潮依然困在校园内。

只听一声高喊压过所有喧哗："校长到——"

嘈杂声倏然消抑了七八成，滕县简易师范学校校长李基民大步走来。

李校长个头中等，银发皓皓，目光肃然沉静，清瘦的面庞裹着一圈略掉线头的浅灰色毛线围巾，青年的人潮自然为他让出一条通道。

李基民站在人群中间，寒风吹得他额前的几缕白发与飞雪遥相应和，他高声说道："同学们，我知道你们现在都在想什么。请大家记住，如今各位还是束发少年，国家未来需要你们，切不可逞一时之能、莽一气之壮，现在你们最重要的是韬光养晦、修文偃武，凡事低调行事。现在我命令，所有人快回教室，护住自己前程才是重中之重！"

学生们面面相觑，立马纷纷大声反驳道："校长之前常教导我们，少年自由则国自由，天下兴亡匹夫有责，即便付出我等血肉之躯又未尝不可。今日正是我等发挥作用的重要时刻，校长为何百般阻碍？"

李基民校长咳嗽几声，沙哑的声音向学生群高呼："今日你们入我滕县简易师范，我为千百对父母担负责任，我李某人的最大责任就是要保护住你们的生命。"说罢回身朝办公室走去。

学子见此先怔了一下，见李校长已经步入大楼，突然又大声喧闹起来："李校长今日怎么了？"愤怒的学子哪里听得进去，纷纷嚷道："不让我们出去，我们也不能回到教室，我等民国学子，如何能做两耳不闻窗外事的酸腐之事，校长为何不肯让我们游行助威，连我们的标语也被勤杂人员撕毁，校长为何变成这样！"

李基民回到校长办公室，把滚沸的人声关在门外，看着坐在办工桌旁椅子上、身披棉袍、等候已久的人，语气冷漠道："我知道，你也是来劝我让学生参与游行的吧！我与你虽然没有太多的深交，但是从大家口口相传中也对你的为人处世略知大概，觉得你从根本上是个令人敬重的人才。可这次的游行，我们学校绝不会参与。今日你看到我的态度心中也该有数了，还是快走吧！"

王景临静静看着李基民半晌，一时有些恍惚——这不像他所认识的李基民。

他认识的李校长温良儒雅，但绝非温顺懦弱之辈。他知道，李校长绝非贪生怕死之徒，他是一个胸中有大义的学者，曾找王景临购买过《唯物辩证法》和《社会主义科学概论》，他跟学生常说的也是让他们要做一个新时代的新青年，勇于担当，敢于走入社会，去感受和迎接这个特殊时代的各种困难和挑战。

今日的李基民所言所为，的确反常。

但他话已至此，王景临的确不好久留，将棉帽子戴在头上，拄着拐杖忍着伤痛撑立起来慢慢走出门。

正想着，一个学生跑了过来喊："王老师。"王景临认识他，一个经常到国民书店买书的学生。

学生说："请您一定劝劝李校长，让我们也参与这次游行。"说完又跑进队伍中，对着校门外呐喊。

王景临看看他的背影，怔了一会儿，回身慢慢往学校侧门走去。

县衙门口，警察局已经派出大量人手去镇压教师游行队伍。

他们先用高压水枪来扫射游行的教师们和路人们。

冰冷的水柱如同巨大的冰炮，急速冲击过去，有的女老师身形单薄，被重重地击倒在地，四肢扑向地上的泥浆和雪渍，一身污垢，艰难得无法站立。

不时，游行队伍被冲撞得支离破碎，所有人都在冰冷生硬的冰柱下被攻击得面目全非。但大家都毫无退缩之意，尽管冰水沁入棉袄，寒意刺进他们的肌肉骨髓中，但生理上的巨大痛楚与寒冷无法抵制心头冲天的愤慨和决心。

此时，马列主义思想、不当亡国奴的意识、抗日救国的理念在国民党残暴猛击鞭打下，化成大无畏的海鸥，在狂风巨浪中翱翔腾跃，暴风雨来得越猛，翅膀则会更加强壮。

警察见高压水枪无法击退义愤填膺的教师们，气急败坏起来。

警察操起电棍和枪支冲进示威队伍，准备用暴力将人群遣散。不管对方男女老少，通通将手中的铁棍砸向他们头部，粗暴地拉扯，要用手铐将他们禁锢。

大部分教师都被水枪射击得受了伤，此时又受到橡皮棒攻击，一时惨叫声响彻县城街道上空，空气中弥漫着血腥和泥土相混的气味，一群乌鸦在电线上突然扑棱棱地飞得漫天遍野，聒噪的叫声让整个县城更如同人间地狱。

一个老师悲怆地嘶吼道："这到底是个什么世界！你们的棍子、你们的水枪不去对付日本人，却来消灭自己人，你们还是中国人吗？"

几个热血沸腾的男青年教师也已经怒不可遏，冲到警察的枪口前，用胸口抵住枪口。

教师们被彻底激怒了，他们凭着单薄之躯奋战到底。软的怕硬的，硬的怕不要命的。

双方冲突快一个小时才偃旗息鼓。

中午之后，县政府衙门门前恢复宁静，一片狼藉。

满地都是深红的液体夹杂雪渍和泥浆，冷空气中飘着一丝丝血腥味道，都在无声地诉说着刚才激烈的打斗场面。

警察抓走了五六个教师，其他人都有不同程度的伤痕。

参加抗议游行后的李文庭按捺着疼得抽搐的心，仔细寻找着有无受伤失散的老师和学生，确认无误后裹紧棉袄抽身消失在巷子口。

第二日，滕县报纸遍布大街小巷，报纸的头版头条刊登了警察殴打游行的教师和学生，还伤及不少无辜百姓的报道。

民众大肆痛斥警察局丧尽天良、毫无人性，甚至不少当地的乡绅名士纷纷谴责："我中华自古便有尊师重道的美德，为何如今民国政府，反而干出这大逆不道的事情？"

反对政府的呼声在普通百姓里空前绝后，呼声日益高涨。

这份头条下方还有一个新闻，十多天前就曾有一位老师无缘无故被抓进监狱拷打虐待。虽然没提王景临的名字，但明眼人一看便知怎么回事。

顾局长气出一脑门的包，他既担忧上级责令他镇压住民间抗议活动，又担忧因舆论过大，局面更加失控收拾不了场面，恼怒又纠结，拍着桌子骂娘骂属下，思虑再三后，只能当天放走关押的几位教师。

当晚九点，国民书店里，火炉散发着旺盛的热气，滕县特支的几个队员围坐在一起商议紧急要事。

李文庭说："我来总结一下我们目前的情况。有四十多名老师和学生都不同程度地受伤，好在并无生命大碍，如今他们的伤都已经处理，刚被放出来的几位老师我也已安置妥当。这次行动虽然表面我们并不占优势和上风，但好在并没有失控，一切都按照我们的计划执行。"

王景临道："虽然困难重重，但这次游行意义重大。相信我们这次游行示威活动取得胜利，也能有五四运动那样的成绩。"

张元桥道："这次的确是苦了这些老师和学生们，他们对我们接下来更大的学生游行起到很大的作用。现在最大的问题是，如果没有滕县各个中学和滕县简易师范学校的支持，那下一次示威活动我们依然不会达到目的。"

话音刚落，门口突然响起敲门声，屋内气氛瞬间紧张，但很快平和下来。

只听那敲门声音是先二再三，连续五次，这是夜晚进入国民书店的暗号。

刘天明去开门，再次进来后眼神灼灼："你们看，谁来了！"

居然是上次替王景临报信的警察韩洪业。只见他身后一个人将头上棉帽子拿开抖落满肩的雪花。

"李校长！"所有人不约而同喊出来，纷纷起立，声音透着诧异和惊喜。

李基民校长脱下棉袍环顾四周："这就是大名鼎鼎的国民书店，果然是人气旺盛，早就想来拜访，今日总算如愿，此地果然与众不同。"

他看看警察韩洪业，看看李文庭，看看刘天明，满屋几乎都是熟面孔，不由得感叹："想不到，你们现在的队伍这么壮大，一直冒着生命危险暗中做着振兴中华的事业。"

他目光最后落在王景临身上，透着一丝赞许："这些年你表面上看着温润和顺，可我每次看到你的眼睛，就知道你绝非池中之物。"

王景临也不客套寒暄，单刀直入："校长，家中事务可安排妥当？"

李校长叹口气笑道："我家人，他们……都已安然无恙。"

众人面面相觑，一时不解。

原来，十日前，警察局顾局长来李基民家中，说最近匪盗猖獗，他作为滕县简易师范学校校长地位举足轻重，要派人手来李基民家保护。

李基民知道，顾局长怎会有这番好心。

"据说顾局长听说了北平和南京的学生，在九月时举行了抗议游行活动，他怕在自己的地盘会重蹈覆辙影响到仕途，才要从精神的源头上镇压，给李基民施加压力，把学生们的爱国情怀扼杀在摇篮之中。

"今日上午，王景临老师来李基民办公室，他怀疑旁边有监视，便快速打发王景临离去。但私下让一个自己的心腹学生做出和王景临老师沟通的样子，暗中给了他一张纸条，上面有李基民妻女被监视的地址。幸亏王景临老师理解过来，派人解救，如今，李基民校长全家都已摆脱警察的控制。"

大家听着韩洪业讲述。

这时，李基民校长突然音调激动起来："我早该让我的学生们都参与到这次爱国行动中，我自己更应该身先士卒。可我也掉入了俗人的坑里。是我的错，是我的错，李某人让各位失望了。"

说罢欲朝着众人鞠躬，王景临不顾身体疼痛忙上前一步止住他，眼含热泪："校长若这么说，我简直无地自容，是我连累了校长。"

李基民校长拉着他的手，目光坚毅无比："你我不必再多言，我们现在马上来讨论游行之事项，我必定支持滕县所有师生加入此列，为他们提供各种物资以及便利。"

刘天明道："那就太好了，我们这次游行示威也有了很多宝贵的经验和情报，多亏了在街上游行的老师们，他们这次功劳很大，如此拼命地跟国民党政府那群恶狼搏斗，给我们提供了大量有用的信息。"

王景临说道："声势闹得越大才会让警察局调动更多警察前去支援，并且在万般紧急的情况下通知到了我们监视李校长家人的地址，我们才立即行动去解救李师母和师妹，摆脱这些人的控制。"

李文庭道："这次小韩同志功劳不小，他在警察中间暗中周旋保护，我们的好多老师才会少一些被伤害之痛。"

李基民看着王景临笑道："其实我早就在猜你是不是共产党，我开始也不清楚这是怎样的组织，可是每次看到你，有意无意中给学生们宣扬的那些精神和思想，看到你眼中的光芒，我就相信那一定是一个了不起的组织，再对比现在的国民政府腐朽无能至极，共产党以这样的精神发展下去，必定无往不胜、前程万里！"

"对，星星之火可以燎原，我们定会取得胜利。"所有人都愈发激动，大家开始正式讨论几日后的学生游行事项如何安排和善后。

散会后，同志们陆续从书店后门撤出。

马秀山给炉火多添了几块炭，向王景临身边多移了一点，抱出被褥道："王老师早点休息吧。"

却发现他长久低着头一言不发，走近一看吓了一跳。

只见王景临绑着绷带的拳头握紧得像要攥碎一切罪恶，新鲜的血渍从纱布中沁出来，他强忍的眼泪总算憋不住大颗掉下来。

小马吃惊道："怎么回事，王老师你的伤口……？"

王景临喉结抽动一下："李校长，隐瞒了自己的心情。"

小马怔了一下："你是说，他依然不打算帮我们，那他刚才……"

"李师母，走了。"王景临哽咽道。

"你怎么知道的？"

"散会后，我悄悄问了韩洪业，李文庭带人去解救李师母她们时，看守的那个警察一时着急，枪走了火，正好击中了李师母，她当场就……我，对不起校长。"

马秀山沉默了。

王景临的眼泪一滴滴地滴到手指上的伤口上，痛心道："可李校长还打算瞒着我，他定是怕我知道真相难受，怕我动摇心境影响决策才不告诉我实情，也让李文庭他们瞒着我。我刚才观察他的眼神一听他讲话的语气就觉察不对，刚才他们走后，我才留了个心眼单独问了小韩，他才说了实话。"

马秀山扶着他的肩良久，道："那我们好好打赢这场仗，不辜负李校长家人的牺牲。"

半天，王景临抬起头，只见那烧得彤红的火炉像一颗跃动的心脏。

他觉得自己的心如同在火炉里一般，正在几万度的高温下熔化，合成，浇铸，最终淬炼成为无坚不摧钢浇铁铸的心。

如果这次行动不成功，他如何能面对这么多帮助他，为了党的革命事业奋斗，为了中华之崛起奋争的人。

为了这些信仰和友谊，为了那些无辜牺牲的人，他自己也必须修炼得更强大更智慧，才能战斗到底。

12月5日清晨，滕县大街上，抗议国民政府不抵抗政策的游行队伍再次出现。

打前阵的依然是教师们，他们拿着标语横幅和旗帜，在街头上行走。

队伍中高喊："山河统一，抗日救国，反对不抵抗政策！""坚决反对不抵抗政策！""反对内战，抵抗外敌！""不当亡国奴，振兴中华！"

民众们很快发现这次游行与上次的不同。

那口号声、呐喊声、高呼声较比上次足足响了百倍不止，更充满青春朝气的氛围，原来在领头的教师们身后，还跟着浩浩荡荡的大批学生队伍。

这次不单是滕县所有教师职工的参加，滕县华北弘道院、华美中学、滕县简易师范学校的所有十五岁以上的男女学生通通加入这次游行示威的队伍。

这支由上千人组织的游行队伍，像一条巨龙盘旋游走在滕县大街小巷。

所有的学生虽然一脸稚气，但是那个精气神却非同一般，秉着一身正气。

他们边走边张贴标语，散发传单并高呼口号，声声响彻天空："反对法西斯！""反对内战，还我国土，打倒日寇。""惩戒打人者！""要求蒋介石对日宣战！""收复我东北土地！"抗议的呼声此起彼伏，像排山倒海一般。

人群中更有胆大志高的学生在街中央站立在高台处，激情澎湃高声演讲："自从今年的九一八事变以来，我们的国民政府面对日寇采取不抵抗政策，这是将我中华置于万劫不复之地。可是，正义，是杀不掉的！我们每个中国人，都要有护国佑民的责任！否则，国将不国，民贫地瘠，我们的子子孙孙也将永为亡国奴！打倒日本帝国主义！反对内战！愿我们中华民族腾飞于世界之林……"

演讲高亢激昂，气势磅礴，大批民众被学子热血赤诚所吸引，将高台里三层外三层围个水泄不通。

"砰砰砰"，几声枪响声划破天空。

大批警察手持长枪和电警棍汹涌而来。黑色制服的人群很快将穿学生制服的人群冲散，欲将刚升扬的抗议气势打压下去。

学生们脸上毫无惧色，凶神恶煞的警察反而激起青春少年的斗志，他们冲破了栏道，继续向前奔跑，一边喊着口号一边把手中传单分发给路人，穷尽一切方式向大众们宣传着日寇侵犯国土，以及蒋介石的消极抵抗政策。

警察们故技重施，搬来高压水枪对着学生扫射。开关刚刚启动，那四个轮子的灰色金属小车，已经让有备而来的学生冲上来砸了个瘪肚，机器就此作废。

警察操着警棍冲上前，学生们也不硬碰，立马巧妙地作鸟兽散，但人潮立马又将警察团团包围，将早已准备好的石块、沙子通通砸向警察，夺走他们的警棍，一时满街都是嗷嗷乱叫的鬼哭狼嚎。

学生们之所以有这些预备，多半来自前几天首次参与游行的老师们与警察交手时收集到的经验。

如此几番打斗中，刚刚还威风凛凛的警察反而落了下风，被学生们整治得狼狈不堪溃不成军，更别说镇压。

尝到初次胜利甜头的学生斗志昂扬，继续游行示威，他们青春的红色的思潮在整个县城形成滔天洪水，流淌到大街小巷的每一个角落。

群情激愤的人们不顾生死地抵抗，一些警察慢慢向后退缩。

两支队伍进行着生死搏斗。带头的警察队长不断派人向警察局顾局长报告现场失控的状况。

警察局顾局长和教育局局长杨四升两人正在滕县县长王洒栋办公室当面汇报游行示威的紧急情况。王县长把电话打给国民党在滕县的驻军，国民党第三路军某旅旅长李翰章的办公室，请求支援。随后李翰章旅长派兵前往县衙门口，向空中放枪驱赶抗议游行的人群……

李文庭这次并没有暗中观察游行情况，参加游行，他跟王景临有更重要的任务。

他们一起来到滕县教育局，局办公的地方比起以往显得更加清闲。

教育局工作人员大都奉命去县政府门口参与抵制学生游行的事务。在局财务科主任办公室中，王景临对徐伯璞说："按教育局政策规定，我们老师每人每年可以借款二百元。我在学校工作两年之久从未借款，李老师也是如此，今日我们前来，是申请借款一千元给我们俩，请徐主任帮帮忙批借条。"

教育局财务科主任徐伯璞看看他俩道："现在是年底，教育局财务吃紧，我自己申请的借款都没有得到批准，怎么可能给你们。若你们真有急用，明年初我再批。行了，你们没听见学生闹学潮都快翻了天了，这个节骨眼上你们居然来跟我借款，你们先请回吧，该干啥干啥去。"

王景临笑道："这是国民政府规定的，借款是每位教师的权利，来年我们定当偿还。我们老师都是有资格登记注册的，徐主任还怕跑得了和尚？"

徐伯璞冷哼一声："你不是开了家书店吗？都当掌柜的了还缺大洋？今天学生又在闹事，这次游行中还有你们滕县华北弘道院和奎文小学的吧，你们早不来借晚不来借，现在是想要钱去资助那帮兔崽子吧，我奉劝你别多管闲事，还是先管着自己好吧。"

王景临笑道："徐主任当真拿不出钱？欲加之罪，何患无辞。相信一分钟后，您一定会改变主意。"

徐伯璞不耐烦地挥挥手："赶紧回去，别在这里添乱。"

这时，李文庭从怀里掏出一沓资料放到他书桌上。

徐伯璞拿起来翻看一下，面色唰地白了，结巴道："你，你们是怎么得到这个的？"

王景临微微一笑："徐主任说自己没钱，换别人还可能信，我可不信。若要人不知，除非己莫为，老话说得好。不瞒您老，原件底版还放在我那里。您看到的这份不过是加印冲洗出来的，不管是哪种，我可不敢保证其他人是否能看到，既然徐主任如此繁忙，那我们不便打扰就此告辞了。"

说罢转身欲走，徐伯璞忙起身喊道："哎哎，等等！"

徐伯璞一边批着借条，一边咬牙恨恨道："王老师你厉害呀，说你不是共党我还真不信，不过既然你还在学校做事，我们总有见面的时候。山不转水转，你可得品品这个理儿。哈哈！"

王景临微微一笑："饭可以乱吃，话可不能乱讲。我脑袋小戴不了这么大的帽子。不过没关系，四海之内皆兄弟，警察局顾局长跟我也称兄道弟，我们也可以成为朋友。今日多谢了！"

出了教育局，李文庭问："那些资料真的能吓到他？"

王景临冷哼一声："他把钱批给我们就证明心中有鬼。坏事做太多自己都记不清，徐伯璞这种人最是贪得无厌媚上欺下。这些钱用于活动经费，是我们二十多个学生去南京的费用。你先去统计一下去的人数，买后天的车票，然后我们再共同商议前去南京事宜。"

李文庭有些犹豫："去南京真的有必要吗？我们这次联合组织的南下请愿团，可有用处？南京政府会否因我们只是学生而屈服？"

王景临目光刚毅无比："目前看我们组织的学生游行在滕县已经取得小成绩，真的要让国民政府认识到民间的力量，我们必须南下。"

王景临继续说道："昨天接到情报，济南各中学在校生一千多人的赴南京请愿团将于12月7日从济南出发，组织上要求我们也要组织学生同往。"

李文庭点头道："时间紧迫，我们抓紧准备。"

而就在此时此刻的县衙门街头上，学生的抗议游行活动正在白热化阶段。

警察早就加派人手，同时李翰章派兵前往县衙门口，向空中放枪驱赶抗议游行的人群。他们丧心病狂，不择手段去镇压这些学生。

当大批警察和军队拿着枪瞄准人群，学生们按照之前计划那般，分开跑往县城几条街上，从各种商铺，或是隐蔽小巷中脱身。

之前，中共滕县特支成员们在开会时商定，王景临作为中共滕县特支主心骨，身份需要更为隐蔽。国民书店由刘天明作为经理，也可以更好地协助书店运作。

刘天明早已安排各个组员跟多个商铺的掌柜联系，让他们暗中协助接应游行学生的逃跑。生意买卖人虽然把牟利放第一位，不敢轻易得罪国民政府，但大多数商家都有子女，开明一些的生意人也自然愿意配合，给学生们提供掩护。

商铺里的不少雇员，甚至有的掌柜的都参与过中共滕县特支开办的读书会。

王景临见到了这次南下的学生的带头者，名叫董宜博。

这个板寸头，眼神炯炯，中等身材的小伙子已经是红色革命思想忠实拥护者。这次游行他始终全力以赴，果敢勇往，特别是前期准备工作，油印宣传资料，暗中联系各校老师同学，他每一样任务都完成得甚为仔细完美，王景临非常看重他的才干和对马列主义思想的推崇，早就决定推荐他入党。

按照山东省委的安排，12月7日那天清晨，王景临、李文庭、董宜博和二十多名同学一起到滕县火车站集合，赴南京参加请愿示威活动。

他们这个南下请愿团，是以学生自主团为基础成立的，这次能如期去南京也多亏了他和李文庭在徐伯璞那里找到的经费，这次为了向国民政府表达广大中华儿女的决心，他们远离家乡，好多人大概都是第一次去外地，此次目的任务十分艰巨，甚至生死未卜，他心中一阵悸动，中国有这些好少年，何愁不会重见光明？少年强，则国家强。

心头正汹涌澎湃，突然一阵钻心的疼从腰间直穿王景临大脑神经。他的伤口还未痊愈，医生早嘱咐他应该卧床静养。可比起那些牺牲的同志和他们的家人，这点痛算得了什么呢？

而且他必须前往南京，是因为还有更重要的事等着自己，他必定亲力亲为才能放心。他咬紧牙关没有吭声，他不想自己这个作为主心骨的人物让大家担忧，从而动摇军心。

车窗外的风景在慢慢退后，一路上王景临思考着到了后如何开展活动，不知不觉火车车厢喇叭广播，还有两个多小时就要到南京了。

同学们都很兴奋，旅途上的疲惫和清洗不便的懊恼几乎烟消云散，大家恨不得立马痛痛快快发挥自己的光热。

董宜博摇了摇身边的王景临："王老师，天亮了，南京马上就要到了。"

王景临头靠着车窗缝隙，一动不动。董宜博还当他睡得过熟："王老师起来了，我们快到了。"

去买早饭的李文庭此时过来，见此情景立马发现了不对劲，伸手扳过王景临的头，他的脑袋唰地耷拉下来。董宜博也吓着了，一摸王景临额头，滚烫得吓人。

所有学生见状都围了过来，悄声议论，语气担忧，个个惶惶不安。

李文庭满脸严肃："看样子应该是伤口长时间不换纱布，有些发炎，再加上受了风寒引起的高烧，大家先给王老师身上再披点衣服，注意尽量不要碰到伤口。我先去找列车长看有没有退烧的西药。"

说罢转身跑去。

李文庭找到列车长告知来龙去脉。

列车长立马吩咐人找来医药箱，奈何如今西药在市面上紧缺，药箱里不过一些纱布和普通风寒的药。正当李文庭急得焦头烂额时，有列车员告知，前方车厢有一名老中医，得知车上有人生病愿意前来相助。

李文庭知道滕县多出中医世家，即便是一些名不见经传的摇铃医生，也绝非泛泛之辈，便赶去请那位老先生过来。

老中医自称姓张，生得宽额大脸，体态健壮，下巴的一缕白色胡须让他看着颇有仙风道骨之态。

张大夫仔细替王景临把了脉，拿出两枚药丸，跟列车长要来开水化开，凉到三四成热再喂王景临服下。

他嘱咐道："我今日出门急，没带太多药在身边，此药丸只能救急片刻，对这位先生症状只有几个小时药效，还有两个小时到南京，你们下车后务必及时赶到医院，如果耽误久了，只怕病人依然有生命危险。"

随着火车一声长长的汽笛，南京车站到了。

南京火车站更加宽大，灰扑扑的月台上人来人往，天上依然下着小雨，滕县的学生团队已经陆续下车，站在车站广场角落收拾行李，整个团队并没有到达目的地的轻松，整个氛围仿若天上冰冷的乌云，沉默冰冷得密不透风。

丸药在王景临身上发挥作用，他神志恢复一些，身体尚在极度不适中。

他深知自己在学生团队中的精神凝聚力，为了振奋大家的志气，提起十万分的精神，用故作轻松的口气对同学们喊："南京也没有滕县冷嘛，同学们鼓起劲儿，迈出第一步就是最好的。"大庭广众，他不能太过明目张胆高喊口号。学生们被他的忘我的精神感染，脸上都渐渐有了笑容。

李文庭挽着他的胳膊朝出站口走去。王景临吩咐他说先一起去到上级组织告诉他的聚集地点，再来照看他的病情。

在站台上，李文庭不再对王景临唯命是从，坚持让他先去往医院治疗。

王景临忧虑片刻同意了，分开时不忘交代各项细节："现目前大家舟车劳顿，先找到南京的中央大学安顿下来，统一听从那里的山东省领队同志的指挥。因为我们这次请愿行动不只是滕县的学生，来自全国天南地北的学子这几日都会聚集在那里，明日我们再去政府请愿。我们现在按在车上商量的那样，分三拨陆续离站，到达中央大学前不要引人注目，不要节外生枝。"

大家都点头称是，王景临急需去医院治疗，只能让他和几个同学一块先走。李文庭和董宜博分别带另外两队随后出站。

王景临被同学扶着，谁料刚出了火车站的大门，就被五六个身着警察制服的人拦了下来。

王景临做出咳嗽的样子将脸别过去，暗中给身后的学生一圈眼神，提示他们冷静，见机行事。

带头的斜眼矮个儿显然是头："你们一群人，都从哪里来，干什么去啊！"瞅瞅有气无力的王景临，粗鲁傲慢道："这个病歪歪的，是怎么回事？"

王景临累得没有说话，明显感到扶着自己同学的胳膊已经紧张地颤抖起来。只听同学憋足勇气大声回道："这，这是我的表哥，他发烧了，我们要送他去医院！"

斜眼一手夹着烟屁股，一手拿着警棍将披在王景临身上的大衣往上撩了撩，问道："你们刚从山东那边下车，是哪个站上车的呀？"

几个同学看看互相，小声说实话道："滕县。"

王景临心中暗叫一声不好，没想到一下火车就被人盯上了。同学们革命经验不足，很容易在警察跟前穿帮。

果然，斜眼嗤笑一声："滕县没有大夫吗？什么要命的病得来南京看？手上都裹着纱布，你这发烧怕是伤口处裂开感染的吧，都跟我们走一趟。"

王景临勉强挤出一个笑容："长官大哥，我们几个都是亲戚，来南京投奔我开茶叶铺的表叔，就是正浩街东路的春来茶馆那家，您可以去查，我的伤是前些日子修屋顶掉下来摔伤的，您高抬贵手我们兄弟不胜感激。"

说罢从衣服内里口袋里掏出几块银圆："盘缠带得不多，一点心意请各位喝杯茶好了。"

斜眼接过银圆放入包中，笑道："看你还挺上得了台面。你们滕县来的？不是我为难你们，实在是任务在身，各位还是随我去警局一趟，若你们真是走亲戚那也好说得很！"

说着他旁边的几个警察蛮横吆喝着让他们往前走。

一个同学血气方刚，大声责问道："你们收了我们大洋，还要抓人，不怕我们到警察局见到你们上司告你们个贿赂罪吗？"

其他几人也着急地喊："毫无来由就这么让我们进了警察局，这光天化日下还有没有天理？"

话音未落，啪一声耳光声，一个警察面露凶光，一把将刚才出头的那个同学推倒吼骂道："反了你，收你两块破大洋是看得起你，还敢告老子，你信不信……"

同学捂着红肿脸不敢再吭一声。

警察骂骂咧咧又要扬手，王景临一把攥住他的胳膊："小孩子不会说话，长官请息怒，您大人不计小人过，回去我定会好好教导他！"

斜眼眼珠子左右扫射一番，笑道："你们都是学生？乡下孩子哪里有这个脾气。最近滕县的学生运动闹得不可开交，你们又从那个方向过来，这么看来可疑得很。看来今天你们不去也得去了，还不快走。"

同学们一时变了脸，呆若木鸡。斜眼见状更加确定自己的判断，几个警察催促他们更厉害。

王景临沉着冷静地安慰他们："我们去就是了，只是回答些问题，没事的。"暗中给大家使了个眼色。他伤口剧痛无比，又头晕脑胀，如今只能审时度势地依着警察向前走去。

这时，李文庭他们一众人从王景临身边走过。

李文庭目不斜视与王景临擦肩而过，此时不是意气用事的时候，否则稍有不慎便全军覆没，更重要更具有意义的任务正等着他们。

王景临他们在众警察的押送下慢慢行了十多分钟，只见一辆小汽车缓缓停到他们前方。斜眼见了像被打了一针鸡血，小跑几步到车窗前，脊梁忽挺得笔直，敬了个军礼："张上校！"

车窗内传出略带慵懒的男子的声音："你们押的这些人是怎么回事？"

斜眼忙不迭把头凑到车窗前，毕恭毕敬道："刚才在火车站口发现的，怀疑他们是到南京来闹事的学生，这不要带到局子里去查一查？"

车中的长官说道："几个灰头土脸的乡下娃子能干什么，这么明目张胆在街上押着老百姓走，党国的脸还要不要了。带一两个回去审问就行，其余先放了。"

斜眼立刻把腰板一挺："是！张上校！"遂吩咐下属："这五个，你们先走吧。"转头对王景临和扶他的同学道："你们两个跟着去局里。"

车内的声音又传了出来："就让中间披大衣的那个留下，其他的放了。人多反而碍事。"

扶着王景临的同学恳求道："长官，让我跟你们回去吧，我表哥受伤了还发着高烧，必须马上去医院，耽误不得了。"

"那正好。我们司令部有军医，在那里肯定能得到很好的医治，先上我的车。"

王景临心中咯噔一下，司令部守备极其森严，这次进去只怕凶多吉少。最重要的是他这次的任务事关重大，他担心李文庭一个人无法把控局势。

但现在容不得他思量太久，他手用力捏了捏同学，以示警惕："你先去咱表叔家里，懂事些，话别说得太吓人了，千万别把表叔吓着，长官他们一向宽厚善待百姓，我不会有事。"

同学们刚吃过亏，都不敢再意气用事，默不作声眼睁睁看着那辆载着王景临的小轿车扬长而去。

汽车一路驱驰，王景临坐在副驾驶座，头微微右偏，从汽车后视镜中看到这位独坐后排的国民党军官。

他坐姿笔挺，身披军绿色大衣，敞开的黄绿军服腰间箍着一条整齐的牛皮带，布料熨帖厚实，做工极其考究，虽然是坐着，仅仅看上身便知其身材魁梧轩俊。与国民党军服相同颜色的帽檐深深压在脸庞下，蓝白色的国民党标志在额前上方甚为醒目。

虽然军帽遮住他大半个脸，王景临总觉得在哪里见过这个人，奈何头脑发胀无法回想。此时他体内的药效几乎消失殆尽，汽车偶尔的颠簸，会冷不丁撕拉他的伤口，在这阴寒湿冷的天气白蚁蚀骨般地痛。

这次来南京请愿，他本不用亲自前来，而且一身是伤更容易让人怀疑。之所以来是因为在他被胡成陷害关进监狱了，出狱后顾局长来医院看过他，有意无意中说起王博源老师，说他此时可能就在南京。

他知道，《太平洋风云》一日没找到，名单一日没有破译，有可能会影响后面任务的完成，这也是他最大的心病。但是只要找到王博源老师，很多问题都能迎刃而解。

可是现在王博源在暗处，在开展党的地下活动，不会轻易现身。

自己是王博源老师最直接的下属之一，他们之间有着只属于他们的暗号。所以他这次把滕县的工作暂时交给刘天明和李大同他们处理，自己亲自前来南京。

这个情况他也没有告诉李文庭，越多人知道对工作越不利。

没想到一下火车他们就被人盯上，也只能走一步看一步。他渐渐感到浑身发冷，头重脚轻，却不敢睡去。他后槽牙都快咬碎了，竭力想保持清醒状态，如此才能应付等一下不知何等狂风骤雨般的审问。

再顽强的意志终究抵不过生理上的病痛，在汽车的颠簸中，王景临眼皮愈发沉重，终究支撑不住整个人陷入无尽的黑暗中。

不知道多久他才渐渐醒过来，感觉身体比起方才轻快些。

躺着环顾四周，这间屋子里似乎没有他想象中的铁链刑具，反而是布置清雅秀丽，倒像是女子的闺房，空气中还有一丝淡淡雪花膏的味道。

他努力支撑着起身，头似乎不再昏沉，四肢也变得轻巧少许，他立刻意识到自己昏睡后被注射过治疗高烧的西药。此时自己躯体上搭着薄薄一层毛毯，全身衣物皆褪去，放眼环顾也并没看到自己的衣物，伤口上的纱布也都变得洁白簇新。靠墙一个大火炉烧着旺盛的火苗，五六个火盆并列摆在房间中，即便三九天中也觉察不到一丝冷冽之感，整个屋子暖意盎然。

这里肯定不是国民政府司令部，倒像是达官贵人的房间。可这是哪里？那位国民党是何方神圣？为何他的声音如此熟悉？为何他会轻易放走哪些学生？把自己带到这里意欲何为？

一系列的问题在大脑中盘旋，突然门外传来一阵脚步。

王景临盯着门口，脚步声由远及近，他突然一怔，这种清脆纤细的皮鞋跟的脚步声明显地表示，来者应该是一名女子。

门开了，果然是个年轻女子，约莫二十二三岁，双手捧了个托盘，面容白皙清秀，身着素色旗袍，黢黑的头发盘成一个大大的髻，鬓角微微卷曲应该是烫过，虽然身着家常素色旗袍，新派摩登的风格让人不由得眼前一亮。

她看到王景临醒来，轻轻"啊"了声，捂嘴立马转身，脸微微一红，王景临立马意识到自己还衣不遮体，立马将床上的毯子拉在身上，有些难为情地遮挡住裸露的肩膀。

过了一小会儿，女子踌躇一下，估摸他已覆盖上毯子，便上前跟他说道："王先生已醒，大夫都已帮您重新包扎，这是消炎的西药，请您服下。"

王景临问道："你是谁？如何知道我的姓名？"

女子并不回答他的问题："大夫嘱咐过，您身上的伤口太多，有的又深又长，很多已经流脓了，加上您感染风寒，必须静养五日以上方可出门活动。既来之则安之，王先生还是先行静养，无论何种大事痊愈再说。"

五日？大事？

这女子似乎对自己的底线了解得很清楚。

学生请愿活动每一日每一刻兴许发生极大的变动，尽管有李文庭带领着，二十多个滕县学子他岂能个个照顾周全？那些都还是孩子，说让自己在此静养，这跟囚禁有何区别，更何况他还不知道对方是何人。

可如今对女子的话除了言听计从以外，他也别无他法。

王景临抬头看到，女子身形的轮廓，眼眸中一丝淡淡的忧郁，心头突然冒出一丝不合时宜的念头。

不知道林小咏现在如何，在上海可还安好？

喝过温热的米粥，王景临大概又躺下几个小时，感觉到药在身体内渐渐发挥的作用。

只见窗外的天黑尽，呼啸着风声夹杂着雨点偶尔拍打在玻璃窗户上。清脆的女鞋声音再次响起，后面还跟着沉重的皮鞋声。

轻微吱啦一声，那个魁梧军绿色身影现身了，关上门时扇出的风飘动军色大衣的一角，戴着白手套的手在门把手上拧了反锁，转身径直朝王景临走来，手里提着一个藤编小箱，人未至音先到："现在感觉可好些了？"

他的脸从暗处中行到明处，王景临看着来人愣怔一下："张晓生！"

张晓生咧开嘴，整齐雪白的牙齿，可不就是他！可是？

看着他一身军服，王景临心脏猛然一沉："你，你竟然是……"

张晓生笑道："我何曾跟你说过我是共产党还是国民党。"

王景临一时恍惚又震骇。一个他曾坚定不移地认为的战友，突然变成水火不容的敌人，简直像做梦一般。眼前这个人，是曾帮助自己消灭刁占山，救过自己父母和老家乡亲性命，还引导他破译暗号密码的男子，王景临早就认准他是党的地下工作者，一个能力强大的战友，简直造化弄人。

他愤怒之余立马意识到一个新问题——他曾帮助自己翻译出的情报，一定是假的。

张晓生在他对面椅子坐下，摘下军帽放在茶几上："王同志，难道你一直以为我们国民党只会欺压百姓，就不会打仗，不会打日本人，不会剿灭土匪对吗？"

王景临怔了一下。

张晓生笑笑，一双眼睛似乎看透了他的想法，却故意用轻快的语气跟他拉着家常："这是罗琴薇的私人公寓，一般没有人过来，看你的样子说明西药应该起作用了。刚才我在车子里看到你被警察押着，你的那个脸色白得吓人，我差点都没认出来。"

王景临问："你我所在组织水火不容，此时你把我带到这里是为什么？那些同学你把他们怎么样了？"

张晓生笑道："把他们怎么样？看来你真是仇恨党国。我没想怎么样，想必他们应该都已经找到中央大学了。如果我没猜错，南京的学生游行运动就这两天就会开始了。而你，就是他们的组织领导者之一，我说得可正确？"

王景临再一次被击倒，敌人缜密的逻辑和精确的判断能力，让他不知如何是好。

此时的他大脑在飞速运转分析目前的形势。

这位张上校，如果是国民党，可他又以同志的身份出现在自己跟前，最要命的是，他们同志之间才知晓的暗号，他也用得娴熟，自己根本想不到他居然是国民党的人。

但不排除另一个可能性，他就是自己的同志，是打入国民党内部的同志，跟自己开国民书店一样，拥有这种身份必须隐藏极深，没有党组织上级的授意，相互之间也不能擅自联系交往。否则在知道自己的目的后，他为什么不把来南京请愿的所有学生和同志一网打尽呢？

又转念一想，如果他是同志，当年在父母老家院子中翻译出来的情报，跟王博源后来给他信中的方式完全不一样，他故意引着自己往错误的思路上行走，自己却机缘巧合得到这么一份重要的情报，说不定，他已经知道那些数字真正的含义！

王景临越想越怕。

现在在南京，自己已经被他全然控制，也切断了与外界和同志们的联系，这个看似温馨的房间实则是一个孤岛，漂流向何方，会出现什么样的情况他完全没有预判。还有自己的那些问题，可是看似平静的背后是这么多问号，反而隐藏了更多问题和危机。另外最重要的，他或许已经知道了三本书合在一起的真正秘密，可自己，至今连《太平洋风云》这本书都没找到。

一时间肚子里的问号搅成无数个结，千言万语不知从何问起。张晓生似乎看出他的心思问道："不瞒王先生，你们一下火车，我的手下就注意到你了！"

王景临冷冷看着他，他不想多说什么，怕不注意无意中给他暴露出自己更多信息。

张晓生又道："王先生不觉得，这也是天意？"

王景临冷笑："人为还是天意，你最清楚，你到底想在我身上知道什么情报？"

一时间脑子里的问号搅成无数个结，王景临问道："我一下火车，就被你盯上了对吧？"

张晓生道："是，也不是，这也是天意。"

张晓生露出月牙般的白牙："当年你开书店，在审批时遇到不少麻烦吧，可是后来突然什么都通过了，你有想过原因吗？我想要得到我的情报，不见得会带你过来。这次纯粹是为了给你疗伤罢了。"

王景临愕然。

对方一席话是告诉自己，你一直在明处，而我一直在暗处看着你。

张晓生看他惊讶的表情，微微一笑："放心，你带的那些同学已经与山东省其他地方来的学生会合并安全入住中央大学东楼，准备把请愿团改为示威团。"

他果然连自己此次来南京的目的都知道，自己的伙伴是何种状态细节他也知道，这个人好似一只慵懒狡黠的猫，把他们所有人当老鼠一般玩弄在爪子下，他到底想干什么？他到底是敌是友？

这个人，太可怕了！

王景临心中暗叫不好。

见王景临不说话，张晓生继续说道："我今日过来特地给王老师看一样东西。"

他把藤编小箱放在圆茶几上打开，王景临瞳孔瞬间放大——满箱子的《太平洋风云》。

他找了快两年的书，在张晓生这里居然有十几本。

张晓生掂起一本在手中拍拍："其实这些红色革命书籍的进货处我都清楚，全国目前有两个地方，那里都有我的朋友，我从最源头的地方拿到这些书，让我来开个十家八家的书店都不成问题。我相信不论是滕县，还是中国其他地方，也只有在我这里才能找到这本《太平洋风云》。"

王景临冷笑一声："你告诉了我破译密码的方法，却又阻止我得到这本书，想必你应该早就破译出所有密码，得到名单了吧。"

张晓生看着他："如果我愿意当然可以。只是我这两年都忙着收集这本《太平洋风云》，另外两本书我还没有细看，另外那一组组在你爹烟杆上的数字代码，当时我也并没有拓下来。"

言下之意是他还没有破译出所有密码。这不像是此人的风格，王景临心中纳罕。

果然，张晓生突然话锋一转："其实另外两本书得到也容易。而且你没有听说过一种技能，叫，过目不忘？"

他的言下之意，就是如果我可以，随时能得到那些名单，只是因为各种原因没有实施罢了。或者说，是没有到实施的契机。

王景临只觉得眼前这个人简直深不可测，沉默片刻，突然哈哈一笑："我已经是你的阶下囚，不如痛快些告诉我，你破译出来的到底是什么？"

张晓生笑着："破译这些名单容易，但凡受过一点密码训练的人都能做到。你知道现在最重要的是什么，这本书，越少人得到，那么知道那十九组数字秘密的人就会越少，就会越保险。"

他边说边走到火炉前，哗啦哗啦将十几本书通通扔进火炉中笑道："你看，这不是万无一失吗？如此一来，破译出那些名单，天下非我莫属了。"

王景临见那纸页在通红的火光中变红，蜷缩成灰烬，心头一紧几乎要扑过去将书抓一本出来，到底按捺住了，低声责问："你既然要这么做，何必在我跟前？"

张晓生道："只是觉得这本书让你这么多年劳神牵挂，免你一桩心事罢了。"

王景临冷笑一声："你何苦来戏弄我？此时不正是你去领功邀赏的好时候？你知道我的身份，也知道我们滕县学生来南京的目的和行迹，把我们往上面一交，你自然立下大功一件，你现在还在等什么，在这里跟我废话？"

张晓生说："我若要领功，你的国民书店开业之后，被地痞杨老三刁难之时，让龙家觊觎作梗之时，更别说跟你吃醋的胡家大小子，还有顾局长，样样种种，哪一条我动动手指，你的国民书店还能开到现在？虽然我大部分时间在南京，但我的眼睛也在滕县，乃至全国各地，要抓你何必等此时？抓你对我没什么好处。"

王景临再次问："那你到底要干什么？"

张晓生起身道："今日不早了，王先生还是静心修养。有什么事你直接跟罗小姐说便好。"转身朝门口走去，拧开锁，吩咐声，"好好照顾王先生。"

罗琴薇侧身进门。

张晓生对她叮嘱了一番，只听罗琴薇回道："是，上校！"

罗琴薇走到王景临身边："王先生，晚上这次药可以服用了。"她眉目温顺可人。

王景临被方才的火光冲击得五脏俱焚，心头一万个问号，疑惑惊骇，罗琴薇温柔的声音在他耳中仿佛来自地狱魔鬼不怀好意的问候。

他心中接受了张晓生是国民党上校的事实，对他今日对自己所做的所有行为却完全没有头绪，他觉得像是有一股无形的力量将他悬在漆黑的空中，虽然能让他纹丝不动无性命之忧，但周边无尽的黑暗让他心余力拙。

如今他也只能听话服药。事到如今他心下有了些打算，只能走一步看一步。

休息了两日，虽说心中疑惑忐忑，罗琴薇和一众用人将他照顾细致得当，王景临重感冒已好了大半，火辣辣的伤口炎症也愈合了许多。

这日清晨，用人端来小米粥和药，还带来一份报纸。白天，公寓里只有两个照顾和检查他身体的用人，罗琴薇只有在下午才会出现。

只见那报纸大字标题——"大量学子围聚南京政府大门请愿抗战"。

王景临忙拿去细看，报道篇幅不大，只是寥寥叙述这一场景，并未对这一行动进行点评，也没有详细指出游行聚集的后果。

王景临知道，此次游行除了他们来自滕县的这二十多名学生，全国各地的学生都会陆续抵达这里。这次大规模的游行，是上级党组织周密策划安排的全国性的爱国主义抗日请愿行动。

罗琴薇似乎能看出他的担忧，为他补充不少外边的实事状况："我也是听我的一个警察朋友说，这些请愿的都是全国各地的学生代表。他们在中央大学集合，排成四路纵队，北京大学带头在前，沿途高呼口号，唱抗日救国歌，冲进政府大楼高喊口号，要求蒋委员长出来解释。要求国民党政府立即对日宣战，出兵收复失地。后来是另外一名官员出来与学生见面，学生们听了官员的解释还是表示不满，说这种不抵抗政策就是卖国行径，继续要求蒋委员长出来跟他们见面。"

"昨日，聚集南京政府的学生越来越多，警察也在那里围了个水泄不通，但都不敢对学生动手。旁边有很多外国记者，怕舆论扩散更不好收场。但是政府给报社施压不能胡乱报道，不过也会因为舆论而不敢怎么样。"

王景临问她："你也是国民党？"

罗琴薇默然半晌道："我不是军人，我曾经是一名护士，机缘巧合下认识张上校，他对我有恩，其实这套公寓也在他的名下。"

王景临问："他的真名叫什么？"

罗琴薇答非所问："该服药了。"又说，"他不会害你的。"见王景临神色愕然，自知话多，便不再多言。

王景临服下了药物，心中暗暗度量。这时门口有用人轻声呼喊罗琴薇，她出去后，王景临下床轻轻踱到门前，从门缝里窥探，听到有脚步声至近，便知是用人过来，忙回到床上。

用人替王景临检查伤口，便出去。罗琴薇此时也进来，见王景临闭眼躺在床上，疑心他是否病情加重，上前摸他的额头检查，察觉并无不妥转身离去，冷不防一根绳索套住她的脖颈，她被拉坐在床上。

罗琴薇"啊"了一声。

王景临暗自用换下来的纱布拧成一股又细又硬的绳子，狠狠箍住她的脖颈缓缓收紧。

王景临咬牙道："那个张上校，把我掳到这里来想干什么？还有你，到底是什么人？"

罗琴薇面色发青，艰难说道："我，我不过是一名护士，其他……什么也不知道，照顾你，是张上校吩咐的，我奉命行事而已……"

王景临发狠道："他当着我的面烧了那些书是为什么，他是在试探什么？还是说，我是他的一个诱饵？他到底有什么计划，你们下一步行动是什么？如果你不说，我就……"

说着拉拢这绳索，罗琴薇憋得满面通红，双手拉着绳索，双脚不住乱蹬，使出全身力气喊："我真的什么也不知道……他，他并未害你，我，我也并未害你呀！"

激愤让王景临红了眼，他吼道："并未害我？你们国民党害了多少我们的同志，你们杀了我们多少人，心里没数吗！刚才在门口与你说话的医生，就是在火车上给我医治的中医，我们一上车你们就盯上我们了吧，你们还知道我们的哪些情报？快说！他到底想要干什么，他让你来照顾我又是为了探听什么情报！你说！说！"

罗琴薇依然没吐出半句实情，反倒身体有发软迹象，王景临猛松开手，看着这个纤细的背影扑通一声跌倒在前方，大口喘气好久，半天才缓过劲儿来后怕他再次伤害自己，跌跌撞撞跑出房门。

王景临气息渐渐平静下来，他也因用力过猛，身上绷带裂开好几处，钻心的疼又上来了。

他眼中渐渐盈出泪。

从前的他怎么会对一个手无寸铁的女子下手，还是一个无微不至照顾他的女子。

对敌人仁慈便是对同志的残忍，他急于知道真相，革命的工作让他不得不铁石心肠。他迫不及待想了解张上校到底是什么人，叫什么名，具体官职，以及所有他摸不着门的事实。

又一个无眠夜。

转天下午，出乎意料的是罗琴薇依旧过来，面色从容，像什么事儿也没发生，当他提到张上校，她依旧顾左右而言他或闭口不谈。

王景临苦笑，问她："你就不怕我故技重施？"

罗琴薇眼眸几乎毫无波澜："你不会的。因为你知道了，即便这样张上校也不会过来的。"又道，"给你请的医生，不是在火车上的那位，但是，我们知道你在火车上发生的一切。"

王景临有些吃惊，惊讶于自己的行踪被暴露得如此彻底，也惊讶罗琴薇在跟自己说这些话的时候淡定的神情。

她居然也能猜中他的一些心思。

他攻击她还有一个理由。自从张晓生那日出现后便再没过来，他想用这样的行为逼迫他现身，他觉得他们面对面交谈或许能探听到信息。

心中突然一些难过，这样的女子，在他这种危险的人跟前还必须坚守在此，想必也不容易。

就这么过了几日，王景临每日都看报纸，但内容大致都差不多，有一日甚至根本没有学生游行的消息。

倒是罗琴薇一边照顾他，一边告诉他不少外面的讯息，大部分都是学生游行的事儿。

从她口中，王景临得知，聚集在南京政府大楼前的学生越来越多。对于政府这几日的回复，学生们都极为不满，反对声疑声越发高涨。后两日，学生们干脆转战到了外交部，还把"请愿团"改成了"示威团"，将这次斗争升级成示威行动。

学生们义愤填膺慷慨赴义，他们抗议外交部执行卖国求荣的外交政策，要求外交公开。可是外交部一直门窗紧闭，鸦雀无声。一些血气方刚的学生们怒不可遏，示威行动升级，他们捣毁了外交部大楼门窗，砸了办公室，在办公大楼的墙壁上书写"反对秘密外交""退出国联，武装抗日"等口号。

就算如此一连几天过去，外交部也没有一个人出来回应。到了晚上，游行队伍才会陆续返回中央大学。

罗琴薇似乎很能揣测王景临的心思，所说之事都是他心中关心的。两人言语间一来二去，彼此倒生出些许温暖和信任。王景临问她，为什么给张上校办事，罗琴薇倒也知无不言。她本是一名护士，因为家里人吃了官司出了大事，辗转求到张上校这里，渐渐跟他有了交集，也算为自己找了个靠山。

罗琴薇好像若无其事地问他道："你加入共产党，想必指引你的那位王先生定是一位不凡的人物。"

王景临心中纳闷——她也知道王博源。

罗琴薇道："其实几年前我与王博源先生也有一面之缘，那会儿见他温文儒雅，才华横溢，尤其喜欢中国古代诗词，却也不承想他是共产党。"

提到王博源老师，王景临眼前出现鲜红般的旗帜。当自己还不知道他身份的时候，王博源经常与他讨论中国古典诗词。

是王博源带着他进入共产党的世界，是他让自己在这个黑暗中看到远方微弱的星光，是他让自己相信，即便那亮光现在微弱如萤，但至少让自己有了在这个世界上前行的方向和使命。

想到这里一股暖流涌上王景临心头，他嘴角微笑，突然僵了一下。

对于上级的任何信息，他最好的做法是闭口不谈，看似跟人的闲聊，让他不得不提高警惕。

两人聊了一会儿，王景临静静地听着罗琴薇的话，疑惑地问："张上校让你告诉我这些是为了什么？"

罗琴薇却不正面告诉："告诉你这些并非张上校嘱咐我的，你痊愈了出去自然也会知道这些。你在这里反而更加安全，其他就不要多问了。"

王景临问："这么说你们不算在囚禁我，你平日都是下午到这里，上午你会去哪儿？去南京政府吗？否则你怎么会知道这些细节。"

罗琴薇依旧答非所问："如果你现在要出去自然也没问题，只是现在还不是时候。"

王景临故作轻松笑道："这个张晓生，是想放长线钓大鱼吧，他要立功，要飞黄腾达，自然要眼光长远。能在刁占山那种土匪窝里待上大半年的人，肯定不简单。"

听到刁占山三个字，罗琴薇面色一寒，立马平静下来说道："王先生该服药了。"

王景临意识到，要想从这个女人嘴里套话出来，可能性太小。他心中有万分疑惑，但也不再多问。

一连过了五日，王景临感冒几乎痊愈，身体的伤也因注射盘尼西林这种疗效极佳的西药，减轻了六七成，基本好转。他心中每时每刻都在担忧李文庭和董宜博他们的安全。

这日，罗琴薇为他再次换了纱布，量了体温，拿出他才到此处时穿的已经洗净熨烫好的衣物让他换上，还多了一件黑色的羊毛大衣，对他说："走吧，我带你出去。"

王景临疑惑："张上校呢？"

罗琴薇披上一件斗篷，戴上一顶贝雷帽，还戴了墨镜："张上校吩咐的，你跟着我走便是了。"

他们从小楼的后门出去，安静的后街与车水马龙的正街大相径庭。

罗琴薇轻车熟路穿梭在大街上，王景临紧随其后。两人行至大约一里开外，各上一辆黄包车。

黄包车在南京城中穿梭大约半小时，停在一个看似戏园子的建筑门口。两人下车走了进去，这个建筑顶高窗小，屋内一片昏暗，多尘，看着像已有多年闲置荒废。

王景临还未适应眼前的暗光，只听一个熟悉的嗓音："王景临老师！真的是王老师！"

待他的视线已经适应了这里的黑暗，才发现里面已经有不少人——从滕县来的所有学生和李文庭都在。

大家通通围拢过来惊喜不已："王老师这些天去哪里了？我们都太担心你了！你们

俩怎么回事？你怎么跟罗小姐在一起？"

罗琴薇转头看向王景临道："学生们都在此了，对吗？我不便久留，先告辞了。"

说着把一个小布包递给王景临："张上校交给你，请到了滕县再打开。"说罢不容别人多问，转身出门，留下一群满脸疑惑的年轻人呆呆看着她离去的背影。

李文庭问："这个罗琴薇是你南京的朋友？怎么事先没听你提起过？这次我们能从中央大学安全脱身到这里，多亏了她。"

王景临苦笑摇头："她的身份，其实我也不了解，说来话长。"说罢就要打开包裹。

一个学生很实诚："人家不是说让你到了滕县再打开吗？或许是什么了不得的机密。"

另一个立马接嘴道："回滕县打开和现在打开有什么区别？何况她又不是我们的长官，干吗要这么唯命是从？我们干革命就是要雷厉风行、不拘小节才好。"

王景临笑笑径直打开。

《太平洋风云》！

在一旁的李文庭也惊喜地一把夺过来连翻看几页："是原版的！真是原版！真是踏破铁鞋无觅处，怎么在……哎你去哪儿？"

王景临已经冲出门外，顾不上伤口的撕扯，跑了几百米总算拦下了刚坐在黄包车上的罗琴薇。

王景临紧紧拽住黄包车的车杆对她道："张上校到底什么意思？你和他，到底是不是我们的同志？"

罗琴薇左右环顾一番："你与你的伙伴们都安然无恙便好，何必多问这么多。你们此次前来南京已经凶多吉少，等回到滕县，你以后都会慢慢知晓。"

王景临说："滕县的同学们都无恙，也是你们暗中帮助的吧。我们向国民政府请愿，不应该是国民党的敌人吗？为什么要帮我们？张晓生，张上校，他到底是什么人？至少让我知道他是敌是友。"

罗琴薇苦笑："人与人之间，如何能做一辈子的朋友，或是一辈子的敌人。国家之间尚亦敌亦友，何况我们人与人、党派与党派之间。"

趁着王景临怔住的一瞬，她已指示黄包车决然走掉。

望着她远去的背影，王景临站在空旷的街道上，偌大天地，一时间，他觉得自己如同一颗棋子，无法摆脱被人操控的境遇。

王景临回到住所，才听到同学们诉说这几日他们发生的事情。

原来大部分也是如罗琴薇跟他所说的情况一般。

当他们抵达中央大学的时候，那里已经聚集了上千名全国各地的学子，都是为了抗议国民政府对日抗战不作为。

随着这几日来到南京的学生越来越多，愤怒的情愫在人群中悄然膨胀，血气方刚的学生已经开始有了破坏的行动，一来是泄愤，二来想以此表达自己的愤怒之情。

就在昨日，所有人还在睡梦中，突然听到中央大学外枪声一片，紧接着是嘈杂的脚步声和人的惨叫声。原来已经有大批的警察包围了大学。学生们之前并没有听到风声，看来，国民政府也被逼急了，也顾不上媒体会不会报道，撕下伪善的面具，要用暴力强行遣散学生们回去。

嘴上说着遣散，其实在暗中也混着不少特务偷偷抓捕学生。

李文庭判断，政府之所以有这样的行为，是因为见到发生如此大规模的学潮，认为多半是共产党在他们背后推波助澜，特务抓了一些看似出挑的学生去严加拷打，企图找到一些关于共产党的信息而对其进行抓捕。

中央大学在黑暗中一片混乱。

幸亏罗琴薇从天而降，帮助他们脱身，还带他们到这个废弃但暂时安全的戏园子里。

王景临也把他这几日，在罗琴薇那里的经过，跟李文庭详细说了一遍。

李文庭听了后沉默了一瞬，道："我要告诉你一个事情。"

李文庭说："当初在中央大学警察来轰赶学生，一片混乱血腥。正当滕县学子快落入警察魔爪时，罗琴薇突然出现，她似乎早有所准备，由她带领的路径畅通无阻，将所有滕县学子一个不少带出中央大学。接着有条不紊地将他们安排在这里，饮食棉被也都准备得比较充分，学生们都没遭什么罪。

最初，李文庭本觉得这个女子太可疑，当时抓捕学生的警察们凶神恶煞，手段残酷，他无法找到更好的出路，"后来我们信任她决定跟她走，也是因为罗琴薇准确叫出李文庭和王景临的名字，最重要的是，她说出一句暗语：'天下滕姓出滕县'，这是在突发意外的情况下与王博源老师联系时才说的暗语。"

李文庭当时十分惊喜，这个足以证明王博源先生安然无恙，并且多半在南京。

势态危急，他顾着学生们的安危，想将大家从凶神恶煞、手段残酷的警察手中解救出来脱离危险，只能配合罗琴薇逃离那个地方。

大家都被安置下来后，他多留了个心眼，在罗琴薇再次为他们送来御寒的棉被和干粮后，悄悄跟在她身后。李文庭跟踪能力和反侦察能力很好，一般人极难察觉。

他发现罗琴薇离开戏园子，来到一家咖啡馆与人喝茶。李文庭也随着别的顾客进入屋内，坐在角落观察他们。

果然有重大的发现。与罗琴薇喝咖啡的那个人不是别人，正是王博源先生。

李文庭一开始简直不敢相信自己的眼睛，他亲眼看到王博源边说边用左手指掐在下巴下，若有所思。这是王老师的固有的习惯动作，他的确能够确定离他十多米开外的这个男人，就是他们失踪一年多的王博源老师。

他强烈抑制住激动的心情没有过去，革命工作的纪律和经验告诉他此时不是相认的时候。

他明白如果王景临知道这个消息该会多么高兴。

王景临的确万分激动，同时也猜测："一个国民党军官如此帮助请愿的学生，难道是王博源老师与他们国民党之间有什么交易？"

无论如何，知道王博源老师尚且安全，这是一个好消息。这趟南京之行，倒也收获颇多。

王景临头脑越发清晰："依照你所说，他当时当我的面烧掉《太平洋风云》，估计也是要看我的态度和表情，以此判断我是否已经掌握了正确的密码。我判断，那份名单，根本不存在，当初就是他误导我。"

李文庭问："那么烟杆上的那些数字又代表什么呢？"

王景临道："如果我没猜错，《苏俄秘史》《太平洋风云》《唐诗宋词鉴赏》，这三本书应该是还有另一种破译密码的方法。"

第六章　烟杆谜团巧破解，同志相会任重远

他们买了回滕县返程的火车票，后天要出发。这两日，李文庭拜托了南京的朋友，寻找《唐诗宋词鉴赏》《苏俄秘史》两本书。所幸，南京也有滕县读书会的成员，他们没费多少力气，就找到了。

王景临飞快地在报纸上写出一系列的数字。烟杆上的那十九个代码，他早已烂熟于心。

王景临和李文庭就在这个破旧的戏园子里，借着屋顶上射下的光束，将三本完整的书放在一起，飞速查看、翻阅、分析、比对、区分、辨明。

两人一鼓作气足足查看了两三个小时，果真得到新的线索，发现王博源给自己的信中的翻译方式是对的，这份情报大有乾坤。

王景临恍然大悟："如果我们用之前张晓生教我们的方法来破译，除了'高成奉'这个名字有些像样，其他破译出来的代码却没有一个规范的人名。当年张晓生告诉我这个名字，我就让朋友去淄博当地教育局打听是否有这个人。得到的一直都是否定的说法。我担心是不是他工作变动已经被调走，多次打听，依然没有这个人。"

李文庭道："这就是说明，这个高成奉是凑巧而成，张晓生是故意引导你用这种方法破译，实则是想误导你。"

王景临道："没错，我们之前是以《苏俄秘史》《太平洋风云》《唐诗宋词鉴赏》这样的顺序破译。如果把顺序倒过来破译，会得到另一组词汇，你来看。"

两人一齐动手，用刚才的顺序将所有组的数字都破译成汉字，但依然断字不成句，没有任何意义。

李文庭道："我们不要被先入为主的思路扰乱，或许这根本就不是一份名单。"

这提醒了王景临。一般情报都会出现主体，什么事、什么时间和地点。他们打算换了一种思路，一组数字是三排，能否各自对应其中一本书来破译。经过不下十数次破译，他们渐渐有了眉目。有了重大突破。

一组数字的第一排，照应《唐诗宋词鉴赏》，第 15 页第 6 行的第 12 个字，便是"蓬勃"的"蓬"字。第二组数字的第一排，同样照应《唐诗宋词鉴赏》的 106 页第 11 行的第 7 个字，"栖息"的"栖"字。第三组数字的第一排，同样照应《唐诗宋词鉴赏》的 23 页第 9 行的第 16 个字，好像是一个外国人名字的"莱"字。

按照这种方法，他们翻译出这十几个字，分别是蓬、栖、莱、平、昌、潍、青、淄、济、泰、滕……

王景临看着一串字，一道闪电从脑中划过——应该就是这个了。

两日后，王景临等人踏上了回往滕县的火车。

在火车上，他拿着刚从列车长那里借来的地图，双手微微颤抖。

这些年他在山东各地游历过，对地理地名极为敏感。那些字，分别是山东地名的第一个字——蓬莱、栖霞、莱阳、平度、昌邑、潍县、青州、淄博、章丘、济南、领事馆、大观园、泰安、滕县、国民书店、同济堂诊所、上海、大别山、瑞金。

这第一排数字，是一条路线，一条有着艰巨且隐秘任务的路线。虽然还不知道这条路线是做什么的，但已经有了重大突破。相信，另外两排数字，破译出来指日可待。

可这些又代表了什么情报呢？

这时，上级来了新情报，这位张上校的身份也浮出水面。

南京的这位张上校，他的真名是张金悟，是滕县八大家中最出名的青帮老大张仁奎最小的儿子，如今是国民党上校。

青帮是上海乃至全国赫赫有名的帮派，某些领域中，政府都要忌惮礼让的角色，是王景临他们革命道路上不能忽视的群体。尤其是帮派掌门人的后代。

他们还查到，虽然政党不同，张金悟跟共产党很多人也有着密切关系。甚至为共产党提供了不少有用的情报，可反之他也为国民党效忠。

总之，他并不完全效忠于自己的党国，也不是共产党打入敌方的同志。

王景临有些疑惑，李文庭有自己的想法。

张金悟的父亲张仁奎，是赫赫有名的青帮帮主，势力盘根错节极其庞大，跟上海的杜月笙甚至蒋介石都有着千丝万缕的关系。想必野心不会止于一个帮派之主，他也想在这种乱世中分一杯羹。而他的儿子身为国民党高官，方便获取两个政党的第一手情报，为他以后可能的江山打下基础。

因此张金悟不会轻易动中共滕县特支的人员，甚至在上海和南京他也会暗中保护他们所有人，这是为了他的长远目的考虑，还有一点，可能是王博源和王景临身上有他极其想要的情报。

不论真相如何，他们总算在南京完成了自己阶段性的任务，虽然暂时看不到明显的成效，他们不变的理念是——星星之火可以燎原。

望着车窗外飞驰而过的田野，王景临心中难以平静。

政治波谲云诡，革命前路遥远，王景临始终坚信，在共产党的领导下，他心中的光明一定会到来。

听着火车汽笛轰鸣声，去往南京的二十多名滕县学子平安抵达家乡。

李文庭去了破译出来的山东的另一个地方——淄博。

出了火车站，董宜博将书和报纸带回自己的住所，王景临没有回宿舍，径直去了国民书店。

他们离开滕县的这几日，学潮已经消停。滕县各条街道的商铺也恢复了正常营业。

这次的游行示威获得了巨大成功。一切仿若从前，却又不同寻常。

马秀山向王景临报告了两个消息。一个好消息，一个坏消息。

好消息是，他们的印刷机印刷的大量宣传口号都发了出去，现在街头巷尾最普通的民众都了解了九一八事变，以及现在国民党政府消极备战的不作为行为。而由他们中共滕县特支组织策划、传播的革命精神和发扬的爱国主义精神在滕县老百姓中得到大的宣扬。

同时马秀山告诉王景临一个糟糕的消息，游行结束后失踪了三名学生。

王景临心头咯噔一下："被抓进警察局里的学生没有被全部放出来吗？"

马秀山道："据警察小韩说，这次因游行抓进警察局的学生通通都放出来了，可依然有三个学生如今都没有回家，也没有回学校，凭空消失了一般。

"他们爹妈前些天跑到警察局去要人，都被警察给轰了出来。

"小韩说他们警察局里就一个监狱，已经没有关押任何学生了。他们全都是男生，还都是滕县华北弘道院的学生。我们又联系了不少读书会的朋友，但都一无所获。"

王景临问可有他们的姓名。马秀山把他已知收集到的信息给了王景临。

王景临顾不上舟车劳顿，立马赶到小粥铺，这里是孟老五的住所，他想跟他打听一些消息。

天黑了，孟老五当差正回家，老远看到他，满脸不自然。

王景临有些诧异，待说明来意后，孟老五挠挠头结结巴巴道："这个事儿我也真不清楚。不瞒你说景临老弟，以后，我们还是少见面。你知道，最近又是打仗，又是学潮，乱得不行，我知道你不是共党，但是现在到处风言风语，我也得避嫌一下。但是如果你还有别的事，我能帮的一定帮。"说罢头也不回朝里屋去了，留下五嫂挺没脸，讪讪地跟王景临说了不少好话。

王景临谢绝五嫂子的送客便出了门，他知道，自从他回来麻烦过孟五哥不少事情，为此他在局长跟前吃了不少白眼，他一家老小靠他一人吃饭，王景临并不怪他的冷漠，只好自己再想其他办法。

他仔细看着那几个学生的名字努力回忆着。

当时对这几个失踪的孩子的安排，是在游行后若被警察袭击抓捕，他们分批从县城南门里那边的数条不同的小巷子里跑掉。

王景临翻看滕县县城舆图仔细查看，突然眼睛一亮，还真渐渐看出一些端倪。

他发现这几个学生尽管逃跑路线不同，但都无一例外会经过一个叫济善堂诊所的地方。

王景临拿着滕县地图细细察看，见那巷口四通八达，也是他们当时安排学生从那处脱身的原因。巷口的南边是一片居民区，那个地界虽说没有什么大户人家，都是再寻常不过的平头老百姓，论滕县的治安，这里还算太平。

学生怎么会在那附近失踪呢？不知道这只是巧合，还是别有玄机。

第二日清晨，一个身影在薄薄的雾霭里行动着。

学潮刚刚平复，政府在调查此事件，学校因此并未复课。

他顺路到了滕县华北弘道院，学校大门紧闭，学校门上贴出布告：本校奉上级令，提前放寒假，开学日期另行通知。

目前正如他愿，他趁这段时间去调查失踪学生。

据孟老五透露，警察局现在也在为了学潮的烂摊子忙得焦头烂额，对抓捕共产党也没有之前那么严厉。

不过这些都是暂时的，王景临想尽快在这个时候来找到线索，找到那些失踪的学生，找到密码破译的准确方法。他来到徐家花园，多年前此处修建的一座小轩楼三层，向南北能看到半个滕县县城的面貌。跟地图上的情况几乎一模一样，太平巷的那头是一片矮矮的平房，洋火盒子般密匝，灰灰黄黄的排了一片。大片的居民区旁边，一栋铜褐色的楼房显得尤其醒目。灰褐色的大砖房与周遭环境显得格格不入。

王景临早就听说，两年前，县城北门里办起一座铸铁厂。

这栋铸铁厂不是凭空拔地而起，而是依着之前外国教会留下的一栋建筑，还带有一些欧洲元素。

王景临见这铸铁厂的外墙可能是灰色的，带有一些斑驳的痕迹。若是置身此处，并不会觉得怪异，从徐家花园那边远远望过来，王景临总觉得有些蹊跷。墙上一些门窗，透出一些灯光和工人的身影。

空气中弥漫一股特有的浓郁而独特的气息。

他行走在石板路上，猛然想起，他破译的密码地点中，济善堂诊所，也在这附近。

因诊所旁有一片小树林，里面数条窄道穿过就能到达城北门里的正街，是极好隐蔽逃跑的路线。

王景临进入小树林，站在分岔道上左右环顾，也没发现任何异常。

突然他只觉得背后一阵寒光，回身一看，一个戴着鸭舌帽的小个子在一棵树后面看他，见他发现了自己立马转身若无其事地走开。

见他如此可疑，王景临跟了上去。鸭舌帽两次回头看他，脚步不由自主加快，倒也不跑。突然他怀里似乎有东西掉出来，他急忙拾起来往怀里一揣加快步伐。

王景临心头一惊，急忙追上前去。鸭舌帽闻声拔腿就跑，王景临紧跟不舍，几次要抓住其衣领，奈何他身轻脚快，左右来回躲避开来，仗着对地形的熟悉，从一旁的后巷一拐弯便消失无影。

鸭舌帽跑到空旷地，回头看到无人，正扬扬自得，转头就被王景临一把抓住肩膀。

但凡王景临看过的地图，便没有不记下的，尽管是第一次来到这个地界，他很容易知道穿过哪条岔路去等着他。

他一把拉下鸭舌帽的围巾和帽子，拳头凶狠地逼了上去："你是谁？那些失踪的学生哪里去了？"

鸭舌帽缩肩蒙头大声求饶："王先生手下留情，是我，我们见过面。"

王景临收住胳膊，仔细打量愣住了："怎么是你？"

国民书店刚开业时，龙少爷曾要求盘下国民书店，王景临去龙少爷家周旋时，走在街上曾被劫过，那小贼不是别人，正是这个鸭舌帽。

当时王景临担心孟老五将他们一锅端了他们会记仇自己，事后找国民书店麻烦，专门把这个小贼的脸仔细看清楚。

冤家路窄！

鸭舌帽急忙求饶："我们兄弟几个被关进警察局几年，吃尽苦头好容易放出来，我们领头的大哥回乡下老家了，我也早就洗心革面在一家店里做学徒，三只手的活我早不干了，这回真没干什么坏事！"

王景临怎会轻易相信他所言："什么都没干，你怀里揣的是什么？"

鸭舌帽一脸的委屈，喃喃道："这是我炖汤用的调料，不信你看。"说着拿出给他看，趁王景临不备猛地一撒——他装作被制服，趁王景临不备要诈脱身。

果不其然，王景临大惊，松开手后退几步。他担心会是什么药将自己迷晕后任其摆布。那小贼乘机蹿到前面。王景临甩甩头，鼻子呛呛的，好在并无异常，便拔腿追去。

小树林的枝木都不高，奈何密密丛丛，是绝佳掩护，王景临没追几米，便听到有人吱哇乱叫。

只见几个身材高大的男子已经把鸭舌帽控制住。

那小贼居然反过来朝着王景临大喊："王先生救我，救我！"

王景临愣了一瞬，不解地看着几个人，其中一个浓眉大汉过来礼貌地向王景临鞠了一躬："多谢这位先生。我是铸铁厂的工头，最近我们这一片时常有盗窃发生，手段极为狡诈。可这小贼太过狡猾，今日多亏您在。"

鸭舌帽大喊道："这是怎么话说的。我和他一样，什么都没做，偏说我是贼！你们除了破铜烂铁，有啥可偷的。"

浓眉大汉朝他帽子就是一巴掌："我们丢的东西多了去了。走，将他拉到警察局去松松皮！"骂骂咧咧，一众人将鸭舌帽摁着往铸铁厂方向去。

王景临道："这个小贼我认识，是个惯偷，我提议把他送进警察局处理为好。若你们私自动刑，别给自己添了乱子。"

大汉道："自然是送去警察局。如果有警察过来问着先生，您可要帮我们作证。"

王景临道："我是老师，我们学校走丢了三个学生，不知你们可知道此事？"

大汉愣了一下，思量一番："还有这等事？这可就奇了，我在这一片就从没听说过丢了学生，更别说是上了中学的半大小子。不过先生可以去问问我们铸铁厂的迟管事，他就是这一片的人，犄角旮旯都熟得很，想必能帮上先生。"

王景临远远看着鸭舌帽他们的背影，一股说不清的诡异浮在他心上。

"先生从何来的？"

王景临冷不防被吓了一跳，转头看，一个中年男子，身材高大敦实，头发微微泛卷，五官棱角呈着凶相，与之反差的是唇角露着慈祥的笑，眸里射着犀利的光。

这位想必就是方才大汉口中的迟管事，王景临忙施礼，表明身份道明来意。

迟管事也急忙回礼，自报家门。

他名叫迟良志，自工厂开办以来一直在这里做管事，可他也没有听说附近有学生走失。

王景临心中失望，迟良志摇摇头轻叹口气："可怜见的，都是为人父母，我在滕县已经待了一两年，这里打仗那里战乱就没消停过，现在这个世道，难哪！"

王景临见没有结果，只好告辞正准备返回，被迟良志叫住了："王先生可是经营正南里街国民书店的掌柜？"

王景临心中暗暗吃惊。

迟良志道："正是大水冲了龙王庙，我前两日才去过贵店，想着跟您商量一起做些营生。"

迟良志娓娓道来建议。

原来这铸铁厂开了两年，经济效益不好。无奈之下见上海香烟价格卖得高，销量还不错，就思量着自己也能销售，赚钱补贴一下铸铁厂的亏空。如今除军阀官僚，就是文化人能抽得起香烟。迟良志一早就想把上海的香烟进入各家书店文具店，好打开市场。

王景临大脑飞速转动，略略思考片刻告诉他，书店的股东不止他一人，他必须告诉其他合作伙伴从长计议。

他内心想的是，从营生角度这不失一个好事，但多一个不明书店内部真相的人近距离接触，多少会带来暴露的隐患，便嘴上应着回去与股东商量考虑，心中本能地否定了这一建议。

迟良志似乎看穿他的心思："我就先陈列些包装鲜亮的香烟在店内，也不收您一个铜子儿，半个月我来看销量，您卖几盒我就收几盒本钱，我只数烟盒子，您的账我也绝不过目，王先生，如今世道艰难，多个朋友多条路，我们是绝对不会让您吃亏的。"

至此王景临无话可说，别人如此诚恳，他若再拒绝反而引起旁人疑心。

还未等他答话，迟良志哈哈笑着拍拍他的肩："年轻人沉稳些也不是坏事。王先生你我有缘啊，行就这么定了——三满。"

他冷不防叫出一个名字，一个坐在角落正在做活的小身影噌地站起来，木木讷讷朝他们这边走了。

王景临打量着这个小女孩，年龄约莫十二三岁，眼神里两分怯意三分敌意加五分警惕交织成一道光在瞳孔中。迟良志道："这个小丫头不会说话，略识几个字，以后就让她到国民书店布置安排香烟。"

迟良志安排得如此明白周到，若再拒人千里，便有些说不过去了。

两人当即谈妥，商议后天将烟柜做好后，就把香烟拿到国民书店中。

到了约定那日，迟良志果然亲自带着三满来到国民书店，虽然她不会说话，但办事行为稳重有序，跟马秀山仅凭手势交流中，便理好了账簿，完成了交接。

王景临和迟良志正在里间说话，突然听到大堂里嘈杂起来，只听人嚷嚷道："听说你们掌柜的从南京回来了，是谁？"

刘天明的声音传来："我就是书店的经理，请问几位有什么事。"这几日他虽一直在滕县，也一直在处理学生出狱和舆论造势的任务，也是今日才到书店中来。

马秀山悄声道："他们就是失踪学生的父母。"

失踪的三名学生的父母，分别姓韩、姓陈、姓冯。王景临知道，韩家和冯家是做小买卖的商户，陈家也开了一个做豆腐的小作坊，都是本分老实的人家。

今日，是韩家父母和陈家父亲来到书店。

王景临和迟良志听闻也来到店门口。

只听老韩拉着刘天明声泪俱下："我们的孩子不知道听了谁的蛊惑，去游行，学校也不管。到现在十多天了还没回来，我们韩家就这么一根独苗，怎么会这样啊？刘经理，我听孩子同学说了，我们家孩子常到你们店里来。我求求你帮我们把孩子找回来……"

刘天明紧锁双眉："老人家，我们知道的，孩子失踪我们也很着急，但现在真的也没有头绪。已经让店员去找了几天了，您看这样，等我们有了消息再告诉你们行吗？"

一旁的韩母也哭得气断声吞："我们来这么多次，你们都这么说，警察也不管我们，你们就不管我们普通老百姓死活，你们在这里跟洋人做着买卖，赚我们学生的钱，仗着在警察局里有人，绑着扁担走路——横行霸道的。"

她哭得癫癫狂狂，骂得神神道道，马秀山有些不乐意："什么横行霸道，人又不是我们弄丢的，我帮忙找了几日腿都跑细了，你们还在这儿胡咧咧……"

王景临给了小马一个眼神——小马年轻，哪里懂得父母担忧孩子的那份心情。

老韩真被激怒了："不是你们弄丢的！你们还跟这儿嘴硬，我算看出来了，你们一个个都是唱戏的胡子——假毛。你们这里就是祸国殃民的书店，你们自己看看，这是什么？"

说着他拉开厚厚的衣襟，从里面掏出一本皱巴巴的书狠狠扔到小马脸上："你仔细看这是什么？这个书不会是学校发的吧，我听他偷偷跟同学说，这是他在国民书店买到的，就是在你们这家书店买的！如果不是读了这些歪门邪道的书，我们孩子还去游行吗？会去跟政府作对吗？现在我们孩子不见了，生不见人死不见尸的。如果你今天不把我们的孩子找到，我一定到警察局去告你卖禁书，告你们个煽惑教唆罪……"

他骂着几乎要冲过去打小马，大厅里闹成一团。

几位父母自然不知道是王景临他们策划的游行，可事因他们而发，这位父亲的话说得王景临心头一紧。

学生的父母边说边抽泣不已，伤心欲绝。

王景临等人都沉默了。

几人急忙拉住老韩，另一个父亲性子懦弱些，哭丧着脸说："别闹了别闹了，人家没点后台撑着会开店吗？没门路会做国外的买卖吗？会敢来卖这些书吗？即便你去告他也没用的。"

转头他又对王景临说："王先生您还年轻，还没有孩子，如何了解我们做父母的心？"

见老韩几人痛哭流涕，悲伤欲绝，王景临心中如同刀绞。

王景临向他们保证："放心，我一定帮助把孩子们找回来。之前我在南京，现在我回来了，我也是滕县华北弘道院学校的老师，他们也是我的学生，我会负起自己的责任。"

送走了几位父母，王景临深深叹口气："让迟先生见笑了。"

迟良志有些讪讪的："你之前说有学生丢了，我还不敢相信，看来这是真的。"

王景临道："无妨。迟管事今日送来香烟数量不少，我对这些物件保管不够了解，怕是受潮了，还请管事移步楼上，帮我们看好归整一下。"

迟良志点头同意，三满也提起重重的包裹走到楼上，将所有的香烟规规整整码在柜子里，便下楼去了。

此时王景临突然兴起，热情地邀请迟良志在二楼的另一个房间赏析他珍藏的古籍字画，他欣然同意。

这是二楼仓库旁一间较小的房间，里面布置比仓库更为简洁干净。

王景临从书柜中取出一个两尺来长的卷轴，迟良志的瞳孔发出更为兴奋的光芒："我一向喜爱中华文化，尤其字画，没想到王先生与我有相同癖好，今日托王先生的福可要大开眼界了。"

迟良志拿着放大镜仔细地查看一幅古画的正面图景，频频点头称是，王景临端来一把椅子："迟管事请坐下慢慢欣赏。"迟良志正是饶有兴致的时候，顺势照做，他的神志还都在画上，不承想屁股刚落到椅子上，一根绳索呼呼几圈将他连身带胳膊套在椅子背上绑了个结结实实。

迟良志大吃一惊："王先生，你这是做什么？"

迎接他脑袋的是一把黑洞洞的枪口。

迟良志嘴角浮出一丝阴冷的笑，却竭力保持着镇定："王先生，你这个玩笑是不是开得有些大了？"

王景临用枪指着他的头，语气冰冷笃定："失踪的学生，在哪里？"

迟良志张大嘴巴一脸无辜："王先生，你是让刚才那些父母气糊涂了吗？这，我怎么会知道？"

王景临道："我们失踪的这几位学生是在游行后不见的。当时给他们设计的逃跑路线虽各有不同，都会经过济善堂诊所，也就是你们铸铁厂左侧。这是其一，另外就是前天捉的那个小贼，你们根本就没有把他押送警察局去，当日警察局根本没有收监小偷，更没有什么铸铁厂的人去警察局，可他也凭空失踪了。我调查了近两年滕县失踪的人口，虽然太平巷那一块没有丢失人口，但是据我了解，很多平民百姓都会无故卖儿卖女，因着自愿，所以不曾在警察局备案。迟良志，你不对此解释一下吗？"

迟良志喊："这我如何知道，我只是一个铸铁厂的管事。王先生，我知道你担心孩子们的安危，可是说话要讲证据，你不能急于为了给那些学生父母交代就把这脏水泼到我身上。"

王景临道："你身上的味道便是证据，你身上是有香水的味道，却掩饰不了火药味，你的那个工厂里不只是铸铁这般简单吧。"

迟良志突然挣脱绳索朝他扑了过来，原来他悄悄用袖口里的刀片割断了绳子，他早就扯下伪善的面具，一把打掉王景临的枪，两人抱在一起扭打起来。

王景临之前练过武术，虽然身体的伤好了大半，但这位迟良志显然也练过拳法，力气极大，他也撕下和蔼的面孔，拳拳直击王景临要害部位，两人厮打几个回合，哗啦啦交缠滚成一团，堆积如山的书籍轰然倒在两人身上，一时全都动弹不得。

两人正在奋力扒开身上的书籍，一个黑影遮了过来，原来是三满！

迟良志冲着她大喊："三满，快，快来帮我！"

小姑娘眼睛盯着他们慢慢蹲下，从地上拾起一把榔头，面无表情慢慢走近他们。

王景临大半个身子被书死死压着，只留一只胳膊在外面，根本没有抵抗能力。

迟良志转头满面狰狞地喊道："三满三满，快，快杀了他！"

三满此刻沉着冷静得不像她这个年龄的孩子，她走到他们俩身边，高高举起榔头。王景临紧紧闭上眼，等他的不是血肉飞溅，而是迟良志的一声惨叫。

王景临睁开眼，迟良志已经被砸得满脸是血，疼得哇哇直叫："三满，你，你怎么，我给你吃饱穿暖，教你认字，你就是这么对……"

那个小姑娘简直疯魔了，还在继续一下又一下向迟良志的脑袋砸去，很快他的脸就血肉模糊。

王景临诧异地看着她，刚才还表情恬静的三满，化身成一个残暴的恶魔，舍命要去杀掉另一个魔鬼，血红的眼里射着复仇的光。

三满把迟良志砸得半死不活血肉狼藉，终究累得不行，一屁股坐在书堆上，浑身不断战栗，双手还紧紧握着那把榔头。

王景临奋力从书堆中解困，立马查看迟良志的伤，幸亏小姑娘体力有限，且没有伤及太多要害，迟良志还有微弱气息。

楼下的马秀山一直在应酬各方顾客，听到楼上的动静刚开始还以为只是老鼠，便没在意，王景临下去说了情况，他才吓了一大跳，立马上楼把上半身全是血的男子放平，开始包扎伤口。

王景临吩咐他："快去备上一辆推车，我们现在简单给他包扎一下，赶紧送往医院找马奉峨，他是我们的人。"

马秀山担忧："这人如果从我们这里出去成这个样子，咱们又该有麻烦了。"

王景临道："先按我说的去做，退一万步被人发现问起，你也暂时别说是三满干的。"

马秀山急了："那这锅岂不是我们背了？不过话说回来，这小姑娘平日不知道受了他多少气，可早不砸晚不砸，偏到我们国民书店来动手，她也不会说话，这不害我们吗？"

王景临看看呆若木鸡的三满，语气坚定："她还是一个孩子，无论如何我们必须保护她。"

警察局，顾局长见他热情地迎了上去："稀客呀王先生。"

王景临笑侃："在警察局里我还算稀客？"

顾局长一愣立马反应过来："王先生就是会说笑，应该是贵客，贵客，王先生今日前来有何贵干呀？"

王景临表情肃穆："我来告诉你一件事情，我，是共产党。"

顾局长一愣："哎哟，不知道我哪里得罪了王先生，您这么来埋汰我。王先生还在生我的气，这种话岂能乱讲。"

王景临答道："果真如此，我的确是共产党，你现在可以逮捕我。我可知道，现在警察局若逮捕一名共产党且查证属实，会受到上面褒奖。顾局长，你现在还在等什么呢？"

顾局长眯缝着双眼看着他，面色渐渐变得深沉。

当晚，数十名警察包围了太平巷对面的铸铁厂。那浓眉大汉冲出来大声道："你们这是干什么？凭什么搜查我们，我们是合法经营的……"

孟老五大刺刺走过去，一巴掌似乎要把他的头打飞："有人举报说你们这里贩卖人口，兼窝藏共党，你再多废话一句，我就把你当共党抓起来。"

几十个警察鱼贯而入，一番搜查后却无所获。

那浓眉大汉气急败坏："我们迟管事今日一早就出门，直到现在还不曾回来，我们还没问你们，你们却来糟践我们，你们知不知道，这铸铁厂是谁开的？"

搜查一直没有突破，孟老五也有些气急败坏。突然想起刚才在警察局王景临跟他说的话，灵机一动，当即下令："把大黑给我带过来。"

二十分钟后，一个警察牵着一条摇头摆尾的大黑犬来到此地。

只见那犬嗅了嗅枪管，在指令下，东嗅嗅西嗅嗅，停在一个书橱面前便坐定不动。

一直跟在他们身后的主管脸色大变。

孟老五侧目见他那副表情，胸有成竹，过来扶着书橱左摸右摁，突然碰到一个机关，唰一下，书橱像门一样被打开。这里面居然是一个往下的台阶，黑洞洞不见底。

一个地窖。

孟老五一踏进去猛咳嗽几声："我的乖乖，这火药味咋这么呛人！"

所有人都陆续进去往下走，大概下了一层楼，一看都傻了，简直人间地狱。

没想到地面上清雅的办公室下面，有这么巨大的别有洞天的地窖。

这里正有几十个男子，衣着单薄，面如死灰，现在夜深依然坐在矮凳上，操作一台台黑色的机器，发出嚓嚓声音，双手不停地进行各种操纵控制，一旁站着几个身穿黑色长袍手拿皮鞭的打手。空气中弥漫着火药呛鼻的味道。

原来这铸铁厂别有洞天，地下室是一个黑工厂，行事一些制作军火、违禁物品的勾当。

又是一个喧闹的不眠之夜。

暗藏在地窖惨无人道的黑暗，在警察局的搜查下渐渐浮出水面。

在这片地界的百姓，尤其是上了年纪的人都知道那迟良志。他本名迟大方，在太平巷本就是穷凶极恶的地痞流氓，这两年不知怎么改了名字，还做起一个工厂的理事。

没多少人知道，迟良志带头满大街找一些尚有劳动力的乞丐，或是从外地逃荒过来的人，花言巧语将别人骗到这里，便露出凶恶爪牙。

女的就卖到妓院里，男的就在这里做苦力，他们知道，这些人即便有亲属去警察局告发也不会有人理会。一旦身体不行了就立马把他们扔进河里，残忍无比。

那三个失踪的学生，也正在其中，十几天非人的生活，让他们饥瘦如骨，面如死灰，眼神呆滞，简直不成人样。还有那日与王景临交手的鸭舌帽，他也在其中，因为被抓来的天数尚少，看着还稍微有些精气神。

事后，孟老五问王景临："奶奶的，藏得可够刁的！景临老弟你怎么知道这里还有一个这么大的一个地下工厂？能装这么多人，放这么多土枪、火药。我在警察局这么多年，都没见过这么多硬家伙。"

王景临道："我刚看到这栋楼整体的建筑后，心中就有一个框架，但是进入屋内转一遍，发现我所能走到的实际面积绝不是这一点，所以这栋楼里一定有暗格或者地窖，且占地不小。这栋楼外表簇新，我也向一旁的居民打听过，的确也只修了五年，迟良志说他已经来了一两年，暗格的事他必定知情。另外，他的这栋大楼的厅堂布置的格局绝对不会只有我们所看到的那么一点面积。"

孟老五点点头："嗯，我可以这般向局长汇报。"

王景临道："如今国民政府禁止民间私下盗卖制作军火，但各地仍然有军阀甚至土匪买到武器胡作非为、鱼肉乡里，这回破了这么个大案，顾局长可算大功一件。"

孟老五哈哈一乐："今日被我们端了，连我们顾局长都不知道这回事儿，好在我也跟着沾光了，托景临老弟的福了。"又搔搔头，"景临老弟，上一次我跟你说的话，你别往心里去，我是个粗人，心里有啥说啥。"

王景临拍拍他的肩表示理解。两人相视一笑，友情如初。

如果是和平时代，孟五哥一个赤诚侠义的热心汉子，此生能与他做朋友，也是快意人生的美事。转念想到迟良志，王景临心中愤慨，心中也疑惑，为何三满会对此人下手如此重，难道迟良志对她做过人神共愤的事情？此人愚蠢霸道得如此嚣张，才让自己走到这样的地步。

警察局里，顾局长请求王景临："如今我们警察找到失踪学生，等下记者来了可要好好为我们警察局美言几句。也要请王先生在记者跟前多替我们说些好话，之前因为学生游行，我们警察局整个猪八戒照镜子——里外不是人，现在正好也能找补找补。"

王景临道："这个自然，这次多亏了顾局长和各位兄弟。"

顾局长悠悠看着王景临："不过你这个方法也太冒险了，我知道你爱学生心切，可你说什么不好，非说自己是共党，还说那铸铁厂里窝藏着你的共犯。"

王景临笑道："我若不这么说，你肯出动这么多警察吗？那些假洋人都备有武器，我若不让顾局长引起重视，您就派一个小组，怕现在您的兄弟都被囚在那儿装火药了。"

顾局长笑道："王先生真会说笑话。不过据说这个主犯还没有归案，听说他一早去了国民书店，后来就一直不见踪迹，如果你有他的下落也请告诉我们。"

王景临离开警察局，心中一直在咀嚼顾局长的话。

以他的经验，若是做到这种程度的重犯，杀三五次头绰绰有余，只是那顾局长的意思，此人若找到不能轻易正法。警察局这般做，大概不是为了抽丝剥茧找出更多罪证，多半是上头有人发话准备包庇。

迟良志的背后，有着一口深不可测的幽涧。

马秀山跟他汇报迟良志伤势很重，马奉峨已经为他全力治疗，但不知何时才会苏醒。

三满已经恢复了平静，坐在里屋的小柜子旁，双手捧着一本书，她居然识字，看得聚精会神。

王景临见这个外表和一般小女孩无异的姑娘，仿若方才的事情根本没有发生，心中暗暗纳罕。

马秀山给她买了干粮，热腾腾的煎饼她也大口吃得香。小马又给她找来一双毛线手套。

这时马秀山过来忐忑地告诉他，书店里又来了一个客人，指名道姓找他。

王景临的心也一下子提到嗓子眼，也立马平复心情。

"王掌柜，叨扰了。"一口正宗的山东话将他的思绪拉回。

王景临转头，见一个身着素色长袍的中年男子立在自己跟前，他瞧着眼生，忙起身回礼。见此人面目清秀，高高鼻梁上架着一款小圆框黑色眼镜，和气面容难掩镜片后精明的眸光。

男子开门见山："在下高汉生，冒昧叨扰。"

王景临怔了一瞬，抱拳回礼："高先生，久仰大名，如雷贯耳。"

男子嘴角莞尔，镜片后眸光的柔光隐藏不住精明。

原来，这高汉生是这家铸铁厂最大的股东，其产业大多在山东青岛，一直涉足纺织业，引进了先进的纺织设备和技术，生产的丝绸布料在上海也颇受欢迎，随着他的产业不断发展壮大，五年前他开始开办铸铁厂，但一直是交给靠谱的亲戚在经营，他本人并不清楚里面的情况。

果不其然，寒暄两个来回，高汉生温文尔雅，话语绵里藏针："久闻王先生大名，恨一直不得相识，若不是现在情况紧急，我真想好好与您叙上一番。只是今日不行，想必您也能猜到我拜访贵店的理由。"

王景临故作不懂："我并不知那是高先生的产业，事到如今，我也不知从何说起。"

高汉生将掌心一张："王先生不必多言，我绝非有半点怪罪之意。我在江湖纵横多年，自诩一生光明磊落，却疏忽这般家门不幸，罪过罪过！"

王景临道："高先生言重了，我自然知道。前年的干旱，听闻还是高先生名下的纺织厂支援了当地政府不少棉织品和粮食，高先生多年的善举，尽人皆知，在商界也是大名鼎鼎的。"

高汉生目光似乎能洞察他的心底："实不相瞒，若知道迟良志下落，还请告诉我，他虽是一个管事，但兹事体大，还请王先生给个方便。"

王景临点点头："高先生不是应该去找警察局长吗？"

高汉生道："实不相瞒，王先生，我此次前来并没有太多人知晓，很多事情知晓得越少反而越安全。自然，迟良志干了不好的事情，受到报应是罪有应得，但后果却不是王先生可以承受的，若王先生知晓迟良志下落，请务必告诉我。"

王景临叹口气："不是在下不给高先生面子，此事我也的确爱莫能助。"

高汉生目光微微一闪："既然迟良志不在您这里，那三满为何在您这里。"

王景临道："当时迟管事的确来过国民书店，他临时有事出去并未带走三满，如今我的确不清楚他的下落。"

正在尴尬之际，这时一个年轻人走进店内，行动干脆利落，他径直来到高汉生身边耳语几句后，高汉生微微点点头，对王景临道："我们已经找到迟先生了，的确与王先生并无瓜葛，我甚感欣慰。今日叨扰，改日我再来赔礼。只是，三满，今日我要带走。"

小马第一个跳了出来："三满之前住的那个地方已经让警察给封了，她本就是被恶人控制，现在无家可归。饶你是谁，也不能随便把她带走。"

高汉生说："三满，最开始是住在华北孤儿院，由玛丽院长收养。后来为了锻炼她才让他去迟良志那里，我们并不知道迟先生那时已经在做这些违法之事。王先生放心，我一定会照顾好这个孩子。"

小马还想阻止，王景临用眼神止住他，他对高汉生道："这也是你们与警察之间的牵扯。高先生你看这样如何，孩子如果愿意跟你们回去，我也不阻拦。"

高汉生点点头，一扭头，刚刚正在聚精会神看书的三满早被他们的谈话吸引过来，睁着惶恐的眸子看着他们。

高汉生向她摊开双手，目中透着怜悯，他轻声道："三满，可还记得高伯伯？过来。"

三满看着他，脚步不由自主后退，小鹿般的眼神透着委屈，看着高汉生渐渐向她靠近，突然转身跑到里间蹲在墙角环抱肩膀，每一个毛孔都在抗拒与他接触。

马秀山忍不住："看吧，她不愿意跟你回去，肯定是因为遭受过非人的虐待，你不要强人所难。"

高汉生见状收回双臂，眼镜片内的眸子沉静得像冬季的天空。

年轻人见状，直接上去拉三满："你这孩子，可知道这是谁？怎么东西南北、好赖都分不清？"

王景临脑海猛划过一道闪电。

三满怔了一瞬，忙挥舞双臂抵抗，跑到马秀山身边抱着他的胳膊，说什么也不走。

王景临回过神来，对高汉生道："高先生你看这般如何，我答应你，让孩子跟你回去。但你看她今天这个样子，我先劝劝她，明天你们再来接人，如何？"

高汉生没说话，年轻人道："你们若成心不肯把人交给我们，到了明日说人走丢了，或是这样那样的理由，怎么办？"

王景临沉默一瞬，转头看看三满："孩子你先跟高伯伯去吧，我有空来看你。"

小马着急地叫："王老师！"

王景临递给他一个眼神稳住马秀山，转身从书架上抽出一本书递给三满，双手扶住她的肩膀，坚定的眼神给了小姑娘信赖和踏实："你喜欢看书，害怕的时候，看看这本《呐喊》。"

三满把书抱在胸前，看看王景临和小马，眼神虽有不舍，但也知道他们的有心无力，待她气息渐渐平和，跟着高先生他们离开了书店。

马秀山忍不住责怪王景临："他们已经找到那姓迟的，你现在就这么让这人把她带走了，那他们肯定就会知道是三满打伤的他，这些人一个个道貌岸然，谁知道是不是……"

王景临道："高汉生，或许是在帮我们。"

小马愕然。

通过他们方才的对话，王景临判断高汉生已经知道迟管事遇害的消息，甚至知道凶手就是三满，但他相信三满暂时应该不会有危险。

尽管王景临好奇的是为什么他们一定要带走三满，这孩子身上是否有什么秘密。但他相信三满如果在高汉生那里，会是安全的。

如果自己的猜测是正确的，高汉生，他的力量不是表面这般简单。不只是三满，整个国民书店都会遭受巨大的冲击。

暮色降临，王景临回到学校宿舍，打开《太平洋风云》这本书。

他回忆起第二排数字。他观察到，在第二组的第一个数字都会是18、29、72、106这几个数字，毫无例外。

他之前打开这四个数字的页数，并无特别。

这次打开，有了新的发现。

18，29，72，106页数里，都能各自找到一个整本书都为数不多的英文字母，分别是N，E，S，W分别代表了北、东、南、西。

那么对应出来的数字，便是北535号，东1021号。

王景临知道，他们破译出来的那些城市，都像滕县一样，用东西南北划分街道。那么，这第二组数字，便是具体的地址。

日有所思夜有所想，白日高先生的手下说三满的一句"东南西北"提醒了他。

他把破译出来的第二排数字的答案告诉了李文庭。恰好这段时日他没有什么课，便按照王景临的想法去当地查看。

在暮霭的掩护下，王景临朝滕县医院方向走去。

就是滕县医院旁边干货铺旁边，屋檐上挂了一个绿色的风铃，那是马家诊所。

一大早医院门口已有三三两两患者出入，王景临在街角左右环顾一番，不动声色地往一旁的巷子行去，一间新开的诊所在两排半人来高的万年青旁静谧地矗立着。

坊间传闻，这家诊所是滕县医院某与政府交往甚密的人物开的，专门给达官贵胄看病开药，经营运作的医生正是马奉峨。

马奉峨是刘天明同学的朋友，半年前两人一见如故，在刘天明的推荐下加入中国共产党，正式成为滕县特支的一员，现如今已有三个月。他原名马世璋，是滕县滨湖镇西马村人，父亲是一名中医。他从小聪慧，不但继承祖业还在大学深造西医。国民书店开张没多久他就成了那里的常客，还主动给了三十元大洋入股。

受上海私人诊所的影响，马奉峨在医院旁租了一间房子开诊所。不少有些身份的滕县人也愿意到西洋诊所看病开药。马奉峨相貌堂堂，对人不卑不亢，医术颇佳，又有刘天明暗中扶持，诊所经营收益相当可观。

最重要的是当中共滕县特支里的人需要特殊照顾不宜公开的病人时，马医生会把人安排在自己的私人诊所里照顾。

王景临赶到马医生诊所门口，恰逢他出来，马医生说道："这个病人伤势已经控制住，脱离生命危险，不过还处在昏迷中。今日一早小马送他过来急匆匆的，我也没问清楚这人到底什么来历。"

王景临把他这几日发生的前因后果简单交代一遍。

马奉峨眉头微蹙："那位高汉生到底什么来路，虽然他犯有私造军火囚禁人口的重罪，即便他没有亲自参与，却是实实在在的大股东，警察局居然没有找他麻烦，他还能过来找那厂子的理事。总之此人背景不可小觑，处理不当，我们便多一个敌人。"

王景临点点头，这也是他所担心的，他同时也担心倘若迟良志康复脱身后第一个遭殃的会是那个小姑娘。

身后墙根突然传来嚓嚓的轻微声音，王景临心中警铃大响——自己这般小心还是被人跟踪了，他转身发现墙根后闪过一个瘦削的身影。

他故意大声对马奉峨说："既然已经无恙那我就放心了，他什么时候苏醒，还望马医生尽快告诉我。"

边说边缓缓后退朝墙根移去，冷不防一把揪住墙拐角处的人的胳膊。

谁料来人身体轻盈，丝滑如泥鳅，猛然挣脱飞速朝前奔跑，王景临已铆足全身劲儿一鼓作气将其抓住，吓得来人大喊："王先生，是我是我！"

王景临定睛一看，此人不正是在太平巷那地与自己交手的鸭舌帽吗，只是他今日没戴帽子，声音与成人无异，只是身板纤弱，乍一看更像一个十四五的少年。

王景临怒斥："你是什么人，为何跟着我？"

鸭舌帽大呼冤枉："什么叫跟着你，我早就到这里来了。我在医院旁的小饭馆里喝了三碗豆腐脑，外加吃了两个大煎饼，不信你去问掌柜的去。"

话锋突然一转："不过我找到这里也多亏你。那日警察把我们放了出来，我有小道消息，这次他们能破这么大的案多亏了国民书店的王先生，我家都没回，连夜来了你店。嘿嘿，你知道我也擅长听墙根。听到你家那个姓马的店员跟别人说什么滕县医院旁一家门口挂着风铃的屋子，就跟过来了，不过我也不知道那屋子里有啥，就是来看看。"

王景临问："那你鬼鬼祟祟见我就跑又是为什么？你和开铸铁厂的人有什么关系？"

鸭舌帽嗤笑了一声："我一平头百姓跟那些个干大事的有啥关系？亏你还是共产党，这点道理都想不明白！"

王马二人被他突如其来的口无遮拦的话着实惊吓了一瞬，下意识左右看看。

马奉峨笑道："什么共产党？"

鸭舌帽甩开马奉峨的手："很多人都这么说，不过什么党不关我的事。"

王景临问道："你还没告诉我，为什么要找到这里。"

鸭舌帽目光一凛："我要找那个开军火作坊的姓迟的那瘪犊子！"

"找他干吗？"

"找到他才能找到我妹妹，我妹妹就是在他的地界上失踪的。"

王景临心头一颤——他早听说了，那个军火作坊里面全是男子，听说迟良志拐骗人过来，男子囚禁起来做苦力，女子一般都会被卖到妓院里。眼前这个男子想找的亲人，估计已是凶多吉少。

王景临突然想到什么，问："你的妹妹是不是叫三满？"

鸭舌帽摇摇头："我知道你说的那个小姑娘，是不是鹅蛋脸，两眼有点对鸡眼，不会说话？这个姓迟的根本不是人，这个小姑娘刚到工厂时本来会说话，好好的一个小孩，后来不知怎么就变哑了，大伙都悄悄说就是那个姓迟的弄哑的。如果是我，我也把他脑袋敲个稀巴烂！"

马奉峨问道："你妹妹叫什么名字，多大了？"

鸭舌帽目光从无羁变得忧郁，有些答非所问："我已经一年多没见到她了。当初她进了香烟厂，我觉得我们兄妹的好日子也到了，不承想如今不知道她到底在何处，过得如何。"

王景临怔了一下，他很快压住自己的怜悯的心态，此人在墙根下听得不少事情，到底知道自己多少底细，他是友是敌还不能确定，如果想安全，只有将他……

这个念头让他自己不由得浑身吓出一阵冷汗。

这小子虽然还不知晓他姓名，还有些毛病，但也不是什么罪大恶极之人。甚至，他也是千万困难群众之一。

他和马奉峨正愣神，鸭舌帽瞅准机会挣脱他的胳膊，飞速消失在夜色中。

王景临望着他远去的方向喃喃说话，仿佛自语："这个人，身上一定有很多故事。"

马奉峨并不上心："随他去吧。现在老百姓谁不是一肚子辛酸泪，一个想着找妹妹的小子料想也起不了什么风浪。就算屋里的那个人清醒了也没有太大关系，你不是说伤他的人是一个小女孩吗？"

王景临眉头紧锁："我就是担心那个小姑娘，行了先不管这些，我上去看看他。"

两人上到楼上去。

整洁的小屋内，数个火盆将屋内烘得暖意益然。迟良志头包着纱布，安静地躺在病床上，虚弱中透着安详，让人几乎察觉不出他肮脏的灵魂。

突然马奉峨说道："不好！"王景临一个激灵。

他然后猛一下撩开盖在迟良志身上的棉被，只见脖颈部的衣物已经沁满鲜血，猩红滚烫的液体瀑布般汩汩往外滚。

贴身衣物也是大大小小的血迹，再深一步检查，迟良志身上有起码二三十处新鲜伤痕，虽非刀刀致命，可因此流淌的血也足以让人毙命。

窗户也开了半扇，行凶者心细如麻，多半是从窗户逃走，还不忘轻轻给窗户稍微闩一下。此时风打得窗框嗒嗒响，冷气呼呼往屋内灌入，加快了尸体的冰冷。

到底是什么人干的？看他伤口的新鲜程度，难道真的有人跟着自己找到这里，然后杀人灭口？那为何还要泄愤般在他身上造成这么多伤口呢？

天渐渐亮了，云层徐徐飘动，射出一柱光束，是滕县冬日难得的艳阳天。

警察局门口车水马龙，一辆马车出现在此处，从上面扔下一个满是灰尘污垢的麻袋，便匆匆离去。

约莫过了半个时辰，大门值班的警察才骂骂咧咧上前："不长眼的东西什么腌臜物件扔这里，可别让老子再看到。"说罢打开麻袋，随着一声大叫，"快去报告！"

警察局门口一阵小小骚动，几人七手八脚将麻袋抬入院内，一片嘈杂中，没有几个人发现，一个黄褐色的铁铃铛就在麻袋旁边，被人踢得丁零当啷乱滚，终于被一只手拾了起来。

翌日，满大街响彻报童的叫卖声："号外！号外！军火走私商被土匪响马帮所杀！号外！号外！"

王景临拿到这份报纸细细读过，面容波澜不惊，心中波涛汹涌。

那晚他们迅速将迟良志在乱石岗处理掉，这里常埋有贫苦之人，到了冬季，警察局还常常处理暴毙在路边的流浪汉。事到如今他们只能这般行事。

可他们前脚刚走，就有人将迟良志掳走，还将他的遗体丢在警察局门口。

既然知道他们是凶手，直接告诉警察局岂不更加省事，那人为何要多此一举！

王景临觉得，一双眼睛在黑暗中关注着他的一举一动，对方下一步下什么棋，完全不在他的预料中。

仔细思量一番，他来到集市，买了一点东西后朝着徐家酒楼走去。

中共滕县特别支部委员会是在徐家花园成立的，那也是徐家酒楼的产业。徐家在滕县说不上大家，但黑白两道上也有自己的门道，他们的酒楼开业十几年来，兼着好几家茶馆，一直生意兴旺，是不少当地达官显贵、名流绅士聚集之地。

徐家酒楼坐落县城东门里街西边街头，整个饭馆画栋雕梁，富丽堂皇。王景临踏入大门时还未临近饭点，店小二便殷勤地上前招呼。

王景临指名要见整个酒楼里做醋熘鱼片最好的师傅。小二道："先生放心，我们徐家酒楼的厨子除了鲁菜大厨，川菜、粤菜等帮口菜的厨子我们都有，保管口味正宗。咱酒楼最会做这道菜的是两位师傅，一位姓陈，一位姓邱。"

说罢立马跑到后厨去请人。

他正慢慢啜着热茶，听到后面传来店小二的声音："王先生，做南方菜的两位大师傅到了。"

王景临慢慢转过头去，微微一笑，果然如此。

王景临对店小二说："就一位师傅便好，我要的菜不复杂，正宗即可。这位师傅您请回吧。"

陈师傅退下了，留下的这位邱师傅一脸目瞪口呆。

这位大师傅傻怔在那，一句不敢答，还是店小二替他作答："这位是邱师傅，别看他个头小人年轻，我们这里的食客都是冲着他手艺过来的，先生好眼力。"

大堂里只留下王景临和小邱师傅。

两人四目对峙好一阵，小邱师傅目瞪口呆："王，王先生，你是怎么找到这里来的？"

王景临笑笑："第一次见面，你冲我撒了一团粉末得以脱身，那粉末是上等胡椒，冲辣刺鼻，只需一点点就能让人喷嚏流泪，普通人家或寻常买卖吃食小店根本不会有这等香料，只有大酒家酒楼才会有。"

小邱小声嘀咕一句："滕县酒楼这么多，你怎么独独找这里？"

王景临道："滕县的两大酒楼，徐家酒楼和林家酒楼，我也是图近才先到这里，如果找不到你我自然再去那里，想来老天也在帮我少跑冤枉路。"

小邱师傅呵呵一笑："我跟踪你两次，还抢过一次你的大洋，现在你追踪我一次，也行，不过你找我有啥事？"

王景临从怀里掏出一个马铃递给他："小邱师傅可知道这是何物？"

小邱接过来翻着左右看看，晃晃铃铛道："这玩意儿我见过，拉车的马有的会挂一个这样的铃铛在脖子上。有的是圆的，有的像这样喇叭口的，城里现在不多见，郊外拉货的倒还见着不少。"

王景临笑道："这不是响马还是什么？"

小邱嘎嘎赔笑两声："什么响马响牛，不过是个铃铛，没啥好稀奇的。"

王景临突然话锋一转："你，为什么要杀迟良志？"

邱师傅被问得猝不及防，嗤儿笑一声："这都哪儿跟哪儿！我？杀迟良志？恨他的人多了去了，你到太平巷打听打听。可他不是失踪了吗？何况我一个平头老百姓，昨晚我也就是犯贱说说气话，还没那个能耐杀人。"

王景临道："就昨晚我们说话旁边那屋里，迟良志就在里面，让人给杀了，你敢说不是你？"

小邱师傅瞪大双目左右看看压低嗓音："人还真是你藏起来了，好家伙你胆儿够肥的！我是在你屋外晃了晃，可连洋鬼子的鬼影儿都没见着，连那屋我都没进去。我还想问你，那人怎么在你哪里？是不是别人怀疑是你杀的，你又想抓个人来顶包，做人可不能这样啊！"

王景临冷笑道："若我想找人顶包，你早让警察收了，要不就是铸铁厂背后的人早把你给撕碎了，你还能在这里说话。你要再不说实话，我也不干别的，要不把你家掌柜的请出来我们再说道说道。"

"大清早的，王先生这是要说道啥呢？"

一个嗡嗡的嗓音传了过来。徐家二掌柜笑眯眯地走了进来，目光在两人脸上扫了两扫："我家厨子得罪王先生了，我一定罚他。"

王景临立马起身行礼："徐二当家，好久不见了。"

徐二掌柜眯缝着眼上下打量他一番："王先生越发神清骨秀、仪表堂堂，怪不得林家那丫头念念不忘，还有胡成那小子酸成这样。"

打完哈哈他目光一凛，回头看看小邱："怎么回事？"

小邱看到他，刚才还戏谑的表情早收得干干净净，一脸惨白，王景临抢先道："是我之前来贵店吃饭，喜爱小邱师傅的醋熘鱼片，这次前来想请教他秘制配方，邱师傅为难，我故意逗他说要告诉掌柜的，说笑而已。"

徐二掌柜乐呵呵："没事。醋熘鱼片的确是我们这里的招牌菜之一，我们酒家二三十个厨子，每人都有自己的绝活，小邱，王世侄也不算外人，难得他这么赏识你，你那两下子也别藏着掖着了！"

话刚到嘴边，笑呵呵的脸突然一沉，眸光锐利地向旁示意，徐掌柜身旁的下属瞬间心领神会，一把扭住小邱的胳膊，以迅雷不及掩耳之势将他摁在王景临跟前的圆桌上，小邱看着身板小，骨头铮铮砸得木头桌子哐当一响。

徐掌柜冷道："我看是狗改不了吃屎。早听说你手不干净，若不是熟人担保，我这里还差个主菜的厨子，否则你断断进不来我徐家酒楼。如今有人找上门，可不是想跟你要配方这般简单。偷了人家什么东西，一五一十交代干净，否则就算王世侄抹不开面，我也要揭你一层皮。"

小邱脸被摁在桌上快变了形状，倔得半声不吭，听了徐掌柜这般说才开始哎哟哎哟喊起冤枉。

王景临忙道："徐二伯，我当真跟小邱师傅开个玩笑，不承想您误会，我真是罪过。"

徐二掌柜嘴角微微翘起："王世侄不必心软，既然是我这里的人，定会还你公道。"

王景临只好道出在铸铁厂外的一幕，再次强调小邱并没有做过不轨之事。

徐二掌柜笑哈哈："就是就是，我们这里是大年初一吃饺子——没外人。以后王先生可要常来啊！"

手下也已经放开小邱。

王景临点头微笑："那是自然。小兄弟因我受伤，现在还不曾到饭点，我带他去包扎一下，即刻送回，绝不耽误您做买卖。"徐家掌柜道谢。

王景临抬脚出了大门，正好看到徐掌柜的小跟班过来，一个不当心绊倒门槛上，怀里的小匣子呼啦啦撒一地，掌事的兜头就是一个耳光骂道："你是肩膀上长了疖子担不起啥，一点小事都办不妥，麻溜滚去！"

王景临马不停蹄回到国民书店，利用暗号通知所有同志一个消息——徐家酒楼正在干放高利贷的营生。

小马点点头："徐家掌柜的平日看着很和蔼，他们酒楼生意虽然不大，但一直很红火，居然还干这种买卖？不过想来也不奇怪，现在很多商户有些闲钱的都干过这种事，跟我们的工作没什么关系。"

王景临道："鱼肉百姓，怎么会跟我们没关系？马克思说过，资本来到世间，从头到脚，每个毛孔都滴着血和肮脏的东西。今日我去过徐家酒楼，看到他们无意中掉出来的一些账簿，我就看了这么一眼，那一笔笔账可不就是记着利滚利吗？而且，迟良志到底是被谁杀的，跟这个事绝脱不了干系。他身上可能还有很多见不得光的秘密。我知道你和徐家交好，但是大是大非跟前，我们得清醒些好。"

马秀山若有所思一番："你的意思，我们的敌人可不只是国民党？"

王景临低头若有所思道："只是我现在不清楚，还有那个诊所，我们破译出来的地点其中一个就有它。近日我过去，看看它那里的水深水浅。"

还有一点让他最为担忧。

那个迟良志打着慈善的幌子背地里干着丧尽天良的事，其实背后到底是谁，他还不确定。

难道会是那个传说中的"响马帮"？

做完这些事，他又赶到徐家酒楼见到小邱。

他见小邱的手破了，要带他去马家诊所。

小邱看着王景临给他涂上药膏道："王先生，多谢您方才没告诉我掌柜的，我私自拿了东家的香料，现在找个稳定点的活计真不容易。"

王景临笑道："多用东家一点香料算什么。徐二伯挺疼你，若真想清理门户，方才不会在我跟前这般演戏，而是偷偷将你处置。想必你的醋熘鱼片当真一绝，改日我可得尝尝你的手艺。"

小邱瞅着他，半天才道："你眼光真毒，再者，请你放心，我真不是土匪。"

王景临抬眼看看他："我方才并未说，那'响马'代表土匪。"

小邱搔搔头："我是外来户，来滕县没多少时候，也是听街坊说的，山东北部自古以来就有一群山贼，尤其喜欢骑马，还喜欢在马脖子上挂满铃铛，马儿跑起来叮当作响，大家都称之为'响马'。在码头上跑两年的人，都知道这号人物。"

王景临道："所以，你是？"

小邱哈哈一笑："我要有那能耐，还在酒家抢大勺子？王先生太高看我了。在滕县，凡是跑过江湖码头的，这些都不是秘密。我知道王掌柜的对我有些误会，确实也是我的不好，王先生若想知道什么，尽管问我就行。"

马医生这时进来道："最近西药稀缺得很，这些生理盐水还能处理下这样的小伤口，你先拿去用。"说罢收拾桌面上的物件。

王景临道："才三点你就要关门，可要出去？"

马医生道："陈老板一早约我打牌，老顾客了，不去不行。"

他话音刚落，门口就传来沙哑一嗓子："有人在吗？马医生在吗？"

小邱打趣道："马医生生意兴隆啊。"马医生无奈只好下楼，看见大堂一老一青年正候着，年老的捂着肚子，面如菜色。马医生请他们坐下，一边询问着病情一边拿起听诊器。

王景临和小邱正准备出大门，小邱突然打断马医生和病人的交谈："马医生，我这伤可这样处理就好了？能否再给些药，以后感染了可怎么好？"

马医生微微蹙眉："你那伤细微得很，不用再处理。你若不放心用你们酒店的盐撒些在上面消毒即可。"

小邱有些要无赖："我们掌勺的平时在厨房里刀光剑影，常磕着碰着，马大夫，咱们也算老相识了，能不能厚着脸皮跟你讨些治伤口的药？"

王景临拉住他："这里还有患者，你想要什么以后跟我说了再给你。"

马医生叹口气："你小子乘机想讨药回去做免费人情，算盘打得真好，行行，我这就给你去拿药。"他放下听诊器对老者微笑道，"失陪，我一会儿就回来。"

他起身朝屋内走去的当儿，给王景临使了个眼色，王景临立刻会意拉住小邱胳膊："还愣着干吗，快跟过去，跟马医生拿了药赶紧走，别在这儿充大爷。"

两人刚出门在走廊上拐弯，想加快速度离开房间，王景临觉得脑后一阵风声，他低头躲过，一根木棍从他头顶发梢扫过，转头一看，小邱已经被人从后面勒住脖子，干呕着面色发青，方才还病恹恹的老人，此时仿若服下大力神丸，凶神恶煞朝他扑过来。

王景临向楼上大叫一声："老马！"

此时楼上也传来了激烈的打斗声，王景临料想不妙，想上楼支援，奈何歹人强硬阻挡，加上小邱也危在旦夕，几个回合下来，王景临的身手让对方有些招架不住，小邱也在他的帮助下得以脱身奋勇抵抗，偶尔路过街道的人能听到诊所大堂激烈的打斗，却没有人敢过来一看究竟。

不出两分钟，楼上砰砰两声枪响，王景临一身是汗，瞳孔放大，忽又听到一声长长的口哨疑似暗号，两位歹人训练有素一般迅速从门前逃跑。小邱趴在地板上哇哇吐了几口酸水，缓过气来骂："奶奶的，这是哪条道上的，这么狠，勒我脖子的那钢丝铁定是专门做的。"

王景临一个箭步冲了上去，看到满头大汗的马医生双手握住一把枪口冒烟的短枪，大口喘着粗气，尚在惊魂未定的状态。

滕县的冬夜，一如既往冰冷刺骨。

当晚，马医生在国民书店过夜，诊所暂时回不去了。幸亏当初他听了王景临的话，在窗口盆栽处藏一把只有自己才知道的枪，以备不时之需，否则后果不堪设想。

盯着炉中的火苗雀跃跳动，马奉峨思路渐渐清晰："他们并非要我性命，若如此，以楼上那人的能耐下起狠手，我根本没有拿到枪的机会，他们的样子仿若是更想迷晕我。"

马秀山点点头："现在土匪猖狂得很呢，以前只敢打劫些地主，现在跑到城里来，有军队警察的达官显贵不敢招惹，只能针对马先生这般给有钱人看病，手无缚鸡之力却荷包鼓鼓的大夫。"

王景临思量一番："可能没有这般简单，诊所暂时关一段时日为好。"

那些人究竟是什么人呢？难道迟良志在马家诊所里被害，已经被人知道了。王景临和马家诊所已经暴露身份了吗？

回想当时场景，若是要为自己人报仇，他们必对自己下死手，那些动作，不像要人命，倒更像挟持绑架。

难道，果真是"响马"那帮土匪？他们到底意欲何为。

翌日，王景临到学校，得知一个消息。

就在昨日，整个滕县的医院，有不少医生都受到患者的攻击，有些已经被挟持失踪。

与王景临他们推断的一样，他们当时的目标不是迟良志，不是王景临，而是马奉峨。

什么人挟持这么多的医生做什么呢？

之前是学生，现在是医生，警察局又陷入舆论和压力中。

从小韩那里得到的消息，王景临得到了那些医生的名单和他们擅长的医术，他思量再三决定去找一个人。

翌日上午，王景临在高府大门外伫立了半盏茶工夫，看守的打开门，主动邀请他进入府内，声称老爷已经恭候他多时了。

王景临进入园中，院内并未种植过多奇花异草，不过是简单的柳树海棠等小池，胜在设计布局精心巧妙。

据说这里曾是滕县八大家之一的姚家庄园，民国十年后家道渐渐衰败，有人传说，这座充满江南风貌的别致院落如今成了高汉生的府邸，真相如何，却没多少人得知。

高汉生，目前敌友难辨，深不可测。

在一个池塘边的亭子里，王景临再次见到了高汉生。

高汉生看着王景临渐渐走近，微笑着，似乎万物皆在他预料之中。

只听他让座后，一边亲自给王景临倒茶一边道："今日有幸与王先生一聚，不管你目的为何，我们都知无不言言无不尽为好。"

他又道："自古到明清，学子若科举考中做官，去往某地赴任，便开始治理他的管辖区域，也会断案及处理各项事务。可他们平日学习的都是贴经、杂文。换句话说，学子根本没有处理行政工作的能力。可这也不是难事，新官老爷会请到具体的人来专门为他处理这些事务，比如书吏和衙役。一个衙门的各项工作，收钱、收粮、抓人等，诸如此类，都是这些衙役完成。"

王景临静静啜着茶，细细听着。

王景临道："那么，明面上开铸铁厂却暗中制作军火的人和劫走滕县医院大夫的人，他们是同一批人？"

高先生嘴角微微牵起，目光灼灼："我喜欢一点就透的年轻人。"

王景临道："铸铁厂那个地界，看似是整个滕县治安最好的，其实里面藏污纳垢比任何地方都多。"他掏出一本册子，"这是当时我在铸铁厂的地下室找到的，这上面有各种武器详细的制作方法。这不是重点，这册子上面的铅字是正楷，一般市面上乃至报社印刷出来的字体大都是宋体，只有政府内部的打印机打印出来的字体是这般。"

高先生微笑看着他，表情似乎在说你的推断是正确的。

王景临道："说明这个铸铁厂背后是国民政府的人，或许不是滕县政府，否则不会这么一锅被端掉，若我没猜错，是高爷名下的响马和国民政府的人一起做的吧。"

高先生轻啜口茶，半晌道："滕县的会道门名目种类繁多，如一贯道、中央道、无极道、天仙道、顺参道、黑沙道等30多种。他们一直在暗中重视着毒化欺骗，妖言惑众，毒害百姓。但我告诉你，这不是我们所为。我知道江湖上传说我收编了响马，其实不是这么回事。"

王景临道："就是说，他们常打着响马土匪的旗号，常打着高先生的旗号，影响极其恶劣，也影响高爷盛名。"

高先生道："你今日前来想着找到铸铁厂的幕后黑手，找到滕县失踪的医生，你一介书生却有如此大义，高某人深感佩服。"说着他拿出一沓资料，"那些失踪被劫持的大夫，我查过，并不擅长外伤，却对西药研究很深，其中两个还曾去过东洋西洋留学。"

王景临没想到高先生已经先他行动进行调查。

高先生意味深长："迟良志那边你不用再担心了。"

从小韩那里知道了从各个医院失踪的医生，王景临查看地图，发现有一家医院没有在警察局备案。

济善堂诊所。

王景临远远看着这栋半西洋半中式的小楼。

从外正面看楼房并不大，进去才发现这是一栋依着土坡建成的西洋小楼，一般人进入的大门应该算三楼，一楼和二楼作为仓库和一些病房在屋子背面斜坡下处。

医院里的陈设和家具均是西洋风格，王景临早听说此处看病价格斐然，只有达官显贵到这里来看病。

接待他们的护士将其领到一间宽敞的等候室。

为王景临看诊的是一名年轻医生，姓倪，年纪与王景临相仿，气质温和，身材颀长，略微泛黄带自然卷的头发，许是常年不经锻炼，几乎看不到一丝血色的薄嘴唇。

与马奉峨的模样截然不同，马奉峨医术过硬，但体格魁梧，肤色较深，一双牛目炯炯有神，如此相较，倪医生更符合大夫的形象。

倪医生动作轻柔地为王景临检查身体，身上隐隐散发着忧郁气质。

他贴心地嘱咐："气温忽冷忽热易得风寒，所幸先生身强体健且年轻，坚持按时服药，不出七日定会药到病除。若想快些康复，打针效果来得更快。"

王景临拿起方才护士端过来的玻璃瓶子问道："现在都会用酒精消毒。"

倪大夫一边低头整理处方的纸张一边道："打针我们是用酒精，现在市面上西药酒精紧缺，这是生理盐水。"

突然"啊"一声，倪大夫猛抬头，看到王景临痛苦地捂着前臂。他侧目看到阳光透过玻璃窗的光线，明白是聚焦的阳光灼伤了王景临。

他忙叫来护士为之处理伤口，满脸过意不去："上次也是这样把我桌上的书给点燃了。都是我疏忽大意，王先生请谅解，随我到治疗室休息一会儿吧。"

这是王景临故意所为。

患者渐渐多起来，王景临趁着医生护士忙得脚打后脑勺，没人注意到他，不动声色在整栋诊所里转悠。

经过他一番查看，这是一栋平层小楼，也就是几间办公室和房间，一楼走廊末端有一扇很小的木门，以王景临的经验，那应该是一个地下室的入口。

走廊上有人来回走动，木门突然开了，里面一个穿着医院专有工作服的白胡子老头捧着一个被纱布遮住的大托盘，王景临看到纱布露出的一隅，心头咯噔一下。

夕阳西下，将诊所的影子拉得长到没边，护士和勤杂工陆续离开诊所，白天还人声嘈杂的屋子变得空空荡荡，只有办公室不时传来翻动资料的纸张声响。

王景临在贵宾室静静地待着，待夜幕降临，听到倪医生的脚步出了诊所和锁门的声音，敏锐的五感让他确定整栋楼只有倪医生还未离去，便脚步轻轻来到走廊尽头的小木门旁。

如果没有猜错，里面应该都是失踪的医生。

从方才勤杂工端的大托盘里，有一些食物的残渣，这种反常的东西让人不得不怀疑。

他伫立在门口一会儿，掏出钢丝插入锁眼中转动几下，门咔嗒一声，轻轻推进去，里面漆黑一片。

他刚踏入门口，手臂冷不防被抓住，猛回头对上倪医生那细长的双眼——他走路竟然听不到一点声音！

王景临呼吸停顿半秒，容不得多加思考，一把扭住对方胳膊将其整个身子反转摁在墙上。

王景临掏出手枪对着他的腰低声道："你绑架医生为了什么？"

倪医生被压着脸不便说话，瘦弱的身体动弹不得，他努力调整了五官的位置，勉为其难回答："我没有绑架，不是你想的那样。王先生，我知道你想要什么，为什么你不先进去看看？"

王景临渐渐松开他，他也能感受到整栋楼不会有别人，暂时相信这个手无缚鸡之力的男人。

那地下室里，都是些面黄肌瘦的妇孺，满目惊恐看着王景临。

倪医生叹道："这些人大多从荒地逃过来，我有缘遇见，收留他们在这里为其医治，每天两顿饭我也在管。"

王景临道："这是好事，为何要躲躲藏藏。"

倪医生苦笑道："做好事没这么容易，会更易招人记恨。自己都应接不暇，怎么能管别人。还请王先生一定替我保密，也请你放心，唇亡齿寒。"

王景临若有所思。

"我若有那些失踪同行的下落，一定第一时间告诉王先生。"

第七章　屠害民众高利贷，血染腥风事迷离

王景临心中的谜团越滚越大。

回想起在济善堂诊所的种种细节，一晚上翻来覆去，待清晨刚眯一会儿，拍门声就把他叫醒。

"王老师。"一声嘶哑苍老的喊声把王景临从思绪中拽了回来，他抬头一看，立马起身招呼："韩老伯，请坐请坐。"

王景临急忙让座看茶。

老韩喃喃点头赔笑，手提几包礼物，虽然被礼让也局促不已，王景临看出他的窘迫，一时不知他到底有何事，便没话找话："韩清同学这两日在家可好？"

老韩眼里浮起一丝忧愁，叹口气："自从他被警察找到，回到家里呆呆傻傻的，几乎每晚都会大喊大叫从噩梦中惊醒，不知还能不能恢复成往日的样子？"王景临心头一阵抽搐，他也知道那种吃人的魔窟会给人的身体乃至精神巨大的摧残，但也只能说一些"来日方长，孩子还年轻，会康复得快些"的安慰话。

老韩突然打断他的话，扑通一声跪在他跟前："王老师，上次我也不是故意来为难您，我也绝对不会去警察局告发您，这次我前来就是来求您一个事儿。"

说着几乎泣不成声。王景临见状急忙拉起他。

老韩抽泣着告诉了王景临全部："之前为了找我这个小子，我和他娘把家里能变卖的都变卖了，就是为了打点关系盘缠去找我孩子。此外我还跟放印子钱的借了些大洋。现在孩子找到了，我寻思着赶紧把外债先还了，可我昨天去找那个蛇头，他拿了个本子给我看，说我现在必须还他一百五十个大洋。我只借了他们六十大洋，怎么一下子变这

么多了？我被人给坑了，到现在我就是把我们的整个家拆了卖了都不够还的啊，我现在就想来求您，可否帮帮我们？"

王景临忙将他扶起来，问道："借给你钱的人叫什么名字？我想想办法。"

老韩揉揉眼睛道："我就知道领头叫松爷，他的府邸在东关黄山桥那边。"

老韩走后，马秀山抢先道："徐家大掌柜的就叫徐松，这些年听说他不管酒楼的事儿，买卖都扔给徐家老二来管，自己成天就知道遛鸟泡澡堂子，逍遥自在得很，还以为他享清福呢，没想到他吃上这碗饭。像他这种家大业大的，图个啥呢？"

资本家会嫌大洋多吗？

书店开业之前，王景临因为资金问题，也考虑借款，还专门研究过目前滕县市面上流行的印子钱。目前市面上的印子钱最长都不会超过三个月。这种借款形式覆盖人群极广，不管是有商铺的店家，还是跑江湖卖艺的小贩，还是穷困农民，都可以借贷。且形式多种多样，利息特别高，周期也很短。借款时，借款人会拿出一本专门收账的本子，上面详细记录了借款人每日要还多少钱。收到账时在相应的位置上戳一个印章，做个印子，俗称印子钱。

借款的百姓若是能及时连本带息还钱，那也无恙。但若因各种原因没有及时还钱，便会被收钱人派出的流氓地痞恐吓殴打，甚至让他们签订更为苛刻的还款契约，若以后都还不上，便逼得人卖地、卖房子、卖儿、卖女，倾家荡产，妻离子散。

这背后必定有一股强大的势力。这股势力背后有保护伞，保护伞下更有一群亡命之徒。

王景临叹口气，也不吭声，打开前柜抽屉，里面有不少铜板和银圆。他拿了十几个大洋出来，小马看见皱皱眉头："你真的要帮韩老伯还债？咱这点大洋可不够，而且依我说这可不是长久之计，你可知现在外面多少人欠着高利贷吗？要是都来求着咱们也帮不过来呀！"

王景临将钱放入口袋道："放心，我自有分寸。"

他拿上大洋径直去到了花鸟门店，提了一个鸟笼，径直来到东关黄山桥附近一栋名唤小轩楼的地方。

小轩楼是徐家大掌柜徐松的府邸——他们兄弟俩早已分家。

小轩楼外表不过是个平平无奇的小院，从外面看灰砖旧瓦，似乎年代久远失修，可进去后立马能发现里面可大有乾坤。

园林的设计都是请苏州的工匠来做的，做工用材极为考究。外面不显山露水，内在尽享奢靡且品位不俗，徐家的经济实力和处事风格在这座小院里体现得一览无余。

穿过一条游廊，王景临被带进一间书屋内。一进去只见房间内正面铺着太师椅，两边的几案上放着文房四宝、细瓷笔筒及檀香盒子。款式简单清雅，墙上挂着几张墨宝，其中张大千的山水画尤其抢眼，也只有行内人才能品出这些画的艺术造诣和市价。高到屋顶的红木书架上尽是书，即便国民书店在这里也要自惭形秽。

交谈声从里间传来，此时徐大掌柜正在与朋友攀谈。

王景临进去，屋外是三九天，屋内火炉烧得很足，热浪如初夏。

他见房屋主人不过一身棉布贴身小衫，皮肤极为细腻白净，满是贵气。

徐大掌柜见到王景临也是乐呵呵的："这就是大名鼎鼎的王掌柜，我是该称呼您王老师还是王老板？"

说罢扭头跟朋友介绍："国民书店掌柜的王老板。"又跟王景临介绍，"这位是滕县乡绅，刘贵堂先生。"

这位刘乡绅穿着时兴的西服背心，想必是屋内太热已经脱下外套和棉大衣，与主人一般，嘴角也是笑盈盈，一双三角眼躲在小圆形眼镜后面，隐隐透着机敏的光。嘴角和眼神如此不协调，让人心生怯意。见王景临过来，便起身跟俩人告辞了。

徐大掌柜才问："你到这里来找我，所为何事呀？"

王景临还礼："不敢在前辈面前放肆，晚辈来拜见前辈。"说着呈上鸟笼。徐大掌柜笑道："王先生客气了。"

笼罩在鸟笼上的幕布打开，一只神气活现的八哥，张口便是："恭喜恭喜，财运亨通。"徐大掌柜乐得合不拢嘴："你也知道我好这个，王老板太破费了，有什么是我能帮得上忙的？"

王景临不隐瞒，把老韩的事情说了出来。徐大掌柜摸摸下巴，一副玩味的表情："国有国法行有行规，这个不太好弄啊！"

王景临求情道："那位老韩的孩子是我的学生，这孩子是读书的料，上次失踪他家为了找到他散尽家财大伤元气，他们都是实诚人家，逼不得已才来借印子钱，不知徐大掌柜这次可否只收他一成利钱，就算行善积德了。"

徐大掌柜笑眯眯不说话，站在他一旁的一个年龄四十开外的仆人冷哼一声："你这小子可真会说话，大爷每年在乡下施粥接济穷人花费的钱你数都数不过来，你还敢在这里劝大爷行善积德，你可真是半张纸画鼻子——好大的脸呵！"

王景临一时察觉口误，忙道："是我一时性急不会说话，请徐大伯见谅。"

徐大掌柜转头呵斥一声："老曹，王掌柜进门便是客，说话要有个分寸。这个好说，既然王世侄第一次向我开口，我自然没有不答应的。那么这次就算他一成利好了。"随后立马吩咐仆人去把韩家的契约找出来。

随即笑眯眯道："相逢即是有缘，王世侄这次我帮了你，你是否也愿意帮我？"

王景临道："如果我能做，定竭尽所有，请徐大伯吩咐。"

徐大掌柜道："我做借贷生意已经两三年了，也有些累了，我一直都想找个合适的人帮我处理下这里的总事务，我想，你过来帮我如何？你们年轻人头脑灵活，总点就设在你们县城南门里的国民书店，你看如何？这里面产生的利我也绝不会亏待你。"

王景临心中咯噔一响，依然面不改色："我家书店去的都是学生和一些买书的人，在那里估计没有多少人去借款吧。"

徐大掌柜道："客源这个不劳你发愁，我就是想多一个落脚方便的点。我做这个民间借贷也是合法，用西洋的话这个叫什么来着？金融，对，就叫金融，帮需要钱的人消除后顾之忧，而且比起好多外面那些放印子钱的我算是宽厚的了，我是基督教徒，惜老怜幼是我应当应分的。"

王景临明白了，他是想让自己当他的一张脸，他也是想让别人都看看，国民书店的王景临也在跟他合作，干坏事干得更加心安理得。

他思绪片刻道："我也想为徐大伯出一臂之力，隔行如隔山，帮您我义不容辞，可是就怕坏了您的事。再加上有一句话不知道当讲不当讲，这个放印子钱是吃人的行当，并不是光明之财，您老久居高位纵观全局，可是下面底层的那些借款人，还有您的手下，他们为了收回本钱利息，都会干出什么残酷的事情，您不一定全都了解。恕我在这里斗胆劝徐大伯一句，这个印子钱别再干了。"

徐大掌柜把脸一沉，没有说话。

他一旁的老曹倒是急了眼："我说你这个年轻人，我家大爷为别人消除后顾之忧，还成了吃人的行当了？你可真会过河拆桥。"

徐大掌柜喝住老曹，对王景临笑道："既然王世侄不看好我这门生意，道不同不相为谋，我也不勉强你。韩家的契约我还是只让他还一成利，我刚才说的事，你也可以再考虑考虑。年轻人，一旦开窍了就好说了。"

王景临也知道以后再找徐大掌柜这条路多半是堵死了。这个世界上每个人的想法都是不一样的，企图改变别人是很难的。

离开小轩楼，王景临回到国民书店，当晚他便召集了全体组员一起开了会。

此时去往淄博的李文庭已经回来了，并带来了最新的消息，同时他也听说了这几日王景临在滕县的事情。

听了徐大掌柜的要求，个个愁眉不展。

小马道："难怪都说欠啥都行就是不要欠人情。徐大掌柜也太精了，可咱们国民书店如果跟印子钱沾上关系，这么一来不生生败坏名声了吗？等着大家伙儿朝着咱们招牌扔臭鸡蛋吧！"

李文庭也道："名声是其一，再者如果让他们知道我们是共产党，跟现在的国民政府对着干，那就更不好办了。徐家是地道买卖人，唯利是图是天性，这肯定是一颗定时炸弹。"

王景临嘴唇紧抿好久："当初龙少爷想要收购国民书店，我们多人这么长时间周旋，直到现在和他们的关系还没有太过缓和，现在徐家势力也不能小觑。算了，走一步算一步，老李你在淄博调查得怎么样？"

李文庭挺激动，拿出在淄博考察的图纸："我去了你破译的两个地方，没错，那里的确有数字上的地址存在，而且都有人看管。并且，相同的是，那里都各有一个小仓库，里面放的也不过是一些杂乱物品，也没有什么特别之处。这是我画的图纸，你们都看看。"

王景临拿着两张图纸左右对比，突然指着那里问道："这些堆在墙角的是什么？"

李文庭道："我偷偷戳开过，里面是一些木炭。别说，这两个地方都会放一些木炭在里面。"

王景临突然想到："我记得济善堂诊所，包括你去到的这两个地方，里面都有木炭。这些木炭的具体用途会是什么呢？"

小马道："这也不稀奇，现在冬天这么冷，把取暖的木炭堆在仓库里也正常。"

李文庭想了想："我印象中这些木炭都是成包地装在麻袋中，摆放的位置和放置的方法像是出自同一个人，不像是随意搁置那里的，但这些都是我的猜测。"

王景临道："我明日再去济南看看，如果那个地方也能看到木炭，说明这真的有蹊跷。"

他嘱咐所有人："徐家掌柜很有可能跟响马帮土匪有联系。今日我在小轩楼看到案上的摆设，我给家仆递了红包银圆，套出话来。那案上摆着一个精致的马脖铃铛，相传，当年的'响马'若交知心朋友，会把马铃做成礼品送给对方。如果我判断没错，那位当时在场的刘乡绅，可是大有来头。"

翌日，王景临把东西全部收拾好，准备购买去济南的火车票，谁承想一出国民书店的门，王景临就被一大帮人团团围住了。

来者有警察和一群中年人，后者衣着统一，像是一家的杂役，看着他们气势汹汹的样子，王景临一时莫名其妙："到底怎么回事？"

站在前头的警察孟老五叹气："景临老兄，你是喝凉水都塞牙呀，好好的你怎么又跟人结仇了？你这是做的哪门子买卖？好好的你怎么又吃上官司了？"

家丁的人群自动让出一条道，徐家二掌柜走了过来，他一改往日乐呵呵的面孔，眼睛血红，一脸寒霜要沉得滴出水来："王景临，看你干的好事！"

王景临依然丈二和尚——摸不着头脑，不答反问道："发生什么事了？"

徐家一个仆人叫起来："好个姓王的，昨天我们大掌柜帮了你这么大的忙，你不但不感恩，还将大爷训了一顿，末了，还把我们大爷……杀害了！"

王景临认出这个人就是昨日在徐大掌柜身边的老曹，听到这个消息大吃一惊："徐大掌柜被杀？怎么可能？"

徐家二掌柜道："今日清晨，家仆到小轩楼去给我大哥徐松拿新签的契约，却看到他盖着被子纹丝不动，平日这个时候大爷早就起来了。老曹凑近一看，我大哥早已七窍流血没了呼吸。不但如此，放在柜子里的票据通通被烧毁，一张都没有留，现在最大的嫌疑人就是你。"

王景临冷静地回答："我昨日是规劝了徐大掌柜几句话，但我们近日无冤往日无仇，我怎么会杀他？"

徐二掌柜道："那请你拿出证据来，否则你难辞其咎！"

徐家一众造势的杂役跟着叫嚣着："杀人偿命，天经地义，把他绑起来！"

王景临知道众人情绪含血愤天，现在唯有不动声色应对。

昨晚他和同志们开会，探讨了好久，之后就在国民书店直接宿下。所有的人员都能证明他不会去行凶杀人。

可如果此时他说了其中一个人员名字，警察很有可能去调查，暴露的机会就会大大增加，所以他便一口咬定一个人就待在国民书店。

此事太过蹊跷！

徐二掌柜冷哼一声："这么说来就是没有人证了，即便不是你杀的，我看你也逃不脱干系，今日你必须到警察局去说个清楚。"

王景临无可奈何，随着孟老五去了警局。

王景临在牢房中努力回忆徐二当家的话。徐大当家是被毒害，到底是什么人干的，他百思不得其解。

他甚至怀疑，难道是徐家二当家的干的，然后陷害的自己？他们兄弟也经常因为生意产生纷争，正好整这出借刀杀人。

可是杀了徐大掌柜，又将柜子里的契约焚烧殆尽，这也不像是徐二当家所为。

唯一能够确定的是，一时莽撞对他有所顶撞，虽然仅凭这个理由就说自己怀恨在心便起杀意，过于牵强，可是欲加之罪何患无辞，目前自己的嫌疑是最大的。

一日过去了，由于没有足够的证据，加上刘天明和李文庭也已经在迅速活动周旋，几方力量纵横交错下，王景临很快从警察局中被保释出来。

但是这个梁子算是结下了，徐二当家也放出话来，他们一定不会善罢甘休，会替兄长报仇，要了王景临的命。

小马莫名其妙："徐二当家是不是犯糊涂了，买卖不成仁义在，怀疑谁也不该怀疑到你头上啊。即便你没有同意徐大掌柜的提议，志不同道不合，也不至于这么给自己堵死一条路吧！"

王景临道："这中间没有那么简单。暂时我不能去济南了，警察告诉我没有抓到真凶之前不能离开滕县。势态这般僵着也不是长久之计，徐大当家的后事正在办理，我想我应去吊唁一番，顺便过去刚跟徐二当家的正面聊一聊。"

李文庭劝他："我觉得你现在也不必着急一定要将密码破译出来，现在你去不去济南都无所谓，上级还没有给我们明确的任务指示。还有就是徐家你千万别去，那些人恨不得把你给撕得粉碎，犯不着跟他们硬碰硬。"

王景临道："话是这么说，可我必须过去面对面交谈才能知道一些深层次的情况，才能厘清一些其中的眉目。料他们也不能把我怎么样。"

王景临说罢起身就往徐家走去。

此刻的徐家正在为徐大掌柜办理后事，他知道自己此次前去极有可能火上浇油，又会是一场血战。

大概还有两条街就到徐府，王景临思量着从哪个角度突破来套徐二掌柜的话，突然脸上冷不防挨了一耳光，伴随着一声叫骂："你个杀千刀的让我好找！"

王景临吓了一大跳，定睛一看，一个头裹毡布围巾，满脸雀子的女子拦住她的去路，一把抓住他就哭得惊天动地："好你个陈世美躲在这儿，你把我扔在老家，看我抽不烂你这个负心汉。"

王景临一把推开她，大怒："你是什么人，我根本就不认识你！"

女子止住哭声，爬起来瞪着铜铃大的眼睛直勾勾看着他，一口纯正的东北腔："咋整的，你不认识我？好哇，读了两天书自己是人是狗都不知道啦，你敢说，我不是你老婆！"

老婆？！王景临惊出一身冷汗。

好在此时刘天明火急火燎赶来为王景临解围："大姐有话好说，我们还是找个清静的地儿好好谈谈。"

王景临再次解释："大姐你好好看看，你是不是真的认错人了。"

女子瞪着大眼，一把将他头抱住搬着左右看看，一拍他的脑瓜子："还真不是呢，我那个杀千刀的鼻子旁边有颗痣，你这里啥也没有，我真的认错人了。"那女子嘟嘟囔囔走开了。

王景临只身一人，遍身素衣打扮来到徐家，徐府早已人来人往，徐家大堂中间摆着徐大当家的照片。不少人看到他们到来，禁不住窃窃私语，满脸都写着："这个人居然还敢来！"

几个徐家家丁上前拦住王景临，徐二当家在前面哑着嗓子喝道："来了即是客，就让王先生给我大哥鞠个躬好了。"

吊唁后，管家客气地招呼："请王先生里面请。"

王景临刚进去，几个仆人上前来一左一右将他控制住。

他早就料到会有这种境遇，微微一笑，也并不反抗，任由摆布。此时，老曹走过来，手拿一把枪，凶神恶煞地说："你胆儿也够肥的，这里也敢闯，早听说你小子胆子大，果然名不虚传，今天就送你去陪老爷。"

王景临冷笑一声："徐家还没有足够的证据证明我就是杀你主子的凶手，这便是徐府待客之道？"

老曹被他一激立马涨红了脸："现在整个滕县都知道是你杀了大掌柜的，不是你干的也是你干的，我就算开枪，所有人都知道我忠孝两全。"

王景临笑道："好一个忠孝两全，你摸着良心问一问，徐大掌柜真的是我杀的吗？你就不怕晚上睡觉时徐大掌柜来找你。"

老曹好像被戳中心思，猛一下恼羞成怒："你是说我杀了掌柜的，你可真会倒打一耙！"

他说着拿起枪对着王景临"砰砰"就是两枪，也没打中他，倒更像是为了吓唬吓唬他。一时外面的喧闹静默了，清静几秒，又恢复常态如初。

王景临面不改色，静静地看着他，不知道他的这番表演到底为何。

老曹得意地吹了吹枪口上的烟，嘴角狞笑一瞬："你小子够有种，也算是一条汉子。"

这时外面突然传出大喊大叫，房间门冷不防地被撞开了，闯进来的正是刚才在街上和王景临纠缠的东北口音的女子。

所有人都呆住了，不知道是什么个情况。

只见这女子旁若无人上前一把抓住王景临衣领："我想起来了，你这个杀千刀的前年就去上海把你的痣给点掉了。怎么的，脱了马甲就不认自己是王八了？走，跟我回去，看老娘怎么收拾你。"

老曹走了过来："哎哎哎，你谁啊跑这儿来，不要命了？赶紧出去。"

扭头又骂下属："怎么放这么个疯婆子进来，干什么吃的。"

话音刚落，他脸上啪一下挨了一掌，女子双手叉腰，龇着两颗夸张的大门牙吼道："你说老娘是疯婆子！你个满嘴喷粪的，我男人只能我来管教，你凭什么绑着他，老娘跟你拼了。"说着就扑将过去厮打。

老曹被聒噪得头昏眼花，吼："你们还不动手！"

手下们看着眼前一团混乱的场景，面面相觑一下，都不敢上前："曹大爷，咱徐家有规定一向善待女子，何况现在外面还在办着丧事，若伤到她可怎么好？"

老曹也算是经过大风大浪的人，却被纠缠得不行，突然听到门卫外面传来一声："滕西叶家老爷到！"

那女子突然住手，一边操起门口的板凳一边对着老曹吼："你要伤了我男人，我跟你没完。"

虽然女子泼起来一身孤勇，耐不住几个大汉一起将她架走。

老曹捂着被抓花的鼻子一脸蒙，好半天回转过来："这，这是唱的哪一出戏！"指着王景临，"你给我老实待着，我们走。"

王景临虽然看戏一场，却也多了个老婆，莫名其妙。

他的确隐约觉得这个女子有些眼熟，声音的音线都似曾相识，可就是想不起自己曾几何时跟她有过交集，在他印象中，他认识的人中从来没有从东北那边过来始乱终弃的男子。

徐宅。夜晚。

暗室的门突然吱啦一声开了，一个黑影背着光覆盖在王景临身上，影子被外面的灯光拉得长长，径直走了过来。

王景临被绑坐在椅子上，他的每一块肌肉和细胞都在准备着。

此时徐二掌柜和老曹相继进屋，急忙给他松绑。

王景临开门见山："徐二掌柜，你故意把我引进来，在众多宾客跟前做出杀我为兄报仇的样子，你这是唱的哪一出？"

徐二当家的叹口气："王先生也看出来了，实在是被逼无奈才出此下策，让王先生受委屈了。"

王景临看着他。

徐二当家扑通一声跪在王景临跟前磕头："王先生，今日真真对不住，你帮帮徐家吧！"

王景临问："徐大当家到底是怎么回事？"

徐二当家紧锁双眉："徐家，可能会大难临头了。"

王景临一怔。

徐二当家又道："龙家，你是打过交道的。"

王景临道："龙少爷前年想盘下国民书店，我买卖虽小，不喜欢受制于人，便婉拒了，现在关系还有些疙瘩。"

徐二当家道："我大哥，就是他杀的。"

王景临一惊："此话怎讲，有什么证据？"

徐二当家道："实实在在的证据我倒没有。多年前我父亲开办了酒楼，生意越来越红火，龙家老掌柜的就想盘下来，我们辛苦打下的产业怎么会拱手让人，几经周旋酒楼保了下来。如今龙少爷当家，他卷土重来想要盘下酒楼，价格出得高，可我也不会傻到把下金蛋的鸡拱手让他。"

王景临道："你就凭这个说龙少爷是凶手？"

徐二当家苦笑道："不会这么简单。这个龙少爷胃口大得很，自小留洋，回国后当了龙家的一把手，就开始在本地大肆收购盘下各类各行产业，如今他名下的产业不单是书墨笔砚，还有其他。滕县八大家的名称他看不上，要当滕县第一家。他现在不单是跟本地政府官员交结甚深，山东省国民政府里也有他的靠山。"

王景临问："可你有什么证据说他是凶手？"

徐二当家道："我大哥七窍流出的血我找人验过，里面一种毒药成分，如今药品这般金贵，只有龙家才有。据说龙少爷在英国留洋，学的就是什么化学药物之类的。"

王景临道："所以，你得罪不起龙家，怕如果撕破脸面会让全族遭殃，所以把锅先扔到我头上，转移龙家的注意力。"

徐大掌柜低下头重重叹口气："实在找不到别的方法，王掌柜的，真是得罪了！"

王景临沉默一瞬道："我跟龙少爷有些交集，对此人倒有些了解。"顿了顿又道，"徐掌柜可听说过'响马'？"

徐二当家道："这就对了！王世侄难道没听说，那群号称响马的土匪，龙少爷暗中已收在麾下。"

王景临道："响马到底何去何从，江湖上传闻太多，以龙少爷的行事风格，他能有这想法和手段也不奇怪。"

徐二当家咬牙道："这个仇我肯定要报，定是那姓龙的兔崽子干的。"

王景临苦笑："徐二伯，外面的人不知道真相，我若白白担着一条人命，也太不公道。"

徐二当家一笑："王世侄确实得罪了，可我觉得你不是一般人，你和你的人有的是办法！"

王景临怔住了。

徐二当家饶有深意地道："你们国民书店售卖的那些马克思的书籍我也看过，别看我是个大老粗，字能识，道理也能看懂。不瞒你说，我一直反对我大哥放印子钱，也是受了这些书的影响。还有你们在我们徐家花园干的那些事，当真以为我不知道？你以为我真认为你俩在谈朋友？你徐二伯江湖上混了大半辈子，这点看人的能耐都没有？"又一抱拳向王景临，"王世侄，老徐家欠你一个天大的人情，以后有用得着我的地方你说话。"

离开徐府，王景临出来后第一时间去国民书店找到刘天明，当初龙少爷为了盘下国民书店曾给了他三百大洋，王景临一直没有机会还给他，钱暂时由刘天明保管。他与刘天明意见一致，尽快把这笔钱还回，此事由刘天明和李文庭天亮后立即去办理。

两人正在商议，一个人影突然出现大厅，两人定睛一看，可不又是那个东北女子——王景临的疯"老婆"？

王景临吓了一跳。

刘天明道："行了别装了，你再闹该把王老师吓着了。"

马秀山也过来一拍她的脑袋："还演戏呢！一回来就闹事也就是你了！"

女子止住哭啼，声音换成了山东话："哈哈哈，王老师居然都被我骗了，你们看他的脸吓成那样儿！"

王景临这才听出来，脱口而出："林小咏！"

马秀山也进到里屋来："你关到警察局的时候她回来的，刚回来那身打扮，跟海报里的名媛淑女一个范儿，她千叮嘱万嘱咐告诉我们先不要让你知道，我就知道她会整一出幺蛾子来，简直大变活人呀！"

林小咏扯下自己的头巾哈哈大笑："干啥？我这些化妆术是在上海跟一个专门为电影明星服务的师傅学的。咱们干革命的就是要扮什么像什么，这样才能千变万化。王老师你看我刚才像不像一个泼妇，把你给吓坏了吧，你无论如何也想不到会是我对不对？看我回来你可惊喜？"

王景临苦笑："惊吓还差不多。不过你去了上海这么久，这次回滕县，该成亲了吧。"

林小咏一怔，刚才嚣张得意的劲儿扫掉大半："王老师你瞎说什么呢！"话锋一转，"我在上海可太长见识了，以前总觉得滕县是咱们中国的中心，现在才知道山外有山，我早该出去看看。但我这次回来也不打算走了。你看，幸亏有我，否则你在曹老伯跟前可有得亏吃了，不过你得帮我保密，可别说是我在闹他。"

王景临无可奈何笑着摇摇头。许久不见，这孩子见识能力长了不少，可还是这么没心没肺，真真是个任性的大小姐。

一顿调侃，林小咏恢复了正经，道："你方才跟徐伯说的响马，确实有这个土匪帮。"

王景临心头一震："你还知道什么？"

林小咏道："我一次回到老宅听我爹和大娘说话，他们就提到过这群在马背上的土匪，他们的帮主好像叫什么高什么生。"

"高汉生！"

"好像是，我不确定，这样，我再去打探打探。"

王景临知道，高汉生是滕县青帮帮主。历史长河中，强大的帮派收编土匪也不是没有的事情，但一般这样的事情都会昭告天下，一来能为帮派立威；二来对新收编的人立规矩，三也有庇护之意。

若事实如此；方才跟徐二伯聊天时，他这个老江湖应该提到此事。世上没几个人知道真相。

青帮到底有没有收编响马帮，若有，目的为何？

军火制造厂和拐卖人口的组织，以及姓迟的之死，跟这些到底有什么关系？

林小咏回家的路上，她心里暗暗嘀咕，在母亲那里肯定打听不到响马帮的情报，是不是应该往老宅去一趟。

她走到老宅门口，迟疑了片刻绕到院子后面，从一扇虚掩的侧门偷偷听了一会儿。

大概五分钟后，匆忙离开。返回自己的家中。

"怎么这么晚才回来？"一个女声从她身后响起，林小咏冷不防蹦起来。

一个身着居家旗袍、身材苗条的中年妇女从纬帐暗处走上前来，本就病容的面色有一丝不悦。

林小咏捂住胸口的手放下，微微吐了口气："娘，干啥呀，吓我一跳。"脑袋瓜正飞速旋转，想着用什么理由搪塞母亲，理不直还气壮地倒打一耙起来，"娘咱们不是都说好了的，怎么又随便进我房间，这样会耽搁我功课，这个叫作，尊重我的隐私！"

林母面色缓和不少，嗔怪道："你是我生的，还怕我知道你什么。"又叹口气，"女儿大了，有什么秘密是为娘不能知道的？再说了你可是在做功课。你爹知道你刚回来就给脱了缰的野马似的，还不教训你。你再看看你自己，这都是什么打扮呀……"

林小咏打断她的絮絮叨叨："今日爹没有过来吧？"

林母告诉她："管家过来说了，你爹明日会到咱们这里来用晚膳，我就是过来跟你知会一声，明日就不要乱跑了。你知道你爹一直希望你能是个文静的女孩子。"

林小咏把嘴一噘，整个身子往她的小床上一躺："娘，爹想要我文静，我就得一定要这样吗？凭什么他要我干啥我就得干啥！他那边那个家都忙不过来，还想管着我。"

林母坐到她身边给了她额头一个指头："怎么能这么说自己爹，爹算够疼你的了。"

"娘！"林小咏翻身坐起来大喊，"根本就……"她刹住即将脱口而出的词语，深深呼吸几口，将话吞进肚子里，又觉得憋屈得不行，索性将脑埋在被子里不吭声。

林母叹口气，空气中幽怨深长，却像夏日湿闷的雨季，无处不在的闷热大网般将林小咏紧紧裹住。

这是母亲多年来的表达方式。

作为一个婢女出身的人，没有手段和心机，依附在所谓丈夫身边苟延残喘的柔弱女子，如今的处境似乎是她最好的待遇。

在林小咏的印象中，无论娘在爹的正房跟前受了多少委屈，还是遭到多少下人不公平的对待，吃了多少哑巴亏，她依然在父亲跟前表达自己的懂事，展示自己的贤良忍让，这本来也是她天生的性格底色，她自己也从不曾意识到。

自从有了自己的女儿，林母身上有着深深的带着悲凉的宿命感，时不时悠长的一声叹息是已经认下自己的命运，无论欢愉还是苦闷，只能透过这长长气息表达出自己的接受，并将所有痛苦深深藏在里面，除此之外也别无选择。只是她不知道，尚且年轻看似从未吃过苦且没心没肺的女儿早把这些真相已经看得清透。

但她不会跟母亲交流心底所悟，她学会了用大大咧咧的态度来遮掩自己心中无处诉说的苦闷。在她八九岁的时候，问过母亲一句："为什么我们不能像大娘那样住在大宅子里呢？"母亲就哭了很久。

上学后，接受了不少新思想，又和王景临他们传播的红色文化接触后，她觉得心中有了依靠，心中暗自决定只能努力将自己活成一束光，在照亮这个世界之前，先照亮自己，照亮母亲。

可当整个大地被乌云遮住，一束光的力量太微弱了，几乎被卷进这无尽的黑暗中。

母亲说父亲最疼爱的是自己，两年前的她是真的这么以为，可自从到上海走了一遭，她心下清楚自己的父亲对自己温情的面具下到底是怎么样的嘴脸，是怎么骗自己的女儿的。时至今日，她真的不想再欺骗自己。

想起这些，林小咏的眼眶里湿润了，她将脸纹丝不动嵌进被子里，不敢出声和抽动鼻子而惊动母亲。

林母的确没有发现她的这些情愫，只是耐心地拍拍她："厨房里有刚刚熬好的鸡汤，饿了就让丫头给你端一碗。"

林小咏的喉咙里才咕咚一下，胸口压抑的气随着眼睛鼻子里的液体蓬勃而出，柔软的棉被将苦咸的泪水和浓稠的鼻涕倾囊吸入，但她依然紧紧咬着被子。

林小咏突然把头从被子里抬起来："娘，我不饿。"

林母怔了一下，嘴角绽开笑容："臭丫头，娘还以为你哭了呢！"

林小咏稳了稳情绪，站起身走到梳妆台前，镜子里的人一双妙目红肿如桃，面色粉光氤氲，因不敢放声宣泄导致微微隆起的胸部还起伏不定。林小咏伸出手摸着镜中楚楚可人的自己，镜子里反射的灯光瞬间将她拉到五光十色的上海，一幕幕如梦境般从她眼中闪过。

闺房内母女其乐融融，林小咏嘴儿叽叽说个不停，逗得母亲呵呵直乐。

太阳在雾气中蒙蒙发着光，街上没有风，空气冷得像冰窖。王景临下课后到书店理算账目，迎面看到马秀山阴沉的脸。

他们刚刚收到消息，失踪的五个医生通通遇害，在一座废弃的桥洞下，是一个常年在那里的流浪汉发现的。

王景临心头一沉，赶到那座桥，远远看到警察已经在那里拉起警戒线，被害者已经被转移别处，现在还有一些警察收拾着那里的残局，查找案件的蛛丝马迹。

国民政府向来重视西医的发展，设立了专门的医疗机构和医学院校，将更多的人才送出国门留洋归来，采取了一系列措施来发展西医，还积极推广西医知识，加强医学教育，让更多的普通民众也接受西医。

王景临听群众议论，这些医生都擅长西医治疗，前些日子有个外地的商客携家带口在滕县做买卖，父亲生病了，在一家医院治疗时因抢救不及时而亡。那个外地的商客有些手段，发誓要为父亲报仇泄愤，才绑架了多个医院的医生杀掉泄愤。据说，那些医生被找到时早已面目全非，若不是都身着工作时的服装，都几乎认不清楚。还有人说，那个外地的客商不是别个，正是已经在江湖传闻已久的"响马帮"的人。

在所有人啧啧议论这起惨案，王景临恍惚间看到人群中一个熟悉的身影从暗处一闪而过，他不动声色过去，利用丰富的反追踪法，他轻易地绕到了来人身后，冷不防将其一把抓住。

王景临有些生气："你怎么总是鬼鬼祟祟的。为什么不能大方出来见人？"

小邱师傅挠挠头："上次被你说成杀人犯，我都不敢跟你说话了。"

王景临哭笑不得："真是奇怪，哪里有人命你就会出现。"

小邱大叫道："哎哎！这跟我没关系，你别又把屎盆子扣我头上，这次真不是我。"赶紧又找补一句，"之前也不是我，王先生，我都被你搞糊涂了。"转脸道，"我知道你来这儿干啥，你也想调查医生被害的事儿对吧。"

王景临不置可否。

小邱指了指旁边角落："要不你问问他去。"

王景临顺着他的目光看过去，才发现一个穿着单薄的乞丐蜷缩在泥泞里，浑身上下与桥洞融为一色，低头大口啃着一个满是渣屑的馍馍，仿若生怕被人抢走，狼吞虎咽得即将哽住，却不敢发出半点声音。

小邱道："他就是发现这些医生的第一人。"

王景临道："他不是应该在警局？"

小邱冷笑一声："你真当警察会去调查？"又道，"他是个哑巴，脑子还不好使，警察就算想从他身上找凶手，也难！"

王景临看着那个乞丐，时不时抬头看看自己，那双眼眸，他似曾相识。

他们分开前，其中一个人交给小邱一样东西。王景临远远看到那个包裹露出里面的一角，心头突然咯噔一下。

这两人到底是什么人，小邱的真正身份又是什么？他，到底想干什么？

王景临脑子纷乱如麻，似乎只要有一根线便能捋顺真相，可他无论如何也抓不住这根线。倪医生到底是不是响马？

突然一声熟悉的鸟叫声突然从一旁传来："恭喜恭喜，财运亨通！"

他循声寻去，原来自己正好路过一家花鸟店，他循着声音抬脚进去，只见那只熟悉的八哥正在仰着脖子大声唱着——正是他拜访徐大掌柜那日，从刘天明二叔店里买的那只鸟。

这只鸟喊着各色吉祥话儿，忽然又大声喊道："今日立秋啦要谢，今日立秋啦要谢！"

一旁的顾客嗤笑："大冬天的还立秋，真是傻鸟！"

好似一道闪电在脑子里划过，王景临的思绪突然亮了起来。

花鸟店老板热情地跑过来打招呼："先生好眼力，这鸟可是千年难遇的一只神鸟啊！

天赋异禀，只要听人说上两遍话，它就立马有样学样，口气语调都不带变的。它可不单会这两句，你带回去稍微调教下还能学更多，保管你在朋友啊、上司啊面前倍儿有面子。价格也很公道，你要是过了这个村可就再也找不到这家店了。"

王景临一手托起下巴，做出一副若有所思的样子喃喃自语："这不是徐大掌柜那只鸟吗？我看他生前常带着这鸟遛弯呢！"

老板脸色一变，左右看看，压低嗓音道："既然这么着我就不瞒这位先生，这的确就是徐大掌柜的鸟。"

王景临一副恍然大悟的样子："真是徐家酒楼大掌柜的鸟，难怪说这么眼熟，可这鸟怎么会……"

花鸟老板搓搓手："先生应该知道徐大掌柜前几天走了，外面说他是得了急病，又有人传言他是被生意上的仇家杀的，唉，总之这个世道说不清楚。这只鸟就落到徐家一个下人手里，这不，这不让我给捡着了吗？但这鸟是好鸟啊，如果不是它前主人的变故，肯定不是这个价了。"

老板一张油嘴，三下两下把自己的货捧到天上。

王景临提着鸟笼回到国民书店。看到他回来，三满顾不上吃煎饼，咿咿呀呀地喊起来。

前两日，高先生将三满又送了回来，理由是国民书店的书香氛围更有利于孩子的成长。但王景临知道背后肯定不是这般简单的原因。

无论如何，看到三满在他跟前平安开心，他心里也是很高兴的。

也不知她说的是什么，王景临不明白，拿过一张纸，三满立马在上面写上几个字："快救那个小哥。"

王景临愣住了，他突然明白，三满笔下的小哥就是小邱。

三满知道的，一定比自己想象得更多。

医生被害，在滕县当地仿若一颗炸弹，更是扇了滕县国民政府一记响亮的耳光。

整个滕县都陷入了前所未有的诡异风暴中。

这件事情甚至惊动了高层。山东省政府给滕县政府施压，让他们在十日内必须找到凶手，还从省内派了调查员到了此地协助滕县警察局一起调查。

翌日，滕县报纸便刊登，滕县县长亲口下了指令，要警察局以及动用社会所有的力量，誓将凶手擒拿归案，还医生的家属和公众一个交代。

滕县警察局请来了大量的增援，在整个城区一时间腥风血雨。每个商铺都关门大吉。

国民书店也没有幸运，一群人冲了进来，搞得乱七八糟，抽屉里的十几枚银圆也被拿走，自然是无功而返。

马秀山收拾着残局愤愤道："这些人是来查案的吗？简直连土匪都不如。"

王景临从小韩那里得知，其实也没有这么多人来查找。很多警察借着查找的理由在这里大吃大喝，乘机大搞圆桌关系，没有多少人真正办实事。听小韩说，这倪医生看似文弱，其实骨头铮铮硬得不行，无论警察对他处以怎样的极刑，他坚决不肯认罪。

因为此事涉案这么大，倪医生是要被交到上面去的，所以他们并不敢下死手，只是用了不少龌龊的手段狠狠地折磨他，逼他亲口认罪。谁都知道，如果他就算不认罪，警察局会有一万种方法将罪名扣在他身上。尽管很多人对这个结果保持怀疑，却没有人能敢公开表现出来，警察局因为找到了凶手，正打算开庆功宴。

王景临去过一趟徐家酒楼，周县长也在现场。

庆功宴开办了，徐家酒楼的另一处地界。

当天滕县八成的官员都来了，还有不少科员。在这里主持的是一个行动像女子的瘦高男子。

有的人嘟囔着怎么会来这个地方。

王景临受邀去了饭局。他本不擅长做这些应酬，奈何刘天明所言在理，他只能硬着头皮上前。他自然知道，在那种不正经的场所才能干更多正经的事情，探到不少对滕县特支有利的消息。何况目前关于医生们的遇害还有诸多疑点。

山雨欲来风满楼，他怀着碰运气的心态去往赴宴。

小汽车一路前行，却并不是去往徐家酒楼熟悉的道路。接他们的司机说，那是徐家酒楼另一处堂子，在滕县只有为数不多的，有足够的地位的人才能有幸品到这样的珍馐。

小汽车停在郊外的一栋小平房前。周边环境凋零并无人烟，但也能看出那小院是精心建造布置过。这两日经过特别清洗，台阶缝隙的水渍还未全干。

王景临等人被引路进入院子内部，又从后院出去，来到一片水泥空地上。

空地旁摆了三张桌椅，碗盘杯箸摆放就绪，几位衣冠楚楚的人上人已经在那里谈笑风生。

"哟——刘先生，你们可来晚了，要罚三杯才可以。"

迎面上来一个粉头白面的瘦高男子，两腮凹陷，眼尾细长，翘着兰花指跟刘天明打招呼。滕县都知道，这是县长的贴身秘书小吴。

刘天明笑着向他介绍了王景临，道："今日周县长做东，怎么没看到他人呢？"

小吴忙摆摆手："刘先生可真会开玩笑，今日可不是周县长做东，我们县长两袖清风能有几个铜板，何况周县长今日有着急的工作，安排让我过来代劳。"

明眼人都知道，这是周县长的局，都是看破不说破罢了。

"难得刘老弟来这里！"此人是山东省特派下来调查医生失踪的调查员——陈楚。

此人之心狠手辣在整个山东也是颇有盛名。他笑着与他们寒暄："来滕县这么些日子，总是不见刘老弟，今天总算见面了。别看这里灰不溜秋，等下让你尝尝闻所未闻的佳肴。"

刘天明笑道："陈兄好兴致。"

陈楚道："那些响马土匪简直不值一提。"

王景临笑道："我说为什么要跑这么远，我这个土包子也来开开眼。"陈楚道："返璞归真嘛，越简单的反而越有趣味和深意。就像……共产党。"

他环顾在场的每一个人，"看上去越是不可能的人，实际上越有可能是我们要找的人。"

小吴忙撒个娇打断："哎哟，陈主任三句两句不忘工作，今天你就一个任务，就是玩得高兴吃得痛快。快少说那些废话。"

一个大腹便便的胖子瓮声瓮气道："什么时候开席？"想必是饿了。

小吴笑道："马上就上菜。"说罢招呼小二开始准备各色物件。

只见几个小二抱出很多木材，圈出五六平方米一块地围住，再在那空地烧起火来，那围住的地上放了几碟黑色的调料，将活鸭子扔在里面。

只见那火越烧越旺，鸭子被烫到不行，扑腾着到处跑，没多会儿便口渴难耐，开始喝那些调料，再继续跑并痛苦地乱叫。一些随同而来的女眷忍不住捂住眼睛不敢直视。

小吴笑道："这是从唐朝古籍中看到的做法。那些黑色的是徐家酒楼秘制的酱料。各位且等着，很快就有美食了。"

那些鸭子总算体力不支，倒在地上，有专门的厨师上前处理食材。

突然听到一声惨叫，在场的人都战栗一下，循声望去，陈楚抱着胸口，就像那火圈里的鸭子渐渐倒在地下。

几个人还在笑喊："陈主任不行啊，被烟熏了这么几下就晕倒。"

一缕血丝从陈楚嘴边流下。

几声凄厉的尖叫响彻徐家酒楼的上空。

陈楚调查员是因为中毒身亡，从他喝过的酒杯里测出有毒。有人告诉警察，方才陈主任只喝了一杯酒，这是徐家酒楼的邱师傅专门为他斟上的。两个小时后，警察局包围了徐家酒楼附近的一间二层小楼。这个房子有七八个小隔间，里面住着徐家酒楼十几个还未成家的厨师和勤杂工。

警察不由分说冲了进去，即将睡觉的人们莫名其妙，孟老五大声喝问："邱小二在哪里？"

众人面面相觑，陆续答道："刚还在这里洗漱，他犯什么事了？"

孟老五问道："他是不是今日上工？"

几个人面面相觑，一个人回答道："对啊，每月他都会去郊外的酒店送一些食材，今天他也去帮工了，你们没看到他？"

孟老五哼了一声："那就对了。我方才已经问过了，今日他在厨房，见到陈调查员，故意将准备烧烤用的调料给陈调查员闻过。那是一种香料。"

众人都不敢吭声，这时有人过来报告："有眼线来报，在东街方向一个小巷里发现那个邱小二。"

孟老五大手一挥，带领众多警察冲了过去。

小邱正在和一个警察狠命搏斗，他自知行径已经暴露，便不再狡辩遮掩，索性要跟对方来个鱼死网破。

小邱体型瘦小，十几个回合的搏斗他已快招架不住。

这时一个黑影从天而降，以迅雷不及掩耳之势击倒了警察。

小邱喘着粗气看着躺在地上的警察，王景临一把拉住他："跟我走！"

小邱却甩掉他的手狠狠道："跟你走！跟你去警局？我不再相信你，我一再帮你，你却一再坏我的事！"

王景临脸上青筋暴露，低声喝道："我一直在帮助你，帮你周旋。陈主任和徐家大掌柜是你毒害的吧，你连犯了两起命案，你这么做，不是自寻死路吗？"

小邱冷笑一声："你少往我头上扣屎盆子，你凭什么说这些人是我杀的？"

马秀山也出现在这里，道："你别不识好人心，我不但知道你杀了徐大掌柜，你杀的时候说的什么话我们都知道。当日我们送给徐大掌柜的一只八哥，说'今天你邱爷要你血债血偿'，对吧！旁边的人大都听成'今日立秋啦要谢'！"

小邱身体僵了一下。

王景临也道："还有在马家诊所的迟良志，我早就发现他身上的刀片的痕迹，跟你切鱼的刀法几乎一模一样，每次有人出事你都在现场，你已经杀了这么多人还不知道悔悟？"

只见小邱浑身颤抖着，仿佛使出洪荒之力。

"唰"一声，一条火龙从小邱的手中蹿出，魔鬼般张着奇形怪状的红色爪牙将周边一众物什燎了个遍，顿时红光冲天，宁静的黑夜打开了地狱大门。

冲在前方的一个警察被吓得声音劈了叉，高声提醒身后的同伴："这小子要和咱们同归于尽！"

原来他早已在身上准备了火药和洋火，随手一把天女散花便能将一二十个警察烫成筛子。

王景临冲过去大吼一声："小邱！"

小邱看着他，脸上露出诡异的微笑："我娘是河南确山县人，我外公一家人祖祖辈辈打得一手的好铁花，不承想今日还有这等殊荣，好好伺候警察局的大爷！"

说罢抡圆了胳膊抬手一扬，火药味瞬间布满上空，火花以迅雷不及掩耳之势绽开，所幸刚刚启动威力不足，打头阵的几个警察被猝不及防的火星烫得哇啦啦乱叫。

王景临冲他大喊："小邱，你要相信我！"

他突然仰天大笑："看来人真不应该做好事啊！就不应该做好人！穷人一辈子就是该被践踏的命吗！"

王景临诚恳劝道："小邱，你相信我，把火药放下跟我走，我一定会想办法让你平安，也会设法让你和你妹妹再团聚。"

小邱笑得眼泪都快出来了："我的确很快就能和妹妹团聚了——这些人本来就该死！他们罪有应得，我这么做是替天行道！"

王景临瞪着血红的眼："你不要自己作践自己了，你如今得罪的都是不好惹的人，你随时可能送命！你本心善，还救过我的命，你想过如果你有事你的亲人怎么办吗？"

小邱仰天大笑，声音却悲怆无比，他嘴张得大大的，年轻的脸庞却布满沧桑的悲怆，他摇摇头，声音变得很轻很轻："我的妹妹，早就不在人世了。"

他几乎站不稳，一只手狠狠地抓住旁边的围栏，像是对王景临说，又像是自言自语轻声道："当年老家闹饥荒，我们全家往外逃荒，边走边要饭。就像今天这样寒冬的晚上，我爹娘把讨来的最后一口发霉的玉米面馍给了我和妹妹，当晚他们就饿死了。爹娘走之前紧紧拉住我和妹妹的手，说不出话，那眼神我懂，要我照顾好妹妹。她以后就是我唯一的亲人了。

"我和妹妹逃荒到滕县，我在一家小酒馆打杂做事，吃尽苦头受尽白眼，总算偷偷学会了做菜，妹妹年纪还小，跟你书店里的那个三满差不多大，也跟着我在酒馆里帮忙。"

"后来，我学会了做菜的手艺，不想总看人脸色，打算自己出来支个小摊单干。便在市面上借了印子钱单干。谁知这是个无底洞，我借了不过两块大洋，买了扁担炉灶，不过十天的时间，那催款的就要我还钱。我现在才知道那个东西叫什么——皮球钱，周期最短，利息最高。我大字不认几个糊里糊涂签了契约按了手印，就这么入了套。

"后来那个姓迟的看到我被催款的毒打，他主动上来替我还了利息。我还感激他是个好人。那个浑蛋看到我妹妹，跟我说能把妹妹介绍到滕县新开的工厂里去做女工，我对着他千恩万谢，可没想到，他把妹妹带走后，我几个月都没见到她。后来我才打听到，他把我妹妹卖进了妓院。

"他们都是一伙儿的！我妹妹被毁了，他们看我没有一点还钱的能力了，更是没日没夜追杀我。一个当贼的头子看我还算机灵，让我跟着他做起了小偷。后来好容易才打听到妹妹的那个妓院，可是她已经……"

他的眼睛变得血红，仿若刚从地狱中出来一般："他们，那个假洋和尚，放高利贷的徐大掌柜，还有那个道貌岸然的美国女人，他们通通是凶手。为什么？为什么半条活路都不留给我们，我杀他们是天经地义的。"

红光映着王景临和马秀山的脸，他们沉默着。

小邱又苦笑一下："王先生，我遇到过你几次，可惜与你的缘分不够，若我和妹妹能早点遇到你，或许不会这样。可是，现在我已经无法回头了。"

王景临咬紧牙关："天无绝人之路，小邱，你回头是岸，共产党就是为了你这样的老百姓说话的。"

小邱微笑道："晚了。"

小邱长长叹口气仰天微笑道："爹，娘，妹妹，我来找你们了。"

王景临听到背后一阵喧闹脚步声，大批警察已经追过来了。

孟老五的声音传了过来："邱小二，赶紧束手就擒，不然我们兄弟的子弹可不长眼睛！"

因为小巷拐了弯，角度不同，他们还未发现王景临和马秀山两人。

小邱冷笑一声，大义凛然走出小巷朝着众警察走去。

王景临想抓住他，被马秀山拽了回来——"我们不能就这么暴露了。"

他话音未落，"砰"一声枪响，王景临瞳孔放大，一瞬间时空仿佛凝固住了。小邱站住了，他的后背，黑红的液体汩汩从枪洞里冒出来——警察潜伏进了居民住所，从出乎意料的方向击中了他。

他站了一会儿，突然大吼一声，看样子是使出浑身的力气，张开双臂向着人群冲了过去，边跑边把手伸进怀里拉了一下。

只听"轰"的一声，顿时小巷口血肉横飞，一时惨叫声连连。原来他身上早已经绑了自制的火药，他早就做好了准备和警察同归于尽。

王景临和马秀山朝着巷口大喊："小邱！"

小邱的躯体已经伴随着绽放火焰和硝烟黑雾，从这个世界上消失了。

孟老五捂着受伤的胳膊，血染红了半张脸吼骂道："这兔崽子简直疯魔了，幸亏他炸药做得不够地道，虽然伤了我们这么多兄弟，但也确实是一条汉子！"

王景临嘴唇咬出了血，他想冲着他们大吼："为什么要开枪？你们怀疑他杀人，可你们有证据吗？为什么不先调查清楚？穷人的命就不是命了吗？"

马秀山狠狠抱住他肩膀，他强忍着胸腔的冲动不让自己在警察面前暴露。

这时从巷口出现一个声音："穷人的命就不是命？！你们为什么要开枪？警察想干什么就干什么吗？你们必须给我们一个说法，给我们兄弟一个交代！"

王景临抬头看去，七八个人围了过来。不是别人，正是徐家酒楼的厨师和勤杂工。

渐渐地聚集过来了十几个人，他们目光灼灼，要跟警察讨说法。

看得出，小邱平日人缘很好，他的本性绝不是滥杀无辜的亡命之徒。

或许每个人都感到了唇亡齿寒的危机，最重要的是，中共滕县特别支部委员会在策划爱国游行后，利用读书会等各种方式，孜孜不倦向滕县民众输送马克思主义的思想后，终究在这些最底层的平民老百姓心中，种下了抗争和奋进的种子。

巷口的火焰还在不停地燃烧，飘向空中消失在广袤的黑暗中。王景临想着，这些火和烟是不是能把小邱的灵魂带到那个人人都平等、光明、没有压迫的世界去呢？

马秀山扶着王景临的肩膀，他才回过神来。过来的警察越来越多，也有很多教徒过来。

火焰继续燃烧着，幸好巷子旁边只有一座废弃的房子，不过是屋顶瓦片有些许火星，并没有殃及其他民宅。

王景临定定地看着那民宅半刻，突然发现了什么，扔下马秀山发疯般跑到孟老五跟前。

翌日清晨，阳光再次从薄雾中发着隐隐的光芒。

街上报童奔走叫卖："特大新闻！昨夜巷口发生暴徒事件，滕县失踪医生全部找到！"

失踪的医生全部脱险。前些日子在桥下遇害的，是凶手刻意安排的乞丐。

在小邱的指引下，王景临发现了那废弃的房子里同样别有洞天。失踪的西医被劫持在那里，大隐隐于市，没人能想到此处。

王景临明白，小邱在用他生命的最后时刻，告诉他真相，否则逃跑的道路千千万，不会引着他们去那个地方。那房子旁边有不少水缸，想必是他预谋已久，不想多伤人，提前准备在那里的。

据医生们交代，他们被控制了人身自由，是为了让他们制作生理盐水。

警察果然在那栋屋子里搜到大量装瓶待用的生理盐水。

县长也乘机铲除了政治异己，全是别人布的局。

王景临去看了倪医生。他虽然满身是伤，好在底子尚可，精心调理几日，恢复得不错。他对王景临道："制作生理盐水，的确不能让一般的工人去操作。生理盐水虽然有一定消毒作用，但遇到伤口极深的情况下是不能代替正规的消炎药的。可是始作俑者非要绑架医生来做这件事情，可见背后一定会有巨大的利益。"

王景临问是什么利益，倪医生摇摇头："现在这个世界瞬息万变，人人都像是热锅上的蚂蚁，即便万分小心也难保周全。不瞒王先生，我的祖上从未对国家做过有益的事情，在我这辈，也想尽自己的一些绵薄之力，回馈社会，求得一个心安。不过还要谢谢您王先生，我不在的这段时日一直在帮助我的诊所。"

王景临觉得他说的话大有深意，见他虚弱无比也不好再多问，只是笑道："你我都是一样的人，何必多言。"

看着王景临渐渐远去的背影，倪医生在窗前注视了很久。他打开手边的一个抽屉，一个黄铜做成的铃铛在冬日的暖阳下灼灼发光。

自从那次宴席，徐二当家关了酒楼，从此利用其他产业过活，他们全家吃斋修行不在话下。

陈楚被杀，本来省政府要追查下来，顾局长和周县长派人在省城打点了一番。此人的背景并不是很硬，再加上找到了真凶，也救出了医生，此时如大海投入一块小石子，很快没有了涟漪。

王景临知道，那位高汉生一直在旁边协助他，那个和小邱在一起的小陈，便是他安排过来的。

王景临问了问医生，他们说听绑架他们的人无意中说起，那些生理盐水似乎要换某种东西。

林小咏一直关注的那位做驴皮生意的高伯伯，其实便是"响马"之前的主人，本来隐姓埋名，金盆洗手，却被另外两个山贼觊觎其在山东的名声，将残部收编。王景临也是从林小咏那里得到这些信息，抽丝剥茧，才将高汉生此人的真面目扒了出来。

第八章　军阀增捐欺百姓，手足相残见人性

经历了这么多事，王景临又一次重新认识、接受了这个黑暗世界，工作的重心重新转移到了破解密码上。

他努力将昨天的事暂时翻篇。这天，对马秀山道："我带你看一个地方。"

俩人寻了理由来到铸铁厂。

那间屋子正在修缮，可能是怕异物掉入储物室，上面压了不少物品。

他们几下搬开上面的遮挡物，王景临道："这里很有可能是一个暗道。"

俩人下去之后，果然发现他们之前躲避的地方的前方深不见底，一米多高，两人猫着腰顺着那个通道一直往前走。

这栋建筑大概修建了五六年，但这条通道看上很新，还有一些打磨开采的新鲜石粉在上面。是谁修的这个通道？他修这个通道的目的是什么？俩人进去之后，发现一个楼梯通往地面。

俩人打开往外面观察，王景临轻轻合下木板："这里是济善堂诊所。"

他们回到国民书店，三满高兴地跑过来，拿出笔纸写了一个"邱"字。王景临心头一阵绞痛，也竭力控制住表情告诉她："小邱师傅挺好，最近被东家调到滕县外的酒楼帮忙，最近看不到他。"

三满微微噘起嘴，明显不太相信。

虽然他们都不知道这个孩子曾经历过什么瘆人的遭遇，但从她痛击那个迟良志的行为，还被后天毒哑了嗓子等种种迹象看，她早就经历了她这个年龄不该承担的磨难。

而且这个孩子的身份至今还是个谜，她的父母是谁？王景临他们的革命工作经验、

直觉都告诉自己，这个孩子很苦，很不简单，一定要保护好她。

夜深，雪花又大片大片满世界飞舞。

国民书店里，小女孩已经在里屋温暖的被窝中沉沉睡去，旁边的炉火跳动着慈爱敦厚的光芒。

王景临和小马在二楼铺上床准备就寝。煤油灯下，王景临从怀里掏出那顶鸭舌帽，呆呆看着。

小马叹口气："你又想小邱了。我也真是看走眼了，他那样一个人这么有血性。这个小邱如果早点认识我们，如果他能识字，如果他能早点读一下关于马克思主义的书籍……唉，这就是他的命！"

王景临轻声道："不是命。"

小马苦笑一下，看了他一眼，他以为王景临爱国护民、怜贫惜弱的劲头上来了，钻牛角尖的毛病又开始犯了。

可王景临接下来的语气无比冷静，逻辑异常清晰："我们现在来仔细分析一下，小邱干的这些事看起来只是他一个人的报复，其实没有这么简单。一个小厨子，即便聪慧超人、天赋异禀，可是能几乎毫无破绽杀这么多人——潜入别人的住宅不动声色杀人，能制作简易的定时装备的炸弹，若说他没受过训练，或是背后没有人指导，我绝对不相信，这肯定不是他一个人的力量。"

小马琢磨着："我来数数看。他杀了迟良志、徐大掌柜，还有那个从省政府派过来的官员。这小子可真不简单啊！"

小马一愣："那会是谁去指示他？我倒不这么看。人被逼急了啥事儿都能干出来。单从他干掉的这几个人来看，都是他的仇家。"

王景临反问："你认为这几个人都有什么共同特征？"

小马嗤笑一声："共同特征就是他们都是他的仇家呗。"

他低头又想想，一拍脑门："印子钱！"

王景临道："徐大掌柜和迟良志有密切的经济往来关系，他们在合伙放高利贷。"

小马总结："所以这些人都跟印子钱有关。而帮助小邱以复仇的名义去杀掉他们的那个人，要么也是跟放印子钱的人有深仇大恨，要么就是，他也想在这里分上一杯羹，自然要想方设法除掉这些人，好独吞高利贷这块肥肉。可怜小邱，永远不会知道自己不过是别人手里的一把刀罢了。就算他知道，报仇心切的他也会自己往火坑里跳。"

他又问道："那，会是谁在背后暗中帮助小邱呢？"

王景临低头轻声道："如果我没有猜错，应该是龙少爷。"

小马思忖一番，恍然大悟："当初你和小邱认识，就是他抢走了你准备还给龙少爷的三百大洋，后来我们都听说，龙少爷的行事作风和能力，也很容易在警察局问到是谁抢走他的大洋，我估摸着他们就是这样搭上的关系。"

王景临拍拍小马的肩膀，语气赞许："革命这么久，审时度势，推断判定的本领越来越大了。"

小马不好意思地挠挠头，问道："那你可知道是谁干的吗？"王景临道："滕县里向来鱼龙混杂，各路神仙妖魔神龙见首不见尾，有这般筹谋，把棋布置得这么广的人，是我们一个强大的对手！"

小马笑道："这个人定是个唯利是图的奸商，只要不妨碍我们革命工作，不至于成为我们的对手。"

王景临道："没这么简单。龙少爷、徐大掌柜他们都是常年经商之人，虽然在自己的领域中有各种手段，但总归有自己的底线，可是小邱背后这个人，我有预感，有可能与土匪'响马帮'有关。如果不及时知道他的真实身份，对我们今后的革命工作会有很大影响。你最近在店里一定要小心，警惕陌生面孔。我这两日要去一趟济南，看一下破译出来的地点，济南是很重要的一个地方，我要亲自去看一看。"

躺在床上，王景临脑子里浮现出王博源的话："世界上每个人都有自己的价值观，我们的工作虽然是传播倡导全人类平等的无产阶级思想，可在工作中一定要注意方式方法，不要随意否定甚至贬低别人的意见和价值观，要怀着坚定且包容的心态，我们的革命工作才能走得远，走得稳。"

转天，王景临坐上了赴济南的火车。

火车停靠在济南火车站。王景临马不停蹄赶到了破译出来的济南官驿街这个地方，这是一个有着百年历史的商业街。

大街上车水马龙。几经打听后，他找到了在天桥附近的目的地。此处是一个废弃的学校。

宽敞的操场一端，有一座很高大的木质楼房，教室的门都虚掩着，能看出当初修建的人是花了心血和力气要把这座学堂建好。整栋楼看下来倒没有什么特别，他来到底楼西南角一处，进入一个稍微小点的房间。看上去这里之前应该是教师办公的地方。墙角堆放着一堆捆得胀鼓鼓的麻袋。王景临走过去掏出小刀戳了一下，灰色的编织袋中掉落出黑色的粉末颗粒。

是炭。又是炭。

王景临捏了一小撮在手中捻着。这种炭纯度并不算太高，是谁会这么有心将这些质量一般的炭整齐装好码在这里呢？还有这么多个地方，为什么都会出现炭呢？

这个学校的地理位置跟他预料的一样，周边很清静，离居民区有一定距离，但学校门口就有一条笔直的马路。

他回忆起，他们破译出来的这十多个地方的建筑虽然各不相同，但是都有一个比较大的类似仓库的地方，而且交通极其便利，有几个甚至就在火车站附近的地方。

他曾经听王博源老师说过，交通便利对他们的工作有着极其大的帮助，让他一定要注意这方面。老师用这种隐蔽的方式告诉他，到底是为了什么？

了解到实地情况，王景临到火车站买了第二日回滕县的车票。余下来的时间他也并未闲着，径直到了一家钱庄——丰隆钱庄。

他跟店员说明来意，说自己最近手头有点紧，想要借上一笔款子，店员心领神会，很快带他到了里面的会客室，还奉上一杯香茗。

不多时，一名身穿长袍马褂的富态中年男子便从里屋走了出来，笑眯眯自来熟拱手相迎："王先生幸会幸会，在下陆文峰。"

王景临起身还礼，寒暄一番后道明来意：希望能借上一笔款子。

听到他没有任何抵押物，陆掌柜表情有些玩味："王先生，要说我们本来就是给人救急的。可是按规矩您得有适当价值的抵押物才行，您本就是外地人，一没抵押二无担保，您也不是熟人引荐到这里的，这我可就犯难了。"

王景临笑道："我了解这里行规。我在滕县，徐家掌柜、龙少爷都是我的朋友，他们也都做这个生意。我是来到当地有急事，滕县那边太远，才就近求助。"

陆掌柜怔了一下，立马又笑呵呵道："王先生说的龙少爷，可是滕县八大家的龙家？"

王景临微笑道："正是。"

陆掌柜的眨巴眼睛。"王先生早说啊！既然这样那就好说了。想要借到款子需多过几道流程，王先生这边请。"

王景临道："那就有劳陆掌柜的。"

王景临随陆文峰进入一后院。

原来这钱庄内有乾坤，外面看着是一个长宽形大堂，里面却有深深的里间。出了里间立马豁然开朗，是一个四四方方的大院。陆掌柜立马将他带入左侧一间屋内。

这也是一间内里极深的房间，空气中弥漫着动物毛发和粪便的气息。

随着光线越来越暗，王景临倒感到一丝诡异的杀气，可是陆文峰一直有礼有节，笑盈盈不住地为他指路，王景临微笑着回应寒暄，心中暗暗提高警惕，既来之则安之。

大概三分钟才行至房屋最内面。只见五六只恶狗在铁栅栏内狂吼乱吠，嘹亮的尖牙散发着寒丝丝的光。

王景临故作轻松，笑道："陆掌柜的还有这癖好，我一个朋友在滕县做警察局局长，他家也是这样的德国黑犬，品种很正。"

陆掌柜的慢慢转过身来轻声问："王先生真的跟龙振寰是朋友？"

龙振寰正是龙少爷的名讳。王景临笑道："这还有假？"

陆掌柜的眼眸中射出寒光："既然如此，那我定要好好替龙兄尽地主之谊了。"

一个黑洞洞的枪口对准王景临。

王景临心头一惊，立马冷静应对："陆掌柜真会开玩笑，济南就是这样的待客之道？"

陆掌柜那张四方迎客的脸变得狰狞可怖："王先生准备工作不行啊，你难道没打听清楚，他是我的仇人。"

王景临怔住了。

陆掌柜红着眼拿着手枪对准王景临："反正你马上会成变成狗的晚餐，我不妨告诉你，我本来开着好好的钱庄，虽然不大但也算小康之家，自从两年前他来到济南，为了让我加入他的放印子钱生意，勾结我们这里的警察，非说我是通共分子，将我抓入监狱。后来我承诺答应他的要求，又同意把钱庄的四成利给他，他才让我出来。可出来后我已妻离子散……"

王景临沉默了。徐大当家被杀，龙少爷是第一嫌疑人。

陆掌柜嘴角露出骇人的笑："我早就想报仇，奈何我力量太弱。如今作为他的朋友，只身前来找我借款，你说，我神不知鬼不觉把你杀了，给我这些爱犬们做晚餐，又有谁会知道呢？哈哈哈！"

他大笑着，王景临说时迟那时快，一把捉住他握枪的手，回身用背部阻挡他时，乘机一边肘部击中他的胸口。陆文峰吃疼，"啊"的一声，撞到铁栅栏上，弄出哗啦钢链声一片。

铁栅栏里的狗吠得更凶悍了。不过五秒，栅栏外的两个人境遇调了个过儿。

王景临拿着枪飞快熟练上膛，对准陆文峰。

陆文峰咬牙冷笑道："你这身手也不只是个读书人吧。成王败寇，你杀了我吧，动手啊！开枪啊！"

王景临嘴角微微牵动，枪在手指间灵活地转动一圈，枪口对准自己，把枪递给对方。

陆文峰愣了一瞬，立马拿过枪，又对准王景临，见他不动声色，定定地看着自己，慢慢将手中的枪放了下来。

陆文峰目光像栅栏里的狼狗，恶狠狠盯着他："你到底是什么人，今天前来到底要干什么？"

王景临笑道："我的确在打听他的底细，没想到自己运气这么好，一找便找到他仇家的家里来了。"

陆文峰想了想，道："龙振寰在滕县也弄印子钱，所以你来打听他的底细。"

王景临笑道："没错，滕县目前有几起凶案，我一直怀疑跟他有关，不过现在我想我已经有了答案。"

陆掌柜的突然哈哈一笑："王先生，敌人的敌人便是朋友。你若与他为敌，那我竭尽所能帮你。你回到滕县可以去找一名叫刘贵堂的乡绅，或许他能帮到你。"

刘贵堂？王景临想起来了，在徐大掌柜的家里见过这个人。

陆掌柜道："这个刘乡绅倒是一个正义之士，他老家本是济南，祖上是书香门第，在他这代开始经商。我们这里有几家钱庄被龙振寰祸害了，也是他暗中给我们帮助。这个人很仗义，能力也很强，全国各地上到达官贵人、下到三教九流他都有交集。我听说，他和龙振寰也有嫌隙。"

王景临脑子里浮现出那位刘乡绅嘴边的笑容，似有似无，深不可测。不知道为什么他想到了"响马帮"。

离开丰隆钱庄，王景临换了一家旅社，第二日便离开了济南回到滕县。

一下火车，他联系到李文庭，让他放下手中所有工作，去他们破译出来的地点通通查个究竟。他们联络的方式，是每个周的周五，通过当地的电报局发出通知，在滕县报纸上留下暗号。

接着他马不停蹄地来到徐府。

此时徐大掌柜已经入土为安，徐家酒楼许是受了影响，有些萧条。

王景临到来时，徐二掌柜正在会客，王景临经过下人引导，在大厅等候。

不一会儿开门声响，只听人说笑声和下楼脚步声，王景临起身，徐二掌柜看到他，眼神一亮："景临世侄来啦。你是过来问小邱的事吧。"

王景临正想打招呼，徐二掌柜身后一个人过来，硬朗的西服，梳得溜光体面的大背头，一双细长双目闪着深不见底的光。

正是刘贵堂，他果然在这里，看来滕县又会掀起一场腥风血雨。

刘贵堂看到王景临微微一笑："原来是王先生，别来无恙。"眼睛里有些说不清道不明的东西在闪过。

徐二掌柜明知故问："刘乡绅原来认识王先生。"

刘贵堂答道："曾在小轩楼见过一面，令我印象深刻的还是王先生送给徐大掌柜的那只八哥鸟，天上难得人间少有啊！"

徐二掌柜道："那只破鸟，我觉得不祥把它扔了。刘老弟刚才忘了告诉你，之前还有人跟我说笑话，说我家大哥是你杀的，你说荒唐不荒唐，没想到是出了家贼啊！你说我怎么这么糊涂啊！"

刘贵堂哈哈乐道："谁人背后不说人呢？无妨！王先生，你前两日去了济南，我那边朋友多，改日给你引荐一下。"

王景临心中一惊，难道他知道自己去过丰隆钱庄？

王景临道："我本来是为一个朋友短期内资金周转不灵，到了一个钱庄询问此事，可惜手续太多，条件太过苛刻。好在我那位朋友自己把事情解决了。"

刘贵堂呵呵一笑："王先生要借钱可以找我。你有事与徐老板商议，我先告退。"

刘贵堂向外走去，他身边跟着一干随从，人高马大、表情肃穆，估摸着身手不凡。

他们从王景临身边擦身而过，他突然被击中一般，看着刘乡绅远去的背影，他一时愣神，徐二掌柜喊他几声才回头过来。

徐二掌柜叹口气道："我大哥生前的印子钱契约，我都烧掉了。老祖宗说得对，人不能做伤天害理的事，人千算万算，天只有一算，我真该早早劝好大哥。"

回头又跟王景临说："龙少爷这个人你一定要小心，我听说他最近会有大动作，你的国民书店一直是他的眼中钉，以后可得当心才是。"

王景临点点头："我会的，多谢。"

离开徐家酒楼，王景临有些愣神，心中着实有些不安。

方才刘贵堂身边的一个随从，他看着好眼熟，一时想不起在哪里见过，总觉得哪里有些不对劲。

带着满肚子疑惑回到国民书店，王景临觉得腹中饥饿，到里间打开储物盒，却空无一物。

小马不好意思："店里存放的煎饼都吃完了，我再去买。"

王景临笑笑："孩子长身体吃得多，无妨。"他以为都是三满吃的。

小马回道："三满才没吃这么多呢。她想吃，可我能看出她挺克制的，懂事得可怜。我把咱们店里存放的干粮都给了乞丐。真奇怪，如今暖和开春了，街上的乞丐倒多起来了，比往年要多很多。我今天在街上看到一位壮年汉子肩挑一对箩筐，一头一个皮包骨头的孩子，污面乱发，分不清是男是女。那汉子有气无力地喊着：'谁要孩子，按斤换粮食，一斤换一斤！'"刘天明道："今年春天有很多人都在逃荒的路上，数不清的农民挣扎在饥饿的死亡线上。"

小马疑惑："我家就在乡下，现在这个时候正是开春播撒的时节，他们不在乡下待着播种春耕，怎么会出来要饭呢？"

刘天明道："我正好要跟你说这个事，乡下正在组织'团捐'，已经有一段时日了，受压制最厉害的是滕西一带老百姓，苦不堪言。但最近出了这么多事一直没有告诉你，等这回把徐家的事儿捋顺了，我们得赶快行动，想办法阻止这个事情。"

小马从集市上买了些煎饼和馍馍，开始整理书架。

刚刚过了春节，由于之前发生的很多事情，王景临等人都没有感受到过节气氛，但新年新气象，他们把整个书店的木架重新摆放一下，让大堂显得更大更宽，各色书的种类也更多。

刘天明帮忙，王景临则到里屋的暗格，查点记账，整理登记刚刚进货回来的革命书籍。

这时，一个浑身破烂漆黑、胳肢窝夹着一个布包的妇女走到国民书店门口，仰着脑袋看头顶上的牌匾。

马秀山转头悄声对刘天明道："这是今天来的第八个了，一传十十传百的，真把咱们书店当舍粥的地儿了。"

刘天明胳膊肘碰他一下："别说了，去拿点干粮给她吧。"

小马叹口气去拿馍馍。

只见那乞丐婆颤颤巍巍挪动着裹过的小脚，吃力地左右环顾，看到了书架后面的刘天明，忙走了过来，刘天明忙放下手里的鸡毛掸子，对她说："大娘，你先等等，我已经让店员给你拿点吃的了。"

乞丐婆张张干裂的嘴唇，半天才发出艰难的沙哑声："这位爷，我看你们的招牌四个字，上面写的是不是国民书店？"

刘天明笑回："是的，我们这里就是国民书店。"

乞丐婆眼神一亮，又忙问："在滕县，总共有几家国民书店？"

小马走了过来："整个滕县城就咱们独一家国民书店！喏，这是馍馍，大娘你赶紧吃了赶路吧。"说着把手里装干粮的纸包往她怀里一扔，推着她的胳膊往外走——脏兮兮的乞丐在店里的确有碍观瞻。

那乞丐婆却不似寻常，虽然看着风尘仆仆、饥肠辘辘，但对手里的馍馍不甚在意，反而急切地问着："那这家店的管事儿的是谁？"

刘天明笑道："大娘，我就是这家店的经理，管事儿的。"

乞丐婆闪亮的眼眸黯淡下来，她低下头略显失望："哦，你是管事儿的，我以为这里的掌柜的姓王。"

一听到姓王，刘天明愣了一瞬，忙笑问："大娘，你怎么会以为这家掌柜的姓王呢？"

小马在一旁插嘴："咱店就一个姓刘的经理，就是他！"

说着又从布袋里拿出一张煎饼："大娘，再给你一张，我们可真没太多了，要不你去……"

"娘！"

所有人闻声猛一转头，王景临不知啥时已从二楼下来，就站在他们三人面前，乞丐婆怔怔看着他，"啪"一下手里的吃食掉到地上。刘天明和小马都傻愣住了。

王景临哽咽地再次喊了声："娘！真的是您吗？儿不孝啊！爹呢？爹没有跟你在一起吗！"扑过来跪到她面前，泣不成声。

王母才回过神来，张开双臂哭："儿！真的是我的儿！"母子俩抱头痛哭。

母亲从天而降，看她这身行头一路上肯定吃了不少的苦。王景临再也克制不住情感，也顾不上在同志面前的形象，伤心大哭起来。

身边的人劝说一番，两人总算稳住情绪，王母略微洗漱一番，吃了些干粮，气色缓和不少，断断续续地跟王景临说了来找他的目的。

之前，因为刁占山，为了躲避他下面余孽的报复，他们夫妇躲到滕县东面的抱犊崮大山里。

这里曾是王景临母亲的家乡。娘家姓秦，她是方圆百里的财主家的大小姐，后来嫁到滕东王家后，夫妇俩厚道持家，多年来在娘家人财力的帮衬下，王家置办了一些田地。

王母娘家并无兄弟，自家置办的产业，到头来自然也归女儿女婿所有。

秦家长者早在几年前已过世，王家夫妇俩收回自家的几十亩地，在亲戚乡邻的帮助下，才不至于无家可归。

就这么在抱犊崮山里住了一年多。

好景不长，就在去年秋收后开始，一群穿军装背着长杆枪的士兵来到他们这一带，在各个村庄走家串户要农民给税钱，说滕县西乡里早就都开始征收税款，每亩要交三十文铜钱。

听着好像不多，但是农民本来就苦得不行，每年缴了税每家都有三四个月的亏空，本就青黄不接，简直不让人活。

王母流着泪："他们都有枪，谁也不敢惹。我和你爹本想缴了税，我们口中每日节省一些也就过了。可是他们要了一次钱，没多久又来第二次，几乎是每隔十天半月就来一趟，名目繁多。我们就这几亩田，刚好够我们老两口活命，真的一点富余的都没有。听有人说你在滕县华北弘道院做教员，还跟朋友开了一间国民书店，我们万般无奈才决定亲自来找你。

"我和你爹把家里的家禽牲口都贱价卖了，打点好行李一路上打听来县城。刚开始我们在路上提到你信中的国民书店，有人竟然听说过。我们说起你的名字还有人认识。可是在路上我们遇到一伙人想抓走我们。我被他们打晕了，什么都不知道，醒来你爹就不见了……"

王景临急切地问："抓走爹的人，他们说自己是什么人了吗？"

王母流着泪摇摇头："没有，当时他们就来抓我，我被打晕了过去，醒来后就发现自己一个人躺在县城北门口，你父亲早不见了。我想是不是我们在路上报过你的名字，被人盯上了，一路上找过来不敢再提书店和你的名字，在县城足足找了两天。后来听说一家国民书店会发煎饼给穷人，我想会不会就是你的店，就找过来了……"

母亲说着捂着脸，肩膀一抽一抽，小声啜泣着。

王景临心如刀绞。

刘天明分析："如果是地痞流氓，定会杀人灭口抢夺财物，或者就是绑票，专挑那种家里有点油水但没有权势的人下手。他们抓走令尊，但是放走令堂还把她扔到县城门口，是想让令堂找到你给你报信。令堂猜得没有错，国民书店在县城也算小有名气，难道是土匪听到老两口的说辞，他们觉得有赚头就绑架了令尊？"

王母流着泪跟王景临说："这是什么世道啊？

转头跟王景临说："你一定要想办法把你爹找到。"

王景临握着母亲的手，声音沙哑："放心，爹会没事的。"

王景临把母亲安顿到华北弘道院学校宿舍里，回到国民书店跟刘天明和马秀山临时开了一个会。

刘天明说："我的一些朋友有道上的门路，可以让他帮忙打听一下令尊这个事儿是谁干的。"

王景临点点头，声音沙哑："拜托了！"

两日后，刘天明带来消息，说王景临父亲可能是跟团捐的那个组织有关。

王景临思量一番道："我父亲的事情暂时缓一缓，当务之急你先去查一下关于团捐的事情。"

刘天明愣了一下："我知道你的心思，担心老父亲的囚困影响这次抗捐的工作，可那是你爹，我们还是……"

王景临道："如今李文庭去了需要调查的那些地方，任务更重要；李大同现在在学校任职忙着处理南京请愿善后事宜；张元桥现在准备入职滕县华北弘道院当教员，林小咏情况特殊不方便抛头露面……其他的同志都各司其职抽不开身，都不能去调查。找我爹的事儿，暂时搁一搁，我估计应该没有太大的危险。"

马秀山也有不同意见，"我认为当务之急，一是找到工人伯；二是赶紧搞清楚破译出来的那些地点到底有什么作用，这个跟我们往后的任务息息相关。现在的世道人吃人的事多了去了，我们全去管这些哪里顾得过来呢？"

王景临摇摇头："共产党的初心就是为穷苦百姓请命，帮他们脱离苦海，不以善小而不为，何况对百姓来说，这些苛捐杂税放在他们身上都是要命的大山。革命哪能挑肥拣瘦地去干工作。"

刘天明拍拍小马的肩膀笑道："我们加入党组织的意义，就是这些与老百姓相关的一点一滴事情。不公正永远都在，救人是无止境的，救一个人会有救一个人的意义，我们共产党人能帮助千千万万的国人脱离苦海，慢慢地再帮助整个中国脱离苦海，你忘了那句话——星星之火，可以燎原。"

小马有些脸红，刘天明又对王景临道："我去调查团捐的事，但是你父亲的事情绝不能懈怠，我自有分寸不会让自己暴露，你放心。"

王景临不置可否。他当然知道母亲的心情，自己心急上火又焦急的程度绝不会比母亲差。可他是一名共产党员，大众利益只能放在个人情感之前。

翌日，刘天明便带来了消息。

向农民收团捐的那伙人根本不是国民政府的人，而是当地一支反动地方武装力量，头目叫张广濂。

据说他们曾是张作霖的部下，也有人说他们曾经跟随袁世凯，几年前那些旧军阀解散后，他们就来到滕县大坞一带作威作福。

当地政府向来跟各种武装力量之间有着千丝万缕的关系，武装部队不受政府管辖，自发的行动只要没有触及政府和国民党的核心利益，即便是发难于普通民众，政府向来睁一只眼闭一只眼，不会过多问罪。那部队才敢如此明目张胆伸手跟农民要钱。

正如王母所说，这次的团捐，这个张广濂让乡下所有的农民缴纳税费。开始让他们缴纳每亩三分，后来涨到五分，农民一时哀鸿遍野，叫苦不迭。很多人根本无法承担，又迫于张广濂的淫威，只能背井离乡投靠别人或逃荒要饭。

王景临冷笑一声："国民政府一向跟军阀余孽水火不容，那个武装头目能在滕县横行霸道相安无事这么多年，简直讽刺！"

刘天明很快给出自己的建议："国民政府明面上反对任何武装力量的存在，但据我所知，国内目前好几批当初跟着袁世凯、段祺瑞的将士副官，跟当地官员都有千丝万缕的关系，还能独霸一方。我的建议是，用计谋让滕县国民政府来对付这支武装力量，让他们鹬蚌相争，至少让他们目前停止剥削农民的行为。"

王景临思忖一下道："天明你先去一趟夏庄，跟当地农民了解实际情况，尽量多一些。至于我，先去会一会那个土军阀，知己知彼，再战不迟！"

王景临马不停蹄赶往滕东山西会馆戏楼。

傍晚，夜风微寒，街上人流减少，只有那烟花戏院之地才开始迎来它最热闹的时刻。戏院门口络绎不绝，想必堂内早已宾客满门，喧闹声飞到大街上。

这个戏楼建于明宣德年间，会馆大门之上建有戏楼，馆内筑有看台，生意很是红火。

王景临刚踏入山西会馆戏楼门槛，那锣鼓喧天、扬铃打鼓的声音伴着阵阵喝彩声灌入耳中，随即传来拉魂腔的声音。

这是滕县龙泉塔北一家非常出名的山西会馆戏楼。此时台上上演的，是当地最出名的俗称"拉魂腔"的肘鼓子戏。

他进入园内，站在舞台中央描眉画红的戏子摆着身段，聚精会神唱着《一鸣惊人》的拉魂腔戏，只见戏台上两个拉琴人拿着把柳叶琴，弹得铿锵有力、有板有眼。

"头一天唱的三国戏，赵子龙大战长坂坡，第二天唱的七月七，牛郎织女会天河——"女戏子表情丰富，唱腔婉转悠扬，尾音翻高八度，热烈、跳动、富有情感，再加上"叶里藏花""弹舌"等花腔，真切地拉人魂魄。顿时掌声喝彩声四起，丁零当啷的铜板大洋雨点似的朝着台上扔去。

戏曲高潮处猛然一声"好"，叫得中气十足、轩昂气宇，不少人仰头看向雅座。

喝彩的不是别人，正是那武装力量头目张广濂。

王景临远远打量他，方头大脑，一根皮带把南瓜般的肚皮勒得紧紧的，一对黑浓长眉尤其显眼，多年横行霸道的举动赋予他大杀四方的气场，即便坐在椅子上也是整个戏院绝对的焦点，他捋着小胡子，听得红光满面。

他身边围着七八个身着军装的士兵，身姿挺拔，屏息凝神，倒是训练有素的模样，身旁还有两个客人陪着他坐在雅座上。

这一带的人都知道，张广濂最喜肘鼓子戏，饭能戒掉，戏戒不了。

此时的他兴致盎然跟一旁朋友介绍："陈先生过瘾吧！咱们这儿至今还流传一句话，拉魂腔一来，大闺女跑掉了绣鞋；拉魂腔一走，睡到了十九。我给你介绍的准错不了。哈哈！"

朋友点头笑着，附和着。

此刻台上的男角唱腔粗犷豪放，尾音下滑五度，就在他说话间，男戏子的腔调突然没有跟上琴，张着嘴干呕了几下，他身后的弹奏琴的艺人也因戏子的失误跟着乱了几个调，台下的人开始交头接耳，偶有喝倒彩声出来。

张广濂面色一变，他一旁的随从立马察觉端倪，冲台上大喝一声："唱的什么玩意儿！"

琴声唱腔戛然而止，戏院顿时鸦雀无声，弥漫着诡异的恐怖，戏子和两个琴手扑通跪在台上瑟瑟发抖，一句话也解释不出来。

戏院老板忙不迭冲到台上中间，冲着张广濂跪下："大帅，大帅息怒，这小生昨夜受了风寒，嗓子脾胃都不舒服。今天早上才吐过，不知道今日大帅前来指定他唱，不敢违背，这才失了手，请大帅饶命！"

几人在台上叩头如捣蒜，求饶声一片。台下的人默不作声。

若只是平日戏唱烂了，喝几声倒彩，扔几个破菜叶子倒也无事了，可是谁都知道，今日是张广濂请了贵客来戏院，他一向看重颜面，此时扫兴跌份儿，他岂会轻易善罢甘休。

果然，只见那张大帅微微眯缝着眼睛并不作声，他身旁的侍卫心领神会，恶声恶气道："点名让他唱是给他脸！怎么，平日唱得好好的，大帅让他唱就染风寒，他可真会挑时候，我看你这戏园子不想开了！"说着唰一声从怀里掏出枪。戏园老板肉眼可见地浑身一哆嗦，音都变调了般祈求着，整个戏园子都是他哭喊求饶和磕头的声音。

无人敢出声。

王景临听到底下座位的人小声交头接耳："去年，三义庙戏楼那个戏园子，一个唱小旦的也失误了，走台步时绊了一下，愣是被张大帅派人拖到外面活活打成半残，园子也差点没开下去，这回这家戏院要遭殃咯。"

只听张大帅慢悠悠地道："得了得了，不是什么了不起的大事，你们继续唱，继续唱啊！唱好了本大帅重重有赏，哈哈。"

锣鼓柳叶琴声再次响起，台上唱起《张郎与丁香》："正月里来正月正，老身草堂喜盈盈，我儿领了来丁香女，纺纱织布样样行，白天帮我做茶饭，夜晚还把我侍奉，我有心成全他俩成婚配，不知她答应不答应。"

虽然台上唱得声情并茂，可整个戏园子里刚才还轻松的氛围被笼罩在恐怖中，气氛跟刚才全然不同。

戏散了，客人都走得差不多，张广濂喜陶陶地把客人送走。

待贵客的车陆续远去，戏院老板将那个唱错词的小生捆着绑到他跟前，扑通一声将他踢跪在地，求饶道："今日扫了大帅的兴，是我的罪，这个人就绑给您，任凭您处置。你还不求大帅网开一面！"

戏子反手绑着，额头杵在地上带着哭腔大声求饶："大帅请饶我这次，下次我就算把嗓子喊哑也要把戏唱好，求您这次高抬贵手，大人大量。"

张广濂捋捋胡子，嘴角似笑非笑，依然是他的随从神气活现地嚷着："这回饶了你，下次别人也敢轻慢大帅，这回若算了，以后还怎么服众？这样吧，你说嗓子哑了也要唱好，你若真心，就把舌头拔出来好了。"

戏子浑身一个战栗，带着哭腔喊："这可万万使不得呀！大帅饶命啊！这会要命的呀，我还上有父母下有妻儿，求您！求您网开一面，来世做牛做马报答您！"

所有人都默不作声，随从得到张广濂的默认，大喝一声："带下去，利落些，别让他叫得污了大帅的耳朵！"

两个身穿军服的人上前来，一人一个胳膊将戏子提溜着、拖着往楼下走，戏子大声哭喊挣扎却无济于事。

戏老板跪着低头，颤颤巍巍，生怕一个不小心这种厄运会掉到他头上。

两个士兵连拖带拽，骂骂咧咧，刚走到楼梯口，被一个身穿长衫、头戴宽檐帽的年轻人拦下了。

"慢！"他声音不大，却低沉浑厚让人不能忽略，身姿修长挺拔，五官清秀，目光坚毅深远，那一身不怒自威的风骨和神妙莫测的气量，即便没有绫罗绸缎的陪衬，那些先敬罗衣再敬人的势利眼，也不敢轻慢小看。

随从立马远远对他喝骂道："谁吃了熊心豹子胆，敢在大帅跟前撒野。"

张广濂也扭过头，有些好奇地看过去。

王景临从容不迫掸掸前襟，不慌不忙走到张广濂跟前，抱拳施礼："在下国民书店王景临，久闻张大帅，今日一见，不胜荣幸。"

张广濂瞥眼看看那个戏子，喉咙咳嗽一声："国民书店？可是县城南门里那家店。这个店名好啊！有气魄，听着也有文化。怎么，王掌柜的今日是要路见不平拔刀相助？"

王景临不卑不亢微笑道："大帅面前耍刀我岂不是太自不量力。不过在下熟读奇门遁甲，略通一些周易八卦，刚刚远远看大帅面相，发现……"

张广濂一侧眉毛微微一仰："发现什么？"

"发现大帅最近吉祥亨通，喜事连连。"

张广濂兴致勃勃地问："怎么个喜事连连，你倒说说看。"

王景临道："方才我在楼下，远远看着大帅端坐在二楼雅座上。这座戏园子是坐北朝南方向，大帅所处位置正好是正南方向，当这位小戏子唱到'石榴花开红似火'，我隐约看到一团红光正围绕大帅周边，此乃大祥大吉之兆。我敢断定这段时日大帅必定日进斗金，家殷人足，福寿安康。"

随从打断他骂道："哪里跑来的疯呆子满口胡诌，那红光分明是墙上贴的大红窗花，电灯一照反射到大帅脸上，你还敢装神弄鬼来骗你大爷，活腻歪了是吧……"

张广濂哈哈大笑，挥手止住狐假虎威的随从："行了行了，人家读书人会来事儿，吉祥话说得还不错。"

他站起身来，在王景临跟前来回踱步打量他，箩筐般的肚皮一颤一颤，过了会儿，朝一旁挥挥手道："把他放了吧。"

两个士兵双手一松，小戏子扑通瘫在地上。

张广濂笑眯眯道："唱到那里我便福星高照，杀了他岂不是折了自己的福气。这回你运气好。"

戏老板手忙脚乱给戏子松了绑，两人千恩万谢，连滚带爬下楼去了。

张广濂又将王景临扫了几眼，朝着前方翘翘下巴："这个小戏子可是你的亲朋？"

王景临微笑摇头："素未谋面，萍水相逢。"

张广濂又问："你可在捧着他？"

王景临道："我之前在济宁谋事，家乡的拉魂腔从小就喜欢，说来惭愧，之前的上司喜欢这个，为了跟上司说得上话，对拉魂腔我也下苦功研究一番。如今回到滕县几年，我的朋友早跟我说这家戏院的唱词最好，今日得空前来观赏，幸遇大帅，也算是缘分。"

张广濂问道："你在济宁什么部门？"

王景临回道："我曾在济宁教育局担任会计。大帅爽快，我也不瞒您，我平日也并非侠肝义胆的正人君子。这年头人人自保尚且不易，怎么还会强当出头鸟呢？我看大帅是当地响当当的人物，早就想结识大帅，今日好不容易有这个机会，算是上天恩赐了，不过是借机找个事由接近大帅罢了。"

张广濂表情很是受用："这些年跟我套近乎的人确实不少，读书人却没多少，胆大的读书人更少。"

王景临笑道："王某不才，肚子里不过几滴墨水，怎比得上大帅智勇双全、别具慧眼。我的很多同僚，不过是自视清高酸腐之人，死读书读死书，怎懂燕雀安知鸿鹄之志哉。"

张广濂哈哈大笑："我是个粗人，只相信枪杆子才是硬拳头，金元宝才是硬道理。得，就凭你一身胆识，还有那些吉祥话儿，我便交你这个朋友。走，我们去德庆楼喝上一盅。"

灯火辉煌的酒楼，推杯换盏声中，夜渐渐深沉。

夜晚十一点，王景临回到国民书店时，刚逢马秀山握着木板准备关店门，本该晚上八点关门，马秀山担忧王景临，一直等到现在才打烊。

马秀山看他摇摇晃晃的样子吓了一跳，走近后发现他一身酒味儿，急忙把他扶进屋。

小马一边煮醒酒汤一边嘟囔着："不是说去调查那个土军阀吗，怎么掉酒缸里去了？敢情没去干工作又去练酒量去了。"

翌日，刘天明哈哈一笑："既练酒量，又干工作。"

王景临以前从不喝酒。

自从开了国民书店，跟形形色色的人打了交道，明白酒桌上好办事的原则。从那时起，他在刘天明的指导下有意识地练习酒量。

本来他也准备放弃这个门道，无奈时间一长，发现学好应酬的确对革命工作有很大帮助。一定不能一喝酒就丧失理智，甚至胡言乱语暴露身份，所以便促使自己每周喝上两次权当练习酒量。

练酒百日，用酒一时。

今日在张广濂那里，王景临暗暗庆幸自己苦练的恶习总算有些成绩。

灌下两碗温热的米汤，王景临醒酒不少，觉得头晕脑胀，胃也难受得不行。他把与张广濂的相遇情景跟他们二人诉说了一遍。

马秀山义愤填膺："呸！狗屁大帅，分明就是个土匪！我大姑家就住在滕西那一带，张广濂仗着有个部队还有几杆枪，欺男霸女，比螃蟹还横。这个张广濂也是个蠢货，他的那个副官叫龙振标，倒没他横，可是听说阴险得很，跟政府官员关系好着呢！"

王景临道："张广濂大概五年前就在滕县周边一带活动。这个人在旧军阀时便是副官，在外行事果断凶狠，对下属士兵很大方，跟政府官员打交道也很舍得砸钱；在家中很孝顺老母，也信佛信神。这次他们逼迫农民缴税，我们要去阻止，硬碰硬绝非良策。"

刘天明道："没错，我也跟在政府的同僚打听到，警察局顾局长也得让着这个人三分。景临你可有对策了？"

王景临道："我昨晚棋走险着跟他认识，幸好目前看来他对我印象还不错，还邀请我后日去他府上为他的三姨太庆生。我跟你们商量看去不去，若去，再带谁去。"

刘天明一听眼神一亮，笑道："你肯定得去。"

王景临疑惑。刘天明进入里间，在暗格里取出一个小巧的妆奁匣子打开，拿出一张纸条递给他。

"这是我今日上午从陈记带来的情报，你看看。"

王景临拿起用酒精擦了几下，一看，上面分明写着："滕县抗捐行动有新人加入，滕县特支的同志务必接应。地点：张广濂生辰宴。"

刘天明笑道："真真是老天在帮我们。我正想着如何找借口去一趟那宴席，奈何从未跟这个军阀打过交道，正好你这里倒得了这个巧宗。"

王景临仔细看过他和新来的同志相互识别身份的暗号，将那纸条上的内容背了个滚瓜烂熟，遂烧掉。

王景临深吸一口气："让小马替我准备一下行头，必要的体面还是要的，还有那个龙振标，虽然我还没见过他，据说他是张广濂最得力最信任的帮手，都是不好对付的狠角色，我也得去会上一会。"

刘天明拍拍王景临的肩膀笑道："之前听文庭说了你不少事，现在我才发现，你这两年做起工作来越来越得心应手。漂亮话也会说了，行事更活泛了，心中更有韬略了。"

王景临讪笑一声，有些惭愧："最近又发展了几个进步学生成为党员，我得带头干出点成绩，让他们也更有信心！"

他心中暗暗叹口气，做好了再次醉倒的准备。

刘天明似乎看出他的顾虑："我给你一样东西，你看了会更有信心。"说着从怀里掏出一个小本子。

王景临翻看几页，眼眸一亮："这是从哪里弄来的？"

刘天明笑道："知己知彼百战百胜。为了干好我们这次抗捐工作，我在情报上也是下了功夫的。我也不敢保证完全有用，但知道多些总是好的。"

王景临点点头，燃上蜡烛，烧掉这个小本子。

所有的内容，他已熟记在心。

明日宴席到底会出现什么情况，只能见机行事。

张广濂把生日宴安排在滕县西街最大的酒楼"德庆楼"。本来开始说在张府举办，奈何老太太不太待见三姨太，只好改到外面的地方。

整个德庆楼酒楼被包了下来，大厅和雅座里光酒席就有五十多桌。还有个玩杂耍的在台上表演，人声鼎沸热闹非凡。

张广濂娶的三姨太，不过两个月，正新鲜着。滕县方圆数百里一带不少各行各业的都不敢怠慢，纷纷前来庆贺。

王景临递上红包，顺眼瞟了下花名册，每个人给到的礼金颇丰。

一个姨太太的生日办这么大排场，多半是为了敛财。

他一边跟人客套打招呼，一边飞速环顾着每一个人，想判断谁是中共滕县特支的秘密伙伴。

所有人脸上都堆着笑，谄媚恭敬地给张广濂道贺，说着各种奉承马屁话，张大帅笑声像口大钟，中气十足，音量宽阔，人还在酒楼外面就能听个一清二楚。

不少人也给坐在他身边，描眉擦粉，不过十七八岁的三姨太祝寿。寿星脸上的笑跟大部分客人的笑如出一辙，僵硬勉强。

人逢喜事精神爽，张广潇心情大好，笑声响彻上空，远远看到王景临，他亮着嗓门大声嚷嚷："赶紧有请半仙！"

王景临过去笑着抱拳贺礼，张广潇指着他身旁的人道："这是我喝过血酒的兄弟，龙振标，以后都是兄弟啦！"

王景临老远便看到这个人。猜想他便是张广潇身边大名鼎鼎的军师龙振标。

他相貌与张广潇粗犷外表截然相反，肤色浅白，嘴唇极薄，挂着一丝似有非有的微笑，不着军装，一身绫罗绸缎长衫显出儒雅不凡的气质，个头不高，眼神透着说不出的尖锐的冰碴。

张广潇兴致勃勃跟他道："振标，这就是我上次跟你说的这小子，胆儿肥、心细，敢在我枪杆子下捞人，话说得还贼漂亮。"

龙振标起身向王景临行礼："国民书店王掌柜，久仰久仰。今日有幸相识，果然气度不凡，人中龙凤。"眼光朝他身边扫了两扫，"今日没带嫂夫人来？"

王景临微笑："在下还未娶亲。"

龙振标惊讶地哦了一声，说："可惜了。"

张广潇在一旁大笑道："那你今日看到你标哥可就对了，这十里八乡哪家黄花闺女俊他都知道，赶明儿让他给你说个媳妇。"

王景临笑道："实不相瞒，我小时刚到束发之年时，我爹娘找人给我看过相，说我是泰山上的童子，不宜早婚，须得过了而立之年娶亲方可千秋富贵平安。"

龙振标微笑点头："父母为爱子，则为之计深远。王兄若有需要，尽管告诉我。"

张广潇却哈哈大笑："可别苦了我们兄弟，赶明儿带你逛下窑子，让你个书呆子也见识见识。"

旁边的人无不应景大笑。王景临也附和笑着，眼角余光注意到龙振标的神态，他一直在暗暗地细细打量自己。

张广潇对王景临印象的确不错，依然对旁人口若悬河道："这小子该说是个福星啊，上次他说我红光满面，一通吉祥话儿，你们猜怎么着，隔日便有喜事降临。我二姨太给我怀了孩子；老母一直喊胃疼，就是见这小子的第二日也说舒坦了。你们说奇不奇，能旺我也就能旺我的至亲，这才是真正的缘分，对不对啊？"

一旁的人热情附和着，不少人还恭喜着王景临，攀上这么好的一个朋友。

他转头又对龙振标道："有的亲缘可就不行了，就像你堂兄，请他几次都不会过来，也不知道是不是看不起我，老子还不稀罕呢！瞧把他给能的，还以为咱兄弟要去舔他屁股。"

龙振标笑着把话题岔开了。王景临留神一下——听上去龙振标有亲属在滕县，身份不凡。

他又凑到王景临跟前悄声道："等会儿席散了再给我们哥儿几个看看相，看看我们财运如何。"

王景临呵呵一笑："大帅实在抬举我了，不敢卖弄皮毛，我哪有能耐给几位贵人看相。那日我不过是借景儿跟大帅套个近乎，不然今日我怎能有幸参加大帅的家宴？"

一番不着痕迹的溜须话让张广濂哈哈哈大笑，桌子右侧出现一个声音："王教员还真是神通广大，在下居然不知道你还懂得周易八卦这个行当，这上天入地你简直无所不能。"

王景临转头一看，原来是教育局财务科主任徐伯璞。还真是冤家路窄。

场面上待过的人，谁听不明白这半讽刺半调侃的话，大家都侧目以待想看看这是上演的哪一出好戏。王景临面不改色，彬彬有礼朝说话者抱拳："徐主任，别来无恙。"

徐伯璞微微轻晃脑袋，王景临知道那是他正得意之时的举动，果然只听他转头对张广濂说道："大帅，你可听说过，共产党？"

王景临暗暗深吸一口气，嘴角微微上翘，尽可能控制住自己的微表情。

张广濂眨眨眼，倒不以为意："咦，可是那支在陕北的队伍？"

徐主任又说道："大帅，你可知道这位王教员可不是一般二般的人物啊！不好好在学校教书，非要去开什么国民书店。开店就开店，非要去加入那个什么共产党，你不知道党国现在……"

"徐主任！"王景临打断他的话，笑着大声道，"饭可以乱吃话不能乱讲，我王某人不过上次跟你借款一次，还是我们教员自己的钱，没给你送礼你就这么记恨我。还什么共产党，徐主任真是兵不血刃，杀人不见血啊！"

徐伯璞笑道："多日不见，王教员还是这般口齿伶俐，在下自愧不如啊！"

王景临乘胜追击："大帅的好日子，你故意来砸场子，不怕喝桂花酒的时候卡住嗓子眼吗？"

他一边看着徐主任一边抚摸酒杯，玩味地笑着。

徐伯璞脸色微微一变，立马笑道："我只喝老白酒，那甜兮兮的玩意儿可喝不惯。"

王景临举起酒杯："大帅这里的白酒都是上好的，只有在清雅酒坊的桂花酒那可是全国难见啊！"

徐伯璞像被人突然摁住穴道又放开，换了一副笑脸："景临兄太会开玩笑了，难怪老师们说，滕县华北弘道院能文能武的就数你，哈哈哈……"

张广濂不明就里，看看两人："来的都是客，坐在一个桌上的都是兄弟，有啥恩啥恕的一醉泯恩仇。来人，把我珍藏的红高粱酒搬上来，今日不醉不归。"

"什么好酒不等我，张大帅就这么喝上了？"一个熟悉的声音传来。

王景临转身看过去——刘贵堂。他身披大衣，摘下头上宽檐礼帽递给一旁的随从，双手抱拳笑呵呵地走过来。

张广濂眼神一亮，急忙起身作揖还礼："刘爷，稀客稀客，下帖子时听说您不在滕县，还以为请不来你呢！"他行事殷勤得不像叱咤风云的大帅。

龙振标也急忙起身行礼赔笑寒暄。

王景临嘴角挂着笑，轻轻啜着酒杯冷眼看着。

即便是国民政府官员来了也没见得这个土大帅如此殷勤，这个刘贵堂，果真不是一般人物。

刘贵堂嘴角抿笑着："大帅的大喜事，天上下刀子也得来啊！"俩人好一通寒暄，周边不少趋炎附势之辈也借机上前问候敬酒。

好一会儿，刘贵堂才转头看向王景临："王世侄也在。"眼神意味深长。

王景临站起身来欠身行礼："刘爷有礼。"

他眼神乘机掠过刘贵堂背后，那个他觉得眼熟的人也正冷冷地看着他，见他眼神过来，与他狠狠对视两秒，识时务地躲开了。

这个人一定有问题。

这个人，难道就是背后指使小邱的人？或者说，刘贵堂才是在小邱背后指使的人？

张广濂把别人都扔到一边，只顾着跟刘贵堂寒暄："上次您的八姨太庆生，我那会儿没在滕县，这次您过来我都没脸见您。下次，您娶老九的时候，我一定到。"

刘贵堂笑道："那你得赶紧把厚礼备上，快咯！哈哈哈！"说着，胳膊伸向后边拥出一个女子，身着貂皮大衣，浓黑的烫得卷卷的头发盘成时下最流行的髻，美人尖下面是一张粉中透白的菱角瓜子脸。"我来介绍一下，这位是罗小姐。"

王景临耳膜一震，抬眼一看，可不就是南京的罗琴薇吗？此时罗琴薇的眼神似乎无意间从他脸上掠过，一副根本不认识他的模样。

他心脏猛跳两秒，立马竭力保持平静，看着她与张广濂握手，与龙振标寒暄客套，脸上矜持一副恰到好处的笑容，周旋得游刃有余。

刘贵堂护着她的腰来到王景临面前："这位是滕县国民书店掌柜的，王景临。"

罗琴薇唇角旋出两个浅浅的梨窝，大方地伸出手："王先生幸会。"

王景临还礼，两人四目相交，但都默契而竭力地表现出第一次见面的样子。

张广濂将罗琴薇上下打量一番笑道："刘爷真是好福气，艳福不浅啊！"

刘贵堂哈哈大笑："还是你洪福齐天啊。罗小姐在上海、南京是名角，京剧唱得好，拉魂腔更好。我知道张兄好这一口，要不让罗小姐为你助兴助兴。"

张广濂一愣，忙推辞道："刘爷身边的人怎么敢让做这下九流的事儿？岂不是折杀我了。"粗犷的脸上竟然有一丝受宠若惊。

刘贵堂笑着摆摆手："言重了，这个好日子应该热闹热闹嘛，现在是民国，哪儿来什么上九流下九流，这个按现在时兴的说法，应该叫……对了，应该叫艺术。"

他说着扭头看向王景临："是不是啊，王世侄？"

王景临笑着颔首默认。

耍杂耍的领命到后台等待。台上几下便放上唱戏用的桌椅。

罗小姐已经描眉画红准备就绪，皮衣褪去，身着一身粉红色长款戏袍，前奏的锣鼓响起后，清脆如夜莺般的嗓音在酒楼上空萦绕，在依然微寒的微风中开始唱戏。

拉魂腔戏名字为《琴玉情缘》，声音婉转动人，身段舒展曼柔。

"我的陈郎夫啊！你怜妻疼妻妻知道，我知道你对我语重情深把真心掏……"

王景临看着台上的她，一时心绪飞驰。

在南京她照顾他的时候得知她是护士，虽然身上有时髦的痕迹但近乎素颜，而如今却是另外一个身份，这么一副好嗓子，妩媚动人，俨然大上海里的交际花。

她什么时候从南京来到滕县？怎么又会委身于刘贵堂？纷扰的问号迷雾般紧紧裹挟着他。

王景临一时思绪纷乱，只见罗琴薇轻甩水袖唱道："月西沉未揭开遮面红绸，莫非她嫌我懦弱不好开口……"

如一道闪电从脑中划过，王景临怔住了。

王景临聚精会神听着戏，一旁的徐伯璞冷嘲热讽："王教员注意下形象，眼睛钉在人家身上拔不出来了。"

王景临拉回思绪，对他笑道："窈窕淑女，君子好逑。徐主任刚才还跟我开玩笑，就这么挺不住了？"

徐伯璞依然嘴硬："我听不懂王教员的话。"

王景临端起酒杯道："若要人不知除非己莫为。徐主任和张大帅的二姨太……"

徐伯璞脸色阴沉："简直莫名其妙！"

王景临转头对他轻声道："以其人之道还治其人之身罢了，要不，给大帅看看你和二姨太一起在酒坊亲密无间的照片。"

徐伯璞铁青着脸语气有些结巴："我就想问问，你想怎么样？"

王景临呵呵一笑双手拱了拱："咱们教育局谁没有黑料，只是大家都心照不宣，各谋其利，装聋作哑罢了。"

徐伯璞握酒杯的手抖三抖："看不出你小子不单弄钱厉害，搞情报也有一手啊！"

王景临道："承蒙夸奖。实不相瞒，你没听说目前张广濂正在征收团捐钱吗？这可是一块肥肉，我若能在旁出谋划策，那土大帅漏上两嘴，咱可三年饿不着哪。”

徐伯璞笑道："王教员还有这番头脑，待在学校果然委屈了，只开个国民书店也大材小用了，你想顶替龙振标的位置恐怕不是这么容易的。"

王景临笑回："谁想顶替他？这年头银圆最实在，我也是有您这个榜样啊，你在教育局管着钱财，去年估摸着需要你出面向国民政府申请一笔款子来建学校，但是大部分也都进了自己的口袋，我不过如法炮制一番。这年头银圆金条才是正经的，我还真没能耐当你们说的那个什么共产党，也只能给自己攒点硬通货了。"

徐伯璞深知不是对方对手，不再说话，看着他一脸尴尬，王景临自在啜着茶，暗自好笑。

这也多亏了刘天明事先弄来的情报。

里面全是张广濂和徐伯璞的行事作风，最近跟谁交往甚密，以及他们之间复杂的关系网和相互利用制衡的利益枢纽。

在罗琴薇的唱腔中，一个身穿中山装、身材瘦长的中年人跟张广濂和三姨太道贺后，过来跟王景临打招呼，自称方成玉。

王景临瞧着此人眼熟，想必是国民政府的人，一时想不起在什么地方见过。

徐伯璞冷笑道："顾局长身边的大红人驾到，好久不见，改天跟老哥去喝上一杯如何？"

原来这是警察局顾局长身边的方秘书。

方秘书笑着回应："那可是求之不得啊。"转头对王景临道，"王先生可是我们警察局老朋友，方某人微言轻，王先生不记得也不奇怪。"

王景临急忙还礼："幸会！敢问顾局长近日可好？原来他也是大帅朋友，可见四海之内皆知己也。"

方秘书笑道："局长一直挂念王先生。我是民众教育馆的会员，也常听到关于王先生的不少奇闻。局长常说，王先生是难得一见的人才，以后我们还是要多走动走动才好。"

王景临心中一颤。中共滕县特支开办的读书会有几种形式，一是国民政府提倡的；二是各个学校自行举办的；三是民众教育馆开设的。

在民众教育馆里参加读书的会员，大多是滕县有些身份地位的文化人，没想到方秘书居然也在其中。

他来不及细细咀嚼方秘书的话，一声叫好让他不得不继续应对这些人情往来。

罗琴薇一曲唱罢，好一个满堂彩。她下台时，刘贵堂揽着，在众人的奉承中乐得合不拢嘴，好似今日来被庆贺的新人是他们俩。

王景临回到国民书店，跟组员分析了今日所有的场景，订下了初步计划。

王景临道："不过一个姨太太的生日宴，滕县的各个商户，警察局局长的幕僚，刘贵堂，教育局管钱的主任都来了。可见张广濂势力不可小觑，据我观察这个人虽说作风狠辣，却没什么心机，反而他身边的龙振标才是我们最大的对手。"

刘天明道："听我朋友说，龙振标对张广濂忠心耿耿。相传他们曾在一个军阀手下共事时就好得像穿了一条裤子，更是多次在战场上出生入死的兄弟。后来张广濂自己带着队伍出来，张广濂对他也够意思，把他乡下的表弟都接到了自己的队伍做亲信，请最好的西医给他的夫人治病。龙振标也一直跟随他，言听计从，甚至后来还把自己的妹妹嫁给他。张广濂想纳妾，龙振标还主动为他在当地寻找黄花大闺女。"

小马呸了一口："这两个畜生！"

王景临道："我也是这个想法。我尽最大可能获取他们的信任，然后再见机行事。"

刘天明道："你和组织上说的那个新来的伙伴碰头了吗？"

王景临愣了一瞬："碰头了，她叫罗琴薇，我在南京生病时，是他和一个国民党军官帮的我。李文庭也认识她。我本以为警察局局长的秘书方成玉是我们的伙伴，可我说出'四海之内皆知己'他并没有对上暗号。没想到罗琴薇在她的戏词里唱到我们的暗号'月西沉未揭开遮面红绸'，我后来找了个机会跟她对了下半句'新婚夜毫不见他轻狂风流'。所以，这次上级安排的任务，和我们合作的伙伴就是罗琴薇。"

小马不解："我不明白，上级安排新的同志过来跟我们一起工作，为什么要安排到那样一个场所，被人识破了怎么办？绕这么一个大圈子有意义吗？"

王景临低头道："她不是我们同志。"

小马更疑惑："不是同志还让她过来跟我们合作？"

刘天明道："的确不是，我记得纸条上写的是合作的人，并未提及'同志'，我同意景临的看法。"

"那她是什么人？"

"我想，可能是国民党，也有可能是响马帮的人。这次我们跟这支武装力量的抗捐行动，就得跟这位罗琴薇合作。"

让自己与这个水火不容的敌人合作，王景临虽然不知道组织的用意，但只能服从。

他心中还有一个疑问，既然罗琴薇是依附刘贵堂来到宴席上，那刘贵堂又到底是什么身份。人人说他是一个大善人，他从内心希望刘贵堂能是共产党，实力强大的伙伴能在更多关键时刻助同志们一臂之力。

但他一直对刘贵堂身份疑虑。

尽管他是徐家密友，是个侠肝义胆的慈善之人，可想到他的那对眼睛，王景临总觉得有什么不对劲，有一种说不清道不明的东西。

目前他们开始跟罗琴薇合作，为了阻止团捐，什么具体任务，怎么合作，他们通通不知道，只能等待上级通知，以不变应万变。

夜深了，王景临躺在国民书店铺板上想着，下次再用什么理由再次接近张广濂。

现实比预期来得更快。

翌日清晨，国民书店刚刚把店铺木板一一打开，就有几个士兵来到书店门口，说张大帅邀请王掌柜的到府上一聚，也并没说具体原因。

王景临简单洗漱一番，坐上来人的人力车坦荡前往。

一路上，王景临发现去的道路的方向并非张府。他不动声色，淡然处之。

人力车行至一袋烟的工夫，到达县城西门口，那里有一辆马车等候多时。王景临上车，七八个士兵骑着马跟着车一路西行。

王景临撩开车窗帘，树枝都吐出嫩绿的新芽，远远能听到小溪潺潺流动声，远处隐隐看到田地里农人弓背塌腰，忙碌地耕种。

野外的春意比起县城里面盎然不少。

马车在乡间小路上行驶大约半个时辰，环过几座小山丘，终在一个叫洪山口的山谷停了下来。

此处一块平地，周边山丘起伏。

人还未下马车，便能听到士兵练兵时搏斗呐喊声，偶尔还能听到射击的"砰砰"声。操练声在山谷中阵阵回荡，这里是张广濂武旗下那支队伍练兵的场地。

王景临随着士兵行走到一栋小楼里，大厅里简约，也算大气，墙上还有一幅字画，写着"人定胜天，造化自我"。

张广濂先笑眯眯上前迎接："半仙老弟你来啦，看看我这个练兵场怎么样，这可是我花大价钱从外地请过来的先生帮我看的。但一直没有个霸气的名字，你能否给我取上一个？"

王景临欠身还礼微笑："大帅太看得起我，我才疏学浅怎敢担此重担。大帅年纪轻轻便有这番作为，一看便是雄才伟略、大智全能、洪福齐天之人。"

张广濂哈哈大笑，突然嘴角一歪露出一颗獠牙："哎呀你看你这漂亮话说的，你们共产党果真不是吃素的。"

王景临愣了一下笑道："什么共产党，大帅还真把徐主任的玩笑话当真了？"

张广濂背着手慢慢踱着步来回走着，突然一个转身对着王景临："你这次接近我到底想干什么？"

他说出"干什么"时，牙咬得狠狠的，好像对方马上要来窃取他的万贯家产。

王景临明白，他中了徐伯璞的暗算。

他舒口气笑道："干什么？大帅难道不懂，人往高处走水往低处流。还能为了什么？如今这个势态，是人都慕强，我接近大帅自然有自己想要的道理和好处。"

张广濂凑近他的脸，白眼珠子瞪得跟鹅蛋一样大，刻意压低破锣嗓子："你倒实诚。

可你打听一下没有，在这个地方，都是人上赶着孝敬给我东西，还从没人敢明目张胆跟我要东西。你就不怕你好处没要着，反而小命倒没了吗？"

王景临道："大帅伯乐之眼，除了一个龙振标，身边并没有多少可用之人。若是真心为大帅效力的人，大帅必定爱才如命。我愿意为大帅效犬马之劳，这个世界上不怕自己被利用，就怕自己没有利用价值，不是吗？"

张广濂眼睛微微眯起："你说说看，你怎么来让我利用。"

王景临道："我听说，大帅这回在乡间跟农民征收税费，依我之见，大帅可以想法再建立点其他税收名，循序渐进，慢慢吞噬，既让那些庄稼人能不断上税，又不会一次收得太多，避免下面的那些庄稼人乱嚷嚷。大帅英明，绝不会相信那些小人背后逸言。"

果然，张广濂顿了顿，说道："你跟徐伯璞关系还可以吧？"

王景临笑道："我在滕文学校当教员，如今还挂着职，只是近来为了打理国民书店，跟学校请了长假。徐主任是教育局财务主任，我们当然认识。"

张广濂呵呵一笑："文化人相互咬起来，比我们这些粗人还难看。我家老二倒真爱去酒坊为我定酒，那个姓徐的也喜欢这个酒坊的酒，怎么，他们俩就有一腿了？"

王景临不承想他会问这么一出，一时不知如何答话。

张广濂说罢把桌上的杯子一摔，大怒道："这话传出去我还有面吗？昨个我把老二打了个烂羊头，她愣是不肯承认。你小子焉坏啊，难怪都说你们读书人那张嘴杀人不见血。"

随着杯子摔碎声，他身旁警卫不约而同齐刷刷端起枪对准王景临，蓄势待发。

王景临忙喊："且慢，大帅，此处有误会！"

张广濂吼道："你奶奶的，误会个屁！你平白无故给我戴顶绿帽子还装无辜，老子今天就崩了你。"

王景临知道，这个土军阀有勇无谋，他先入为主听信了徐伯璞的逸言，此时肯定不能再以此为自己申辩。

王景临道："大帅，我从未见过二夫人。此话我是从那个酒坊的客人那边闲聊听到的。都是我嘴贱，我看到刘贵堂带来的那位罗小姐的拉魂腔唱得出神入化，看入迷了些，那个徐伯璞居然调侃起我。我们是同僚，可是平时有些疙瘩，我不想服输，自然就拿从别人那里听来的闲话跟他斗嘴。本是男人之间私下的话，谁承想他居然拿这个到您跟前。我倒没什么，只是苦了二夫人遭了这么大的罪。"

张广濂眯缝眼睛，迸出怀疑的光："真假不重要，重要的是，你处心积虑接近我到底是为什么？"

王景临苦笑道："我可以指天发誓，大帅刚说我是共产党，想必也是徐主任告诉你的吧，这也是我最头疼的事儿。自从我在县城开了国民书店，已经不下几十人说我是共党。

可是大帅您不想想看，我要是这么明目张胆投共，警察特务早毙了我多少次了。我就是一个吃公粮的，自己再私下跟朋友做个买卖攒点娶老婆的本。就这么着被人冤枉不知多少次。"

张广濂捋捋胡子，若有所思地点点头："本来我与共产党也没恩怨。但是我有一个兄弟叫刁占山，听说他就是被共产党给杀的，我这位兄弟可是道上的厉害角色啊，他是滕县城北龙山一带呼风唤雨的主，这些个共产党不像土匪那么简单呵，别人都说你是共产党，不见得会是空穴来风。"

王景临愣了一瞬，立马叹口气道："来说是非事，本是是非人。本来我真不想跟大帅提起，可是既然那个徐伯璞暗中撺掇那些农民，让他们到南京上报大帅在滕县所为，他反咬别人为了报一己私仇故意给大帅脑袋上扣屎盆子，还污蔑大帅二姨太，这可怎么话说，果然是真小人！"

张广濂面色阴沉着脸，想必王景临的话让他更愿意相信。

俩人正在交谈之际，突然外面轰的一声爆炸，外面木砖飞溅，尘土飞扬。

张广濂呼啦一起身吼道："今天不是练习投掷，怎么用上手榴弹了？"

他话音未落，又是轰轰几声爆炸，裹挟着士兵们的惨叫声。

张广濂这才发现情况不对，身边的士兵也警觉地端起枪，刚走到门口，砰一声枪响，士兵被击毙在地，张广濂又惊又怒："谁干的？外面怎么了？来人！来人啊！振标，龙振标在哪儿？"

王景临也不知外面出了何事，如今情况如何，他飞速侧身到一个假山后面，为自己掩护，他迅速判断出这个位置是从外面最不容易击中的。

张广濂此时也顾不上他，气急败坏让另外两个士兵出去查看。其中一个刚到门口，毫无意外被击毙，张广濂大吃一惊。

此时外面早已是枪声一片，搏斗声枪击声此起彼伏。

张大帅此时才意识到，他视为风水宝地的练兵场让人给端了。

现在只听到外面的人吼："张广濂，我们是共产党的部队，你杀烧抢夺，强抢民女，无恶不作，今日我们代表人民来消灭你，赶紧出来束手就擒，否则我们就扔手榴弹了！"

"共产党！"张广濂面色一惊，转头看向王景临，怒道，"你果然是共产党！老子哪里对不起你，你敢带人过来，我现在就崩了你。"

他刚伸手去摸腰间的枪，砰一声胳膊被击中，张广濂惨叫一声，抬头看到王景临端着枪对准自己，枪洞冒着丝丝青烟。

在他躲避在假山旁边，已经悄然将枪握在手中。

张广濂低沉怒吼一声，疼得龇牙咧嘴，他几乎不敢相信这个看似清秀的男子居然会携带枪支，并射击了他，口中的话倒软和不少："我和你往日无冤近日无仇，本想把你当兄弟，你为何要害我，你们共产党到底为什么跟我过不去？"

王景临冷静道："第一我不是共产党，第二这些人也不是我带来的。对你开枪纯粹是本能反应为了自保。你作恶多端，树敌太多，有人要杀你不是什么新鲜事，你早该想到这一点。"

他预料外面的人定是冲着张广濂来的，看如今这个架势他今日多半会被击毙杀掉，也就不跟他虚与委蛇，实话全盘托出。

目前令他困惑不解的是，为何外面的人会自称是共产党，到底是谁想借刀杀人？

张广濂哈哈大笑："拉魂腔里都唱了，成王败寇。但我不甘心，我征税修建祠堂，就是为了我们张家富贵长命，护佑子孙能千秋万代，可才修了一半，倒落得这个下场。"

王景临说道："想要长命富贵不是修建自家祠堂就行的。照你这么做，大清的祖先祭祀供奉最为虔诚，不也亡了吗？你不如现在想想，到底是什么人要杀你。你说得没错，共产党跟你无冤无仇，国民政府还天天捉拿他们，说他们祸国殃民，怎么还会大张旗鼓跟你拼火力？什么人会有着和你较量的火力，可以突破你的警戒线，轻松进入你防守戒备的操练场，还敢在这个是你的地盘，拥有重兵的地方来杀掉你？"

张广濂捂着胳膊抽着冷气，突然猛一抬头："龙振标！只有他知道我所有军火放置的地方，只有他可以随意进入练兵场，他知道我这个时候一定在这里，是他干的！"

好一会儿，他又不可置信地摇头："怎么可能是他！这么多年来我们亲如兄弟。当年我们跟着张作霖的时候，多少次战场上，我一次又一次奋力把他救下来，那一回我们奉命守最后一道防线时我们在战壕里三天三夜，我把怀里揣的最后半块馍给了他。后来我们一起出来打江山，他说一定跟着我，无论我们到哪里，我都是他的大哥，他也一向对我唯命是从。这些年我对他比对自己亲兄弟还好，他怎么可能做出这种事？"

王景临看着他的那张脸，之前是如此嚣张跋扈，如今如同丧家之犬般可怜。他相信实情很快就会出现。

张广濂呸了一口，骂了一句，把最后的希望寄托在他认识不出半月的王景临身上："你想办法救我这次吧，我知道你不是一个简单的人物，今日你若救了我，来日我一定重重谢你。"

他见王景临不答话，以为他不相信自己："我是一个重感情的人，这次你若帮我逃出去，我用人格担保，我这胳膊上的枪眼绝不会跟你计较，我今后绝不会亏待你！"

王景临此时并不想多管他，自己也想逃，可是门窗外已经被包围了，出去必定会被打成筛子。可是这么耗下去，很快外面的人就会扔手榴弹。

他大脑飞速运转，想接下来怎么行动，突然砰一声，张广濂还未来得及喊一声便应声倒地，脖颈上汩汩冒着鲜血——是他身边一个士兵在门外动的手。

外面的人冲了进来，人多势众，王景临只好双手举起，被缴了枪，让几个士兵押了出去。

龙振标正站在外面，唇角浮起不可言喻的微笑，一群士兵端着枪簇拥在他四周。

张广濂对他兄弟最后的判断和领悟，果真是对的。

宽阔的练兵场上不少人已经倒下，满地的鲜血在阳光照耀下蒸腾起的腥辣的味道，弥漫了整个山谷。那些曾经共同作战，以为能成为一辈子出生入死的挚友的士兵，自相残杀后纷纷倒在血泊中。

王景临被无数根枪杆团团包围，他环视四周，自己的生死便在龙振标的一个指令。

龙振标不急不缓向他走了过来，步伐稳重透着胜利的姿态走到王景临身边，低头看看，已经被拖出来面朝下趴在地上的张广濂，蹲下查看着，将他胳膊上血渍的地方扒拉一下，仰着头对身边的王景临笑道："德国制造，王掌柜好胆识。"

王景临面无惧色，淡定地直视他的眼睛，故意调侃道："我竟然不知道，龙爷居然是共产党。可是你这么对待你多年出生入死的大哥，不怕晚上他的七魂六魄会来找你吗？"

龙振标哈哈哈大笑，眼眸里压抑许久的妄图迸发出灼人的光芒，完全没了当初初次见面斯文的模样，狼子野心暴露得坦坦荡荡。

龙振标直起腰，摸摸鼻子："王先生可不像笃信世间有鬼神之说的人，尽管我大哥叫你半仙，可你看他，铆足了劲儿要给自己修祠堂，让自己和后代富贵长寿万年，可到头来呢？何况，谁是共产党这也不重要。我的好兄弟张广濂，今日的确是被共产党所杀。这个仇，就算我不报，我们的部下也不答应。"

王景临冷笑一声："龙爷，今日的事你蓄谋多年了吧！张广濂是鲁莽大意，但也不蠢，可能他这辈子最大的唯一的失败就是百分百相信了他所谓的兄弟。单凭一个徐伯璞在他身后嚼舌根，他怎么会怀疑我，我能到这里来也是你撺掇的。你现在杀掉他，对外放话说是共产党杀的，而这个锅只能由我这个唯一知道真相的外人来担了，不是吗？"

龙振标笑道："瞧王掌柜这话说的。你猜的都不错，不过你说错一件。正如我刚才所说，我的确会对外放话，是共产党杀了我大哥，但你放心，只要你按我的要求去做，我绝对不会把锅甩到你身上，还会保你平安，全家平安。"

听到他说"全家"这个词，王景临心中莫名咯噔一下，但依然不动声色："你到底想怎么样？"

他挥挥手，一旁的下属立马心领神会，递给他一把枪。

龙振标拿起枪，先是对着张光谦砰砰补上两枪，然后把枪对准王景临道："王先生，委屈你了。"

砰的一声，王景临冷不防"呃"了一声，吃疼捂住胳膊，鲜红的血液瞬间染红半个袖筒。

龙振标将枪递给下属："就当是替我兄长还的一枪。"

随后吩咐后面的下属："备好马车送王先生回县城，一路上小心别颠簸太厉害！"

回到国民书店，已然过了中午。还没有多少人知道，横行滕县多年的军阀军队，此时已发生了翻天覆地的变化。

看到半个身子都是血的王景临，马秀山心惊胆战，提早关了书店门，手忙脚乱找来纱布和酒精："幸亏你上次受伤敷药时还剩这些，不过应该不够，还得去抓些草药来才行。"

王景临满头是汗，疼得直抽冷气："这是枪伤，普通包扎行不通。你必须得去请马医生过来，只有他能把子弹取出来，尽快为我消毒，速度快一点，一定不能让我再次发烧。"

三满在一旁忙着烧水、剪绷带，忙前忙后，满目都是担心和害怕。孩子满目的亮光消失，取而代之的是满脸愁容。

战争，让孩子遭受到的磨砺和苦难，往往是比成人多得多。

马医生赶到，见此情况也就惊讶了万分，立马吩咐马秀山准备白酒和蜡烛，自己从包里取出用来做手术的刀片。因为麻醉药紧缺，连滕县华北医院都没有，他只能用这个土方法给王景临治疗。

王景临咬着搓成棍状的布条，任马医生用烧红了的小刀生生割开他的皮肉，钻入贴近骨骼的位置去拨弄那颗比花生米还大一些的钢制子弹。他将布条几乎咬碎了，脖颈上的青筋绷得一根又一根，愣是没有吭上一声。

马医生将子弹用镊子夹出，和着鲜血扔在桌上，抹抹脑门上细密的汗水，才问了一句："这又是什么情况？"

王景临把张广濂那边的事情简单告诉他。

王景临喘着粗气道："还是因为这次农民团捐的事。我发现这个情况，滕县好几股势力都有参与纠葛，上级还让我们和国民党的人合作，情况比较复杂，形势也极其凶险。你要有心理准备，最近很有可能会再麻烦你做今日的事情，你对待生面孔也得万分小心应对。"

马医生不敢多逗留，径直离开书店。

王景临有些疑虑。站在龙振标的角度，对他最安全的做法是将他枪毙，这样就没有人能把他弑兄夺权的事讲出去，也能更好地收服他队伍的军心。可他放了自己，又伤了自己。他葫芦里到底卖的什么药？

一个晚上过去，他心绪不定加上疼痛难忍，几乎未眠，他预感着更大的风暴即将到来。

第二日清早蒙蒙亮，街上报童的声音随着阳光升起，越发清脆嘹亮。

刘天明得知王景临受伤的消息，一大早就赶到了书店，听了他的来龙去脉，低头思忖一番转身出了店门。

没多久他又回来，递给王景临一份报纸。

头条便是二十几个大字：军阀张广濂为争夺地盘在县城郊外与共党火拼已暴毙身亡。

刘天明一眼便识破背后的厉害，苦笑道："这个龙振标速度还挺快，利用舆论的力量把自己摘得清白无辜，给世人一副忠心耿耿的好印象，再把锅甩到我们共产党人头上，简直一石三鸟。我想他接下来的动作，必定是为兄报仇，名正言顺地来找我算账，先给我一枪，给人一种我作案后负伤逃走的假象。"

马秀山道："他并不知道我们是共产党，即便怀疑也拿不出证据，他那支队伍也就是在乡里郊外横行霸道，怎么敢跑到县城来胡乱杀人撒野？我看这里还有别的文章。"

刘天明对王景临道："我也这么认为，他当时可以将你就地正法，然后说自己已经报仇，这样也能达到目的。但依然放了你，我估计他认为你身上还有别的利用价值。"

随后低下头思忖一番道："你父亲的下落，我仍在托人找寻，可能就是这一两日就能得到消息。"

王景临感激地点点头，对父亲的思念和担忧只能暂时埋在心底。目前他大多数精力要来应付龙振标，也只能以不变应万变。

一日过去，预料中的警察包围国民书店并未发生。

倒是傍晚时分来了两个身着军装的士兵，自称是龙振标的属下，态度倨傲地对他们扔了一句，明日是张广濂的葬礼，请王景临去一趟。

两人走后，马秀山嗤笑了一声："这种事都是亲朋自愿，还特地跑过来让别人去，真不怕晦气！"

王景临道："没有只是人情这般简单。龙振标这次让我到场，定是有所动作，让我与他合作。"

马秀山紧皱双眉："你的伤……"

王景临嘴角翘翘："不妨事。天明说得对，如果他要我的命，早在练兵场就动手了。我倒要去看看，这个在滕西成了武装力量一把手的龙振标，到底要搞个什么名堂。"

清晨，天还蒙蒙亮，张府的大门两旁的房梁上，早已挂起两个白色灯笼，一阵阵女人的哭号声从里面传了出来。

此时客人不多，只有张府的母亲和几房妻妾。他虽娶了不少，但依然没有儿女，难怪着急忙慌想修建祠堂改善风水。

府中的家仆们忙前忙后，张广濂躺在大堂中间被花圈簇拥，一众女人跪在地上，想必是哭了一晚上，现在辛劳加伤心，不过抽泣着小声啼哭着。

张广濂的老母八十多岁，满头银发，趴在那里哭得悲怆，一旁的丫鬟小心劝着："老太太一晚上哭晕几次了，还是去房间休息一会儿吧。"

白发送黑发，她的哭喊是真正发自内心的悲伤。

另几个妻妾也跪在地上抹泪抽泣。

张家老母哭泣了一通后，魔怔似的突然止住哭声，杵起拐杖起身来走过去，一把将跪在一旁的女子揪住，左右开弓扇去，嘴里叫骂道："你这个扫把星，我说不让你进门，你非要进来，现在我儿子被人杀了，都是你祸害的！"

被打女子正是那日过生辰宴的三姨太。被张母狠狠扇后，洁白的脸庞立马满面红肿，嘴角渗出血。可她不申辩不反抗，用怨怼的目光睖了老太婆一眼。她此番更是激怒婆婆，遭到更猛烈的毒打。

龙振标此时来到张母身边，拉住她宽慰劝解着。张母看到他，枕在他的胳膊上号啕大哭。

王景临一只手臂吊着，站在庭院里远远看着那一幕，心中感慨。

他听说过，张广濂自立门户以来，一直让远近略有名气的风水大师、算命先生给自己看相，他自己也越发相信自己洪福齐天，家和万事兴。家人跟他的风格也是如此相似。

可是他千算万算，不曾算得过人心，不曾算得过世道，更不曾算得过天意。

龙振标拍着张母的背部轻声低语，同时抬头看到王景临。

他扶着张母坐下，径直朝王景临走来笑道："王先生，我兄长的事不便我亲自去请，可是事关重大，你必须在场！这边请。"

他将王景临引到张母身边："干娘，这位是王先生，是广濂生前好友。"

张母坐在椅子上有气无力冲他点点头。

龙振标又道："干娘，王先生目睹了全过程，有他在，定能为广濂报仇雪恨。"

张母一听这话，跟打了支强心针似的，身子一下子直立起来，唰地抓住王景临的手，动作太快还碰疼了他的胳膊，眼睛瞪得血红："是谁干的？你看到是谁杀了我的孩儿，是谁啊？"

王景临怔住了，看着龙振标面不改色抢白道："干娘，说了您也不认识，您放心，我们一定让那些人给我大哥血债血偿。"

张母瘪着嘴抓住龙振标的手："你可一定要给你大哥报仇啊——"一言未尽又张大嘴哭起来了。

半个时辰后，太阳出来了，客人逐渐多了起来，不乏政府官员和商界精英，警察局顾局长和秘书方成玉，教育局财政室主任徐伯璞都来了。一众客人前后分别向张广濂遗体告别，被安排在后厅。

王景临注意到，刘贵堂这次没有过来。按理如果他在滕县，凭他和张广濂的交情，他会过来；如果没过来，要么不在本地，要么有别的难言之隐。

其实他想通过刘贵堂见到罗琴薇。他们的接头不能明目张胆，他迫切想从她身上得到可用的情报，想知道她会用什么行动来阻止这次抗捐。

送走大部分客人，龙振标让王景临和徐伯璞留在大厅。他问徐伯璞："徐主任，你那日跟我说的话，再当着王先生的面说一遍吧。"

徐伯璞看看王景临，冷笑一声："我想说的是，你现在眼前站的这位王先生，就是共产党，就是杀害你大哥张广濂的共产党。"说罢笑出一脸褶子，报复的眼神看着他。

屋内寂静得一根针掉落地上也能听到。王景临看看徐伯璞，又看看龙振标，一时有些恍惚。

龙振标再清楚不过张广濂的死因，可他专门把徐伯璞叫过来，演这么一出戏，他是何用意？

王景临依然陪着他们演戏下去，笑道："徐主任又来了，在张大帅的尸骨跟前你也玩这个名堂，这个节骨眼上你说我是共产党，再者你说我杀了张大帅，你是亲眼看到了？总得拿出证据来吧。"

徐伯璞冷哼一声："我当然有证据，否则也不会在这里红口白牙说这些。"

他一副小人得志的样子："王先生，你能解释一下你胳膊上的伤是怎么回事吗？"

王景临应对道："摔了下胳膊就能被你当作莫须有的罪名，伯璞兄你有什么话尽管说出来，让我也见识见识你有多能编排。"

徐伯璞挺起腰板一副胸有成竹的模样："你的国民书店是在两年前这个时候开的。那时候你就已经以此做掩护，为共产党做事。你贩卖歪门邪道的反动书籍，传播扭曲思想蛊惑学生，暗中带头撺掇挑起学生抗议，还在我这里借款，就是为了让学生到南京去请愿去抗议。现在你为了帮那些农民还杀掉了张大帅。你们共产党的地点不单在国民书店，徐家酒楼的废弃花园，还有你的那位好同事李文庭的住处，全都是你们的活动地点。王景临，不止你才会收集情报。你的黑料我这里还有不少，桩桩件件三天三夜都说不完。你若狡辩，就看你敢不敢现在就让龙爷去搜查我所说的几个地方，看里面是否如我所说别有乾坤。"

他所说的情报几乎与事实完全正确。王景临心中暗叫一声不好，他的背后一定另有内幕知情人，可能还有一股不易察觉的势力在帮助他。

王景临很快镇定下来，笑道："徐主任，你的想象力未免太丰富了。我跟你说过多少次，饭可以乱吃，可这话……"

徐伯璞冷笑道："我刚才所说可能你都已经转移资料，我口说无凭，可是还有一样。《苏俄秘史》《唐诗宋词鉴赏》《太平洋风云》这三本书你应该很熟悉吧？"

王景临又怔住了。这种藏得极为隐秘的情报他也知道！

徐伯璞又说了一句话，彻底将他震惊："你呀！自以为天衣无缝，世上哪有不透风的墙，你老师王博源生前比你可缜密小心多了，到头来不也付之一炬吗？你就别再狡辩，承认自己是共产党，龙爷看在你坦白的分上抓到其他共党为兄报仇，说不好还能饶你一命。"

付之一炬？王景临心头咯噔一下。

他是说任务，还是说……人？

当下容不得他仔细思量，只能快速应变道："你刚才说的那几个地方，龙爷都能搜，我问心无愧怕什么？不过徐主任你刚才所说的那句话才是关键。就因为我上次在你那里借款没给你送礼，你一直耿耿于怀。那又不是你荷包里的钱，是我作为教员应当应分借的，就为了这个你就记恨我到现在，做人如此斤斤计较，不会给自己带来好处的。"

徐伯璞眼中闪烁着复仇后快乐的光芒："若要人不知除非己莫为。要说我也不该管这个闲事，你参加什么组织什么帮派这都不关我的事，可你千不该万不该跟张大帅和龙爷过不去。龙爷，现在你就可以杀了这个人替张大帅报仇。"

龙振标点点头："我也跟徐兄想得一模一样，那就这么着了！"

说着拔出枪"砰"一声，惊得门外发出一阵女子的尖叫。

徐伯璞捂着胸口，低头看看从心脏汩汩流出的鲜血，不可置信地看着龙振标，结巴几句："龙爷，你，他才是共产党啊！我可是一直掏心掏肺地跟着你的呀，你怎么……"

龙振标又给他补了两枪，这个人应声倒地。

龙振标出了门口，对着外面的人大声道："我已经调查清楚了，这个徐伯璞就是共产党，他表面上是教育局财务室主任，实则就是滕县共党的头目，接近我兄长就是为了杀他立功。"

张家的女人都目瞪口呆，张家二姨太的表情尤其耐人寻味。龙振标又吩咐道："我们要对外一致宣称，这个人是因走火被枪击中的。"

说罢转身对王景临道："王先生，这下你的嫌疑彻底洗清了。不会再有人说是你杀了我大哥，也不会有人说你是共产党了。徐伯璞的那些话，这个世界上不会再有别人听到。"

王景临看看躺在地上徐伯璞，语气冰冷："徐伯璞毕竟是国民政府的人，身居要职，你这么做不怕惹麻烦？"

龙振标微笑道："看来王先生并不熟悉滕县官场的丝来线去，我这么做自然有分寸。绝不会给我惹麻烦，你也尽管放心。"

王景临问道："龙爷别绕弯子了，你七绕八转干这么多事到底想干什么？"

龙振标微笑道："我只是想和王先生交朋友，杀掉你的对头是最大的诚意。其实，这徐伯璞的话三分真七分假，我相信不是空穴来风，可就算你是共产党，我也不会在意。只不过他口中的那番话也再不会让别人听到，我是真心为王先生好。"

王景临也不遮拦："龙爷连出生入死的兄弟都能下得了手，作为唯一看到真相的外人，跟你做朋友，不如做交易好了。你直说吧！"

龙振标一拍大腿："王先生快人快语，我的要求很简单。相信你也听说了我的队伍在乡下收团捐的事情。我是打算就此收手，不仅如此，我还会把这些时日从农民那里征收到的税款通通还给他们。"

王景临听了他的诉说，疑惑道："仅此而已？你不会再让农民交团捐，还会把收到的钱按数返还给农民？还免费送给他们种子让他们种庄稼？"

龙振标道："我还有另一个要求。有一个朋友在做种子生意，一些农作物和观赏花草都有。我接管了我兄长的队伍，也不想带着弟兄们一直干这刀口上舔血的日子。可是滕县八大家都垄断了这里所有的行业，他们的势力盘根错节，我几乎没有缝插进去。而你的国民书店却是自成一派并无纠葛。我希望在国民书店出售这些种子，该缴的税费我也一分不少。"

他叹口气，眼神久久望向远方："不瞒你说，我自己就是滕县当地人，祖上还是大户人家。因为牵连家族利益，我很小的时候族里分家，我父亲早逝，只能被迫到乡下过活。我自己就是乡里的孩子，长年累月吃草根树皮长大，看着乡亲们面朝黄土背朝天，活得比牛还辛苦，也想给乡亲们做点事。这也是为了给自己积德吧。"

龙振标看向王景临，面色露出少有的无奈："你也许觉得我杀掉多年的兄弟是很残忍，其实外人谁知道我的苦衷？"

王景临似乎动容一瞬，但他知道这个人的示弱不过是为了将来更好地来拿捏自己。

龙振标继续着自己的表演，半真半假地说："当年我们从张作霖的部队出来，我一直跟着张广濂，对他忠心耿耿，还把自己唯一的妹妹嫁给他。你可知后来他是怎么对我的？他一喝酒就打我妹妹，怀孕了也不收敛，我妹妹几个月的身孕被他打流产，还疯了。他如果真当我是兄弟会这么对她吗？他不过当我是条狗！这么多年他对我不错，是因为他心中有愧疚。我看清楚了他，对他更加言听计从，还主动为他物色黄花闺女，撺掇他杀掉任何对他有半点怨言的人，让他在当地民心尽失。我等这一天已经很久了。"

王景临沉默着，看着这个看似冷酷，阴暗极深的男人，心中百感交集。

龙振标看着他的眼睛："但是王先生，我并非天生的坏人，我也希望自己和那些兄弟们有正常的生活和营生。国民书店在滕县名气好，我希望能在那里作为我朋友农作物生意的据点，你放心，若生意有了利润，我一定会给你足够的报酬。"

王景临将龙振标的请求告诉众人。

所有人听了面面相觑，都不大相信这个人就此弃恶从善。

所有人都一致认为龙振标也绝非善类，这么多年他一直暗中给张广濂抹黑，破坏他的名声，自己还私下结识各类高官显贵，如果没有更深的背景和后台，他绝不敢轻易杀掉徐伯璞。

大家推断出，这个龙振标背后一定还有更厉害的高人，且相当了得，最重要的是一直躲在暗处不曾露面。

可是如今的情况，王景临的确被动，他决定暂时答应龙振标的要求，再见机行事。

没过几日，农民们真的收到了钱，众人一个个感激不尽，相比之前张广濂的行为，龙振标简直是救苦救难的神仙下凡，众人纷纷大赞龙振标。

龙振标趁热打铁，很快，农民们也收到了种子，正值春耕时期，他接二连三的行为让农户们如沐春风，对他更是感激涕零，已经有不少人开始种植起来。

滕县特支成员见状暗暗纳闷。马秀山道："还真是奇了。这个龙振标是真想干好事儿啊。"

王景临也有一些困惑，自从他在北平读书，直到回到山东工作革命期间，除了共产党，没有一个组织或个人是会发自肺腑，一片赤诚为穷苦百姓争取权益的，反而见缝插针投机取巧发国难财的比比皆是。

这个龙振标手段毒辣，思维缜密，他费尽心思，真的是想帮助农民脱离苦海？

他问马秀山："龙振标说会把其他农作物种子放到我们国民书店，以后就在我们这里售卖。他们把种子送来了吗？"

马秀山道："今天上午就送来了，我拿给你看看。"

好几个木匣子里，全是小粒坚硬的黑褐色粗砂般小籽。王景临指尖轻轻掂起一把，放下，细细的种子如黑色流水般滑进木箱。

王景临问："送种子的人可说过这是什么农作物？"

马秀山一边整理书架一边道："刚送来时我瞧了半天，就是认不出这是什么种子？看着像是棉花，又不太确定。咱们滕县的气候，种麦子、大豆、高粱，种花生和红薯都好。棉花可就难说了。你认识这是什么玩意儿？能在咱们这块土地上长得好吗？"

王景临又捧了两捧："我也是在乡间长大，见过不少农作物种子，这个还真没见过。"

王景临捏了一小撮种子用废纸包上来到集市，问了十多家蔬果摊贩和卖菜的农民，有的说是棉花，有的说茉莉花，有的说是葡萄，有的压根不认识。

王景临跑了半条街，终于在一间小药铺里，找到一个看病的郎中，端详一番后，说他认识此物。

王景临得知答案，心中大惊。

他思忖片刻，马不停蹄去了警察局。

从警察局出来，他回到国民书店，拿着那个装种子的匣子来到滕西一家四合院内。此处是龙振标的宅子，离张府只有一条街。

他一只手不方便，把种子都装在一个大麻袋里，提起就走。

自从张广濂下葬，他的武装力量全部转移到了龙府。刚见到龙振标，不等他说话，便一把抓住他的胳膊，痛心道："景临兄，你可知道昨天晚上，我兄长一家全都走了！"

王景临瞳孔震动，不等他回答，龙振标继续给他雷霆一击："知情者透露，这也是共产党干的，他们是蓄意报复！"

王景临怔了一瞬，冷笑："又是你自演自导的戏。"

龙振标道："王掌柜的把我想得太坏了。张母对我不错，我一直对她如同亲娘一般。是谁干的我也正在调查。只是如今，不管什么人杀的，我都必须先推到共产党身上。不是共产党干的也是他们干的。兄弟你难道没听说过，斩草不除根，春风吹又生吗？"

王景临见他厚颜无耻到这个境地，撒下这茬儿，转入正题："你给农民种的种子到底是什么？"

龙振标回答得坦坦荡荡："不过罂粟而已，景临兄何必大惊小怪。"

王景临几乎压抑不住心头怒火："你既然知道还这么干！你可知道如今我泱泱中华这般孱弱，很大原因就是当年的鸦片所害。你种植出来是想给谁抽，给整个滕县老百姓吗？你要毁了滕县吗？"

龙振标冷笑一声："王先生还挺有爱国之心。自从张广濂把我妹妹逼走了，我就认清了这个世界，我为别人着想，为国家着想，谁又能为我着想？这个国给了我什么？这个世道给了我什么，王先生这么有爱国之心，你又得到什么了？"

王景临知道跟这种人无异于鸡同鸭讲，不跟入他的节奏，只是深深呼吸一口气道："我是不会让你把种子放在国民书店销售的，你的那些花呀粮食的种子都是不同品种的罂粟，你知道国民政府禁止鸦片制造贩卖，你是用国民书店做幌子掩盖你所有的罪行。我一定会阻止你。即便你去警察局，到特务局去告我是共产党，我也绝对不会助纣为虐。"

龙振标道："怎么就是助纣为虐了？中国以前也抽了几十年的大烟，也没见得亡国了，不要想得过于复杂。王先生，我相信你如同徐伯璞所讲，绝不仅仅是个开书店的买卖人，你肯定也有自己的背景，你也很想干成事，可是没有大洋，不管哪条路你都万万走不通的，我是在给你一个机会。多个朋友多条路，多个敌人多堵墙。你可以跟我合作，我们一起干成大事，以后滕县就是我们的天下，你也可以实现自己的信仰……"

王景临道："即便这是一本万利的事情，国民政府也是不会同意的，据我所知，蒋介石一向对烟土极为愤恨……"

龙振标冷笑道："什么他妈国民政府，里面的官一个比一个黑、一个比一个贪。我问你，你已经去警察局举报我贩卖罂粟种子，那么为何警察现在都不来找我？为何现在我还安然无恙呢？"

王景临退后两步道："你听好了，我不会让鸦片出现在国民书店，绝不能出现在滕县，更不能出现在中国。"

龙振标握住他的肩膀："你当初接触张广濂肯定是有自己的目的，现在，你要的在我这里也都可以给你。我也一直认为你比一般读书人脑子更活泛，没想到也有钻牛角尖不开窍的时候。"

王景临咬着牙道："总之你记住了，只要是罂粟绝对不行。我不但不会与你合作，我会聚集所有力量来阻止你！即便我现在就倒在你的枪口下，你也绝对不会得逞！"

说着拎着麻袋的胳膊一抖，袋子里所装种子通通撒落，他胳膊奋力一仰，满天空的黑色颗粒撒得满院落都是。

龙振标长长吐口气，放弃了对他的怀柔政策，半晌道："王先生，如今不管你愿不愿意，你必须和我合作，没有选择。"

王景临冷笑："哦？"

龙振标冲外面的士兵使了个眼色，没多会儿就有人拿出一个包裹过来递给王景临。

王景临狐疑地看了龙振标一眼，打开，惊得手里的物件差点没掉到地上去。

龙振标微笑道："这个烟斗你应该很熟悉吧。看这烟嘴的烟渍颜色，想必是你爹的钟爱之物，应该抽的年头够久的了。"

王景临怒火在心中燃烧，早就猜到他爹这次失踪跟军阀收团捐有关系，因为工作原因他一直不能放开手去调查，没想到这个龙振标在这里等着他。

王景临强烈地压住自己的怒火，低声问道："我爹现在在哪儿？"

龙振标道："你放心，我把老爷子好吃好喝伺候着呢！他在找你的路上受了点伤，我本打算让他养好了再给你送过去。既然如此，择日不如撞日，我现在就带你去见你爹。"

龙振标带着王景临来到张府。此时的张府已经一派寂静，杂乱凋谢。

龙振标轻车熟路将他领进后院的一个小房间外。

推开门，屋内不过一套桌椅和一张床，不新不旧的家具铺着一层薄薄的灰，一股呛人的味道弥漫整个屋子。一个老人和衣正歪躺在床上，身上披着一床棉被子睡得正沉。

王景临轻轻走进榻边，低头仔细看老人的脸，可不就是自己的父亲吗？

他眼泪几乎夺眶而出，伸手轻拍父亲低声唤道："爹，爹。"

叫了好一会儿他才微微睁开眼，惊醒般看着王景临，几乎不敢相信自己的眼睛："是我的孩儿！我的孩儿！我这是在做梦吗？"

王景临激动愧疚，呼吸急促，低声道："是我，爹，是我，你没有做梦。你可有哪里不舒服？"

他想检查父亲的伤在何处。

龙振标此时也进屋来，笑着冲他抱拳鞠躬道："王老爷子，我早跟你说过我是你儿子的朋友，这次他来是专门接你回去的。这下你们一家三口团聚了，你老可就跟着儿子享清福了！有空可别忘了我这个晚辈，以后我们得多常走动呵！"

王大爷尴笑嗯嗯点头，起身道谢着。王景临觉得父亲也不会觉得这个人是自己的朋友，也隐隐觉得不对劲儿，不认为龙振标会就这么轻易地让父亲跟自己走，也绝不会是那么容易。

龙振标对王景临笑道："果真是父子连心呀！老爷子看到你气色一下子就好了不少。不过老爷子有些思念家人，脑子也有些不太灵光了。这样吧，兄先把老爷子带回去好好照顾下。我跟你说的那个提议你再好好考虑一番，我绝不勉强你。"

第九章　至亲中毒苦无奈，舍身求义难两全

　　王景临带了父亲回到自己学校宿舍，母亲见着父亲万分惊喜，老两口抱着痛哭一番。王景临将两位老人情绪安抚后便来到外面。刘天明闻讯也赶了过来，见到老人高兴又疑惑："这个龙振标就这么轻易放了你父亲？"

　　王景临沉默半晌，突然一拳砸在一棵大树上，吓了对方一跳。

　　他满面痛苦，低声念道："我从未对父母尽过孝道，反而让他们遭遇更多的苦，我拼命保护老百姓，却连自己的父母都保护不了，我算什么共产党人。"

　　刘天明急忙宽慰道："为何突然这般悲观，虽说是吃了些苦头，他们毕竟都平安无事。"

　　王景临已经满脸泪痕，轻轻吐出一口气道："龙振标，让我父亲沾上了毒瘾。"

　　刘天明一时倒抽一口冷气："你确定？"

　　王景临压低嗓音，嗓音透着痛苦："我刚进关父亲的屋子，里面就弥漫着鸦片的味道。当初在参加秘密训练时，为了我更好地开展革命工作，训练班的老师带我认识了各种纯度的烟土，这个味道我熟悉。龙振标他早就想以此来要挟我，他比张广濂狠多了。"

　　刘天明思忖一番："他是要以此来要挟你，不如先答应他的条件。我们要好好策划一下如何跟他周旋，不如先答应他……"

　　王景临目光逐渐坚定："绝对没有答应的余地。这种脏东西绝对不能进入国民书店，别说我们，但凡一个普通商铺都不可能做的事，这种祸国殃民，丧权辱国，消灭国人精神的毒物，必须想办法毁掉！"

　　刘天明态度异常果敢："敌人已经出现了，我们只能直面才能获取胜利，愤怒激动

起不到任何作用。王景临同志，现在不是意气用事的时候。先不要跟他硬来，你也冷静几日。先答应下来，退后一步是为了以后更好地前进，你必须听我的！"

他知道王景临现在处于对于亲人愧疚的旋涡中，判断他所为可能不会理性，打算自己作决定。

愧疚和愤怒两股气流在王景临身体内冲撞，他知道刘天明的思路比他更加理智。

可能是因为心中挂念着家人，又枪伤未愈，人在极致痛苦下天性会外溢得淋漓尽致。目前也的确没有比这个更好的办法，王景临浑身疼痛，头脑发胀，他试图用强大的意志力让自己清醒起来，反而气血攻心无法控制身体。又发烧了，他再次病倒，工作暂时交给刘天明来处理。

在床上躺了不知多久，他被外面嘈杂的声响吵醒。

刚支撑着起床，他看到一群警察在他睡觉的二楼东翻西找，楼下传来呵斥声，以及马秀山的解释和三满咿咿呀呀的声音，他沙哑着声音问警察："你们领头的可是孟老五，你们有搜查令吗？"

没人理会他。王景临只好披上衣服慢慢走到楼下。站在大厅中间是庞警官，就是曾经在国民书店刚刚开业遭到地痞刁难时，怀疑他私藏枪支的那位警官。

楼上的警察也跟着下来，对庞警官道："并未搜查到任何异样物品。"

王景临上前欠身施礼："庞警官，别来无恙。"

庞警官还礼笑道："王掌柜的，我倒无恙，可你看上去倒有些抱恙啊。你这胳膊，是怎么了？"

王景临道："都怪我那晚跟朋友小聚，贪嘴多喝几杯，黑灯瞎火地从坡坎上摔下来，就这样了。让庞兄见笑了。"

庞警官道："可伤到骨头了？我从小跟祖父学过接骨疗伤，手法不错，顾局长的孙子有次脱臼了还是我给接上去的。王掌柜的如果不嫌弃，可愿意让我来瞧瞧？"

说着便伸出手来扶他。王景临一只手掌微微挡住道："只是我这刚上了新药包扎好，医生说拆解频繁对伤口不利，真心不劳庞兄费心。"

庞警官唇角露出一丝耐人寻味的笑，一语双关道："我最近有所听闻，王掌柜近来似乎不太顺利啊。"

王景临苦笑一下："做买卖，可不能像当教员那般无忧单纯，不到处树敌我就阿弥陀佛了。我前些日子的确遇到些小人，倒也无妨。没想到今日你也来了，说实在话，你来我店看书喝茶我一百个欢迎。可你带着兄弟们过来，哈哈哈！哎呀呀，也不知道是哪条狗在背后咬人？"

他说着摸摸自己的头，一副无可奈何的表情。

庞警官呵呵一笑："谁人背后不说谁，又不被人说呢！贵人不多见，小人处处有，每个人都差不多。"他叹口气，"我也不怕告诉你，有人说你这店里在售卖鸦片，这可是重罪，我们才来查一查。"

王景临嗤笑一声："之前，不少人说我贩卖什么革命反动书籍，还说我是什么劳什子共产党，今日又说我贩卖鸦片，不知道下一次这些还有什么花样。"咳嗽几声又道，"我跟龙振标合作卖了一些农作物，都是现在农民需要的，合规合法的，就是这些，庞爷若不信，我等会拿给你看看。"

庞警官摆摆手："不必了。"

庞警官凑到王景临耳边低声道："你可知道自己得罪的是什么人吗？"

王景临微笑摇摇头。

庞警官道："我们已经在你书店搜查过了，一切正常也就不碍事了。唛，其实不单是你们做买卖的知道，我们吃着这碗饭也清楚，这烟土在黑市上一直都有得出售，虽说不能在明面上交易，可一直都是硬通货、抢手货。不仅仅滕县，全国到处是，有人还在想着把这门生意干起来，尽管这真是伤天害理。咱们国民政府要不是为了这张脸，我今日就不来了。因为事关重大，即便咱们没有搜到真正的鸦片，为了堵住悠悠之口，我们也应该把你的书店封上几日。看在王掌柜和我们顾局长也是相知，我们也自然手下留情。你们书店可以照常经营。只是你可得多注意下，到底是谁在背后捅你刀子。"

话里话外都在告诉王景临欠了他人情，王景临岂会不知道他的意思，笑着拱手道谢："多谢庞兄照顾。"随后让马秀山拿出十多个银圆给了他们，"一点点小意思还请兄弟们笑纳。"

庞警官一行人离去后，马秀山和三满一起整理被翻得七扭八歪的书架。王景临问他："天明去哪儿了？"

马秀山道："今日一大早就在等他，他没来书店，倒是把警察等到了。你说是谁举报我们贩卖鸦片，肯定不是龙振标这个狗杂种。我猜想难道是你上次出去问这种子到底是什么的时候让人给盯上了？喊，我还巴不得他跟警察举报我们，这样咱就不用跟那个土大帅合作干那种伤天害理的事儿了。不过你说这会是谁干的？"

王景临沉默半晌道："天明。"

小马怔了一下，叫道："再怎么着也不能把警察招来呀！他怎么这么做！"

下午刘天明回到书店。如王景临所料，举报的人正是刘天明。

他道："这么做也只能拖得住龙振标一时，并不是长久之计，我们依然要面对龙振标。这也顺便给他一个警醒——在国民书店卖罂粟种子这条路，可不像他想的那样好走。"

王景临道："没错，他本来就跟政府官员有勾结，但碍于目前的政策，只敢在暗处不能在明处。虽然顾局长的秘书跟他打交道，顾局长可从来没有亲自过问，说明他们也不能交往得有恃无恐。那些走仕途的人都知道给自己留退路，万一这个龙振标有一天倒大霉，被国民政府清剿了，他也可以推卸个干净。我们要把这些人之间的微妙关系都把握好，这就是一个度的把握和控制，这般才能运筹帷幄。"

夜深人静之时，国民书店响起急切的敲门声。

王景临母亲突然来到国民书店。她向他们哭诉，王父住进学校宿舍这两日，当晚烟瘾犯了。他说自己身上好像无数只蚂蚁在啃噬他的皮肉，难受得满床打滚，号得一声比一声惨。

但老爷子骨头硬，拉着老婆子说什么都不要他去告诉儿子。父亲知道鸦片膏子的威力，虽然已经多年没有出过远门，但他也隐约知道是当初收留他的那个人在以此要挟王景临，宁可让毒瘾将自己折腾得不成人样，也绝不想拖累孩子。

这天晚上，他实在体力不支，昏昏沉睡过去，母亲实在按捺不住，顾不上地形不熟，要过来告诉王景临。

王景临紧锁双眉，沉默良久，对母亲说："娘你先回去，我一定想办法给爹治病。"

母亲流着泪哭道："我回去还能等多久？你还能请到谁？那位会西医的马医生已经来过，他是开了一些药可是就不管用。你们学校还有一个叫林小咏的老师，她也帮忙请来了郎中，也说对鸦片膏子没有什么好办法。景临啊，那可是你的爹啊，你无论如何要想办法救他，真的不能再拖了。"

满屋响彻母亲无助的哭声，她已经压抑太久。王景临心如刀绞，突然门外又有人砰砰敲门。

马秀山急忙去把门板打开，进来两个士兵，自称龙振标的手下。

为首的士兵对王景临行了一个军礼道："王掌柜，我今日特地奉龙振标大帅之令过来，大帅知道令尊旧疾已犯，需要及时治疗，特地让我送来特效药给您。"

说着呈上一个小筐。王景临打开看看，掂起一块黑色块状物放到鼻子下闻闻。果然，是纯度极高的鸦片膏子。

一股怒火从他心中腾出，不等他有所回应，王景临母亲一把接过小筐，作着揖千恩万谢道："多谢军爷多谢军爷！你们太及时了，多谢……大帅！"

王景临压沉着嗓音对母亲道："娘！这个不能要！"

母亲紧紧把小筐抱在怀里，诧异地看着他，又看看军官："为什么不要？你爹都快没命了还……"

王景临一把从母亲手中抓过小筐："多谢龙大帅美意，我们不能要！"

"景临！"母亲悲怆地大叫一声，"你爹还等着药呢，你怎么能这样？"

"娘！"王景临猛地转头朝向她，"你知不知道，爹要是吃了这个会更要命。"

军官呵呵一乐道："没想到王掌柜一介读书人，为人师表，却连孝悌忠信都做不到。贩夫乞丐都知晓的道理王掌柜的居然不得悉。不忠不孝之人，传出去您再做买卖，可就难咯！"

王景临将物品朝他怀中一推："不劳军爷挂心，请回吧！"

母亲却一把拖拽住小筐狠狠往自己怀里拉："我们要这个药！景临啊你别管这么多，先救救急吧！"

另一个士兵也帮腔冷哼："王掌柜的，你爹老子都快疼没命了，你还跟这儿假模假样清高啥呀，你父母有你这个儿子可真是倒了大霉了。"

看样子，他们这个节骨眼上进来，是看准了母亲进入书店后一定会要这些鸦片，在外面听了不少他们的对话。

王景临生生将小筐从母亲怀里拖了过来，低声道："娘你听我的，这个真的要不得……"

"啪"一记响亮的耳光。

母亲满面通红眼含泪水，瑟瑟发抖地指着他："王景临，那是你爹！你这么狠心，这么撒手不管，要遭雷劈的！我们含辛茹苦养你，不求你给我们什么，现在我只是求你先救下你爹的命，你这样，到底是为什么？"

王景临一边脸瞬间肿胀起来，他咬着牙强忍泪水，面对母亲的责骂和质问，不能回答一个字。

马秀山急忙上前拉住母亲："伯母您别生气，景临有自己的苦衷。"

母亲在气头上一时口不遮拦："能有什么苦衷，有什么是比你父亲的命更重要的，如果你确实没有办法那也就算了，可是药现在就在你跟前，为什么不能给你爹用？"

两位士兵在一旁优哉游哉看着戏，一唱一和，欲擒故纵起来："王掌柜既然瞧不上我们这些当兵的，那今日算我们没有完成任务白跑一趟。告辞了。"

"就是，人家不领情我们也没办法，走，咱哥俩去南街小酒馆喝两杯去。"

两个士兵抬脚离开。屋内一片寂静，似乎只有每个人心脏跳动的声音。

母亲突然浑身一软，瘫在桌子边悲怆地抽泣："我知道，那是烟膏子。我小时候看到我二叔公曾经在城里买过，带到乡下来，他抽的时候我也见过。我也知道，这种膏子像叶子烟一样，如果老是抽下去，会有瘾，就是家业受不了。但是一旦断了，那随时都可能要人命的。景临，当娘求你了，娘知道那不是好东西，可现在只有那个才能救你爹的命啊，你先去酒馆找那两个军爷，把那烟膏子再要回来吧！"

说着朝王景临跪下。王景临急忙扑到地上，用完好的那只胳膊去扶她，马秀山也去扶她，三满站在一旁，难过得直抹眼泪。

马秀山咬着牙一发狠："大娘说得对，人命关天，管他三七二十一，我们先把那药膏子拿去让王大爷好受点再说。"

王景临依旧坚决："不，你不懂。这次如果我们接受了龙振标的鸦片，就是落入他的圈套，他一定会说，国民书店既然可以让烟膏子进来，那为什么不能售卖鸦片种子？龙振标他就是在用这个逼我就范。"

母亲猛一抬头叫道："这个节骨眼上你还顾这个顾那个。这么多年，我和你爹从不干预你在外面做什么。可是现在，我只知道一件事，你爹病了，如果没有那药膏就不能活，而你可以得到那个药，你却不愿意去救你爹。你是他亲儿子呀，你这般无情无义、心狠手辣，那我这个娘你也不用要了！"

说着她一把推开王景临，朝着柱子狠狠撞了过去，只听"砰"的一声，母亲整个身体缓缓从柱子上滑落在地。

幸亏三满在旁边挡了一下缓解冲击力，可母亲的额头瞬间冒起一个大包，也已经渗出血渍。

王景临冲过去抱着她哭吼道："娘！我救！我救！我这就去把药找来！娘！是孩儿不孝啊……"

在马医生的诊所里，马医生仔细帮助母亲包扎好伤口，看着一旁丧气的王景临说道："听小马说，幸亏当时三满在旁边挡了一下大娘，缓解冲击力。现在看来有些轻微脑震荡，但也无碍，必须静养。你过来，我再来帮你处理一下伤口。不是说你，你让小马背王大娘不行吗，你中的是枪伤，还要承担这样的重量，想让你的胳膊报废吗？"

王景临表情麻木，半晌，有气无力地道："我现在只想多多为我母亲做一点事情。我这辈子长到快三十岁，给我爹娘做的事一只手都能数过来。"

马医生给他拆解绷带检查，语气冰冷，毫无感情："你觉得你这么做可以缓解一些自己的愧疚心情。王景临同志，人非草木，我理解你现在的感受。这也是你革命的挑战，无论如何你也要压制你的情感，敌人是故意来扰乱你，如果你上了当，只能一败涂地。"

这时一个人突然闯进医务室，两人都吓了一跳，定睛一看是学校的方大叔。

他眉头紧锁面容焦急，一看到王景临火急火燎道："王老师你可让我好找啊，你爹他，出事了！"

王景临心中咯噔一下，马医生稳住他："别慌，你慢慢说。"

老方张口道："你爹他溺水了！"

王景临简直不可置信："好好的怎么会溺水？况且我爹水性很好，在乡下河流里游上半个时辰都没问题。"

老方无辜地一摊手："不知道啊！我晚上出来到食堂查看明日的蔬果是否准备就绪，我看他一个人在操场上晃着，我问他，他说是出来打水洗涮，我见王大娘不在，就说要不要我给他打热水。他说他冷水洗惯了不碍事，他就想一个人活动活动。又说想到外面走走看，想听一听小青河的流水声，我当时是觉得他有些不对劲，但也没放在心上，就由着他去。我从食堂出来时候，就有人大喊有人溺水了，我才吓得跑过去，果然是……"

王景临听他一说，顿时天旋地转，缓过神来不顾一切就要冲出去，马医生一把拽住他，朝老方问道："后来呢？"

　　老方大大地喘口气："后来，让我们学校一个女老师给救上来了，肚子里的水已经倒了出来，我也不知道现在的情况还有没有事，先跑来找到你再说。"

　　王景临心中难受不已。听老方描述，父亲定是受不住毒瘾的折磨，又不想牵连自己，干脆自己一了百了。

　　救起王景临父亲的不是别人，正是林小咏。

　　她这些日子在学校实习教员，每天忙得脚打后脑勺。知道她有自己的任务，王景临为了抗捐跟军阀一系列的事情，组织的同志们都心照不宣没告诉她。

　　但她得知王景临父母来到县城，还住在他中学宿舍里，这两日兴冲冲地没事跑到王家夫妇跟前晃悠着。

　　看到王景临父亲这番光景她也疑惑，也并没意识到是鸦片毒瘾作祟，也帮忙请郎中，但不敢多问，却处处留心，还给了学校上上下下的教职工不少好处，让他们随时告诉自己王家夫妇的情况。

　　王景临赶到宿舍时她没来得及换下衣服，一身湿漉漉，看到王景临过来还伤着一只胳膊，大惊小怪喊道："这到底是怎么回事，你又是在哪儿受的伤？你爹到底又是怎么回事？"

　　面对她的询问，王景临无心回答，只是低声说了一句："谢谢！"

　　又是一个无眠之夜。

　　翌日，学生大都还未到校，空旷的校园里，一阵清脆的高跟女鞋声划破清晨的宁静。

　　罗琴薇身着旗袍，上身裹着浅棕色毛呢大衣，清雅中透着妩媚，她身后还跟随几人。她的突然造访，给守了一夜的王景临和林小咏一个措手不及。

　　她微笑道："刘爷听说王先生令尊抱恙，特地请了从上海来的最有名的西医，让我带来给令尊看病。"

　　上级告知的合作伙伴，大张旗鼓来到自己面前，王景临一时思绪凌乱，见她气质温婉，看不到半点算计和攻击性。

　　刘贵堂让她来的？此人，到底是不是我们的同志？

　　王景临有些愣神。

　　罗琴薇看他表情肃穆，以为他还有疑心，跟他们继续介绍着："这位医生在上海一直给达官显贵看病，治疗鸦片中毒也相当有经验。"

　　王景临回过神来，想到罗琴薇和张上校在一起的场景，她应该是奉了刘贵堂的命令过来。

　　事到如今，他也没有更好的办法，便不再拒人千里。

只见那西医仔细为王景临父亲检查一番，注射了一个针剂。王景临看到那包装袋上写的英文，有类似葡萄糖等多种西药名称。

尽管心中有一万个疑问，但他知道她此时四周有很多眼线，便只能做出公事公办的样子："多谢刘爷和罗小姐，多谢这位医生，我改日一定亲自上门拜访感谢。"

罗琴薇颔首微笑，递给他一包药："这是专门缓解不适症状的药丸，用法我已经写在里面了。切记，一定让伯父按时服用。"

罗琴薇等人走后，父亲已经安然入睡，面色已经缓和不少。王景临迫不及待打开纸包，里面有好几袋纸张折叠的药。他把其中一个掂起来细细查看。

这个纸包折叠的手法，是同志们对接暗号时使用的。

他打开纸包，里面没有药，空白一片。王景临起身走到宿舍里间，熟练地从柜子里拿出酒精灯和药水，将纸片放入药水中再在火上烤了一分钟，上面的字迹渐渐浮现出来。

王景临将内容熟记于心，拿到酒精灯边正准备点燃，一只手冷不防将纸片抢了过去。

王景临惊了一下，转头看到林小咏拿起纸张端详着，一通肝火从心底起："林小咏，你忘了组织的纪律吗？"

林小咏撇撇嘴："我知道，不该自己知道的情报就不能看！"

王景临狠狠瞪她一眼，拿过纸张点燃毁灭。

林小咏自知理亏不敢多言，直到纸张化作灰烬，她才不服气小声道："我不是故意违背组织纪律的。我只是觉得这个罗琴薇有些问题，我想看看她给你的什么任务，帮你判断一下。"

王景临道："这不是她给我的任务，是她的上级和我们的上级联合起来，让我们一起合作的。她所做一些行为即便不合常理也能被理解，我们见机行事执行任务就是了。"

林小咏问道："那你决定听她的话，让龙振标把鸦片种子放入我们书店售卖了，对吗？"

王景临剜她一眼："你既然知道了任务的内容，就不要放在嘴边，保守秘密便好！执行任务便好！"

林小咏嚷了起来："你这么凶做什么！我还不能发表我的意见了，你这么刚愎自用，怪不得，怪不得你娘会对你这么失望！"

一句话正好戳在王景临的肺管子上，他对她前所未有地大发脾气："你给我出去！"

林小咏咬咬嘴唇眼内噙着泪，扭头飞奔而去。

马秀山走到屋内，看着王景临气呼呼的样子，半晌道："这几日，她下课了就会到你爹娘住的地方帮这个帮那个。我听学校不少职工说了，她也在帮忙找药找郎中给王大爷治病。"

王景临也觉得自己的态度差强人意，毕竟林小咏还把他爹救了起来，可他现在真的无法心平气和地跟人说话。

马秀山憋了半天，总算蹦出一句话："其实你知道她的心思，我们谁都能看出来她吃醋了。"

王景临怔住了。他何尝不知道林小咏对自己的感情，但是革命任务错综复杂，艰难险阻，他实在没有心思放在情感上。准确说，他不敢面对她的情感。

何况，这段时日，他打听到林小咏家中父辈的一些情况。虽然尚不知真假，但也大差不差。林小咏本身是一个坚定的战士，思想也受着红色书籍的熏陶，可是如果一旦跟自己的父辈亲属有了立场和利益矛盾，不知道她是否担得起考验，会做出怎样的选择。

定定神，王景临深呼一口气，吩咐马秀山："你去一趟龙府，告诉他我已经同意他的提议。"

马秀山愣了一瞬，依命行事。

龙振标笑着对他拱手弯腰鞠躬笑道："王先生啊，你父亲被歹徒劫持的时候已经受伤了，可我们这里创伤药也没有多少，我的一个副官不知从哪儿找来一些鸦片膏子，说可以镇痛解燃眉之急，这不才……好在令尊并无大碍，你可千万别误会我，这里给你赔礼了，相信我们以后会合作愉快。"

王景临大气地微笑，欠身还礼道："龙大帅言重了，承你吉言！"

龙振标呵呵一笑，突然对他低声道："唉，果然是我龙某人面子不够，还是刘爷的面子够大。"

王景临心下琢磨，他一直以为龙振标和刘贵堂早就互通一气，看来他们并不是直接有交集。

就这样，鸦片种子放入了国民书店，招牌写上了"奇花异草，价格公道"，几棵小幼苗盆栽也放在门口桌子上。

过了几日，几个士兵将制造鸦片的机器也放到了国民书店里，看来他们是安心将大批量制作鸦片的指挥中心安排在这里。

几个人正在吭哧往二楼上抬，楼梯下方位置的士兵突然被后面拽了一下，"呼啦啦"，他们抬着的机器撒了一地，几个人也"骨碌"滚下楼梯，幸亏当兵的反应机敏才没有受伤。

几个人抬头一看，一个身着蓝色长袍裙装的丫头片子，正叉着腰气哼哼杵在他们跟前。几个人上前叫骂："混吃的，差点把我们都摔下来！"

马秀山闻讯跑了过来："几位军爷别动气，这是店里的老顾客，也是咱掌柜的……表妹！"

"表什么妹！"林小咏大骂道，"你们这些没天理的东西，什么腌臜东西往书店搬！不许搬，通通给我滚出去！"

几个士兵互相递个眼神："嘿，可奇了，你是这书店的老板娘不是？这是我们龙大帅和你们掌柜的安排，你再不麻溜滚蛋一边，老子的枪子儿可不长眼。"

说罢就往腰间上摸，马秀山急得连忙阻止："有话好说有话好说，军爷，她一个妇道人家不懂规矩，各位大人有大量了。"

回头冲林小咏挤眉弄眼："你还不快走！"

林小咏狠狠踢了地上的物什一脚，指着士兵们，不甘示弱："我不懂，你们可懂？你们知道鸦片是什么吗？现在不是五十年前的中国。国民政府也容不下这个，我爹是警察局局长的朋友，我现在就去警察局告你们。"

马秀山急得捂住她的嘴，低声道："姑奶奶，我知道你这两天不痛快，求你这会儿别惹事儿了等下再说行吗？"

几个士兵也被她一腔虎劲儿给镇住了。双方正在僵持中，王景临吊着一只臂膀看着她。

林小咏收起跋扈，胸部一起一伏，有些心虚地看着他，眼神依旧倔强，等待着他狂风骤雨的责难。

王景临嘴角向上翘起，上前对几个士兵道："各位，这是我的学生，不知实情得罪各位，还望不要见怪。"

转头对林小咏皱着眉头道："你哪儿听来的是非？这是龙大帅帮忙找的油墨机，怎么跟鸦片扯上关系了。那个东西是普通人能碰的吗？你读书读傻了是吧！"

林小咏目瞪口呆。王景临从包里掏出银圆分别往几个士兵手里放："还是有劳各位放上去。小马过来搭把手。"

国民书店只有自己人时，王景临没有像之前一样发火，冷冷看着林小咏："我再次问你，你还记得组织纪律是什么吗？"

林小咏低着头："我当然知道，我更知道这是十恶不赦的玩意儿。之前你不肯与龙振标合作，连王大伯受罪，你心里难受，都没有屈服，我知道后心里暗暗佩服你。现在你中途变卦，我为什么不能坚持我的看法？"

王景临苦笑："怎么是我变卦？这是上级安排的任务，组织有自己的全局考虑，我们是战士，战士唯一做的就是执行命令。"

林小咏倔强地抬起头："上级也是人，也有判断错误的时候。那个罗琴薇说要跟龙振标合作，你就跟她合作，怎么她说的话你就这么能听呢？她根本就信不过。万一，万一她是敌人，给你的指令是故意引我们入套的呢？"

王景临听出点意思，深呼吸一口气："说话要有根据，你从哪些方面判断她靠不住？"

林小咏道："就凭她给王大爷治病的药！"

她顿了顿又道："我让我父亲的药剂师看过了，那是毒药。你要是不信可以拿去让马医生查看。"

王景临怔了一下。父亲服用过罗琴薇给的药，依旧有不适感，症状的确好了不少。他几乎没有怀疑她提供的药有什么问题，即便有疑虑，他暂时也没有别的选择。

林小咏的一番话果然掀起了他心底的担忧。他知道只要染上了鸦片毒瘾，几乎是没有人能逃过的。可是，那是什么特效药呢？

因为马医生身份特殊，作为可以接触和熟练运用西药的人，会常常受到特务的监视，王景临不能轻易去马医生的诊所。

他又不得不承认林小咏所言有道理。有了这个念头，他便从书店里间拿出一个布包，这是康克士博士给他的。

想了想又放了回去。

王博源老师曾经跟他说，疑人不用用人不疑，为了防止在革命中优柔寡断，既然已经决定了便坚定地走下去。

他回到宿舍，看到罗琴薇再次到来，在给父亲测量血压。

王景临站在一旁看着她线条流畅秀美的侧面，她的表情一如既往恬静优雅。她真的会给自己的父亲下毒吗？

父亲服过药，盖上被子休息。罗琴薇收好听诊器和所有的仪器，再次递给王景临一个小纸包："这是接下来几天的药，服用方法也写到上面了。"

王景临接过来，看到之前一样折法的那个纸包，用指腹在上面细细摩擦一下，放入口袋中。

"这是什么药？"林小咏冷不防说了一句，屋内的两人都被吓了一跳。

王景临介绍："这是滕文学校的新教员，林小咏。这位是……"

"罗琴薇对吧。"林小咏满目敌意凑了上来，"你能告诉我们，这种药的学名吗？"

罗琴薇答道："这种药叫盐酸苯海索。"

林小咏几乎瞪大了眼："你再说一遍！"

罗琴薇重复了一遍。

林小咏像是发现了新大陆，跳起来道："王景临你听到了吧，这个可是真真的毒药！"

王景临默不作声，冷冷地注视着罗琴薇的表情。

罗琴薇不慌不忙笑道："林小姐的样子也应该受过西式教育，你也不难知道，毒剂没有达到一定剂量，就不会称为毒。"

林小咏不为所动："哼，鸦片的化学结构是罂粟碱，碱和盐酸苯海索结合长期服用，比砒霜还毒。"

罗琴薇唇角一笑："你也说了是长期服用，王大爷只需服用几日。你若还不信，请你身边这位马医生看看不就知道了？"她居然知道马医生的身份。

马医生早就等候多时，拿起药正在仔细端详，王景临道："不用查，我相信她。"

林小咏气得大喊一声："王景临！"

罗琴薇对王景临道："你父亲已经染上鸦片毒瘾，无论是对他使用物理断毒疗法，还是服用药物解毒法，都会对身体有所损害。这次刘爷让我过来，主要是希望王先生能宽心，方能更好地成事。切记每一包药按时都要打开，让你父亲及时服下。"

王景临看着那些纸包，陷入了沉思。

交代好所有事项，罗琴薇不顾林小咏充满醋意的眼神，仪态万方地离开书店，坐上黄包车。

路过一家胭脂水粉店时，她吩咐车夫叫停，对随行的人道："我的蛇油膏和香水快用完了，你去给我买两瓶。"

随行的人迟疑片刻，她拢拢头发起身道："算了，你不知道什么牌子好，还是我亲自去看看。"

她径直走入店中，掌柜的殷勤招呼着："太太来啦！我们这里新到从美国进来的夏士莲雪花膏、培根洗发香脂水、力士香皂，您来看看。"转头对其他顾客道，"先生您为太太挑的旁氏白玉霜和胭脂立马从别的店调，您再稍等片刻，再看看有什么别的需要，尽管叫我。"

罗琴薇左挑右选，慢慢踱步在众多琳琅满目的瓶瓶罐罐前，眼内余光看到那十几米开外，店门外东张西望的随从，跟掌柜的轻声道："我已经把计划告诉王景临。只不过不确定他能否做到——他这些日子被双亲的事搞得晕头转向。"

掌柜的道："他会做的。据我了解，他虽然冲动意气用事，但对他的组织非常忠诚，对他上级要求的任务都完成得不错，可见他是一个顾全大局的人。"

罗琴薇拿起一盒夏士莲雪花膏打开，放入鼻下嗅嗅："我想也是，这次合作他的反叛心态并没有上次在南京时这么大。你真的以后会策反他吗？"

掌柜的道："这个是后话。再来说你，你在刘贵堂身边还会再待一段时日。如果我没有猜错，最近他会有动作，你要小心。"

罗琴薇道："我认为王景临也在怀疑刘贵堂，否则他不会疑心我给他父亲的药。"

掌柜的大声道："太太还需要点别的吗？谢谢您的惠顾，用好了下次一定再来光顾啊！"

罗琴薇又挑上无敌牌牙粉、桂花香型的雅霜等几样物品，不动声色离开了。

夜晚，王景临辗转反侧，久久不能入眠。

罗琴薇纸条上的提议让他内心纠结，他目前找不到比这更能抵抗龙振标的方法。

可是如果真按她的想法实施，他又于心不忍，何况这方法并不算万无一失，况且实施后依然会有很多不确定因素存在。

清晨，母亲去浆洗衣服。王景临从学校食堂里买来煎饼和蔬菜，在宿舍的小院子里生起一个小炉子，想熬些小米粥给父亲。

清透的米浆慢慢浓郁起来，王景临用没受伤的那只手拿着勺子搅拌着，直到小锅里咕咕冒出气泡。

他再用铁棍扒拉着炉子下方的柴火控制火候。因烹饪经验的匮乏，目前火候该控制在哪个程度他几乎无法判断，加上枪伤疼痛的干扰，操作起来也手脑不协调，好一通手忙脚乱。

突然头顶响起几声咳嗽。一抬头，父亲不知已站在他身边多久。

他急忙丢下手上的活，站起身扶着父亲："爹，早上天冷，你还是躺到屋里去吧。"

父亲一摆手，用他和儿子惯用的沟通方式吼道："你老子还没到起不来的程度！"

嘴上刀枪不入，但行动上他也顺应了儿子的好意，撑着他的肩膀慢慢挪到炉子旁的小花坛台边坐下。

王景临脱下外套披在他身上就立在一旁，爷俩儿沉默半晌，无言以对。

父亲指着炉子："看好！"

王景临又忙蹲下，不顾烫，手忙脚乱揭开米汤溢出来的锅盖。

好一会儿，父亲无来由问了句："听你娘说，你开的那家书店，叫国民书店？"

王景临嗯了声点点头。

父亲叹口气，目光久久望向远方，思绪仿佛飞到遥远的回忆。

王景临熟悉那表情，小时候父亲要跟他讲故事时，总会是这样一个开场。

果然，只听父亲轻声自言自语道："我还小的那会儿，不管大人小孩，只要是男人都留着长辫子。后来天下变了，一夜之间大家伙儿都把辫子剪了，不剪都不行，我还记得当时我的叔叔和两个堂兄弟当时哭得跟要了他们的命似的，说那是咱祖宗留给咱们的，剪了辫子以后可怎么见祖宗哦。"

父子俩从未探讨过人伦纲常，甚至家常都不曾多说。

王景临看着父亲，第一次觉得他如此陌生，却有一种说不出的熟悉。

父亲咳嗽几声笑笑："我当时没哭，我还想，咱祖辈都是汉人，那辫子不是大清几百年前硬让我们留的吗？慈禧太后这个满人，怎么就成了咱们的祖宗了，只是我不敢说出来。几十年过去了，现在你看乡下城里谁都没留辫子，也没觉得有啥不行了，当时怎么都觉得像天都要塌了似的。"顿了顿又道，"如今这个世道，再变变，也不是坏事。"

王景临愣了一瞬，长这么大，父亲从没跟他说过类似的话。

安分守己，好好读书，尽忠尽孝，娶亲生子，尽早成家，能平平顺顺吃上一口"皇粮"，这都是父母对自己的期望，父亲也总是要他以这些为目的，板着面孔训诫他，不要走错哪怕一步路。如同天下父母都一个样，希望自己孩子不一定要大富大贵，但求平安祥和，即便他们知道这是一个多么不容易的时代。

在亲人和世人跟前，除了成家，王景临明面上按照父母的期许，朝着这个大方向前进。事实上他并没有沿着世俗中最平稳安逸的路往前走，不得已做出了看似让父母最不能接受的所谓离经叛道的事。

自从在济宁遇到王博源老师，那些忧国忧民的意识像一颗种子植入心头深处，那红色思想如同雨露般对自己源源不断地灌溉，经历了这么多狂风骤浪的挑战，那种坚定将革命进行到底、把中国从苦海中救赎出来的信仰已经长成一棵高大的铁树，任谁也撼动不了。

他当然不敢对双亲说实话，也无法让他们理解自己心中一腔热血，还因为自己的工作有可能陷他们于危险之中。

黑洞洞的枪口，面目狰狞的敌人，地狱般的监狱，随时都可能牺牲的危险和恐惧，只要一种信仰在心中，王景临都能挺过来。

可一想到父母，他心中最柔软的部分会瞬间化成一摊水，愧疚像沼泽般让他窒息得痛不欲生。

现在，父亲寥寥几句话，他放在心中慢慢咀嚼着——父亲没有自己想象的那么无知，似乎觉察到了什么。

父亲虽然常年待在乡间，骨子里并不愚昧，他这些日子被人强迫吸鸦片，王景临还受了枪伤，他应该不难猜出自己儿子在外面干过什么。

他却一句责备都没有给自己，父亲口头上不曾说过，可他身体力行告诉他，王景临所做的事情，是对的！

他突然意识到，多年前年轻的父亲也跟自己一样，是一个愿意为国效命的热血青年，所以，对着这个看似顺从，却总不会"干正事儿"的儿子，他心里跟明镜儿似的。

即便几千斤担忧压在心头，他也睁一只眼闭一只眼。

父亲，在用他的方法，保护王景临的信仰和理想，父亲一直都理解他，可能是天下父亲都会这样。

王景临突然觉得喉咙有些酸楚，一股柔软的温泉从心底涌出。

"王大爷好多了，气色比刚来的时候红润多了。"一声爽朗的招呼搅动了父子俩暗中流动的情愫。是教工老方。

父子俩忙问好让座，老方忙扶着老爷子坐下，对王景临道："王老师，我今日特地来找你，我听说你的国民书店现在售卖粮食种子，我的那个亲家也在城东郊外买了两块地，我想给他带一些去。我去你书店问过，你们那个小店员，姓马是不是，我要买，他说种子卖完了，还吊着一张脸，像我不肯给钱似的。"

老方不明就里，越说越来气。

王景临眨眨眼："小马年轻，你甭跟他计较。这些日子正值春耕，种子销售很快。

这样吧，下次种子到了我保证立马告诉你。"

老方面孔还有些愠色："我咋感觉，他根本就不想卖给我呢！不是我说这个小伙计的坏话儿，这么做买卖哪成啊，你可得管管。下次种子来了，你直接给我带来好了，我保证不赖你钱。"

王景临只能答应。如今几乎整个滕县都知道他们书店的新营生。因为种子比起很多农作物都要便宜，且龙振标等人承诺会用很优惠的价格收购，国民书店内最近门庭若市，看书的人不多，大部分都是过来买种子的农民。

此外，龙振标还在各地开了粥棚，拥护他的百姓越来越多，不少人都说他是个少有的大善人。

两人正聊着，马秀山风风火火跑过来，老方哼了一声："说曹操曹操就到。"

只见小马一脸的汗和灰："不好了，国民书店着火了！"

在座三人都吃了一惊，父亲问："可有人受伤吗？"

小马摇摇头。不等王景临反应，老方喊道："啥？怎么这么不小心，我说你这个小子，肯定是你不用心看着店，抽烟把火星子迸到书上了。"

小马也不跟他争辩，继续跟王景临汇报："放在二楼的种子都烧得差不多了。没烧到的都几乎烤煳了。"

老方又叫："你不是说种子卖完了？你看你小子干的好事。"

王景临打断老方："是二楼起的火吗？"

马秀山道，"二楼突然就起火了，我让三满到外面街上去，我去了警察局找了人帮忙，幸亏出门就遇到小韩，他急忙从警察局借了水枪，窗户里射水进去灭火，幸亏我们手脚快，虽然库存的书也烧了不少，但……"

他下半截话不再说出来，但王景临知道，他想说暗格里面的红色革命书也保存尚好。王景临看他的表情，猜出他的欲言又止，深呼吸一口气，冷静地询问了其他情况，便告别父亲和老方向国民书店走去。

王景临只在街头，便看到书店那个方向袅袅升起的黑烟。他加快脚步，整条街都弥漫着烧焦的气息，店旁边不少人在店外指指点点。

大火基本扑灭，大堂的书大都被泼进来的水淋湿浇透，火苗已经把国民书店匾额的一角熏黑，二楼所有的库存书籍几乎都毁了，自然龙振标带来的机器和种子也都毁了。

小马一头一身黑灰，满脸自责："我记得早上下楼时我把烛火灭了的，我还听你的话把所有窗帘都拉上，不让阳光透过玻璃进来，好好的怎么就这样了！"

王景临深深呼吸口气："先清点下有什么损失。"

小马愧疚地看他一眼："书没了我们还可以再进货。现在龙振标的这些物件都毁了，他可能以为是我们故意跟他作对，该想着法来对付我们了，主要是对王大伯……"

他话音未落，楼下传来三满咿咿呀呀的声音，又传来一个男子声音，仿佛在跟三满对话。

俩人下楼一看，一个身着绸缎长衫的人背对着他们朝着小姑娘，三满眼里流露出的是害怕和抗拒，来者似乎因为她不会说话有些急迫，越急俩人的交流越是对抗性的且无效。

听到下楼脚步，来者转过身来，目光正好跟王景临对上。不是别人，正是龙少爷。

三满立马跑到王景临身后躲了起来，探出两只眼睛好奇又害怕地打量龙少爷。

不等王景临问话，龙少爷先开了口："这个孩子，是王掌柜的什么人？"

王景临道："她是基督教孤儿院的孩子，康克士博士托我照顾。"

龙少爷低头思索片刻，显然他知道康克士博士。

王景临问道："早就应该去拜访龙少爷，不过今日小店不幸遭此，只能修理好了改日去找龙少爷。之前你的三百大洋归还后，我一直没有时间，改日一定登门赔罪，还望多多包涵。"

龙少爷唇角微微翘起，语气平和："说实话，那些大洋我从来都没承想要让你归还给我，实在是不给龙某面子，至于赔罪，王掌柜的从何说起？"

王景临道："多谢龙少爷体谅，你也见到了，今日实在不便，改日我再来与龙少爷一叙，今日确实不能留你。"

龙少爷顿了顿微微笑道："实不相瞒，这是我干的。"

王景临心头咯噔一下，龙少爷接着道："跟王掌柜我向来明人不说暗话，我此番作为是在帮你，你也不想自己变成祸国殃民的鸦片贩子，让滕县后代骂得你遗臭万年吧！"

他居然知道所有内情。

王景临冷静道："我会不会被后人诟病，以后自有公道。我倒是听说，龙少爷一直在跟日本人合作，滕县大部分的日货都是出自你的手，龙少爷与其在这里劝导别人，不如以身作则好。"

龙少爷根本不顺着他的话说："你以为先跟龙振标妥协再斡旋，以后就可以扭转乾坤了吗？王掌柜在滕县形形色色地界上饱经世变，怎么还如此天真，还是没有真的认清这个形势。我现在告诉你，只要你上了龙振标这条贼船，这以后事态的发展就超出你要控制的范围内，你根本不清楚在跟什么人作对。"

门外传来一个声音："我说我耳朵这几日总是发烫呢，原来是有人念叨我呢！"

王景临料到龙振标很快就会过来，没想到会这么快，更没想到会跟龙少爷撞上。

龙振标身着簇新的军服，脚上的长筒靴发出沉重的踏踏声，他踱过来，并不跟王景临照面，反而面向龙少爷："这么些年，堂弟愈发出息了！"

龙振标，龙少爷，他们竟然是堂兄弟。

龙振标之前跟自己说的话在脑子里闪了一闪，王景临心中有数了。

龙少爷嘴角浮起场面上惯有的微笑，目光筑成一道冰墙："还是兄长能光宗耀祖。现在不但有自己的军队，各种营生也四通八达，我无论如何比不上堂兄。"

龙振标哈哈道："我哪里能与堂弟比，祖先的荫德都罩在你头上，我只能靠自己才能活命。"转头看看王景临，"看样子你和王掌柜的是老交情了。王掌柜的，这个，你能解释一下吗？"说着双手摊开朝四周展示一圈。

不等王景临回答，龙少爷道："与王掌柜不相干，这书店的火是我放的。"

龙振标怔了一下，眼中迸出怨毒："堂弟，你跟你父亲一样，非得把我们这支赶尽杀绝才罢休，祖父把龙家的产业都交给你，你还有什么不满足的？你行事这般鲁莽霸道，我们龙家怕迟早要折在你手里，祖父在九泉之下都不能闭上眼。"

龙少爷道："想必你母亲没少在你跟前说祖父有多么多么不公吧，你们当初为何要被龙家赶出去，心里没谱吗？天作孽犹可违，自作孽不可逭。如今你不汲取你父亲的教训，卷土重来，迟早会被吞噬，就不怕雷劈着你吗？"

龙振标道："雷有啥好怕，堂弟现在就是我最大的雷，你跟小时候一样嘴上这么不饶人。我可没有你说的那么出息，蝼蚁尚且贪生，我不过是给自己找条活路。堂弟，兔子急了还咬人呢，你还是别太过分了。"转头对一直沉默的王景临道，"王掌柜的，江湖有江湖的道义，你也是在场面上历练的人，既然答应了与我的合作，就请你尽好你的义务，你放心，种子烧了没关系，我有的是，要多少有多少，过几日我就批人运过来。告辞了。"

龙振标目光再转向龙少爷："堂弟，后会有期！"目光射出一排毒针，拂袖而去。

龙少爷轻声道："家门不幸。"不再多言，与王景临告辞，走前又看了三满一眼，眼神意味深长。

在大堂废墟中，小马在摸着下巴若有所思："原来龙振标就是龙家的那个少爷。"

王景临问道："你可知道他们堂兄弟之间有什么恩怨？"

王景临又问道："什么少爷？你可知道他们堂兄弟之间有什么恩怨？"

小马道："我听说，龙少爷的父辈曾经因为家族利益分配不均有过争斗，大概十多年前，龙老爷子两个儿子，分家产的时候发生争执，没多久大儿子被逐出了龙家。龙家下人里传说，龙大爷跟一个姓叶的人家入股做买卖，其中就涉及倒卖鸦片，龙老太爷知道大怒，将龙大爷一家都逐出家门。也有人说，当时其实是龙二爷，也就是如今龙家的当家少爷的父亲，为了独吞家产设计陷害龙大爷。唉，豪门大宅院里水深得很，现在谁也没法知道当年的事情。不过能确定的是，这堂兄弟俩绝对是互相的死对头！"

王景临良久不语。

又日清早，他独自来到郊外微山湖畔。

眼前是一个流动的淡水湖，与县城荆河相通。湖边一个身着长衫的人正在聚精会神垂钓，一旁站着数个保镖。

即便垂钓者戴着墨镜，也能知道他正在目不斜视、专心致志盯着湖面上的鱼鳔。

晴空万里，空旷的郊外只有鸟叫虫鸣，湖面上微微的涟漪。王景临站在一旁好久。

一条鱼上钩后，龙少爷一边将鱼竿提着让下人摘鱼，一边笑道："我每个星期三都会来这里钓鱼，除了常年跟随我的几个人，连我府中的下人都不知道，王掌柜的情报堪比国民政府最出色的情报机构。"

王景临问道："开门见山好了，龙少爷下一步打算如何？"

龙少爷墨镜反射着金色的日光："王掌柜的不是瞧不起跟日本有勾结的人吗？你打算和我合作？你是指国民书店被烧那个事情吗？王掌柜，己所不欲勿施于人。"

王景临道："你我是敌是友还难说。那日你到国民书店来，应该是与我想的一样，如果不是龙振标突然到来，估计龙少爷会问出跟我一样的问题。"

龙少爷咧出一排整齐的白牙道："王掌柜的果真是痛快人。我没看错！为了阻止鸦片进入滕县，王掌柜不惜毁掉自己苦心营业的心血，玷辱自己的名声，龙某人当真也佩服你。"

王景临一愣："你如何知道？"

龙少爷哈哈一笑："你告诉我的，就刚才。我虽然没有共产党那么神通广大，能轻松得到各种情报。不过看人很准，王掌柜，你太容易被人看出心中所想的了。"

王景临心中一颤。

放火烧国民书店的确是王景临自己干的。

马秀山都不知道，他只暗中吩咐了警察小韩，为了把握好度，让小韩做了后就在外面接应小马。

这么干的目的是处理掉所有的罂粟种子。

这是罗琴薇的意思。

目前为了阻止更多的毒种子植入滕县的土地上，这是最快捷的方式。

王景临对国民书店有很深的感情，他心里经过很强的纠结斗争才做出的决定。

王景临道："所以，你当着龙振标的面承认那是你干的，是想借此与他彻底撕破脸面，以便你清理门户师出有名。"

龙少爷一提鱼竿，湖面上白色水花四溅，一条硕大的鲤鱼扑腾起来："看来，我和王掌柜的已经达成协议了。"

两人继续在湖边商量着。

要分开的时候，王景临跟龙少爷道："你我这次结盟不过各取所需，我还是奉劝龙少爷，世间的有些钱还是不要赚的好。"

龙少爷立起身，一边让下人收拾渔具一边道："你是说跟日本人的合作吗？"

他看他一眼："你格局要放开一些，我承认被日本人占领是国之痛，但是作为商人来说，有利可图才是关键，何况那些都不是你我考虑的事，战争是战争，商业归商业，能赚钱就赚钱。"

王景临掸掸衣襟上的土："龙少爷好自为之。"转身离去，渐行渐远，消失在微山湖芦苇绿荫之中。

龙少爷望着他远去的背影，嘴角微微上翘。

一个成功的商人向来心中没有太多的民族大义，虽然他也不认可家族多年来固有的一些理念，但反对鸦片，他是坚定支持的。

龙少爷也深知自己那个堂兄让鸦片进入滕县，是他为了想给自己的父亲讨回一个说法，能理直气壮站在高处，看着自己的家族和整个滕县大地，没想到刚刚进入正轨，就让他这个视为仇敌的堂弟给阻止了。

那天的龙振标回到张宅，被堂弟气得火冒三丈，他立马写信告诉自己的上家，也是背后的靠山，要求运更多的鸦片种子来到滕县。

不出两日的一个半晚，士兵敲门进来给了他一封信："这是上面的吩咐，让你先看看。"

龙振标拿过来仔细看看，瞳孔慢慢透出惊恐。

第十章　抗捐胜利受鼓舞，危机四伏毒泛滥

滕县的清晨格外宁静，清洁工唰唰扫着街道，沿街的门店纷纷打开木门，陈列出自家商品，准备营业。

踢踢踏踏的脚步声打破安静。一个骑着大马的将军策马在前，一群士兵肩上背着枪，快步从街道跑过，撞翻货品也全然不顾，直奔国民书店。

马秀山刚刚打开店门，自从在这里做了雇员，倒也见过不少大阵仗，警察地痞来过不少，被这么多铁头兵把书店围住还是第一次，心头着实慌乱一瞬。

好在之前也见过不少大场面，他很快平静下来，热情地跟为首的军官打着招呼。

为首的身着军官服装的人，个头敦实，趾高气扬道："王景临王掌柜的可在？孙大帅驾到，还不出来迎候！"

"孙大帅？"马秀山道，"军爷，我们掌柜的不住店里，下午才回来，你们龙大帅也是知道的，你有什么急事我能立马托人去叫他。"

那个军官上下打量他一番："不急，我叫孙重友，今天就是过来告诉你们一声，龙振标昨晚得了急病挂掉了，我暂时接管了这支军队，以后我就是这支军队的孙大帅。"

马秀山目瞪口呆，这才几日，怎么这支军阀的头儿又变了？

还没等马秀山反应过来，这个孙大帅又道："我接管了军队的一切事务，包括龙大帅生前还未处理得当的营生，我们之前放在你们国民书店的机器和种子损毁了多少，都必须照价赔偿。告诉你家掌柜，我一向公道，丁是丁卯是卯，绝不多要他一个子儿。"

说着招下手，旁边一个士兵递上来一张清单给马秀山。

马秀山目瞪口呆接过来，浏览一番，目光定格在最后钱款数额，惊得差点把眼珠子

瞪出来："这，这都是要我们付的？可是之前龙大帅没说让我们赔偿啊。"

孙大帅冷哼一声："一朝天子一朝臣，现在由我说了算。赶紧的，货是在你们店里毁掉的，你们来承担损失是天经地义。把赔偿款准备好，明日我就派人过来取。我吃亏些无妨，可你们要是在我兄弟们嘴里抢食儿，可别怪我枪子儿不认人！"

他摸摸别在腰杆皮带上的枪，鼻子哼了声，掉转马头领着军队，随着马蹄"嗒嗒"声拂袖而去。

夜晚国民书店开会，所有人才确信了龙振标暴病而亡的事实。

马秀山还是一头雾水："这个黑心肠子死不足惜，可这也太突然了。这个龙少爷速度也够快的，心也够黑，对自己堂兄弟都下得了手。"

王景临一直低头不语。他并不认为这是龙少爷干的。

虽然他们兄弟俩已经到了水火不容的地步，但自己之前跟他商量过，就算他要动手，也要把这罂粟种子的源头揪出来。

龙振标目前这个情况太蹊跷了，而且这么一来，他们要寻找鸦片贩卖的幕后黑手的源头就不太容易了。

他说出自己的疑惑。

刘天明道："我同意景临的想法。我打听到了，这个姓孙的本来是张广濂身边的亲信，张广濂死后，龙振标上位他一直心存不满，他自己能力一般，也不曾立功太多，无法服众。如今正好得了这个空，收纳了过支部队。我的线人告诉我，他已经决定在滕西乡村一带再次征收税款，而且他这次的策略是，凡征收到的欠款统统作为给士兵的奖赏，以此收买人心服众。因此，那些兵比张广濂那会儿更凶神恶煞。"

马秀山道："说不好他背后也有后台，暗地里支持他接管军队。"

王景临、刘天明二人都点点头。

小马面露得意，接着满面又露出愁容："不管怎么样，现在我们的困境是姓孙的接管军队，不但要我们赔偿龙振标给我们的种子损失，还重新要求农民缴税。那些庄稼汉都傻眼了，本来以为遇到个菩萨，没想到是个泥菩萨，自身难保。"

王景临道："我确定，这个姓孙的军官，是没有和鸦片源头有交集的，如果有，他会提出继续与国民书店合作，之前的张广濂也不知道。说明这个源头只跟龙振标接头。现在龙振标不在了，他却没有跟姓孙的链接。我有预感，以后还会发生事情。"

刘天明道："如果能知道谁是始作俑者就好办了。"

没错，到底是谁在费尽心思将鸦片送进滕县里？有这等能力的人，无论是财力，人脉还是心思都不可小觑。王景临隐约感到一双看不见的眼睛在邪恶的暗黑中，冷冷窥视自己的一言一行。

傍晚时分，戏院锣鼓喧天，流光溢彩。

王景临站在戏院的一隅，远远窥探这个刚刚手握兵权的"孙大帅"，仿佛回到他第一次见到张广濂的时候。

或许受到张广濂的影响，孙重友也是拉魂腔的戏迷。

伴着拉魂腔戏嘹亮妩媚的唱腔，孙大帅哈哈大笑乐不可支，旁边坐着西装革履的人也有些眼熟，看着像政府某部门的官员。为了让高阶层的人认可支持自己，孙重友也在不辞辛苦地到处攒积关系。用来打点关系的钱财，统统都是来自本就困苦不已的农民。

王景临瞧着孙重友好一会儿，愈发觉得眼熟。他终于想起来了，此人正是当初在操练场上，给了张广濂最后致命一枪的那个士兵。

灵光一动，一个计策涌上王景临心头。

几日后，滕县县政府门口人头攒动，上百个人示威聚集。几乎所有人都衣着褴褛，他们高呼着："让政府给我们做主""旧式军阀欺压农民""打倒一切反动武装势力"。

滕县近来有过不少人到街上游行示威，庄稼人如此明目张胆聚集在政府门口，还是第一次。抗议的人群不再是教师和学生。

只见人群黑压压一片，仔细看去，无不浑身衣着褴褛、眼神悲愤，并不像学生那样生龙活虎地不停高呼口号，这些庄稼人高呼一阵口号后便静静地站着，累了的直接坐在地上，神情木讷，眼露怯意，又透着一股子要拼命的狠劲儿。

就是这些沉重的人的集体沉默，发出的声音反而更加洪亮。这个看似孱弱的看似枯萎的群体，仿佛随时会突然爆发出巨大力量将整个县国民政府击垮。摧枯拉朽、苦大仇深的气场比起学生的青春正义更有强大的压迫感。

县政府办公室主任郭汉存看着窗外乌压压的人群，气得满脑门的青筋："县长刚去省城开会，就出了这档子事儿，这些乡巴佬翻了天吗？他们到底想干什么？"

前去打探的人回来报告："这些农民都是生活在滕西一带的农民，因为孙重友在那一片儿征收税款，他们不服，实在活不下去了，才来聚众示威。"

郭汉存眼神咕噜转了几圈："跟他们征收税款不是一次两次，怎么专挑这个节骨眼来？最近奇怪得很，龙振标大帅暴病而亡，教育局财务主任徐伯璞也被枪杀。近来，滕县的牛鬼蛇神不少啊！再不想想办法，怕我们国民政府这栋楼都要被这些反民给拆了。"

随后吩咐人员："你赶紧给警察局打电话马上调派人手来，多派一些，把阵仗搞大一些，估摸吓一吓这些乡巴佬，他们自己就散了。别忘了让他们把高压水枪都带上。你带人去随时了解情况，再暗中观察，务必把这次聚会牵头的主心骨儿给揪出来。"

墙上的钟表一秒一秒走过，郭主任在办公室来回不知转了多少圈。偶尔抬头看看窗外，依然是具有巨大压迫感的寂静朝他劈头盖脸袭来，他压抑得索性关窗不闻。只是那救援迟迟没有到来。

打探的人员又来汇报了："我跟他们其中一个带头的聊了一会儿，这些农民还挺懂咱们民国法律的。他说，这个税收是哪一条规定的，可有省政府、县政府的批示？没有他们就绝对不会缴纳，如果今天不给他们一个说法，他们就集体到省政府去要公道。"

郭主任擦着脑门上的汗，突然敲门声响起，科员一脸难色上前汇报："主任，警察局的……"

话音未落，一个声音抢白道："汉存兄，好久不见啦，哈哈哈……"

郭主任一愣，来人是警察局顾局长的方秘书。

只见方秘书一脸笑意："汉存兄，我今日过来就是特地告诉你一声，这些农民的事儿我们顾局长听说了，他跟汉存兄一样急得不得了。可他暂时也的确爱莫能助。你没听说，上面派了特派员暗中来了滕县视察，估摸现在就在县城里面了。今年以来多发学生游行事件，若有一个闪失，那我们局长的乌纱帽可就不好保住了。何况我们警察局兄弟都有要务，现在街上这么多共党、小偷、土匪，实在调不出人手过来，我相信，以汉存兄的能耐，平息这点小事也不在话下。"

说罢，就称自己有急事打着哈哈告辞了，把郭主任惊得留在原地一愣一愣的，半日才反应过来："嘿哟！这万金油，跑这儿跟我说这一车轱辘的话，就是想把锅甩给我！"又气得鼻孔冒烟，"这个姓顾的越来越过分，如果是赵长江县长在，他还敢这么放肆！"

直至傍晚，县政府门口的群体依然坚守在地，丝毫没有离开的意思。

夜晚，一个身影潜入张广濂府邸。

孙重友一接管大权就把自己家搬到这里，郭汉存一见他的面就忍不住责备开了："你还没有把枪杆子捏紧，就开始搞事情。"

孙重友剔着牙，漫不经心地道："不就是几个乡巴佬聚众瞎闹腾吗？他们身上没枪没刀，还能翻了天不成。郭主任刚刚升官，怎么还把胆子给升小了。你让他们聚，我还不信了，他们能聚上半个月。"

郭汉存冷笑一声："别说半个月，如果有人暗中操纵，半年可能都有坑你。如果倒退到前几年，这个情况或许还没有什么。可现在不一样了，共党明里暗里宣传什么无阶级自由主义，连乡下人都知道什么革命抗争。你要是太过分，会出大事的。"

孙重友沉默一瞬："我们也算多年的交情，我好不容易走到这一步，就这么轻易将这块肥肉给扔了？"

郭汉存又道："况且这次警察局不会轻易参与抓捕闹事的庄稼人，特派员在不在滕县都不好说，只要参与进来，分寸把握不准，万一没处理好，或者局面搞得无法控制，都要坏大事。他们聚众闹事不重要，重要的是我自己的乌纱帽啊！"

孙重友咬着牙："这个共产党，总是挡着别人财路。"

郭汉存劝道："来日方长。这次就不要征收税款了，把已经征收的也还给农民，等县长回来我也能好交代。我以后把位置坐稳了，还怕没有发财的机会？你的好处不多着吗？"

翌日中午，滕县乡间人声欢腾。

在多方的施压和干预下，孙重友停止了向广大农民征收税款的行径，并把已经征收到的税款如数还给农民。

王景临、刘天明等中共滕县特支的同志们，带领着手无寸铁的百姓，凭借着智慧再一次取得了抗争的胜利。

来不及庆祝。

他们面前还有一个棘手的问题，不少农民已经将罂粟种子植入土地中，如何才能让他们翻新土地，重新耕种正常的粮食？

王景临等人给在乡里相对比较德高望重的大户庄稼人表明了态度。王景临拜托一家在村里辈分最高、说话有分量的陈姓的大户，说明来意。他是一个大村的村长，威望影响及于周边村落。

人家立马面露难色："农民靠天和土地吃饭，把节气看得比命还重。刚刚播种下去的庄稼，你让大家重新挖出来再种上别的种子，不管是粮食还是蔬菜，都不容易长好，还极易遭到虫害。"

王景临自然理解农户的难处，说到底自己也是农家子弟，但现在也只能耐心解释："我已经托人寻找最好的种子给老乡们免费替换，收成是会少一些，但我们会尽最大努力保证老乡们都不饿着肚子，陈大哥也是知事理的人，知道现在这地里种的到底是什么，即便种出来了，国民政府一直在反对烟土，大家同样颗粒无收，还请陈大哥跟大家伙儿说说，凡事都得看长远一些，不是吗？"

老陈叹口气："常言道好种出好苗，好葫芦出好瓢；救苗如救火，保苗如保命。我先试着劝劝大家。但是，难。"

王景临回到国民书店，马秀山急慌慌告诉他："龙少爷刚派人来告诉我们，粮食种子丢了，在运送过程中被土匪半道劫了。"

王景临一怔，忙问："怎么可能，什么时候的事？"

他和龙少爷商量时，龙少爷早已打算用他的关系，去外地高价购买送给农民重新播种的种子，替代那些罂粟种子。

马秀山道："龙家在滕县是大家，有谁敢去抢他的货品，这里面肯定有蹊跷。难道是那个在背后推动鸦片种子的罪魁祸首或是土匪响马帮！"

那个人的确是最大嫌疑，可现在他们连这个人是谁，都还不清楚。

最紧急的是，如何跟农民交代呢？

还真就是，没过两日，为首的老陈来到国民书店，满脸兴奋："我跟大家伙儿说了，大家一听说先前是鸦片膏子的种子都同意不种植了，我说种了也要被关起来，大家伙儿虽然没读书，可都听过那什么，叫什么东什么病夫，况且你也保证了给我们新种子。王掌柜的，快把种子给咱们吧，再耽搁可真的晚晌午了。"

王景临面露尴尬："这个，小麦种子……"

老陈把脸一拉："新的种子有问题吗？老乡们可都把地重新犁过了，现在别处也买不到种子，我怎么给大家交代啊！"

王景临一时语塞，细密的汗珠瞬间布满额头。

"放心，种子要多少有多少，小麦种子在这里！！"

王景临抬头一看，张晓生！这家伙简直从天而降。

只见他唇角微翘，看了王景临一眼："耕种是老乡们的头等大事，我们怎么会不把大伙放在心上？王掌柜也绝不是出尔反尔之人。这是国民政府给乡亲们准备的，都是最好、最符合滕县生长的小麦种子，还有不少玉米和高粱的种子。"

老陈焦虑的眼神缓和下来："我就知道，王掌柜怎么会骗咱们，多谢你们！"

张晓生大手一挥，一旁的两个士兵上前，将手中的布袋展开给老陈看。

"还请这位老乡通知一下大伙儿，到国民书店来领取种子，只要大家伙儿登记留下姓名，都可以免费领取。"

老陈高兴得乐呵呵，兴冲冲离去。

张晓生远远看着喜气洋洋的老乡，面容柔和，不似往日寒毅。王景临冷不防问道："从龙少爷那里抢走种子的，应该就是你的部下吧。"

张晓生敛回面部和气，眉毛轻轻向上挑起："我们党国，怎么会让你们共产党尽得人心？"

王景临冷笑道："先打断人的腿，再给别人一根拐杖，然后标榜自己的好心，你们国民党如果真能为百姓着想，应该多加自省，耍这些花枪的力气不如多为百姓做些好事。"

张晓生笑而不答。没多久，来国民书店的人群挤得水泄不通，马秀山不得不大喊着指挥秩序。

发放种子这几日，张晓生身着墨绿色军官服，威风凛凛在此坐镇。突然街角传来一声刺耳的汽车鸣笛声。

不少人抬头循声望去，只见一辆黑色轿车颠颠簸簸驶了过来，后面跟着大批警察快步追随。

农民们以为是冲着他们来的，聚集在书店门口的人群轰然散开，大家都警惕地看看是谁又要倒霉了。

汽车从他们身边驶过，带领众多警察，看都没看他们一眼，便朝县城西门郊外奔去。

能让警察局局长亲自出动，不知道哪里又有什么大事发生。

王景临大脑飞速旋转一下，警察局去的方向正是张广濂的宅子。这段时间那个军阀组织发生太多的事，让人不得不联想到它。

张晓生似乎跟他想到一块了，自顾自说道："十多年前袁世凯死后，他的部队分为直、皖、奉三个派系，以及其他数不清的小部队。他们为了扩展自己的势力范围，开始了长达数年的割据战。最开始，占领滕县地界的军阀名为孙桂芳，本属直鲁联军，领导第三师一个团和一个大炮连，驻扎在滕西一带的小石楼村。"又道，"张广濂本是一个散军部队的小头目，七年前来投靠孙桂芳。恰巧那段时日孙桂芳在省城，师长诸良玉不能做出决定，只能等孙大帅回滕西才能决定。"

接着说道："可就在听说孙桂芳返程的前两日，大概下午四时，本应在第二日归顺的张广濂部队在滕西一带突然消失无踪，没多久小石楼村后面的驻扎地却响起轰天炮声。待硝烟散尽，听附近的村民说，那里遍布伤亡，惨不忍睹。"

王景临听后不语。张晓生继续道："两日后孙桂芳回到滕县知道情况大怒。但有人汇报是诸良玉跟张广濂里应外合，让张广濂的部队占领了整个部队，取得了对武器的绝对控制权。孙桂芳一气之下杀了诸良玉，带领部队在大庙村跟张广濂交火。不承想张广濂已经掌控大炮连，孙桂芳伤亡惨重败下阵去，他自己也被剿杀在一片杂草林中。

"张广濂因为对下属重情义，够义气，很快收获了人心。至此才在滕西横行霸道多年。"

王景临接着道："其实当初跟张广濂里应外合的人，不是那位诸师长，而是一名看守大炮的小兵。听说也姓孙。"

张晓生哈哈一笑："天道好轮回，苍天绕过谁。"墨绿色披风一舞，"王掌柜，我跟你打个赌，这位孙大帅在这个位置上也待不了多久。"

王景临道："不用打赌，太阳底下无新鲜事。"

张晓生挑着眉头，等着他往下说。

王景临道："1928年国民政府就收编了张作霖的军队，当时他们和张作霖达成协议，规定国民党给予东北军一定的政治地位和经济利益，同时东北军也要接受国民党的统一指挥，就是大名鼎鼎的'张作霖受降'。可惜好景不长，没多久张作霖就被日军炸死了，对整个中国的政治局势造成重大影响。这位孙大帅刚刚上任，无论根基、经验和能力尚还薄弱，国民政府岂会错过这个机会。"

张晓生咂摸了他的话半晌，突然哈哈大笑道，"王掌柜的，若种子不够请直接到县政府领取。我先告辞了。"

翌日，不出意外，国民书店的人得到消息，孙重友从马上摔下，不治而亡。

军队一时群龙无首，差点再次上演军火内讧。

可奇怪的是，不知是谁好像料到有此一出，军队此时风声四起，这个军队一连挂了三个大帅，定是那张广濂胡乱修建祠堂，坏了军队的风水，如果谁有胆子再上去当上一把手，必定会死于非命。

这么一来，即便还有不少野心勃勃的士兵，也对这个说法有所忌惮，一时没了动作。恰好警察派出大量人手，乘机成功收服了这支军队，据说政府已经上报给省里，会将他们正式编入国民党军队中。

王景临品着张晓生那句"天道好轮回"，心头波浪翻滚。

马秀山直咋舌："乖乖，这些土皇帝凭着枪杆硬，在滕西那块横行霸道多少年，头顶三尺有神灵，作恶多端遭报应。这世道，别说老百姓，大头兵的命也说不准啊！"

王景临默不作声。事态发展得似乎对自己很有利，但细思极恐。他的大脑里把近来几个月发生的事情串联一下。

洋人的军火、贩卖人口、印子钱、地方武装、鸦片，这些侵害老百姓的毒虫似乎都独立存在，又千丝万缕。而且中间还有一股暗黑的力量，无形的大手一而再再而三将滕县翻腾着。

假洋和尚、徐大掌柜、小邱、张广濂、徐伯璞、龙振标、孙重友等人，似乎站在一个偌大的棋盘上，不知不觉被人操纵，直到掉入棋格边无尽的深渊中。

令他百思不得其解的是，罗琴薇。

上级的指令明确要求他和罗琴薇接头，毫无疑问这是党组织与国民党的一次合作。可是与她真正交集，不过是她奉了刘贵堂之命来为他的父亲送药治疗，就再无具体交流联系。这是为什么？

这期间发生这么多的事，看似与她毫无瓜葛，可王景临总有一种奇怪的感觉，罗琴薇是参与其中的，罗琴薇背后还有一股力量。她跟真相的距离，一定比自己更近。

真相到底是什么？到底是谁，在精妙毒辣地操控着势态？

到底是谁才是鸦片交易的真正幕后黑手？

虽然跟国民党不共戴天，但王景临并不认为他们是始作俑者。

尽管国民政府内部早腐朽不堪，但那些民间私自交易军火，鸦片的崛起，并不符合当下政策，是违背国民政府统治的初衷的，但很多人也清楚，不少国民党的高层也介入这些肮脏交易中，这几乎是公开的秘密。

滕县的鸦片，现在虽然得到控制，但没有找到始作俑者，也只能风平浪静一时。

难道是龙少爷，还是谁？

漫无天际的迷雾中，这个黑影就在跟前，王景临奋力拨开层层水汽，到这个人的眼前问道："你到底是谁！"

他的胳膊一挥，迷雾散开，出现罗琴薇清秀的脸。

王景临吃疼，一下子坐起身来，大口喘气。因在梦里过于激动碰疼了伤口，他浑身像刚从水里捞出来似的。

窗外的天空才刚刚透出一点点亮光。

马秀山替王景临包扎着，嘴上埋怨道："马医生嘱咐了，要你好好休息。天大的事睡饱了再说，即使在梦里你也别瞎折腾啊！你看你看，又发炎了。现在消炎药都紧缺，可怎么弄啊！"

刘天明笑道："这才是日有所思夜有所想，找这个鸦片的幕后黑手也不是一两天能完成的事情，你的伤口要紧。我听说乡下有一个中医，中医医术修为极高，对枪伤特有办法，十分乐善好施，找他保管药到病除。因为名气大，他不随意出诊，只能你受累亲自去一趟。"

王景临道："我的伤无妨。我现在有些思路，虽然不一定正确，但也八九不离十。另外，我很担忧文庭。"

刘天明面色略略一沉："文庭，还未跟你联系？"

王景临点点头："他去潍县，实地勘察我们破译出来的地名和相关情况，早就应该回来了，可一直没有消息。我担心……"

刘天明沉默片刻："的确反常。但我们现在也只能做好手头的事情，静观其变，走一步算一步，愿他吉人自有天相。"

说着，他自己不明显地苦笑一下。

王景临明白他的担忧跟自己一样，那些安慰的话儿只能暂时骗一下自己，让大家别太感情用事，影响对工作的进程和形势的判断。

胳膊再次不出意外发炎了，为了防止伤口恶化，王景临只身前往求医。

那位中医姓张，祖传秘方专治跌打损伤有上百年的历史，家住县城西三十里地的李店村。王景临来到乡下，此时的农田已经长出了绿苗，不少人勾着腰辛苦劳作着。

前方栽着两棵大柳树的院子，便是张老先生的宅子。

院门敞开，里面已经不少求医问药人，或站或蹲在大堂外。有打猎不小心被火药伤到的青年壮汉，有修房子从高处不慎跌下的农民，还有因调皮脱臼，还不安分想到处乱跑的孩子被母亲抱在怀里。

几乎每个人都是衣衫打着补丁，全都是穷困百姓。

整个院里，还有一个十四五岁的年轻后生，打着布帘进进出出忙前忙后，看样子像个学徒。

突听屋内咳嗽几声，又传出几声啊呀呀的惨叫，众人皆望向窗户。屋内又变得鸦雀无声。

过了不过两分钟，门口帘子突然掀开，一个中年男子被人搀扶着，面带轻松，一瘸一拐走出来，径直出了院门。

一旁的乡亲啧啧交头接耳："这张神医果真不凡啊，这个人刚来时说骨头错位，就这么几下就好。可真了不得！”

约莫等了快两个时辰，总算轮到王景临，小徒弟拦住他，跟他身后的人道："你先去吧。"

王景临心头疑惑，那人喜不自胜跑进屋内。

王景临拉住小徒弟："我也守序排队，为何不给我看？"

小学徒本就忙得脚打后脑勺，把手一挥："你且等一下吧，叫到你才过去。你若不想等，走便是了。"说罢又忙活去了。

王景临无法，只能看着一个又一个人从他前面过去掀开帘子。

直到太阳偏西，整个院子里只有王景临一人等候。

玉皇大帝好见，小鬼神仙难缠，滕县藏龙卧虎的奇人异士很多，身边的小虾米也不好轻易得罪，王景临也想看看这到底是哪路神仙。

王景临听到窗内隐隐传出一清脆一浑厚的两个声音："我看他那一身打扮和谈吐，以为又是哪家名流过来请师傅出山。"

"所以你就给人家脸子瞧。"

"后来我也觉得不对。没想到我这么甩脸子给他，他还一点不曾动怒，让他排到最后他也一副气定神闲的模样，也能看出他胳膊上的伤也不像装的。"

"胳膊有伤？还不请进来。"

等不及张医生话音未落，王景临自己掀开帘子，自顾自踏入屋内。

张医生身形高大，白色胡须飘逸而下，面目用鹤发童颜形容亦不夸张。掀开帘子一瞬间，二人四目相对，彼此愣了一瞬。

王景临回过神来，轻轻后退半步，弯下腰去深深给张医生鞠了一躬，抬起身来道："上次去往南京的火车上，亏得先生出手相救。今日再次相见，王某感激不尽。"

张医生哈哈笑道："你那会儿晕得不省人事，居然还能认出我这个老头子。"

王景临道："当时也没有全然不知觉，您的胡子拂过我脸上好几次。加上我对声音比较敏感，也不奇怪了，说到底是我们有缘。"

张大夫使了个眼色给小学徒，小伙子立马端来一张椅子摆到先生桌子一旁。张医生笑道："我的小徒多有冒犯，来，我来给你看看胳膊。"

张医生拿出一个陶瓷的盒子，从底部掏出一些膏药，一股中药混杂泥土般的不知名的味道扑面而来，敷在王景临的枪伤处，再用烧红了的细小的钢钳子将伤口里的腐肉一点点掏出来。

王景临也不回避眼光，专心看他的治疗手法。那些膏药仿佛是灵丹妙药，钳子伸进去时他并未感到预期的疼痛。神医果然名不虚传。

处理完伤口，张大夫又吩咐小学徒拿出另一种膏药替他敷上，再细心包扎稳妥，一边操作一边道："伤口本来在愈合了，多半是不勤换纱布，再加上长时间奔波重复感染所致。"

王景临整理好袖子，将胳膊吊在胸前："多谢张大夫。"

张大夫轻轻咳嗽几下："让王先生闲下来恐怕是难啦！只是我这消肿的膏药已经见底了，我早该再制一些新的了。"

王景临道："不碍事。等过些时日张大夫制好了药膏我再过来买一些用罢。"说着从怀里掏出一个银圆放在桌面上。

张大夫微微一笑，将桌子上的银圆往他身边推了推："择日不如撞日。我年纪大记性不好了，改日不知道又等到几日去了，王先生若无急事，跟我一道去林间找来制药的草药，如何？"

不等他回答又吩咐小学徒："张六，把这坛子里的药膏都舀出来装进药罐里。"

王景临怔了一下，看着他从墙上取下一个大葫芦，随他走向屋外。

两人出了院子后门，穿过一排碎石子铺的小径，周边杨树林森森，跳跃的夕阳从树叶的缝隙透出无数的细小光芒。小路尽头豁然开朗，一片片农作物在春风中摇曳。农家屋舍星星点点缀在田野中，炊烟袅袅。

滕县自古是北方著名的富水区域，河流水井在乡村比比皆是。若不是近百年来的战乱，若好好开发营生，定是赛过江南的鱼米之乡。

这时，一些刚刚劳作过、扛着锄头的乡亲看到张大夫远远打着招呼："张神医，收新徒弟了。今日还要泥鳅吗？"

张大夫呵呵乐着点头。两个青年立马挽了裤腿下到河边的泥塘里，不出一盏茶工夫，就捧着十几条土黑褐色湿润蠕动的生物，小心地装进大葫芦里。

王景临看着百姓憨厚的笑脸，又看到远处的田地欣欣向荣，如果一直都这么祥和，那该是多好。

突然他心中咯噔一下，一片乌云瞬间密布他心中，不等自己反应过来，张大夫开口了："药都找到了，时辰不早，王先生早早回去吧。"

王景临忙道："我先送先生回屋再原路返回。"

张大夫摆摆手："这俩娃陪我就好。王先生穿过这片田地，到了岔路口往左，一直向东北方向就能进城了。记住了，一定要朝着东北方向，才能回城。"说罢回头便走。

王景临碰到布袋，不知何时变得鼓鼓囊囊，仔细一看，是小学徒装好的那个装了药膏的药罐子。

晚上，一个黑影潜入了国民书店。

刘天明满脸不解："什么事情着急成这样，这样晚了你都让我来，你今日可去找张大夫了？"

王景临没有接他的茬儿，直截了当道："滕西一带还有不少农户，根本没有放弃种植鸦片。"

刘天明愣了一瞬："怎么可能？我按照登记的乡亲，每家每户都去送过种子了。大家都同意了呀。"

听了王景临去张大夫家的整个经过，刘天明慢慢理出头绪："你在回城的途中，看到很多田地已经长出了绿苗。而那一带，正是当初领到鸦片种子的农户们。可我们最早发给乡亲们的小麦种子，即便当日种下也不会长得这么快，所以你判断依然是罂粟苗，那些乡亲们根本就没有重新种植。可我记得那一带的确有些偏僻，我怕消息闭塞他们不知道，是带着特支的同志过去亲自把小麦种子送过去的呀！"

王景临道："没错。而且这个事情张大夫是清楚的，但他不好明着指出来，小学徒把我安排在最后，他干脆将计就计故意引着我带到那一带，让我亲自发现。自己也可以不暴露，明哲保身。"

刘天明一拳砸在桌子上："那个幕后黑手现在依然苟延残喘，谁这么黑心肠，非要走这条道上？"

王景临只能安排他们兵分两路。

刘天明再一次去滕西那一块，劝还没有放弃种植罂粟的乡亲们早日改种小麦粮食；王景临亲自去调查罂粟种子的源头。

王景临回到宿舍，看了看父亲。父亲吃了罗琴薇带来的药，身体康复得不错，烟瘾并没有再犯。父亲跟他说："不管你在外做什么，不能做伤天害理的事情，要记住一定要对得起自己的良心。"

王景临越发觉得，父亲才是这个世界上最了解他的人。

很快调查结果出来了，那些不肯放弃的农户不是不知道他们种植的什么，而是的确有人逼迫他们，并且连威胁带哄骗，说到时候出了果实给大价钱，一定不会亏待他们。

这个威逼利诱他们的不是别人，正是叶家。

叶家在滕县的商贾名家中称得上一角，在滕县乃至山东甚至外省，都拥有自己的实体产业。

马秀山道："找了这么久的幕后黑手原来是他们家，叶家在滕县也是相当有势力的，你可知道那一带有一首歌谣专门唱的他们家？

"'叶老奸叶老奸，实在是浑蛋，拿着穷人不当人，自己吃的肉山酒海，干活的饭食生霉发烂，住着厅房，吸着鸦片，哪里得来，穷人血汗。'"

刘天明道："叶家野心勃勃一直想垄断县城里大部分实业，一直因为这样那样的原因没有做到，他们多年前就妄想把鸦片引进滕县，我怎么就没有想到呢？不过这样还好，我们赶紧把特支的同志都召集过来开个会，讨论一下如何应对。"

王景临道："张元桥和警察局的小韩他们也别忘了，但是有一点，林小咏暂时别叫。"

刘天明不解："这是为何，林小咏认识不少生意场上的叔叔伯伯，说不定她能帮上忙。何况她在文庙小学是助理教员，工作并不忙碌。"

王景临道："先听我的吧，把同志们都叫来，我们从长计议。"

谁都没想到，开会时，林小咏却第一个到了。

张元桥委屈地诉苦说："我来时她问我，我本以为她也得到通知，没想到……"

王景临也不能怪他："你母亲最近身体好些了吗？"

张元桥道："她是老毛病，总体没有大碍。"

王景临宽慰道："有什么困难要跟组织说，我们一定尽力。好了开会。"

他清清嗓子，开始向所有人布置任务："同志们，大家都知道鸦片种子的事情，现在幕后黑手我们已经找到，那就是滕西的叶家……"

王景临有条不紊地将所有任务安排下去，有意无意瞥见林小咏。她的脸色越来越青，直到会议结束，大家按规定依次从国民书店的正门、后门分别陆续出去。

马秀山准备关上木门，回头问："林小咏，你走还是不走？"

林小咏嘴唇颤抖着，定定看着王景临，突然扑哧一下笑出声来："这就是你不愿意我来参加会议的原因？因为，你要对我爹动手了是吗？那你为什么还要让我参加，为什么不把我赶出去？"

王景临深深吸了口气："我知道，你跟你爹不一样，你心中有信仰，而且你姓林……"

林小咏打断他大叫："不管我姓什么，我也是他的孩子，我从小，爹就很疼我，我也知道我爹的不容易。虽然我不跟他常年一个宅子生活，可是他经常来看我。我要什么都会给我。后来我长大了懂事了，知道我是外室所生，我也恨过他，叛逆过，可是不管什么样，他都是我爹。"

她边说边号啕大哭："我多次告诉他，做伤天害理的生意不是长久之计，可他根本不听我的，我就老是跟他作对，我承认我加入共产党也是想脱离这个家庭，证明自己可以干出一番大事，可是我越在我们的工作当中，听到外面对我们家族不好的声音，越觉得我们家族这么干是不对的，不会长久，我爹做了很多错事，可是，我又有什么办法呢？我又不能选择自己的出身，我又有什么错呢？"

王景临冷冷道："你跟你爹除了传播革命思想，就没有再说些别的我们滕县特支的事吗？"

林小咏哭声戛然而止，瞪大双眼看着王景临："所以，你觉得外面传出的国民书店那些谣言，还有泄露出去的内情，是我说出去的？你是说我，出卖了我们的组织？"

王景临不说话，沉默已经做出回答。

林小咏怔了好久，突然一个拳头打在他胸口上："王景临你浑蛋！"

转身跑掉。远处传来一阵哭声。

马秀山有些不忍："如果真是她告密她也不会过来。林小咏为特支做了不少事情，大家都有目共睹，你是不是误会她了？"

王景临背对着他，良久才道："我心里是有怀疑，可是我遇到有人，他们说出我们特支的很多细节，林小咏都清楚，除了她，我想不到第二个人。"

马秀山顿了顿："就算你怀疑她，在没有任何证据的情况下也不应该伤了她的心，你明明知道她……"

王景临深呼吸一口气，下定决心一般猛转过身来，吩咐道："按照计划进行。从明日起，国民书店暂时关闭几日。就按照我们刚才开会说的那样，如果有人问起，就说是因为之前失火，店面需要重新修缮一番，至于什么时候重新开业，等待通知。明天，你就把三满送回孤儿院去，亲自交到康克士博士手上，这样能更好地确保她的安全。"

马秀山一愣，叫道："明天？你不是已经把三满接走了吗？"

王景临也怔住了："什么？"

马秀山急得嗓子差点劈叉："今日你出门去没多久，就有一个人来书店说他是孤儿院的，告诉我，他是你和康克士博士派来的，要接走三满，三满看着他也很熟悉，就跟着他走了，我当时忙着也没多想。"

王景临暗叫一声不好，他沉静下来迫使自己脑子清醒。

马秀山狠狠捶几下自己脑袋："我真傻呀，居然让人从我眼皮子底下把三满带走，可是到底是什么人干的呢？他这么做又是为什么呢？"

王景临只能安慰他少安毋躁，明日一早他再想办法。

担忧了一夜，天已亮。

在漫天晨雾中，王景临去了龙府。

昨晚，龙少爷在国民书店承认自己放火的画面从脑海里闪过，直觉就告诉他，三满这次被人带走跟龙少爷有关系。

这个小姑娘看似普通，可从她的种种行为动作上看，她身上的谜团太多了。

经过龙家下人通报，王景临跨进龙府。

越过垂花门，穿过一个五进的大院子，足足行了三五分钟，才来到龙府大厅。

隔着老远他就听到龙少爷爽朗大笑，人脉极广的龙府向来宾客盈门，一早已经有人来府拜访也不足为奇。

用人将王景临引进大堂，一位身穿中山服、戴着金丝眼镜气质儒雅的中年男子已居主位。

龙少爷起身为他们介绍："这位就是国民书店掌柜的，王景临先生。"又跟王景临介绍道，"这位是新上任的赵长江县长。"

赵县长微笑着伸出手："原来你就是大名鼎鼎的国民书店王掌柜，久仰。"

王景临也急忙伸出手，寒暄一番。

龙少爷道："我刚把王掌柜勇于斗军阀、跟鸦片贩子斗智斗勇的事情跟赵县长叙述了一下，没想到，说曹操曹操就到。"

赵县长道："自国民政府成立，对鸦片向来深恶痛绝，王掌柜一介布衣竟然有这等觉悟和谋略，实在是可敬可叹。还望再接再厉，若有困难，直接去县政府找我赵某人，我定不遗余力全力相助。"

王景临自谦感谢一番。

待赵县长离去，龙少爷遣退身边下人，两人踱步在花园里四处无遮挡之地，王景临将去张大夫府上疗伤的经过跟龙少爷说了一番。

龙少爷嘴角带着玩味的笑意："既然鸦片这玩意儿没有杜绝，王掌柜的刚才为何不告诉赵县长，让他助你一臂之力？"

王景临冷冷道："初次见面便提要求，我不想做出头鸟。二则，我如何知道，赵县长跟鸦片种植有什么关系？"

龙少爷哈哈大笑："真不愧是王掌柜，你也间接告诉我，你是很信任我的。"

王景临暂时将此搁下，反问道："三满你带到哪里去了？"

龙少爷止住笑也不否认，反问道："这孩子与你非亲非故，你为何如此上心？"

王景临回道："萍水相逢，倘若有缘，天下人皆可放在心上。"

龙少爷道："为民请命乃众望所归，这就是你们共产党人的信仰？"

王景临愣住了一下，并没有正面回答："不管那孩子是什么身份，但她毕竟是一个孩子，还请龙少爷不要伤及无辜。"

龙少爷微微笑道："能把那个假洋和尚的头砸个稀烂，这孩子也绝对不是什么简单人物。我是不怕事，但从不做无用之事。王掌柜且先回去，我绝不会平白伤人性命，假以时日，你便知道我的用心。至于大坞那一带你也不必忧心，我滕县自古风水奇佳，那些腌臜东西脏不了我们这块地界，一切尽在掌握中。"

从龙府出来，王景临细细咀嚼着龙少爷的话，并未得到心中答案。因暂不能回国民书店，他去干货店买了一些滋补食材回到学校宿舍，还未进门就听到里面母亲的说笑。

母亲高兴好似上个世纪的事情了，自从父母来到县城，发生这么多事，他们每日都愁云满目。

王景临正心下疑惑，推门进去，只见父母和一个人在谈得起劲儿。

母亲见他进来，难得笑脸招呼他："儿呀，你看看是谁？"

一个身着长衫的人转过身来，口中唤："王先生！"并行了礼。

王景临仔细辨认一番，却想不起在哪里见过他，只见来人冲着王景临抱拳鞠躬客气道："王掌柜的有礼，我是叶家管家，您管我叫老贺便是。"

王景临心头咯噔一下，他还未想到对策怎么对付叶家，怎么跟林小咏相处，管家为何就找上门来了。

他不动声色，客气地还礼道："不知道贺管家会过来，失礼了。"

母亲在一旁嗔怪道："儿呀，你什么时候跟人家姑娘好上的都不告诉我们，这不是耽误人家闺女吗？"

前段时日，林小咏没事就在两位老人跟前晃悠，母亲是相当喜欢这个姑娘。

母亲一席话让王景临目瞪口呆，一时不知如何是好，踌躇一会儿硬着头皮解释："这是哪儿跟哪儿呢，林小咏她不过是，其实我们，我们只是……"

贺管家急忙打着圆场："两个年轻人早好了。想当初，王掌柜被人诬陷进了警察局，还是我们小姐作保说是您未婚妻，您才出来的。我家老爷开明，知道现在年轻人都是这样，从未怪罪。只是不知道为了何事两人闹了口角，我家小姐在府里哭得抽抽搭搭，老爷也生气，下人们都不知如何交差才好。我在此斗胆先告诉令尊令堂大人，还请王掌柜的示下如何是好。"

父亲咳嗽几声，一如既往的火暴脾气："你们成何体统啊，现在也太新派了，没有父母之言怎么这般胡闹！你这样还不坏了人家姑娘的名声，你赶紧过去跟人解释清楚。"

贺管家急忙道："正是这个意思，今日前来就是想跟两位老人商量一番两个孩子到底怎么办，要不请王掌柜抬抬贵脚去一趟叶府？我今日也好有个交代啊！"王景临父母羞愧难当，不等儿子开口就替他答应。

为了不让父母再牵扯其中左右为难，王景临只能答应，跟随贺管家上了一辆黄包车。

黄包车行至南关，车子拐了个弯儿来到一条街上。

此处不是一般的街道，马路一旁各色酒楼酒馆，各色莺莺燕燕、红飞翠舞让人眼花缭乱。王景临也无异议，跟着贺管家一路来到一个相当气派体面的会馆。

此时，已经有一个中年人在那里守候多时。老贺跟王景临介绍，这是叶家老仆老林，在此静听王景临等人吩咐。

一进会馆里面，香气扑面而来，大红的纬帐，半中半洋的家具布置，上面全是精致玲珑的装饰，已经暴露了这里便是狂蜂浪蝶的场所，只是此时还是白天，醉生梦死、纸醉金迷的场景要夜幕降临之后才会出现。

进入一间厢房，贺管家道："王掌柜，我家老爷吩咐了，他在附近有生意急需商谈，这里是我们叶家地盘，洽谈较好，我这就去请老爷过来，还请王掌柜等候片刻。这是我叶家的下人，有什么事你尽管吩咐他做就好。"

王景临只能同意，静静喝茶等候。

没多久，门外有打骂的声音，听着像老鸨在教训不听话的女佣。王景临心头突然抽了一下，莫名想到了小邱。

打骂声越来越大，激情之处只听到有人骨碌碌从楼梯上滚下，哭喊声和皮鞭抽打的声音此起彼伏，由远及近到他的门口。

经不住好奇心驱使，王景临探身看了过去，冷不防一个瘦小的身影扑了进来大喊，"先生救我！"一个身形娇小的女子，眉目娟秀，看着不过十六七岁。

满脸横肉的"妈妈"一把揪住她的头发骂道："下作娼妇！还以为自己是千金小姐呢，乱砸东西不说还敢来打扰客人。"说着扬手举起皮鞭，手腕却被人堪堪握住了。

老鸨斜眼看了王景临一眼，换了张皮笑肉不笑的面孔："先生来得太早了，我这里教导姑娘呢，您一边坐坐，晚上等姑娘们起来了一定好好招待您。"

一旁的打手唱着黑脸："这里不是戏院，英雄救美的戏码上别地演去。"

王景临笑道："有话好说，把人家脸打坏了，可不是坏了你的生意？"

老鸨哟呵了一声："什么山头唱什么歌，客人来了都得守规矩。"

站在一旁的老林呵斥："跟谁说话呢，这王先生可是叶老爷的贵宾。"

老鸨一怔，口吻气势瞬间都柔软了不少，嘴依然硬着："叶老爷？叶老爷来了也得守这里的规矩。"

倒是给了面子住了手，一把拧过小女子骂骂咧咧上了楼。

下人客气对王景临道："这里就是这样，老爷平日管得不多，王先生不用担忧。"

王景临问："你家老爷什么时候会过来？"

老林笑道："我一个下人怎么清楚。或许两个时辰就过来，或许明天也忙得不能来见客。但老爷早已吩咐过，王先生在这里想怎么消遣都可以。"

王景临大约等了一个时辰，一个小丫头过来倒茶，对王景临道："刚才多谢先生。"王景临仔细一看，可不是刚才那个挨打的姑娘？微笑点点头道："以后机灵点，别惹你妈生气，免些皮肉之苦。"

小丫头放下茶盏似乎没有离去的意思，继续跟他悄声道："先生，我知道你是好人，你能否将我救出去？大恩大德我没齿难忘。"

王景临摆摆手："姑娘，我今日前来也是有求于人，你干完活赶紧回去吧，免得让别人看到又要吃亏。"

姑娘拉住他的胳膊流泪道："先生救我吧。我是被人拐骗过来的，如果你帮我回家，我爹一定重重感谢你的。"

王景临掰开她的手："姑娘，我也爱莫能助，你请自重！"女孩缠了他好一会儿，听到外面有脚步声，发现自己的确求助无望，只能啜泣着离开。

王景临松了口气，只能继续坐等。现在已经是下午，他刚刚浅尝了一些点心，觉得有些闷热便多喝了几口水，渐渐犯起困来。

王景临猛然警惕，他一向不轻易疲惫，觉得有些蹊跷，正想着浑身不自觉燥热起来。

这时门吱啦一声开了，王景临霍地站起来，气息愈发急促。还是方才那个姑娘，被对方突然的动作也吓得一颤，回过神跑到他跟前关切道："先生你怎么了，可是哪里不舒服？"说罢伸手来扶他。

王景临本能往后一躲，却觉得身体炙热得无法控制，姑娘的指尖画过他的手背，他心中突然一股莫名的冲动在体内冲撞，几乎难以抑制。

他一把抓住姑娘的手腕，仅存的理性对自己轻浮的举动大为纳罕，姑娘也不生气，就势挽住他的胳膊，语气温柔得像春日的小涧："先生刚才喝酒了吗，我扶你到榻上小憩一会儿吧。"

她身上的女性特有的香气直直扑入他的鼻腔。王景临想躲开她身体，向左侧一倒，受伤的那只胳膊不偏不倚撞在高台脚架花台的一个尖角上，一股钻心的疼从他胳膊上蔓延开，血渍渐渐从衣服里渗透出来。

姑娘"啊"地尖叫一声："先生！"

王景临眼里喷着火，喘着粗气凭着最后的意志告诉她："快！快去！你没看出我胳膊有伤吗？现在怕又感染了，你赶紧去找大夫。"

姑娘见他鲜红的胳膊，不敢怠慢，三步并作两步跑掉了。王景临长长嘘了口气。

他刚进入这里看到老鸨教训这个姑娘，就隐约觉得不对，生意场面上，教训下面的小姐哪会当着客人的面。刚才那个姑娘过来求救于他，他也不能完全确定，但体内爆热得非比寻常时，他终于意识到，自己是被下了春药。

若不是自己急中生智弄伤自己的胳膊，疼痛让他清醒一些，他真不确定自己是否真的能把控住自己。

在强烈的药物迷幻作用下，王景临渐渐昏睡过去。

也不知过了多久，一睁开眼睛，迷迷糊糊中却发现自己躺在厢房的榻上，一个身着旗袍的女子坐在对面古色古香的椅子上，看着他，听到响动起身走了过来，语气关切："王先生，可觉得好些了？"

王景临微微睁开眼睛，神志依旧没有全然清醒。他看着眼前的女子，仿佛看到林小咏，又仿佛是罗琴薇，他意识到药物在体内的燥热尚未褪尽，不敢乱动轻易造次。

女子倒了一杯水到榻边，掀开他的被，帮他坐起身来，还不忘护住他受伤的胳膊，将杯子递到他唇边。王景临才感到干渴难忍，顾不上别的一饮而尽，不出一分钟，意识清醒不少，身体也不似刚才那般火烧火燎了。

他看着女子，年龄约莫四十出头，眉目似曾相识，她不等他开口就自报家门："王先生，我是林小咏的母亲。"

王景临怔了一下，盯着残留的茶杯口气愠恼："那你就是叶太太了，你，这是什么意思？"

　　林母脸上浮起无奈，自嘲笑了笑："我一个做小的，算哪门子太太，王先生若不介意，管我叫林姨好了。"说罢长长叹了口气。

　　她顿了顿道："王先生，你要怪罪就请怪罪我吧，是我求老爷把你带过来的。本是想跟你好好谈谈，但下人会错了意，给你下了套，还请你别往心里去。"

　　王景临问道："林姨，现在小咏怎么样？叶老爷带我到这里到底何意，他人呢？"

　　林母道："王先生，是我想见你。可怜天下父母心，我只有小咏一个女儿，她是我在世上唯一的挂念和依靠，把你请到这里的确失礼，可是这些日子我看着她的样子，实在是于心不忍啊！"

　　她眼含泪水，慢慢跟王景临讲述了她自己一生悲惨的境遇。

　　二十多年前，她被卖到叶家做奴婢，后来被叶老爷看上了，被收了做偏房。

　　叶家大太太是个厉害角色，不轻易容人，叶老爷之前一直想娶小妾都被她拦住了。

　　也不奇怪，叶太太娘家的哥哥在山东及南方各个地方都很有势力，叶老爷能在滕县发展得八面来财，运气极好，跟叶太太娘家的扶持有很大关系。之前那些莺莺燕燕都被叶太太赶跑了，唯有林小咏的娘，性格谦卑温顺，平时伺服老爷太太也是尽心尽力，叶太太虽然狠辣，但也是旧派思想，不愿别人说她善妒，便留下了这个逆来顺受的女人。后来不知怎么，她同意了，便让叶老爷收了偏房。

　　即便如此，作为侍妾她在叶府依然只能小心翼翼如履薄冰，没少被穿小鞋，甚至一些体面的下人暗地里都能欺负她。

　　后来怀了林小咏，叶太太更把她当作眼中钉，对她非打即骂处处刁难，还扬言这个孩子是个野种，孩子生下来不准入族谱，不许姓叶家的姓。

　　实在没办法，叶老爷才在外面找了间房子安置她。林小咏就出生在那所小宅子里，跟着母亲姓，慢慢长大。

　　好在叶老爷也算是有良心有情义担当的人，虽然孩子没有姓叶，可他心里清楚这是自己的血脉，尤其是刚刚出生的林小咏那模样简直跟叶老爷是一个模子刻出来的。

　　叶老爷极为喜爱这个女儿，隔三岔五会过来看她们娘俩，甚至还经常带着年幼的林小咏到他的生意场上。

　　虽然不姓叶，但当地的人都知道这是叶家千金，谁都不敢怠慢她，都宠着她。那段时日，是林家母女过得最开心的时候。

　　林母对王景临道："小咏从小到大就会看我脸色，也怪我，常常一个人想着想着就哭起来了，不小心被她发现，她会想办法让我高兴。我的孩子我了解，她看着没心没肺，其实心里跟明镜儿似的，心思重着呢，都是我连累了我的女儿。"

　　她边说边抹着眼泪，抬头道："小咏现在大了，成天往外跑，我不识两个字，她说想教我也教不会了。可我知道她喜欢去国民书店，虽然她也没有明说过，但我知道她是很喜欢你。她无意中说到你的时候，那眼睛里的光……"

王景临心扑通连跳几下，却不知如何回应这位脆弱的母亲。

林母又道："我也是从年轻时候过来的，自己的女儿还看不出来？王先生，你现在还未娶亲，也不曾定亲，我这个当母亲的今日豁出去老脸来恳求你——和我们小咏成亲吧！我这样做还有一层目的。"

她看看外面，压低声音："这样我家老爷才不会怪罪你。你这段时日一直在阻止他的生意，换成别人，他早就下手了。老爷也知道你是小咏的心上人，才一直容忍，可这不是长久之计。我真心为你好，也是为我女儿好，你就听我劝吧。"

她越说越语无伦次起来。

王景临问："我记得，林小咏家里不是跟胡家有联姻吗？"

林母幽幽叹道："胡家大少爷胡成，是跟我家小咏从小玩到大的，之前小咏和胡成去了上海，现在小咏回来了，但是胡成依旧在上海，我听说，他好像加入了一个……什么……好像是青帮。"

王景临低头思忖一下，青帮他听说过，在上海极其有势力，跟国民党也有着千丝万缕的关系。

林母似乎不关心这个茬儿，继续她的游说："我听老爷说了，我们和胡家不会成为亲家。本来两个小孩的事，都是两家男人喝酒开玩笑定下的，不作数。"

她见王景临低头不语，恳求道："小咏在家里时不时会提到你，我看她那个眼神、那个表情，我也年轻过，知道她的心思。王先生，你的一些事我多少也听过，你就娶了小咏吧。先得到我家老爷的肯定，以后你们有什么打算，要干什么，不还是由你说了算吗？"

王景临心头一动，这个策略他还真没想过，一时有些恍惚。

顿了顿，他的口气缓和下来："林姨，成亲之事非同小可，我们都还是再慎重考虑下才好。"

林母轻轻叹口气点头道："那是自然，你先休息一下。等身子好起来了我再派人送你回去。老爷可能要来了，我就先告辞了。"

随着硬底皮鞋笃笃声越来越远，王景临紧锁的双眉略舒展了一些。在柔弱的女子跟前，他有时候反而没有太坚定的态度。

门外出现敲门声，不等他回应门就开了，老林从外面走了进来，对着王景临关切道："王先生觉得好些了吗，要不要送你回去？"

王景临定定看他几眼，不说话。老林被盯得有些不自在，讪笑道："王先生您是回国民书店，还是回学校宿舍？"

王景临冷笑一声："你刚才看得一清二楚了，何必多此一举过来问我？"

老林怔了一下。

王景临又道："早就听说叶老爷喜欢看戏，没想到更喜欢上戏台子演戏。今日叶老爷是自家家奴，隔日又不知会扮上什么呢？"

老林愣了片刻，微微扬起下巴，一把撕掉方才低眉顺眼的面具，狡黠狠辣的目光瞬间从眸子里绽出，他乐呵呵笑道："小子，你挺可以的呀！"

王景临转转头，眼神指向墙壁上一幅西洋壁画："我一进门就注意到这张画了，警察局顾局长家中也安排了这么一张，风格手法如出一辙。想必这画后面的暗格出自同一个木匠师傅的手吧。叶老爷在里面早就看得一清二楚，何不开门见山呢？"

恢复主子身份的叶老爷笑眯眯地问道："你又是怎么知道我就是……"

王景临道："贺管家带我刚见到你的瞬间，我直觉就觉得他并不是在跟奴仆讲话，倒像向比他身份高的人请示。何况叶老爷喜欢玩这个把戏，江湖上的人多多少少会有所耳闻。"

叶老爷背着手儿来回踱几步，突然哈哈大笑："不愧是我叶某人的闺女看中的人，眼光就是好。小子你是个人才，可惜路走得不对，得有人来好好教导一下你。"

王景临道："所以，你先让我中春药，见我没有中计。然后派林小咏母亲来游说我和你女儿成亲。叶老爷，我不过一介读书人，开了个小书店还被人放了火，你至于费这么大力气跟我演戏吗？"

叶老爷笑道："让你中春药，是考验你的意志，你定力果然比常人更稳，是个能干事成事的人。一个书店小掌柜实在不用费我这么多心思，可要做我叶家的乘龙快婿那就没这么简单了。"

王景临迟疑一瞬道："我不知道林小咏是怎么说我的，但我和令爱之间的关系绝不是你想的那样。我曾经是她的老师，她对我多些佩服也是自然的，叶老爷请别误会了。"

叶老爷把脸一沉："我有没有误会王先生自己心里清楚。我知道的是，你一直耿耿于怀我现在种植鸦片，一直在阻挠我。我一向心胸宽广，知道你是一个有为青年，你的国民书店里卖出这么多宣传红色的书籍，我都从来没有揭发过你，可是事实其实不是你想的那样。"

王景临顿了顿，问道："林小咏还跟你说了什么？"

叶老爷叹口气："这个臭丫头到现在什么都没跟我说，小时候倒好，越大越不听话。王先生别误会，你的那些书是我从她的床底下翻出来的，女大不中留啊，我虽然纵横江湖，也有几个儿子，可女儿只有一个，可对我这个女儿真是没办法啊！"

王景临笑道："叶先生何不去警察局揭发我，再管教好你的女儿。"

叶老爷两手一摊："揭发你对我有何好处？我一介商贾，奉行多个朋友多条路，何况我要是来害你，我那丫头还不跟我拼了命？"

他叹口气："小咏，打她小时候起，我就亏欠着她，虽然吃穿用度都是最好的，我还送她去最好的学校。可我亲自管教太少，说出来也不怕你笑话。我惧内，我的大太太嫉妒心很重，现在年纪大了开始吃斋念佛还稍微好一些，往些年连姓氏都没有给我这个女儿。婚配上，我愿意由着她自己做主，嫁一个自己喜欢的男人，一个我也看得上的男人。"

王景临心中暗笑。叶老爷作恶多端，臭名远扬，可如今看来，全天下父母心都是一样的。

他相信他身上存在一定的父性，但要说真像他自己说的那样为女儿这般考虑，他是万万不信。现在只能沉默，满足叶老爷怪异的表演欲。

叶老爷又道："王先生，我种植鸦片也不是为了让滕县人抽大烟。你可听说，现在中日战争蓄势待发了吗？"

王景临问道："这跟种植鸦片有何关系？"

叶老爷道："鸦片做成大烟，的确会让人上瘾，是个坏事，但是经过一定技术可以提炼出消肿止痛的麻药，只要打仗，必定有士兵受伤，鸦片就是不可多得的原料。而且放眼整个东南亚，大多处于战事或战事前的阶段，我们种植出的鸦片也可以出口赚取大洋。"

王景临沉默了。

叶老爷又道："鸦片不一定会做成害人的烟膏子，也能做山药，救我国士兵于水火之中。王先生对我误会极深。我不想我们这些误会，耽误我的女儿。王先生，我真心希望你能做我的女婿，以后绝不会亏待你。"

王景临便道："叶老爷深谋远虑，我自惭形秽。我可否见一下小咏？"

叶老爷见状，干咳嗽了几声笑道："我会安排。只是王先生还是不相信我叶某人！也不奇怪，俗话说，苟利社稷，则不顾其身形。毕竟鸦片这玩意儿如此敏感，王先生谨慎些是应该的。"

王景临点点头："多谢叶老爷理解。"

叶老爷笑道："功名只向革命取，真是英雄一丈夫。"

王景临心脏顿时漏跳半拍，拳心倏然捏紧，看着对方似笑非笑的面容，心底渐渐明白过来。

半晌他才咬牙问道："李文庭，现在在什么地方？"

叶老爷笑道："你们共产党的暗号果然好用。"

王景临忍不住大吼："你把李文庭怎么样了？"

叶老爷微微一笑："王先生少安毋躁，你的好同志现在挺好，因为他把什么都告诉我了，人毕竟是肉身做的，怎么拼得过铁？你也不用责怪他。"

王景临狠狠按压住怒火："我在问，你到底把李文庭怎么样了？"

两人四目相对，一道斜阳从窗外射进屋内堪堪将二人隔开，彼此眼中的怒火恨不得将对方烧成灰烬。

傍晚。

王景临回到宿舍，恰逢此时罗琴薇在，正在指导他父亲用药。她道："这次的药剂比上次略小一些，服用期间要一直注意令尊的状态。这是这段时日的药和服用方法。"

药的剂量也根据王父不同的病症在变化，极为严谨。

说着将一个纸包递与他。

王景临伸手准备接过，另一只手冷不防将纸包夺走。两人一回头，同时对上林小咏怒气带酸的眼神。

王景临一愣，他有好多话想跟她说，此时千言万语却变成："你又干什么？"

林小咏瞪了他一眼，目光转向罗琴薇，满含敌意，她挑衅地上前几步，翘起下巴："送个药让别人来好了，你天天这么赶鸭子上架似的，就不怕你的金主误会你偷人吗？"

王景临几乎不敢相信这种粗俗的言语是从她嘴里出来的，压低声音道："林小咏，你说什么？"

林小咏瞥他一眼，继续道："你可知道，刚才他去哪儿了吗？他去见我爹了，讨论我们的事……"

话音未落，她被呼啦一下拖到门外，王景临拽着她的手腕低声道："你这是干什么？你不要瞎胡闹了。"

林小咏气鼓鼓："就看不上她那股做派，早不来晚不来，偏要等天擦黑过来，想跟你月上柳梢头人约黄昏后吗？"

王景临深呼吸一口气："调整药剂，最好是服用不久就入睡。她这个时候来也不奇怪。"顿了顿，"林小咏同志，你很清楚我们和罗琴薇接触的目的，希望你不要无理取闹。"

林小咏望着他正气凛然的脸，气焰被浇灭了大半，垂下睫毛，目光柔柔，语气讪讪道："我听贺叔说你去见我爹了，你们说什么了？"

王景临严肃道："劝你爹放弃鸦片的营生。"

她抬起头无比动容："上次我打你是不对，我也知道我爹做的事不好，可是谁都会犯错的，我听说滕县多年前，很多人都有过军火鸦片的交易，可后来也都改邪归正了。不是我为我爹找借口，你也再劝劝他好吗？"

王景临叹口气："我也不该怀疑你。我如今才知道，你爹暗地种植鸦片，是想用鸦片制作麻药。是我误会他了，你也知道我有时候脑子一根筋。对了，你爹，他们希望我们……成亲。"

林小咏脸庞顿时泛起红晕，低下头抬起眸子飞快地看他一眼，娇羞道："你，同意了吗？"

王景临道："我想问的是，你可愿意？"

林小咏把身子一扭，背对王景临："你说成亲就成亲，我不乐意！"

王景临叹口气："那我只好如实告知叶伯父，小咏不同意我也……"

林小咏急急转身一把抓住他的手："我没说不愿意。我是不乐意，不乐意你平日在大家伙跟前对我凶巴巴的。"

王景临微笑："以后不会凶了，在小马、文庭他们跟前，我再不说你的不是了。"

林小咏用手悄悄地拉着他的手，含情脉脉地噘着嘴："你说话可得算数！"

王景临内心慌乱，一股热血瞬间冲上了头顶，不知所措地一把将林小咏拥入怀中，将嘴唇贴在他心爱的女人的脸颊上悄悄地说道："过些日子请文庭他们都来喝喜酒，你可别害臊。"

林小咏捶了他一下娇嗔道："谁要嫁给你！"扭头跑入黑色的夜幕中。

王景临望着她的背影，面容渐渐恢复肃穆。他接连提了两次李文庭，仔细观察林小咏的表情，暂时得出结论，他心爱的这个女孩子真的不清楚李文庭的情况。

林小咏如果知道他字斟句酌是为了试探他的态度，又该伤心了。

他回头看向屋内，父母也都看着他，目光充满疑惑，似乎也在心里掂量，儿子和这两个女孩到底是什么关系。

翌日，王景临又来到叶府。

叶老爷很高兴，拍拍王景临肩膀："年轻人开窍就好。虽然你们都是新派作风，自由恋爱，但规矩还是要的，父母之命、媒妁之言那套流程还是要摆起来。"

学校宿舍里，王景临母亲一脸不可置信，接过媒婆的帖子，听着她眉飞色舞侃侃而谈："你看两个孩子的八字多合呀！老姐姐你可太有福气了，这叶家可是出了名的大户，你们老两口以后就跟着亲家吃香的喝辣的好了。"

王景临母亲问道："虽说叶小姐是我儿的学生，可是论家世，我们王家到底根基不如他们，门不当户不对，别是让我儿去做上门女婿吧！"

媒婆一拍她胳膊："老姐姐你想多了。现在的时代不一样了，那孩子是叶老爷唯一的女儿，千金宝贝呢，你家儿子又有出息，是可造之才，到时候经他老丈人这么一调教，以后当了大官，你和王大爷就坐等享福好了。"

媒婆走后母亲高兴不是担心也不是。

父亲目光如炬，问王景临："你这回真的打算成家了？"

王景临老实回答道："父亲母亲不一直希望如此吗？"

父亲目光如炬："怎么之前一点影儿都没有？"

王景临没说话，母亲给他解了围："你这老货，儿子不成亲你骂，这要成亲了你还要审，这大喜的事你怎么就想不开？"

父亲担忧是对的，王景临虽然喜欢林小咏，但是还没有达到谈婚论嫁的地步。

这是拖延迂回之策。

那日第一次见叶老爷，王景临得知李文庭的失踪，跟眼前的叶老爷有极大的关系，顿时震惊不已。

当时，叶老爷笑道："王先生放心，就凭着你们跟小女的交情，我也不会伤他性命。吃点苦头是有的，年轻人谁不吃苦，我像你们这般大时受的罪跟这比起来简直小巫见大巫。王掌柜的，我看你是个人才，我虽然有几个儿子，只有一个宝贝女儿，以后叶家的财产会留给你们一半的。"

王景临不说话。

叶老爷仿佛能看出他的心思，道："我这人看着传统顽固，实则开明得很，不然我也不会送小咏去学校。女孩子家家在闺房里绣绣花读读诗也就行了，哪儿会容得她这般胡闹。她想选什么样的夫婿我也听她的意见，胡家那块你也不必担忧，我自不会让胡成那小子来找你的麻烦。"

王景临冷哼一声："叶老爷，你不愿意跟胡家结亲，是因为几个月前，胡家跟别人争夺集市管理地盘败下阵来，他们对你而言，失去了利用价值。"

王景临沉默道："那我的利用价值是什么呢？我一直阻止你的鸦片交易，叶老爷到底想从我身上得到什么，不如开门见山好了。"

叶老爷道："第一，我是为了我女儿；第二，看你是条汉子，我年长你很多，也真心想为你指一条更好的道路。之所以你现在很难改变，是因为根本没有体验到什么是成功。若你切身感受到权力金钱带来的感觉，你必定跟现在的你不一样。"

王景临道："我想见一见李文庭。"

叶老爷道："自然会让你们见面。希望下次再见时，你成为我的女婿，踏踏实实跟我坐一条船上，自然水到渠成了。现在先送你回府吧。"

王景临知道此事急不得，只能同意对方所有要求。

王景临跟林小咏的订婚，很大程度上是为了跟她的父亲进行交易，目的是把李文庭救出来。他深思许久，知道这样对林小咏太不公平，但他真的找不到别的方法。

他根本就不相信叶老爷种鸦片只是单纯做麻醉药，他也知道自己现在也是这只老狐狸的一枚棋子。

或许叶老爷也知道他的心思，让他和自己女儿结婚也是一着险棋，想在这个过程中，通过某种方式拿捏自己，让自己为他所用。

现在他们都在暗处较量，在明处演戏，就看谁能赢下这场战役。

此时，王景临心中唯一有些愧疚的，就是林小咏。她对自己付出十成的情感，可是现在自己只是在利用她为革命探路罢了。

白驹过隙，王景临枪伤已好了九成，拆下绷带行动也自如起来。

就在这期间，国民书店又重新清扫装潢一番，再次营业。

他和林小咏的订婚宴就定在徐家酒楼。

第十一章　终成眷属有情人，真假订婚意难平

农历三月初九，徐家酒楼一扫之前的阴霾，重整装修了一番，大堂和各个包间里的桌椅全都换新，宾客满门，生意做得风生水起，比之前显得更为洋气富贵

酒楼的二楼被包场下来，数十桌座无虚席。王景临和父母、林小咏以及叶老爷和叶家大太太以及林小咏母亲都到了场，其余的都是叶家关系最亲密的亲朋。

场地一隅请来了从上海来的西洋乐队，演奏着只能在留声机中听到的新式乐曲，又新鲜又体面，与沸沸扬扬的声音交织在一起，引得众人啧啧称赞，

王景临第一次见到叶家大太太，据说林小咏之前也没见过她几次。

自从同意他俩确定订婚，叶老爷与叶太太商议，让女儿姓回叶家的姓，风风光光出嫁。叶家大太太不久前刚刚皈依佛门，看透一切，放下一切，欣然允许。此时按照叶老爷的意见，林小咏已经改名叶小咏，但是倔强的林小咏自己坚持还是姓林。

叶家大太太一身珠光宝气，身着蓝紫流光缎面旗袍，套着一件质地绝好的洋装，体型微微发福，发福的方圆脸庞下缀着一个精明的尖下巴，目光一扫不怒自威。唇角的弧度和下巴翘起的曲线如出一辙，一双凤眼闪着精明的光，站在叶老爷身旁，气场强大。

林小咏母亲身着暗红色旗袍和外套，精心化妆，出众的配饰，俨然一个贵妇，常年的低调和做低伏小，使得她眉目和顺。

据说自从她进叶家门，这是第一次和叶家大太太共同出席。

王景临父母也穿戴一新，面对众多带着或真诚或虚伪道贺的陌生面孔，老两口只能频频点头讪笑，有些许不自然。

徐二掌柜老远就跟王景临打招呼："景临老弟，恭喜恭喜！那一年，我打第一眼看

你跟叶家丫头一块儿我就知道你俩没这么简单。让我说中了吧！"说罢又跟王家父母打招呼道贺。

酒楼的客人越来越多，高朋满座，叶老爷红光满面带着两位太太频频招呼客人。

刘天明碰了下有些发愣的王景临，轻声道："今天是你的好日子，可得打起精神来！什么都别想，今天安心当好新郎官。"

王景临自知神情有些失态，他心里却藏了一堆的心事。

林小咏自然不知道自己和他父亲的交易，更不知道李文庭的失踪和她父亲的关系，还有三满的安排。

林小咏从楼上下来，众人一片赞叹。

只见她一身白色洋装长裙，领口和袖口都绣了当下最时兴的蕾丝花边，脚下配着洁白皮鞋，款款下楼。据说那件衣服是从上海定制而来。黑黑长直的乌亮头发也烫成上海电影画报里女明星的样子，不过略施粉黛便娇艳灵动，青春无敌的脸庞已是倾国倾城之态。

她走下楼来落落大方环顾众人，最后落在准新郎身上，一双眸子含羞带笑，隽秀动人。

王景临看着也不禁有些呆住，眼前的林小咏熟悉又陌生，直到她大大方方过来挽住自己的胳膊，他才回过神来。

叶大太太笑着走了过去，双手抱住林小咏的肩膀上下打量着："女大十八变啊，我女儿长得越来越标致，果真是我们叶家的孩子，跟你爹简直一个模子刻出来的。"

回头半责备半亲昵跟林小咏的母亲道："妹妹，还是你福气好，有这么好的女儿女婿，以后你就等着享福啦！"林母低顺微笑："都是托太太的福。"

时辰到，仪式开始。

证婚人清清嗓子，开始宣读证婚词："今日，是叶家小姐和……"

突然一声吆喝："等一下。"

众人不约而同循声望去，一个高挑壮硕的身影背光出现在门口，耳朵上的一只硕大的耳环随着来人动作蝴蝶般翩跹摇晃。

林小咏顿时瞪大眼睛："胡、胡成哥，你什么时候回来了？"

只见胡成大步朝准新郎新娘走去，人群自动让开一条道。还离王景临等人有十多米距离时，一只手将其拦下。不是别人，正是他的父亲胡大山。

胡大山青筋暴露，压低声音道："今日是你林妹妹大喜之日，你千万不能胡闹，有话回去再说！"

胡母也在一旁，额头上汗水都出来了："你回滕县怎么都不先回家，什么都别说，赶紧跟我们先回去。"

胡成一甩胳膊，胡父急得差点喊出声来："小子，现在不是撒泼的时候，赶紧跟我回去！"

叶老爷笑呵呵走过来："世侄，这么久不见又长高不少，是不是……"

只见胡成将手伸进内衬。

叶老爷脸色一惊，他看着这个孩子从小到大，太清楚这个孩子脾气，混起来软硬不吃，六亲不认，对自己女儿一往情深，此时他就算掏出一把手枪对准自己的脑袋亦不是没有可能。

胡父怕也是这般担忧，一把拽住儿子胳膊，语气软了不少："好孩子，今日无论如何也别在你叶老伯这里闹，那句话怎么说来着，天涯……天涯何处无芳草对吧，有事我们回家再说。"

胡成嘴角似笑非笑，目光看向前方不远处的准新娘新郎，唰一下从怀里掏出一个红色布包，对叶老爷道："我今天特地前来庆贺林妹妹大喜。"不由分说就走上前去。

叶老爷脸上的褶子舒缓下来，拉住胡大山道："让他们年轻人自己说去。哈哈哈，这小子长大了，来来来咱们俩好好喝一个，老胡你可别怪我招呼不周啊！"

众目睽睽之下，胡成走了过去，端起酒杯对王景临，看着他的眼睛道："以后我就是林小咏亲哥，你若欺负她，我会把你揍扁，你不是不知道我的手段。"

说罢一仰脖子将酒喝个干净。

王景临当然记得他当初是怎么把自己送进监狱的，也不知他今日来会闹出什么。

林小咏在一旁也有些许尴尬，没话找话打圆场："什么时候回的滕县，我怎么一点信都没有？成哥你给我准备了什么贺礼呢？"

胡成看着她，愣了一下神，脸上微微泛红："小咏你今天真好看。"低头深深呼吸一口气，猛抬头道，"差点忘了这个最重要的。"说着把红色布包递给王景临，"不打开看看？"

王景临踌躇一下，依他所说一层层打开，看到最里面的物件，瞳孔瞬间扩大。

胡成目光在他脸上瞟过，见他已经达到目的，一巴掌拍他肩上："行了，我礼已经送到，就不在这里讨人嫌了。各位喝好吃好，告辞了。"

"你等一下！"王景临音量突然增大，他身旁的人不由自主都朝他望去。

只见他举着红色布包，一把拽住他胳膊："这个是哪里来的？"

胡成一副无辜的嘴脸："大洋还能从哪里来？好好招呼客人吧，新郎官。"拍拍王景临肩膀钻入人群。

王景临想追上他，无奈一旁七嘴八舌道贺的人群又围了上来，他顾不上别的，扒开人群追上已经出了酒楼大门的胡成："这个大洋的主人在哪儿？"

胡成嘴角泛起报复的快乐："你想知道答案，除非你现在就跟我走。"说着跳上一辆黄包车，"要走就快些，慢腾腾的我可不等你。"

王景临伸手拦下一辆，却被人拽住了，扭头一看是刘天明，他低声问道："他告诉你什么了？是不是知道李文庭的下落？"

　　王景临额上冒着冷汗："不是，是王博源老师。"刘天明怔了一瞬，不容王景临反应，他跳上黄包车："我去找他，我知道你和他的事，他所做很可能是个陷阱，今日无论如何你不能离开这个酒楼，小不忍则乱大谋，你放心，我一定回来给你一个交代。"

　　说着吩咐车夫追了上去。王景临上前快走两步，这时王家父母也过来了："你干什么？今天这么重要的大事你可不能出岔子啊！"王景临望着远处的方向，只好回到酒楼里。

　　面对叶老爷和叶夫人狐疑的眼神，来到林小咏身边。林小咏低声道："胡成哥给你看了什么？你怎么追出去了？"

　　王景临安慰她："没事。男人之间的事。"林小咏低头轻声道："我真怕你这次跑出去就不回来了。那样，我在整个滕县人跟前可就丢人丢大发了。"

　　王景临笑笑不说话，她主动伸出手来紧紧握着他的手。

　　宾客散尽，王景临带着父母回到宿舍。虽然叶老爷已经在县城买了一处宅子送给王家父母，但他们无论如何还是没有住。老两口心中自有定数，没有打算去占"亲家"便宜。

　　夜晚，叶家宅院上方几声清脆的鸟鸣，下人们收拾打点好事务，该就寝就寝，该值班值班，只见书房里灯火通明，叶老爷和叶太太在低声商量。

　　叶老爷抽着烟，叶太太手里盘着108颗沉香佛珠的手串，良久道："你说，你那个女婿王景临是不是发现什么了，我说干脆把他给……"

　　叶老爷摇摇头："现在不能动他。"

　　叶太太冷笑一声："呵，还真把他当成好女婿了。"

　　叶老爷道："你怎么这么多年还在吃醋，你也是在你哥跟前长大的，怎么还这么短视，简直头发长见识短。"

　　叶太太顿时额头青筋，冲他回头一记冰冷的眼刀："我短视！别忘了这么多年你是怎么靠我哥的。现在说我妇人之见，早些年怎么不敢。还东一个小老婆西一个小老婆养着。"

　　叶老爷口气软下来："王景临身上有很多情报，先把他手里的地图弄到手再说。"

　　叶太太说："你那个线人靠谱吗？不是说他们的据点他通通都知道，怎么就找不到那张地图？"

　　叶老爷道："早就看过了，我的线人说，那张地图通通在他们几个核心人员的脑子里。其中王景临知道所有的密码的地址，不然我怎么费这么大的力气让他们成亲，就是为了放长线钓大鱼啊！"

　　叶太太哼了一声："再者，万一你那个好女婿是块茅坑里的臭石头，你怎么都感化不了他，你那个宝贝女儿九成也是向着他，到了关键时刻，你下得了手？"

叶老爷哎哟一声："我的好太太，你怎么还不相信我。不早跟你说了吗？这丫头一出生，咱家生意就大有起色，有个算命先生说了，这些都是女儿带来的，这些年我善待她们娘儿俩，咱的圈子越来越大，连你哥也对我刮目相看。现在关键时期，我肯定会向着你的。"

一番甜言蜜语，叶太太脸色总算好了一些，突然窗户被什么碰到的声音，两人立即警觉起来："谁？"

黯淡的月色下，叶家花园沉睡的林荫，惊起熟睡的群鸟，在黑夜中的猫弱弱叫了几声，便再也没有声响。

荆河边，微风习习。

林小咏撑着太阳伞挽着王景临的胳膊悠闲散步。她穿着紧身凸显曲线的素色旗袍，乌黑的长发绾成最时髦的髻，还未正式拜堂成亲，她俨然一个幸福的小妇人和时尚女子。

林小咏抬头看看未婚夫的侧脸，忍不住表诉衷肠："还有几日就是我们正式成亲的日子了，国民书店最近营业太忙，你白天黑夜地忙，好不容易休闲一日，你就放松些，暂时别再想别的，好吗？"

王景临笑笑没说话，放下她挽着自己的胳膊，把她的手放在自己手心里。

林小咏眼神亮了一下，道："你还记得我们第一次见面吗？我怀里揣着一本《少年维特之烦恼》，那时你刚出火车站，我接受盘查时遇到了你，你就像'维特'一样，只是更严肃更正经。

"你知道吗？那个时候我知道你是我老师我有多高兴，后来我像着了魔一样，每时每刻都想见到你。加入党组织，我也是为了能跟你常常见面。"她拉着他的手仔细问道，认真地看着他的眼睛，"我想请你对我说实话——你答应和我订婚，除了想感化我父亲，对我可有一点点感情？"

王景临震惊心中咯噔一下，难道她知道自己另有企图？林小咏还没有真正体会到革命是什么，革命意味着什么。她常年过着锦衣玉食的日子，参加组织对她来说更像是一场青春的旅行、一段冒险的经历。信仰、使命、责任，为天下之忧而忧的心境，她缺的不是一点半点。

偏偏，她要和自己产生最奇妙和紧密的羁绊。

他轻轻吐了口气，握住她的手："我只是压力太大，怕无法照顾你，一直不敢面对。既然走到这一步，说明有缘千里来相会，看缘分来吧。"林小咏将头靠在王景临肩上，一腔柔情蜜意在空气中荡漾。

忽然听到远处轰然之声，虽然距离相隔较远，但也能感觉其威力。风中刮来的振动波将二人方才之间的缱绻缠绵击碎得几乎毫无踪影。

世事动荡总让人无法安身。

两人极有默契地不再多言，只是并肩朝着城门走去。刚进城里，就听到城里的人在奔走相告："西关造电灯的厂子爆炸了，好多工人都受伤了。"

王景临心头咯噔一下，两人相互递了个眼神，叫了辆黄包车朝西关的幸福街那里奔去。

这个厂子是叶家产业，叶老爷曾经答应，林小咏成亲后，会将这个工厂送给她做嫁妆。

工厂部分建筑外表看似完好，但进入车间已经是一片焦黑狼藉，焦黑的物件还有未被浇灭的火苗，冒着浓浓黑烟，哀号连连，不少人正在帮助受伤的工人，送他们去往医院。

工人认出王景临和林小咏，劝他们赶紧回去。

两人互相递了一个眼神，都明白对方心中想的一致——难道是胡成干的？

林小咏低着头，半天说了一句王景临心里想的话："真的是成哥做的吗？其实，我倒不在乎嫁妆，只是怕他在我爹那边不好交代。"

王景临叹口气："先别说这么多，回你母亲宅子去。"

两人刚到院门口，一个人急匆匆跑出来跟林小咏撞了个满怀，定睛一看，是母亲身边的丫鬟，林小咏叫出来："干啥这么风风火火的？"

丫鬟道："二夫人她，快不行了。"

林小咏大惊："昨儿个还好好的，今天怎么会这样？"

丫头边回头边跑："我去请大夫，小姐和姑爷快去看着二夫人。"一下子便蹿出去了。

林小咏冲进屋内，鞋跟冷不防扭了一下，顾不上脚疼跑了进去："娘！娘！你怎么了？现在如何？"

林母坐在床上，看着她跑进来一脸疑惑："怎么这么急？唉，刚才我一直坐在树荫下绣花，一下子起身太猛了便一头栽下去。额头碰了一下而已。娘贫血多年，你又不是不知道。"

林小咏看母亲气色尚可，稍稍放下心来，小心道："我看翠柳跑得这么急，还以为你出事了。"

林母扑哧一笑："那丫头急躁躁的性子你又不是不知道。你快成家的人了，怎么办事还这么沉不住气，以后离了我身边，伺候公婆可不能这样了。"

林小咏鼻子一酸，泪珠吧嗒下来了，她扑到母亲怀里："娘，我不想嫁了。"

林母拍了拍女儿，宠溺地笑着："又说傻话，快出嫁去婆家的人了，别让人笑话。"

听到外面说话声，林母急忙坐起身来披上褂子："姑爷来了，快让他进来。"

林小咏在窗边唤了声，王景临进屋道："伯母你现在感觉可好？如果感觉不舒服我们千万不能拖。"

林母轻叹口气："这么多年老毛病，没啥大惊小怪的。你们心里有我，我就心满意足了。"

林母扭头对林小咏道："你爹和你大娘昨儿个送来几盏燕窝，你去拿两盏过来，等会儿让景临给他爹娘带过去尝尝。"

林小咏眼眸一亮："燕窝，是南洋那边来的吗？我这就去看看。"乐颠颠跑出去了。

王景临道："伯母不必这么客气，我爹娘从乡下过来，不见得吃得惯这个，太客气了，留着你自己吃吧。"

林母微笑着："给我亲家的怎么能说是客气，以后不许这么说了。你这个孩子别跟我这外气。"

王景临不再言语。

林母轻声咳了几声："我怎么能看不起自己的亲家，别看我这里好像什么都有，其实，我最羡慕的还是你爹娘那个样子。粗茶淡饭也没什么，知冷知热，相互搀扶着才最重要。我这大半辈子都在想，小咏千万别嫁到像我们这个家的样子。老爷选你做女婿有他的道理，小咏大娘也愿意你娶她，是因为她是不愿意小咏留在叶家，也不愿让她嫁给有权势的人家。到底不是她亲生亲养的，隔了一层肚皮的女儿，她如何会真心对待。"

王景临知道，她故意支开林小咏，是为了跟自己说些掏心窝子的话，说些对自己女儿也不好表明的、有关于她父亲的话。面对这个孱弱怯懦的妇人，他心中充满了悲悯。

林母似乎看出他的不适，调转话题："方才外面听着吵得很，是怎么回事？"

王景临答道："警察局抓人，听说动用了手雷，不碍咱们的事，伯母别操心。我有一个朋友从西洋学医回国，这两天就在滕县，伯母看是否需要我去请他过来帮你看看。"

林母低头笑笑，自然也知道他也在转移话题，便道："老毛病了，滕县几乎有名的大夫谁没过来看过？就是这样，不劳姑爷操心。"

王景临笑着低下头，林母知道他还不习惯自己用这样的称呼，给他打着圆场："没几天就是你们的好日子了，别说我这个丈母娘不懂，你是我们叶家全家都认可的姑爷，我就这么叫你也不算不符合礼数，其实我是真想让你现在就叫我一声娘。"

王景临迟疑片刻，道："娘，你放心，你身体会好起来的。只有好起来了，我和小咏才能放心。"

林小咏此时捧着燕窝笑眯眯地跑进来："你们俩叽叽咕咕，偷偷说我什么坏话呢？"

林母嗔怪着："都要做太太的人，还这么没个正形儿，赶明儿让你婆婆好好教导教导你。"

林小咏撒娇道："我婆婆可疼我了，才舍不得说我呢。不信你问、你问你姑爷，不像你天天唠唠叨叨的。"说着还扮了一个鬼脸。

林母嘴上骂着"不害臊"，眼尾却荡出一圈幸福的涟漪，气色也似乎红润起来，拉起两人的手掌心合到一块，目光看向准女婿，眼神说的话王景临看懂了："以后，我的女儿就交给你了。"

两只年轻的手掌在长辈的牵引和安抚下，十指交叉紧紧扣在一起。

警察局赶到现场调查了半日，总算得出结论。

并非外面人所传，是人蓄意引起的爆炸，而是因工厂内部雇员操作不当，使其中一台变压器发生爆炸引起的。

此次事故不但伤及十多个工人，工厂里其他设备和物资都不同程度受到损害。有些机器若要修好，必须去请上海的专业设备操作工才能继续工作。加之善后工作，不少雇工受了伤，工厂只能暂时全面停工。

叶老爷知道此事大发雷霆，拍着桌子骂："那变压器我新换还不到一年，前两月才让工程师检测过了，一切正常得不得了，怎么到了这个节骨眼儿便出事了，说不是外面的人搞鬼，当我第一天出来混江湖？简直岂有此理！也不知道警察局顾局长收受了多少好处，还工人操作不当，不管他在这儿怎么和稀泥，我也一定有办法把捣鬼的那个人给揪出来。"

他发了一通脾气，转头对王景临，若有所思一番道："你朋友多，能否让他们帮忙尽快查出是谁干的？"

不等王景临答话，坐在一旁的叶太太太道："依我说，如今当务之急查出是谁不重要，重要的是赶紧让厂子再运转起来。枣庄的中兴煤矿正在修建一座大楼，好不容易我大哥才让他们在咱们厂子里定了一批电灯，绝不能让这只肥羊给跑了，那可是'官窑'，况且事关官府大老爷们的生意，这个绝对不能出乱子。"

叶老爷点头。此事暂时搁下无话。

随后下来，林小咏劝王景临："父亲让你去查你就先答应，查不查不是由你自己说了算吗？你别这么脑子一根筋。"

王景临握住她的说："我知道，我也是快成家的人了。以后，等你爹这边我们安抚下来后，他接受了我们的思想后，咱俩更要拧成一股绳子，用你爹这些人脉和物资好好去革命，宣传我们马列主义思想，振兴我们中华。"

林小咏脸上飞起一片粉色朝霞，靠他肩上："我以后都听你的。"

县城南大街一条偏僻巷口里，一间小茶馆门口，店小二不住地吆喝揽客，店内顾客却寥寥无几。

王景临戴着宽檐大帽进入店内，店小二热情地招呼他找座位坐下后，他不动声色环顾屋内一圈。

茶馆内部装潢比外面还要简陋，不过两间屋子大小，芦苇草墙的顶棚，大半边被烟熏得焦黑，仿佛几十年不曾粉饰修缮过。整个屋内只有五六张方桌，面上的漆皮早掉得跟白楂木一般，桌子旁边横七竖八放了几张缺了腿翘了背的条凳。

小二很快端上了茶，王景临尝了一口，他点的是旗枪茶，入口分明是不过几个大钱便够喝一壶的花茶。

他也不与店小二理论，尽量让自己低调安静，几乎能与这个小破茶馆融入一体。

没过多大会儿，一身同样装扮的刘天明也进入这家店。自王景临订婚后，两人这才第一次见面。刘天明最近在竞选乡长，被国民政府委以更多重任，实在不方便联系。

刘天明说："国民书店的革命书籍暂时全部转移了。李文庭住所不安全，全都放到滕县文庙小学的一个仓库里。他的孩子我也让乡下熟悉的亲友暂时帮助照顾着。不过话说回来，你老丈人的工厂怎么会在这个时候出事？听说那可是你太太的嫁妆。"

王景临瞥他一眼："这个时候还拿我寻开心。"

刘天明搁下茶碗笑了笑："其实明眼人都知道是怎么回事。你岳父这家电灯公司本属于股份有限制，已经开办了十多年。最早并非叶家个人的产业，是和好几个商界要人一起开办的。当年在滕县，也都是有名有姓的大人物。他们总投资就有三万多大洋，置办了全国都难得见到的柴油机、四十五千瓦交流发动机、锅炉等设备。在县城内通电的线路架设就有十余公里，并配有二千伏安至一百千伏安各种型号的变压器十余台。据说每年的发电量就有六万度。仅仅是滕县，就有二百多家居民用上电灯。几年下来，这家电灯公司业务越来越红火，电灯和架设的项目都做到省外去了，电灯已销售到山东各个城市甚至全国各地……"

王景临轻轻吹着杯子里的茶梗："令很多外人不解的是，这公司销售路子越来越多，银圆越赚越多，股东退出去的却越来越多，一双双精明眼似乎看不到这家公司的前景。至近两年，叶家已经掌握了九成的股份，剩下一成是别家的，听说还是叶家大太太的远房亲戚。"

刘天明道："电灯公司在滕县独此一家，据说滕县不少其他商贾名家都曾经想涉足这一块，但都因这样那样的原因失败了，偏偏叶家做了起来，着实惹人眼红。加上前段时日叶家千金订婚，更是树大招风，引来一些蓄意破坏的确不奇怪。就此推断，如果这次爆炸真不是工人所为，那很有可能就是当年电灯公司的股东从中作梗，是报复行为。话说回来，主要是你的这位岳父大人手段太过高明。"

王景临语气冷静："我们的推断并没有着实证据，但八成也大差不差。叶家大少爷早年便去了南方发展，如今在南京国民政府某司麾下做秘书，是大人物身边的红人，也结交了不少高官权贵，再加上叶太太娘家的扶持，难怪叶老爷这些年在滕县横着走都没人去管。只是河边走多了会湿脚，他树敌太多，总有栽倒的时候。"

两人都沉默一瞬，王景临问："你上次跟胡成出去，查到什么没有？"

刘天明笑笑顿了顿又道："胡成在订婚现场说到的那些纯属偶然，那些大洋与王博源老师没有丝毫关系，只是巧合。那边我已经说服了，他不会再成为我们工作的绊脚石。胡成心里不是滋味这是能理解的，若是在你跟前呛几句不中听的，你就别放心上。不过这么说起来，这回你真的要和林小咏成家了。"

王景临啜了口茶："走一步看一步了。我们当务之急是把李文庭救出来。还有王博源老师，这些年一直有人传说他在国民党的监狱，也有人传说他早就牺牲了。可我一直觉得他还在工作，一直在暗中帮助我们。"

刘天明思量片刻："你看，林小咏她会不会……"

王景临知道他想说什么，立刻否定："她什么都不知道。这么些年据我对她的观察，她根本不会拧顺目前我的关系。她也根本不知道我和她父亲之间的交易。如果现在贸然告诉她真相，局面更容易失控。"

刘天明叹道："你要有心理准备，以后，她多半会恨你。"

王景临道："这一点我早就想到了。几年前我刚参加革命，王博源老师跟我说过，以后可能会有很多人都不会理解我，甚至恨我。包括自己的父母及最亲近的人。林小咏，是我对不起她。行啦！咱也散了吧，这个地方亏你找得到，隐蔽，不太显眼，有些话尽量少在之前的场合讲。勿要想太多，去做就行了。"

王景临离开茶馆朝学校宿舍走去。在路上穿过小巷，快到学校时，长久革命的经验让他明显感到自己被人给盯上了。没有等他反应过来，一个大口袋罩到自己身上，同时脑袋瓜子狠狠挨了几下。

动手的人见麻袋不再动弹，扛起来放到驴车上驾起就走。大约半个时辰，驴车停在一处小房子边上。两人吭哧吭哧将麻袋带到房内扔到地上，一个声音传来："这就是那个叶恶棍的女婿，看着挺硬气，原来是个绣花枕头，这么不经打。不过话说回来，叶恶棍那个老东西会对他花钱吗？不如直接绑他女儿。"

另一个人拍了下他的头："他女儿身边这么多保镖，你我没近身被人打成狗头，只有这小子才会放单线，叶家小姐稀罕着他姑爷，你就放心吧。"

另一个声音道："你刚下手重不？别给弄没气了。"说着揭开麻袋，一把黑洞洞的枪口对准了他。

两人顿时傻了眼——刚还一摊烂泥的男子，似乎根本没有任何损伤，他们自然都知道那小东西的威力，不敢乱动。王景临从麻袋里站起来，打量两人一番，一个瘦长面相，脸颊完全凹进去，挽着袖子的胳膊像竹竿拼接上的；另一个矮胖个头，脑袋又圆又胖。

王景临掸掸衣襟上的灰，语气冰冷："你们是什么人？"

胖子壮壮胆子，上前一步："小白脸子，拿了个假玩意儿就跟我耍横，你大爷我可不是被吓大的！"

王景临伸直胳膊往下朝他们脚边砰就是一枪，子弹溅起一团小小的尘土。两人吓得哇啦哎哟蹦了两下，抱着头蹲在地上一时说不出话来。

王景临冷笑一声："我说是哪里来的土匪进城了，就你们俩这个尿包还学别人玩绑票。把人装进麻袋里都不知道用绳子捆一下，万一我在背后放冷枪，或者插上一刀，你们可怎么办？"

瘦高个颤巍巍抬起头可怜巴巴道："王掌柜的，我们一时糊涂，你就饶过我们这次吧，都是这个胖子出的馊主意！"说着动手拍了胖子一下。

胖子还嘴道："是你说没活路了，提出去绑叶家小姐。叶家小姐绑不了才打的叶家女婿的主意，怎么赖我头上？"

瘦高个急赤白脸："我一句玩笑话你就当真，驴车谁找的？踩点谁踩的？今天是谁非拽我来的？你还倒打一耙。"

王景临见两人吵来吵去都没个正题，直接问道："你们是谁指示来的，为什么干绑票的事？"

两人还未来得及回答，巷口边一阵嘈杂脚步，如此人多加之目标一致的脚步声，王景临立刻察觉到是警察——他的枪声引过来的。

果不其然，孟老五人未到声先到："都谁在里面，老实出来！不然我兄弟的枪子儿可不长眼！"话音未落便是一通子弹上膛蓄势待发之声。

王景临将手枪放回腰间，朝门外喊了一声："五哥！"

孟老五破门而进，满目惊喜："景临老弟，怎么又是你？哈哈，听说你大喜了，可惜那日我值班当差，一直想给你道喜去呢，这是怎么回事？"

王景临侧头看看狼狈不堪的两人："这是我岳丈厂子里的雇员，我托他们帮忙看有没有合适的门脸，给我爹娘他们租上一个做点小买卖。"

两人见警察来早吓得屁滚尿流，听了王景临为他们开脱，百感交集说不出话来。

孟老五不再追究，一拍王景临肩膀："没想到吧，我可早就知道了，那个林小姐就是叶家千金。叶家在滕县也算是大户人家，早看你俩就是天生一对，这回可好，你攀上个有势力的岳父，以后在滕县可更要横着走了！"

王景临笑道："什么横着走，不做上门女婿就好。"

两人寒暄说笑一阵，孟老五准备告辞，一旁的下属问道："不是说这里有枪声，来查私藏枪支的人吗？"

孟老五眼珠子骨碌转两圈，一拍他的脑袋："这里哪里有什么私藏枪支，那枪声明明是在前面发出来的，走，弟兄们快上一步，别让歹人跑掉了。景临老弟，我们后会有期。"

众警察脚步声渐渐远去。胖子战战兢兢地问道："王先生，你、你是怎么知道我是电灯公司的雇员的呢？"

王景临瞥他一眼："你穿的这条裤子，就是叶家为所有雇员特定的。你们俩都是电灯公司的？"

瘦高个道："我是电灯公司夹钢丝线的，他是叶家粮油铺的。王先生，我们糊涂了，这次多谢你，以后一定报答。"

王景临看看他们俩，深呼吸一口，他担心的事情可能真的会发生了。

王景临回到林母宅子里，林小咏飞快地跑出来抱住他："你去哪里了？我去了学校宿舍，爹娘都说你没有回去，我都担心坏了！"

王景临摸摸她的头微笑道："去跟刘天明喝茶，顺便了解下我的情敌。你今天没有去学校吗？"

林小咏嘟着嘴撒娇道："胡成算什么情敌？我今天上午有一节课，早点回来了。快去吃晚饭吧，都是你爱吃的，我都饿了。"

她突然脸色一变："你这额头怎么了？怎么青了这么大一块，你去哪儿了？"伸手摸了上去。

王景临没忍住"哎哟"一声，拨开她的手："路上一个驾驴车的没长眼，只是擦了一下。"

林小咏用怀疑的目光盯他两眼，只能作罢："快去吃饭吧，都是你爱吃的。"

桌上早摆满吃食。微山湖鲤鱼、辣子鸡、韭菜饼、五香扒鸡、红烧肉丸和两碟子时令绿色菜蔬。

林小咏很快给他夹了大半碗的菜。王景临喝口汤，脑子里不由自主想起一个小时前，胖子和瘦子跟他说的话。

当时，那胖子扑通一声跪在王景临脚边，砰砰连磕好几个头。"王先生，我对不住你。我俩是表兄弟，都是叶家的雇员。如果不是真的过不下去，怎么能做这些伤天害理的事啊？"

王景临不解了："电灯公司现在有些难处我知道，但不至于不让你们继续出工。况且你说你是粮油铺子的，那边买卖不是一直挺红火吗？怎么会过不下去呢？"

胖子抬起头，满目已包含泪水："红火？那都是东家红火，关我们小工啥事儿，我们粮油铺的雇员们已经快半年都没有发工钱了。账房先生总说，资金周转不开，让我们等等，等得我们家里的锅都揭不开了。店铺里白花花的大米白面都成山一样进进出出，怎么可能周转不开？可总管给我们每人赊了点粮食，里面一半多都是糠，还掺着不少石子儿老鼠屎。我们好多天都没见过油星子了，我家两个孩子，天天饿得哇哇哭，我找总管理论还被他臭骂了一顿，说不想干了有的是人来干，如果要再胡搅蛮缠就赶我走……"

瘦高个声音沙哑："在电灯公司，我在那里当雇员好些年了，前些年每月都能按时付工钱给我们。可这两年，短则两个月、多则半年我们才能拿到工钱，还拿不到全部的。前几日电灯公司机器坏了爆炸，管事儿的经理便说是我们弄坏的，把十多个雇员都赶了出去。我们去讲理，他们说不让我们赔偿就算仁义的了，再不走就把我们抓到警察局里去。"

胖子接茬儿抢白道："他们就是故意找的借口，我们雇员多难啊，谁都知道咱们滕县当雇员的规矩。咱们刚刚进一个店铺或工厂，头一年是管吃管住，拿到手上的工资都不够养家的，只有咱们任劳任怨啥脏活累活干满好几年，才能被东家确定留用。王先生你听说过这一说吗：'徒弟徒弟，三年满，光管饭不管钱；三年奴仆，吃不清的剩饭，受不够的窝囊气'，说的就是咱们这个。我兄弟刚干满四年他们就找个由头打发走，就是不想给我们付工钱，再去雇那些只吃剩饭不能拿工钱的徒弟。他们简直太黑心啊！"

　　瘦高个伤心叹气道："他们吃人不吐骨头啊！厂里好几个刚满四年的，他们都找理由给打发了，还有那几个这次工厂爆炸受伤的兄弟，听说他们受伤了，都不愿意带他们去医院，就是怕花钱，那些兄弟都躺在家里养伤，没钱买药治，叶家也推着不管，炸坏的胳膊腿都快要烂掉了。"

　　两个汉子悲愤无奈，抽噎起来，瘦高个顿了顿又道："你和叶家小姐订婚那天，我们看到过你，确实没有法子，一时恶从胆边生，干了这个糊涂事儿。王先生，你是个好人，我们错了。"

　　王景临冷笑一声："就凭我不让警察抓你们，就判断我是好人？我不过是不想把事情闹大，我岳丈也是要脸面的人。"

　　胖子迟疑了一下，还是说了："上次学生游行的前一日，是你过来我们粮油店铺，亲口对我说，让我保护好跟警察搏斗的学生。不少人都跟我说起过你，说你是真的在为老百姓做事的人，比那些县衙里吃皇粮的还要强。他们说你，说你是什么共产党。"

　　王景临怔住了。

　　此时吃着新鲜可口饭菜的他，想到滕县大部分衣不果腹的普通百姓，再看着身旁笑靥如花的林小咏，自己的未婚妻，这个现在每日只会施朱傅粉、描眉点妆、流连于裁缝铺胭脂铺的女子，不知道她是否还能够记得自己是党员，是否还能记得当年在徐家花园，她自己入党宣誓的内容是什么。

　　丫鬟翠柳端来一盘酸甜口小菜，嗔怪道："太太去老爷和大太太那边了，姑爷真是的，还有几天就是你们的好日子，你居然还让小姐去上课，就不怕累着小姐。"

　　王景临低头笑笑，林小咏口中青菜还未来得及咽下："是我喜欢上课，将来成亲后，我还会继续当老师，教书育人。"

　　翠柳说："当老师多辛苦，一个月还赚不到几个钱，要我说小姐不如让老爷资助你和姑爷一块到外国留洋去。到国外吃香的喝辣的，多好啊！只是，我怕自己舍不得小姐，到时候小姐也让我出去照顾你吧。"

　　林小咏呵呵乐道："我可吃不惯面包生肉，要不我把你送出去，让你找个洋女婿。"

　　林小咏和丫鬟说笑着，王景临道："小翠说得有道理，这段时日你就在家里，别去学校了。我去跟校长说说，成亲之前这几日，我也暂时不过去了。"

林小咏想想："我也听娘说了，成亲前三日先别见面的说法，我认为咱们是新派青年，不讲究这个。"

翠柳插嘴道："小姐是舍不得离开姑爷。"

林小咏红着脸索性把她赶了出去。

王景临道："老人的话不无道理，连我娘都提醒我这几日别老往你这里跑，不过三四日时间，以后来日方长呢。况且我手头的确还有一些事项要处理，办妥当了才安心当新郎官。"

林小咏温情地握住他的手："我都听你的。不管你做什么，一切万事小心。"

夜晚，王景临来到叶府，叶老爷仿佛有些意外，听了王景临说明来意后，更有些匪夷所思。

叶老爷嗤笑了一声："这些人，居然找到你头上了。姑爷，我知道你乐善好施，这个也是应当的，我们场面上的人是应该做一些救济慈善的事，不过那是为了给自己脸上增点光、贴点金，场面上更好看一些。我知道厂子和店铺里的那些工人，就仗着自己在厂子里多干了些年头，自诩是老人，平日里偷奸耍滑，懒懒散散，我不是专门搞慈善的，怎么会白养着吃闲饭的人，这么着当然要换人。更何况这次爆炸，八成是这些人受人挑唆跟外面那些恶徒里应外合搞的鬼，我没追查到底已经算是仁厚，还给那些受伤的工人送了药钱过去，我做到这个程度已经够仁义了。据说都是一些皮外伤，有什么大不了的，人啊是越穷越刁，你如今再能耐也没有我过的桥多，这事你就别管了。"

王景临摇摇头："您看看这个。"递上去一份报纸。

叶老爷接过来，戴上老花镜粗粗浏览一番："这个微山湖将来会有这个工程，不过还是没影儿的事。这个与咱家有什么关系？"

王景临道："我的大舅哥就在南京国民政府任职，这个事儿多半以后他会有机会从高层介入协调负责。"

叶老爷顿时沉默了。

王景临继续道："不知您老人家可听说过，在政界上上下下、方方面面都不容半点马虎，一点细微差池便是天堂地狱。我是在想，那些工人中其中有一些有点门路，跑到南京去，岂不是坏了我大舅哥仕途？"

叶老爷嘴角似笑非笑，戴着玉扳指的手玩弄着那张报纸，半日悠悠道："换作前几年，别说开除几个工人，就是把他们当成蚂蚁碾碎了都不碍事。这几年不知道怎么的，反攻的人真是越来越多了，连政府警察局都压不住，还天天喊着什么平等自由的。底层的人要啥平等自由？你说，这都是谁教给他们的，这世道，怎么变成这样了？"

王景临迎着他冷冰又灼灼的目光，笑道："天下发生的变化太大，即便是中国几千年来的传统也都会受到冲击。各个时代都有各个时代的难处，我们也只能兵来将挡水来土掩了。"

叶老爷拍拍他的肩膀，笑容意味深长："就照你的意思，让那几个工人再回来吧。至于那几个受伤的，家里都是些不识字的妇道人家，想来确实可怜，我再差人送些大洋去吧。我快嫁女儿了，也算是给女儿积一点德。"

王景临沉默了一会儿道："老爷子，我们比谁都清楚，我们都不想跟对方有什么瓜葛。我有一件事情不明白，你为什么非要我娶你的女儿，你到底要从我这里得到什么？"

叶老爷嘿嘿笑两声道："虽然我们行事目的大相径庭，但我还是那句话，你是一个人才，希望我的女儿能与你志同道合共商大计。况且我女儿真心喜欢你，你还年轻，将来为人父母你便懂我的心情了。我有几个儿子，可小咏是我唯一的女儿，我希望你好好对待她。希望你们能百年好合，琴瑟和谐，也不枉她管我叫这么多年的爹。"

隔日，王景临再次来到茶馆与刘天明碰面。

刘天明道："你跟我说，叶老爷说希望你和他女儿百年好合，他的鬼话我一个字都不相信。他那样的人如何能真心为你，何况你给他使了这么多绊子。"

王景临道："现在真的弄不懂他葫芦里面卖的什么药，这个暂且不谈，安置雇工的任务现在进行得怎么样了？"

刘天明道："马医生那边已经去看过那几个炸伤的工人，马秀山也在那边帮忙，问题基本不大。幸亏你在爆炸的第一时间就想办法及时通知到了马医生，对那个脚趾骨折了的工人已经给予了治疗，以后可能在走路的时候姿势会奇怪一点，毕竟是落下了残疾。他上有老下有小，家里就他一个劳动力，不然一大家子真不知道怎么活。"顿了顿又道，"不知道那两个绑架过你的雇工，知道你所做的这一切会有何感想。"

王景临道："马医生可说，这么些天他都在跟这些工人打交道，问出什么没有？"

刘天明摇摇头："他救治都来不及，哪儿有时间问出这些事情，就算问，人家心里着急担心，也不一定问出个大概。"

王景临道："这件事不只是仇家报复这么简单。再蠢的资本家都知道，商场如战场，若要对外先得安内，雇工若没有得到相应报酬，必定不会全力以赴卖命赚钱。叶老爷为富不仁世人皆知，倒不会无故针对自家雇员，损人不利己的事他不会轻易去做。几年前雇员工人的待遇尚能说得过去，可现在不单单是电灯公司、粮油铺子、干货店面这么多铺子，都在变相辞退工人，也没见他引进可以替代人工的设备机器，生意场上依然红红火火。没有熟手的雇员，甚至，也不见他招新的学徒进铺子，此事仔细想来太蹊跷了。"

刘天明想了想："莫非，是想渐渐把他所有的买卖转成鸦片生意，把其他买卖都脱手放弃了，资金统统回流？"

王景临道："不排除这个可能。滕县如今只有大坞那块的农民种植鸦片，虽然还不成规模，保不齐在整个山东，乃至全国其他地区还有人在诱导农民种植。如果真是这样，真的太棘手了。"

两人对视了一眼，王景临读懂他的眼神，苦笑一下："林小咏对这些全然不知，她现在没有太多心思在这上面了。何况这次事关她的父亲。没有女儿会将自己的父亲往坏处想的，更何况，她也是她父亲剥削所得的受益者。"

王景临告诉刘天明，在和叶老爷说工人的事情的时候，他提到李文庭，叶老爷非要招自己为女婿的原因是为了获取药品运输的地图。

刘天明接了一句："看来事情远远不止我们想象的那么简单，林小咏生在那样的家庭也不是她的错，何况，她是真的喜欢你。"

王景临深呼吸一口气，重归话题："这几个被开除的雇员，特别是电灯公司受伤的工人一定要保护好，他们之后对我们的工作会带来帮助。"

刘天明面露难色："还有几个雇员情况就比较危急，马奉峨已经使出浑身解数，现在药品奇缺，滕县医院都没有，尤其是消炎药太紧缺了。"

王景临紧锁眉头。

刘天明道："罗琴薇现在依然给你父亲送药治疗吗？"

王景临自然明白他的意思，轻叹口气："虽然她每星期都会按时过来拿药给我父亲医治，但偶尔跟她言语交流，也知道那些药来得并不容易。何况这事并非她能做主，她是刘乡绅的人，药的使用权在他手里。我已经欠他太多人情，此人并非滕县人，在当地口碑不错，行事也大气仗义，可到现在我也不清楚他的背景和营生，总觉得不够踏实。"

刘天明突然想到什么，一拍大腿："我线人曾给过我一个情报，我一直忘了告诉你。"

王景临听闻后竟诧愕一瞬，随后倒吸一口冷气："若果真如此，那，我现在总算有些眉目了。"

两人商议之后，王景临大步朝学校宿舍走去。

几个月的雾霾仿佛从心底瞬间消散，仿佛一片广阔无垠、寂静无生机的大地，远方地平线上空只有几颗微弱的星在隐隐闪耀，似在拼尽全力将自己微渺的光芒传送整个黑暗大地。

周五，滕县华北弘道院学校教员宿舍，罗琴薇如约而至。

听了王景临的请求，果不其然面露难色："拿给令尊的药，都是刘爷吩咐给的。现在整个中国都缺少药品，特别是止疼和消炎的西药。王先生，我的确爱莫能助。"

王景临叹口气："那就别让你为难，我再想想办法。"

罗琴薇将带来的药包好，放在案上便要离去。

王景临送她到校门口。她见左右无人，微笑打趣他："你还敢过来跟我要药，就不怕你未婚妻知道跟你闹？"

王景临讪笑一下："小咏还年轻，我替她给你赔不是了。"

罗琴薇伸手止住微微鞠躬的他，想说什么又生生将话吞进肚子里，转身离去。

她的细微表情被王景临看得一清二楚，他也想问个清楚，什么话让她欲言又止，可自己似乎也张不开口。

换成别人，他一定犀利倔强地刨根问底，可是面对这个女子，他总有一些说不出的感觉。

王景临在院子里给父亲煎药，一个学生跑过来喊："王老师，刚才那位穿旗袍的姐姐说，她上次借您的书忘记还了，现在给您。"说罢递给他一本封面大红的线装书本，上面赫然几个大字。

王景临有些疑惑，放下手里汤匙，翻动几下，在扉页，书的一角包成了平日里和同志们交接暗号时的图形。

王景临心怦怦猛跳数下，冲屋内喊了声："娘您来看下火，我去给学生找本书。"等不及母亲过来，拿着书回到宿舍房间里屋，关上门，将床底下一个竹编大筐拿出来，扒开上面的衣服布料，取出化学粉末兑进水中使其充分溶化，将扉页一把撕下浸入书中，洁白的扉页上很快出现一行字。

王景临飞快将上面的内容记了个一清二楚，将纸页和水揉碎成一团纸泥，摁在窗台的花盆里，立马出了门。

王景临依照纸条上的地址，马不停蹄来到县城东关路上的一家胭脂香粉店铺里，王景临跟店小二说出扉页上的暗号，可有香粉，蒋夫人用的那种。小二立刻道："有，这是名贵货！先生请到后面喝茶，等我们掌柜的出来。"

王景临随着他穿过大堂，来到一个装潢雅致的别间，还未踏进去，他敏锐的鼻子就闻到一丝让他兴奋的气息。

一个婀娜的身影在他身边晃过："你这么快就找过来，没有人跟着你吧。"

王景临道："放心吧。这里怎么会有药？"

罗琴薇凤眼微微睁大："你嗅觉太灵敏了。这里有一些药，是国民政府送到战场上去的。张晓生上校留下了一些。"她苦笑一下，拿着些小纸盒子，上面全是英文，"就这些液体、小药粒，比黄金还金贵。"

王景临问："刘乡绅可知道吗？他和张晓生经常联系？"

罗琴薇倒也坦白："刘爷不知道我在这里。"

王景临懂了，罗琴薇应该算是传说中的双面间谍。

半晌他脱口而出道："这些时日，很辛苦吧。"罗琴薇怔了一下，眼眶瞬间微红，但她马上克制住情绪笑笑，知道他已经了解不少真相。

她没有正面回答，只是说道："我有一个想法，这次工厂爆炸伤到的这些百姓，伤也渐渐好得差不多，他们需要一份营生，你的国民书店是否还缺人，能否让他们去？而且你也可以从他们那里得到一些有关这些工厂的信息。"

王景临道："我也在联系李校长和各个小学的负责人，看他们是否能提供一些后勤工作可以让他们做。李基民校长自从上次请愿活动后，受到处理，从滕县简易师范学校降职到滕县华北弘道院担任校长，这样的工作环境对于李基民开展革命工作十分有利。

"目前还有两个受伤严重的老乡，让他们直接到国民书店里帮工，马医生若长期出入滕西那边，一则他时间精力不够，二则一个城里的医生多次亲自反复出现乡下百姓家，这般不寻常也容易被人给盯上。"

说办就办，不过一日，二人商议的决策已经统统办妥。

其间，王景临亲自去找了龙少爷，替那些工人找到了几个帮工的活计，也能暂时维持生计。

但王景临问起三满的下落，龙少爷态度毅然坚决，无论如何不肯将人放出，对她的身世更是无法套出半分。

唯一能确定的是三满目前安全无虞，她身上的迷雾，王景临始终无法拨开。

一个雇员在国民书店做工，马秀山竭力教他学做书店的事。革命书籍这块暂时没有让他涉及，很快理货、布面、招待顾客就学得头头是道。

这日，外面下着蒙蒙细雨，一双脚穿皮鞋的腿踏入门口，马秀山抬头："罗小姐！"

罗琴薇环顾一圈："这里就是滕县大名鼎鼎的国民书店？"

她收起伞来，将药递给马秀山："我那里也不多了，千万不能浪费。"

马秀山道："可紧着用呢，一个粉末末都不敢浪费。"

王景临从楼梯上下来，罗琴薇道："我来给你父亲送药，一直想到书店来看看，这就来了。"

王景临领着她上楼参观，在仓库窗前，他微微一笑："张晓生怎么不自己来？"

她又说："我是真的想过来看看，不是来刺探情报。其实，你心中偏见太深。"

王景临道："道不同不相为谋。"

罗琴薇轻轻叹口气："这不是你的心里话，你有心结，有关王博源先生，对吗？"

王景临一激动："你可知道他的下落？"

罗琴薇愣了一瞬，王景临似乎看到她知道真相，一把拽住她的胳膊："他现在在哪里？"

罗琴薇有些吃疼，王景临也察觉自己的失态，忙放手："对不起。"目光将她牢牢钉住。

罗琴薇拢了拢零散的鬓发："其实，王博源老师，已经加入我们……"

王景临呼吸顿住了，几乎不能相信自己的耳朵："什么？绝不可能！"

罗琴薇道："不然，为何我会过来和你们合作？"

王景临依然半信半疑。

罗琴薇似乎下了很大的决心，声音也扬了起来："我们做了这么多事，资助农民也好，帮扶工人也罢，只要是为了滕县的普通民众，加入什么组织这个重要吗？我知道，党国现在是有一些问题，可你就能完全保证你们共产党内部就完全铁板一块吗？"

王景临胸口微微起伏："王老师，现在在何处？"

罗琴薇答非所问："我的话你还不明白，王先生，你也革命这么久了，大风大浪经历了这么多，难道你没有体会到，能干成一件事并非取决于你的能力有多大，而是背后支持你的力量和实力。识时务者为俊杰，不是劝你贪图安逸，而是，选择往往比你埋头苦干更重要。"

王景临冷笑一声："别再妄想劝我加入你们国民党，而且我也不相信王博源老师会加入你们的队伍。"

罗琴薇叹口气："张上校说得对，你太固执了，你依然对我们有偏见。"

王景临道："我只相信我眼中所看到的，是人谁没有私心杂念。若真要做到为民请命，除非心中有坚定的信仰，不是为了自己谋取私利。"

罗琴薇知道无论如何也策反不了他，摇头叹气道："谁心中没有信仰。当初在南京，我不就差点死在你手里吗？事后，张上校问我可还能坚持下来？这不，我们又见面了。"

王景临愣了一下，目光不由自主往下看，洁白如瓷般的脖颈上，现在还浅留着一道痕迹。

罗琴薇被他的目光盯得面庞有些发粉，睫毛眨巴两下，目光变得像平日那般旖旎。她低下头，半晌说了句："你不用担心。"

虽然没有明确指明，王景临依然能知道，她说的是王博源老师。

面前这个柔弱的女子，比常人不知坚强善忍多少倍，依附在张晓生身边，现在蛰伏在更可怕的恶魔身边，看似一朵只能攀附男子才能生长的菟丝花，其实她的韧性、耐性、抗打击的能力比起旁人不知道强多少倍。如果她能为共产党组织服务，一定是个不可多得的人才。

罗琴薇猜不出王景临的心思，被他盯着越发不好意思，转身走开，回来时拿着一个小纸包："这是你父亲这个星期的药，你在这儿就省得我再跑一趟，给你。"

王景临捻了捻纸包，罗琴薇道："里面没有情报，我在这里，还需得着这个吗？"

两人四目相对一时无言，虚掩的门呜啦长长一声响，划破两人的之间的磁场，王景临回过神来转过头去："小马，躲在外面干什么？"

门打开了，一摆旗袍裙襟飘入屋内，是林小咏。

三人都愣了一瞬，罗琴薇首先打破僵局，笑着上前去拉她："林小姐快来坐，我还没恭喜你……"

林小咏一把甩开她的手，满目的敌意逼得罗琴薇后退两步。

王景临见状知道林小咏又误会了，忙道："罗小姐帮忙安顿工人，你怎么来了？"

林小咏冷笑一声："我怎么来了？想当初我天天往这国民书店跑，现在你居然问我为什么过来，你不愿意看到我过来吗？旧人哭比不上新人笑对吗？"边说边用眼神剜了罗琴薇一眼。

王景临顿时来了气："什么新人旧人，你怎么无理取闹？"

林小咏喊道："你让我这几日不要和你见面，目的就是为了见她，对吗？你明明知道我讨厌她，为什么你故意这样对我？"

罗琴薇站在一旁无比尴尬地说："我还有事先走了。王先生，林小姐，失陪了。"说罢侧身往门外走去。

林小姐一把将她胳膊拽住，面目变得狰狞可怖："罗小姐，你的金主怎么还没有收房让你做他的九姨太，你便心有不甘过来勾搭别人的汉子，如果我告诉刘贵堂，你可想过后果没有。"

尖尖的指甲深深抠进罗琴薇的肉里，她忍着疼解释："不是你想的那样，林小姐，你真的误会了。"

王景临一把拉过她，奈何林小咏拽得够紧，无论如何都不肯松手："我们在讨论工作，你怎么不明是非？"

林小咏喉咙带着哭腔："什么讨论工作，我在门外听了好一会儿了，讨论工作需要走得这么近吗？需要用这样的眼神看着对方吗？"

王景临将她狠狠一拽，一时嘴快，脱口而出："你看你现在变成什么样了，你满脑子都是儿女情长，你还怎么做工作，你忘了誓言了吗？你现在的所作所为跟家庭封建妇女有什么两样，你太让我失望了。"

林小咏瞳孔瞬间放大，动作一下子僵住，好一会儿猛撒泼起来道："我这样不是因为你吗？你居然说我是封建女子，王景临，你的良心让狗给吃了！"

她大吵大闹更不肯松手，摇得罗琴薇左右摇晃，三人纠缠半日也挣脱不开，王景临大吼一声："够了，别无理取闹了！"猛挣脱她的手。

林小咏摔倒在地，灰弄脏她的裙子，她跳起来扑过去，将王景临和罗琴薇同时撞了一个趔趄，待他们两人站起身来时，林小咏双手握着一把枪对准他们。

王景临摸了摸空荡荡的腰包，大惊失色，喊道："小咏，你冷静一点。"

林小咏的情绪已全然不在理智中，她悲怆道："我以为已经找到自己一生可以依托的人。你可知道，我父亲是因为我刚出生时，他的生意翻了不止一倍，觉得只有对我够好才能稳住他的财富和运气，他根本就没有真正关心过我，而你也是一样，你们男人都太狠心了！"

罗琴薇道："林小姐，事情真的不是你想的那样……"

林小咏大吼："你闭嘴！都是因为你，我和景临才走到这样，你，你必须付出代价！"

没等他们反应过来，"砰"的一声，枪声回音在房内回荡两三秒，时间仿若凝固一般，世界都安静了。

王景临怔在原地，罗琴薇捂着胸口，汩汩鲜血漫延，浸湿了旗袍上的蔷薇花，脸上的抽搐幅度逐渐增大，终于支撑不住扑通倒在地上。

林小咏握着枪的双手放了下来，胸口起伏着，目光绝望空洞，仿佛根本就不知道自己在做什么。

王景临惊得无法说话，神志回归之后，顾不上自己发疯的未婚妻可能伤害自己，冲上去抱住罗琴薇往屋外冲去，差点跟闻声进屋的马秀山撞了个正着。

身后传出马秀山的大呼小叫："我才离开一会儿，怎么成这样了？林小咏是你开枪的？你打伤罗小姐的，你怎么这样？"

林小咏痴痴看着王景临横抱罗琴薇拼命朝前跑的背影，听着他的脚步声渐渐远去直到消失，胳膊缓缓放下，枪"啪"一声掉在地上，嘴上喃喃道，"走吧，走吧，别再回来。"她披头散发、灵魂出窍的样子与往日形象截然不同。目光清冷得似乎要与这个世界告别。很久很久，站在原地。

王景临心下清楚，此刻的林小咏精神受了极大的刺激，他有些后悔刚才没有控制住自己的脾气，才对她说话过于严重，可他来不及反思，更顾不上去安抚她。

人命关天，他必须先救下罗琴薇。

在去往马奉峨诊所的路上，罗琴薇一直在王景临怀里，嘴上不停喃喃说着什么。

待到诊所将人交到马医生手上，王景临才意识到，她一直在说："对不起，对不起！"

诊所里，马医生满头大汗，用握着钳子沾满鲜血的双手，颤颤巍巍从罗琴薇胸口将那颗钢制尖头圆柱体取了出来，长长吐出一口气。

他摘下手套出了手术室，对上王景临担忧焦急的眼神："若是三天内能够清醒，那便万无一失，你不必太过紧张。"

一边将手术用具整理好一边道："这些消炎药和麻药还是从她那里拿来的，真真掐着点刚好够用这次，如若感染严重一点就不好说了，看她造化了。还有这伤口，再稍微偏一点点那就完全不一样了。不过，你这边又是什么情况？"

王景临长长松了口气，简短叙述一遍之前发生的事情。

马医生摘掉手术帽，擦着头上的汗水思考着："林小咏虽然大大咧咧，不至于格局这般小，再吃醋也不会做出这种举动。"

王景临自责道："她看似潇洒，其实心里敏感得紧，她生在那样的家庭，会这样也不奇怪。也怪我当时说话太重，说话刺激到她也是有的。我娘跟我说，女儿家的心思很是细腻，让我对她凡事柔和一些，如今这个局面我要负很大的责任。"

马医生道："我知道林小咏枪法极准，如果她是真心要取罗琴薇的性命，必定瞄准要害部位，可是这颗子弹不偏不倚恰好在肺部和心脏之间，只伤及险要器官周边的血管，否则就算我是华佗转世也救不了人。"

王景临愣了一下："她枪法极准？"

马医生也有些意外："呵呵，她跟我去郊外展示过两次，看来，你对你未婚妻，哦，应该是对你的组员了解得还是不够深啊！"

王景临低头想想："她的确有条件练习枪法，叶老爷对他几个孩子都请来了专业的老师训练他们的枪法。若说她怎么没有对准罗琴薇的要害，估计也是当时太过激动枪法有所失误吧。"

还没等两人喘口气，楼下大门"啪啪"拍得山响。

两人顿时紧张起来。毕竟诊所里有一位中了枪伤的病人，若是警察或是特务过来查看，麻烦会更大。

两人起先都默契地保持沉默，听到拍门叫喊马医生的声音很熟悉，便下楼听个确切，是滕文学校教工老方的声音，之前想跟王景临买种子的那位。

天色已晚。一开门，老方的大嗓门振聋发聩："马医生，王老师可有到你这里来？"

扭头看到王景临大呼小叫起来："王老师，不好了，出事了！"

他抹了抹汗水："林小咏老师今日简直疯魔了，她课不上学生也不理，大白天跑到李校长办公室去大吵大闹，告你的状，说你去杨柳胡同找姑娘，不配为人师表，要学校开除你教员的资格，现在整个学校让她搞得沸沸扬扬，所有人都知道了。那王大爷和大娘脸色可难看了，才托我赶紧来找你问个究竟。"

王景临低头蹙眉思量，沉默不语。

老方催促他："你还愣着干吗？赶紧回去跟林小姐解释一下呀，小两口干架是常有的事，有啥疙瘩说开了不就好了吗，何必闹成这样？"

马医生也吃惊不小："她这又是演的哪一出？敢情这林小咏认祖归宗后，整个人由新时代女子瞬间倒退回旧时封建缠脚妇女，这般撒泼打滚是为了啥？"

王景临猛抬起头来，刹那间心明眼亮，他对马奉峨道："罗小姐就拜托你了。"又吩咐老方，"拜托你去一趟大坞的张大夫家中，你到那边附近村子问问周边的乡亲，他们都知道他的住所，再取一些化瘀疏散的中药送到马医生这边来。"

他马不停蹄回到学校宿舍，迎面就是母亲担忧的眼神，她也得知了消息："你和小咏到底怎么了？已经有好几个人过来跟我说，她去找李校长闹了。后天就是你们俩的大日子了，怎么弄成这样？你，你真的会去，哪种地方？"

不待王景临答话，父亲抢白道："我王家的子孙绝不能干这种龌龊事。小子你给我说清楚，你真的去寻花问柳了？"

王景临呼吸急促，摇摇头："我没有！小咏呢，她来找过你们吗？"

母亲摇摇头："小咏今日没来过，你赶紧去找她解释清楚，是不是有人在乱造谣离间你们。"

王景临还未来得及点头答应，只听父亲鼻子哼了一声："要我说这个亲家要不就算了，那个姓叶的干这么多乌烟瘴气的事儿，打量我不知道呢，跟这种人做亲家迟早要败坏了我王家的祖训，如今这步局面这也是天意。"

老爷子心里一直跟明镜儿似的。

母亲有些着急："现在你来放马后炮，全滕县的人都知道的板上钉钉的事儿，以后儿子怎么再找媳妇？"

父亲瞥她一眼瓮声瓮气道："丢脸是一时的事，败坏家风是一辈子的事。"

王景临差点让父亲给气笑了，此时天色已晚，确实不是上门解释的好时机，只能牵肠挂肚地等到天亮。

清早，公鸡的第一声啼鸣，没等王景临出门，宿舍里先来了客人——贺总管。

父亲母亲闻声出房门，三人在贺总管冰冷的眼神中有些微微战栗。

贺总管清清嗓子道："二老和王先生都在这里，正好，我现在正式通知各位，我家小姐和王先生的婚约就此取消，明日就可登报！"

王景临问道："林小咏现在怎么样了？她可在林伯母宅子里？"

贺总管冷哼一声："小姐现在的确在二太太宅子里，托你的福王先生，二太太听闻你干的那些事，气得一口气没有上来，已经过世了。"

三人顿时大吃一惊，瞠目结舌半晌说不出话来。

王景临太阳穴突突跳动着，抓住他的胳膊："什么时候的事？"

贺总管拂开他的手："王先生，你已经不是我叶家的准姑爷了，你的任何疑问我都没义务向你交代。今日过来就此通知你一声，就此别过，各自两宽，你好自为之吧！"说罢拂袖而去。

傍晚，王景临来到林母宅子外，屋外和宅子内都安静无比，院门虚掩着，透着萧条死寂。

他推门进入，一个棺柩赫然跃入眼帘。

林小咏背对着他，面对着母亲的棺柩跪着，单薄的身躯在飘零的纸钱下仿若一棵即将枯萎的小树。

整个院子屋子只有简单的一些用作丧事的布置，连大门口都没有挂上白色的灯笼，丫鬟和厨子忙前忙后都没发现他。方才贺管家过来时身着平常，身上没有任何挂丧的装饰。可见林母在叶家的地位。

王景临忍不住上前去，想抱住她、安抚她，向她道歉和忏悔，也想证实自己心中的疑惑。

冷不防身后被拽了一下，扭头一看，一个拳头冷不防砸到眼睛上，力度之大使他的眼球几乎爆裂。

他忍着疼痛努力睁开眼睛，一只硕大的耳环在虚弱的光线下晃过，怒火冲天的胡成雷电般的拳头汹涌而来。

愤怒的胡成力大无穷，将王景临一把揪住龙卷风般裹到院外的小角落，上去就是狂风暴雨一顿拳脚伺候着。

王景临本就愧疚，不躲闪不还手，只做防守。直到有人过来拉过胡成劝和着："行了行了，正事要紧，再打出人命了。"

胡成咆哮道："要他命就算轻的，道貌岸然的杂种，我杀他全家都不解恨。"

到底还是住了手，自顾离去。

王景临缓缓从地上爬起，踉跄了几次。鼻子和嘴角都出了血，若不是底子好加之防护有当，就胡成那蛮劲儿，一般人骨头早就断了几根。

咸咸的液体从脸颊滑过，滴入嘴角，那苦咸的味道他已辨别不清是泪水还是血水。

他心中一点都不怪胡成，自己身上这点伤比起林小咏心中的千疮百孔全然不值一提。

从昨日起，他便无数次地想，若革命成功，若赶走列强，若中国崛起，若有来世，他愿意把自己的整个生命和信仰都用来对林小咏还债、赎罪。

他往回走去，路人看他一副狼狈样，纷纷面露诧异，但很快被别的事由吸引过去。他跌跌撞撞走着，一路上有人交头接耳："好好的滕县华北弘道院怎么就起火了，听说火势不小，东边的一排建筑都烧着了，幸好今日是休息日，不然这么多学生可怎么得了呢！"

王景临只觉得一股血液呼啦涌上头脑，四肢顿时冰凉无比。但他顾不上浑身受伤的疼痛，回头往学校跑去。

滕县华北弘道院东边的建筑，可不是学生和老师的宿舍吗？爹娘可不是住在里面吗？他们可都无恙？

顾不上伤痛的他，足足飞奔了一刻钟才到学校门口。到那里时已经看到里面冲天的火光。他顾不上教职工的劝阻，毅然冲了进去。果不其然，父母亲住的那栋屋子已经被火焰团团围住，呛人的浓烟熏得人睁不开眼睛。

他脑子里闪过胡成仇恨的目光，额上青筋顿时蚯蚓般凸出，大喊着："爹！娘！"里面没有回声，只有浓密的黑烟和被烧得噼里啪啦的木材声传来。他正要冲进去查看个究竟，被一把拽住了。

"王先生小心哪，里面危险啊。"王景临回头一看，正是电灯厂被解雇的那个姓吴的黑胖子。

吴胖子抹抹脸上的汗水，恳切道："我到学校找你，却发现失火了，幸亏我腿脚快把你爹娘都救到别处。你爹好像被烟呛着了，你快跟我去看看吧！快，快跟我走！"

王景临来不及细想，被他领着从学校偏门出去，来到拐角人烟罕见处，吴胖子指着前方阴暗处："看，你爹就躺在那里。"

王景临快走两步，身体猝然向后一仰，脖颈被一根绳索死死箍住，堪堪阻断他通往肺部的空气。

吴胖子凶相毕露，狠狠勒着他的脖子狰狞道："要不是非要见你的脖颈上人头，我刚才就直接把你推到火坑里了。小子，算你不走运，我也是没法子，只能对不起了！"

王景临双手拉着绳子，脸渐渐由红变青色，双眼凸出几乎支撑不住，终于消耗了所有气力，神志无法控制地模糊，直到视线什么也看不到。

不知过了多久，王景临耳边传来母亲遥远温柔的呼唤，随后又是林小咏悲伤哀怨的哭泣声。

待他慢慢睁开眼时，母亲坐在他身旁泣不成声，他以为是梦，母亲见他醒来高兴跑出去叫父亲的名字，他想拉住她，浑身却火辣辣般疼着，不易动弹，才知道父母无恙。

此地是龙府。

半夜时分，龙少爷来到他房间，身后跟着一个郎中过来为他检查身体伤痕。

王景临向他道谢救了自己的父母，龙少爷嘴角往上牵牵："你的命也是我救的，这个天大的人情你就不认了？"见他一脸狐疑补充道，"若不是我的人一直在学校里等候，你早就让那个姓吴的小子给害了，听说你还帮过那小子对吧。这个世道好人不好做啊，不过我审过他了，你的命还挺值钱。"

王景临低头道："恩将仇报的事自古多如过江之鲫。甚至胡成针对我报复，我也能理解，他本就对小咏一往情深，杀了我，我也无怨言。可是他千不该万不该把账算到我父母身上，"

龙少爷呵呵一乐："你以为这把火是胡成放的？其实你还应该感谢他，否则你在林宅看你未婚妻时就已经被人干掉了。"

王景临愕然，他记忆中的确感到林宅附近有埋伏。胡成上前，明着是找他复仇，暗地里原来是驱赶那些准备暗杀自己的人。否则以他不要命的性子，杀了自己也不奇怪。

龙少爷又告诉他一些事，险些惊掉他的下巴。

"叶家的电灯厂已经关闭了，叶家的粮油铺子、一些酒楼客栈等很多已经易主，还没定下来的也在交易之中。叶老爷和叶太太也很久没有现身，据不完全可靠消息，他们已经离开滕县，整个叶府已经人去楼空。"

王景临吃了一惊，他看叶家对待雇工学徒的状态，早料到叶家会有清算资产的动作，没想到这么快。

龙少爷脸上不乏得意之色："我等这天太久了。你猜得没错，电灯厂的爆炸是我找里面的工人里应外合做的。不怕告诉你，我只是拿回我们龙家应得的东西。"

王景临低头思忖一番："我听说，第一次世界大战爆发后，欧美诸国也忙于欧战无暇顾及东方殖民地，津浦铁路通车后，国民政府制定了不少鼓励民族工商业发展的政策，就在那时，滕县龙家、叶家、李家等几个规格较大的商户组成一个贸易帮派，一起发展工商业。几年后一起开办了这家电灯厂，后来叶老爷想尽各种办法，逼得各个股东退了出去，其间还闹出人命官司。"

龙少爷道："你的情报果然准确，不过你有一点猜错了，当年我祖父是亲自退股。我祖父当年就知道叶老爷这个人绝不可深交，不单单只是自保，而是看透他的为人。"

王景临问道："那你可知道他们现在何处，套出这么多现大洋准备做什么？"

龙少爷道："听说叶家大公子在南京犯了件大事，涉足鸦片交易，牵连了好几个国民政府高官，由于是毒品的原因，据说蒋介石亲自督办。因为这个事情把好些个权贵都得罪得透透的，几方势力都不会放过他。有其父必有其子，他们今日这般田地也是咎由自取。"

王景临叹口气，他实在不关心这个恶棍会怎么样，只是牵挂林小咏现在怎么样了？

他望着漆黑的窗外，玻璃反射出来的光似乎印着那个秀气的轮廓，那么无奈、那么忧伤。

火车站，夜冷凄凉。

一身包裹严实，但掩饰不了身着华服的两个中年夫妻。

叶太太对着叶老爷破口大骂："什么？你还要去找那个小贱人，你还真打算找到了带她一块去南京？这个扫把星一点用都没有。"

叶老爷被骂得灰头土脸："好歹是一家人，也是我的骨血。"

叶太太啐了一口："野种算哪门子骨血！我当她这回有些用，可你看她现在那样，连个男人都抓不住，跟她娘一样贱！我当初早说过，她去年在上海这么好的机会，跟着老方，好歹还能帮咱家巩固一些关系，现在你非要说什么放长线钓大鱼，让她去招安什么共产党。我问你，现在鱼呢？咱们现在这般境地，还不都是……"

叶老爷叹道："现在说这些还有什么用，走一步算一步吧，先让她回来，万一还有用得着她的地方呢！"

叶太太冷笑道："你还以为，这丫头可以给你带来好的运势，她出生那年你成功加入滕县商会还创办了电灯厂，后来她每年生辰左右你都几乎能收到新铺子，你就当她是你的小财神了对吗？可你没想过，花无百日红，运势总有用完的时候，她之前给你好运，现如今只会倒过来，让她过来还敢给我甩脸子，要不是她娘偷听到我们说话，我们也不至于给她下药。也不想想这么些年她山珍海味吃着，金银奴婢使着，是谁给她的？简直翻了天了。"顿了顿她又想起什么，"我猜想，她多半都已经知道，是你给她娘下的药，你想，她以后会继续认你这个爹吗？别做梦了！再者，都传闻那姓王的是共产党，我看她也差不多是了，去了南京不是给我们儿子埋雷吗？你这个蠢货，这些年要不是我哥帮你，你还是个酒楼跑堂的，还天天左一个小老婆右一个小贱人来气我！我得到什么了，积攒多年的家产也卖了，现在还大半夜陪你坐在这里吹冷风！"

叶太太越说越气，捂着胸口眉头拧成麻花。

叶老爷被骂得几乎头藏到裤裆里："这不是为了咱们儿子吗？谁能料到他在南京惹了这么大的事，我们现在把家产全倾而出都没有把握让他翻身，这又不是我造成的。"

叶太太突然想到什么："那个姓王的，你究竟解决掉没有？早跟你说了他可不是省油的灯，留下他是个心腹大患，你可倒好非要留着他的命，非说他身上有什么地图，那是能找到多少财宝的地图呀，还想招他做女婿。"

叶老爷道："这不也是你哥的主意吗？吴胖子至今还没回来，此事恐怕是黄了。太太你也不要着急，他迟早会落我手里，这小子重感情，他一定不会不管他那个姓李的伙伴。"

叶太太冷哼："你这个当爹的也重感情，生的个好女儿来挖你墙脚。那个小贱人，横竖我告诉你，有她没我有我没她，你自己看着办！"

叶老爷被她聒噪得头昏脑涨，只能妥协："行行，不找就不找。"即刻吩咐下人，"去让找小姐的人都回来。"

王景临躲在暗处听到这一切，知道叶老爷准备彻底抛下林小咏。

林小咏，你到底在哪儿？她又能到哪里去？

王景临回到滕县华北弘道院，想打听林小咏的下落，恰逢孟老五领着手下正在调查。

只听孟老五吆喝着："去里面仔细查看，可有爆炸的碎片什么的，一点蛛丝马迹都不能放过。"

打发了旁人，他才对王景临道："景临老弟，你怎么又弄得一身是伤？"王景临叫了声"五哥"，无法回答他的话。

孟老五道："唉，这天啊说变就变，上次见面我还说喝你的喜酒，哪承想叶家遭到这种变故，还连累你爹娘差点丧命，这世道想成个亲都难啊！唉，活着都难！可还传说你去杨柳胡同青楼，别人信我可不信。林小姐不会也信了吧，你可得跟她好好解释。"

王景临一激灵："你见过小咏？"

孟老五道："可不见到了，就在国民书店门口，我还劝她一定要相信你，我孟老五倒可能去喝花酒，我景临老弟是万万不会干这种事，可别信那些传言。她什么话也没说，后来我看她往西街去了。"

王景临立马往那个方向跑去。

依照孟老五的描述，他猜想林小咏多半是去了徐家花园——中共滕县特支刚刚成立的地方。

偌大的花园里比起往日更加萧条，徐家二掌柜依然没有修缮这里。

他冲到他们开会的秘密据点的阁楼上，鸦雀无声，仿若杳无人迹。

他飞速环视一圈，忽见房间一隅的桌子上，放着一条灰色的物件。

他跑过去一把抓住，一条围巾。

前些日子，林小咏说之前送给他的围巾旧了，一定要在新婚前给他织一条羊毛的。他摸着柔软的触感，大喊："小咏，林小咏！"

他跑到院子后门，想着林小咏已经多半从院子那条隐蔽的后门出去，刚快跑几步，突然听到已经长成一人多高的灌木丛中呼呼啦啦摇晃，他惊喜地转过身用颤抖的声音喊道："小咏！"

灌木被扒开，从里面跳出来的女子估计待的时间太久，被花粉飘絮呛得咳嗽几声，王景临一愣："翠柳！"

翠柳喊了声："姑……王先生！"眼眶瞬间红肿，音调哽咽。

王景临忙问："小咏现在在哪儿？"

翠柳道："小姐跟老爷去了南京，她猜你会过来，让我在这里等着告诉你不要担心她。"

王景临深吸一口气，盯着她的眼睛．"跟我说实话，小姐在哪儿，她还在这个花园里对吗？"

翠柳被他盯得发毛，索性一甩手："好啦，小姐根本没有跟老爷去南京，老爷以后根本就不会再管小姐了。她现在家没有了，娘没有了，你也不管她，她告诉我今天搭火车去北平找她同学。"

说着从怀里掏出一捆子物件："这是小姐给你的，这当初都是你给她放在林宅的，她舍不得扔就让我带给你。我也准备回乡下去了，找我爹娘。王先生你自己一定要保重。"说罢转身一溜烟跑出院门。

王景临身上还有多处瘀肿伤，也追她不上，眼睁睁看她消失在院门绿荫丛中。

他翻着看着这些物件，一个折成暗号特殊形状的小纸片映入眼帘，他掂起来捏在手心里，打开信，细细读着，眼眶湿润。

小树林深处，两双眼睛紧紧盯着王景临的一举一动。

待他消失在视野中，脚步声越来越远，翠柳不解地问林小咏："小姐，我不明白，你现在在滕县什么都没有了，为什么不和王先生在一起。他这么拼命来找你，说明他很在意你看重你。"

林小咏盯着王景临走的方向，拼命忍住泪水轻声道："只有我不在，他才能心无旁骛开展自己的工作。"

滕县火车站站台上，一个羸弱的身影提着一个不大的行李箱汇入川流的人群中。她身后，一个戴着大环耳环的人，远远跟在她身后，很久，很久。

王景临来到和刘天明碰头的小茶馆拣了僻静的角落坐下，打开这封信。

"王景临同志，见信佳。很抱歉我用这样的方式告诉你，我所知道的真相……（落款）战友：林小咏。"

王景临才得知，原来林小咏早就知道他和自己父亲的交易，因为自己身上也有叶老爷想要的情报，想以李文庭的生命为要挟逼迫他与自己成亲。

王景临为了救出李文庭，假意投靠叶老爷，同意和林小咏成亲。其间她知道真相后，愤怒，无奈，但只能装作一无所知，继续做一个待嫁的幸福小新娘，其实心中一直滴血。一个是自己的爱人，一个是自己的生父，一个是在党组织中的责任。

王景临心像被什么东西狠狠撕下一块。林小咏，从未忘记过自己的信仰。

她的痴情和任性，疯魔和天真，毒辣和醋意，通通都是依据当时的情况伪装出来的。迷惑自己的父亲，迷惑自己，却在千方百计救自己，维护组织的初衷和本意。

她在信中告诉了王景临大量他也不曾知道的隐秘真相和细节，就连她给他的那一捆子东西，没有一样是没用的。

她比自己想象中更为隐忍坚强和善于伪装，她所做一切只是为了保护他，同时保护自己的信仰。她才是真正的革命战士，自己永远也无法做到她那样的程度，对爱人忠贞，对党组织忠诚，他却一再误会她，甚至欺负她、辜负她。

王景临再也忍不住，伏在桌子上边用手掌捂住双眼，任凭眼泪这一刻汹涌喷出。

林小咏信中告诉他，他们的组织里真的有内鬼。

情况容不得他耽误片刻，他将信中每一个字，每一个标点符号牢牢刻入自己脑海中，缓缓将信纸一下一下撕成连神仙也无法数清和辨认的细片，抛向空中。

然后深呼吸一口气，打起精神来到马氏诊所。

到马氏诊所，马奉峨迎面上前低声道："你通知罗琴薇的家人来接，应该提前跟我说一声，我都没有办法应对。"

王景临心头一紧："谁来过这里？"

"王先生，叨扰了。"一个身着银灰色长衫的高个子过来向他鞠躬行礼，脸一抬起来，眼角的刀疤赫然醒目。

王景临认出他，是刘贵堂身边的下属。

男子道："我受刘爷吩咐，今日特地过来带走罗小姐。"

王景临飞速看了马医生道："罗小姐在给我父亲送药的时候，突发火灾受了些伤，目前还没有脱离危险期，待她清醒些我便尽快送她回去。"

刀疤男微笑道："王先生大可放心，林小姐刁蛮任性是远近闻名的，别说朝罗小姐，朝她爹开枪都不算奇怪。有我在您尚可放心，我绝不会让罗小姐再受伤，还请您行个方便，让我回到刘爷那里好交差去。"

马医生抢先道："罗小姐的枪伤在肺部附近，再过两晚才能确定是否能够被转移到其他地方，我一开始就跟您说过的。刘爷定是希望罗小姐生命无忧才派您过来，若贸然行事只怕弄巧成拙。我已经请来护士来专门照顾罗小姐，请您转告刘爷让他大可放心。"

王景临也道："罗小姐是刘爷的人整个滕县尽人皆知，我就算天大的胆子也不敢轻薄至此。方才不敢道出实情也是怕节外生枝，千错万错都是我的错，没有处理好自己亲人的关系，让罗小姐受罪。"

马奉峨医生在一旁道："先生现在要带走罗小姐我们没有疑义。只是王掌柜所言属实，罗小姐目前的身体实在不适行动。先生若在带罗小姐的途中出了差池，岂不误了差事？先生回去可以把我的话尽数转达刘爷，想必他不会怪罪于你。"

刀疤男来回在他俩脸上扫了几下，果真上楼到罗琴薇病房中查看一番，只好道："那我先回去跟刘爷如实禀报，这几日辛苦二位了。"

刀疤男走后，两人上到二楼，王景临转身对马奉峨医生道："你赶紧收拾离开这里，待天擦黑的时候便从东墙窗户外出去，我在里面关诊所的门。"

马医生先问道："这个刘贵堂，就是大名鼎鼎的刘乡绅对吗？我一直没有弄清楚他到底是什么来历，听说他倒是乐善好施为人侠义，人脉也颇广，你担心他会把我能救治枪伤的事告诉警察。可话说回来，他是如何知道罗琴薇在这里的？"

王景临道："你也感到不对劲儿了是吧。这个刘贵堂远比你我想象中更可怕和复杂。我现在来不及跟你解释太多。我想你这个诊所早就被人盯上了，你先离开这里，若晚了只怕你有性命之忧。不但是你，警察局小韩、陈记干鲜果店的老陈通通要转移。我不知道大家暴露了多少，此时是关键时期，必须比之前更要万分小心。"

马医生道："要先撤离也应该是你！你是滕县特支的主心骨，好多情报和事项都需要你去协调周旋。"

王景临道："中共滕县特支里必须有医生，你的存在是保证同志们安全的依靠。你也不用担心，就算我暴露了，他们也不会轻易要我的命，我身上有他们想要的秘密。"

偌大的诊所里只有王景临和病床上的罗琴薇。墙上的时钟嘀嗒嘀嗒，时间走得那么慢又那么快。

第十二章　层层疑云逐驱散，决一生死刘家庄

两日后，刘贵堂亲自来到马氏诊所。

他嘴角微笑，眼眸深不见底。躺在病床上的罗琴薇，皮肤白皙，虽然少了些血色，依然楚楚动人。

王景临上前解释道："本该亲自上门谢罪，没想到刘爷亲自到了。罗小姐昨晚已经醒了一次，已经脱离危险，现在必须长时间静卧休养，方能尽快恢复。"

刘贵堂微微一笑："这几日，你一直守在她身边？"

王景临一怔，不知如何回答。

刘贵堂道："尽管外面有些风言风语，但我始终相信，王先生是个正人君子，我也相信罗小姐。"

王景临道："刘爷，此事因我突发，我惭愧实在无以面对您。若您信任我，请让罗小姐在这里继续休养一段时日，我请了最好的护工来照料她，您也可以请来您放心的人。"

刘贵堂背着手在罗琴薇病床前踱了几个来回，呵呵笑了两声："王先生你我也见面数次了，你也不必对我这般假惺惺地客气，开门见山对我俩都更容易一些，不是吗？"

说罢他从怀里掏出一把精制小枪，王景临一口冷气堵在胸口，没等他反应，只见刘贵堂对着罗琴薇砰砰就是几枪。

罗琴薇纹丝不动，似乎早就失去了所有感官，脸上的表情也毫无波澜。

刘贵堂看看王景临笑道："王先生果真神通广大，上海青帮易容术，以假乱真，名震天下，王先生也能玩得风生水起，刘某当真佩服！"

他边说边上前，猛一把揪住罗琴薇的头发往上一扬，一张假面皮带着发套赫然掉下，

触目惊心。

王景临冷冷看着这个男子，魔鬼总算脱下伪装的画皮，真正的较量才面对面开始。

早在前两日，王景临将情报偷偷传到胭脂店通知到张上校，让他想办法秘密将罗琴薇转移走了。

刘贵堂又道："我不是没跟共产党打过交道，你们的所思所想我还是知道一些。开办国民书店，传播革命反动禁书，成立特支队伍，组织全滕县学生聚众游行，到南京政府请愿示威，带领农民抗捐在军阀嘴里抢食，王先生把滕县搅动得天旋地转，真正人才也。"

王景临也微笑道："我跟刘爷比起来可是小巫见大巫，联合国外歹徒贩卖拐带人口，私自制作火药，印子钱的始作俑者，种植贩卖鸦片，垄断滕县电灯行业及各个实体行业。您虽然不是县长，可您在滕县触及的地界比谁都大。我也是现在才知道，叶家大太太就是你的妹子，这应该是个绝对的秘密。这么多年来，叶老爷横行霸道、嚣张跋扈，其实背后都是你在指示操纵。你躲在恶人背后做大善人，其实杀人越货、垄断行业全涉及，还藏得这么深。"

刘贵堂哈哈大笑道："水至清则无鱼。我也不过是擅长制造些迷雾，既然王先生心明眼亮，我们也算是彻底认识了，再谈交易也更容易了。"

他推了推鼻梁上的眼镜，将手中的枪在王景临跟前亮了亮："这把枪，你应该非常熟悉吧。"

王景临早就注意到这个，他不动声色问道："林小咏现在在哪里？"

刘贵堂从裤兜里掏出一个物件扔给王景临："你看看这个。"

王景临瞳孔瞬间放大："你把翠柳……"

刘贵堂道："干了这么多惊天动地的大事，还如此风流，都说共产党不食人间烟火，没想到你却如此儿女情长。"

王景临问："你想从我这里要什么？"

刘贵堂道："痛快！很简单，你把罗琴薇还给我，我就把林小咏还给你。"

王景临道："你凭什么以为我会答应你的要求。"

刘贵堂冷笑道："别装了，前几日还你侬我侬，难道你不记得了，你父亲需要长期服用的药，还是从我这里来的。"

王景临拳心一紧。

刘贵堂道："这是一桩多么划算的买卖，你既能救你的心上人，还能继续子孝父慈。何况你可别忘了，这女子可是亲手将药递给你父亲的人。"

王景临猛地醒悟过来，罗琴薇在伤重之际，说的"对不起"，原来是指这个。他的心猛一沉，很久不说话。

刘贵堂微笑看着他，满脸志在必得。

王景临想了想："成交。"

王景临来到龙府，父母被临时安排在后院。

这是一个深宅大院，宽敞的朱红大门，迎面是一座巨大的砖雕影壁，接着就看到东西厢房和前厅，前厅一般是主人接待客人的地方，穿过前厅，进入后院，站在庭院内可以看到这是一座两层高的小楼，东西各有一个厢房，这是典型的明清四合院建筑。

刚靠近里院，他便听到父母欢乐的笑声。他进入屋内，竟然是三满。

三满看到王景临开心不已，飞跑过来在他身边蹦蹦跳跳，欢脱得像一匹小马驹。王景临多日来那颗沉重的心，霎时轻快透亮不少。

母亲欣慰地摸摸三满的头："你若成亲得早，孩子也该有这么大了。本来小咏那孩子，我是打心眼里喜欢啊，只可惜，跟你是有缘无分。"

王景临低头沉默，丝丝愧疚缠绕心上。母亲连叹两口气，忽地眼眸一亮："龙少爷！"

龙少爷提衣踏过门槛，向两位老人微微欠身鞠躬："王伯父伯母，小侄有礼。"

二老忙起身还礼，被他止住了。三满看到他，笑靥如花的脸唰地拉下，本能退后几步躲到王母的身后。

龙少爷瞥她一眼，毕恭毕敬对两位老人道："想与王兄商量一点要紧事，打扰二老实在罪过。"

王家父母急忙谦让，王景临随他去了书房。

龙少爷问："你不打算去找张上校要回罗琴薇？"

王景临道："既然让张上校带走她，就没有打算再把她交到刘贵堂手中。"

龙少爷道："刘贵堂这个人我见过几面，并未深交。相传他思维缜密，工于心计，行事作风绝不会有半点无用之动作。他千方百计想要罗琴薇回去，那女子身上必定有他所需，可能是物品可能是人质也可能是情报，你可知其中内情？"

王景临摇摇头："刘贵堂手中握着几张王牌，林小咏、李文庭，还有……"他看看远处的父母。

龙少爷随着他的视线看过去，道："你不是没有牌。"在他耳边低语几句。

王景临倒抽一口冷气："此事当真？"

龙少爷盯着他微笑不语，见他沉默久久没有表态，便道："此事你绝不能心软。我也要干掉这个人，无论是生意上，还是恩怨上，他都是我的仇家。这个人必须除掉。否则无论是对我们个人来说，还是滕县，甚至整个中国都必定是一个大患。我们可以乘这个交易将他杀掉。"

王景临紧锁双眉："容我想一想，或许我们能有更好的办法。"

龙少爷语气冰冷："我们现在是一条船上的人，无毒不丈夫。世间岂有这么多面面俱到。虽说这事没有十足把握，但总不是没有半点无对抗之处，你必须打好这张牌。"

王景临低头思量好一会儿，深呼吸一口气："你提醒我了。我倒是想到了对策，虽然是险着，但目前只能这样一试了。"

两人正在商量之时，龙府管家步履匆匆赶来，在龙少爷耳边说了几句。龙少爷呼吸顿时凝固，交代了句："知道了，你先下去。"

他转头看向王景临，目光复杂又似夹杂一些悲痛。

王景临看着他，等待他给出不好的答案。

须臾，龙少爷开口道："滕西一带种植鸦片的农民，他们全都被杀害了。"

宛如一声惊雷在耳边炸响，王景临不敢相信自己的耳朵。

他立即亲自去了一趟，那里的惨状令自己一辈子都无法忘记。

在那里，种植鸦片的农户男女老幼都无不惨死在家中，警察局和教会的人正在帮忙处理善后事宜。

王景临赶到张大夫家中查看。

所幸，张大夫的屋子内虽有翻动破坏的痕迹，但并无看到任何人遇害的影迹。细看家具上的灰尘，已经有一段时日没有住人。张大夫可能又出门游医，不然后果不堪设想。

王景临怀着沉重的心情回到龙府。龙少爷又告诉他一个瞳孔震动的消息——叶老爷和太太乘坐去往南京的火车那节车厢上，遭到歹徒抢劫。那夫妻二人被人用刀子割破了喉咙，双双死在火车包厢中，火车到了南京站才让列车员检查车厢时发现的，据说被杀已经是两日前的事了。

龙少爷道："警察局为了息事宁人，说大坞的农民是被洪山口山上森林中的野兽所害，南京警察局又称叶老爷的那起命案是穷途末路的瘾君子所为，可你不觉得这两件事都来得太过巧合了吗？事实非常显而易见，滕县城里除了刘贵堂会干出这个事儿，我想不到还会有第二个人。"

王景临狠狠道："若真是抽大烟的人杀了那两口子，是他们的报应，倒是咎由自取，死不足惜。可惜那些无辜百姓，白白跟着他送命，可刘贵堂为什么会对自己的亲妹子下手。"

龙少爷给了他一份报纸："这是南京那边带过来的，看左下角。"

王景临浏览一番，看到左下方一块小小的通报恍然大悟："国民党政府痛下决心，加大力度打击贩卖鸦片打击走私，叶麒麟涉嫌以权谋私，贩卖鸦片，祸国殃民……"

虽然只是再普通不过的新闻，但见落叶知秋。

叶家一直发展鸦片营生，大公子被家族连累，让官场上的同僚抓住把柄加以陷害。叶麒麟彻底被国民党权贵摒弃，贩卖鸦片，祸国殃民，而且如果不除掉他，还会动了别的某些高层的利益。

龙少爷补充道："叶麒麟便是叶家大公子。叶家与刘贵堂之所以多年来在山东横行跋扈，还能屹立不倒，靠的都是和当权者的交易。如今他若想继续维持那些关系，必须和他的外甥、妹子一家保持距离。可他有太多的秘密捏在他们手上，斩草除根是最有效的方法。同时知情的还有那些种植鸦片的农民，若这些风声泄露出去，刘乡绅这个大善人的名声岂不轰然倒塌。"

王景临惊愕万分，原来叶家与刘贵堂的关系非同一般。他愤愤地说道："他的确该千刀万剐。"

龙少爷道："所以，你还有何好犹豫的。不要再瞻前顾后，刘贵堂是我们共同的敌人，是全滕县的敌人，一日不除必有大患。现在，你还在怪我禁锢三满吗？"

王景临抬眼看他，沉默代表了认可。

初夏傍晚，西方天空，火烧云将荆河的流水染得赤红如血，鸟儿尖锐地啼叫，疾疾飞着归巢，扑棱着的翅膀将徐家花园茂密杂乱的树林扰得呼呼啦啦。

小亭阁楼的假山石头下，刀疤男和十多个打手早已在此守候。

王景临看看他身后众多人问道："林小咏在哪里？"刀疤脸道："待我接到罗小姐，自然会带你去见林小姐。我也想请问你，罗小姐人呢？"

"我这不是在吗？"罗琴薇身穿白衬衣、皮革小马甲，腿上蹬着一双长靴，与平日柔弱淑女的风格截然不同，英姿飒爽得仿佛变了一个人。

刀疤男一愣，将她上上下下打量一番："罗小姐的伤，可好得如何了？"

罗琴薇轻轻咳嗽几声，挺着胸膛道："伤口本就没多深，那颗子弹正好打中我胸前的项链。只是伤口略有些发炎，喉咙有些不适罢了。刘爷呢，怎么不见他亲自过来接我？"

刀疤男恭敬道："这点小事什么时候要刘爷亲力亲为，只要罗小姐安然无恙，很快就能带你见到刘爷。"

王景临道："林小咏和李文庭呢？"

刀疤男冷笑道："王先生何必着急，俗话说心急吃不了热豆腐，你何必这样？"又对罗琴薇道，"罗小姐，你现在安全了，还不过来跟我去见刘爷。"

他摊开双手狞笑着朝她上前两步，罗琴薇冷不防从怀里掏出一把手枪对准他的脑袋。

刀疤男一怔，停下脚步。他身后十几个手下同时唰唰掏出手枪，对准王景临和罗琴薇。

罗琴薇冷冷道："今日倘若是别人来接我，我便放心与他走。你对我做过什么事你心里最清楚，看在刘爷的面子上我不曾告诉他，可要我单独与你一起，我怕我性命堪忧。"

刀疤男上浮起一丝无奈和尴尬，全然想不到她会来这么一出。他踌躇片刻，耐着性子解释道："以前是我和您开个玩笑，您大人有大量，过去是我糊涂，快跟我走吧！"

罗琴薇嗤笑一声："不论你说什么，我被挟持怕了，只相信刘爷，今日我只能见到他才会离去。你可以遣人去告诉他一声。若他过来，我对你之前的事绝口不提，若今日你又想动强，只要我活着，必定将你那些腌臜事通通告诉他。"

刀疤男失去耐性："你以为你是个什么东西，刘爷会因为你怪罪我，你太天真了，赶紧过来跟我走！"

他又上前一步，罗琴薇将枪倏地对准自己的太阳穴，刀疤男止住脚步。

罗琴薇道："若你不依我，我今日定让你无法交差。"

刀疤男转头对王景临："王先生，你这是什么意思？"

王景临摇摇头："人已经在这里了，你带不走她与我何干。难道要我对罗小姐动强，若伤及她性命，你再把责任推到我头上，我如何与刘爷交代！"

刀疤男口气软下来，几乎哀求地说："刘爷日理万机，这点小事如何让他亲自过来。罗小姐，我以前就是浑蛋，我已经知道教训，保证不会再轻薄于你。"

罗琴薇坚持："你若有诚意，就请刘爷亲自过来。"

刀疤男朝身后使了一个眼色，一个手下便收起手枪自行离去。

他又对王景临道："既然这样，王先生可以离去了。"

王景临瞥了一眼罗琴薇："如此看来，我还是亲自将罗小姐交到刘爷手上为妙。"

刀疤男无可奈何。三人不再多言，沉默对峙等待，不出一个时辰，刘贵堂果然来到此处。

刀疤男见他到此一脸惶恐，刘贵堂倒是笑眯眯："我与王世侄真是忘年交也，几日不见如隔三秋，非要碰碰头才可。"

王景临顾不上与他寒暄，直截了当："刘爷，我今日已经抱了最大的诚意过来，可你为何言而无信？"

刘贵堂呵呵一笑道："看来王世侄还是不肯相信我，要不这样如何，你现在就与我去找林小姐和李先生，找到了你再把罗小姐交给我，你看我的诚意如何？"

不待王景临答话，罗琴薇抢先道："刘爷在这里，那便由不得他了。"她径直走到刘贵堂身边，侧目给了刀疤男一记眼刀。

刘贵堂看她一眼："你也太任性了。"

罗琴薇在他耳边低语几声，刘贵堂面色一变，转头对王景临道："你在这里有埋伏？"

刀疤男反应最快，飞快从腰间掏出手枪对准王景临。

滕县大街上行走的人们和商铺，无不听到位于闹市中央那个废弃花园里震耳欲聋的枪声。

刘贵堂身后的十多个手下应声倒地，湿润的空气中弥漫着鲜血的气息。花园内茂密的树丛上、假山亭上，早已埋伏了张晓生安排的士兵，在鸟鸣和风声的掩护下已经蛰伏多时，四面八方无一个死角。

刘贵堂脸色大变后，气急败坏地一把抓住罗琴薇想做盾牌抵挡子弹，哪里料到这个女子力大无比，反手将他胳膊扭转将其压制，一颗子弹不偏不倚正打中他的大腿。

王景临冲着开枪的地方大喊一声："留活口！"一个箭步上去助罗琴薇一臂之力。

刘贵堂看似养尊处优，性命攸关之际求生本能作用下狠命挣扎，乘他二人不防从鞋底下抽出一块刀片，闪电般速度朝二人划去。

王景临脸上顿时一道鲜红的口子，鲜血飞溅。罗琴薇急中生智，从腰间抽出一把短小锋利的匕首，以迅雷不及掩耳之势堪堪将刘贵堂喉咙割开，鲜血好似砸了个口的水泵喷水般喷涌而出。

一番激烈交战，花园地面上躺着横七竖八十几具刘贵堂的手下，王景临他们这边只有一个士兵身上中弹。张晓生即刻命人把他带走，其他人都安然无恙，开始端着枪指着躺在地上的人，一一检查可还有漏网之鱼。忽然发现所有的人的口袋里都有一个黄色的铃铛。

难道这些人是响马帮？大家都莫名其妙地看着眼前的一切。

再看罗琴薇浑身上下都染满鲜血，王景临赶上前去问道："你可有受伤？"

见大局已定，李大同也不再假装，小心稳妥地将脸上的面皮缓缓撕下，再一把扯下后，深深呼吸一口新鲜空气，如释重负："连续几个小时都要学女人捏着嗓子说话，现在总算过去了。"

马秀山背着长枪跑了过来，他是第一次参加这种战斗，调侃道："你别说李先生扮起女子来还真像那么一回事。您要不是嗓音粗了些，不去梨园拜师学艺当个角儿还真是可惜了。"

李大同掂掂手中的面具和假发："真是大千世界无奇不有，当初林小咏跟我说有这个易容术时，我还怎么也不相信。后来想着为了工作也技不压身吧，愣是苦苦跟她学了几个月，还挺有成效。只是希望下次可别再让我干这个苦差事了。"

王景临依然紧锁双眉："没有留下活口，如何找到林小咏？"

李大同道："你放心。我已经得到情报，刘贵堂的确派人袭击过林小咏，但没有成功，只是夺走了她身上的那把枪。这次又多亏了胡成。我有可靠的线人亲眼见到，她已经安全离开滕县，踏上去往北平的火车。"

王景临心头微微松动一下，大家明显都松了一口气，但是很快又愁起来——李文庭还生死未卜。

大家都看看躺在地上的刘贵堂，马秀山似乎还有些不敢相信："这些日子以来，把滕县扰得天翻地覆的人就这么被我们击毙了？这么多人都死在他手上，他一中刀而亡太便宜他了，不过这下滕县可算要太平一阵了。"

"那可不见得！"一个声音从灌木丛那头传出。

几人抬头望去，张晓生走了过来，看看他们，举起手中枪对准刘贵堂头部就是几枪，以防万一。

他对着枪洞吹口气，对王景临道："今日我们齐心合作，将这颗毒瘤除掉，你看，与我们国民党合作不是一样能事半功倍，能为民除害？今日你们几位都在这里，我再一次发出诚恳的邀请，希望你们以后为党国效力，我保证你们同样会在我这里实现你们的抱负！"

王景临、李大同、马秀山互相看看对方，面对张晓生和他的下属们默不作声。

张晓生哈哈一笑："今日我的枪口只会对准恶霸，用你们的话讲，你们今日是我的同志，我一定不会勉强你们。相信你们都看到了，在党国内有更丰富的手段和资金帮助你们实现中国崛起的梦想。其实，也是我的梦想。"

三人依旧默不作声。王景临久久盯着躺在地上的刘贵堂，一副若有所思的神态。

张晓生又道："在资金上、人脉上、武器上，还有类似易容术这些方面，会有更多的资源成为你们的后盾。相信我这次，你们回去再仔细思考一下。"

正当他侃侃而谈地想要说服他们，王景临突然打断他的话："你说的我完全同意。只不过，这种易容术不但只有我们会使用，刘贵堂同样也能精通。"

在场所有人对他这句话都觉得莫名其妙。

只见王景临蹲下来摸到刘贵堂被割开的脖颈，揪着他撩起的皮肤慢慢往上扯。须臾，一张人皮面具从脸上撕了下来。

所有人都目瞪口呆，被杀的人，根本不是刘贵堂，而是另一个中年男子的脸。

事情，果然远远还未结束。

事态已经脱离他们控制范围。

王景临回到龙府，还没来得及去跟龙少爷会面，看到母亲跑过来满脸焦急。她听说王景临回来了，一刻也等不了就去找他。

母亲泪眼婆娑道："你父亲断了药这几日，身体一天不如一天。前两日只是咳嗽厉害些，我见你那么步伐匆匆去跟人谈事，要么满怀心思筹备什么，不敢告诉你。可今日一早你父亲就上气不接下气，一咳就停不下来，像要把五脏六腑都咳出来似的，还有，你看……"

说着捧出一张布满鲜血的手帕。

王景临缓缓接了过来，张晓生在徐家花园里说的话犹在耳边："王先生，你也可以从你父亲角度上考虑。我的线人罗琴薇，奉上级的指令跟随刘贵堂，她给你父亲服用的那些药，是刘贵堂为了有一日能掌控你吩咐她给你父亲服用的。你要相信，她其实也是蒙在鼓里，就算她知道实情，她也不能告诉你。这个药物表面看似治疗鸦片犯瘾症状，实则有毒性。这些药物只有在极其相应的时候，根据严格的服用时间才会起效，饶是有马医生那样的名医也很难察觉出来。如果你有需要，我可以竭尽全力帮助你的父亲解了他的毒。"

王景临怎么会不知道，如果他同意了，便是真正背弃自己的组织，加入国民党队伍，这是自己万万不能接受的。一则张晓生能不能解毒还是未知数，二则即便他当时假意答应，如果长期依赖张晓生，也不是长久之计。

不远处父亲的房间里，传来父亲惊天动地的咳嗽声，王景临简直撕心剖肝，转身来到父亲房间内，径直走到他床边给他抚摸背部。

父亲又咳出一些红色黏液，好半日才缓和过来。他抬起头看看王景临，张开嘴露出夹着血丝的牙齿笑笑："儿啊，外面的事情办得都还顺利吧？"

王景临眼眶瞬间红肿。此时此刻他多么希望父亲像往日一般不分青红皂白就骂他一顿。难道是知道自己大限已到，现在才会对自己和颜悦色说话吗？

他宽慰父亲几句便离开房间，更重要的事情还等着他。

龙少爷知晓他们在徐家花园的经历，满容焦虑比任何时候都重："如若至此，我们麻烦会很大。刘贵堂势力盘根错节，黑道白道都有他的朋友，且隐藏极深。我们现在全然曝光在明处，可他有什么手段我们几乎没有办法预测，更无法防守，这是最可怕的。"

王景临道："我这里倒是有一个计策，可以将他引出来。"

他跟龙少爷说出后，提出一个请求："我刚才去看了我父亲。他告诉我，待他百年之后希望自己能被安葬在家乡。现在这个情景看来，我这个不孝子只能满足他老人家这一个愿望。我知道这些日子您也请遍了附近名医为我父亲看诊，我在这里多谢您了。"

说罢朝着龙少爷深深鞠了一躬。

龙少爷似乎有些动容："当初，我想收购国民书店，与其说是书店吸引我，不如说是你这个人对我有磁力。你为革命者，我为商人，我们各从其志，到底是在中国这片土地上。即便我曾遭到很多人乃至你的误会，相信只要初心不变，也能比肩并起逢山开道。相信我龙家列祖列宗知晓我跟你今日所作所为，亦会以我为家族荣耀。"

两日后，空气湿闷，太阳在蒙蒙的水汽中显得苍白无比，所产生的热量却愈发具有攻击力。天空远处大朵的乌云愈发朝着地面靠近，整个大地笼罩在一个密不透风的炉灶中。

王景临打点其行李，带着母亲和父亲乘着马车，沿着东门里街的大道上一路行至东城门口，出城门后，朝着王景临老家方向驶去。

身后的县城越来越远。因父亲身体不宜过于劳累，王景临驾着马车不敢太过迅速，也不敢太过耽误。

大约行走一刻钟，远远看到荆河边龙泉塔。

王景临驾着马车，按辔徐行缓缓驾驶，目光被那朴素庄严的密檐式佛塔所吸引，即便相隔数百米，也能看到，塔的构造来自宋朝，早已古旧的琉璃瓦闪烁着耀眼的十字形光芒。

上一次近距离端详这座塔，国民书店还未开办起来，这两年过得如此漫长，又如此飞速，仿若一场大梦。

此刻的龙泉塔安静肃穆依旧，似乎等他的再次到来，已经很久很久。

王父在马车上饶有兴致地对母子二人念叨着："这里一直都没变，我小时候听老人讲，这些破墙石头，曾经是名气很大的龙泉寺。在明朝的时候，那大殿又高又宽，供奉着一百零八尊大大小小的佛像，碑房里的各种碑也是古朴风雅。可惜到了清朝末年，便坍塌失修，只有这座龙泉塔一直屹立在此。"

父亲陶醉地讲述着，似乎是回忆过往，亦似乎要将此时的景色通通记在心里。

王景临知道父亲一说到龙泉塔的历史便滔滔不绝，为了让父亲高兴，他给父亲附和着道："是啊，父亲从小就告诉过我，这塔是滕县的宝，一直保佑我们这里风调雨顺。"

马车一路前行，行至落凤山脚下，路过一家墨子传经阁，这里是一个叫化石沟的地方。

相传化石沟是墨子的出生地，当地人为了传播墨子思想修建供奉。

周边是数十年来不变的残垣断壁。一个由稻秆和树枝搭起的小草棚，依着一块类似墙壁的大石，下面摆着两张原色木桌和三五根条凳，一隅的炉灶上细细茶烟缭绕，是数十公里内外为数不多的茶棚。

王景临口中吁吁几声，拉住缰绳让马儿止步，转头对父母道："爹娘，我们先歇一会儿再赶路。"

马车内传出一阵咳嗽声后，是父亲沙哑的嗓音："这是到哪儿了？"王景临回话："墨子传经阁。"

听到是墨子传经阁，父亲似乎来了精神，无论如何也要下了车看看。母子二人拧他不过，王景临也想着让二老在茶棚坐一坐会更舒适一些，便与母亲一起将父亲扶下马车。

父亲看着墨子传经阁，面色似乎多了些许红润，坐在茶棚环顾着。

王景临知道父亲回老家就兴奋，看到墨子传经阁，王父告诉王景临："墨子造了很多的工具，咱们现在庄稼人手里干活的家什大多数都是他造出来的。"

"战国时期，墨子就是当时极为出名的政治家和军事家，也是在下非常佩服的一位先贤。"一个声音冷不防传来。

三人转头一看，一个身着西服、戴着金丝架圆形单边眼镜的绅士朝他们桌子这边走来。

此人正是刘贵堂。

只见他笑呵呵地坐过来向王景临父母抱拳行礼："王老哥，你可还曾记得我？"

父亲忙起身还礼道："原来是刘乡绅，怎么会不记得？快快请坐，我这条老命都是托你的福气才熬到现在。"

刘贵堂坐下，看看王景临道："我去外地谈些买卖，咱们有缘分呀。王老哥你气色不错嘛，王掌柜这是带您回老家去吧？"

王景临也起身施礼："没想到在这里也能碰上刘爷，你我真是缘分不浅。我带父亲回乡养老，不知刘爷在此地为何事？"

刘贵堂笑道："去外地谈些买卖，我们生意人看着风光，其实风餐露宿劳苦得很。正好我和伙计们出门着急，不承想今天如此炎热，看上去要下雨了。我这里缺一些清凉油提神醒脑，不知王世侄这里可有？"

王景临忙道："有的，请刘爷随我这边来。"转头对母亲道，"快下雨了，等会儿要是起风打雷了，让那小二把我的褂子晾在竹竿上也可挡一挡——爹不能着一点凉。"

两人离席来到马车跟前，王景临将清凉油递给刘贵堂，他接过来挑起一点往自己的鼻烟壶放上一些，深深吸了一口气："多谢了。"

随后对王景临笑道："王先生去一趟老家是打算常住不回滕县了吗？瞧你带着这么多书。别是想在你家乡下也传播那什么马列主义精神吧。可惜自大清起，普通民众尤其农民都不识字，王世侄只怕多此一举。"

王景临笑道："事在人为，何况我本教书匠一名，书山有路勤为径。"

刘贵堂微笑道："书中自有颜如玉和黄金屋，不瞒你说，我也是个爱书之人。不知王世侄这次出发可带着《苏俄秘史》《唐诗宋词鉴赏》《太平洋风云》这三本书，若带着，可否借我一看？"

王景临迟疑一下，点点头道："这个容易。"将马车上打捆的书籍打开，将那三本书挑了出来递给他。

刘贵堂拿着书在手中翻来覆去看看，揉揉太阳穴道："王世侄这清凉油若能搭配一些叶子烟可就更好了。王先生，不知你这里可有合适的烟杆供我使用？"

王景临深呼吸一口气，刘贵堂今日是有备而来。

他只好摊开手掌向上，朝着右方墨子传经阁道："这边请。"

说罢领着刘贵堂来到墨子传经阁。

此建筑的楼顶瓦块部分早已坍塌呈镂空状，白日光线畅通无阻将整个大殿笼罩。他们径直来到大堂中央墨子塑像下，墨子的整个塑像早已因饱经风霜得面目模糊。

王景临从随身的布袋里面掏出一个布包层层打开，拿出烟杆递给刘贵堂。

刘贵堂微笑："王世侄向来办事周密，这么重要的东西居然真的随身带着？"

王景临抬头若有所思看着墨子塑像，轻声道："墨子是我们中国历史上唯一一位农民出身的哲学家。相传滕县化石沟就是他的家乡，用一步两井的水为百姓治愈病痛。从我自小念私塾以来，一直信奉他的兼爱、非攻和尚贤的思想。直到现在，我也认为他是唯一能与孔夫子平起平坐的大圣人。"

刘贵堂仔细端详着烟杆道:"是啊,墨子认为天下能干成事的人,都是'选择天下之贤可者'来充当。可惜这只是几千年前的圣人的美好祝愿。中国上下几千年来,哪个朝代不是成王败寇、弱肉强食,一将功成万骨枯才是亘古不变的事实。"

王景临半晌无言,突然哈哈笑道:"早知道刘爷想要的是这个烟杆早跟我说就好。何必费这么大一个圈子?"

刘贵堂抚摸着烟杆,感受着上面凸起的触感,呵呵一笑:"俗话说好事多磨,还是王世侄不够大方,不愿意与旁人分享啊。不如这般如何,我上了年龄老眼昏花,王世侄可否再辛苦一番,将这烟杆上的数码,连同这三本书,把地址翻译出来。我本让你的伙伴李文庭帮忙翻译过一次,可惜他技艺不精,错误连连。王世侄帮帮我,这也是在帮你朋友不是吗?"

他顿了顿又道:"这些地址从蓬莱港口开始,途经栖霞、莱阳、平度、昌邑、高密、沂水、蒙阴、费县。这些地方只在山东东面。如若我没猜错,还有另外十个左右的地址就在山东的西北部。王世侄,你可别告诉我你不知道。"

王景临不想与他再打哈哈,脸色一沉:"他人在哪里?"他此时才发现,在空旷荒郊野外,小茶棚四周,已经有不少打手暴徒,一条条饿狼般虎视眈眈注视他们这边的一举一动。

刘贵堂道:"若你现在翻译出来的内容与我知晓的相符合,你的朋友自然能安然无恙。如果王世侄这点小事也做不好,不单是你姓李的朋友难受。"说罢眼神看向王景临父母的方向,又笑道,"我相信没有金刚钻是不会揽这个瓷器活,相信王世侄定不会让刘某人失望。"又将手中烟杆递还过去。

遥远的天边闷雷滚滚传来,空气愈发闷热。

王景临深深呼吸一口气,接过烟杆,从上衣口袋里掏出一支笔,摊开书放在破旧大木板上,一条一条将书中相应的汉字写出来。

刘贵堂见他埋头翻译,背着手一步一步踱步款款道:"其实我知道,这代码中的内容,王世侄早就烂熟于心了,再看看比对一下也没有关系。我这个人行走江湖多年,也没有多大本事,不过是比旁人耐心多一些,看得远一些,我也不在乎这一刻半刻。"

王景临握笔的手顿了一下,边翻译边道:"我也有个问题,刘爷在此等候我多时,是小韩告诉你的还是李大同告诉你的?"

刘贵堂轻轻叹口气:"我行走江湖还有一个心得,越是亲近的人越是相信不得。闭眼的时候也要睁着一只眼,累,的确要累些,可是干大事岂能在人性上掉以轻心。我便是这一条,就够你王世侄学一辈子了。"

王景临将一本书搁到旁边,重新打开另一本道:"刘爷说得对,刘爷不单懂人性,棋局安排之巧妙，幅面之宽大，更是普通人望尘莫及。从这两年的滕县学生游行开始，我就早该察觉到。"

刘贵堂饶有兴致"哦"了一声，等待他的下文。

王景临继续道："从游行示威的学生失踪，然后他们从波兰人的教堂里救出来，牵连出一系列事情。贩卖失踪人口，逼良为娼，教会参与的私自制造军火买卖，在滕县市面上放印子钱，派人挑起印子钱受害者小邱，借刀杀人除掉徐家大掌柜，联合军阀龙振标杀掉张广濂，逼迫农民交捐税，再后来杀掉龙振标以及后来上位的孙姓副官，你一直在叶家老爷背后，组织安排鸦片种植制作和贩卖。叶家大少爷在南京落难，你审时度势之后，为了自保和继续隐藏身份，杀掉在大坞种植鸦片的无辜的农民防止风声走漏，再立马与叶家划清界线。我想，叶老爷和太太在火车上遇难，这不是巧合吧，我猜是刘爷找到了新的靠山，以杀掉自己的妹妹作为礼物向你的新后台主子以表忠心。"

刘贵堂本静静听着，突然哈哈大笑起来。

王景临道："还有徐伯璞，他是直接和我组织里的叛变者沟通的人，因此了解我们组织大部分的秘密。要不是因为确保情报的准确性，相信刘爷肯定不会亲自前来。否则，今日我可能又会看到一张人皮面具了。"

刘贵堂缓缓止住笑声道："能把这些捋得如此有条理，天下除了我也就是王世侄你了。你方才推断分析的的确八九不离十，我可当真佩服你呀，我想请问，如果你是我，你自己会将如何处置？"

王景临继续埋头翻译："我只知道，如果我有刘爷这番能力，定会好好利用这些代码，利用这些地址为国效力，将我中国从各种列强的欺压中拯救出来。"

刘贵堂道："我是在救国呀！你也知道，这是国民党新开发出来的路线，是为了以后运送武器和药品都需要一条专门的路线，才能确保这些物资安全送往战场上。特别是如今，我们和日本的战争一触即发，这是多么宝贵的资源。你的老师王博源万般筹谋得到这个路线的情报，也是想着为你们共产党所用。既然大家都能用，多我一个也可以为国效力，不好吗？"

王景临冷笑两声："一个连自己妹子都能下得了手的人，如果被你利用这条路线，会考虑我们中国军人的死活吗？"

刘贵堂道："若有利，我自当全力以赴。话说回来，王世侄还是太年轻，吃的苦不够啊。以后你会越来越能明白，宁可我负天下人，也不能教天下人负我。我的朋友照样遍天下，慕强才是每个人本有的特质。"

说着从怀里掏出一把枪，正是林小咏从王景临那里抢走的。

刘贵堂道："这把枪你很熟悉吧。我的一个兄弟名叫刁占山，有一把跟这个一模一样的，可惜两年前他被歹人所害，我一直在寻找凶手想替他报仇。"

王景临又顿了一下，一边继续手头上的工作，一边道："刁占山是滕县方圆数百公里恶贯满盈的土匪，你说他是你兄弟，如果我没猜错，原来你就是大名鼎鼎的土匪'响马帮'的首领刘三黑。万万没想到山东一带最出名的土匪，竟然披着大善人的外衣，如此道貌岸然。"

刘贵堂道："王世侄果真通透，可惜你不明白一个道理，聪明人是不会这么好奇，洞晓别人秘密的。常言道，看透不说透，说透不是好朋友。一个人若轻易被人看透，等于将自己的性命奉上，雾里看花水里望月才是最佳状态。"

王景临站起身来，重新审视一遍自己刚刚翻译完成的结果，递给刘贵堂，看他细细审视纸上的内容，笑道："如今，刘爷已经得到我身上最有价值的东西，现在该是你灭口的时候了，对吧？"

刘贵堂晃晃手，远处一个随从立马上前接过纸张，准备让人查看内容的真伪。

刘贵堂扭头看看他笑道："这辈子没能和王世侄成为朋友真是遗憾。可你我身份水火不容，我也是没有办法的事情。今日就算大罗神仙来了，也无法改变我的初衷。不过你放心，我一向爱惜英雄，一定将你和你父母好生……"

话音未落刚接过纸的下人前来向刘贵堂报告："这份地址名单是假的。"

刘贵堂也无太多意外神情，对王景临笑道："王世侄可真是不见黄河不死心啊，听说你可是远近闻名的孝子，看你方才关心你爹的样子，你可想看到他们遭殃。"

王景临道："你可也是别人的儿子或父亲，这样不怕被反噬吗？"

刘贵堂大笑道："我从不相信阴司报应。即便你成了一些事，不过是运势在此，可你看看如今，你可有方式让自己脱身？"

此时墨子庙里进来一个人，朝着刘贵堂鞠了一躬，将一个鲜血淋漓的纸包扔到两人脚边。

纸包里的东西滚了出来，是一只带着鲜血的耳朵！

王景临倒吸一口冷气。

刘贵堂道："王世侄，我现在可再给你一盏茶的时间，将正确路线地址告诉我，如这次再有半点出错，我倒是好说话，可兄弟们陪我风餐露宿脾气不好，一个不顺心就喜欢割别人的耳朵鼻子，你可千万见谅。"

王景临紧握着拳头，恨恨道："如果我给了你正确路线，你岂不是将我们全都杀掉，横竖都会这样，我为何还要将正确路线给你？"

刘贵堂一只手插进裤兜，表情轻松自如，绅士风度尽显："可你若让我再久等，只怕会当着你的面将你父母大卸八块，扔到荆河喂鱼虾了。"又摸着胸口无比真诚道，"你若给了我，我便会留你父母一个全尸，我还让人把这只耳朵放到你父亲身上并且厚葬。王世侄，今日你不告诉我，以我的能力迟早也会知道，如今你对你父母最大的孝敬，不过是让他们更轻松一些吧，不至于下地狱，你说不是吗？"

王景临深呼吸一口气，终于说出了那句话："你看这般如何，我将正确的路线告诉你，用三满，来交换我们一家三口的命，如何？"

刘贵堂愣了一瞬，哈哈大笑起来："我一直等着你，看你什么时候能亮这张牌。"

王景临道："你敢说一直在国民书店的那个小女孩三满，不是你的亲生女儿吗？"

刘贵堂微微眯缝眼睛，若有所思一番笑道："没错，三满的确是我的女儿，可那又有如何。她不过是我和一个婢女所生，我有七八个子女，他们和他们的娘亲都比这个丫头体面不知多少。三满她娘不守妇道跟人跑了，罪孽！当初我为了让那个波兰来的假洋和尚对我放心，把三满放在他那里学习天主教，也是让他对我放心可以更好地与我合作。我早就知道那丫头在你那里，我本随时能让她回来，可对我来说确实没有必要。退后一万步，即便你要对她下手，像当初那个洋人折磨她，对我也没有任何影响。你以这个为筹码似乎失策了一些。"

王景临眼中已经是无法掩饰的怒火："你根本不配为人父母，你根本不配做人！"

刘贵堂整理了下领口一脸的不屑："配不配不是你王世侄说了算。是实力说了算，枪子儿说了算，天说了算。人定胜天，我从不打无把握的仗，你看你几次三番想杀我，结果杀了吗？现在还不是成了我案板上的鱼肉任我宰割。现在说这些岂不好笑！我也敬你是条汉子，到了这个田地也没有向我下跪求饶。只是你的筹码对我来说毫无诱惑力。古今中外但凡功成名就者，哪个是儿女情长，将亲情放在第一位？"

他胸有成竹笑道："不要再做无谓的挣扎，当务之急是将路线地址写出来。"

王景临深深呼吸一口气，抬头看着天空，乌云渐渐从天边滚滚而来，太阳在这边纹丝不动竭力占据天空中央，大义凛然等待着与黑云决一死战。墨子传经阁上方的琉璃瓦在阳光的照射下，连续发出三道夺目的光芒。

王景临也不再借助任何物件，伏在墨子塑像脚边飞速在纸上写好内容，一把抓起扔向刘贵堂。

刘贵堂细长眼睛蹦出贪婪胜利的光，仰头伸手去抓住那张他梦寐以求飘逸在空中的情报。

"砰"一声枪响从上空传来，划破压抑许久的死寂，在空旷的大地上发出阵阵回音，让人一时无法辨认这是雷声还是枪声，又仿佛是墨子传经阁的神像发出了愤怒的呐喊。

刘贵堂悬着的手顿在空中，暗红的鲜血一滴滴落在地上。好半日他才回神过来，转头猛看向他头顶上的墨子像，转头对王景临道："你，居然设了埋伏。"

原来，墨子传经阁阁楼上的狙击手在不远处得到王景临的信号，随时等候王景临指令伺机行动。

此刻，即便阳光并不明耀，也能看到狙击枪的望远镜闪着金刚钻般的光芒。此刻，墨子传经阁内外的一棵草、一块石头，狙击手一览无余，更何况那些被锁定目标的人，都成为苍天下的活靶子。

王景临冷冷道："我以自己全家的性命为诱饵，在此等候你多时。刘贵堂，你可知道，这墨子传经阁丈高十几丈，是方圆十数公里最高的建筑，并且房前屋后和阁楼上都是我的人，你现在和你的下属通通没有任何遮挡之物，即便有一些残垣断壁，也是螳臂当车。我现在只要发出一个指令，或者你动一下有所企图，一颗子弹立马会让你的脑浆流出来。"

刘贵堂又疼又气，狰狞道："小子，有你的！那你为何现在不发出指令杀了我？"正说着，一群打手已经闻讯不对劲儿，冲了进来将他们团团围住。

王景临道："通知你手下，立马将我的父母放开，马上带李文庭过来。除了报信的人，你们所有人从现在起只能站在原地不动，否则阁楼上的狙击手一定会将他击毙。"

众打手听闻，惊得望向阁楼上，霎时都收敛动作不敢轻举妄动。

刘贵堂道："这如何能办到，我根本就不知道他在哪里。"

王景临忽地举起手臂猛放下，说时迟那时快，砰一声，刘贵堂大腿又中了一枪，打手们本能地抱头，满地找能躲避的地方。

一阵猛烈的咳嗽声传来，王景临的父母在茶小二的搀扶下过来了。二老只是行动不便，身上并无半点伤痕。

刘贵堂惊诧地看向茶棚店小二："你？"

王景临道："精通易容术的人，做个带血的耳朵不是难处。"

店小二道："刘贵堂，我跟你出生入死乔装扮演杀人无数，你可从不了解，我的老家和王掌柜是一个村庄的。"

刘贵堂又气又惊，目瞪口呆。

王景临让茶棚店小二带着自己的父母驾着马车先行离去了。

王景临道："刘贵堂，你在县城东郊梁场的村子里，专门关着一些你需要的人，其实那就是你的私人监狱。李文庭就在那里，离这里来回不过半个多时辰。"他从怀里掏出一块表："我从现在开始计时，一个小时后，我没有见到人，五分钟我就让狙击手射中你一只耳朵。若让狙击手看到带了除李文庭的其他人过来，不用我吩咐也会当场击毙你。"

刘贵堂胸口急促起伏几下，扭头对其中一个下属道："快去！"

乌云滚滚而来，已经侵占了大半个天空。太阳在丝丝缕缕黑云中顽强绽放自己的力量。天空波谲云诡，风起云涌从天上搅和到地面，每个人的衣襟都随着大风飘起。

或许是觉得风起会影响狙击手发挥，几个打手蠢蠢欲动想要再次占上风制服王景临，奈何动作幅度稍微大一些，子弹便会无一例外地击毙此人。

除了墨子传经阁中的打手，枪声还不时响起七八声，每一次会伴起一声惨叫。王景临心下明白，狙击手弹无虚发，刘贵堂的手下已经不剩几个。

可他心中还有一丝担忧，他们的子弹有限，如果用完了，等会儿估计依然是一次恶战，他们这次若要全身而退绝非易事。但他告诉过狙击手，无论如何，最后的子弹一定是给刘贵堂脑袋准备的。

刘贵堂瘫坐在地上汗水沁湿了他的领口，剧痛中他咬牙道："你刚才与我东拉西扯这么多，不过是为了拖延时间让狙击手找到合适的角度和位置。"

王景临告诉他："你若悔悟，且告诉我长期以来，是谁告诉你中共滕县特支的各种活动的情况，你若说了实话，我今日便不伤及你性命，但我会把你交给组织。"

刘贵堂哼哼道："你不是已经知道了吗？我早就知道罗琴薇是国民党派来的，见她与你亲密，便想利用她知道烟杆的情报。"

他弯腰拾起烟杆："这是后来仿制的。"

王景临道："我今日出发的前几日，故意告诉我的一些同事，就在今日带父母回到老家养老。并跟他们说滕县县城已经不安全，我要将组织里所有重要资料通通转移到乡下，我这番做法是为了测验到底是谁会泄露风声。此刻我心中已经有数，现在轮到你说，到底谁才是组织的出卖者。"

他说罢举起手枪对准刘贵堂："你若说了，便少吃一点苦头。"

刘贵堂紧紧盯着他的眼睛哈哈大笑："行，我先来口鼻烟。"

他伸手进荷包里，王景临双目一凛，将手中的匕首一下子将他面部划过，只听刘贵堂惨叫一声，一滴血珠刹那溅到一旁的石头上。

王景临一把拽住他的袖子怒斥道："你想用暗器，就是你教小邱这个的。你这个恶魔，对小邱那样的人你一而再再而三利用榨干他，你这个浑蛋！"说罢从里面抖落出一包灰白色粉末——这些都是能将人快速迷晕的毒药。

王景临看看怀表，距离刚才一个小时还有五分钟。

刘贵堂笑道："你本可以一枪毙了我，为了一个叛徒你这么大费周章，妇人之仁还想成事。"

王景临冷哼一声："搬弄是非、挑拨离间对我不起作用，组织同我自有定夺，即便是叛徒，他也应该由我们自己人来决定，由不得你。"

此时阁上传来尖厉的传播信号的鸟哨，紧接着由远至近传来马蹄车轮声。

王景临奔了出去，只见一个人驾着一辆马车行了过来，距离墨子传经阁五十米开外停住，跳下马车掀开帘子，将一个衣衫褴褛颓废的男子拉了下来。

王景临慢慢向他们靠近，一边仔细观察他们，面前这个男子轮廓的确与李文庭无异，面孔和裸露的脖颈部分似有血渍沁出，那眼神的灵气和气场的坚定全然不在。

打手大喝一声："刘三爷在哪儿？"

刘贵堂此时也瞪着只有一只窟窿的眼，拖着伤腿，捂着手腕，一瘸一拐挣了过来，冲来人大喊："大飚！"

大飚也叫了一声"刘三爷"，遂对王景临道："先把刘爷放了，待我们到小沂河对面，我再把这小子交给你。"说着从怀里掏出一把枪对准李文庭的头部。

王景临冷笑一声："你还真能说笑，我为何要信你，何况此人是不是我要的人还未确定。"

大飚喊道："如假包换！不信你验一验，你们不是有暗号吗？"

王景临上前两步，此时的他已经能够确定，此人就是李文庭。

王景临向他问道："闲居非吾志，甘心赴国忧。"李文庭黯淡疲惫的眼神闪出一丝光芒，他张张干渴的唇，艰难吐出一句："战士利社稷，则不顾其身！"

对上了只有他们才明白的暗号，王景临更加确定，看到同志这身伤痛，他心中疼得抽搐一下，转头对刘贵堂道："你那边还有总共两个人，让他们通通过来。"

刘贵堂抬眼看看墨子传经阁阁楼，不得不依。

那两个下属战战兢兢过来，王景临命令他们脱下外衣，拿走他们身上所有的武器。

此时远处传来马蹄声，刘天明和李大同已赶了过来。

王景临命令他们："把人放过来。"

大飚愣了一下，开始松开李文庭手腕上的铁链子。

刘贵堂大喊阻止："不能放！这人是我们唯一的底牌了，放了他我们全部都完了！"

大飚醒悟过来，再次用枪指着李文庭的头。

刘贵堂疼得龇牙咧嘴，还不忘威胁王景临："你小子果然是个人才。我告诉你，今日除非我能安全，否则我至少要拉这么一个垫背的。我已经失策，可也绝不会便宜了你！"

抬起他完好的手臂指指上方，"你信不信，若我有事，第二个脑袋打爆的就是他。老子曾经在深山老林里跟狼群对峙过三天三夜，你也可以试试看，咱们谁耗得过谁。哈哈！"

此时李文庭大喊一声："景临，不用管我！他还抓走了两个同志，让他把他们都放了。"

刘贵堂愣了一瞬，眼珠一转辩解道："那两个人不是你们的人，他俩背着我私自和我上面的官员联系……"

李文庭吼道："别信他！让他把那两人也放了，而我，根本就……不值得救。"

他声音和头都低下去，懊恼满面，胡茬和血渍皱成一团，王景临能看到他的肩膀似乎在抽搐。

王景临也能猜出李文庭受到了何等惨无人道的虐待，世上没有几个人能扛过刘贵堂的手段。他冷冷不作声。

刘贵堂又和他商量道："今日算我阴沟了翻船，大意了。这样，你放我们走到沂河边上，我就自然放了他。"

刘贵堂果然狡猾，如果走到沂河边，刚刚超过枪的射程。刘贵堂似乎看出他的心思又道："不到沂河边，前面一些也行。"

王景临思考片刻，做出决定："我今日目的只是救李文庭，你先放了他，我跟你过去，保证护送你过沂河。"

李文庭乘人不备，将一旁手下的枪一把夺了过来，对准自己的脑袋，因气息过弱来不及上膛，还未得手便被人一把夺了回去，被狠狠一脚踹倒地。

李文庭跪在地上用尽全身力气大喊道："杀了他们，不要留给他们一丝丝机会，景临，今天必须杀了他们！"

王景临举起手枪，所有人都紧张地看着他的一举一动。

"砰砰"几声响，除了刘贵堂和大飚，其他人通通被击毙在地。

刘贵堂张着布满血丝的嘴狂笑起来："为了一个背叛者你会如此，小子心胸够大的，小子你怎么不对我开枪呢？无毒不丈夫，看来你还是顾忌啊！你杀我这么多人，你也不亏了。今日我们好好做交换，以后互不相欠。"

王景临道："你先解开他的链子，我来换他。"

刘贵堂命人给李文庭松了铁链，又将手铐扔给王景临："你戴上！"

李文庭悲痛地摇摇头："景临，你不能这么放过他，你糊涂啊！"

王景临一步步走向他们，双方开始向中间靠拢，待刘天明接应到李文庭，手下一把黑洞洞的枪口也正好对准王景临。

刘贵堂笑道："你安排的狙击手子弹用完了吧，先跟我走过去。"

王景临跟着他们上了马车，顺着朝沂河边的南下方向走去，离刘天明他们渐行渐远。此时电闪雷鸣狂风大作，大中午的白日暗似黑夜，整个大地摇摇欲坠。

马车一路狂奔，属下在车外喊："刘爷，已经看不到墨子传经阁了。他就是有个大炮也打不到这儿来了，要不要现在就剁了这小子。"

刘贵堂吩咐他：继续前进，他们都通知到了吧。手下答应是。

王景临知道，刘贵堂担心这一路上会有埋伏，此刻王景临是他最大的底牌，没有彻底安全之前是绝对不会伤及自己。

大约行至半个小时，外面的风越发狂吹，马车突然顿了一下便缓缓停住，马车外出现一声呼喊："刘爷可还安好？"接应刘贵堂的手下到了。

大飚也将王景临提溜下马车，他见着眼前有二十多人已经各就各位蓄势待发。

刘贵堂撩开帘子跟跄下马，立刻有早准备就绪的人上前给他请安，将他一身西服上衣用剪刀剪开，替他包扎上手腕和眼部的伤口，接着又替他换上普通便服，不经他吩咐也安排有序毫无多余动作，训练有素经验老成。

一个斜眼的随从上前，看到王景临一愣神，上上下下一通打量突然大喊起来："是你！"

王景临依稀觉得这个人眼熟。

斜眼对刘贵堂道："刘爷，就是这个小子杀了刁爷。"原来此人是当年刁占山的手下，当初在王景临家中院子击毙了刁占山和众多土匪，可惜铁柱他们缺乏战斗经验，才有了这么一条漏网之鱼。

刘贵堂恍然大悟："果真如此，原来那把枪真是我兄弟的。真是不是冤家不聚头，王世侄，你我之间的渊源比我想象得更深啊！"

王景临道："你同刁占山一样，欺压百姓，玷污良善，无恶不作，你们不过是罪有应得。"

那斜眼一听这话，上前狠狠给了王景临两个耳光道："今日将他千刀万剐都不解恨。今日你落到了我们手里，一定要让你的血来祭奠刁爷。"

说罢拔出匕首一划，王景临脖颈上顿时出现一道血痕。

刘贵堂止住他："现在还不是时候。等这阵都理顺了，交给你来处置。"

突然听到手下大喊："刘爷，接应我们的人来了。"果然听到人声鼎沸，呐喊声响，刘贵堂面上露出会心的微笑。

突然又听人大喊："刘爷不对，那不是我们的人。"话音未落，一阵机关枪扫射裹挟狂风铺天而来，陆续有人倒在血泊中。王景临事先有预测，侧身躲进马车底部。

刘贵堂反应相当了得："赶紧上马车！"

大飚领命扶着刘贵堂上了马车，斜眼一把抓住王景临，四人同乘继续向东南方驶去。

刘贵堂命令大飚："快，从罗汉山山谷那条暗道过去。"

狂奔二十多分钟，他们赶到目的地，却无法再前进。

前方已经是熊熊大火，刘贵堂等人正不知所措，一个狼狈的属下跑来报信："刘爷，国民党军队剿匪大队过来把咱们的老地方都端了。"只听山谷里面的枪声不绝。王景临预料到，张晓生上校已经将土匪的老巢通通清剿一遍。

刘贵堂转头看向王景临恍然大悟："调虎离山，围魏救赵。好小子，今日我算是栽在你手上了！"

斜眼早就按捺不住："敢暗算我们，我也要让你先下地狱。"说着唰一下从腰间抽出匕首，朝着王景临的胸口刺去。

谁料不等斜眼反应，王景临突然腾出手来，一边肘部将他击倒在马车框上。

原来他早就用藏在袖子内的小铁钩将锁眼打开，他就势将斜眼整个身子推出了马车窗外，他们恰逢在路旁有十几米的小路上，斜眼骨碌滚下去，伴随一阵惨叫。

王景临努力地想捡起斜眼掉下的刀，这时刘贵堂瞅准一个时机用脚将刀勾到自己脚边，就等着对方过来，待王景临果然中计靠近他，他冷不防从袖口里撒出一团灰白色的毒药，正喷到他脸上。

王景临觉得一股诡异的香气进入鼻腔直直通往气管，瞬间布满全身血管，很快就感到眼前一黑，心中暗叫一声糟糕，不出意外一股难以言表的麻木感，瞬间从他的经脉遍布全身上下，四肢很快不似方才灵活，若不是极强的目的性以及信念支撑，他已经晕了过去。

大飚已止住马车，从怀里掏出枪对准已经几乎丧失抵抗能力的王景临的脑袋，刘贵堂忙拉住他的手："等一下，这小子或许还有用。"

刘贵堂继续为大飚指路。在疯狂的皮鞭下，马儿顶着巨浪般的狂风往前冲去，不时发出痛苦的嘶鸣。行至大概半个时辰，总算在黄连山脉一处大岩石旁停了下来。

马车停在一座小山丘跟前，大飚跳下马车奋力将灌木搬开，一个两米多高三米来宽的山洞赫然出现。他们的马车进入山洞行了不过五分钟，豁然开朗，漫天的山风似无数尖刀一般刮了过来。

马车继续迎风艰难前行，这回不到一盏茶工夫到了一座小村庄。颠簸不平的道路两旁屋舍座座，一路上很多杂草丛生的坑洼，却寥无人烟。

天气越发恶劣。空中一阵惊雷划破大地的闷热，暴风更加狂躁地呼啸肆虐，扬起地上的尘土，让四周的树木房舍变得颠仆模糊，大树被摇得东倒西歪，誓要用尽最后一丝力气抗争到底。

没多会儿，他们才在一座大宅停了下来。大飚扶下刘贵堂，也把气息微弱的王景临揪了下来。

只见这座宅院门口一棵高大的槐树，大门清漆早已全部脱落，门扉半掩着，推门而入，灰尘蓬扬。三进三出的构造设计，看样子曾经也是大户人家。刘贵堂领着他们走了不下数百米，才到一个草棚搭起的院落里，里面有一间小土屋，他们坐下休息。

王景临狠狠掐住自己的大腿努力保持清醒。

三人进入屋内，刘贵堂躺在地上大口喘息了好一阵，看着王景临哈哈大笑起来，声音骇人，如同鬼魅，他的眼睛淌着血，表情非常骇人。

他先吩咐大飚："你去东院儿，把那放在天台上的鸟笼子提过来。再去厨房粮仓里，那里有厨具和干粮，弄些吃食过来。"

大飚领命出去。

他笑累了道："这个地方，只有我的几个心腹知道。就算是国军开着飞机经过，也发现不了这里。我早看到了，你割破了手指滴血在马车外面，想别人看到标记跟过来。告诉你，没用的，马上又要下雨了，到时候冲得干干净净，谁能知道。"

王景临笑道："刘三黑杀人如麻，何况，你恨我入骨，为何不亲自动手了结了我？你依然在为自己留着退路呢！天网恢恢，你藏这么深都能被人发现，何况区区一个刘家庄。"

刘贵堂愣了一瞬，眼睛微微眯缝着："你小子果然不是盏省油的灯，绕了山谷一圈又一圈，你也能感应出方向并推断出这个地方的名称，你们共产党个个还真是天赋异禀。"

王景临笑笑，连刘天明和李文庭都不知道，滕县县城的所有大街上的铺面，任何一条小巷陌里、暗径通道，包括周边村庄院落、地理环境、古迹遗址，他心中的方向感，比市面上任何一张地图都要清晰准确。

可他现在气息逐渐微弱，但娓娓道来的话语足以让刘贵堂惊心动魄："此地若我没猜错，便是黄连山下的刘家庄。本来还算人丁兴旺，多年前一场瘟疫，却没有几个人了。后来子孙走的走、散的散，彻底败了下来。"

他见刘贵堂若有所思，便知道那些传闻是真的，继续道："这里就是你的宗祠吧，列祖列宗知道你干了这么多伤天害理的事，怕都不会瞑目了。"

刘贵堂哈哈大笑："原来在这儿等着我！我早说过，我从不相信阴司报应的事儿。即便我百年后见到我的祖先，也不会觉得有什么愧疚。"

他说着起身蹒跚走到东面的一堵墙边，用袖子拂了拂沉积多年的土灰，用指甲抠了几下，哗啦哗啦，连抽出几块砖头扔地上，接着从里面拖出一个陶瓮。他吃力地捧着陶瓮走到王景临身边，揭开上面的破布，金灿灿的小黄鱼快要从瓮里满出来。

刘贵堂捧起一把金条笑得满面陶醉："看，这是这个世界上最好的东西，所有人争啊抢啊，全都为了这个浑蛋。可我就是看不懂你，你这么拼命、这么不计得失地跟我作对，到底是为了什么？你到底又得到了什么？"

王景临冷冷看着他，不想与他过多费口舌，目前他努力保持清醒，寻找机会将对方击毙，更要减少无谓的消耗，保持好自己的体力。

刘贵堂又从上衣兜儿里掏出一个小瓶颤颤巍巍递到他跟前："你中的这个毒，若没有我的解药，不出两个时辰，便会七窍流血而亡。多可惜啊，你看你这么年轻，这么多大好前程，这是何苦呢！只要你答应与我合作，保我这次躲过一劫，我就把这解药给你，还有这坛子金条，我都给你。我这个宅院里还有很多宝贝。你们共产党不就是缺大洋吗？这回只要你保我平安，这些都是小菜一碟。大丈夫不拘小节善于变通，曾经是敌人，也能成为朋友啊。又能活命还能得到金钱何乐而不为！你不考虑自己，想想你爹娘，你的那些朋友，还有你的老师王博源，你也可以很快见到他。"

王景临瞥了他一眼依然没有说话，刘贵堂读懂了他眼神流露出来的牵挂，继续道："你若同意了，我自然带你去见他。"

王景临迟疑片刻，大笑道："还想骗我。刘贵堂，你亲人都能下手，当我三岁小孩吗？"

刘贵堂忙道："你是说叶家大太太，实话告诉你她不是我的亲妹子，何况……"

"不是你的亲妹子可是胜过亲人，不是吗，刘贵堂？"王景临打断他，"那你先告诉我，王博源在哪儿？你是怎么知道这个名字的？你说能帮我找到他，我们的暗号你可知道？"

刘贵堂焦急道："我可以对着我们祖宗发誓，只要你这次带我出去，我一定会竭尽全力帮助你，让你和王博源见面。"

王景临嘴角轻蔑地笑笑："这个刘家庄就是你的家乡吧。"

接着又是一句惊耳骇目："你所谓的妹子那是你的结发妻子。"

刘贵堂愕然，他突然仰天大笑起来。像是身上最后一块遮羞布被撕开，无耻坦荡地曝光，让他反而更加坦荡无耻起来。

他用手指了指井水那边的草棚："你可知道，我每次回到这里来，都会先到这里来看看。我在这里长了十八岁，那时我一直跟羊睡在一起，一件衣服从夏天穿到冬天，几年尝不到肉味儿，还是东家少爷啃腻了肉骨头，扔在地上，我跟狗打了一架才抢到。我一辈子都忘不掉，我就啃了些骨髓，东家少爷站一旁乐开花的样子。"

他目光看向山雨欲来的天空，所有的记忆如天空中乌云般将他裹挟其中。

半晌，他有气无力地自言自语地说道："我也是个苦命的人！你只说对一半，我跟他们只是同宗并非同族，那年我娘被人活活折磨死，管家用铁链子没日没夜拴着我半个多月，我表面上依附他死心塌地地卖命，其实心里恨不得咬碎他。总算，有一次在院子里，我乘着管家查看酱缸里的腌萝卜，我用尽全身的力气把他翻进去用盖子盖上，又压了几块大石头，直到里面没了声音才打开。那是我第一次杀人。然后我主动去告诉东家管家的情况。可能是看我那会儿个子小，人长得也老实，东家居然一点都没有怀疑过我。

"但没多久，东家觉得管家的失足过于蹊跷，开始调查他的死因。恰好院里有个账房，一直与管家不和，我有意无意暗示东家账房那会儿也在院里。东家大怒，将账房痛打一顿赶出刘家庄。此后，对我还更加信任。

"我深深意识到，这个世道，不是你吃了我，就是我吃了你。既然拼的是谁心够狠，脑子够灵光，表面儿更会演戏，会把脏水泼到别人身上，就会过得很好，我为何还要坐以待毙。我越发嘴甜卖乖，东家也渐渐当我是自己人，把厨房采购的营生给了我。我在这宅子里也风光几年。从别人口袋里掏银子施舍，到底不是做自己的主，可我也想自己成家，那就得有本钱，我就每日从伙食费里扣上一点。

"可有一日，我偶然间听到风声，东家要查我的账。虽然他一直都没有行动，但我害怕了，又不敢轻易收手。一旦被人发现这钱跟之前的不一样，岂不是此地无银三百两？我整日提心吊胆，表面还得若无其事，实在难熬啊，直到后来我想到一个主意。"

他的眼里似乎有些模糊，声音却充满恶狠狠的杀气："我在一个江湖术士那里得到一种药，无色无味，只要不间断放入人的饮食中，半年后就会发挥药效。我为了保险起见，给东家下药的同时也给狗下药。那狗之前很健壮，看家护院叫起来半个庄子都听得见。可吃了我这药不出两个月，就蔫下来，不到半年就没了。

"我怕出事，只在他们的饮食里下了江湖术士说的一半的量，过了一年多，也的确有效。

"刘家渐渐败落了，我在这里积攒的本钱也差不多，也担心被他们发现，便带着我的相好逃跑了。不瞒你说，我后来在'响马帮'混得风生水起，靠的那是真本事。"

他啧啧嘴巴，满眼透出一个意思：你不是对我好奇吗？满足你。

"要说我干这么多缺德事，可也没见着有什么报应，在'响马帮'土匪窝里闯荡几年后我有了自己的买卖，越做越大。我对响马帮的兄弟也够大方，让他们跟着我吃香的喝辣的。后来碰到一个姑娘，也就是差点成了你岳母的叶太太，我们情投意合、夫唱妇随。实在没想到叶掌柜对我的女人一见钟情。那时，恨不得斩了他才解恨。后来我也想明白了，女人不算什么，我是男人，胸有大志，从此便和她以兄妹相称。

"我一向的主张，只要够狠，只要有钱，够聪明，懂些人性，再加上些武力，这世上就没有我办不成的事。可自从遇到你——共产党。我至今不明白，你们做的这些事到底图什么，你们没有任何好处还处处与我作对，别跟我说你们那些信仰，教会孤儿院里的洋人也有信仰，看到银圆也两眼冒绿光。共产党，你们到底是为了什么？"

王景临嘴角微微翘起——他永远也不会懂，他眼前仿佛出现另一个龙振标。他们都是这个时代的受害者，待到有机会就开始疯狂地成千上万倍地反噬这个世界。想必他当初支持龙振标造反张广濂，开始种植贩卖鸦片，但后来被刘贵堂利用完后暗杀掉。他们都痛恨自己的家族，刘贵堂太清楚人心中的暗疾，并利用得淋漓尽致。

刘贵堂长长舒了口气："你以为你今日占我上风，是你安排得好。我只差一步棋，最近没有把银子使用到位，跟政府上层将关系闹了点误会，否则谁敢用炮来对付我。待我这次出去了，那就不一样了。好久好久没跟谁说过这么多心里话了。小子，等接应我的人到了，我就送你过去。再不济等国军的炮打过来，你先来做我的靶子。"

大飚这时跑了过来，手里提着大的木质鸟笼，里面叽叽咕咕。刘贵堂看到眼神发亮："赶快给我！"他一只手伸进鸟笼，如抓珍宝地握住一只鸽子出来。

看来这个萧条的刘家庄已经被刘贵堂当作了传递情报的据点，信鸽财宝一应俱全。"响马帮"之所以能在滕县乃至整个山东横行霸道十数年，不是没有理由的。

只见刘贵堂让大飚将他方才写的纸条紧紧裹成小卷，套在鸽子脚上，单手一扬将其放飞空中。

此时，炮火声由远至近。土匪主仆二人有些心慌，大飚自告奋勇："我再去打探打探。"说罢奔出院门。

一盏茶时间不过，只听轰一声巨响，院门、树叶、残瓦、碎墙炸到半空中，大飚的一声惨叫淹没在爆炸声和物体碎掉落下的声音中。

待灰尘散尽，两人清晰地看到地上的碎石碎木沾着骇人的鲜血。

刘贵堂气急败坏，用尽全身力气拖着受伤的腿一拐一拐朝院外走去。王景临觉得有些不对劲，看向他直奔而去的方向，不过是一排破旧的大缸。

他觉得事出蹊跷，也不顾身体极度匮乏无力，拾起地上一块尖锐碎石划破自己的胳膊，让疼痛促使自己清醒，跟着刘贵堂一步一跌向前走去。

只见刘贵堂赶到一个杂草丛生的土坳旁，奋力推开旁边的一口小缸。

王景临观察不过几秒，脑子回想了一下这个地界的黄连山山脉地图，立马明白那个位置是一条顺着小溪出山外的路，那个小缸后面极有可能是一条通往外面的秘密通道。

他使出吃奶的力气扑过去，狠命箍住刘贵堂的腰，要拖住他直到援军的到来。

刘贵堂抓起地上的土灰扑进王景临眼睛里，他只觉双目一阵剧痛，短暂的视觉丧失让他胳膊松了一松，瞬间又抱紧对方。

两人都虚弱无比，体能相当，纠缠足足两三分钟，一个想逃一个要拖，对峙之下倒谁也占不到上风。刘贵堂瞅准一个机会抓起地上的一块陶器碎片狠狠插他的手指。

王景临吃疼蓦然松手，刘贵堂扔下他继续推那口小缸。眼见他立马要成功了，王景临努力睁开眼睛，心中焦急万分。

刘贵堂总算奋力推开缸，一条半米高的通道赫然出现，他着急想钻进去。谁料那土坳上还放着好几口大缸，本来稳稳端在上面，可能是方才爆炸受到震动，一口大缸恰好倒了下来，哗啦一声，不偏不倚碎在刘贵堂身上，他哼都没哼一声便倒地不再动弹。

此时只听轰隆一声，炮声惊天动地，刘家庄外面也已经火光冲天。大雨继续倾盆而下，很快硝烟四起，雨水落在火上蒸腾出来的水汽夹杂着血腥腐朽的味道充斥着整个庄子。

一个中年男子带着人过来了，看着已经毁灭大半的房屋大声喊道："根据脚印，他们应该就藏身在这个位置，活要见人死要见尸，每一个角落都要搜仔细了！"

不一会儿有人来报告："西北角的院落有两具已经烧焦的尸体，看样子估计就是刘三黑了，响马帮土匪都已经剿灭了，我们赶紧回去向主子复命吧！"

领头的沉默一瞬："只有刘三黑？我们的人还没找到，继续搜！把炸掉的石头通通搬起开。"

来人心中担忧。

他是龙少爷最得力的手下，人称老龙头，奉龙少爷之命来协助王景临刺杀刘贵堂，之前与王景临就这次行动商议过。交流过程中，他极其欣赏这个年轻人的胆识和仁义，且龙少爷私下吩咐过他，这次行动过程中要尽最大努力保护王景临。于私于公他都希望王景临能活着。

突然一个人大喊："这里有个水井，水井里有人。"老龙头闻讯赶了过去一看，紧锁的双眉总算舒展开来。

雨点渐渐止住，乌云仍然不罢休地霸占在空中，强烈的金光刺破云层，一束光照射在刘家庄里。

第十三章　革命之路尚遥遥，壮士继往风萧萧

王景临躺在床上不知多久才苏醒过来。

耳边响起惊喜的声音："景临哥醒了！"

马医生给了他药，病情控制住了。

本来他以为自己不会再活着回来，幸亏刘贵堂放出的那只鸽子。狂风暴雨的天气鸽子只能回家，怎么能在暴雨中穿行？龙爷的人跟着鸽子飞回的方向，发现了这个地方，才赶了过来。

王景临支撑着身子，脑子略略清醒，看着这双期待激动的眼睛，欣慰地笑道："柱子，你的枪法越来越精准，你没有辜负组织对你的培养，真是好样的！"

柱子忍不住眼泪下来了："景临哥，你把我吓坏了！我真恨自己，没有击毙刘三黑，上次没有亲手枪毙刁占山我已经很遗憾。但不管怎么样，那土匪被烧成焦炭，也算是老天有眼。王大爷和王大娘也已经暂时回到城里，他们得知你平安后还想回乡下去，可我们都觉得那样太不安全，就带他们回来了。"

马医生此时进了房间。王景临一见他开口便问："现在我们还剩多少药品，都有些什么药？"

马医生如实相告。

王景临紧锁双眉："近日，国民政府要从国外运送大量药品进入国内，就从山东蓬莱港口进入。"

马医生双眼放光："真有此事？现在整个中国西药比黄金还珍贵，特别是青霉素、消炎药类，那是军队在战场上必需的。"

王景临道："你去拿一张中华地图过来。"马奉峨医生照做。

王景临指着地图上的山东地界："王博源老师曾经给了我一些情报，我破译出了这些药品会从哪条路线运送到战场，会在什么时候达到哪个地方。这些地方有一些我亲自实地探测过，李文庭去探测了大半。"

王景临道："这批药品也会经过滕县，到时候滕县所驻的地址，就是国民书店和济善堂诊所。之前失踪的医生，被迫制作生理盐水，我猜测他们是打算用这些生理盐水，来代替功效强大的消炎药，才这般做的。毕竟送入军队中的药品是要经过检测和审核的，而生理盐水是代替药品的不二选择。"

马奉峨气得捶了一下桌子："干的简直不是人事，我们的军队在战场上跟日本人拼刺刀，他们把主意打到这里，简直人神共愤！"

烟杆所有的秘密终于浮出水面。

那一组组数字的第三排，是每个地区接应药品的同志们的姓名。

当年在济宁，王博源和王景临都没有吃喝玩乐、攀附权贵的嗜好，在一起喜欢研究中国古典文学，如《道德经》《千字文》等。

王博源曾提出和王景临一起将《唐诗宋词鉴赏》背下，并按照严格的顺序背下每一首唐诗宋词，还拉着王景临一起比赛谁的记忆力更好。

在王景临回到滕县前，特地嘱咐，下次见面时两人再次比赛，并提到了《百家姓》。并嘱咐王景临一定要记住这个顺序，并说"你只要记住前面二十个就算你赢"。看似普通的聊天调侃，实则是暗示王景临，药品运输的情报在里面。

王景临道："据我推测，张上校的任务是剿匪，在祖屋与我第一次见面时，得知王博源老师给我的情报，便一直想方设法打听。这些年来，这些情报都装在我脑子里，没有透露出来。实际上，如果我没有猜错，国民书店早就被特务盯上了，这段时日书店和你这边更要加倍小心。长期以来，我一直不明白这些相隔几里甚至数十里的地址到底有什么作用，它们的共同之处不过是都放有木炭在里面。"

马奉峨道："这就对了，炭不仅仅可以取暖，更可以吸附空气中的湿气，能使存放的药品不易变质。"

王景临道："这个情报极其秘密，但刘贵堂居然知道。当初与他对峙，我装作对地址的作用知晓的样子，他才放松警惕透露出真相。但如此看来，他能得到这个情报，肯定是有内鬼。"顿了顿又问道，"李文庭在哪里？"

马医生道："我已经检查过了，他身体多处骨折，大大小小密密麻麻的伤痕遍布全身，加上营养不良，整体健康不容乐观，需要调理，不必太过担忧。"顿了顿又道，"按照李文庭提供的线索，我们在关押他的地方也找到了两名同志，他们分别是淄博和泰安的同志，也被刘贵堂折磨得只剩一口气，好在抢救及时，都活了下来，还帮我们解救了至关重要的同志。”

马奉峨道：“这么说，你真还按规定将他交给组织处理？”

王景临道：“普通人经受不起那些手段，即便意志刚强如铁，耐不住他们会使用一些控制精神的招数，文庭的确透露出了情报。从我跟刘贵堂之间的交谈中，刘贵堂知道的王博源老师给我们的情报破译出的地址，仅仅是山东东部的几个，且有五个是错误的。李文庭也是有意误导他。其他的地址李文庭也应该是熟记于心的，刘贵堂却一定要我说出来，证明李文庭已经拼死保护我们组织的秘密了，他没有背叛，也不是内鬼。”

马奉峨医生点点头。

王景临接着说：“真正的内鬼还在我们组织里，甚至，就在我们中共滕县特支队伍里，我心中有数。”又道，“现在刘天明可方便过来见我？”

马奉峨叹口气道：“你先休息，什么要紧的事儿先服用两日药再说。”

两人正在争执着，门口突然响起敲门声。一开门，居然是方秘书。

方秘书微笑对王景临道：“我受顾局长委托，代表滕县国民政府警察局来看看王先生。”

王景临不知道他葫芦里卖的什么药。

方秘书又道：“我们警察局奉了省政府命令，围剿了叶家、刘家多个店铺，搜出了大量军火、鸦片，都是政府严厉禁止在市面上流通的物品。现在已经查实，刘贵堂就是大名鼎鼎的‘响马帮’土匪首领刘三黑。三日前在刘家庄那边被国军剿匪大队轰炸击毙。我们听专门负责华东地区剿匪的张上校说，他们此次的任务圆满成功，王景临先生功不可没，是良好市民的典范。顾局长派我特地过来探望以示慰问。”

王景临默默听着他的话，细致咀嚼着他的每一个用词。

方秘书继续道：“前段时日我们滕县不是发生了一起医生被绑架失踪的案件吗？也是他干的。至于刘三黑为什么要做这么多生理盐水，这个我们暂时还没有查清楚。”

“多谢方秘书的关心，护国安康匹夫有责。我也是歪打正着起了些作用，没给国军添乱已经万幸，得此殊荣受之有愧。请您替我转告顾局长，我以后会更加尽力。”王景临礼貌地回复。

方秘书眨眨眼，笑笑道：“那请王先生好生休养，我先不打扰您。”说罢吩咐身后的人留下礼盒果篮，转身离去。

待脚步声远去，马医生到底拗不过他，依他之言行事。

晚上将近三更，刘天明才来到医院，带来了消息：“顾局长被撤职了。”

王景临愣了一瞬：“难怪我今日觉得方秘书欲言又止，是跟这次刘贵堂的事有关吗？”

刘天明道：“我想八九不离十。刘贵堂在滕县横行多年，警察局局长岂能逃脱干系。我见过小韩了，听他说跟刘贵堂相交密切的普通警察也大都做出处理。听说顾局长也只是被下调外地，并没有太多惩戒。"

王景临道："官商勾结自古如过江之鲫，想必他们背后的大树倒了台，至少是现在失了势。警察局是国民政府相当重要的手腕，新局长的安排一定会迅速到位。新官上任往往先烧三把火，国民书店向来树大招风，这段时间一定要更加小心。若非必要，革命书籍可以暂时不再出售，先等局势稍微稳定了才可。"

刘天明笑道："倒是这个方秘书是个不可小觑之人，由他服务的局长到如今已经三任，果真是铁打的秘书流水的局长。此人我们必须多加关注才行。"

刘天明突然想到什么，问道："你确定当时在刘家庄挟制你的，只有刘贵堂和那个叫大飚的打手吗？"

王景临一愣："你去刘家庄发现了什么？"

刘天明道："你在昏迷之前跟我说的，刘家庄是刘贵堂藏匿财宝的地方，待龙少爷他们离开后，我返回刘家庄，发现一些与我们的人留下的不同的脚印。根据鞋底花纹和产生的新鲜程度来看，应该是龙家的人离去后两三个小时内产生的。我问了龙家一个打手，有的说在刘家庄灭了两个土匪，有的说是三个。你虽然告诉我当时只有两人，我恐怕是你神志不清记错了，要么就是我听错了，如此跟你再确认一下。"

王景临思考一番："那会儿我只见到过两人，刘贵堂被炸弹炸倒埋在大水缸碎片里我是亲眼看到的，那样的力度怕只有万分之一的机会才能存活下来。至于你察觉到的其他的脚印，也恐怕是后来刘二黑的众党过来找他。"

刘天明点点头："果真如此我也就放心了。"又咬着牙道，"真是没想到，这个刘贵堂居然是响马帮刘三黑！这个土匪横行霸道快二十年，心狠手辣，仅仅在周围被他烧杀抢劫的村落就不下几十个，甚至还有屠村的情况。但没几个人知道他的真面目，有人说他是富商，有人说他是军阀出身，还有人说他是国民党的一个师长。枪法精准，手下个个对他忠心耿耿，还都是亡命之徒。"

王景临道："此人可怕之处，不仅仅会用暴力，他甚至想到用印子钱和种植贩卖鸦片来控制滕县乃至山东。幸亏除去了此人，如今树倒猢狲散，近来乡村会太平一些了。"

给刘天明交代完关于国民书店的安排，王景临才昏昏睡去，他的身体早已疲惫不堪，每个神经末梢却异常兴奋。

这些日子的场景画面在大脑飞速掠过，一张张或可爱或可敬或可憎的脸在眼前闪过，让他无法安心养息。

清晨，天蒙蒙亮，王景临还在模糊中，隐约听到门外敲门声。

他看看手表，此时尚早，马医生还未到诊所。他支撑着打开门，迎来响亮清脆的声响："王老师！"

来者穿着校服，斜挎布书包，双目炯炯朝气蓬勃。

王景临意外又惊喜："韩清！"

韩清上下打量他一下，忙扶住他："王老师，你别站着！"说罢从书包里掏出一个信封，"这是校长托我给你的聘请信，说你最近奉学校之命在民间调查民众学问见识，现在希望您重新返回教室教我们国学。"

王景临接过信，眼睛没有离开过他："最近学得可吃力？"

韩清腼腆地挠挠头："有些功课的确还不太会，但，我会用功的。"

王景临又问："你的父母现在可安好？"

韩清答道："我父母现在又把小生意做起来了，还不错。对了，我父亲还让我转告你，说他对不起您。还有，就是谢谢您。让您放心，无论如何，他再也不会去找放印子钱的人了。"

王景临欣慰地笑笑，以示自己并没在意。

韩清傻笑两声，"我先上课去了。王老师，祝您早日回到学校。"说着转身跑入金色的晨雾中。

王景临看着他的背影，这个被红色革命思想灌溉的孩子，因积极参加学生游行而惨遭绑架，被迫害到精神恍惚的地步。他庆幸孩子现在精神状况良好，心中祝福着，他日后能成为中国的栋梁，全家幸福安好。

王景临拿着信打开，他心下明白，李校长此番行为是为了保护他，这段时日闹出这么大的动静，必定会引人注目，也是提醒目前的自己共产党人的身份一定要更加隐蔽才行，再者也想让他知道，滕县华北弘道院永远是他坚强的后盾。

刘贵堂的爪牙虽说树倒猢狲散，但是父母两个孤寡老人回乡下着实不够安全，王景临心中的恐惧隐隐一闪。

王景临来到食堂附近，看到大量的土豆和一些时令蔬菜。拿起一个土豆问道："学生们现在的伙食还是没有白面吗？"厨师抹抹汗水："白面隔一日会有一餐，肉三日会有一餐，都是半大小子，油水太少了不行。"

他正要问现在还有多少学生在校用午膳，有人叫住了他，居然是徐二掌柜。

厨师介绍道："学生们吃的鱼肉都是徐家酒楼提供的，食材都很新鲜，比市价还便宜整一半呢！"王景临忙向他道谢，徐二掌柜笑着摆摆手。后勤各自忙开了，他才对王景临道："王先生也别谢我，我虽然商人一个，也不能让人看到我身上只有铜臭味，不敢说是为滕县的千秋万代尽力，至少对学生尽一些绵薄之力罢了。"

王景临再次谦逊感谢。

徐二掌柜左右看看道："我警察局的朋友告诉我，刘爷……刘贵堂被人杀掉了，他的商铺都被查封了。警察他们对刘贵堂手下审讯，杀我大哥的居然就是他！我现在细细想来，此人的确疑点重重，极其善于利用人的贪婪懒惰。我走江湖跑码头这么些年，居然一直将他当作朋友。老祖宗那句近朱者赤近墨者黑真是不假，若不是我大哥鬼迷心窍非要放印子钱，若不是我心软没有劝住他，我大哥还能活在世上。"

他顿了顿又道："之前我还一直错怪了龙少爷，以为是他杀了我大哥。想来都是刘贵堂给他泼的脏水。龙家现在滕县势力愈发庞大了，多个敌人多堵墙，多个朋友多条路，王先生与龙少爷交好，若有机会为我们两家拉拉线可好？冤家宜解不宜结。"

王景临与徐二家掌柜道别，径直去找龙少爷。

此次围剿刘三黑端了他的整个老巢，那些人马和武器都是龙少爷提供的。其实他并没有提供过多的武器，包括子弹和手榴弹，震耳欲聋的炮声不过是爆竹。

远远看到一辆熟悉黑色的轿车停在龙府大门口，几个人依次上了轿车，开始打火发动。

王景临定睛看看，突然朝前面追了过去大喊："慢着，等一下！"

奈何一动气力，旧伤新伤顿时疼痛难忍，让他不得不放慢脚步，眼睁睁看着轿车屁股排出一团烟雾扬长而去。

王景临进入府中，来不及告诉他的一些计划，劈头就问龙少爷："你为何把三满交给国民党？"

龙少爷道："她是刘贵堂的余孽，身份特殊。如今不怕告诉你，我们这次一起共同铲除刘贵堂绝非我一人之力，张上校才是主力，提供了兵力火力。他之前只身潜入刁占山的老巢，在剿匪这方面，国民党的经验和手段那是相当多。"

王景临攥紧了拳头，在此事上不再多言。他明白，这是龙少爷对国民党的一种示好。他本来心中打算，让三满去国民书店做一些杂事，也可以读书修心，永远不让她知道自己的身世。经历了这么多的事情，他对三满有深深的悲悯，仿佛看到另一个林小咏，从一出生开始就没有得到过父亲真心的疼爱，无数的风雨都是这吃人的礼教社会带来的。他从内心觉得，她们都应该有着更美好的明天。

随后，王景临买了一些果品，去了滕县医院，敲开一间病房。

罗琴薇见他过来，表情没有太多意外，似乎已经等他很久。两人无言以对好一会儿，罗琴薇轻声道："对不起。"她是指他的父亲。默了一会儿又道，"谢谢你！"这句，是为了当初拼命救她的王景临。

罗琴薇在马医生为她做完手术两日后就已醒了过来，作为护士，她清楚地知道自己的伤情，知晓子弹的位置几乎不会威胁到她的生命。

两人沉默了会儿，王景临张张口，还是说不出话。

此刻的他来见罗琴薇的目的，是想见到张上校。

他心中存有一丝希望——他不愿让三满遭受更多的苦难，不愿让她走罗琴薇老路。何况，一个与他共同经历这么多事的孩子，他拼尽全力保护着她，她也曾在恰当的时候救过他的性命。多日的共处让他对这个孩子已经有了感情。

王景临无法想象，若三满将来以敌人的面貌出现在自己眼前，自己会如何对待他曾经疼爱过、怜惜过的孩子。

罗琴薇仿佛能看穿他的心思，率先打破沉默："放心，三满没事。"

王景临愣了一下，没有再继续问下去。

问她，她绝对不会回答。

但此刻不说什么，他心里又缺失一些什么。他对罗琴薇的感觉，跟对林小咏的不一样，但不得不承认，他真的有一丝别样的情愫在心里，或许，是一种歉意吧。

对林小咏，他何尝没有深深的自责。

罗琴薇似乎是他肚子里面的蛔虫，又道："放心吧，我也挺好的。我已经接到上级命令，接下来的任务就是跟着张上校。张上校曾经潜入刁占山团伙的内部，刘三黑团伙由我进入做眼线，现在我们任务基本完成，短时间内我不会再冒险了。"顿了顿又道，"林小姐她是一个好女孩，你一定要找到她。"

王景临心中抽搐一下，也不再寒暄，简单告别一声便退出病房。

林小咏。

这个名字一直在他心中回荡，挥之不去。

他和罗琴薇后来都知道了真相。当初林小咏这一枪是为了救下王景临。

自从得知林母去世，叶老爷和叶太太逃出滕县被杀害。通过汇总各种细枝末节以及和叶府出来的仆人交谈，他们推断大致如下。

林小咏的母亲无意中听到叶老爷的阴谋，两人给林母下了药，林小咏后来知道这件事，心中悲愤无比，只能装成一个疯癫发狂的吃醋女子，将王景临彻底从自己身边赶跑。

而她一个人承受着母亲过世、父亲的残忍利用、后母的冷酷刁难，以及爱人的远去和各种风言风语。

王景临和罗琴薇都知道，二人即便没有男女情愫，他们也都欠着林小咏。

王景临出了医院，缓缓踱步在滕县大街上，看着人来人往的街道，目光送向遥远的天边，见那夕阳西下满天的火烧云壮烈地静止在天边。早霞不出门晚霞行千里，滕县大雨过后，可能会有一段时日的好晴日。

他回到国民书店，马秀山见着他表情，意外了不过一秒——此时的他不宜多走动。但接下来递给他的眼神，那是同志之间的默契和配合，王景临立刻明白，新的情报到了。

浸染过药水的纸张慢慢呈现字迹，王景临细细看过，心中一阵振奋。

上级党组织告诉他，是关于药物运送有了新进展和情况，让他速速安排滕县特支各方同志协同配合，把战争需要的药品等送往指定地点。

王景临将纸条烧掉，上面的内容和字迹像长城上保家护国的烽火，绽放出激动人心的火花。

那是王博源老师的字迹。

王景临心中正在激动，大堂那边突然传来焦急的声响："王老师，王老师！"

是老方叔。

只见老方焦急道："王老师你让我好找了一整天啊，快去看看你父亲吧！"

王景临马不停蹄赶去了父母居住的房子。

那是一间小平房，安静整齐，是刚刚租下的。

王景临进屋就对上马医生歉意的眼神，接着闻到血腥味，他走过去看着桌上已不再暖热的汤药和透着鲜红的手绢。

父亲紧闭双眼躺在床上，面色苍白，表情却比以往任何时候都和睦慈祥，终年严肃地向下弯曲的嘴角，竟然微微上扬着，眉头前所未有地舒展。

王景临强压内心悲恸，他音色略带战栗，试探着唤："爹！"

一声又一声，不知道唤了多少声，父亲慢慢睁开眼睛，浑浊的眸内闪出一丝欣喜，王景临急忙握住他那双枯树皮般的手，只觉他粗大刚毅的手指关节倔强又冰冷无比，不自主地微微颤动，似乎要把家族传承下来无穷的正义力量通通传给他。

王景临强忍泪水："爹，儿子对不起你……"哽咽得不知再说什么。

父亲双目看着他，没有一丝责备后悔之意，比起往日温和不少。好半日终于从嘴里吐出一句："好好干。"

他手指使出最后的力气紧紧握住儿子的手，王景临觉得好似回到童年，父亲这粗糙有力的大手将自己稳稳托在肩上眺望远方，自己似乎跟龙泉塔一般高了。

他们没有多的对话，但天生的血缘让他们有最神奇的默契，王景临几乎能清晰地听到，父亲用无声的方式告诉自己，他对自己的行为是肯定的、是鼓励的、是赞许的，要王景临继续好好在革命这条道路上坚定不移地走下去。

须臾，父亲的手的力量渐渐消退，渐渐滑落在床沿，唇边是会心的微笑，就这么一直一直沉睡下去……

王景临将父亲被子盖好，抹了抹眼角的泪水，看向窗外，表情平淡内心波涛汹涌，自两年前得到上级交代的任务、创办国民书店以来所发生事情，如海浪般涌来。耳边母亲的悲伤啜泣如同滴入湖面里的墨水，涟漪水纹幻化成一个个栩栩如生的人。那些牺牲的、奋斗的、抗争的、屈辱的、因私欲被害的人影时幻时真，越来越多，终究汇成巨大的浪水，以冲天的气势摧枯拉朽继续向前冲去。

黑暗，渐渐笼罩大半个天空。

天边血一般的晚霞几乎消失殆尽，仅留一丝丝倔强的红色，昭示黑夜的来势汹汹，又如同旭日的晨曦，星火燎原般充斥天空，再为整个大地插上最鲜艳的红色旗帜。

第二部

楔　子

七日前，刘家庄。

待大批人马离开，倾盆大雨早已将被炮轰的村庄院落冲洗得一塌涂地。

当雨水渐渐止住，阳光崭露头角，已是黄昏时刻。

刘家庄西北土坳下一堆褐黄色的碎瓦块堆里，一只带血的手呼啦一下从里面伸出来，像被禁锢多年的魔鬼，从地狱里探出邪祟的触角，弯曲又颤抖的野兽般的爪子似乎要将所触碰到的东西撕个粉碎。

几个高大的身影判断出部队已经走远，在夜色的掩护下从隐蔽处跳了出来，敏捷地将那堆碎瓦块迅速扒开，有条不紊地将里面的人解救出来，迅速离开了此地。

第一章　书店再陷急旋涡，亦正亦邪青洪帮

初夏，滕县显露出她难得的盎然生机。

虽然处于北方，但滕县自古以来便是温润之地，田野美丽丰饶。广袤的农村大地上不时能看到三三两两农民辛勤地劳作。柔软的柳丝低垂在大大小小的河边湖畔上。

天上大朵大朵白云缓缓飘动，给大地投射一大块一大块阴影。

从天空俯瞰县城，见车水马龙，人来人往，如蚂蚁般井然有序，无穷无尽。近看过来，两边店面接连，虽然人人脸上有着担忧时局的麻木和谨慎，但为了生活，城里买卖营生不曾有过一点颓败。酒肆、饭馆、钱庄、当铺、瓷器店里各色货品应有尽有。集市上菜蔬干果、牛羊猪犬、鸡鸭鱼虾无一不备，也算得上一派繁忙闹热景象。

县城南门里街，重新修缮后刚刚开门营业的国民书店内传出不合时宜的嘈杂声，惹得路人和旁边的商户频频回头探望，又害怕又不敢逗留，纷纷交头接耳："这书店又是犯了哪家的冲，警察和当兵的都来了，嘘，赶紧走开，别平白受到连累。"

只见那十几个武装荷弹的士兵，正凶神恶煞般将里面的顾客赶出来。一个警察装束的男子扭着一个高瘦龅牙的年轻人的胳膊将他押到门口，为首的军官将他上下打量一番，吩咐："这个带回去审！"

瘦高个儿大声抗议："方才店里这么多人，怎、怎么单单挑我一个，你们这是侵犯人权！"店员马秀山急得眼睛血红一片，挣脱着："你们凭什么胡乱抓人，他是顾客。我们犯了什么法！"

"犯了什么法？你他娘还跟老子装蒜！"军官瞪了马秀山一眼，大步走到大堂书架旁环顾一圈，唰地抽出一本书冲着马秀山脸上扔了过去，《大同世界的共产主义社会》，

这是什么？政府明令禁止销售阅读这种反动书籍，你们居然明目张胆放在这里售卖？于法不容，公然挑衅政府。全都带走！"

马秀山额头被书的棱角击出一个红印，他识时务地闭上嘴，敢怒不敢言。

年轻人喊道："我只是顾客啊，这又不是我的书，我从不看这个什么劳什子反动书，我买的是上海来的海报。"

说罢将手中封面是电影女明星海报的杂志亮了出来，旁边的士兵一把抓过来翻了翻，抬眼将他上下打量一番："大清早专门来买美女杂志，肯定有问题，带回去！"

欲加之罪何患无辞！马秀山和年轻人大声抗议着，被扭送走了。剩下的士兵将国民书店关上，门口交叉贴上两张白纸条，黑色的"封"字十分醒目。

王景临在街头一角的早餐摊上，不慌不忙大口嚼着煎饼，喝着豆浆，远在百多米的书店那边的境况尽收眼底，待军队和警察散尽，他不慌不忙起身径直穿过两条街道，通过两条小巷来到陈记干鲜果品店，买了两斤半核桃。

两斤半核桃，是他和老陈之间的暗号，表示现在局势危险，暂停一切革命行动和事务，务必保护好自己。

待王景临出去不久，老陈打个哈欠："生意这么不好，去赌场混混手气。"拾掇关门一气呵成，大声吆喝找骨牌搭子去了。

国民书店营业两年多以来一直在风雨中前行，经历了不少大风大浪，可此次非同小可。来此查封的不单单有警察，还有军队，且警察领头的并非孟老五。

王景临听说自从顾局长被调离，作为上届局长身边的红人，孟老五多少也受到一些牵连，听小韩说孟老五被调到乡下靠近微山湖附近的乡担任安保大队长，都已举家搬迁过去。

王景临只记得刚才，遥遥听到军官是以书店销售反动书籍为由查封的，可他清楚如今国民书店中绝对找不到一本类似的红色书籍。

何故？

为了更隐蔽稳妥做好工作，他们早已将那些书籍通通转移到另一个地方经营，且只有熟识的顾客或学生才能购买，新面孔会经过他们的重重审查和反复盘问，确定无误后才会将其书卖给他（她）。

那个念头再一次从脑海里浮起——组织里很有可能是出现了内鬼，这也一直是他的心病。

在和土匪刘贵堂以及其他的党羽斗智斗勇期间，包括刘贵堂土匪的身份还未曾暴露期间，就已经有不少人向他有意无意透露出只有滕县特支内部人员才知道的各种核心秘密和工作中的细节。

本来在墨子传经阁歼灭刘贵堂前，他跟特支里几个重要成员单独见了面，透露出他可能的行程。向每个人透露的行程都不一样，且安排了人手在那里等候，为的就是找到谁才是真正的出卖者。可后来出了一些小状况，终究没能如愿。王景临父母要回老家，这的确是父亲的心愿。

老方叔知道行程，不留意嘟嘟囔囔着出去，泄露了王景临一家真正去的目的地，因此，王景临设想的方法根本没有达到预期的效果。

目前，他不了解国民书店被查封时具体细节情况，也暂时无法跟马秀山联系，只能以不变应万变。

他在陈记买了一些干货补品便回到学校。去往办公室的路上，一个学生行色匆匆，看到他满目忧愁："王老师，有一个军官在您办公室等您。"

当王景临推开办公室门，一个军官正坐在他办公桌的位置上，翻看一本书，听到开门声，抬头起身。

二人四目相对的一瞬，王景临目光和煦，心中暗暗观察他，他正是今早查封国民书店时站在一旁的那位军官。当时他几乎不说话，但从他的军服和气场中能感受到他隐隐散发出来的压迫感和权力带来的优越感。

军官也在观察他，最终打破沉默，脱下一只白手套，伸向王景临："我是国民党驻滕县七十四师副官，我叫杨洪。王老师，久仰。"

两人握手，简单的自我介绍后，杨副官指指桌面上的书说道："这是一本好书。"接着表明来意，"我师部接到密告，县城南门里街的国民书店有被赤化的嫌疑，听闻干先生曾是国民书店的负责人，特地过来了解情况。"

王景临低下眼眸，笑笑："我曾经的确在国民书店占一些股份，后来家中出了变故便把股份转让出去了，现在也不过是个教书匠混口饭吃。实不相瞒，我已经很久不曾去过国民书店。"

杨副官眼眸闪出一丝狐疑的光芒："你今日不是去过国民书店旁边的粥铺吗？"

王景临笑笑没有回话。杨副官指着自己的眼睛："我在黄埔军校，枪法算不上第一，也是排在前三位的。我这双眼睛，一向过目不忘。"

王景临道："我说过，我曾是国民书店的股东，离那儿不远处的早餐铺我吃惯了，我就好这口家乡的味道，当真不曾去过店里。一大早我也的确看到书店那里的情况，我跟那边已经没有任何瓜葛，也不想平白惹麻烦。"

杨副官道："我之前也听闻不少关于国民书店王掌柜的传闻，且不论真假，今日与王先生相见也算一见如故。我是军人，平生喜爱硬气刚烈，胆识过人之人。相信如果王先生如今当真跟国民书店不再有瓜葛，我们也能成为朋友。"

王景临不卑不亢道："荣幸之至。"

杨副官军人风范，不再多言，带着两个随从转身告辞。王景临送他到门口，杨副官突然转身道："国民书店营业执照显示，目前负责经营的负责人是一个叫刘天明的人，我们现在也在调查他，虽然王先生与刘先生交好，但我相信你是深明大义之人，若有他的内幕消息请不要徇私。"

"我和刘天明是多年好友，虽然在下教书匠一名，但也知道官场的人性复杂。杨副官请相信我一定以大事为重。"

杨副官眼眸似乎能看进他的心里："想必王先生知道今早在国民书店发生的事情。我自然不会责怪王先生解思乡之味，只是好心提醒你好自为之。"

王景临拿起他方才看着的书，鲁迅的《呐喊》，听到汽车启动又远去的声音，不慌不忙开始备课。

没一会儿，敲门声再次响起，王景临头也不抬："请进！"

张元桥进来道："王老师，我是来跟滕县华北弘道院协商这次联谊的事务的，已经跟负责后勤的高主任沟通了，在国文诗歌朗诵这个环节，是选先秦的古文还是唐诗宋词，他让我过来跟你商量。"

王景临笑道："原来是文庙小学的张老师，好久不见，工作可还顺利？家中一切都好？"

张元桥搁下手中的资料道："也算马马虎虎吧。"说罢将门大大敞开，此番做法是为了更清楚察觉到外面来人脚步，更是避免有心者偷听墙根。

张元桥凑近他，压低嗓音："你可听说了？"

王景临翻看着他带来的资料轻声道："我刚从书店那边过来，问题不大。"

张元桥紧锁眉头："还不大？小马都被抓进去了，这可是从来没有过的。听说还有一个顾客也被抓进去了，不知道刘天明现在如何，得尽快联系到他。"

王景临继续头也不抬："现在联系天明，只会给那些有心者带路，我们也会被带进去，现在只能按兵不动，如往常一样若无其事便好。"

张元桥思量片刻："也对，听学生们说刚还有一个军官带了两个兵过来找你，你可有麻烦？"

王景临道："麻烦随时都在的，只要稳住就好。"说罢故意抬高音量，"那就这么定了，朗读的内容就选择岳飞的《满江红》。通知你们学校的学生课后练习这首古词，我们这里再选几首唐诗。"

送他到门口，他左右环顾四下又压低声音对张元桥嘱咐道："以后我若单独给你安排的事务，若没有必要切不可再去告诉特支其他人，包括刘天明、李文庭。"

张元桥怔了一瞬："你怀疑，我们特支有……奸细。是谁？"

王景临道："这只是我的猜测，但为了同志们的安全，也是为了更好地证实，大家清者自清，谨慎一些更妥当。"

张元桥郑重点点头，拿着资料离去。

放学后，王景临来到小茶馆，在常坐的座位上叫了一杯茉莉花茶，翻开报纸，看得聚精会神，时不时啜上一口香茗，取下被茶水汽雾蒙的眼镜用手绢细细擦拭。

透过眼镜的反光，他看到座位背后穿长衫戴盖帽的男子，自他出了校门就一直跟在他身后。王景临若无其事戴上眼镜，继续优哉游哉享受清闲时光。

闲坐了约莫一个时辰，王景临起身径直出了店门，拦下一辆黄包车朝东关街过去。

中共滕县特支组织下的读书会越来越多，遍布整个县城的各行各业。王景临心中清楚，查清这次国民书店为何被无故查封，对他并非难事。

黄包车跑了大概一盏茶工夫，在一个集市跟前停下。此时天色尽黑，温热夏风吹起各家商铺的幡旗肆意飘动。

这是处于东关街三巷的一条街道，大街正中央是一个两米多高石头砌成的牌匾，上面赫然几个大字"黄山桥"。

王景临轻车熟路朝着东南一隅行去，紧跟他身后的人意识到，他们跟踪的人是去寻乐子。

越往前行嘈杂声越发鼎沸。呼幺喝雉、哭爹喊娘、痛斥叫骂声越发清晰。走进其中，大大小小的桌子旁无一例外围拢三三两两的人；还有不少人是一堆一堆围蹲在地上，"天门啦——角回啦——"挽袖子脱上衣，脸红脖子粗鬼叫狼号。

此地正是在滕县臭名昭著的赌场聚集地。不但有各色流动的赌摊汇集在此，更有门面固定的赌场，装潢或豪华或朴素，却无一例外每逢夜晚便座无虚席。

滕县民风自古淳朴，赌博风也是这几年从上海那边传过来的。达官贵人、贾人商贩、平民百姓都可以在这里找到些刺激的乐子。

王景临脚步姿态轻松从容，步伐稳健果敢，整个状态怡然自得，任谁也看不出他是第一次来这个地方。

凭着对滕县地图的熟悉，他飞快地锁定了目的地，不会多走一步路，准确自信地踏入一家名为"财广进"，门面装潢不好也不孬的赌场内。

屋内人声鼎沸，喧闹不堪。大堂之宽，能放下四五张宽二米长三丈的赌桌，每张桌上摆着骰盆，三五人一队，在桌子一边掷骰子，每个人面前放了一堆竹签，长短不齐大小不一。

期盼在这半旧的牌桌上一夜暴富的人大有所在，每个人眼里都冒着狼一般的光，面红耳赤兴奋异常，偶尔出现猜疑争执，几人突然相互叫嚷，争争闹闹喊个不休，眼看就要打得头破血流的场景，立在一旁的打手会立马上前制止。

王景临买了一些筹码，在每一个赌桌都转了两圈，在一张桌沿旁驻足，也下注两回。庄家叫嚣得天花乱坠，众人时而起哄时而叹息，王景临一边随着大众放下筹码，注意力却放在牌桌右上方斜对面的包间中。

那是这家赌场唯一的雅间，门口大多时间紧闭，偶尔有端茶送点心的下人开门进进出出，王景临为自己选择这个角度，屋内风景恰好能看得一览无余。

里面是一间麻将室。坐在房间西方座位的男子，身着素色长衫，电灯光反射在衣服上能体现出绫罗的质感，他一边抽烟一边说笑着，扔到牌桌上的麻将骨牌总是啪的一声，铿锵有力，突然哈哈大笑几声，好不痛快舒畅。

赌场的热闹持续到深夜，王景临在每个赌桌上都转了几次，小输掉两块银圆。他满大堂溜达，不住地环顾四周，从他离开学校一直跟踪他的人，早已不见了踪影。

此时墙上时钟已指向十一点，雅座的人鱼贯而出，每人相互客套寒暄着，脸上都洋溢着意犹未尽的微笑。

王景临喝口杂役端上来的热茶，装作已经尽兴的姿态，不近不远地跟着那位素色绫罗长衫的男子，眼见他上了辆黄包车，说了声："南街荆河路二号。"

他也上了一辆车，报了同样的地名。

两辆车一前一后，不到一炷香工夫停在一排房子边，眼见男子要拐入小巷消失在居民房屋中，王景临上前一步道："周经理！"

男子着实被吓了一跳，本能地连退两步，定定地看着王景临，一时有些结巴："你，你是……"

王景临微笑道："你可是华新书店的周经理？在下，王景临。"

周经理了悟过来，舒了口气："原来你就是王景临，国民书店经理。"

王景临道："我在国民书店早已退股，周经理称呼我王先生吧。"

周经理冷笑一声："国民书店既然与你毫无瓜葛，被查封与你有何相干，犯得着你三更半夜跟踪我到此吗？"

王景临笑道："我还未开口，周经理如何断定我会为此事找你？"

周经理满面不屑："如今整个滕县都知道，听说驻军和警察都到场了，闹这么大的动静我知道也不奇怪吧？我要回家休息了，王先生请自便。"说罢转身便要离去。

王景临一把拽住他："慢！"

周经理火气上来了："你到底想要如何？我知道你有些手段，可滕县不是你一个人的。"

王景临不徐不疾道："我给周经理看一样东西。"说罢从怀里掏出一张纸递与他。

周经理见到纸瞳孔瞬间放大，语句再次结巴起来："你，这个，你是怎么……"

王景临正和周经理对峙之时，五个大汉几乎从天而降，将他二人围拢，为首的大汉从背后一只手搭在王景临肩上，力度来者不善，他压低嗓音道："周先生，你，可是有麻烦？"

明显是周经理的帮手。王景临大脑飞速闪过方才的画面，这几个壮汉正是方才在赌场里压场子的保镖。

周经理愣了一瞬，似乎抽了一口凉气，定定神道："嗨，这是我兄弟，多年不见了，我俩叙叙旧。"

王景临将壮汉的手握住放下，微笑道："我与周兄曾在济南共过事，方才在赌场我还以为我认错人了。"

壮汉左右看看两人道："周先生是我们赌坊的常客，薛大掌柜吩咐了，对衣食父母一定会全力以赴维护。方才见这位先生在赌场并未怎么玩，一出门就尾随周先生，我等才过来查看一番。既然二位是熟人，那便是我叨扰了。"

周经理忙道："薛大掌柜有心了，改日一定登门道谢，我与王兄叙叙旧，各位请回。"

漆黑的夜色，一盏惨白的路灯下，王景临和周经理沉默对峙了一会儿。

缄默好一会儿，周经理迟疑地开口道："你，如何知道我曾在济南做过事？"

王景临唇角微微扬起："我不单知道你在哪里做过什么工作，跟政府里谁过从甚密我都清楚。"

周经理恼羞成怒："你居然敢调查我！"

"周经理！"王景临单刀直入，"我如今不再经营书店，你我算不上同行，虽说是冤家，但若要把别人的路堵死了，就不怕作茧自缚吗？"

周经理嗤笑一声摇摇头·"我不明白你在说什么。"

王景临一把夺过他手中的资料扬了扬："既然周经理对此不知情，那我便带这个去警察局问个清楚，看看到底是哪家书店在知法犯法，贩卖反动书籍。"

说罢转身要走，周经理急得喊："慢着！"上前拦住他的去路，音调越发急促，"你，你到底是从什么地方弄到这个的？"

王景临轻蔑看他一眼："如今国内最大的书店之一，是位于河南的广益书局，在山东青岛有一个驻点，山东省内各大书店的各种书籍大都是从那里进货而来。此外有一家规模与前者不相上下的书局名为中联书局，此书局担任了一部分'国定本教科书'的印刷发行工作，包括石印印刷厂和铅印印刷厂，在北京、成都、重庆、广州等都有固定的客源。"

周经理道："这些不过是行业内的消息，有何理由拿出来说道的？"

王景临道："你还没明白我的意思。中联书局的铅印本通常印刷的是当代或古代名家大家的作品，即便中心思想会有些偏激奋进，但也是允许的，而石印本也会印刷这类作品，但行内人都了解，石印本大都会印刷关于苏联现代传播的红色革命政权思想的书，这也是当局者最害怕忌惮的。"

王景临顿了顿，接着说："一般的书商，大都在广益书局和中联书局里进购。但很多人不知道，中联书局对在他那里进货的书商，都会将其进购了哪些书籍，是何印刷本都记录在档，周经理，现在你明白了吧？"

路灯的照射下，周经理脸色渐渐煞白。

王景临不慌不忙继续道："在国民书店中搜出的禁书《大同世界的共产主义社会》，就是中联书局的石印本，而据我所知，从我经营书店起到至今我离去，我们书店从只在中联书局进货，中联书局的档案也会有所记录，国民书店的进货单据也能证明这点。这书居然出现在国民书店的书架上，周经理你知道是怎么回事吗？你看需不需要在你们华新书店里清点盘存一番，你们书店，是不是正好少了这本书？"

周经理尬笑两声故作轻松："你是说那些禁书是我们书店的书，故意栽赃你们国民书店偷摸放过去的吗？王先生你是想象力过于丰富，还是助友心切才想找个背锅的？你这样不厚道吧！"

王景临将手中资料整齐折叠重新放进口袋里："你当然可以这么说，华新书店不去中联书局进货，即便知道你们进购的是石印本，也并不能证明你们曾购进过禁书。你可知道，近半年来中联书局的石印本只有苏联那边过来的几种书，不管是哪一种只要是进购了都逃不掉干系。"

周经理双目眨巴得厉害，口气软下来："王先生……"

王景临继续说："其实是不是禁书，对我们书商来说意义不大。书这玩意儿，虽说比其他货物更为儒雅，但在商言商，本质也是为了逐利，各个流通经营环节顺畅且诚信，互利互惠实现双赢。但若是为了打压同行恶意诋毁甚至伤及性命，就怪不得别人奋起反击。周经理，我若将你的书店中的购书清单，与中联书局的档案一对比，即便你现在回去藏匿销毁所有的禁卖书籍，你信不信警察局和驻军一定不会放过你？而你的所作所为牵连到了中联书局，凭他的实力以后定会将你封杀。此后不管是华新书店，还是你周经理，都怕再难在书商界里有一席之地。"

周经理抖着双手从口袋里掏出手绢擦擦额头上的汗水，深呼吸一口气："王先生，我想这是误会。你看这样可好，我回去问问我店里那几个店员，看他们可有过类似这样的小动作。我是告诉他们要想办法提高销量，待我去查明若他们真做过这些腌臜事，我一定严惩不贷，你看……你看……"

王景临冷冷道："两日以内，我不管你用什么方法，国民书店店员和那位被警察局逮捕的客人要平安放回，且书店能重新开张。"

不再多话，转身离去。

他知道，从赌场出来后，跟踪他的特务再次出现一直尾随在他身后，但他和周经理交谈的地方四周宽阔，疑心者窥探不到他们说话的内容，更何况，就在刚才的小茶馆里，他与周经理所交谈的那些情报就是在那个时候，在这个跟踪者眼皮子底下神不知鬼不觉得到的。

　　况且这个周经理也会因为事关他自己的营生而不会轻易告诉别人，方才赌场的保镖便是最好的例证。

　　王景临回到宿舍安稳睡了一觉，第二日一大早就去了趟母亲的房子将食品给她，再回到学校教书，不在话下。

　　这时，马秀山来到滕文学校找王景临，一见他既兴奋又感叹："警察局那破地方，老子是再也不想进去了。"又愁眉不展，"这回不知道书店什么时候才能重新营业。"

　　王景临微笑宽慰他："不会多久。"

　　话音未落，一个人影出现在他们跟前："不出两日就会开张。"不是别人，正是刘天明。

　　王景临笑道："大经理都敢明目张胆现身了，可不是开业红火的好兆头？"

　　刘天明将话题拉入正轨："这件事果真是华新的周经理干的？这个人心胸狭隘见不得别人好，又嗜赌，喜欢投机取巧，在书商界是出了名的。他会这般轻易乖乖就范？"

　　王景临合上书："只要情报到位，没有什么成不了的事。"

　　马秀山悄声问道："我传递的情报，也不过是把那本《素书》里的内容给你，可起了作用？"

　　王景临道："可起了大作用了。"

　　他将和周经理交手的经过给两人都说了一下。

　　马秀山惊呼道："他居然不知道中联书局的印刷版，也会有革命书籍出售。身为行内人他居然不知道，可见业务和人缘之差。"

　　刘天明忙将手指放唇中间："嘘！"他和王景临对视一眼，"小马原来不知道，中联书局铅印版的苏联革命书籍，只有国民书店一家客户。"

　　马秀山恍然大悟，随即很是兴奋。

　　王景临笑道："我们做革命工作不但要胆大，更要心细如牛毛，一点点小细节便能起到关键性作用。"

　　王景临突然想起什么，问："那位当时跟你一起被抓的顾客现在何处？"

　　马秀山一愣："应该也被放出来了吧。你说到细节我也想起一点，但此人想起来甚是奇怪，当时官兵冲进书店大声喧哗，顾客都吓得一哄而散，只有他还在气定神闲看书，一副两耳不闻窗外事的书呆子样。我记得他当时手中明明拿的是鲁迅的《呐喊》——这书最近很是畅销。可给军官的时候，他手里却是一份电影杂志。另外，在监狱里，他在里面一点没有苦大仇深的样子，我们虽关在不同的房间里，可我总能听到他不停地跟别人说话，跟犯人、跟牢头，看见谁都是笑哈哈说个不停，连牢头都说他聒噪，气得嚷嚷让他闭嘴，要揍他，也没见有人押他出去受刑。我出来前一日就没听到他说话，我还在想是不是他把牢头弄烦了，干脆将他放出去算了。"

王景临与刘天明又对视了一眼，笑道："那就好。"

马秀山一个激灵："难道，他也是……"左右看看压低嗓音道，"也是我们的同志！"

两人却异口同声否认："我们的工作确实有很大风险，但我们要尽最大努力保护书店的客人的安全，否则还怎么服众开展工作呢？"

马秀山狐疑看他二人，却问不出个所以然，就在此时，有人上门来。

此人一身保镖装扮，上来对着王景临一抱拳："王先生有礼，在下是来送帖子的。"

王景临打开一看，是华新书店的周经理，邀请他今晚去黄山桥小赌怡情一番。王景临谢过后，此人便自行离去。

刘天明立马提出反对："鸿门宴，咱们现在箍着这姓周的脖子，你贸然前去很可能遇到危险。"

马秀山也同意他的意见。

王景临思忖一番："解铃还须系铃人，我亲自去找周经理速战速决就是为了避免暴露身份，让他自己来填补这个篓子。现在国民书店依然在查封中，我可以先去看看他的葫芦里面到底卖的什么药。"

赴约的地点就在上次他们相见广进财赌场一旁的一栋小楼里。

这栋楼外表看似公馆，一堵铁栅栏将这栋"富贵坊"小楼和外面隔成两个世界，两个石狮子蹲在门口，院门开着，像一只巨大怪兽的大口。

还有两三个脖子上挂着木头制作的敞开的浅口匣子的孩子穿梭着，殷勤小心地见缝插针，兜售着自己的货品。

王景临目光落入院落中，里面种着常青树，前面便是朱红色的大门，两名身着长袍、头戴红帽的门童静静守候两旁。

他正在观察着，突然一个约莫十一二岁、身着蓝色粗布单衣的孩子一个箭步蹿到王景临跟前："先生买包烟吧，哈德门牌、华成牌、三猫牌、美丽牌的都有。"一双小鹿般的眼睛祈求地看着他。

王景临觉察到他已经开始变声，实际年龄比目测应该更大一些，看他那细小竹竿似的身材暴露着他常年的营养不良，本不抽烟的他从他的烟匣子里掂起一包美丽牌香烟。

或许是许久没有开张，小孩眼眸灼灼发亮，有些激动伸手去接他递过去的两毛钱，一旁眼红的个头稍大的男孩冲过来一只手拦截道："先生买我的，我再送你两根烟。"

蓝衣小孩小脸瞬间涨紫，抗议道："你懂不懂规矩，信不信我去告诉薛大掌柜。"

大一点的孩子反唇相讥："薛大掌柜认你做儿子了？少废话一边凉快去，先生我再多送您两根烟。"

两人抓住互相的匣子绳子争执起来，王景临在蓝衣孩子那里也拿了一包大前门香烟，才结束这场纷争。两个小孩相互怨怼地看了下对方，这才散去。

圆拱形的挑高天花板，主人不惜本钱将空中高处各个位置安装了灯泡，且是精心设计过的，使整个大厅像被一个黄金做的大锅盖笼罩其中，纸醉金迷，隔绝外界所有战火和穷困。

脚下的地毯厚实绵软，如踩在云朵上，空气中弥漫着雪茄和各种香脂粉末的气味，哗啦啦掷骰子的声音，不住地有侍者送来装着红酒的高脚杯。

王景临环顾一番，一个身着长衫的店员过来招呼："王先生，薛大掌柜还有些贵客要招待，等会儿过来，您可以去二楼雅间等候，或者哪一样游戏您入得了眼的，也可先看看。"

王景临见他身着与其他侍者有些异样，但布料服饰设计如出一辙，断定他是个更为体面的领班，便问道："周经理在何处？不是他请我过来的吗？"

侍者并不多言，只微笑道："薛大掌柜过来您便知晓。您看，我先为您买几枚筹码。"

王景临伸手掏钱包，手猛地顿住了——钱包不见了。

侍者阅人无数，王景临面部微细的表情如何能逃过他的眼睛："钱包被扒了？王先生，您请稍等。"

他一个眼神，旁边的侍者立马上前，领班对他耳语几句。侍者立马放下手中酒托盘出了大门。

领班跟王景临寒暄着，还没有一盏茶的工夫，请王景临到门外一个清净的地方，没一会儿就听到门口小孩大叫："不是我偷的……"

只见侍者揪着那个卖烟的蓝衣小孩连推带搡带到他们跟前，将一个钱包递给王景临。

侍者恶狠狠道："小瘪三这个月是第二次了，上次也是手脚不干净，这回定要告诉薛大掌柜，我再揭了你的皮！"

小孩仰着脸抗议道："那好，我们一起去见掌柜的，你不就是想……"

侍者扬起大手"啪"地掴了他一巴掌："还敢跟我顶嘴！从你身上搜到的人赃并获，想造反了你！"小孩瞬间鼻血横流，识时务地不再言语。

侍者遂对王景临道，"先生，你先看看你的钱包可少了什么？"

王景临捏捏钱包："应该不曾少。"

王景临踌躇一下，打开钱包从里面倒出两枚银圆和五六个铜子儿。

侍者伸着脖子像抓住了天大的把柄："我说你藏了不少吧！哪位先生来这儿玩不带个百八十块大洋的，是不是把大洋传出去了？你同伙在哪里？你要今天不说我非得把你……"

不等他发狠，王景临一把揪过那孩子的领口，满脸堆凶道："方才在你这儿买了烟，你竟敢恩将仇报使坏，看到扒手偷我的钱你都不吭声，白眼狼一个！"一使劲儿将孩子掼到地上。

他做出一副恼羞成怒的样子恶狠狠威胁道："还不快滚！"

领班看看王景临，对小孩道："王先生饶过你，可这里有规矩，烟先别卖了，到后面等我。"

王景临转头对侍者道："去忙你的吧！"还未等侍者开口，楼上冷不防传来一个声音："怎么还不把王先生请上来。"女人的声音，声调慵懒沙哑，却透着说不出的威严。

几人循着声音望去，二楼楼梯上出现一个曼妙的身影，光影从她背后投下，精心打理烫过的大波浪，微微几丝发梢发出灼目的金光。领班和侍者表情肃然起敬："薛大掌柜。"

王景临心中有些小小意外，这么庞大的赌场的当家人，居然是一介女流。

那身影轻轻移位，只听高跟皮鞋笃笃声响，女子款款下了几步台阶，旗袍将身体曲线勾勒得如同精致的花瓶，此刻一楼的灯光映照清楚她的脸庞。

这张被脂粉裹住的洁白脸庞上，更衬得红唇烈焰如火，目测不过二十五六的样子；一张粉脸，与之形成反差的是她一双杏眼，墨黑如山涧里的深潭，冰冷深邃，让人无法探触，似乎有着五六十岁的见识与城府，让人无法探触心中所想。

薛大掌柜来到三人跟前，只见那侍者毕恭毕敬，一扫方才的凶神恶煞。

她眸波流转，对蓝衣小孩道："等会儿给我送两包美丽牌香烟上来。"

想必早已将方才的情景尽收眼底，她瞥了侍者一眼，作漫不经心状道："谁跟你说，来我们这里玩的客人都是带着百八十块大洋？常来我们这里喝茶的贵宾和国民政府官员都是两袖清风，不过来这里小聚，你如此说来岂不是坏了别人名声？"

侍者诺诺称是，身体微微颤抖。薛大掌柜看向王景临微微一偏头，伸出手去："我调教无方，让王先生见笑了。我是这家会馆的老板，我叫薛凤仪。"

王景临忙领首施礼与她握手问道："幸会薛小姐，不知周经理在何处？"

薛凤仪笑笑："实不相瞒，给你下帖子的是我，怕你不肯来才用的周经理的名号请的你，王先生不会怪罪于我吧。"

王景临一怔，遂微笑道："怎么会？认识传闻中的薛大掌柜，是我的荣幸。"

两人来到雅间，下人给王景临端上一杯香茗，两人含蓄客套几句，薛大掌柜率先进入正题："久闻王先生曾是国民书店经理，虽然现在没有在书店任职，但跟那里的人来往亲密，所以这次想请王先生帮一个忙。"

王景临客气道："若我能办到必定竭尽全力。"

薛凤仪点了一根烟，深深吸上一口，道："我想要一本书，《太平洋风云》。"

王景临拨弄茶盖的手微微顿了下，立马报以微笑："好的，我定当竭力寻找这本书。"

他的细微动作没能逃过对方眼睛，薛凤仪嘴角旋出两个梨窝："受我一个朋友之托，怎么，王先生是觉得我这样的人不配看书了吗？"

王景临笑道："误会，薛掌柜女中豪杰，识文断字皆不在话下，我岂敢轻慢，只是……"

薛凤仪唇角微微翘起："只是，如果我没记错，这可是禁书，不知道王先生可有把握弄到？"

王景临道："实话实说，我也没有十足把握。如今局势薛掌柜也知道，书商也是商人，唯有利益为上，既然有人想买，有利润可赚，为何不卖？我知道不容易，但也会想尽办法满足薛大掌柜的要求。但如果这书果真是禁书，可能时间会久一些。"

薛凤仪道："那，若警察找你麻烦怎么办？"

王景临大笑道："兵来将挡，水来土掩呗。虽然此事不会太容易，但能交薛掌柜这么个朋友，也值！"

王景临答应三日之后给她回复。

第二天上午，王景临刚下课回到办公室，刘天明已经在办公室等他，并告知他一个好消息，国民书店已经解封，今日一早刘副官亲自前来拆封。

王景临将与薛凤仪见面的场景告诉刘天明。她想要的这本书非同寻常，难道，这个赌坊主人也在觊觎运送给战场的药品？

刘天明思忖一番："这个女子非同小可，凭她如何能开这么大的赌场。你可知道她是洪帮的人，可是她的背后还有青帮？"

王景临一愣："你可是说，高振霄。"

刘天明道："没错，我听线人说过，这个薛凤仪虽然是洪门帮派的人，但是她和青帮大佬张仁奎关系也很不寻常，外界有很多说法，跟她打交道一定要小心。何况此时此刻正是药品运送的关键时期，切不可出一点岔子。"

王景临道："如此，你再找找知道内情的线人打听一下，最近这个赌坊里面都有什么人进出，以及薛凤仪去的地方。"

他又联系到马秀山，吩咐他去打听一下是否还能找到这本书，能否找到是其次，他本就告诉薛凤仪他没有十足的把握。最重要的还是掩护自己的身份，何况是国民书店被查封的特殊时期。

随后，马秀山就传来消息，《太平洋风云》这本书暂时没有着落，国民书店重新开业了。

听马秀山说，这次解封时并无警察，是一名身着国民党军服的军官过来解封，根据他的描述，与刘天明讲的一样，应该就是刘副官。

马秀山还透露，据他跟刘副官说了几句话，从一些蛛丝细节中察觉，这次解封跟"富贵坊"的薛大掌柜有关系。

此女子背后是洪帮，又与青帮渊源很深厚。薛凤仪跟军队也有密切关系，她帮助国民书店，也希望得到那本意义非凡的书，她的目的到底是什么？

她只要了书，但并不曾提到刻有密码的烟杆，说明她对药品运输的事情并不知晓，但凡事不能绝对，他不能大意。

三日后，王景临果然携着《太平洋风云》如约来到"富贵坊"会馆。

薛凤仪艳丽指甲的手指随意翻了翻书，故作漫不经心道："王先生果然一言九鼎，这么难找的书，你都能找到，当真辛苦了。"

王景临颔首微笑表示客气。

薛凤仪突然道："请问王先生是在哪里找到的书。"

王景临回答："广益书局。"

薛凤仪将书搁在茶几上："都是我的错，当时没有说清楚，我要的是中联书局的石印本。"

王景临愣了一瞬，笑道："我也是托书店的朋友找到的，具体细节我并不了解。对了，我书店的朋友还拜托我转告薛掌柜，这次国民书店逢凶化吉，听说您在背后使了不少力气，大恩大德不知如何报答。"

薛凤仪也不推辞功劳，莞尔道："所以这不是求王先生了吗？听闻共产党神通广大，人缘极广，今日一见果然名不虚传。"

王景临一怔："共产党？薛大掌柜可是在说我吗？"

薛凤仪反问道："王先生觉得呢？"

王景临无奈摇头微笑："外面的谣言信不得，我是真真被这个'共产党'给坑苦了。"

薛凤仪点上一根美丽牌的香烟，两只手指擒着，姿态放松："也没什么大不了的，虽说现在国民党视共产党为眼中钉肉中刺，但我很多跑江湖码头的兄弟都跟我说过，共产党并不坏，反而经常明里暗里帮助穷困百姓，口碑是相当不错的。"

王景临叹气苦笑："共产党口碑怎么样我实在不感兴趣，如今世道艰难，之前我不过想仗着肚子里有几滴墨水跟朋友合伙开家小店，多攒几个铜子儿。可俗话说好死不如赖活，我既然没有商贾那个命，还是老老实实当我的教书匠来得自在。"

薛凤仪唇角微微上翘，抬眸看他："王先生这般明哲保身，怎么那日却拐着弯帮一个萍水相逢的小烟童呢？"

王景临愣了一下，反应极快："还不是因为，那个小烟童是薛大掌柜的小老乡吗！"

两人不约而同哈哈大笑起来，各自心中都有数。

王景临心中十分纳罕。

那日他故意对烟童发了大火，是想让所有人都认为，自己是因为钱包不够鼓胀失掉面子恼羞成怒导致，一来可以解烟童的困境，二来让旁人以为自己是爱慕虚荣的俗人，可更好地掩饰自己的身份。

谁想他的一言一行、思维目的尽在这个女子眼中，被她看个透透彻彻。

果不其然，薛凤仪微微笑道："你能查到华新书店周经理在中联书局进货的频率和印刷本，我同样也可以查到国民书店在各大书局进货的书单。"

王景临缄默了。

此时，两人心照不宣。

薛凤仪朝着天空吐出一圈缭绕的烟雾："共产党也好，国民党也罢，自古以来吃喝嫖赌都存在，即便当时国民政府会明令禁止也不会杜绝。曾经有人告诉我，是石头就一定会有缝，是人就一定会有弱点。我只要顺着人的弱点和喜好，在哪里都会有立足之地，至于天下不管是谁当政与我无关。"

王景临一时无言以对，他几乎被对方看透，对方虽告诉他并不在乎他的身份，可她到底是敌是友，他无法判断。

戏还得演下去。既然在薛凤仪跟前树立了好酒、嗜赌、声色犬马之徒形象，来到赌坊怎么能不玩上两把。

薛凤仪自顾乘坐黄包车出去，他在赌桌旁来回来去，略坐了坐，在骰子哗啦啦的声音中，几把下来，身前的筹码由五个变成二十多个。在周边人一阵阵兴奋叫嚣声中，他索性将所有的筹码统统押了过去。

不出所料，连同薛凤仪送的和他自己购买的筹码通通输掉。

不过来了两次赌场，王景临就总结出了为何这里能日进斗金。几乎所有人都能明白"十赌九输"的道理，可是依然禁不起诱惑，怀着一夜暴富的侥幸心态过来，想大捞一笔。

这里面不管是骰子还是扑克，都是由专门人员精心设计的。

无论是从概率上，还是赌具的机关设计上，所展示出来貌似每个人都有平等的机会，但凭着"大数定律"的魔力，便能够稳稳地形成对赌客的概率压制。因此，几乎所有人都会在开始尝到一些甜头，一旦深陷其中便会被吃得倾家荡产，被这个无底洞践踏欺凌，还会执迷不悟，不思悔改，继续深入赌博的魔窟，无法回头。

王景临摸摸空空的口袋，囊中羞涩的确有些窘迫。事实上他目前并不缺大洋。刘天明在他的指示下，到刘家庄找到两小坛子金条和一包银圆。他们已经将这些钱财如数上报给了组织。组织已经批准暂时由他们保管并作为中共滕县特支开展工作的活动经费。

他啜了口浓茶定了定神——若心中意志不够坚定，信仰不深，那些钱财只怕挥霍得不知所踪。

一轮结束，此时门口传来不合时宜的叫骂声，呼声越来越高，引得众赌客纷纷探头过去，一时忘了桌面上下一轮的下注。

他正要起身，肩膀却被一只大手按住了，另一只手在他跟前桌面上，"哐哐"几声放上一摞筹码。

第二章　大义灭亲实愚昧，巧取豪夺不胜防

王景临转脸一看，一个面色黑红的男子，浓眉圆目方颔宽额，很是气派。

他想不起对方是谁，来者自报家门："在下陈杰，刚才一直坐你身旁，相逢是缘，幸会幸会。"

指着桌上的筹码："王兄不用在意，推脱就是看不起在下了，我看你时运现在开始向好，你若赢了还我便成。"

王景临疑惑，他确信从未见过此人，来者却准确道出他的姓氏，更不知他接近自己意欲何为。但场面上也不能太过拒人以千里，只好笑纳，将筹码继续往桌面中间扔过去。

墙上的时钟敲了十二下，赌场内没有散了的意思，反而更加热闹。

王景临见好就收，将筹码收好离开赌桌。他回头跟陈杰道谢："多谢陈兄，否则今晚怕是要输得走不出去这个门了。"

陈杰呵呵一乐，笑得意味深长："王兄自谦了，赌桌看人品。王兄的每次下注都极为小心谨慎，且金额和判断其骰子大小也极为规律，仿佛研究过数字概率。如此行事谨慎的人在任何领域都不会是莽夫，绝对不可能让自己输得裤衩都没有的。"

王景临见他谈吐博闻且有学识，再次拱手道谢问候："听陈兄口音不像本地人，敢问陈兄在哪儿高就？"

陈杰抱拳还礼："王兄好耳力，在下河南信阳人，高就谈不上，跟朋友合伙刚在滕县盘下一个小厂子，发展下实业。"

王景临来了兴致："原来是陈老板，请问是哪家厂子呢？"

陈杰迟疑一下，道："叶氏电灯厂，现在是西关电灯厂。"

王景临想起来了，几个月前叶老爷仓促去南京救子，将名下实业，包括电灯厂通通转卖给别人，原来此人便是买主。

还未等他反应，陈杰开口："不瞒王兄，我今日特地来找王兄是有一事相求。"

原来，陈杰和他朋友接下电灯厂后，因为谈判时叶老爷急于脱手，价格收购得比他们预期更低一些。可是当他们签订好了协议，再盘点清查机器设备，发现不少已经损坏，还有不少装置设备产品也都存在不同程度磨损，机器的使用维护说明丢失，甚至合同上明确的原材料，细查下来不是破损，就是查无此物。表面上红红火火的厂子内部硬件极其缺乏，漏洞百出得无法经营。

陈杰以恳求的眼神看着王景临道："王兄和叶老爷之间的关系我也听闻一些，对你和大小姐的婚事也很是遗憾。"

王景临心头一颤，一股疼痛从心房蔓延，但很快克制住了。

王景临紧锁双眉，叶老爷的为人他再清楚不过。

他问陈杰："这个暂且不提，你找我到底何事。"

陈杰道："原材料不够，我和伙伴可以勒勒裤腰带，再去别地买过来。可是这些大件的机器我们万万改不了，现在着实让人头疼。我是这么想的，我听说叶老爷卖厂前，遣退了不少老工人，后来这些老工人无事可做，但中间也有不少自己肯动脑琢磨事的藏龙卧虎之辈。实在是坏的机器我们可以费些钱和时间找上海的外国专家，可也有不少好机器可以运作，只是缺少熟练工人，厂子在我们手里一日不产出，我们就多一日的亏损。还请王兄能否帮忙将之前的那些老工人请回我们厂，我保证绝不会亏待他们！"

两人边走边谈，王景临面容平静，心中暗暗越发兴奋。

电灯厂这种能振兴中国实业、发展民族产业的营生放在有抱负有理想的年轻人手中，还能替那些百姓解决生计，这是多么利国利民之事。

"你且等我几日，我帮你打听一下，若能找到老工人，工业雇工比不得其他行业，资格越老经验越足越好，还能省下调教的时间和费用，自然最好了。"

陈杰双目闪光："正是如此，我果然没找错人，王兄也是这里的行家里手。你若肯帮我，我定会重重酬谢于你。"

王景临心中暗自高兴，尽快找到刘天明说明了情况。

当时那些被辞退的雇工，有一些人的去向他清楚，还有相当多的人是刘天明托朋友安排的，再者自己现在的身份跟国民书店毫无瓜葛，贸然热心帮忙容易让人生疑，此时还是刘天明亲自去安排更为妥当。

安排了刘天明，王景临去了县城南关一家经营花鸟的小店。

目前虽说局势紧张，战争一触即发，但是滕县毕竟有很多的商贾大家，金石古玩、花鸟蛐蛐的营生买卖也算得上红火。

王景临相中一盆白玉兰花，前后上下细看一番，就招呼店员，给了铜子儿。

又转到店的另一面，此时传来老板不可思议的叫声："啥，这深山移植过来的青叶矮针松，配上这小石刻的紫砂盆，你两个大洋就想拿下，我进价都不止。"

只听一个大舌头回道："都、都这么说。什么进价都不止？老板，我们交一个朋友！"

王景临转过去，一个身着中山服的瘦高男子正背对着自己和老板讨价还价。

那男子说着，凑到老板耳朵悄声嘀咕几下。老板头甩得像拨浪鼓："你上司又不是我上司，况且没你这么个价儿呀，不行不行，你再看看别人吧。"

大舌头有些急了："我、我，说你这个老板，怎么这么不懂做生意呢？以、以后我送礼的时候多了，还，还亏得了你。"

两人争执一番，总算以三块大洋成交。

老板满脸被剜了一块肉的心疼："太精了，不愧是在政府做事的。要不是现在行情不行，再翻一倍的价格你都搬不走。"

抬眼看到立在一旁看戏看得笑盈盈的王景临，立马换脸眉开眼笑："王先生，你看到可心的东西了吗？你是老主顾，尽管逛着，看中哪样我一定给你特价。"

王景临扬扬手中的花道："我再逛逛，看中哪个再叫你！"

老板哈着腰点头，见门口来了个穿着考究的太太，又旋风般奔过去了。

王景临笑着，摘掉一棵矮松上的枯黄针叶道："不愧是学财会的高才生，在哪儿都能锱铢必较，谁也占不到你便宜。渠玉瑞先生，多年不见你还是老样子。"

渠玉瑞笑道："知我者非王兄莫属，不愧是当过会计的人，精于计算。来看看我这棵矮松如何？"

两人一边调侃一边注意着周边的环境，看上去不过是两个萍水相逢的客人的闲聊，待旁边没有人注意到他俩时，渠玉瑞一边抚摸着刚从老板那里取得的战利品，一边低声道："中共滕县特支有内鬼，上级指示想尽办法尽快除掉。"

王景临点点头。

看着有人从他们身边走过，不动声色调侃渠玉瑞："你这个大少爷细皮嫩肉的，前些日子在监狱里吃了些苦头吧？"

渠玉瑞呵呵一笑："人生重在体验吧，我是个乐观派，尽管这世道真的是让人乐观不起来。"

两人交换情报后已去。王景临回到了宿舍，出乎意料的是刘天明已经在那里等着他。

刘天明告诉了他一些新搜集的关于西关电灯厂的一些情况。王景临听后沉默良久，道："既然如此，帮电灯厂找熟练工人的事暂时搁一搁，让我去找他了解一下情况。"

刘天明点点头："我跟你想的一样。"

王景临来到电灯厂，远远看到西关电灯厂巨大的招牌。工厂大门一侧，陈杰在殷勤地跟前来应聘的雇工讲解工厂的各方各面。他的语气热烈，态度诚恳，一点都没有作为东家的气焰，对待来应聘的劳苦民众更多的是帮助和真诚。

王景临观察了他很久，内心有些纠结。没一会儿，陈杰也发现了王景临，高兴地迎了上来，两人到附近的茶馆小坐一会儿。

王景临亲自为他斟了一杯茶："你之前跟我说的那个问题我去帮你打听了。目前是这样的，那些伙计现在都有了已经比较稳定的生计，暂时可能没有办法到你这边来。再加上你们不是本地人，当初叶老爷也是从滕县外面过来的，再加上他之前干的那些个事儿，现在很多人也不太信任外地人开办的工厂。"

陈杰无比真诚道："我可以跟你保证，我们这里绝对不会随意开除雇工，也没有那些旧时代的规矩给工人太多限制，我们都是从西洋那边学习回国的，民主意识很强，一定会很大程度地维护最底下员工的利益。王兄可否再帮我斡旋一下。"

王景临踌躇了一下，问道："你能否告诉我这间工厂所有的股权，都是你们兄弟俩的吗？"

陈杰愣住了，半晌道："王兄是不是听说了什么？"

王景临道："要说别人家的钱财这种私密的事情我不该了解，可既然是为别人的前程生计牵线搭桥，我打听确切会更妥当一些。陈兄能否跟我说实话，你接手的这家电灯厂是不是有别人的股份？"

陈杰点点头，"没错。"

王景临继续问："是日本人吗？"

陈杰见瞒不住，默认了。

王景临一时有些泄气，他稳稳情绪叹口气道："那这就有点难办了，你也知道现在中日战争一触即发，若很多人知道了，这就可能不太好办。"

陈杰急忙解释："战争是战争，政治是政治，生意是生意，只要能够解决老百姓吃饭生存的问题，跟谁合作有区别吗？这样我们还可以利用日本的先进技术发展我们的实业，借力打力，曲线救国，一样也能富强国家、国泰民安不是吗？"

王景临几乎不敢相信眼前这个如此正义的青年会说出这番话，他正色道："可那是日本人！"

陈杰道："国民政府也许认可这种经营股份结构来运营，说明政府也认同两国之间的矛盾只是政治上，并不是在民间其他领域上。"

王景临只能劝道："陈兄为人我相信，为民的心情也是有目共睹，大是大非跟前，只是一个人若走错了方向，即便胸怀天下也可能会让自己万劫不复。若这样，陈兄还是自己想办法吧。"

陈杰道："你看这样如何，王兄再去问问那些工人，若他们自己愿意过来，或者家里生计无法维持的，还请王兄帮忙，凡是王兄介绍过来的我也一定安排合适的活计给他，毕竟这么做对我们双方都有好处，何乐不为呢？"

王景临只能先应付答应道："你果真要如此，我也再去问问。"

陈杰道："其实每个人想法不同，我也不为难王兄。我再想多说一句，与外国公司合作，无论哪个国家，只要能够护国利民，其实没有什么不可，何况国民政府也是支持的，而且……"他左右看看，压低嗓音道，"最近国民政府会在滕县有一个大的工程，需要很多发电装置，这个项目的重要性在整个中国都是很难得的。我的电灯厂的产品会进入这个工程中，若事成便是有利于百姓千秋万代的好事。"

王景临离开茶馆，迎面碰上一个人冷不防喊他一声："王世侄！"

抬头一看，是徐二掌柜。王景临有些惊喜，忙抱拳行礼："徐二伯，怎么在这里看到你？"

徐二掌柜笑呵呵道："没想到吧，这间茶楼有我徐家的股份。我今日恰好上这儿来理账，居然碰到了你。方才跟你喝茶的那个，就是接盘你老丈人电灯厂的东家，姓陈，对吧？"

王景临讪笑一下："徐二伯别拿我取笑了。"

徐二掌柜叹口气："世事弄人啊！你可知道，叶……哦不，林丫头去了北方，听我从北方回来的朋友说，她和胡成两人，好像已经成亲了。你可听说有这回事儿？"

王景临有些意外："自从叶家搬离滕县，我再也没有见过小咏，不管怎么样，我都希望她过得更好，不论到哪里都会好好的。"

徐二掌柜眼内流露出无比惋惜，他也遗憾着这对年轻人跌宕多舛的情感遭遇。

顿了顿，王景临恳求道："若你有她的消息，请一定告诉我。"

徐二掌柜点点头道："那是自然。对了，有件事情我还想请王世侄帮忙打听一下。"

原来，徐二掌柜在滕县西南郊区夏镇那一带有二十几亩地，种植的都是当地最时令的果蔬，也是徐家酒楼很重要的提供源地。

前几日突然有风声，说政府要将那一块地征用，说是用于国民政府战事工程。徐二掌柜觉得自己家的营生买卖一向不错，大多是靠老顾客捧场，除了跟他们广交人脉之外，食材从不弄虚作假，从不短斤少两，也是一个重要因素，连教会里修女和神父的饮食也大多会从他那二十几亩地里采购各类食材原料。因此，凭谁给再多的大洋，他也不想把那些地拱手让人。徐二掌柜认为王景临朋友多社交广，想让他帮忙打听一下内幕。

王景临与徐二掌柜别过后，来到马奉峨医生的诊所中。

马医生依旧十分忙碌。两人眼神相交一下，他便默契地走开不打扰他，径直来到一个病房中。李文庭正卧在病床上看书，一见着他过来，忙起身。

王景临急忙按住他重新半躺下。李文庭沉默半晌，双眼含泪道："我失职，甘愿接受组织的惩罚。"

王景临安慰他："你把自己被刘贵堂挟持的经过，已经一五一十写出报告交给了组织，我把对你的考察也向上级作了详细汇报。你是功是过，组织自有定论。相信你，在孩子跟前，你绝对是一个了不起的榜样。是一个有担当的父亲。我今日过来就是想告诉你，先养好身体，我们再一起战斗。你我往后，都会把身心全部交给革命，交给中国。"

李文庭十分感动。

王景临回到宿舍，晚上见到刘天明，将他和陈杰交谈的事情跟刘天明叙述一遍。

刘天明也开始摇摆不定："如今凡是涉及日本，即便只是民间组织，也太不好说了。可是那些没有生计来源的百姓也太难了，我还未开口他们主动问我可有什么活可做。而且我听到消息，微山湖东岸夏镇那一带，政府又开始征收税款，这又是给老百姓身上增加负担。"

一听到夏镇，王景临灵光一闪，想起白天徐二掌柜跟他说的话，问道："听说在夏镇那边一些乡绅地主的土地也被政府征收，你可知道其中缘故？"

刘天明道："你消息还挺灵通，具体是什么项目还没有公布。我也关注此事，一定托人下去打探清楚。还是回到电灯厂上，要不先介绍几个条件太差的百姓去陈先生那里，应该不会有太大问题。"

王景临想了想："暂时不行。这样吧，取一些在刘家庄缴获的大洋给那些百姓送去以解燃眉之急。你记好账本，上报组织就好。"

刘天明道："如此也好，但这不是长久之计。话说升米恩斗米仇，若我们平白无故不求回报帮别人，容易引起旁人怀疑，很可能会牵连无辜的受恩百姓。"

王景临也赞成他的话，两人商议到半夜，各自执行任务。

此后的几日，陈杰几乎每日都会到学校来跟王景临套近乎。虽提的都是请教国学之事，也见缝插针地拜托他电灯厂的事务。

说到着急处，陈杰坦白了："王兄，我是真心为了帮助那些民众，互利双赢岂不更好。我实话告诉你，我这里真的急需要熟练工人，重新进行培训，费时费力不见的效果好，还是熟练工人用起来才能保证厂子产品生产的进度，质量也更有保障。"

王景临问道："上次说你是在为国民政府的哪个工程生产产品，到底是什么这么重要？"

陈杰道："王兄还有所不知，山东省政府建设厅已经下令镶修微山湖湖东大堰，并要尽快完成工程，滕县国民政府依照命令，修建更多的发电站，在工程现场装置电灯日夜兼程镶修。这个工程巨大，前期准备工作量也极为烦琐，实在是迫在眉睫，否则我绝不会这般来叨扰王兄，给我们电灯厂招收熟手雇工。"

王景临心中有数了。

他把这几个月的几个重要事项串联一番。

从叶家大公子在政坛上被人下套陷害导致整个家族的衰败甚至覆灭，国民政府各大要职部门换血洗牌，国民政府在西关电灯厂定下大额的订单，如今战事告急国库物资紧缺，山东省政府倒开始启动如此大的工程，征收土地劳民动财这些大动作，这些大都是政治中的波谲云诡、尔虞我诈，只是这些举措肥了政客和投机者的腰包，老百姓们却又要陷入新一轮的水深火热之中了。

晚上，王景临和刘天明再次见面，刘天明向他汇报这几日他收集到的情报，与王景临推断的情况一般无二。

镶修微山湖湖东大堰这项工程，是山东省政府建设厅厅长沈鸿烈下达的命令。

据情报透露，工程师为之设计的大堰底宽四米、顶宽二米，整个微山湖大堰从滕县岗头到留庄，总共长达三十多公里。而且所修的整个费用并不从国库内拨款，而是平摊给沿湖的百姓来负担，每亩地需要每家每户平均两块到三块银圆。且公告已经出来，立马就会有军队和警察局一起挨家挨户上门收取银圆。

王景临起身从柜子里拿出一幅地图，摊开在刘天明跟前："滕县东高西低，地势由东北向西南倾斜，依次是低山、丘陵、平原和湖滨。滕县东面接壤沂蒙山区，北面是莲青山、龙山、凫山等山脉。我看过一本关于滕县地理的古籍，可能早在一万多年前我们滕县就是农耕文明最早的发祥地。你再来看看微山湖，北与昭阳湖和独山湖以及南阳湖首尾相连，水路沟通，据西方测量方法，估计微山湖的面积大概为600平方千米，平均水深1.5~5米，汛期最深6~20米。"

刘天明接着道："你是想说，微山湖河水由四方流入湖中，类似这样的地理环境，倘若贸然加高东部湖堰，极有可能不利于湖东沿岸百姓的生活。"

王景临手指着地图，顺着一条条河流标记道："没错，你看，滕县境内河流总共一百多条，都源于东北部的山川地带，由东北流向西南，注入微山湖。且不说镶修湖岸费用的庞大，湖坝加高后东水极有可能不能再流入湖内，如此就会造成洪水给湖东沿湖那边的农户造成极大的危害。"

刘天明又恨又无奈地摇摇头："国民党下面的那些政府官员，不可能这么浅显的地理知识都不清楚。这个工程，要不然是哪位新上任的官员为了政绩邀功，要不然就是那些道貌岸然的人士中饱私囊的手段。为了一己之私，置民生于水深火热，真是可恶！"

王景临道："好在这个工程现在还在启动阶段，我们现在阻止也还来得及。"

刘天明犹豫不决："现在运送药品是重中之重，如果我们贸然行动，会很容易暴露了自己，岂不是丢了西瓜捡芝麻？"

王景临道："你的担忧非常有必要，这也是我顾虑的。容我好好想想，此事虽然要从长计议，但也要速度快起来。"

镶修微山湖大坝像一个重磅炸弹在滕县大地上炸开了锅。据刘天明的消息，此事不单单是沿湖的农民抗议，连当地的乡绅地主也反对这项修缮，理由与王景临和刘天明分析得如出一辙。

天下人的悲欢利益不尽相同。

陈杰再次来到学校劝解王景临："上面已经拍板决定，给我们西关电灯厂的定金都已经到位了，也有从上海过来的工程师来设计制作线路，无论如何这项工程是要开始的，虽说很多人都说这有一定风险，可是万事不可绝对，国民政府人才济济，更不可能花费巨大，干一些作茧自缚的事情。要相信政府总会想到办法来解决大家的顾虑。且要等到工程完成才能下定夺，王兄请帮我介绍。"

还未等王景临回答，一个洪亮的声音从门外传进来："现在国民政府什么时候是在为百姓考虑！"

二人抬头一看，徐二掌柜也不敲门，满脸气愤地闯进办公室指着陈杰："我说你个年轻人，做人还是得讲点良心，发国难财是要遭报应的，你这个外地人压根就不明白，我们滕县也有上千年历史，即便是历朝历代的贪官，克扣官银也不会把主意打在这微山湖上面。"

陈杰被他训得有些蒙："这位老伯，您讲话有些偏激。不能因那些道听途说就埋汰政府，国家总有自己的考虑，我们合法经营的买卖人，更应该有大卜兴亡，匹夫有责的态度，去大力支持才对。"

徐二掌柜气得面色发青吹胡子瞪眼，陈杰很尴尬，寻了个理由就离开了。

徐二掌柜又对王景临道："国民政府那个姓沈的脑子是不是让驴给踢了，光顾着自己升官发财讨好领导，搞起这些事情来，还嫌世道不够乱不是，我们在那一带置了田地的都在抗议，别说那些靠地吃饭的农民了，还让每户摊上两三块银圆。王世侄，你可千万别理这个外地佬。你能否帮着我们想想办法，我知道你上次为了帮滕西那边农民抗捐，这回也得帮我们想想办法才是。"

王景临苦笑一声："我何曾帮过农民抗捐？上回的确有不少乡下人在县衙面前聚集示威，我也是后来听别人说的，不曾亲眼见到，可与我何干呢？你们呀，太看得起我了，徐二掌柜可别听人胡诌。"

让刘天明的属下下乡察看，虽然对他十分信任，王景临心中依然不够踏实，担忧他们办事不尽心，也担忧所传有误，打算自己赶到那里实地探测情况。

这日清晨，他来到一个集市，这是位于微山湖东岸西北角的古村大集，一个地地道道的微山湖岸边的乡村集市。

微山湖镶修的事情已经传遍整个滕县，在这个靠着微山湖边不起眼的小乡场，附近十里八乡的人每五天都会会集到这里进行商品交易。只见大批人群簇集在此，人人交头接耳，仿佛都在议论同一件事。

王景临知道今日并非赶集日，如此多的人聚集定然事非寻常。

他进入人群，慢慢向人群最密集的位置靠拢。穿过嘈杂的人群，他远远看到一个中年男子在高声呵斥，他身边有一对年轻男女，估摸都不过十八九岁，两人双手被反着捆绑，低着头，相隔甚远也能感受到他们的瑟瑟发抖和颓败。

中年男子和这对年轻人成为这个人群绝对的焦点。

他们旁边围拢着十数个衣衫配饰大致相同的人，清一色的黄色褂子，腰间绑着一条黑色的布，仿佛是出自一个裁缝之手。

王景临听到旁边一个老婆婆无比悲痛地叹息道："造孽哦，那是亲爹要杀他的亲闺女！"

另一个人接茬道："嘘，洪帮的人把规矩看得比命还重，这个陆堂倌别说他亲女儿，怕是亲娘他都敢下手！"

陆堂倌。

王景临心中一惊，帮派中将违规的内部人员，以及犯错的亲人处以极刑，是常见的事。他以前只是听说过，如今亲眼目睹觉得比想象中更为愚昧残忍。

此时一个人正在靠近中心的那三人，凑到中年男子耳边低语几句。

中年男子一脚将她踹了过去，暴躁的声音瞬间穿透数公里："妈的，哪个棒槌再来多嘴，我的焦壳子是不认识人的！"

男子身上遇神杀神遇魔弑魔的气场，让现场再无人敢言。

听到周边百姓的议论，这是那个女孩的母亲，陆堂倌的结发妻子。

听了一通七嘴八舌叙述，王景临从这些细节中拼凑出事情的起因经过。

中年男子姓陆，是洪帮里有资历的老人。

年轻女孩是他的亲生女儿。前年他本将女儿许配给了洪帮另一位有头有脸的堂主的儿子，奈何对方正在守孝，两年后才能成亲。

可就在这期间，陆姑娘喜欢上自己家隔壁的铁匠铺里的小伙计，两人私订终身，偷食禁果。

陆姑娘深知父亲的蛮横霸道说一不二的顽固性情，也知晓父亲所处洪帮的人脉和手段，只能和小伙商定私奔。姑娘打探到父亲一年一度去上海与同行商议要事，会离家数日，便挑了父亲离家第二日与小伙逃出滕县。

哪知父亲因特殊原因推迟去上海的时间，当日就回来了，将她和小铁匠共同擒获。

陆堂倌暴跳如雷，当场将小铁匠打个半死。因为事情闹得太大，也无法隐瞒这桩丑事，为了自己的脸面，并给比自己级别高的未来亲家一个交代，他决定将女儿亲自处刑。

王景临细细打量那对年轻人。

女孩面色铁青，虽有惧色但目光坚毅，那个年轻人单衣褴褛，脸颊、脖颈上尽是血痕，微山湖边冷冽的风和疼痛让他身形略微颤抖，散发出来的气质却是和女孩一样的倔强。

两个孩子都知道自己接下来的遭遇，他们没有辩护一句，也不求救，静静等待着这个洪帮长老和命运的审判。

这时，一个洪帮弟子看看日头，对着陆堂倌耳边低语几句，可能是到了所谓的时辰，陆堂倌从腰间拿出手枪，对准了他的女儿和小铁匠。

人群腾起一阵惊呼，胆小的人捂着耳朵把头扭了过去，胆大的伸长脖子恨不得把每一个细节都看个清楚。那个中年女人开始放声高号，声音悲恸绝望，她无法接受女儿会被亲爹处死的事实，可是眼睁睁看着一切让她痛不欲生。

离他们稍近一些的人，能听到陆堂倌此时对他女儿道："在那边好好孝敬你祖父，别再干这些傻事，别怪你爹，没事也别回来。"

女孩咬着嘴唇定定地看着父亲，她早已不抱还能生存的希望，她心中明白就算这次父亲没有将她处决，未来的生活又将怎么过呢？怎么面对这个暴虐的父亲，怎么面对左邻右舍异样的眼光和那些风言风语？

何况，她的爱人会被自己的亲生父亲杀掉，自己也不会再有活下去的勇气和希望。

女孩绝望地闭上双眼，沉默是她在这个世界上唯一能做的抵抗。

众目睽睽中，"砰"一声枪响，人群一阵沸腾，却不曾看到那对年轻人有谁倒下去。紧接着又是一枪，耳力敏锐者才发现，开枪之人并非陆堂倌，而是来自人群以外。

此时有洪帮弟子吆喝一嗓子："起风了。"

这是滕县本地黑话，常被帮派和土匪使用。意思为"官兵到了"。

只听一声锣鼓般的嗓子在人群头顶上响起："奶奶的，都围在这儿有金子捡不成？通通散开散开！"

一听这熟悉的腔调，王景临心头一喜。

第三章　愚昧旧习应破除，民众联守微山湖

果不其然，人群自动开出一条路，孟老五身着国民党安保队队长衣裳，摇头晃脑地走了过来，身后跟着十数个安保队的人员，每人扎着的腰带上都别着短枪。

他看到眼前的情景挽着袖子道："这又是唱哪出戏，你捆着人干什么！呦呵，这是准备给人枪毙啊！"说着一条腿抬起踏在一个石墩上，手把衣襟往上一撩，把怀里的家伙也露了露。

陆堂倌上前对着孟老五一抱拳："在下洪帮陆有刚，今日在此执行家法，再长不过一盏茶工夫，还请军爷行个方便，别耽误了时辰。"

孟老五从怀里掏出一根大前门的香烟递给陆堂倌，又掏出一根来，一旁的安保队员忙上前点着，只听他不慌不忙道："原来是陆堂倌，久仰。只不过，你实行家法也好，管教子女也罢，回到屋里想干啥就干啥！你难道没听说过，没多久这块地要镶修湖堤大坝，你在这儿动家法还要杀人放血，让上头知道了，那还得了。兄弟我也有自己的难处，你也担待担待，还是回去吧。"

他一旁的安保也冲着众人喊道："散了，都散了。"

陆堂倌面色一凛："多少年了，这个地方是我洪帮实行家法的地儿，以往从来没人阻止过。何况我今日特地看了日子，不会影响微山湖堤坝的风水。我也说过也就一会儿工夫，碍不了什么事，军爷不要为难我们。"

孟老五道："就算是你们洪帮处决自己人的地界，这更是国民政府的地界不是？兄弟你也知道，端哪家的碗就得受哪家管，每个人有每个人的不易。实话告诉你，我本来就在城里天天吃香的喝辣的，现在被下放到这穷乡僻壤，若再有半点差池，我一家老小

还活不活了，今日我绝对不会让你在这里杀人！"

陆堂倌哈哈大笑："你可果真是新来的，你们新上任的局长才和我交了朋友，喝了酒。你怕是还不知道我们洪帮的势力和规矩吧？"

孟老五道："你跟我们局长喝酒干我屁事，我只知道我这个差没当好，我和我这帮兄弟就要喝西北风甚至砸饭碗。哎哟哟，不是我说你，现在不是大清朝啦，现在是民国，我不管你是青帮洪帮，你都不能草菅人命！"

陆堂倌恨恨道："我的家事还轮不到你来管。"

"这可真算不上家事！"一个声音在一旁响起。孟老五转头一瞧，满目惊喜："景临老弟，你何事在这里？"

陆堂倌也看过去，一个身着长衫貌似读书人打扮的年轻人从人群中出来。

王景临上前抱拳跟陆堂倌施礼："陆堂倌有礼，在下王景临。"

不等陆答话，旁边一个洪帮弟子呵斥道："哪里来的野小子也敢过来坏事！"

陆堂倌见他气质不凡，又与当地安保队队长相识，便不敢轻易放肆呵斥，但也不想输了气势，施礼相待，冷笑一声："这位小兄弟，我们正在执行帮规，有何事以后再说。"

王景临微微一笑："在下绝非有意叨扰，只是这位孟长官所言极是，现在的民国跟十多年前截然不同。前不久颁布的刑罚第二十章规定了这样的条文："杀人者，处死刑、无期徒刑或者十年以上有期徒刑。杀直系血亲尊亲属者，处死刑或者无期徒刑。""

一个洪帮弟子嗤笑道．"又来一只山头鸟，哪里来的书呆了过来背法律条文，洋人那套在这里不管用，哪里凉快哪儿待着去。"

孟老五帮腔道："他说得可都对。现在跟十多年前也大不相同，世道在变，要说还是得依法办事，陆堂倌的老脑筋也得改改啦，不然大家面儿上可都不好看，赶紧带你的兄弟和闺女散了，散了！"

陆堂倌气急败坏，见他们是手持枪械的人，自知不敢硬碰，也只能好汉不吃眼前亏："行，我们回去！"说罢转身就走，余下洪帮弟子推搡那对年轻人准备离去。

谁料此时，一直跪着的陆姑娘突然挣脱旁人手臂，猛冲过来跪倒在王景临脚边哭喊恳求道："王老师，您救救我们吧，我们回去了一定会被我爹杀掉，您好人做到底让这位军爷把我们带到安保队吧！"

王景临心头一颤——姑娘认识自己！

所有人都被她的举动吃了一惊，尤其是陆堂倌，冲了过来一把揪住她的领子吼道："你还不够丢人现眼！"拽住她的胳膊就往回拖。

陆堂倌气急败坏，拔出手枪就要对着女儿开枪。

孟老五大喝一声："这里不能见血光。今日谁要是敢砸老子的饭碗，咱们通通都不要活。"

说着唰地从腰间怀里拔出手枪。

他这一动作，他身后"哗啦啦嚓啦啦"一片响，所有安保队人员通通将子弹上膛瞄准对方。

陆堂倌气得脸色紫涨，也只能好汉不吃眼前亏："行，那我带回去发落。贱丫头，丢脸丢到家了，还不快跟我走。"

几个洪帮弟子也上来拽陆姑娘。

此时，一直默不作声的小铁匠似乎也受着了感染，他仿佛突然间被人注入了很大的力气和无限的勇气，他不知什么时候已经挣脱了反剪双手的绳索，奔到陆家父女身边，一把抢过了陆堂倌的手枪。

大家都被他猝不及防的动作惊呆了，待反应过来，小铁匠已经拿着枪，颤颤巍巍地对着陆堂倌和众洪帮弟子，用沙哑的声音爆发出积压心头已久的屈辱和愤怒："我们有什么罪？你凭什么要处死我们？今天你要是不放我们走，咱们就同归于尽！"

这是这群洪帮弟子唯一持有的枪支，所有人都不敢轻举妄动。

小伙子双目充血，见没人理会他，继续大喊："都散开让我们走，不然的话我就开枪了！"

姑娘也挣脱着过去抱着小伙儿。陆堂倌气得直跺脚："翻了天了！翻了天了！你们两个畜生造孽啊！"

小伙儿胸部上下起伏，咬着牙道："现在是民国，早都听人说人人平等、恋爱自由，你凭什么要让真儿嫁给她不喜欢的人。我无父无母，只有真儿对我最好，既然我们横竖都会一死，不如跟你拼上一拼。"

陆堂倌颤巍巍指着他："你从哪里听来的妖魔鬼怪的话，还平等，还自由，老祖宗的规矩你都不顾，害得我女儿没脸见人，老子将你碎尸万段都不解恨！"

小伙儿吼道："我可是听来我们铁匠铺修铁桶的学生说的，他们可都是读书人，说是共产党教导他们的。时代不同了，天要变了，陆堂倌，你们横行霸道的日子，也长不了了。"

陆堂倌气得面色发青，双方僵持对立。

王景临表情肃静，实则暗暗观察各方，好伺机行动，心中更是为这两个年轻人捏一把汗。

这时只见一个洪帮弟子正悄悄地绕到小伙儿身后，瞅准角度便要扑将过去，王景临大喊一声："小心！"小伙儿意识到危险，随即转身将枪对准来者。

可惜他不善于此物，接连叩动两下扳机，枪并未像想象中那样开火，反被掣肘。

两人抱在一起扭打着。

枪掉下来，被另一个洪帮弟子捡起递给了陆堂倌。他拿回枪，左手用力捏住滑套后端将枪上膛，对准面前这两个纠缠得难解难分的男人，几番想对准都不能十拿九稳。

姑娘急得拽住父亲的裤腿哭喊求情："爹我跟你回去，怎么惩罚我都行，求你放过他！"

小伙总算体力不支败下阵来，陆堂倌看准机会得到一个契机，见那二人刚刚分开了一瞬，对着小伙"砰"的就是一枪，人群又唏嘘一声。

他的胳膊被女儿拽着并未射准身躯，不过击中了他的大腿，小伙子吃疼大喊一声。

周边不少看客见开枪流血乱成这般，生怕枪支伤着自己，喊叫着纷纷奔跑散去。

正当他要开第二枪，陆姑娘跑了过来挡在小伙儿的身前："你要杀就先杀了我。"虽然明知道女儿会被自己处决，但是面对自己的骨血，陆堂倌还是本能地迟疑了一下。

陆姑娘扑通一声跪在地上哀求："爹，你就成全我们吧！"

陆堂倌却醒悟过来："别怪爹，你们干了这等丑事，天地如何还能容得下你们！爹今日就成全你们两个一起到地下做鸳鸯。"说罢将手枪对准两人。

陆姑娘喊道："我不用你动手！"说罢转身跑到岸边，纵身跳入河中。

见心上人投河，小伙也悲痛欲绝，他怨怼地看了陆堂倌一眼，拖着一只伤腿向河边奔去，纵身跃入河水中。

又是"扑通"一声巨响。

陆姑娘母亲号得惊天动地。

河面哗啦哗啦荡起大片白色的水花，几乎听不到两个年轻人的惨叫。

围观的人目睹这惊心动魄的场景唏嘘不已。有的敬佩陆姑娘刚毅决绝的态度，也有的惋惜着两个年轻人的遭遇。

陆堂倌完成他的心愿，站立在河边往下眺望，若有所思一会儿，转身指着王景临说："你小子，到底什么来头？今天差点坏了我的事，你可知道插手我洪帮的事务会是什么下场？乖乖跟我走一趟，我倒要看看你有个什么三头六臂。"

一个洪帮弟子在他耳边低语几句，陆堂倌笑道："原来是个开书店的教书匠，听说你的国民书店不简单呀，怎么样，一起喝杯茶去？"

一旁的孟老五大声喝道："慢着，当我不是喘气的，你想干啥就干啥？今日你开枪了，见了血光还杀了人，如今还要非法拘禁无辜民众，桩桩件件都在我的地盘上，我如何向上面交代？"

陆堂倌冲他一抱拳："在下知道官爷任务在身，请多多体谅！官爷初来乍到，不妨多打听一下洪帮，有机会我们在一起聚一聚。"

孟老五口气软下来："多谢堂倌体谅。这样吧，这个人我先带回去审查一番，我们就此别过。"眼睛瞟了瞟王景临。

陆堂倌深知他是为了包庇王景临才会这么说，岂会善罢甘休，冷笑一声："你身有职务，我不怪你，可这个人可疑得很，今儿我必须带走！"

两人争执不下，孟老五咬牙不让他得逞："想在老子脸皮子底下闹事，传出去你孟大爷的脸面还要不要，你还是先问问我手里的家伙答应不答应。"

陆堂倌冷笑一声："跟洪帮拼家伙，你就算去把滕县城里所有警察请过来也不一定拼得过。你没有听说过吗，青帮一条线，洪帮一大片。今日我不过是给你个面子，你若真敢和我动枪子儿，我把话搁这儿，你伤我一个兄弟，我洪帮定会连本带利讨回来。"

孟老五一时语结，他知道他多半是言出必行，一时有些犹豫。

他眼珠咕噜一转，突然喊："咦，人呢？"

他身旁一个下属在旁边提醒："刚才那个年轻人已经跳进河里了。"

他们所处的这条河流是荆河下游，并且是流入微山湖的入口处。王景临熟知这里水域的地形，故判断，陆姑娘和那个小伙会顺着水向下游漂动。他水性一向极好，加上他不想让孟老五为了自己与洪帮结下梁子，趁着他们争执不下跳入河中，看自己努力一番是否能让二人还会有一线生机。

他潜入河水中，不时沉入水中寻找，再游到水面上换气十多秒再次沉下去。大概两分钟，他发现小伙儿逐渐往下沉的身躯，便飞快地向他游了过去抱住，将他拖到水面上呼吸空气。

他左右查看，并未发现陆姑娘的身影，倒是前方两百米内有一艘较大的渔船，从微山湖中正缓缓朝他们这个方向驶来。

王景临期许这艘渔船可以帮到自己，突然他感觉到自己背后被一个人死死地箍住，让他动不得。

王景临心中暗叫不好，背后的人力气极大，定是洪帮的人过来将他制服，只能暂时放开小伙身躯，正欲转身先将其制服，突然觉得腹部一阵疼痛，知道是旧伤口因遇水兼用力过猛而复发，使不出力气，难受中，水呛进气管里，一时溺水昏迷过去。

迷迷糊糊中，王景临逐渐苏醒，意识也渐渐清醒。他只觉得身躯荡漾，敏锐地感受到自己是在一艘船的船舱内部，许是被附近渔民救下了。

精准的生物钟告诉自己，距离方才自己溺水也不超过两个小时。

他起身觉得胸部一阵疼痛，疑似气管有些发炎。他捂着胸口起身，推门而出，迎面一个身穿旗袍婀娜的熟悉身影，立在船头。

王景临一愣："薛老板。"

薛凤仪微微抬着下颔，眸内含笑淡淡道："醒了？"

王景临正要回答，一阵猛烈咳嗽让他气喘不已。

薛凤仪转头吩咐下人："药还有多久煎好？"下人回答约莫两盏茶工夫。

她让人扶着王景临回到方才的船舱内。

她自己也跟着进来，对咳嗽渐渐止住的王景临道："洪帮自明末清初创建以来，记录在册的内部处刑的人都不下一百多人，从那时候起即便是官府也管不了。如今能够公然阻止洪帮用刑的人，王先生你还是第一个。"

王景临呼吸幅度不敢太大怕再次引发咳嗽，气喘了半晌也笑道："洪帮等级分列，规则森严，能违洪帮规矩，暗中救下被处刑的人，薛小姐恐怕也是第一个吧。你与陆堂倌都是洪帮子弟，我只担忧陆堂倌知道你的所为，你会不会有麻烦。"

薛小姐怔了一瞬，唇边绽出微微的笑痕："多谢王先生关心，原来在这儿等着我。明察秋毫，心思缜密，的确不愧是……"

她欲言又止，目光似乎能看穿王景临心中最深处的玄秘。王景临也不多问，以不变应万变只是报以她微笑。

当陆堂倌准备处决陆姑娘时，他在河岸边远远就注意到这艘船。看着与普通渔船无异，就是略大一些，实则里面干着赌博以及喝花酒的营生。在这条河上独一份儿干这个买卖的就是薛凤仪。

两人各自心中通透，都不再细说。此时有人过来在薛凤仪耳边低语几句，她思量片刻，道："让他们过来吧。"

外面一阵嘈杂的脚步，门帘掀开，一个穿着粗布杂役服饰的瘦小男子进来，王景临定睛一看，是陆姑娘，换了一身行头雌雄难辨。

陆姑娘看到王景临扑通一声跪在地上热泪盈眶："王老师，谢谢您的救命之恩。方才在水中，是我水性不佳，情急之下从背后抱住王老师，害得王老师也差点溺水。若不是薛姐姐及时赶到，我的罪孽怕是一辈子都赎不清了。"边说边磕头。

王景临急忙伸手欲将她拉起，一旁的薛凤仪帮忙扶起她。王景临问道："那个小伙子现在还好吗？"

陆姑娘抹着眼泪道："现在还在昏迷中。"

薛凤仪宽慰道："他是中了枪，好在那子弹是挨着他的大腿表皮擦了过去，流了些血，但并未深入肌肉骨骼，再加上之前挨打有伤在身，溺水后现在有一些低烧，好在年轻体壮，只要用药及时便不会有什么大碍。"

陆姑娘拉着薛凤仪的手，看看王景临哭泣得肩膀一抽一抽道："薛姐姐，多谢你们，我真不知道该对你们说什么……"

薛凤仪宽慰她道："好了好了，郎中看过了，小伙子没事，大难不死必有后福。俗话说，有缘千里一线牵，你和这小子有缘分，以后谁也拆不散你们了。"

王景临也道："陆姑娘不必有愧，你们追求自己的幸福没有错。何况是你自己有敢于反抗的精神，有觉醒的意识，才救了你自己，每个人都有把自己从泥潭里面拉出来的力量，只是不是所有人都知道和行动。陆姑娘，你真的很了不起，不必再谢我们。"

薛凤仪侧目瞥他一眼。

王景临突然意识到，她是为了自己的那句"我们"。

王景临已经不由自主地将薛凤仪归为自己人，虽然实在无法确定薛凤仪的身份，是敌是友都有可能，但在救人这件事上，他们的确算是合作过的。

陆姑娘抹抹眼泪，绽出笑容："王老师，真的是你救了我们！"

薛凤仪忍着笑整理了下她的衣服，"先去休息休息吧，这几日把精神养足，等小刚恢复好一些我再送你们出滕县。"

陆姑娘对他俩又是好一阵千恩万谢，才转身离去了。

薛凤仪呵呵笑道："大街小巷妇孺儿童都知道，共产党是专门为穷苦大众请命求利，可惜与国民党水火不容，想必这东躲西藏、匿迹潜形的日子，王先生一定过得挺辛苦吧？"

王景临半调侃半揶揄道："我可没有什么在薛小姐跟前隐瞒的，如你所讲，若我是共产党，薛小姐一定早将我拱手相送了。我知道，你赌桌上那些豪掷千金的客人，不是国民党就是跟政府相交密切之人。不过我今日倒是觉得薛小姐不但会开赌场，也适合做做慈善事业，专门帮助陆姑娘这种遭受封建家庭荼毒的姑娘。"

薛凤仪言笑晏晏："这个世界上最多余的就是善心。我是见过陆姑娘小时候，但不过也就两三次面，与你一样都算是萍水相逢。我犯不着为了一点无谓的名头去得罪陆堂倌那样的人。"

王景临问："那你冒这些风险是为了什么？"

薛凤仪点上一支香烟，慵懒地坐在椅子上："想必王先生到此，是为了看镶修微山湖大坝之事吧。"

王景临道："受一个朋友所托，他的田地因为这次修缮大坝被政府征收，他本人并不期望如此，故托我过来了解一番具体情况。"

薛凤仪悠闲吐着烟圈道："山东省国民政府突然下达这个命令，这背后和国民党的高层官员有千丝万缕的利益关系，想要了解内情并不容易，但也并非毫无门路。"

她递给王景临一张纸条："这是我从黑市买到的。"

王景临打开看看，是一封个人资料的情报。

薛凤仪补充道："此人是山东省国民政府秘书，若想阻止这次镶修湖堤事项，找他了解情况。"

王景临笑道："我何时说过我会阻止这事情？我也不想去招惹麻烦。我再重复一遍，是我的一个开酒楼的朋友曾在留庄置过一些地，不愿让政府征用去修筑堤坝，让我来打探打探。我不过是当只耳朵，别的事不想管也管不了。"说罢将纸条放在桌上。

薛凤仪将烟头按在烟缸里，一双猫目般的眼睛深深看向他："既然王先生不愿为沿湖的百姓做主，我也不好勉强。但王先生难道不想了解一下，关于王博源先生的情况吗？

不过我劝你留着这张纸条，即便暂且没用。"

王景临心头咯噔一下，立马反应过来道："王博源老师，我曾经在济宁与他共事几年，这两年的确疏于交往，也不知道他高升没有，薛小姐可知道他的近日境况？"

薛凤仪嘴角露出一丝玩味的调皮："你若留下纸条将事情办妥，我便告诉你。"

王景临笑道："多谢薛小姐看得起我，我不过在书市上有些门路，干这种聚集请愿的大事也太勉为其难了。不过我倒有问题想请教薛小姐，你似乎不愿意这项工程实施，以我的浅见，此事并不影响你赌场的生意。"

薛凤仪低垂睫毛："洪帮在滕县的根脉千丝万缕，我这里一时也细说不成。我只说一句，这是高帮主的指令。他老人家深居简出，一双耳目却能通达天下，帮主作风一向不与当局政府有任何嫌隙，镶修微山湖兹事体大，其中牵扯各种势力，帮主只能避嫌，定不会做出头之鸟。但王先生相信你清楚镶修微山湖堤坝对滕县有害无益，你若成功便是功德一件，所以，我们是一条船上的人，这点，王先生不必任何怀疑。"

她话头一转："王先生不必担忧资金问题，我定会全力支持王先生。"说罢让人拿出一箱银圆给他。

王景临咀嚼她每一个字，思忖一番道："我明白薛掌柜的意思。这也太丰厚了，事还未成，无功不受禄。这样吧，让我先试试看，待我找到薛小姐想要的再给也不迟。"

薛凤仪也在暗中筹谋着阻止微山湖镶修，究其何种原因，王景临自知不能从她口中得出答案。

王景临突然想起恩师曾跟他提到过，早在清朝康乾年间，一些抗清义士旨在反抗朝廷迫害统治，留存汉族文化，故后人尊其为洪门始祖。数百年风雨辗转，洪门帮派斗转星移，但内核终其不变，任何一届帮主都会以维护中华传统为主要目的。

尽管从未见过这位洪帮帮主，从洪门历史加上与帮派成员打交道的观察，王景临感觉也能暂时相信薛凤仪的情报。

无论如何，他们如今目标一致。

王景临上岸时已是傍晚，刘天明等人早已在岸边守候，他身后还有不少乡亲。

所有人见他平安归来，纷纷交头接耳，目光无一例外落他身上，热烈异常。

王景临见此情况心中略感疑惑。

刘天明上前扶住他："这些乡亲们都被你舍身救陆姑娘的壮举所触动，自发来找你，所幸有惊无险。"

王景临暗暗纳闷，环顾四周看着一张张朴实的脸，心中突然觉得自己的信仰和拼搏，此刻是如此有意义。

刘天明道："我现在已经被岗头一带的乡绅推举，成为当地的乡长，我上任的第一件事，便是向政府请愿，阻止对微山湖堤坝镶修的行动。相信我们众志成城，一定不会让这项工程启动，一定会保护好滕县百姓的利益。

刘天明同志成为乡长，可以更名正言顺为民请命，另一个方面说明至少他的身份还不曾暴露。

虽然目前面临种种挑战，王景临依然对将来的战斗充满了斗志。

第四章　政府昏令惹众怒，巧妙斡旋闯泉城

这天，王景临来到小茶馆，跟渠玉瑞见面。

他将薛凤仪给自己纸条上的情报一五一十全部默写出来给了他。渠玉瑞曾经常跟山东省政府大小各个官员以及他们的太太抹骨牌，对官场的情况了解得如数家珍。

果不其然，他看了资料道："这个杨君生的确是国民党山东省政府秘书。此人与建设厅厅长沈鸿烈交好，在上级面前吃得开玩得转。不少人都知道，此人平日道貌岸然，实则吃喝嫖赌样样不落。但最近这段时日，我擦耳听说他有些麻烦，省政府里有人说他亲近共产党，或许没有确凿证据，倒也没听说他倒台的情报。"

王景临思忖一番道："依你之见，他是否真是我们的同志？"

渠玉瑞道："这个不好说。我个人认为，如今在国民党内部若说谁亲近共党，这便是他官涯中的大忌，可他现在还相安无事，若不是后台过硬，便是确实有手腕。"

王景临道："你的意思是，怕有人别有用心，故意传言某国民党高层是共党，然后引诱其他真正处于国民党高层的我们的同志暴露。我还有一点不懂，为什么薛凤仪要我去找他。再者，薛凤仪怎么会知道王博源老师？"

渠玉瑞道："没错，抛砖引玉、引蛇出洞是常有的事儿。你若没有上级明确指令，凭谁跟你说，也必须小心。"

王景临沉默了一瞬，道："那是自然。尽管这位赌场老板对我共产党的身份有八九分疑心，只要我不开口承认，料她也找不出证据。"

渠玉瑞道："但是阻止这次镶修湖堤，找到山东省政府的高层官员打开突破口的确是很好的一个思路。我倒有个想法，我们去找李天倪，或许还有用。"

王景临知道李天倪，他是滕县张汪镇五所楼人，也是名门望族，父辈有土地千余亩。

此人青年时期便在兖州、济南求学，后考入北京大学法律系，还参加了孙中山创办的同盟会，积极从事过推翻清王朝的活动。后来在北京创办《法言报》，自任主编。回山东后，当选为国民党山东省议员。曾先后担任过鲁豫清乡督办署政治处处长、青岛特别市渔航局局长、韩复榘的视察主任等职。

在1925年，此人还将祖传的田地三十四亩捐献出来，在滕县家乡五所楼创办一所小学，名为懋榛小学，滕县特支的李大同现在就在那所小学任教。

王景临道："我听说过此人是坚定的反共派，若和他打交道把控不好会让其产生怀疑，会不会弄巧成拙？"

渠玉瑞道："我在济南曾经见过他几次。李天倪性情耿直，他不但反共，同时也反对很多在国民党内他看不惯的一些事情，还得罪过一些人，在国民党官场中也算是少见的。若不是家中条件殷实富足，自己又有些真本事，他的几个上级也算欣赏他的才干，否则绝对不会做到参议员。自从七七事变后，他一直主张抗战，引起蒋介石的不满。其实他本人对国民党忠心耿耿，也经常为民请命也想成就一番事业。总之我们先分工合作再见机行事。所有问题我们不能只看片面，我倒比较看好这个人。"

前去济南请愿的计划，已经列在日程上了。

几日后清晨天不亮，王景临换上一身长袖短褂，一双布鞋在宿舍花园的泥土里蹭了又蹭再穿上，从暗阁中取出十多条小黄鱼，沉甸甸紧紧绑在腰间，一条破腰带看似随意地扎在腰间充当掩护。打扮妥当后，只身前往县城东关街的黄山桥头，坐在一家烟火缭绕的小摊用早点。

他像极了一个到处卖苦力气的农民，大口咬着煎饼卷油条，吸溜着豆腐脑，看似用餐专注，神志却一直在旁边。

他身旁也有不少人，看似有意无意路过他身边，嘴边会溜出一句："烟土、小黄鱼换不换？"

他瞥眼看看，大都不予理睬。

此时，一个套着褂子露着膀子的车夫坐到他一张桌子上，将脑袋上的草帽一揭，吆喝道："两张煎饼一碗粥，吹凉点再送来，快点。"

粥点端上桌，车夫吸溜大嚼一顿，店小二忙着招呼其他顾客，两人见旁边无人，悄声交易。

谈拢价格，王景临不动声色将自己的东西递了过去，那车夫驾轻就熟看过货，收验完毕，将一包胀鼓鼓的袋子放在桌上，抹抹嘴唇，将草帽往脑袋上一扣便离去了。

王景临付了饭钱，便穿过一条小巷，敏锐地发觉有许多双眼睛注视着他。那些目光虽然没有明目张胆直愣愣过来，但他依然能够确定自己已经被人盯上了。他重金在身不便去详细觉察，加速脚步想要撤退。路过一个卖旧物的摊铺，他不经意将一个土罐踢出两米碎了一地。

像是早就约定好的那样，众多人从四面八方呼啦一下围了过来，一张张豺狼般的脸，那摊主更是蹦到他面前恶狠狠道："混账，把我准备卖高价的汉代陶罐碰碎了，就这么想跑！"王景临明白，他遇上了碰瓷的。他环顾一圈，见那十米开外一个人，他一眼就看出这是这些地痞的主心骨儿。

听到有人唤他："三爷。"他心头咯噔一下。原来他就是吴三爷，在黑市里有名的恶霸。冤家路窄。

此人经常在这黄山桥一带厮混，还跟周边不少商户要"商保费"，王景临心中有些急躁，自己行事已经够低调了，怎么还会引起别人的注意，难道……

果然，众多地痞让开一条路，吴三爷摇摇摆摆走过来，脸上带着阴鸷的笑。王景临腰板挺直微笑道："好久不见，吴三爷有礼了。"

吴三爷将他上下打量一番："王掌柜的安好啊，你在这里有何贵干？"

王景临道："我的一个朋友结婚，过来看看可有何便宜新奇的玩意儿作为礼物。"

吴三爷问："可买到了？"

王景临摇摇头笑道："转了一圈没见着可心的。"

吴三爷皮笑肉不笑道："你小子，以前在南街那块开书店的，还是个教书匠。谁都知道这是滕县最大的黑市，你一个教书匠难不成还有金条、烟土在身上，来做买卖的？"

说罢一招手，旁边立即过来两个地痞，将王景临上下前后都搜了一遍。

王景临也不反抗，微微举起双手任其搜查。

两人从他口袋里搜出两枚银圆和几个铜子，别无他获。

吴三爷冷冷上前逼近他，王景临不躲闪不迎接，淡定对上他凶煞的目光，或许是他的冷静激怒了吴三爷，被猛揪住的领口往地上一掼。吴三爷年富力强，王景临猝不及防跌倒在地，随后一只铁铲般的大脚狠狠踩在他的脸上。

吴三爷冷冷道："行有行规，今日你弄坏我兄弟的陶罐，赔钱是天经地义，王掌柜今日就给一百大洋好了。"

王景临端着气道："就算警察局局长家的罐子也不值这个价，吴三爷别太过分了。"

吴三爷呸了一口："想让局长来压我，若不然，你也可以实话实说，今日你过来身上到底藏了什么货，跟谁做的交易，货现在都藏在哪儿了，若不跟我实话实说，信不信我把你扔进荆河里去喂鱼？"

王景临被他踩得几乎五官变形，他没有被这暴虐的气场打倒，调整下气息，用笑意的声调对吴三爷道："我一个穷教书的哪里懂这里面的道道儿，我是真的过来看看能否买点便宜的礼物。"

吴三爷脚下用力更凶猛："你还敢狡辩……"

王景临正准备接受更暴虐的对待，脸上突然一轻，随后听到吴三爷谄媚的声音："哟哟，这不是五哥吗？什么风把你给吹来了？"

五哥？难道又是孟老五，他不是在乡下做安保队长吗？而且这一百八十度的转变，也不太像是对待安保队队长的声音。

王景临爬起来一看，居然是陆堂倌。王景临想起有人说过，陆堂倌在家族中排行老五，亲近些的人也会称他五哥。

陆堂倌身边不过一个随从，吴三爷看到他仿佛是见着微服私访的皇帝，从刚才的嚣张跋扈变得毕恭毕敬、谦卑客气。

陆堂倌道："吴老弟受累了，这个人的确可疑，是该好好问问才对，定能掏出不少油水来。"

吴三爷忙哈着腰笑道："对对，我也是这样想。"

陆堂倌笑道："那吴老弟继续，我先告辞。"

吴三爷一愣，立马反应过来："慢、慢，还是、还是交给陆五哥吧。"

这个黑市交易的黄山桥，也是洪帮的地盘，方才陆堂倌提到，王景临身上可能大有油水，吴三爷不会蠢得听不出来，自己一介地痞还胆敢跟洪帮抢食儿？只好诚惶诚恐拱手让人，然后灰溜溜地走掉了。

王景临微微喘着粗气，腰板挺拔有力，脸上虽有深深的黑色脚印，气场一丝不输给对面声色俱厉的陆堂倌。

一间小茶馆内，陆堂倌坐在他一旁，看着王景临用手绢蘸茶水细细擦掉脸上的污垢，洪帮弟子大多散去，只留下一个心腹站在他们十米开外的地方。

陆堂倌将一个包裹往他身前一掼，只听哗啦叮当金属闷声响——是方才交给他线人的那包金条。

王景临心中暗暗打鼓，依然面不改色道："这是我曾经做买卖攒了些小积蓄，过来换成大洋，也没有什么大不了。"

陆堂倌冷哼道："小积蓄？你哪怕是开一百间书店，十年也不见得攒下这个数字。你虽在学校吃公粮饭，不过在学校教书，今日……"将他上下打量一番，"一个读书人今日来到黑市，还这么身打扮。说吧，你到底来干什么？今日你若一五一十告诉我，我便将金条悉数还你。否则……"

王景临道："陆堂倌，那日贸然顶撞是我鲁莽，今日给您赔个不是了。您我心里都清楚，当日我是不是仗义执言，令千金都会有惊无险。"

陆堂倌听了这话，端起茶杯的手顿了一下，没有作声，一时语塞。

王景临继续道："当日在河堤，您准备处决陆姑娘之前，嘴上虽然在念叨，让她走后魂魄千万不要再来找您。其实您的目光一直看向远处的微山湖水面，您在观察薛凤仪是否已经在那里接应。您最初的计划，是对着两个年轻人放空枪，然后推他们入河，再由接应的人过来救下他们。"

陆堂倌哈哈大笑，引得旁人转头探望，好容易止住笑，他嘴角牵扯狰狞道："王先生，您不去戏台上说书太可惜了。"

王景临继续道："陆堂倌没想到，安保队会突然出现在此，在下跟保安队队长是旧相识，忍不住帮腔儿句，您见计划有变，本想顺水推舟将女儿带走，没想到激发了陆姑娘和那个年轻人的求生希望，你想救下女儿的步骤就此打乱。"

"闭嘴！"陆堂倌恶狠狠打断他，"我何时说我要救下我女儿，我向来处事公正严明，她干了这么些伤风败俗的丑事，我要杀她还来不及。"

"您不但不愿意杀掉你女儿，您也想放了那个年轻人一条生路。"王景临继续道，"混乱一片您朝着年轻人开枪时，这么近的距离子弹不过从他大腿皮肤擦过，一枪不中，您也不曾放第二枪，否则他哪儿还会有跳入河中逃生的机会？"

陆堂倌黑红的脸庞变得更加紫涨："你简直胡说八道！"

王景临不在乎他压抑到爆炸的情绪："据陆堂倌以上的行为，我大胆推测，您是发现陆姑娘与外人私订终身，第一个念头也是想大义灭亲以儆效尤，可冷静下来后，为了继续在帮派中立威且堵住悠悠众口，只能暗中联系上薛凤仪帮您。"

话未讲完，陆堂倌将手枪猛对准他头部："你再敢满口胡说，我让你的脑袋开花信不信？"

王景临道："陆堂倌若真想要我命，方才就不会把我从地痞那里救起来。爱惜子女乃天经地义，动物尚能舐犊情深，即便他们犯了再大的罪父母也无法断其亲情，更何况这也并非什么罪大恶极之事。您生气，不过是在恼怒自己狠不下心肠罢了，这又是何苦？"

直迎着王景临坚定且诚恳的目光，陆堂倌将手枪缓缓放下，表情依旧阴冷得可怕。半响，他道："我管家无方，让女儿做出这种败坏门风的丑事，她已知错投河自尽。我洪帮弟子遍布天下，你若再敢在外乱造谣胡说，污蔑我洪帮的名声，当心你的小命！"

说罢将枪别在腰间，往桌子上扔了两个铜板，起身离开。

王景临起身道："陆堂倌，和我交易的兄弟，还请您高抬贵手。"

陆堂倌摆摆手，离开。

在陆堂倌背对自己的那一瞬间，王景临脑海里突然出现了父亲的身影。

王景临心中明白，陆堂倌自然不能承认他安排的那些事。

王景临本不想把真相讲出来。让别人知道，自己知晓对方的秘密，相当于多树立了一个敌人。他之所以跟陆堂倌摊牌，是他有预感，在阻止镶修微山湖大坝的事情上，陆堂倌能出一份力，今日他走这一着险棋，最终看来，应该是赌对了。

两日前小铁匠改名换姓出了滕县城门。天底下除了陆堂倌、薛凤仪、王景临，再无人见过陆家的千金和隔壁铺的小铁匠。

王景临将用小黄鱼换下的三千大洋用牛皮纸包好装在箱子里，跟学校告了一个星期的假期，准备去往山东省政府。

这边，刘天明在滕县开始组织微山湖东岸一带的农民乡绅一起来请愿。

王景临提前来到济南。

此行的目的，是为了见到国民党主席韩复榘说明镶修微山湖堤坝的害处。想要见到韩复榘，必须先打通一些关节才行。

薛凤仪和渠玉瑞告诉他的两个人，杨君生和李天倪便极有可能是门路。

长长的火车汽笛尾声，车头慢慢在济南火车站停住。

这里就是津浦铁路线济南站，是中国最大的一个火车站。

它是一座典型的德国哥特式建筑，在津浦铁路全线六十个火车站中最美、最壮观，由十九世纪末二十世纪初德国著名建筑师赫尔曼·菲舍尔设计，号称远东第一站。

离这座火车站不远处，还有一座同样由德国人设计、在十多年前修建的胶济铁路火车站。

两座颇具规模、均为欧式风格的车站近距离并存，王景临走南闯北到过中国各大大城市，这样的建筑也是极其少见。

此时已经是中午一点三十六分，火车已经进站，旅客们陆续下车。

济南火车站跟所有的城市一样，火车站前广场人来人往，人声鼎沸，路旁一排黄包车整齐排列，车夫们坐等待客。

王景临上了一辆黄包车，径直驶入熙熙攘攘的街道中。约莫不到半个小时，便来到经二路。经二路纬二路交叉口，东北侧有一座大楼，错落有致的构造、小巧紧凑的布局、八角形的塔楼、六边形的棱状角楼十分引人注目。这就是济南第一个外商银行"德华银行"。

王景临将手提箱中的三千大洋平均分成三份存入银行中，将存款单折叠好分别放入口袋中，让黄包车继续前往，直奔大明湖。

大明湖的位置在济南城的北部，面积约占全城的三分之一，若凌空俯视，那么便可以看到大明湖好像一面明净的镜子平放在北城，在背面的湖边上，一列整齐的城墙向东西两面围抱过去，刚好把大明湖包裹在里面。

王景临付了车夫钱，掏出怀表看看，此时正是下午三点一刻。他抬脚不慌不忙朝东南方向行去。没一会儿，一座寺院便在眼前，此处便是汇泉寺岛，它位于大明湖东南。过去，济南城内众泉多从这座小岛附近汇入大明湖，夏日时节，小岛凉爽宜人，故名清凉岛。岛上建起寺庙名汇泉寺，从此，小岛也改称汇泉寺岛。岛东有土堤与岸相连，附近居住的许多家庭妇女来岛上洗衣淘米，一些自在的游人也常来此享受垂钓之乐。

王景临来到湖边一隅，看到一个秃顶的男子正在垂钓。

没多会儿，只见那水中浮标微微上升一点，突然短促有力往下一顿，中年人并不慌张，死死盯着浮标不肯轻举妄动，又等待了不到一分钟时间，他突然将手中鱼竿往上一挑，只听"哗啦"一声，湖面水花蓬勃飞溅，两条筷子长的大鱼同时挂在鱼钩上，扑腾跃出水面跌在湖边的绿草坪上欢蹦乱跳。

王景临忍不住低声赞道："一箭双雕。"中年人回头看看他，娴熟地将鱼放入鱼篓中，一边笑道："你就是从滕县过来的那位王先生。"

王景临拱手道："在下王景临，杨先生有礼了。"

杨君生抖了抖鱼篓，看样子他今日收获颇丰，仿若自言自语道："钓鱼最忌心浮气躁、急功近利，方才看到那浮标缓缓上升，我心都提起来了，因为这种情况，极有可能是有两条或以上的鱼正在抢食，但也不能完全确定，好在按捺住了，放第一口抓第二口，果然是富贵险中求啊！"他带着戏腔将最后一句说出来，得意扬扬，不能自己。

王景临微笑恭维道："好一句富贵险中求，杨先生果真钓鱼高手。"

杨君生收起鱼竿，语气变得公事公办地冰冷："昨个我收到一封电报，说有个开酒楼的会托人过来斡旋他在滕县的事情。你就是那个在滕县开酒楼的吗，你大老远过来就为了夸夸我的技术？滕县修湖堤的事，那工程劳民伤财，是块极其烫手的山芋。"

王景临道："我们不求别的，只求见一下韩复榘主席，微山湖镇修，就算修到南小去也不关我的事。只是别将我们那几十亩地给占用了去，让设计这次工程的工程师改一改图纸。可我让人家改人家就会改吗？我好容易才得到杨先生这条门路，自然是宁敲金钟一下不敲破鼓三千，早听说杨先生神通广大，在济南官场上是第一吃香之人，万不得已我们不会来麻烦您。我的世伯一定会重重酬谢杨秘书。"

说着向他比出两根手指。

杨君生心领神会笑笑，摸摸光溜溜的脑袋故作为难道："别看我在济南还能说上两句话，其实各种辛苦是不便道与外人的。"顿了顿道，"我滕县那边的朋友告诉我，你是共党，可是真的？"

王景临笑道："您觉得呢？"

杨君生拿起草帽扇风笑道："无风不起浪，你在滕县的国民书店可一直有通共的嫌疑，名声都传遍整个山东了。"

王景临道："谣言不可信，若真是这样，我怎么还能出滕县？杨秘书大可放心，为了表示我们的诚意，我先付给您一半定金。"说着从手提箱中取出一本书来递给杨君生。

杨君生接过翻翻，见里面有张德华银行一千银圆的存票，两根手指捻捻合上书，掖在自己的裤腰上叹道："要不是欠了渠玉瑞那孙子的人情，我才不想蹚这浑水，算了算了，我勉为其难帮你试一试。我可先说好，这些大洋我可一个子儿都花不了，全是为你打点关系，只怕还不够呢！"

王景临笑道："那是自然，有劳您了！您若有需要尽管开口，我们定当竭力支持。"

看着杨君生提着装有大鱼的鱼篓哼着小调优哉游哉离去，王景临转身离开。

他又叫上辆黄包车坐了上去，吩咐车夫："去槐荫方向经三路。"车夫迟疑一瞬，双腿迈开飞奔向前。

黄包车在一栋破败的大楼面前停驻。从外观上看，这栋楼曾被大火焚烧过。乌压压灰蓬蓬一大片大概占地十多亩，目测这条街也算繁华，一片残垣断壁杵在此地煞是触目惊心。

这里便是原驻山东的日本领事馆旧址。1928年五三惨案中，被当地民众焚毁。

王景临绕着这片楼转了一圈，能看出这栋建筑由办公楼、办事人员宿舍、厩舍和庭院组成，在没焚烧之前是西洋古典式设计。

济南老百姓对日本深恶痛绝，当他转到建筑的东北角，看到一间房屋，这里当初可能是领事馆的一个侧门。

他进去，看到这个房间虽然墙壁天花板也是黑灰一片，但地面并没有烧断的木料和砖头，平整得明显被打扫过。房间的一隅堆着十数个麻袋，他过去随手打开一袋，是炭。

此地也是由三本书破译出来的地点之一。

在济南，运送药品的地点就有两个。王景临想起那个地点和这个地点，都是交通极为便利和快捷。

离开前，他回头看看这里，虽然看似已经报仇，但五三惨案的耻辱无论如何也不能从心头消散。

正当他要离去，发现身边三三两两的男子围了过来，看衣着也不过是普通百姓，目光中迸射出仇恨的目光。

王景临见他们穿着打扮朴素，相貌蠢拙，倒更像是一般百姓，他们的眼中都似乎射着敌意和怀疑的眼神，仇恨的情绪越来越烈，恨不得将他一口吃掉。

正当他疑惑时，一个人突然问道："你，是日本人吗？"

王景临被他突如其来一句给弄得更糊涂了。

旁边一个人见他不说话，不耐烦问道："问你话呢，还不快说，你到底是什么人？"

聚集到他身边的人越来越多，已经有十好几个人。

王景临反应过来，急忙用山东口音解释道："俺不是日本人，俺是从滕县过来专门到济南省政府办事儿的。大家不要听旁人胡说！"

他话音未完，一听这话本来情绪都还算稳定的人群，突然爆发出激愤的吼声："从滕县来办事不去省政府大楼上这儿来干吗？鬼鬼祟祟的样子，还敢说自己不是日本人。"

一时人声鼎沸，所有人都朝他围拢过来，大声咒骂起来。自从济南惨案后，这里没有一个老百姓不恨日本人。

彼时，扁担和木棍还有砖头纷纷砸向王景临。

饶是王景临身手敏捷，但因被围个水泄不通，无法展开四肢做防备，他也担心自己出手会伤到群众，只能尽量护住要害部位，躲避着，尽量找到人群的突破口。

当他察觉出人群中的一条缝隙，拼尽全身力气猛然冲了出去，但没跑两步，脑袋上又被人狠狠地打了一记闷棍。

他吃疼弯腰，转身看到一个络腮胡子的汉子，恶狠狠地冲他过来咬牙切齿道："好你个狗日本，今日有冤的报冤有仇的报仇，不把你劈成两半老子就是那狗日的。"

说罢，从身后掏出一把斧子就"唰啦"一声劈了下去。

王景临急忙闪身躲过一斧，斧子将一块石头劈得石渣飞溅，但是很快另一斧头又追了上来，每一下直击他的要害，他一再躲闪，只见那锋利的刀刃将他的衣服前襟划开两寸长的一条口子。

王景临见解释已经无法起作用，只能拼命往前跑，拐了一个弯儿后跟前面的一群人撞了正着。

王景临正被追打，迎面过来的警察恰好救下他。

领队的警察被吓了一跳，见王景临的样子和他身后的人，大声嚷嚷："这是怎么回事？什么人在这里搞得乌烟瘴气的？"

带头的几个男子大声嚷嚷："那是日本的特务，还敢在这里耀武扬威，我们要报仇！杀了他！"

警察斜着眼瞥了一眼狼狈的王景临，眼珠骨碌一转："什么日本特务？现在要抗日了，哪个日本特务胆子这么肥，人还这么蠢，到这个地界来。都散了，都散了，再在这里聚众闹事妨碍公务，通通都抓起来关进去。"

王景临被这些警察带到了监狱。

他之前倒是进过几次监狱。但目前来看，监狱似乎比外面更安全一些。既来之则安之，他只能走一步看一步了。

这里同样阴森潮湿，不时有人的惨叫声在甬道中回荡。

约莫两个小时后，王景临就被带出牢房，带到一个稍微明亮些的房间中。

一个身着制服的男人正将腿搁在办公桌上，用牙签掏着牙缝，见他进来便上下打量他一通。

王景临看他的穿着和姿态，料到他是监狱的头头，不说话静静等待他开口。

只见那牢头吐了一口痰，慢悠悠道："你是滕县来的？具体来做什么的？"王景临用跟杨君生说出的理由，将他此次前来的目的跟他说了一遍。

那牢头道："你若说的是实话，那就好办。可是你看看现在，所有人都认为你是日本特务，如果不严办你警察局还怎么立威，要怪就得怪你自己。"

王景临心中冷笑，目前全国哪家警察局是会为了在民众跟前立威才严办某个人的？

果不其然，牢头说出了最关键的那句："这样吧，我看你也是个真心做买卖的，我也不想为难你。你给我这个数……"他伸出两根手指比画一下："你要是办到了，我啥都好说话，我帮你洗清罪名，保你平安出去，让你跟你家人得个团聚，你看如何？"

说着一双细长双眼闪着贪婪的光，死死地看着他。

王景临笑道："军爷，实不相瞒，我就是个来办事的，我身上大部分银圆都去打点关系了。哪儿有多余的大洋来孝敬你呢？我这里还有几个大洋，你要不嫌弃我就给你，至于我回滕县的路费，我只能发个电报让我的朋友汇给我了。"

牢头冷哼一声："呵呵，你小子不上道啊。嗯，那监头说看你一副聪明相，怎么就这么惜财如命呢，原来是个要钱不要命的主儿，俗话说破财免灾，不懂吗？"

见王景临不说话，牢头脸色一变："既然如此，你先回牢房再考虑考虑。我这里再和头头商量一下到底应该将你怎么办。"转头又吩咐道，"把他带到三十号牢房里去，可得把王先生照顾好了。"

眼前这个牢房比他刚才的那个环境更为恶劣，满地都是潮湿的黏状物质散发出发酵粪便的味道，墙壁上是深深浅浅的红色斑驳，疑似血痕，稍微干燥一些的床摇摇欲坠，十几只老鼠上蹿下跳。

王景临深知他是想以这个方式来逼自己就范，从自己这里掏出油水来肥他们的腰包。

没多久，狱警送过来饭食，恶臭得连泔水都不如，连勺子也没有。完全不把人当人来看。

那狱警还冲着他呸了一口，冷嘲热讽道："爱财如命的东西，不给点厉害看看还不知道马王爷有三只眼，真是不识抬举，我看你还能坚持到什么时候？"

王景临看看盘子里的食物，索性坐在床脚，气定神闲，闭目养神。他尽量平复自己的心情，调整思路。

十来个小时后，王景临一日几乎没有进食，有些难受，加上浑身瘙痒难耐，他大脑努力回想着马列主义书籍中那些慷慨激昂的句子，试图让自己转移一下注意力。

门链此时微微响动，他侧目见一个狱警开了门，手拿个小瓶和纸包来到他身边蹲下："这是干净的水和粥，先垫一些。"

王景临打量着他，饥渴难耐也没有急着动手接过他递上来的饮食。

狱警轻声道："虎落平阳不怕欺，蛟龙腾空与天齐。"

王景临笑了，拿起水瓶一饮而尽，随即打开纸包将馒头塞进嘴里大嚼。

狱警左右看看，压低嗓音道："薛掌柜已经知道了，现在想办法救您，王先生暂且忍耐两日。"

说罢，留下一瓶擦蚊虫叮咬处的药油，锁上铁门而去。

没错，看来薛凤仪极有可能在济南各个角落排兵布阵了。

果不出他所料，第二日大约傍晚时分，有人就把王景临的牢门打开，将他放了出去。

出监狱门看到牢头居然也在，不住对他点头哈腰赔不是："王先生得罪了，我们已经查清楚了，您是规规矩矩的教师，误会了。"

王景临回到驿站，头一桩事就是将自己好好梳洗了一番，换上干净衣服，在饭馆里痛痛快快吃了一顿炸酱面条，然后回到房间，坐等客人上门。

约莫晚上快十点，房门就响了。

来者不是别人，正是杨君生。只见他表情复杂，一进门就开始责备他："王先生你大老远过来求我办事，还是得有点诚意吧！"

王景临笑道："一千大洋诚意还不够？"

杨君生将一个信封扔到王景临身上："你这是什么意思？"

王景临捡起来打开看看明知故问："这又是什么？"

杨君生说："做人留一线，日后好相见，你犯不着这么在背后踩我。"

"杨秘书怎么能这么说话？"王景临抢白他道，"我也不知道这些照片是哪里来的。你说谁会这么无聊，我不过是在湖边与杨秘书交流了一下钓鱼心得，就有人拍照下来。这些也说明不了什么，您何必这么紧张呢？"

杨君生将照片夺过来，朝着他脸上点着："王先生真真好手段。现在是一点也马虎不得。王先生干脆这样，你那一千大洋我也是无福消受了，我悉数奉还。"

王景临自然知道他不过是欲擒故纵，索性开门见山道："那我就明人不做暗事，杨先生，我怀着十足的诚意来找您，是互利共赢的关系。可是你为什么要在我们分开后，去撺掇那些普通百姓大众们，告诉他们我是日本人，你这不是想要置我于死地吗！"

杨君生一愣："我怎么可能……"

王景临继续道："我被他们追打的时候，分明听见他们说，是有人告诉他们，只要是从滕县来的，带着那边的口音，定是日本的特务。我相信自己的耳朵，在济南府恐怕现在只有你知道我是滕县人，这跟你脱不了关系吧。"

杨君生语气依然斩钉截铁："你被打，关进警察局，怎么能赖在我头上？"

王景临道："还有在监狱里那个牢头，为何他不偏不倚地就跟我要二千大洋，这也是你勾结那些狱警在背后教唆的吧？"

杨君生依然争辩这都不是自己所为，王景临也不想跟他说太多废话，直接告诉他："三日以内，我要见到韩复榘。这些照片不过只是备份，只是其中一部分，若我的事没成，会有更多新鲜的内容，于今晚呈报到南京的办公桌上，杨先生您自己看着办吧。"

杨君生像一只被刺穿的皮球，这照片对他的杀伤力有多大显而易见。

他叹口气继续商量："王先生你看这样如何，韩复榘真的不是我想见就能见的，我先带你先去见沈鸿烈，修筑微山湖堤坝的命令就是他下达的，你与他谈谈这个，相信一定对您有帮助。"

王景临冷冷看着他，微微摇头："政府每一级命令程序我还是了解一些，沈厅长下命令也不过是奉命行事，真正具有决定权的是韩主席。杨先生，你还有三日时间考虑，现在我要休息了，就不送了。"说罢将外套一脱。杨君生灰溜溜地走掉了，王景临躺在床上一觉到天明。

第二日中午，杨君生便托人带来了消息，他已经约了韩复榘。

王景临上了小汽车，驶了二十分钟左右，来到郊外的一栋公寓楼。这所公馆和别的公馆一样，门口也有一对石头狮子，屋檐下挂着一对红色大灯笼，门前台阶约莫二十步。仆人们都毕恭毕敬，训练有素，人虽多却很清寂。

他被引着上了二楼，被带到一间办公室。靠南一色大玻璃门窗，沿窗放着一张黄花梨马鞍式书桌，布局简约朴实，细看又贵气奢华。

王景临坐在客位上，不一会儿有仆人过来端茶。王景临端起来闻了闻，啜了一口便静静等待。

大概过了五分钟，一个身穿中山服、瘦长脸庞、三角眼、两撇胡子的男子走进办公室，神气活现坐在桌子中间。

王景临立刻起身，来人冲他压了压手掌示意他坐下。

王景临自我介绍后，将滕县镶修微山湖堤坝的害处简单叙述一下。

来人若有所思摸摸自己的胡须："你的请求我已经知晓，据你的说法此事的确非同小可，政府一定会重视这个问题。我会就此问题开会商讨，你且回去等待消息。"

王景临双手抱拳目光诚恳："有劳韩主席。若事情如愿，滕县广大百姓一定不会忘了您的大恩大德！"

王景临离开公寓楼后，小汽车将他送回了驿站。

王景临知道，那是个冒牌的韩复榘。

他马上就联系到了渠玉瑞。

渠玉瑞也挺意外："你真这么容易就见着了韩复榘？他可是山东省国民政府主席，号称'山东王'。"

王景临笑道："哪儿会这么容易，那是冒牌的。"渠玉瑞吃了一惊："这个杨君生的胆子也太大了。你是怎么发现的，你之前见过韩复榘吗？"

王景临说："之前虽然没有见过韩复榘，可是在报纸上见过。而且他的那栋楼看似是处理事务的公馆，尽管已经布置一番，但感觉更像是私人住所，那间办公室在内墙处也有暗中窥探客人的小孔。还有这位韩主席，我虽然从未见过本尊，但气质总少了一点什么。我到了街上跟旁人一打听，才知道这是杨君生金屋藏娇之地，仆役都是真的，那位韩复榘，想必是他找来演戏的。"

渠玉瑞拍拍他肩膀笑道："可真有你的！"

王景临道："细想来，杨君生怎么会轻易让我见到韩复榘。"

渠玉瑞自夸些许："看来我这些来自花边新闻的情报还是有些用处。"

王景临换了一身外套："用处大着呢，以后多多益善。走吧，你不是说，我们这次见真佛的时候到了吗？"

因渠玉瑞不好出面，王景临便只身前往乐源堂。

乐源堂在趵突泉的北岸，走入园中，来到一所院落前，一个身着布衣长衫的人迎了上来，看着像一个身份体面的下人。

王景临自报家门后道："我要面见李参议员。"下人毕恭毕敬回道："老爷已经休息了。"

王景临告知自己是从滕县过来，对方迟疑一瞬，转身去通报。

约莫五分钟后回来，下人引着王景临进入府邸，下人并非将他带入大堂，穿过一片竹圃，行至一个清雅的书房内，一名身材高大健硕、面色冷峻沉着的中年男子已在此等候。

此人便是国民政府参议院参议员，李天倪。

王景临抱拳行礼道："李参议员幸会。"

男子将他上下打量一番道："我们，可曾见过？"

王景临道："曾经在五所楼的懋榛小学见过一次。"李天倪恍然："我记起你来了，滕县南门里街的国民书店，你是那家书店的创办人，也是滕县华北弘道院的国文老师，书店现在由刘天明在经营。"

王景临引入正题道："李参议员明察秋毫，你我是同乡，相信您早已知晓关于镶修微山湖堤坝的情况，事关滕县湖东广大百姓的利益，今日前来叨扰是想请您为百姓们做主，如何让国民政府停止这项工程。事情重大，且事不宜迟。"

王景临继续道："我感觉，总有股力量在暗中掣肘牵引，不可能是我们请愿就能达到目的，还想过来请李参议员指一条路。"

李天倪垂下眼睛思量一番："神仙打架，遭殃的都是虾兵蟹将，更何况这次打架的都非等闲之辈。"

王景临静静地听着他说下去。

李天倪道："目前的问题是，现在国民政府迫于各方面的压力，正在集中精力秘密推进抗日的准备工作，且正在推行一系列改革货币制度。这项制度就是放弃以白银作为货币，发行纸钞。这会是一场前所未有的金融改革，也将会最为凶险。"

王景临有些疑惑，这些与微山湖镶修堤坝有何关系？但他并未提问和打断。

李天倪继续道："我所说的凶险到来，是来自英美日列强的重重算计和盘剥。虽说国民政府的改革币制也是独立，但若无英美日列强的支持，断无成功之理，这种支持包括资金支持和政策支持两大块。"

王景临听他的话有所触动："是不是再加上日本侵华，会更加雪上加霜。"

李天倪伸出一根手指，坚定地道："没错！除了和日本的战争，美国依然是最大的因素。"

王景临似乎能明白他想阐述的思想内涵。

果不其然，李天倪叹口气："所以，依目前形势看，我国与日本的战争无论走向如何，国民政府已经料到未来三年到十年左右，中国的金融形势极为凶险，镶修滕县微山湖堤坝，我的猜测，是韩复榘的一次对整个山东地区经济上的探路，至于他想要探到何种程度，无法估计，目前我们只能静观其变。"

王景临听他如此深入地分析后，陷入沉默。

在世界洪流和趋势发展面前，任何人都那么渺小无力，只能被迫被这看不见的巨大的洪流裹挟着走，有的被冲得不知去往何方，更有甚者被击得支离破碎。

李天倪话锋一转，眼睛微微眯成两条缝："你说是为了朋友所托，可依我对这个事情的理解，你并不像是为了一己之利来有求于我。"

王景临被他问得一怔，道："我也是滕县人，不少亲朋好友都在那附近有产业田地，虽然暂时没有接到被征收的通知，但城门失火殃及池鱼，我也想早早做打算，未雨绸缪。"

李天倪目光眺望远方道："十年前我曾在济宁学习，那会儿遇到一个朋友王博源，他跟我描述了一个光明无比的中国。虽然我觉得他过于理想化，但他那憧憬和激昂的神情我一辈子也忘不了，真的很感染我。可惜他成了共产党，便是与我党国为敌，可惜可惜。"

王景临眉头微微挑动一下，稳了稳情绪："我相信，李参议员和您朋友的愿望一定会实现的。"

李天倪笑笑："年轻人不错，沉住气，未来可期也。"

走出李宅院落，李参议员的一席话让他简直醍醐灌顶，更让他的眼界和思维大大提高了几个层次。若他是共产党，能为党组织服务，定能为中国普通民众创造更多福祉。

王景临行走在济南大街。

阳光热辣辣的，在空中打着一束七彩光圈照耀大地，又刺眼得无法看向远方，革命道路漫长无期。

李天倪的话他反复咀嚼了很久，却并未推测出镶修微山湖堤坝工程进展的消息。

一夜辗转难眠，睡得不好。王景临一早便起身在旅馆附近的小店用早餐，正喝着甜沫，听到报童在大声喊道："号外，号外！著名电影明星被暗杀！"

王景临叫了一份报纸，头版赫然二十个大字："著名电影明星在郊外被杀害，疑似日本特务所为"。

　　他心中正不解，这时外面一阵嘈杂声，见着一群警察冲进他住的旅馆。王景临继续喝着甜沫，并观察着。没两分钟警察鱼贯而出，直奔他坐着的早餐店过来。

　　领头的警察打量了一下王景临，有些意外："呵呵，挺眼熟的！"

　　随后吩咐下属："给我带回去！"

　　王景临问道："我犯了什么法？"

　　警察用手指着桌上的报纸："你不都看了吗？电影明星徐也，昨天在郊外小树林中被人杀害。有人看到当时他是跟你在一起，走吧，跟哥几个去一趟警察局。"

　　王景临突然意识到，这个被人杀掉的电影明星，正是昨日那个假韩复榘。他感受到巨大的阴谋像一张巨网密不透风地朝他扑来。

　　王景临被带到警察局，并未将他带到监狱，而是反绑了他的手，用纸袋扣住他的头。王景临察觉到上了一辆小轿车。

　　汽车向前行驶了大概半个小时，警察将他带下车。当纸袋从头上揭开，他们已经到了一处废弃的工厂，地上布满了血渍。

　　他周边的人也不再是警察的装束，每个人表情冷酷肃静，他飞快地将每个人的脸都过了一遍，一个坚硬的东西砸在自己头上："东张西望什么？"

　　强大的压迫感让人不寒而栗，虽然这样，但王景临心中已经有数了。

　　这些人将他带到了工厂最深处，将他绑在一个架子上。

　　其中一个人头戴着面具，白色衬衫敞着领子，脚上蹬着一双高筒皮靴，王景临能感受到他面具后面的目光在将自己扫射一番，只听他冷笑道："早上出门我就算了一卦，果不其然今日又是发财的一天。"

　　王景临冷静道："兄弟，我一个穷教书的可没有什么油水，你我近日无冤往日无仇，何必干这脑袋拴在裤腰上的勾当。"

　　面具人哈哈一笑："如果真是个穷教书的，早就吓得尿裤子了，还能有你这份胆量？"他掂掂手中的皮鞭，"这个世道，有比黄金美元还值钱的东西，今日你给也得给，不给也得给。"

　　王景临明知故问："有什么比黄金还值钱？"

　　面具人猛抽出一把匕首抵住他的喉咙轻声道："那当然是，共产党的情报了。"

　　王景临道："欲加之罪何患无辞，我是国民政府聘请的教师，你们迫害文人就不怕被政府责难吗？"

　　面具人笑道："别说教师，就是校长，你若是共产党也会将你除之而后快。我就不跟你废话了，你的组织里成员的姓名、联系方式和活动时间规律，上级是何人？通通一条条告诉我，另外……"他的面具凑近王景临道，"把运送药品到达的各个驿站地点一五一十按照顺序写出来，你若配合不错，我会让你舒服一些。"

王景临笑道："我确实不知道你在说些什么？"

面具人起身语气轻松："无妨，刚开始都会这么说，我的经验是不出几分钟，你就会迫不及待告诉我。"

说罢一招手，另外两人抬来一个大箱子，呼啦啦将里面东西通通倒到地上。

毒蛇！

面具男笑道："这些可都是我们兄弟费尽心思从大山里找来的宝贝，已经饿了一个星期了，你若现在回答我，我就给你个痛快，你若不肯……"

一条条毒蛇吐着芯子蜿蜒着朝王景临的方向爬来，王景临额头起了一层密集的汗珠，面具男饶有兴致地跟旁边的人说笑道："我赌这小子两分钟内什么都招了。"周边的人也都哈哈大笑着。

就在一瞬间，所有人都没有反应过来，王景临不知从何时已用藏在手中的小玻璃片，解开手腕上反绑着的绳子，已经从椅子上立起冲到面具男身边，一把小刀堪堪抵住他的喉咙。

没等他说话，王景临道："我这把防身的小刀，在我医生朋友的诊所里蘸过鹤顶红，毒性绝对不输给现在脚下的毒蛇。你若敢动，割破了皮肤，不出一个时辰便会暴毙。"

面具男强装镇定："我可不是被吓大的。"王景临将小刀往他抵了抵，他立马不敢动弹。

王景临挟持面具男，慢慢朝着门外移去，所有人都不敢轻举妄动。

他手中的小刀不过是旅社中最平凡的水果刀，三言两语唬住这帮人却也不是长久之计，若一个不小心被人看出破绽就不好收场。

他心中正在盘算如何脱身，突然听到外面有汽车停住的声响，片刻，又是一阵子弹上膛的声响。

王景临心头一紧，若是这些人的帮凶过来，远距离射杀他，定是轻而易举之事。

片刻，一群身着制服的人闯了进来，出乎所有人意料的是，他们的枪都齐刷刷对准了挟持王景临的人。

领头的男子小麦色皮肤，平头浓眉，面无表情道："兄弟们辛苦了，这个人我们特侦队带走了。"

面具男一边避让着王景临手中小刀，一边嚷道："这是我们军事委员会密查组抓的人，他杀了人，还有共党的嫌疑。"

男子见他那样儿嘲讽道："我看你们军事委员会密查组也是徒有虚名，还是趁早交给我们，也保留一些面子。"

他又冲王景临道："王先生，李参议员让我过来接您去喝茶，时候不早了，我们起身吧。"

王景临看看他，松开抓着面具男的胳膊，在他放下小刀之前猛一把掀开他的面具。面具男反应极快，不等他得手，急忙按住面具，王景临并未看清楚他的脸。

可他这一举动无意间，用小刀在对方的脖颈上划出一条轻微的血痕。

面具男大吃一惊，"啊"地大叫一声，浑身战栗不敢动弹。

男子将王景临送到旅店道："王先生，这次救你，李参议员已经是冒了极大的风险。你好自为之，在济南这段时日，可千万不要再惹事。"

王景临拜托他转达对李天倪的谢意。

回到房间，书桌上有一个糕点。打扫房间的老妇人告诉他，这是按他的吩咐，去他指定的一家济南天桥旁边一个招牌"春天糕点"的铺子买到的。

王景临谢过老妇人，关上房门迫不及待掰开糕点，里面果然有一张白纸。

他熟稔地拿出自己装鼻炎药的小瓶子，从里面倒出化学粉末化入水中，将纸张浸入里面，看了内容后，依老规矩将其毁掉，心中无比兴奋。

翌日，他去往济南一家福满楼的驿站，远远看到一个年轻人和另一个中年男子，他俩合力提着一个硕大的布袋朝着驿站大门口走去，他兴奋地喊了声："宜博！"

董宜博闻讯抬头，看到他，眼神灼灼发亮："王老师！"

董宜博在这次镶修滕县微山湖堤坝请愿中，再一次担起重任，带领滕县一百多名庄稼人和乡绅共同来到济南，阻止微山湖镶修的工程。这位年轻人负责请愿团吃用住行等一切后勤事宜，并积极为这次活动出谋划策。

董宜博向王景临介绍："这位是高大哥，岗头村的村长，这回前来他跟我是一个组的。"

高大哥面容憨厚，见到王景临眼眸一亮紧紧握住他的手："早听说过王先生，今日总算见到真人了。"

董宜博道："高大哥可帮了我们大忙了。"说着提了提袋子，"要不是他，这里面的好东西我肯定今日都拿不到。"

王景临不露声色地看了看高大哥，忽然感觉到他的眼睛里闪过一丝恐慌。

第五章　百名乡绅齐请愿，九死一生为民安

三人一行回到了客栈。刚进大堂就看到两个人。

两个都是年轻人。一个宽大面庞，高挺鼻梁，身形中等；另一个个头略矮一些，黝黑皮肤，一双大眼灵动深邃。

两人见到王景临进入客栈大堂，对视一眼，上前自报了家门道："王老师，可等到你了，听掌柜的说，最近天气不好，多风还有雷电，你外出一定要注意啊。"

王景临忙微笑与他们握手寒暄："原来就是你们啊！"转头跟董宜博他们介绍，"刘乡长给了我电报，说这次除了从滕县来请愿的老乡，还有这两位朋友要过来加入我们的请愿队伍。"

宽脸庞的年轻人道："我叫纪华，这位是郑计全。我们都是滕县微山湖东岸西古村人，在济南做生意快十年了，老家在微山湖旁边还有些田地，我们自然不愿意无缘无故断了自己老家的根本，听说我们请愿团都到了，也想为家乡的亲人出一份力气。我对济南的情况比较熟悉，应该会对咱们请愿有帮助。"

董宜博高兴地与他们握手："行，我们的队伍又壮大了，王老师尽管安排。你在，我们就有主心骨了。这次请愿，我相信一定会像上次一样志在必得，势在必行。"

两个年轻人帮他将物品带入房间内，就回到自己房间休息了。

关上门，董宜博偷偷问王景临："王老师，他们说他们十年前就来济南做生意，看他们的模样不过二十多岁，比我大不了多少，十几岁就背井离乡到外地讨生活了？"

王景临看看他，咧嘴笑出一口白牙："警惕性很高，观察力也不错，做我们这样的工作的确要具备这样的素质。这个纪华和小郑他们是一个村子的，还有些亲戚关系。自

然不是独自来济南，是跟随父辈过来做买卖的。"

董宜博眉毛一挑，压低声音道："他们可是我们的同志？"

王景临笑道："不是谁都能加入组织的。他们暂时还没有接触到，不过是为了在老家人面前有面子，也是为自家产业争口气吧。"

董宜博点点头眸光一亮，开始迫不及待地向他汇报工作情况："我们从滕县带来了共计一百一十六名乡绅和庄稼人，还有一百多人在滕县政府门前示威。"

王景临听着他的叙述，一切进展顺利，非常高兴："上一次去南京请愿，我们取得了重大的胜利，这一次又是你在带头。你的革命工作越来越顺畅了，你也越来越像一名了不起的共产党员了。"

董宜博呵呵一笑："我也没有做什么，这些都是刘天明老师策划的，我不过是有请愿的经验，把他们带过来。现在这一百多名滕县老乡，分别居住在三家相隔不远的旅馆里。"

他突然话锋一转，压低嗓音："我们此次做了这么多准备，动作之大，参与人员之多，肯定被别有用心的人注意到，被人给盯上了。"

他推开窗户，指着对面马路一栋三层小楼道："我在火车上一直留心观察着，有三五个看似学生模样的年轻人，跟我们乘坐同一班火车，方才我看到他们居然住在我们对面的客栈。我怀疑他们是派来的特务。"

王景临道："我们这次过来师出有名，他们不会贸然伤害我们。"

王景临又与李文庭和董宜博将两日后的计划好生商量了一番，不在话下。

到了那天，济南省政府门前聚集了数十名群众，号称从滕县来的广大百姓，情绪激愤，斗志昂扬，要求见韩复榘主席。

政府开始一直没有人出来回应，大概过了两个多小时，一个头头模样的过来见了见他们领头的，道："韩主席正在开会，这些小事根本就不予理会。"

人们自然不会相信他的话，董宜博带领大家继续呐喊示威。

济南省政府门口正闹得人声鼎沸，他们不知道，在另一条路上，一辆黑色小轿车正在不慌不忙匀速行驶。

到了一个三岔口时，却"唰"一声被迫停了下来。司机下车查看嘴上自言自语："前几日还好好的，谁会在这里挖这么深的坑？"

这时一群人突然围了出来，车上的两个保镖立刻下车做好紧急备战状态。

只见王景临从人群中缓缓走了过来，胸有成竹地微笑对保镖道："我们只是要见一见韩主席，我这里有一份资料给他。"边说边交上手中的呈文。

两个保镖迅速互相递了一个眼神，其中一个接了过来送入车内。

王景临继续大声对着车内说道："我们是从滕县来的民众，因为镶修微山湖堤坝的工程费用太大，对湖东民众的生命安全有重大隐患，我们代表湖东广大百姓恳请韩主席收回成命。"

话音落下不出一分钟，后座车门打开，一个身着中式绫罗短衫、年过五旬的长者从车里出来，长脸庞，一双细长略显三角形的鹰眼稳准狠地对上王景临的眼睛，相貌与那日会面的人的确有七分相像。

但那眼神、那姿态、那举手投足间隐隐散发出来的气度，让人心中不由得生出敬意和畏惧。

四目对视半分钟后，王景临不卑不亢朝着他鞠躬四十五度："韩主席您好！"

韩复榘将王景临上下打量一番，问道："能否先告知我，如何知道我会从这条路上经过？"

声音不大低沉且有威严，有种让人不能轻易说假话的磁性。

在这样的高人跟前，坦坦荡荡反而对自己有利。

王景临道："本不知道，在省政府做事的朋友曾告诉我，今日是令堂大人寿辰。而此地便是通往令堂府邸的必经之路。若不是……"

韩复榘问道："是政府的哪位朋友？"

王景临回答："恕不能告知韩主席。确实逼不得已我们才出此下策，还望您见谅。"

韩复榘点点头道："也是，自从五月八日你到了济南，第一时间便是去找杨君生，效果不佳你便去找了李天倪，你知道点这些内部消息也不奇怪。"

王景临吃了一惊——他的情报如此精准。

韩复榘摸摸下巴上的胡须微笑："能把你从军事委员会密查组手中捞出来，在济南府也只有特侦队了。李天倪难得对一个后生这样重视，小子你的确有两把刷子。"

王景临心头一紧，原来他所有的行踪竟然都被他知晓。他告诉自己这些，是在暗示，凭他王景临是什么身份，怎么隐藏，在济南怎么蹦跶，不过是只不知天高地厚的猴子，随时都会被如来佛祖压在五指山下。

韩复榘目光朝着他身后的百姓扫射一圈，大声道："你们都撤回去吧，滕县微山湖镶修堤坝的工程，我让建设厅再行研究，若确如你们所说，弊大于利，停建就行了，难道你们不知道我是'韩青天'吗？"

人们面面相觑，一时鸦雀无声。

韩复榘又将方才的话重复一遍，见大家伙儿依然没有任何反应，锁着眉头不耐烦起来："怎么，我的话，你们都不信？我老娘还在家中等着我回去吃长寿热汤面呢！"

王景临反应过来，大手一招："帮忙将路上的杂物通通清理，赶紧！"

他号令一发，前排青壮年立刻挽起袖子冲到汽车前面，三下五除二将道路填埋并清理得平平整整。

看着小汽车扬长而去，人们似乎心中还有些怀疑和不甘。他们还是不敢相信，微山湖镶修堤坝工程会停下来。

李文庭说出大家心中悬念："就这么放他走了，不会是骗我们吧？王老师跟我说了关于中国金融市场未来的走势趋向，韩复榘不过是为了中国的货币制度改革，才以微山湖镶修堤坝为幌子，进行一种探路。"

王景临镇定道："我方才口头将镶修微山湖堤坝的后果讲得够清楚了。再者，我也呈上了书面的资料，其中利害关系他一定能明白。此外，我还在里面夹了一份情报。"

李文庭问道："什么情报？"

王景临在他耳边低语几句，李文庭差点没叫出声来："蒋夫人！"

顿觉不妥，急忙压住声音跟王景临确定真伪："你的意思是说，蒋夫人过段时日可能会来访问山东，极大可能会到山东几个很重要的地方，其中就包括计划去滕县祭拜墨子？"

王景临笑道："想必你也知道，刘天明老师在滕县已经召集不少微山湖湖东附近的乡亲百姓，随时可能在滕县的政府门前也来一场群情鼎沸的集会，估摸还会想方设法上前告御状。"

李文庭眸内闪着崇拜的光："王老师是怎么样弄到这些情报的？"

王景临神秘笑道："不是所有情报都得从同志或上级那里来，也不一定从黑市买来，抓住一些细枝末节将其放大，造成一种风声鹤唳、捕风捉影的势态，不论真假与否，只要对我们有用，便是好情报。蒋夫人去不去滕县祭拜墨子，到不到济南，这就都不重要了。"

李文庭道："这次也多亏了小纪和郑计全他俩，人家真不愧是在济南混熟的，门道不少，韩复榘母亲生日、平日行走的路线都能打听得明明白白。"

夜深人静，虽然一身疲惫，但王景临根本无法入睡。

他有信心让微山湖镶修堤坝的工程停下，但一个更大的担忧在心中发胀。

几日前他被号称国民党军事委员会密查组挟持，那个戴面具的人他总觉得是在哪里见过。其他人都不曾戴面具，为什么他要隐藏自己的脸？

他也不知是不是心理作用，觉得面具男的声音似曾相识，可一时脑子混乱想不起来。如果这个人的身份不弄清楚，他心中极度不踏实。

那个戴面具的，难道是响马帮的人？

几乎又是一个无眠之夜。天快亮了王景临才稍微眯了一会儿，没睡两个小时就被雀跃的欢呼弄醒了。

驿站里的滕县老乡个个欢欣鼓舞，兴奋得脸颊通红。

国民党山东省政府的一个职员亲自来到驿站见了这些从滕县来的百姓，告诉他们，韩复榘主席已经同意停止滕县微山湖镶修堤坝，已经把从乡亲百姓那里征收来的修建钱款如数退还。

职员向大家展示了韩复榘主席就此事决定亲笔签字的文件。那几个被警察带走的老乡，也全都平安回到驿站养伤了。

职员转告他们，所有人可以放心回到滕县自己家乡了。

王景临和董宜博一起去火车站买票，顺便依照来济南前与刘天明的约定去了一趟邮局，取来了电报。

他看了电报上的内容，瞳孔瞬间放大。

那电报上面分明写着"功成而不居，宏博已在畔"。

董宜博问道："是来自滕县的电报吗？刘老师那边的情况如何？"

王景临将手中电报折叠好放入口袋中："就是报喜。滕县政府那边也得到了停修工程的通知，这回我们是彻底胜利了。"

两人说笑着向火车站方向走去。

王景临的心却扑通扑通在打鼓。

两人买到第一批老乡回滕县的火车票，听售票员解释，其余的票分别要三日后、五日后才能购买。

两人回到驿站，李文庭朝他们跑来满脸焦急："王老师，董老师，出事了！老乡们现在上吐下泻，我知道济南有几家治痢疾效果不错的药店，小郑请他们来过，可他们都束手无策，说这不是普通的拉肚子，都没辙，小郑先去找别的药店了。"

王景临忙道："如果他回来先别出去，既然大夫都说不是普通的病症，先找到原因再下决断不迟。"

董宜博很吃惊："昨天都还好好的，怎么回事？"

郑计全告诉他们情况。原来从他们入住驿站第一天，就有不少老乡出现了上吐下泻的情况。

刚开始也不严重，大家都认为是水土不服造成的，可后来越来越严重。

如今大功告成，请愿成功，大家的症状倒是有增无减。从轻微腹泻呕吐到发烧昏迷，一百人中竟然七八十人都出现不同程度的情况。

董宜博道："此次前来有相当一部分乡绅，平日在家养尊处优，身娇肉贵，突然出趟远门毛病多些，另外大部分都是身体健壮的庄稼人，他们怎么也病倒了？这样，我有一个同学现在济南医院做内科医生，我现在就去找他。"

王景临急忙阻止道："现在医院西药紧缺，估计也没有足够的药，还是算了。"

董宜博没有多想脱口而出："总是聊胜于无吧，我现在就去联系他。"说罢转身就要走。

王景临一把将他拽住，董宜博愣住了。

王景临道："现在照顾大家要紧，我认识附近一个中医，让他过来给乡亲们看看。"随后吩咐老高，"你现在到其他两个驿站看看情况如何，要照顾好老乡，有什么需要再告诉我。"

接着吩咐李文庭："你和董宜博，暗中调查一下为何三个不同驿站的老乡都会得这样的病，是人为还是意外，查清楚了尽快告诉我。"

李文庭、董宜博只好点头同意。

王景临转身朝门外走去，上了一辆黄包车，拜托车夫加快脚步向前驶去。

车上，他再次回味电报上面的每一个字。这的确是刘天明给自己的通电。

"功成而不居"的意思很明白，指这次微山湖请愿已经成功。

"宏博已在畔"的暗语让他有些疑虑。"宏博"是董宜博在组织里的代称。滕县特支的同志们为了工作，每个人都有属于自己名字的暗语。

"畔"字，是他们约定的"叛"的谐音。

如果按这种思路翻译出来，刘天明是告诉王景临，董宜博叛变了。

他收到消息，老乡们就集体中毒倒下，这不是巧合？

事态的发展也容不得他再多想，重新换下外套来到地处静安里巷口的一家当地的中药铺子。

他与店小二报了所需的药品名称和重量后，很快掌柜的便出来见他。

掌柜的姓苗，一个四十山头的中年男了，苗掌柜在济南、枣庄做药材买卖，现在在济南定居下来。王景临在滕县的革命工作中，他们又以同志的身份联系上了。不少从滕县陈记过来的情报，也是出自他的这家店铺。

王景临将情况简单叙述一遍，苗掌柜道："我这里倒能派郎中过去查看，根据你的描述带上配方的药和熬药的罐子，驿站想必都有它自己的厨房，应该能解燃眉之急。"

王景临道："能否让经验丰富的郎中过去，最好找到导致这次滕县老乡集体腹泻的原因才好。"

苗掌柜思忖一番道："我的一个朋友在齐鲁大学学医，他们最近建了一个……好像叫什么实验室，可以测出食品或药物中包含的成分，或许能帮上忙。若我联系顺利，应该今日下午他就能到驿站查看。"

安排好治疗事项，王景临回到驿站，

董宜博迎了上来道："我已经调查清楚了，老乡入住的普安里驿站总共十九人，无一例外都有症状；大观园驿站总共三十一人，有两人无任何症状，其余都有大大小小的不舒适感；官驿街驿站总共三十六人，几乎都没有吃饭，都有不舒适的感觉；我们入住的大明湖驿站加上你我两人总共二十六人，除了五人其他也是相同的情况。我们这次前来济南一百一十二人，所有经费是由湖东地区的乡绅凑集而来，总共三百八十五块大洋。

为了节约经费，我们的饮食并未通过驿站，而是购买家乡的煎饼和咸菜，并未吃驿站提供花销更大的伙食。"

王景临问："是谁负责采购的这些食品？"

董宜博猛一拍脑袋："我知道了，定是有人在煎饼上做了手脚，那个煎饼摊子是朋友给我推荐的。他当时推荐了好几家，我挑的这家，这里的猫腻肯定都在这里面。"

王景临摇摇头："李老师还有你我和小纪他们不也吃过煎饼吗？应该不是这里的问题。"

董宜博道："不过还好，刚才有医生过来为老乡们检查了一番，都服用了药丸，药效不错，我过来前就听到好几个老乡说他们感觉舒缓了不少。"

王景临一愣："医生？是郎中吗？开的是中药还是西药？"

董宜博摇摇头："不是传统中医的郎中，是医生，穿着白大褂，助手也是穿着护士服的姑娘，都戴着棉纱口罩，方才为每个老乡都喂食了药丸，前脚刚走不过五六分钟你就回来了。"

王景临定定站了一会儿，呼吸顿时一紧："那药丸是什么样的，现在还有吗？"

董宜博见他神色不对，有些狐疑道："都是浅白色的药丸，比黄豆粒还小一些。"顿了顿小声道，"我以为，他们是你请来的。"

他们一起来到老乡们的房间检查，现在还是中午时分，很多人服药之后午饭也没吃，已经沉沉睡下。

一种不祥的预感涌上王景临心头。

此时，李文庭在官驿街驿站派小杂役跑上来通报："王先生，有两位郎中是从药铺过来的，正在为各位客官检查身体，李老师让我赶过来禀告一声。"

董宜博顿时瞠目结舌："这才是王老师请来的郎中？那，方才那些人是谁？"

王景临低头沉思，心中却在暗中观察董宜博。如若他果真叛变组织，策划出现在的一切，那他的演技炉火纯青得简直让人不寒而栗。

郎中仔细向王景临他们询问了前因后果及老乡们的症状，就依次进入老乡们的房间为其把脉检查。王景临和董宜博全程跟随，见着郎中脸色越来越不好，边摸脉边摇头叹息，心中暗暗打鼓。

为所有人把完脉结束检查后，已到了傍晚时分。两位郎中就在驿站的小厨房里生火，又想法从周边商铺里借来七八个小炉子为大伙煎药。

中毒的人数之多、症状之重有些超出他们的意料。

大明湖驿站老板立在一旁不住恳求恭维着："二位大夫可一定把这些客人治好，否则在我这里出了事，以后还做不做生意了？如果是迟家药铺我也就放心了……"

不出郎中所料，晚上不过九点，大部分白日昏昏沉睡的老乡们纷纷苏醒，有的呼吸短促喘不上气，有的捂着胸口痛不欲生，有的说自己脑子快炸裂了，哼哼唧唧了半日，有的说自己的骨头像被无数蚂蚁啃咬，难受得满地打滚。

整个驿站闹得不可开交。两个郎中根本没法全部应对，其中一个回了店铺想多请些帮手，一个小时后只身返回。

官驿街驿站、普安里驿站和大观园驿站，同样出现了大量老乡急症突发严重，人手根本不够。看着一个个被折磨得痛苦不堪，奄奄一息的老乡，王景临心中焦急如火。

头大的还有大明湖驿站孙掌柜的，他捶胸跺足："我还说呢，这回好不容易接这么多客人算是个大生意。这是怎么回事，怎么看个郎中还看出鬼来了？"

他一把拉过王景临恳求道："王先生您看这样好吗？后面这两日的房钱我不跟您要了。您想想办法把他们都带走好不？我只是个买卖人啊，这样我可怎么做生意，名声传出去我也关门算了。"

不等王景临答话，董宜博在旁边叫道："掌柜的，我们现在出去还能去哪里？做人可不能落井下石啊！"

孙掌柜叹息道："难道你们还不明白，你们得罪了济南当官的，他们这是在给你们使绊子呢。你们爱咋的咋的，可别带累了我。"

王景临心头一震，只听董宜博道："我们请愿是为了广大百姓的合理合法权益，韩主席都是支持的，谁会为此来迫害我们，何况我们现在想出去也不行啊。"

孙掌柜嚷嚷着："我的少爷，你太天真了不是！行行，我不跟你们多废话，我房钱都不要了。"

董宜博大声抗议。

王景临淡定地叫住孙掌柜："掌柜的，我们借一步说话。"

两人在房间里商议了不出一盏茶的时间，出来时掌柜的面色缓和不少，还大声吩咐杂役们："去厨房烧些热水，再熬些热粥，滕县老乡们不管服什么药，喝些粥下去药效会更好。所有人轮流值班睡觉，一定要配合郎中们把病人都照顾好。人家出门在外多不容易，都给我把精神打起来。"

孙掌柜还提议，他这段时日都不再接待其他客人了，将官驿街驿站、普安里客栈和大观园客栈的滕县老乡们都转移安置在他的客栈里，这样也能方便王景临和郎中们集体照顾，节约精力。

董宜博悄悄问王景临："你跟他说了什么，让他转变得这么快？"

王景临笑笑："有钱能使鬼推磨。"边说边看向董宜博。

董宜博依然没有读懂王景临的怀疑，挠挠头："我也纳闷着呢，投毒人到底是怎么做到的？"

在清理衣物时不住抖动，那些鲜红色袖箍纷纷掉落下来，孙掌柜用手指捻起一条走到王景临跟前问道："这些你们请愿的袖箍还要吗？请愿已经成功可以都扔了吧。"

还没等王景临反应过来，郎中一把揪过，放鼻子下嗅了嗅，正色道："这些是哪里来的？"

董宜博怔了一下，告知是他来到济南之前联系到一个与裁缝店有生意往来的朋友，拜托他定制的。

郎中道："这些袖箍有一股奇怪的味道，凭我从医多年的经验，这个味有很大的可能是芒硝混合硫黄的药味，那是一种具备腹泻功能的中药，且药力极强。芒硝与硫黄混合在一起使用会引起剧烈的肠痉挛和泻下反应，甚至发生硫化物中毒。如果我没猜错，这些袖箍定是在来之前就沁入硫黄和芒硝混合的药水中浸泡良久，晾干后不少药渍还附着在上面，若与食物相遇，定会让人腹泻，严重甚至会引起发烧、呕吐、昏迷。"

孙掌柜道："难怪我拿着这些布头，总觉得闻着有什么怪味儿。"

董宜博想了想道："我们为了壮大势头，让每个人胳膊上都套上一个，大家都触碰过了这个袖箍，然后再直接用手抓煎饼吃，就会导致腹泻吗？"

郎中道："没错，且药力极强。我看咱们老乡大部分都是庄稼人，都没有饭前洗手的习惯，即便平日讲究卫生一些的乡绅也没有足够的条件，你们为数不多的并无任何症状的人，是否一直都安好呢？"

董宜博恍然大悟："我们的请愿团，一开始李老师、我和王老师还有几个人都没有戴袖箍，我们才能始终安康。我现在也想起来了，入住其他三个客栈的老乡，没有病症的包括小纪他们，也是那几个没有戴袖箍的，这么看来这是一场蓄意已久的阴谋。我们最先被人下套，然后敌人再来假扮医生过来给老乡们下了更损害身体的药，他们太阴毒了！"突然一拍脑袋，"我知道了！"他左右看看四周，压低嗓音，"我们中间的内鬼，一定是小纪，要不就是小郑，或者他们本就是一伙儿的！"

他道："你看，他们在济南生根了，好好的管微山湖的工程做什么？拿袖箍的当时有我和老高，突然冒出这两人帮忙抢着做事。他们一定是被国民政府收买了故意来害我们的，他们才是内鬼，刘天明老师，他被骗了，我们也被他骗了。"

话音未落门"砰"一声打开。

郑计全出现在他们面前，满面通红指着董宜博道："你，你血口喷人！那袖箍我们根本就没碰。我们虽然在济南，叶落归根，总是会回去的，怎么就成内奸了？"

董宜博也撕破了脸，狠狠道："那个医生和护士过来时，你忙着引路指点得不亦乐乎，你敢说你没问题？"

郑计全哭笑不得："我以为是你请来给老乡们看病的，我有什么理由不帮忙，你当时在场不也赞同的吗？"

董宜博道："我看那些害人的大夫定是你里应外合请过来的！你现在还不肯承认你

有问题吗？"

王景临突然打断他的话："董宜博，别再把脏水泼别人身上了，演戏你不累吗？"

众人被他的话怔住了，面面相觑着，董宜博也目瞪口呆看着他。

王景临用食指捻起袖箍："若我没记错，这些是我和你一起带到各家客栈的。如你所说，这些袖箍是你从一个朋友那里拿到的，只能说明你和别人做了手脚。你一直把大家的中毒往饮食方面引导，其实你是这次中毒事件的始作俑者。那几位来为老乡看病的医生，应该也是同你里应外合的吧？"

董宜博满面通红，身体微微战栗："这是我的朋友为我们定制的，他是我在南京一起上大学的同学，怎么可能害我们？"

郑计全看看王景临，大声嚷嚷："你作为中坚力量，你怎么不戴上袖箍？你就是怕你自己中毒。千防万防小人难防，老乡们这么信任你，你却想着要我们的命！"

董宜博还想解释，一根绳子将他的双手牢牢地捆在一起。

王景临将他双手上的绳子一拉："董宜博，来济南请愿，滕县老乡集体中毒，你有重大嫌疑。因证据不够充分，我暂时自行扣押你，待我找到罪证再将你送往警察局。"

他吩咐客栈老板，将董宜博关入客栈里的地下室中，每日中午送一次吃食便可。

王景临安抚了郑计全的情绪，跟他道歉，让他继续到房间照顾老乡们，又再火速集中其他三个客栈的组长，将董宜博已经叛变的情况告诉了他们。

所有人都难以相信。

王景临道："当务之急不是如何处置董宜博，目前我们要尽快想办法让老乡们康复，至少不能让大家病症再次加重了。"

几人商议，又吩咐组长以及病症还不算严重的老乡，安排布置照顾老乡的事项。

迟家郎中也根据袖箍上的药品，配出了解药，可以暂行缓解老乡们的病症。但这绝不是长久之计，郎中也告诉他，老乡们还中了第二次毒，疑似从鸦片上提取出来的毒，若要根除，还得另寻解药才能药到病除。

这种解药他们曾经在药品买卖时见过，若有现成的，所有病症都能迎刃而解。

接下来的几日，滕县老乡所住的客栈厨房，昼夜寥寥烟火不停，药香充溢。

孙掌柜带着雇员杂役任劳任怨为他们办事，那夜孙掌柜晚上起来查看病重的老乡，一脚踩滑摔了一大跟头，把脸摔破了。

王景临来到厨房时，孙掌柜正满头大汗在各个炉子旁忙活着，纯朴憨厚的脸庞被火映得通红。他抬头看到王景临，边用袖子擦汗边打招呼："王先生还没睡吗？"

王景临略显疲惫坐到一个小炉子边，他这几日确实不好过，他撑起精神缓缓道："郎中去迟家药铺拿药了，高大哥也去帮忙了，其他好一些的老乡也在忙着照顾病友。"

孙掌柜关切道："是啊，现在客栈能照顾乡亲们的只有王先生，我不过在一旁搭把手，王先生可一定要注意身体呀！"

王景临用抹布垫着揭开药罐子的盖子："孙掌柜不也没睡？可不只是帮我搭把手，我一直想好好跟你道声谢。"

孙掌柜嚷着小心烫手，笨笨地笑着："你们是我客栈的客人，再怎么着我也要管到底呀！"

王景临拨弄着药罐里的汤汁道："孙掌柜，你是个好人。"

孙掌柜依旧没有听出王景临的话外之音，一边拨弄着炉火呵呵道："都是有家有口，谁愿意这么大老远跑过来跟官府作对，不是被逼急了，咱们谁不是本本分分的人呢？"

王景临叹口气，缓缓地戳破窗户纸："我绝对相信，你的确对我们都很关照，只是，孙掌柜拿着毒药来关照我们老乡，不太合适吧。"说着抬眼看着他，目光冰冷如潭水。

孙掌柜拿铁棍儿的手猛一抖，一颗火星迸到他手背上，他"哎哟"一声，忙吹了两口。抬头讪笑道，"什么？毒、毒药？王先生您开什么玩笑！"

王景临直起身来目光注视着他的双目："两根手指捻着袖箍，孙掌柜可不像这么娇气娘们气的人，若不是害怕上面的毒素，你会这样做？"又猛一声吼，"到底谁指示你这么干的？"

孙掌柜忙分辩道："王先生我知道您最近太累了，得罪了当官的不知怎么办，有些着急糊涂了，可您再生气，那位董先生才是罪魁祸首啊。"

王景临冷笑一声，继续看向汤锅中："你本是山东滨州人，五年前到济南投奔亲戚。这家小客栈本是你亲戚的，因老两口年岁大了经营不动才交给你来打理，前年起客栈所有利润皆归你所有，你只是负责前东家的身后事。你的妻儿现在还在滨州的十里铺村，孙掌柜，你看这样如何，我负责帮忙把你的妻儿接到你身边，让你们全家团聚，如何？"

他话还未完，孙掌柜扑通一声跪倒在地磕头如捣蒜："神仙啊，王先生啊！我真的没有害你们！那些毒真的不是我放的，我就是一个小老百姓什么都不懂，求求您别伤害我的妻儿……"

王景临锁着眉头摇头道："孙掌柜真是不见黄河不死心，既然你坚持没有投毒，那你现在把你怀中的那些粉末都掏出来，吃下去行吗？"

孙掌柜一怔，扯着嘴角笑道："原来您是看到这个。"他掏出怀里的纸包，"这是盐，不是药。那迟家郎中吩咐我的，这些汤药里撒上一些，可以增加药效，味道还不至于太苦。是盐，真的！"

王景临道："那你吃了。"

孙掌柜点点头，用手指蘸了一点放入口中："你看看，是盐不是！"

王景临冷笑一声："你把这一包全搁嘴里去，敢吗？"

孙掌柜揉揉眼睛恳求道："王先生我有消渴症，大夫说过不能吃太咸的东西，这一包全搁我嘴里还不得要我命呀！"

王景临又低头拨弄汤药："消渴症的确在饮食上要格外注意才好，我看还是让你夫人来为你做饭……"

孙掌柜急忙道："别别别，那行，为了证明我的清白，我今个儿豁出去了。"

他颤颤巍巍打开纸包，抬头看看王景临，把眼一闭就要往嘴里倒，胳膊被一把抓住了，就势一抖全进了跟前的药罐子里。

王景临瞪着一双血红的眼大吼："你疯了！你知道这是做什么？真的不想活了吗？我父亲他就是……"他到底说不出心中最深的痛。

孙掌柜被抓住手，满目委屈害怕，面色通红，又仿佛内心在纠结万分。不出半分钟，他"哇"地号了出来，一把鼻涕一把泪地跟王景临叙述了真相。

早在滕县请愿团入住客栈后，有一个自称是国民政府的人暗中见过孙掌柜，说他们以下犯上都是刁民，孙掌柜这个良好市民要配合政府将他们处理，并告知他过两日后不管客栈里会发生什么事，都要让这些老乡出去这个客栈。

孙掌柜没想到这些人是中毒，还不止一次被人暗算，本来依着政府官员的话想把大家都赶出去，奈何觊觎王景临那一百大洋，只好暂且作罢。

但当晚那人就来找过他，责难他没有按他的吩咐办事，将他一顿狠揍。事后为了掩盖真相，他只好称脸上的伤是晚上从楼梯摔下去了弄的。

孙掌柜当场就吓得屁了裤子，忙承诺一定按来人吩咐去做。那人转头给了他一包粉末，让他通通撒到滕县老乡的药罐里。

孙掌柜流着悔恨道："王先生我也不想干这伤天害理的事情，自古百姓怎么斗得过官呢，我实在是没有办法……"

王景临问："你凭什么认为他们是官？"

孙掌柜道："为首的那人跟人说话时笑眯眯的，可那双眼睛像刀一样能扎人。即便他不是当官的，那也是我惹不起的人，他的话我不敢不从。"

王景临听他的描述，觉得更有可能是国民党军事委员会密查组特务，何况他前些日子被那帮人挟持过。

正当他思考着，孙掌柜突然"啊"了声，面色霎时变得紫青吓人，王景临见状忙伸出手去，用自己虎口将他下巴紧紧箍住，另一只手的手指伸进他的嘴里狠命抠顶喉咙，不出半分钟，孙掌柜肚子里的残渣夹着血渍哗啦啦吐了一地。

王景临扶着这个奄奄一息的中年男子坐好，郑重告诉他："我现在只要求你做一件事，我们老乡的饮食和汤药的安全请你保护，若差池出在你这里我绝不善罢甘休。你的胃里依然有残留的毒素，我会想办法为你解毒，也会护你平安。"

孙掌柜眼中充满了愧疚悔恨："你跟他们不一样，只求你千万保护我的家人。"说着呜呜哭泣。

王景临道："我在回滕县之前，一定将此事处理好，你放心。"

王景临将孙掌柜带回他自己的房间，再次回到厨房中。地上还有不少剩余的药粉，他小心将其扫成一堆用张枯芭蕉叶铲起，抖入厨房一隅的水缸中放上盖子。

他接着径直走到客栈最底楼，打开地窖的钥匙，一个身影早已在那里等候他多时，见他过来，将脸上的胡子一揭，露出一张白净的脸庞。

王景临问道："你乔装打扮出去调查这两次，没有别人发现吧。"

董宜博边整理胡子边道："我扮得亲娘都不认识，不会出问题。"又急切反问，"情况如何？我们请愿团里的奸细可真是我们一起预想到的那个人？"

王景临点点头，将方才与孙掌柜的交流事无巨细告诉董宜博，又道："前两日我故意当众说你是奸细，将你关在地窖里，给你创造机会，去和读书会的同志们一起，调查在袖箍上下毒的罪魁祸首。"

董宜博道："王老师你奇了，你怎么知道入住我们对面客栈的，是中共滕县特支读书会的同志？我刚开始以为他们是监视我们的特务或警察。"

王景临道："你跟我说这个事后，我便留心去过那家客栈，可巧其中一个同志我认识。与他对了暗号，才知道他们也是来暗中帮助我们请愿的，不至于我们请愿团赤裸裸在明处，被暗处的敌人鱼肉。"

董宜博满眼钦佩道："也多亏了王老师在第一日入住这家客栈时，就想办法将这里的地势环境摸了个一清二楚。"

王景临道："我想办法做出用地窖的钥匙，也怪这个孙掌柜自己粗心。他不是奸细也不是坏人，不过是受人挟持，真正的奸细我们会想办法让他露出原形。"

董宜博迟疑一瞬，问道："王老师找我演戏，不只是跟我演戏吧。你怀疑我也是自然，可又是什么消除了，你认为我是奸细，是在知道袖箍藏毒的时候吗？——毕竟第一时间接触袖箍的除了我，还有高大哥。"

王景临笑笑摇摇头："我当时第一反应肯定是你，然后才是怀疑高大哥。所有的矛头都指向你，当时我不得不往那个方向思考。唯一可以确定的是，刘天明老师给我发的第二次电报。"

王景临和刘天明之间有一个他们自己才知道的沟通暗号，王景临亲自去确认此事的真伪，董宜博才得以脱去了嫌疑。

董宜博道："有一点我不明白，为何刘老师会认为我是奸细，专门发电报给你。"

王景临道："想通这个容易，说明我们内部的奸细不止一个。"

董宜博道："王老师的意思，那个奸细冒充天明给你发的电报，来扰乱你的思绪，让你误会我。"

王景临点点头。

董宜博道："我已经查出下毒的袖箍到底出自什么地方。那里也是暗算我们的人的老巢，很是隐秘。我已经查到那里放着大量害人的粉末，偷听那些人对话，解药多半也会在那里。"说着蹲下，捡了个小棍儿在布满灰尘的地上绘出一张街道的地图。

王景临将其默记心间后，跟他说："安全起见你现在暂时不要出去，接下来的事情我来解决。"

他低声道："相信，明日中午前，我定能向我们老乡一个交代。"

翌日清晨，东方才微微泛起光亮，郎中们回到客栈开始一天忙碌的工作。

王景临密切关注老乡们的症状，精神一刻不敢放松。

郎中说了，袖箍上的药不足为惧，最重要的是那些假冒医生的人过来喂老乡们吃的药才是致命关键。

而那些药他们曾经也遇见过，是由鸦片提取而制。药铺倒是可以提取对应的解药，但太过费时，短期内也找不到足够的药材，目前只能靠汤药缓解病症。

大家忙碌工作着，一些意识还算清醒的老乡开始抱怨，有的害怕自己会客死他乡，恐惧和戾气像瘟疫一般很快充斥整个客栈。王景临和高大哥百般安慰宽心，也无济于事。

王景临看到高大哥满面青紫，眼见的快要支撑不住了，便劝道："你已经几日没有合眼了，快点去休息吧。"

高大哥推辞了一番，奈何王景临快要发火了，只好回到自己房间去。他房间在二楼，只见他边走边叹气道："行吧行吧，确实很久没睡个好觉，怕是要睡到天黑才起来了。"

高大哥一回到自己房间，立马反锁上房门，耳朵贴在门上确定外面没人时，将房间内一条床单卷成一条绳子，套在窗户上，顾不上身体不适，爬了下去。

他跌跌撞撞在街上走着，拦了一辆黄包车说了个地名让车夫加大脚力。不时回头张望确定没人跟踪才跟车夫说出正确的地址。

黄包车来到一个叫高升桥的集市，这里人头攒动人声鼎沸，街道很窄不能拉车进去，高大哥自行下车七拐八绕来到一家榨油小作坊里。

这是一座土砖瓦房，是售卖油的门面，比旁边的建筑还要矮上半米，有一间屋子是两层楼高，在众多建筑中突兀地立起。墙壁上刷着石灰，地板上灰色石砖方寸泾渭分明。屋柱到顶，上面是歪歪斜斜发黑的圆木。

进入房间，是一块半露天的空地，分成三个区域：左侧是碾坊，中间是榨油的机器，右边是炒货的大锅。靠墙的一角堆放大量榨油用的原材料——大豆。三三两两的榨油匠赤裸上身，仅穿一条短裤，系了块黑黢黢的围兜在奋力工作着。

小作坊的掌柜是个瘦削长脸的汉子，看到他时，吓了一跳，急忙拉住他到了后院责备："大白日的你怎么来这里，还不快点回去，有没有人跟踪你？"

高大哥气息快不平了，喘息道："我让车夫绕了几条街了，肯定不会有人跟着我。你快，快把解药给我一些，多半我也中毒了。"

那瘦脸男的一愣，锁紧眉头："怎么这么不小心！你是不是被他们发现了，告诉你，如果老板大计办不成，一定会要你的命……"

高大哥道："不可能。我早上就喝了那个没有问题的水缸里的水，不知道是不是孙掌柜撒药粉也撒得不对，都污染了。好在剂量也不致命，你先不管这些，赶紧给我解药。"

瘦脸男道："不是早就通知到你，就这两日你可以把他们通通都撂倒，可他们没事，怎么你倒成了被拔毛的公鸡了呢？"

那瘦脸汉子无奈，这人还用得着，只能来到最里面房间，这么个不起眼的小作坊里居然有一个铁皮保险柜。

只见，那掌柜的拿出钥匙，同时按下密码，正要准备打开铁皮保险柜，此时，房顶上王景临已窥探到保险柜密码。

突然一阵喧哗声，作坊里的伙计们大声喊道："什么人在房顶上？"

瘦脸男一惊，忙锁了保险柜出来查看，他也感受到头顶瓦块隐隐作响，惊得大吼一声："是什么人？兄弟们掏家伙！"

他话音还未落，只听到闷声一个重物砸向地面，接着是一个伙计的惨叫，随后一阵肉搏打斗的响声。不过十多秒又立刻鸦雀无声了，他急忙下到一楼，俯下身子，猫着腰以院子里的麻袋做掩护，竖着耳朵伺机而动，却过了几分钟没再听到任何动静，也没有作坊伙计的声音。

瘦脸男终究沉不住气，蹑手蹑脚朝着门面口走去。突然看到门口一角日头映着一个黑影，他悄悄举起手枪将门一撞就要扣动扳机，来者大喊道："别开枪，是我，是我。"

瘦脸男放下枪吼道："老高，到底怎么回事？"

老高又慌又怕微微战栗道："我不知道，刚才突然听到你们在喊，又听到枪声就蹲在那边油缸旁不敢动了。"突然脸色一变，"糟糕，是他，是他跟过来了！不能够呀！我明明够小心了，怎么还是让他给发现了！"

瘦脸男一把揪住他的衣领凶神恶煞道："是谁？谁跟你过来了！"

老高猛一拍脑袋："糟了，解药，他一定是为了解药。"

瘦脸男面色一变，将他搡到一边去，提枪往后院走去，刚到院子里就看到方才两个劳作的雇工躺在地上，身旁扔着两把斧头。

他环顾四周一圈，往里屋去查看，刚进入房间一个硬东西就抵在他的腰间。

趁他一时不能动弹，王景临一把缴下他的手枪对准他的头，扔掉手里的擀油籽的木棍道："保险箱密码。"

瘦脸男眼珠骨碌一转，还未等他回答，王景临又道："这枪已经上膛了，我不能保证自己手抖与不抖，要想活命，你最好想清楚。"他的声音极轻只能近身之人才能听到，却透着震慑人心的恐怖和威严。

瘦脸男腿肚子一个哆嗦，王景临又命令他走到墙角的保险柜跟前道："我数到三，你输入一个数字，若你没有及时输入或者全部输入后密码不对，我便向你开一枪。现在开始，一、二……"

突然背后有人将王景临连手臂带身体狠狠抱住，瘦脸男乘机上前一把攥住他的手想夺下手枪，王景临猝不及防将枪口往他胸前一顶，砰一声，红黑的血液汩汩从他心脏部位流出，他呆呆地看了王景临一眼，囓地倒在了地上。

王景临三下五除二便将暗算他的老高制服在地上，几拳下去，老高脸上便像开了染坊一般。他拿着枪对着他的脑袋问道："为什么，为什么要勾结外人来害自己老乡？你不是滕县人吗？你到底图什么？"

老高一口夹杂红色的痰"呸"一口吐地上，平日憨厚的面庞早就变得狰狞可怖，他张着满是血丝的嘴用沙哑的声音道："我早就想解决你，可惜上面不让我这么快动手，你断了别人的财路，就不能怨别人断你的生路。"

王景临明白了，老高也是坚定支持种植鸦片发家的。

王景临怔了一瞬，哈哈大笑："可惜老天就是顾惜我这条命，你就算在我身边潜伏着也不能奈我何。断你财路又如何，你信不信就算你上面的人也不会把我怎么样！"

老高冷笑道："你想套出我上面的人是谁，那就错了主意。不过你很快也就知道了，那时也正是你去见阎王的时候。"

说着，他一把推开王景临，能笃定他是不会开枪，冲到保险柜跟前一把抱住，王景临的确想留下活口审个究竟，情急下用枪对准他的腿扣动扳机，连扣几下居然没有子弹，再想过去阻止，老高已经将保险箱推出窗外

王景临大吼一声，再冲上去已经来不及了，保险箱已经掉进下面的大水缸中。

原来，王景临趁着老高假意回房间休息，便提前到了这个董宜博早就侦查好的地方，主要目的就是为了等候已经中毒的老高过来找解药。他知道解药多半就是在那保险柜中，也知道那药遇水即化，如果解药毁了，老乡们必定凶多吉少。

他立马往楼下冲去，却被老高拦腰狠狠抱住。他知道他想拖延时间，想让保险箱里的药品尽可能溶于水。他狠狠甩开老高冲到楼下，正准备从水缸里捞出保险箱，老高鬼魅似的站在他跟前，手里拿着他刚才扔掉的枪。

老高笑道："给你看一个好东西，我在滕县就有的，今儿派上用场了。"

说着从口袋里掏出一枚黄铜子弹，熟稔地给枪装上去对准王景临："就这么一个小玩意儿，对付你已经可以了，你就……"

王景临屏住呼吸，冷冷看着对面这个已经成为恶魔的人。

"砰"一声，两人对视了足足半分钟，老高双腿霍然跪下，整个身子趴在地上再也不能动弹。

当日，附近巡逻的警察听到附近居民举报前来，又发现有枪声存在，便召集更多的警察早把这个小作坊团团包围住。他们击毙了一个手持枪支的人，另一个人像中了邪一样一直要往一个装满水的大缸里钻，警察强行将他拉出，他还大声叫道："解药，我要解药！"

王景临再次被关进监狱里。狱头见了他大为意外："你这个从滕县来的，来济南才几日，就进了三次监狱了，你到底是做什么的？"但他也不敢再把王景临关进那个最恶心的牢房中，他有预感，这个年轻人神通广大，不是简单人物，很快会被放出去。

果不其然，不到一日，监狱就收到释放王景临的通知，他得到的消息是水缸里的保险箱，密封性极好，里面的药丸完好无损，在给人服下之前，经济南最好的医生检验，的确是治疗的解药，现在客栈里所有的滕县百姓已经服用了，目前所有人的病情还在观察中。

王景临回到客栈，老乡们的脸色果然都轻快不少。郎中们很高兴："不愧是专门疗愈的药，这样子下去，不出三五日，大家都会好转起来。"

就这样，服用了药丸三日左右，除了几个身体素质略差的，大家都基本上康复。

在省政府的协调下，他们一次性购买到所有老乡回滕县的火车票，在火车轰隆隆巨大的前行声中，一百多名滕县民众，载着请愿胜利的荣光，带着劫后余生的万分庆幸，踏上了回乡的道路。

整个行程将近一日，途中经过兖州火车站，有二十分钟的休息停留，一些老乡离开车厢活动活动筋骨。

王景临也下了车厢，郑计全和小纪也跟着他下来。他们俩也多年没有回家乡，这次搭上返乡的便车去老家看看。

站台上到处是卖煮熟玉米和水果的小摊，不少老乡去买，郑计全也跑去凑热闹。董宜博招呼着大家，让大家注意听站台的提醒时间，防止任何人落下。长长的站台上，留下王景临和小纪。

两人对视一眼，小纪微微笑道："王老师多谢你，那我们就此别过。"

王景临递给他一颗药丸："按照上级的指示，我已经将你平安送到兖州，跟你接头的人是大别山来的同志，暗号与我们第一次见面的暗号一样，'最近天气不好，多风还有雷电，您外出一定要注意啊'，可记住了。"

小纪点点头，将药丸放入口中，语气既轻又重："那，请你一定保重，为了组织，为了人民，为了……王博源先生，他一直记挂着你。"

王景临也道："从兖州辗转去到苏区，再到大别山是最安全的路线，中途会有别的同志接应你。希望你也能顺利完成任务！"

两人目光交汇，短短共事的几日，作为同志的他们已经有了对彼此的感情和默契，一切尽在不言中。

不出五分钟，药效发挥作用，小纪略带夸张捂着肚子"哎哟"，大颗大颗的汗水从他额头上滴落。

郑计全买了几个苹果跑过来，见他的样儿吓了一跳："怎么回事，这是怎么了？"

小纪艰难答道："或许是昨晚喝了凉水又没有盖被子睡觉，肯定是受凉了，现在闹肚子，难受得很。"

郑计全"噫"了一下："早跟你说别贪凉偏不听，济南的药没药着你，自己倒把自己整趴下了，要不你先别去滕县，就在这儿把病养好再说。"

小纪嚷着："怎么行？好不容易才坐趟免费火车，我就是爬也要爬回滕县去。"说罢又"哎哟"几声。

王景临道："还是听小郑的，小纪你先养好病再说，我去找列车长安排一下。"

郑计全一拍他脑袋："听人家王老师的吧，到时候你要是拉得满火车都是，我们可都遭殃了！"

小纪默默点点头，给了王景临一个眼神，服从安排离开了。

小纪很快汇入人流中不见踪迹。

王景临看着远处那几个身着学生装、漫不经心地跟小贩讨价还价买吃食的人，他知道这是读书会的同志们一直暗中保护他们请愿团，提供各种帮助。这种暂时不能大白于天下的正义，像一张透明的巨大后盾，让每一个共产党员都会心生安定和无穷力量。

傍晚时分，当火车缓缓驶入滕县车站，浓浓蒸汽散开，乘客们鱼贯而出，发现人声鼎沸，人头攒动比往日更甚，只见路旁已经聚满了乡亲们，大家夹道欢迎这些九死一生的英雄，感谢他们保护了滕县的微山湖湖东百姓的生命安全，以及众多百姓的切身利益。

滕县一百来名去往济南请愿的老乡，通通平安回家，此次请愿大获成功。不但取得预期效果，王景临他们的特支队伍还得到另一个惊喜——微山湖附近的乡绅跟他们的关系更为紧密。

一个乡绅紧紧握住王景临的手感激道："王先生，这回保护我们滕县的这方风水宝地，多亏了您。微山湖可是我们滕县聚集灵气的神眼，虽然都没明说，但大家都心知肚明，往日也是您在背后为我们做了不少事情。一切尽在不言中吧，以后有需要我们乡绅的地方，您一定说话，我们定全力以赴。"

当晚，王景临来不及休息，立刻联系到刘天明与他商议要事。

听王景临叙述了在济南的一切遭遇，刘天明道："虽说共产党和国民党如今水火不容，但在共同利益上，有时候不得不拧成一条绳子。若滕县老乡有个什么差池，光是舆论就能将国民政府的形象淹没，更何况涉及当权者的政治生涯。这次他们能帮到我们，只能是时运，下次再见面估计是敌人。"

王景临道："那个冒充你发电报的人可找到了？"

刘天明道："我锁定了一个人，在小学做后勤工作，是李大同的同事。但他是张元桥介绍入党的，我跟电报工作人员打听过，那日只有他一人来过邮政局往济南发电报。"

王景临道："就算他是奸细，我们目前只能按兵不动，也不能立马揭穿，如此便是我们在明敌人在暗，只要防好他便好，核心机密别再告诉他。那个老高，我回来的时候听其他老乡说了，他之前在滕西有几块地，就是之前土匪刘贵堂让农民种植鸦片的地方。"

刘天明道："我也是这么想的。你离开这段时日，上级给我讯息，大批药品就要登陆山东了，此事要格外注意。"

王景临道："此事很重要但不算紧急。董宜博说那些下毒的药是从滕县带到济南的，再加上若袖箍上印制好请愿抗争的内容，路上被警察和特务查到会有不必要的麻烦。董宜博便提前将红布在滕县就准备好，再带到济南。毒药和袖箍都是从滕县带走的，到底哪个环节出了问题？还有当务之急要查的是，到底是谁，让滕县的鸦片消灭不尽。"

这边，董宜博为了洗去自己被冤枉的耻辱，回到滕县第一件事就是着手调查那些药到底是从哪里出来的。

经过他几经打探，了解到那些从鸦片中提取出来的毒物，跟滕县当地一家药店有关。

那家药房就在滕县西门里的一条大街上，名为"平民大药房"。

第六章　洋货蚕食商贾地，将领悬壶行大义

听到这家药房，王景临竟有些意外。

他听说过这家药店，不过是去年年底刚营业的一家小药房。滕县有大大小小药房不下十几家，其中不乏声名远播的大药房。这家药房却有些特别。大多数药房大门牌匾无不挂着"悬壶济世""济世救人"的名号，但真正能行善赊药的，还是少之又少。乱世中存活已属不易，明哲保身是所有人的主流。

这家平民大药房从一开始便与众不同。

别家店开张，都是请大师选了黄道吉日，使些实惠的手段吸引顾客，敲锣打鼓、张灯结彩地热热闹闹开业。

这家平民大药房，谁都说不出是哪日开业的。在几日的大雪纷飞后放晴，西门里的老百姓才冷不丁意识到，这条大街上多了家看着极为简陋且寒酸的药房。

谁家开店会在寒冬腊月里开张，没人太关心这些，但大家很快发现，这家药房给老百姓的优惠可真真实实，尤其是付不起药费的穷人，这家药店从不收费。有的人想占便宜，慕名前来想免费取药，却被店员告知，只有穷苦人家才能免费，其他人还得按市价付费。

有些好事者换上破烂衣服前来冒充领药，谁知店员眼光极毒，一眼看出他们的伎俩，让他们便宜没占上还被奚落一顿。

一些同行知晓嗤之以鼻，觉得这不过都是些沽名钓誉的把戏，善事谁不会做，有本事一辈子都送药给穷人，都眼睁睁看着他什么时候改变策略，到时候再好生嘲讽一番。

谁知那药房送药的行为不减反增。整个滕县的百姓都知道，不少因工受伤的雇工，病得奄奄一息的孩子，被病痛折磨得痛不欲生却总咽不下一口气的老人，来到这家药房

都能得到很好的救治，而且，分文不取。

时间一久，这家静悄悄的药房名声不胫而走。据内行人悄悄统计，这家药房的药至少有一半是免费送了人，还搭上人工房租等各项费用，成本可谓巨大。有人猜测这是哪个富商为了祈福专门来行好事。但无论如何，这家平民大药房，在百姓心中已经是口口相传的"善人堂"。

至于这家药房掌柜的情况知道的人知之甚少，只有人说此人姓孔，仅此而已。

马秀山也舍近求远，亲自去这家平民大药房看病抓药，乘机打探一番，所见情况与相传基本相符。

王景临决定亲自去那里看看。如此看来，行事如此厚德载物的药房怎么会跟万恶的鸦片有关。但世事无常，想当初，杀人如麻的刘贵堂在世人眼中也是一个乐善好施的慈悲人。

西门里大街也是人声鼎沸热闹非凡，那家名声远扬的平民大药房却在一条小巷子里。外表灰扑扑的，手写的牌匾都没有上漆，看着无比寒酸。唯一醒目的是一副对联"忠孝传家远，诗书继世长"。朴素的外表并不妨碍这家药房门庭若市。

他踏入门槛，也不见有人来招呼他，店员被顾客围了个水泄不通忙得前脚打后脑勺。店员的脾气也不甚太好，不时听到柜台里的小伙计冲着人大喊："跟你说了几次了，这药兑三碗水浸泡两个时辰后，熬成一碗水就行，一日喝两次不是三次，行行快走开，别人还等着呢！"

吼得老大娘讪讪走开。

王景临凑近看了那大娘纸包的药，他懂一些药理，能看得出，给穷人的药都合乎病情，他看到柜台上包中药的纸里有茯苓、白术、山药、莲子、薏苡仁、白扁豆、桔梗、甘草等，这是一服用于治疗脾胃虚弱、气短咳嗽、食少便溏的"参苓白术散汤"，这个中药汤方出自《太平惠民和敬礼剂局方》。小店员态度虽然不咋地，但给到百姓的帮助倒是实实在在的。

他在大堂里待了一会儿，没人理，便一个人去后院。后院是一个四合院的形式，灰墙青瓦倒也干干净净。

里面的库房也无人看管，大堂太忙了，店员全都在那边。他走到库房一角，面色一变，那里堆着不少五颜六色的布料，看着并不像做衣服用的，材质倒是不错的棉质。他走过去抓起一张仔细看看，瞳孔瞬间放大，和他在济南的袖箍材质一模一样。

他不动声色放下布匹，继续往里屋走，里面是个内间，摆着一层一层的竹架子，摆满了直径一米的竹簸筛子，里面放着各色药材。一般药房内都会有个配药师傅专门配置自己店内秘不外传的独家秘方，想必就是这个房间了。

房间内光线并不亮堂，几根木头柱子撑着房顶，两扇窗户里投进金色的阳光，照耀得灰尘翻跹乱舞。

王景临转了一转，目光瞬地被一个筛子上的药品吸引，他上前几步微微蹲下仔细查看，刚看了个究竟，只听后脑勺一阵风声，他来不及多想往旁边一躲，一根常人胳膊粗的木棍子将筛子连同木架子轰然一声打倒在地，各色药材散了一地。

王景临迅速回头想制服来人，大木棍堪堪从侧面朝他脸上飞了过来，准确无误击中他的腮帮子。王景临顿时眼冒金星，在意识还清醒的一瞬间，他猛一个前踢，恰好击中对面的人，只听一声惨叫，王景临能感受到此人已在他前方两三米处跌倒。

他此刻自己嘴里酸水迸出，血腥味充斥着口腔，能明显感受到牙龈松动，抬眼望去，一个年过六旬的老头正躺在地上哼哼。他身着布衣，头发花白，看样子像这家药店的杂役。

王景临见他躺着一动不动，心中有些担忧，用袖子擦擦嘴边血丝道："老人家，我是过来购买药材的，前厅人太多我便自己到这儿来选，我绝不会偷。"说罢上前去扶他。

谁想刚刚将他拉起，那老头突然身手敏捷不知何时手中多了一根麻绳，闪电般转到他的身后，利用身旁的木柱作为借力之物，狠狠箍住王景临的脖子将他背对木柱，使其不能动弹。

王景临极速将双手抓住绳子不让其往后，继续解释道："老伯我真不是坏人，真的是个误会，不信你让你们掌柜的出来，我认识……"

那老头根本不听他解释，嘴上还不住地骂着："我勒死你个卖国贼，我勒死你个卖国贼。"

王景临根本无法解释，老头力气之大超过他的预料，他只能狠狠拉住绳子与他拼体力和耐力，两人对峙了整整两分钟，相互拉扯也不相上下，王景临的脖颈却被越勒越深，脸色也渐渐变得紫涨起来。

正当他呼吸难耐之际，一个清脆的声音响起："爷爷，住手！"

在呼吸困难中，王景临隐约听到一个孩童的声音在劝解，也能察觉出他似乎在摇着老头的手臂，绳子突然松了半寸，王景临乘机挣脱开来，才救了自己一命。

他弯着腰剧烈咳嗽，余光看到老头"哇哇"叫着还要冲过来制服他，一个八九岁的孩童紧紧抱住他的胳膊喊："爷爷，他不是小偷，他不是卖国贼，我认识他，他是一个好人！"

老头将他一推吼道："他就是卖国贼，不信，爷爷把他抓住审给你看！"

一老一小纠缠时，大堂里的伙计们察觉出后院的异样，陆续跑了进来，大家七手八脚将老头扶走了，那老头边被人架着往屋外走去，一边挣脱一边冲王景临大叫："你个卖国贼别走，待我将你拿下！"

一个伙计打扮的人跑过来给王景临赔礼道："先生受惊了，您一进门我就看到您，奈何客人太多，招呼不周请不要介意，您要什么药随我到大堂便是。"

还未等王景临回答，小孩脆生生吩咐道："先给他检查下伤口，他方才被我爷爷真真一通好勒！"

王景临才仔细打量他，小孩眼睛亮亮的，一副不属于他这个年龄的老成地道的模样，听他对伙计提点如此得当，多半是这家药店的少东家。

伙计幡然醒悟，忙引着王景临出了房间门到了偏厅坐下休息，还在百忙中为他斟了一杯茶。

小孩一直瞪着圆圆的眼睛看着王景临，看他啜了口茶道："你还真有两下子。你可知道，我爷爷年轻时是个出了名的大力士，这么大的石磨他一只手都能拎得起，现在还有不少人夸他老当益壮呢！"说罢用细细的胳膊最大程度比了个圆。

王景临苦笑一下，如这孩童所言真实，那他方才真的是虎口脱险。

小孩突然站起身来朝他鞠上一躬："我替我爷爷给您赔不是了。"

王景临怔了一瞬，嗤笑道："小少爷不必多礼，说到底也是我的不是——谁家后院里突然闯进个陌生人，都得拿起大棒子将他赶出去，是我唐突了，应该我给老人家赔礼才对。"顿了顿又问道，"你方才说你认识我。"

小孩正色道："我真的认识你，你在国民书店工作，你姓王，有人管你叫王掌柜，有人称呼你王先生，还有人尊你王老师，我说得对不？"

王景临吃了一惊，这个小孩真是聪慧得让他心生佩服，心中又有疑虑，这么小的孩子如何知道他的实情。

小孩似乎看出他的心思，歪歪头道："我经常随我爹到国民书店去，我爹最喜欢你书店里的那本叫《呐喊》的书了。"

王景临释然。

的确有顾客带着小孩在书店出入，他便笑道："以后若再有陌生人来你家，可千万不要随便好心，否则万一真是坏人伤到你和你家人该怎么办？害人之心不可有，防人之心不可无啊！"

然后听到外面伙计的声音："掌柜的回来了！"

王景临起身，见一个高大的身影进入偏厅。

小孩跳起来脆生生道了句："爹！"

一个身材高大壮硕的男子朝他走来。只见他双颊饱满，眼如铜铃却透着股说不出的深邃，举手投足萦绕一股子军人般一板一眼的正气。

他身材异乎高大，体型颀长的王景临在他跟前也矮了半个脑袋。

男子目光落在王景临脖子上的红痕，微微鞠躬施礼，瓮声瓮气一口地道的滕县方言："王先生，老父贸然得罪还请您原谅，他老人家脑筋不好使已经三年多了。我懂一点皮外伤治疗，可否让我给你看看？"转头对小孩道，"去看看你爷爷。"男孩脆生生答应了句，朝王景临作揖，一蹦一跳出了房门。

王景临见这老中幼三人的面相长得几乎一个模子里印出来的。

他忙辞谢："一些皮毛擦伤不足挂齿，有劳掌柜的了！" 那男子表面看似谦和，动作却霸道爽利，不由分说拉过王景临，一手掐住他的下巴仔细查看下去。

王景临觉得突兀却不好明说，苦笑道："掌柜的，可否先去看看令尊的伤口。"男子道："我刚才进来前已经看过了，无大碍，多谢王先生的关心。"接着开始动手为他上药。

王景临也觉得此人有些面熟，问道："我与掌柜的可曾见过面？"

男子不假思索："曾在国民书店买过两本书，喏，还是王先生推荐给我的。对了，在下姓孔，方才那位是犬子。"

王景临赞叹一句："孔先生经常带着令郎去国民书店吗？令郎真是聪慧过人，来日必成大器。"

孔先生道："我对书店自幼一股情结在心中。我的曾祖父就是'串书馆'来养家糊口的，王先生可知道这个？"

王景临道："自然，肩挑'四书''五经'和文房四宝，周游四乡，售卖书籍和笔墨纸砚的文人。难怪贵店大门口的对联是这样的句子，原来也是书香世家。"

孔掌柜突然哈哈大笑："算不上文人，只是祖上崇尚读书，自然尊重读书人。遵循万般皆下品，唯有读书高的治家理念。"

处理伤口后，两人就座。

孔掌柜又在问他需要什么药。王景临称母亲气虚，慕名来抓一些增加阳气的黄芪和红参。孔掌柜道："这个好说，王先生给我个地址，待伙计们得闲时让他们直接送到您府上。"

王景临微笑道谢，便将手往怀里揣，孔先生忙伸出巴掌止住他："先别忙，待您收到药一手交钱一手交药也不迟。"

王景临转头看看顾客有增无减的大厅，笑道："孔先生真真乐善好施。"

孔掌柜呵呵一笑："我虽是一介商贾，有幸的是有个连襟在药材起源地专门批发药材，所以能直接拿到不少药材的最低价格。这么一来也是给自己图个好名声吧。"

王景临道："之前我经营书店，也算是半个买卖人，也见过不少肯救济穷人的生意人。俗话说升米恩斗米仇。若一直这样，以后想再回到按实有价格收费的正常生意去，可就不那么容易了。"

孔先生点点头："王先生所言极是。走一步算一步，也多谢您的善意提醒。"

王景临道："要说对别人家的买卖还是不多嘴好，但我真不是揶揄孔掌柜，如此赊药的阵仗，确实不是长久之计。"

孔掌柜哈哈大笑声如洪钟："谁是真心好意提点，谁是在旁边幸灾乐祸恨不得你倾家荡产，这些我还是能分辨出来的，王先生，真的多谢你。"

王景临道："还请你允许我向老先生赔个不是。"说着从怀里掏出五个大洋放在茶几上，"若不肯收，那药材也别送了。"

孔掌柜不再推辞，起身欲送客，一双铜铃眼透着威严和洒脱："那都是误会，我能看得出，何况王先生踢我父亲的那一脚，已经是脚下留情了。"

翌日课间中午，刘天明以岗头乡长的身份来到滕县华北弘道院，明里是为了商讨在岗头这一块建立滕县华北弘道院学校分校，实则是在秘密讨论以后的工作进展。

王景临道："相信董宜博都告诉你了。我们去济南时带了做袖箍的布匹，在平民大药房内找到相似的布料，此外在平民大药房的配药房内，我也发现了形似罂粟壳的药材。本想取一些回来，被他家老爷子给搅和一通。如此调查下来，请愿团在济南的各种遭遇跟这家药房脱不开关系。那位孔先生，看他身形动作，颇有军人风范，且有这么大的财力行善，或许真的与特务调查组有关，也有可能是某种背后的力量。"

刘天明道："据我所知，国民党军事委员会密查组是情报组织，直接隶属于国民政府内政部，是全国性特务组织，与军队本没有太多交涉。何况，密查组关心的是情报，老百姓到政府请愿，如何争取自己的权益，根本不会有他们需要的情报，犯不着大动干戈做这些害人不利己的事。再者，就凭药店那些布匹和罂粟壳，也不能完全证明那位孔掌柜与害请愿老乡的人就有联系。"

王景临道："所以我才和你商量。我猜测情况会不会是这样，我们中共滕县特支已经被密查组盯上，他们借这个机会调查我们。"

刘天明道："倒是有这个可能。目前我们最大的任务就是保护那批药顺利抵达山东，并且安全地运送到上级要求到达的可靠的地方。现在这个时局，不少人对这批药都虎视眈眈，目前观察下来，只有我们才知晓其中路线。这是一个重要的情报。上次你不是说过，赌坊里的薛凤仪也在探听此事？趁着你在她的赌场和周经理有了交集，跟你靠近，现在连帮派也来插上一脚，看来八方神仙鬼怪都要过来斗斗法。"

王景临道："军队、国民党、帮派，甚至土匪，都很觊觎这批药，都在想方设法打听，我们必须格外小心。平民大药房那边我会继续留意，且不可打草惊蛇。"随后低头自言自语道，"不过我相信你要是见一下那位孔先生，真不会觉得，他是博取名声做善事的那种人。"

两人正在讨论，门外突然传来一阵热烈的欢呼声。

透过玻璃窗，两人看到操场走廊上学生一簇一簇挤在一块讨论着，议论声越发兴奋、越来越大。

两人正在不知所以，恰巧一个学生来办公室送作业，告诉他们，滕县华北弘道院要准备放电影了。

电影在中国 1905 年就出现了，最近十年发展很快，但大多数影片也只在上海播放。喜欢新鲜事物的滕县学子早就从书本杂志各种方式知道这一物件，亲身感受的还是凤毛麟角，也难怪学生们如此兴奋。

的确是个新鲜事，王景临还没来得及反应，门外又是噔噔几声脚步，一个人倏地进了办公室："王景临！呵，不认识了？"

王景临打量来人十来秒，眉目瞬间舒展："杜位明！真是你！"

这个方脸平头、黑里透红肤色的青年快速上前几步，一手握住王景临的手，一手扶住他的肩膀，一口白牙笑得格外灿烂："你小子，果然在滕县华北弘道院，几年不见，你看着老成了不少。"

王景临向刘天明介绍："我曾在济宁工作的同事，杜位明。"上下将他打量一番，一拳砸他肩膀上，笑着说道，"伙计，现在出息啦，你还在济宁财政局吗？"

杜位明说："哪里比得上你呀，你不是在济宁教育局吗？前些日子听朋友讲，你回到老家在滕县华北弘道院任教，当时我还不信呢。"接着笑道，"我早不吃皇粮了。你又不是不知道我那职位，看着体面，其实没几个钢镚儿。这不跟着我三舅去到上海成立了一家公司，做一些传播影视的买卖，混口饭吃。"

王景临眼睛一亮："莫非，我们中学的电影，就是你……"

杜位明爽朗笑道："是我们公司和滕县教育局联系，为了跟学生们宣扬爱国情怀，让大家都能足不出县看看外面的世界，在学校旁边的空地上放露天电影。明日正好是周末，我们公司打算放上两部到三部电影，是最近上映的有声电影，在上海特别受欢迎。"

学校上上下下一片沸腾，热闹的温度从上课延续到放学时间。不少同学议论纷纷，不少人只在画报和新闻上听说过电影这个事物，想象着电影会是一个什么样的形式，大多数连留声机都没见过，电影就更稀奇了。

王景临吩咐几个学生班长，让他们协助维护好秩序，自己去给他们去买一些果干瓜子作为晚上消磨的零嘴，下课后便匆匆去了。

来到陈记干鲜果品店。

前不久这里刚解除了危机，又开始了秘密传递情报的工作。

王景临为母亲购买一些炖汤用的食材，又买上几包瓜子、花生米和红薯干便离开。

他回到宿舍后，从一包装花生米的纸袋里取出一张纸条，用药水将其浸湿看其上面的内容后，放在蜡烛上点燃烧掉，双手激动得有些微微发抖。

上面准确无误地写着——五日后，第一批药物将从东南亚国家过来，登陆蓬莱港口，中共滕县特支的成员必须尽快去那里接应。

王景临连夜见到刘天明，将这个情报和自己的打算告诉他。

刘天明有些不可思议："你让李文庭带着李雪泉去接应药物，这么安排合适吗？"

王景临道："我知道你的顾虑，但目前文庭是最合适的人员。在我们没有得到完整路线图的情况下，大部分的地点，是他一个又一个亲自探下来的，他最熟悉路线和里面错综复杂的情况。"

刘天明紧锁双眉："我相信他的能力，可组织上对他的定论还没有下来。他对组织曾有过叛变，这是事实。药物运送事关重大，我建议谨慎起见，是否把这个任务交给其他同志。"

王景临道："正因为事关重大我才选择的他，虽然组织规矩严密，绝不会容下叛变，但是革命工作过程情况复杂，我们不能总按一个标准来执行。文庭的情况比较复杂，不是大家猜想的那样，我自有分寸。我相信组织也会同意我的做法，组织也不会因为一个好同志，在不得已情况下犯了错误而完全放弃他，我也相信组织，不会放过任何一个背叛者。"

天刚蒙蒙亮，当日没有国语课，王景临起身来到滕县西关街一处僻静的房子。

这是一个小花园，中式的外观，青瓦灰墙，朱红窗棂，透着一股学术气息。透过玻璃窗，能看到里面的桌椅摆设倒是符合西方的风格，整整齐齐，线条明朗。

王景临一边踱步一边看着这里，远远看到一个人朝他过来打着招呼，声如洪钟："景临，这边。"

此人正是滕县文化局的局长马运术。

他拉住王景临快速走入房内，整个胳膊抡圆一圈大声道："瞧，我这里布置得怎么样？"

文化馆展览室内比起之前果然簇新不少，墙壁被粉刷得洁白焕亮，天花板上均匀分布六只白炽灯泡。

王景临笑道："别的新官刚上任就是三把火，你倒好，泼了三十桶油漆。"

马运术哈哈大笑，笑声回荡在空旷的大厅。

他早年游历整个欧洲，性格率真大气，是一名思想开放的学者。回国后国民党山东省政府安排他一直在省政府从事传统文化的教育宣传工作。因为性情耿直数年来没有提升，今年年初更是被下放到滕县文化局做局长。

马运术成了国民书店的常客，是传播革命红色书籍的积极分子，且为特支的秘密工作，有意无意做了不少掩护工作。

三个月前，经过王景临的介绍，秘密加入了中国共产党。

王景临环顾四周，问道："李文庭现在怎么样？"

马运术清清嗓子道："李同……小李啊，现在很刻苦地在学习，别人要背一个星期的资料，他不到三日就背诵完毕，口齿伶俐演讲顺畅，相信他很快就能更好地适应这里的工作。"

王景临微笑道："那就好，他以前因被土匪挟持，身体还有些伤没有痊愈，何况他也从没当过讲解员，是否应该去别的地方再深造一下？"

马运术想了想，道："那也好，我让他再去省城，到山东大学去学习一些国文的讲解，再多熟悉一下我们传统文化宣传的内容，至少一个月。"

两人心领神会地点点头。

王景临见到了正在努力学习背诵讲解词的李文庭，把对他的安排说了一下，问他能否胜任。

李文庭迟疑了："我的处分还没有下来，你这样安排我去，上级会不会对你有看法？"

王景临笑道："在中共滕县特支工作这么久，什么时候学到国民党那套官僚了？上级满不满意是看整体大局，看是否能为大众百姓做多实在的好事，看马列主义革命思想是否得到广泛传播，不是看谁按部就班地等待观望、畏首畏尾停滞不前。中共滕县特支所有的同志我都太清楚了，只有你才是最合适去护送照看药物运输的人，何况这也是你将功补过的好机会。此次行动由你带着李雪泉去完成，沿途会有我们的同志随时配合接应。"

李文庭深呼吸，看着王景临的眼睛，好一会儿，终于郑重地点点头，接下了这个艰巨的任务。

他满眼含着热泪："请党组织放心，人在药在，誓死捍卫药品安全，保证完成任务！"

按照组织的要求，两天后出发。

之前，李文庭的伤好了七八成时，王景临想办法将他安排在文化局展览室当讲解员。这里有马局长打掩护，他即便很长一段时日不出现在大众跟前，也不会让人生疑。

王景临回到学校，一旁的空地上热闹无比。那是一块平日用于学生参加体育活动的空地，现在正好作为放露天电影的场地。

只见好几个工人忙得不亦乐乎。操场上已经搭起了长五米、高三米的架子，一块巨大的灰白色幕布固定在架子上。幕布的对面，一台圆形的黑色放映机已经准备就绪，一个放映员正在熟练地调试着。

周边已经围了不少民众，中间还夹着个别其他学校穿校服的，到底是年轻人按捺不住好奇心跑出来。

王景临挑了操场一隅的石头台阶上坐下，滚烫的石头刚坐得舒服一些，肩膀被人拍了一下，转头一看，竟然是电灯厂的陈经理。他笑道："我也来凑凑热闹，王先生好久不见了。"

王景临与他握手道："最近经营还可以吧？"

陈经理道："微山湖镶修工程停止，政府也取消了订单。我们商人也只能跟着政策走，凡事不能强求。"

王景临宽慰道："商场跟仕途一样，都是跌宕起伏，也不乏柳暗花明，陈经理宅心仁厚，胸怀大志，应该很快就会有新的出路。通电是中国未来的大趋势，相信以后您的电灯厂定会蒸蒸日上生意兴隆。"

陈经理笑道："我心中自有定数，那就承王先生蒸蒸日上的吉言了。"

天渐渐黑透了，操场上少有的人声鼎沸，学生们也越来越多，学校里几乎所有的学生都来了。顾不上盛夏的炎热和蚊虫叮咬，大家兴致勃勃为自己寻觅一个好位置。

一个工作人员跑到操场中央拍着巴掌引来大家注意力，喊道："还有十分钟电影就开始了，各位同学们不要讲话了，做好准备看电影。"

人群小小沸腾一下，没过一分钟，黑色的大箱子轰一声发出响亮的声响，一阵明星的歌唱飘然而至。影片《故都春梦》中的著名影星阮玲玉的歌唱飘然而至。纤细婉转的女声和着西洋风情的伴奏，在夏夜的空中荡漾着，潺潺流水般在人群间隙中游荡，清凉着每个人兴奋得有些发烫的情愫。

王景临看着兴致勃勃的学生和满面新奇的民众，他的心似乎也轻松了一些。

若未来的中国，每天到了晚上，也能一直这么岁月静好、和平安逸，人们能无忧无虑享受天伦之乐，该是多么美好的场景。

这样的场景，到底何时才能到来？会的，一定会到来的！

他环顾着人群，突然发现在东南角，一双意味深长的眼睛默默注视着他。当他的目光与其对上，立刻闪开，那是一个熟悉的背影，也飞快地被人群淹没。

王景临愣了一瞬，几乎不敢相信自己的眼睛，他立刻从台阶上跳起来，转头对陈经理道了声："失陪下！"便朝着那个方向飞奔过去。

他扒开人群，只见后面依然是一片人头攒动，喧闹无比，路都被堵得严严实实。他只能凭着直觉挑一个方向再次寻找过去。

方才那个人，是王博源。

虽然他看此人不过只有七八分相像，更何况在人群中也会有辨错的概率，但那身形、那相貌、那个眼神，多半是他的老师。

他接连跑了好几分钟，街道上已经冷冷清清，身后传来了电影对话的声音。电影已经开始了。

他放慢脚步，一边大步走着一边左右看着是否有人，路过一条黑咕隆咚的小巷，他迟疑一瞬便踏入进去。若有人安心躲避他的追踪，跑进的可能性较大，

这是一条偏僻的小路，没有路灯，地面都是凹凸不平的石子。

黑暗中他隐约嗅到一股淡淡的香味，他敏锐察觉周边有人时，脑袋上"轰"一声挨了一记板砖，索性力度不够，只是擦伤他的皮肤。

他一个转身回旋踢去，来人也挨了一下，叫了一声立马要扑过来回击。王景临已经

从腰间掏出手枪，上膛的声音提示来人不要轻举妄动，那人却转身跑了。

他想追出去，脚下绊到一个软软的物件，蹲下看了看，拾起来放入怀中。来到街上，对着外面微弱的灯光，他看清了物件。

他回到办公室为自己简单包扎了下伤口，跟学校办公室的秦主任了解了些情况，心中有了数，再次来到操场上时，那电影也已经进入尾声。

众人纷纷起立准备离开，一旁的学生在纷纷议论："电影果然名不虚传啊！里面的人物都能动起来，太新奇了。可惜的是我还以为是宣传抗日的电影呢，没有我想象中那样刚毅，一股子小布尔乔亚的感觉。"

另一个接话："我也这么觉得，不过电影里女主角的衣服真好看，这个在上海叫什么来着，摩登！本来还说，主演这部电影的男主角也会到现场，这都散场了还不见人。"

另一个道："你们别着急，没听方才工作人员说吗？这回电影要连放两日，那个电影明星应该在电影放映结束的那时候才出现，电影《定军山》和还有抗日的电影，也应该是作为压轴出场的，好戏肯定都还在后头。"

学生们议论得热火朝天，都还沉浸在方才电影的新鲜劲儿中。王景临听了一耳朵也没有放心上。

王景临那日无故被袭，他没有报警，不过记在心上。

接下来的两日他没有再去看电影，借口备课一直待在宿舍里准备着各项工作。

此时李文庭应该到达了蓬莱，他随时等待着那边讨来的消息。

存放药物的所有地点，都会有一个固定的场所，无一例外都离邮政局很近，有利于发电报用暗语相互传送情报。

电影连续放了三日，白天学生也正常上课。

因为接近暑期，整个学期的收尾工作也异常忙碌，王景临要顾着学校的工作，又得随时关注蓬莱药品登陆，还要随时接受别的同志暗中向他汇报的来自方方面面的工作，区区两日他便有些分身乏术。

偏偏收到学校办公室秦主任通知，让他傍晚时去一趟徐家酒楼，放电影的机构要和滕县华北弘道院的老师，以及教育局的官员等一起答谢聚餐。

王景临苦笑道："我一个老师怎么去应酬，真真是做不来这些。"

秦主任也没有依着他："我也挺烦跟这些人打交道，您又不是不知道咱们学校的几个老师都是些呆子，只会读书教书，能上得了台面的也就是您了。王老师的酒量可是名扬已久，何况这次放电影的策划杜先生可是您的旧相识。自从李校长去北平进修，这些担子还不都是我来做？对了，今天还有电影明星也要去，王老师您可是我们这里的台柱子，在席上可就一切指望您了。"

徐家酒楼热闹非凡，聚餐在三楼一个雅间里。

一进入房间，王景临迎面就看见一个穿着西装的年轻男子，端坐在主座上谈笑风生，有些面熟却无法辨出何人。与此同时，他不知为何心中顿时有些异样。

别人听到门开了纷纷起身，秦主任也早已到了这里，杜位明热情地招呼他："老伙计来了，快过来坐坐坐！"

已经入席的还有陈杰，原来他与杜位明也是老相识。

杜位明兴致勃勃引荐着："我来介绍一下，这位是著名电影明星，霍林先生。前几日在学校上演的那几部电影，他就是男主角。霍先生，这位就是滕县华北弘道院大才子，王景临，是人中龙凤。"

霍先生面容精致，梳着油光水滑的大背头，眼眸有一丝演员的媚态，脸上甚至有微微粉黛，若不是细长的脖颈中央有凸出的喉结，乍一看还以为是个女扮男装的摩登女郎。

霍先生看看王景临，并不接受秦主任的刻意抬举，微微翘翘下巴点点头，算是打了个招呼，遂掏出手绢出来放在嘴边轻轻咳嗽几声，眼神流露的是三分不屑、三分傲慢，再加上四分的敌意。

一股异香充斥着整个包间。

王景临突然明白他为什么觉得有不对劲了，前几日晚上他误以为看到王博源先生，追到街上被人暗袭的时候，闻到的就是这股味道。

这股味道正是从这位霍林先生身上散发出来的。

好巧不巧，霍先生跟别人继续侃侃而谈着："我啊，哪有什么国色天香，这是从法国买来的香水，全上海也找不到三瓶出来。"

王景临端起酒杯："能与大明星认识，我王某人也是三生有幸，我敬你一杯。"

霍先生不接茬，微微一笑，矜持地拿起酒杯回敬，胳膊肘一抬，正好碰到旁边上菜的小二，小二将手中的葱烧海参的汁儿溅在西服领子上。

小二忙喊着"大爷得罪了"用手帕去擦，刚碰到胸口，这霍先生哎哟一声，狠狠瞪了小二一眼，似乎很痛的样子。

杜位明等人忙不迭上前帮忙，打发走了小二。霍先生揉揉胸口埋怨道："什么大爷，连先生都不会叫。"说着不明显瞪了王景临一眼。

众人宽慰霍先生。王景临心中有数了，那晚攻击自己的人正是这个娘娘腔。

不知是不是自己多心，王景临觉得此人似乎也是在明目张胆告诉自己，我就是攻击你的那个人，看你能将我怎么样。

自己一向和电影圈的人素无往来，他为什么会攻击自己？若是别人指示，派这么个绣花枕头也有悖常理。

霍先生有着被人众星捧月惯了的小资气质，等了一会儿喊着："怎么人还没有齐呀，这都什么时候了。"嘴上还嘟囔着："小地方的人，一点守时的观念都没有。在上海，黄金荣与我喝茶都不会迟到！"此时，又嚷着要喝红葡萄酒。

杜位明忙道："行行行，我们的大明星要干啥都行。不过，红葡萄酒太普通了，我这里准备了清酒，自己带来的，给大家尝尝新鲜。"

霍先生眼睛一亮："可是日本清酒？老杜你真是的，藏着好东西不早拿出来。"一个兰花指戳对方头上。

没一会儿，几个服务生端来酒以及相应的酒具。众人品尝，都赞不绝口。王景临轻尝一口，不及白酒猛烈，只有清新爽口，倒是别有风味。

几人小酌之时，其他两位滕县老师才到席。秦主任感谢杜位明给全校师生送了这么新奇的礼物，领着几位老师一齐向他们敬酒，桌上一阵吹捧寒暄客套，表面上倒也其乐融融。

宴席结束后，几人出了徐家酒楼。霍先生摇摇晃晃钻进一辆小汽车，看车牌是省政府序列的。

那演员上车派头也极大，抬着下巴翘着兰花指指点江山的模样，跟屏幕上的刚毅硬汉判若两人，让人不得不佩服他的演技。

看着汽车远去后，其他人才相互告辞。

秦主任一脸不好意思："本来我们请客是感谢杜先生，临走你们还送我们这么多绸锻和器皿，实在是太过意不去了。"

杜位明笑道："礼尚往来嘛，以后在滕县还要请各位老师多多照应才对。"

留下杜位明和王景临两人时，杜位明道："小霍就是这个性子，在上海，不少大姑娘小媳妇都挺喜欢他，给宠坏了。你别放在心上，毕竟出了这么大的事，换谁也不会有好脸子。"

王景临觉得他话中有话，问道："什么事？"

杜位明愣了一下："我还以为你知道。你前些日子在济南，可曾记得有一名演员被人杀害了。"

王景临一怔，原来，国民政府秘书杨君生找来的那个假扮韩复榘的演员，便是霍先生在电影圈子里的知心好友。那位演员的名气不大，不过是跑跑龙套演演配角，有时候会陪达官贵人出入一些场面上的应酬。

自从那位演员被杀害后，王景临作为和他最后一个见面的人，至今还未开脱所有嫌疑。直到现在警察也并未抓住真凶，济南一带现在还有人传言，那位演员就是从滕县来的人杀害的，不过是因为有后台才没有被绳之以法。

那位霍先生见到好友平白无故地突然离去，本来就多愁善感的他，哭得几乎喘不过气来，好不容易刚刚缓过劲儿，跟随杜位明的电影公司在全中国做宣传。来到滕县，好巧不巧知道了王景临就是杀他好友的第一嫌疑人，也不怪他的眼神充满敌意，会剜人，会去攻击他。

王景临作着苦笑状："我早就说过，这个出头鸟不好当。可我当时也是受人之托才去的济南，哪里知道到处都是坑，可把我给坑苦了。现在还惹了一身骚，还碰巧这么冤家路窄的。"

杜位明笑道："这些也不过是猜测，这个霍先生胆子小得不行，也就演戏时看着像个男子汉，倒不会把你怎样，清者自清便是了。"

两人寒暄一阵便离开了。

王景临回到学校宿舍后，并不急着休息。他坐床边翻了翻书，熄灯后做出就寝的样子，立刻从卧室的窗户翻身出去，在夜色和树荫的掩护下，神不知鬼不觉。

他径直来到刘天明的住所，按照他们之前约定的节奏敲门，快三下，慢四下，反复三遍。不一会儿门开了。刘天明让他进来后见他表情凝重，心中咯噔一下："发生什么事了？"王景临从不会在这个时间段过来找他，除非遇到无比紧急的情况。

王景临告诉刘天明："日本人要将日货大批投入滕县市场，我们必须要马上想办法阻止。"

他将方才跟杜位明等人的聚会，和这几日的观察告知刘天明。

他在去赴宴之前，就托上海的朋友打听到了，已经得到明确答案，杜位明这家电影公司，背后是由日方控股。

在席间，杜位明还竭力推荐日本清酒，结束后还送了滕县老师们各色礼物，清一色的日本货。

在座的还有西关电灯厂的陈杰，他的西关电灯厂里面也有日本人的股份。

就在前几日放映电影，他就察觉到了这个情况。

向学生们播放的露天电影，根本没有一部是关于爱国抗日题材的，全都是年轻男女恋爱斗嘴、风花雪月之事。王景临没去看电影，并不清楚其所放映的内容，但他无意听到有学生说了一句："那个女主角使用的'百乐钢笔'是从日本来的，可太好看了，我也想要一支，不知道哪里能买到。"

像一声惊雷在耳边炸响，他突然背后冒出一丝冷汗，觉得有必要电报给上海的朋友，让其调查杜位明的电影公司。

他们以电影这个新鲜事物，暗中潜移默化地向学生、向滕县的民众宣扬日货的物美价廉，其用心之深，让人细思极恐。

刘天明听他如此分析后倒吸一口冷气："日本一直在觊觎中国市场，之前好几次有日本想打入滕县市场，因为滕县自古是商贾重视之地，各方势力虽然各占山头，但面对外敌都没有让他们得逞。自从九一八事变后，日本狼子野心越发猖狂，妄想在军事上、商业上全面控制中国。滕县也是南北四通八达的重要地界，如果他们侵入这里的市场，后果不堪设想。"

王景临道："现在他们开始采取怀柔政策，想用一点一点蚕食的动作来进入滕县市场。先从我们学校开刀。我会立即起草一封电报向李校长汇报并请他尽快回来，再者去找龙少爷商量一下，要尽可能动员滕县联合商会，一定要有所行动才行。你这边注意县政府是什么态度，有什么情况要第一时间联系。"

翌日清晨，报童的叫卖声响彻大街小巷。

此时，王景临正在办公室忙着备课，一位老师门都不敲就闯进来，满面愁容："王老师，您看这可怎么办？"

王景临一看，上面一则大大的新闻标题是《滕县华北弘道院教师与日商亲密商谈经营之道》，还附带了一张照片，虽然印刷技术有限，照片上的人影并不是很清晰，但仔细一看，正是王景临。

老师唉声叹气追悔不已："现在民众抗日情绪高涨，我们为人师表本该宣扬爱国主义，这个节骨眼儿上出这么档子事，现在在学生眼里，我们都成什么人了，我们滕县华北弘道院颜面何存，早知道那是个鸿门宴，我就不去了。"又大骂杜位明，"姓杜的看着人模狗样，真不是个东西，我们真是被他给坑苦了。王老师，我们要想办法把那些礼物退还给他。"

王景临也有些着急，但隐隐地总觉得哪里不对。

中午，王景临在学校饭堂用午饭，那位老师依旧愁眉不展，食不知味。

这时校工方叔过来告诉王景临，校外有两名乡绅打扮的男子要见他，已经朝饭堂这边来了。

方叔好心提醒他，这两人看着面目铁青，看似来者不善。话音刚落，两个身着绸缎长衫的中年男子出现在饭堂门口。

王景临抬头一看，原来是陈乡绅，他就是前不久去济南请愿的老乡之一。他身旁还有另一个老先生，看样子也是他当地附近的乡绅。

他急忙起身让座问好，可这两人见到王景临就气不打一处来的样子："王先生，你怎么能干这种缺德的事？"

陈乡绅天生就是大嗓门，他一喊饭堂不少学生都看向了他们。

王景临也猜到几分，没有分辩让他们继续叙述。

果然，陈乡绅道："中日大战在即，你现在却和那些狼子野心的日本人筹划着，要将日货运送到咱们滕县市场，你怎么这么糊涂？"

王景临道："我虽然一介书生，民族大义还是清楚，绝不会做这种事情。往大了说是民族大义，往小了说，事关民生，无论如何我也不会干损害我们滕县商户利益的事情。"

陈乡绅晃晃手中报纸："白纸黑字你还有什么可狡辩！你看看这报纸上怎么说的，

说他们在向你们展示日货有多便宜多方便，还送了你们不少礼物，给了你们不少好处。你们可都是老师，你们这么干可是有辱门风，误人子弟。"

坐在旁边的一个老师忙分辩道："两位先生可不敢乱讲话，我们绝对不会做任何亲日的行为，这些都是误会。"

陈乡绅道："王先生，我们曾在济南看到你的所作所为，也不愿意相信你会做这样的糊涂事，我们如今唯一的要求，是希望你赶紧处理好此事，给你的学生一个交代，给我们滕县大众一个交代。你曾经开过书店，懂一些商业经营之道，可也万万不可丢失了我们中国人的骨气才行。"

两人气冲冲离去，老师左右看看，脸涨得通红，埋怨道："王老师，您怎么不跟他们解释呢？"

王景临道："大家现在被报纸引导，已经先入为主，认为我们在跟日商联系，说什么也无用。我现在考虑的是，到底是谁将这些照片登到了报纸上。"

老师道："还能有谁，肯定是姓杜那个孙子。他就是想借用学校的力量先给学生们灌输日货的概念，学生接受了不会闹事，整个社会也就算接受了。"

王景临不置可否，待下午没课，他来到杜位明下榻的"迺记太和馆"酒店，还未等他说什么，杜位明倒先开口了："王兄可看报纸了？"

只见杜位明满头是汗，有些着急："我真的是好意请各位老师做客，压根没想到这些事，我承认，我是想把清酒和一些瓷器引入滕县，都不过是一些生活日用品，这些产品在所有东南亚国家都有所出口，跟战争政治根本沾不到边。我也知道现在这个局势，民众对日本的印象很差，抵触情绪很大，现在那报纸大张旗鼓地一吆喝，所有人都以为我的野心有多大。"

王景临听他如此说来，倒也证实了自己心中的猜测，这报纸的内容应该不是他干的。

于是，他故意苦笑着："现在我也被牵连进来了，今日上午还有两个商会的老先生过来教训我，说我们滕县华北弘道院勾结日商，有悖为人师表的形象。"

杜位明急得脸上青筋暴露："此事一定要查清楚，是谁在背后给我们插刀子？"

两人聊着，不知不觉行至路边，突然啪一声，一坨黏乎乎的东西不偏不倚打在王景临头上，转头一看，几个小孩喊道："打你个卖国贼，打你！打你！打的就是你！"

一股恶臭的黏液从头顶上流过王景临眼睛，杜位明轰跑了几个小孩，掏出手绢给他擦拭："对不住王兄，是我带累的你。"

王景临叹口气："我并非头脑僵固之人，如今民众对日本反抗情绪很深，特别是济南惨案后，抵制日货的行动越发猛烈，虽说日货物美价廉，进入市场也能造福百姓、活跃市场，滕县的商户们卖了日货，赚到大洋生活得可以更好，也可以实现强民富国的目的。虽然民生与政治看似相隔甚远，但是，无论如何我们也要看清目前民众高涨的抗日局势。

只是如今看来，我是跳到黄河都洗不清了。"

杜位明满脸愧疚："是我连累了你……但王兄真是目光长远，我没看错人。话是你这么说，可是想让整个滕县接受日货还要假以时日。不急，不急，慢慢来！王兄，待我成功那日一定不会忘记你对我的帮助，我们跟以前一样还是好兄弟。"

杜位明想方设法将报纸都买了下来，尽量把关于王景临的负面消息传播降到最低。

就这么风平浪静了几日。

这天，上国文课，王景临让学生们朗读三国曹植的《求自试表》诗词："忧国忘家，捐躯济难，忠臣之志也。"

同学们齐声朗读，书声琅琅，铿锵悦心。

他看到坐在窗边的庞同飞同学一副心不在焉的模样盯着窗外，便用手中的书敲了敲讲桌以示提醒，其他同学纷纷回望他，庞同飞依然没有任何反应。

王景临有些严厉地点名批评道："庞同飞！"

庞同飞转头看他，王景临脸上有些愠色："你上两次的国语考试分数极差，现在还不用心学习，对得起你的父母吗？"

庞同飞怔了一瞬，突然跳了起来："你，你有什么资格指责我，你这个卖国贼！"

那三个字一出，班级一片哗然。

王景临怔住了。

庞同飞开了个头便刹不住话，他梗着脖子口无遮拦道，"你这个伪君子，平日教导我们要爱国，可你看看你如今都干了什么？如今日本残暴杀害我国同胞，抢夺我国资源，你却干着引狼入室的勾当，收受他们的好处，你这个道貌岸然的伪君子，还敢做出一副正气凛然的样子来教育我们，你不配站在这个地方！"

同学们沉默了一瞬，突然沸腾了。

在课堂上如此明目张胆辱骂老师，简直前无古人后无来者。

有个女生站起来呵斥道："庞同飞，你怎么能这么诋毁老师，你上课不专心，学业不精进是有目共睹的，还不快跟老师道歉。"

庞同飞涨红了脸："报纸上都登出来了，不信你们去看！反正如果是这人教我，我是不上学的，让一个卖国贼教我，你们谁愿意跟他学就去跟，小心别跟着学成卖国贼了。"说罢将书一扔就冲出了教室。

他跑出教室，王景临愣了半分钟，反应过来立刻吩咐与庞同飞相交甚好的两位同学："你们去跟着他，别让他出了什么事。"

下课后，王景临觉得头昏脑涨，下楼梯时差点踩滑。被学生如此痛骂，还是在课堂上，换任何人心中都会有波澜。

虽然他知道里面事出蹊跷，但心中依然一时一团乱麻。他深呼吸几口，尽量让自己心情平复下来。

此时，刚才追庞同飞那两位同学气喘吁吁返回，说庞同飞跑得太快，根本就没有追上，他们甚至追到他家了，也并不见他人影。

下午，秦主任知道这个事情，一拍桌子震得杯子跳了几下，异常生气："处分！必须得处分！怎么可以如此贬低老师，如今的学生简直越来越猖狂了。以后老师尊严何在？我们还如何开展教学？等李校长回来，一定要从重从严处理才行。"

随后又宽慰王景临一番，让他别往心里去。

傍晚，王景临正准备去庞同飞家中，看看他情况如何，庞同飞的父亲倒先上门找到他。

这个身材矮小，有些秃顶的汉子满面的谦卑客气："我听我儿子同学说了，犬子今日顶撞了老师，特地前来赔罪。"

王景临摆摆手："也不能全怪学生，我也有做得不对的地方。孩子说话也不无道理，虽然他并不了解实情，何况他这个年龄的孩子已经有了一定独立思考的能力。庞先生放心，我绝不会放在心上。"

庞同飞父亲脸色微微缓和一下："我回去一定严加管教，现在请让我将他带回家去，明日我一定让他给您赔礼道歉。"

王景临心头一惊："庞同飞，还没有回去？"

他立马通知了秦主任。

天渐渐黑下来，王景临、秦主任、庞同飞父亲和两个校工分头去寻找。他熟悉的同学家，和平日他去过的地方都找了一遍，毫无收获。

庞同飞父亲有些着急，秦主任安慰他，没关系，这个年龄的孩子自尊心强得很，估计现在也后悔，但也要面子，一时藏起来了，多半今晚应该会回来。

庞父急得眼泪都快下来了，秦主任好说歹说才劝他回家。所有人都面色焦虑。

又是一个无眠之夜过去。

翌日清晨，王景临没有去上班，直接去了庞同飞家中。庞同飞的父亲是个在火车站附近售卖茶叶的小老板，店铺就在大同路的大街上。这个老父亲几乎一夜没睡——庞同飞果真是彻夜未归。

王景临想起前年因为游行失踪的学生，后背冒起一丝冷汗。

虽然这段时日滕县再没有出现学生失踪的案例，从庞同飞顶撞他开始，他就觉得里面有一些猫腻，透着危险的气息，可怕的是自己还没有厘清头绪，不知如何下手。

当务之急，是先把学生找回来。

庞同飞的娘担心得不行，她看看沉默焦虑的丈夫，看看蹙眉深思的王景临，再也绷不住一屁股坐在地上号啕大哭起来："我的儿你到底跑哪儿去了？这可怎么好啊。"哭着突然跳起来，在王景临脸上抓了几道血痕："我们付这么多学费，你们做老师就是这样对我家孩子的，你把孩子还给我！"

周边闻讯的商户也纷纷围了过来，劝解的，打听的，出主意的，乱成一锅粥。

突然其中一个人看到王景临叫起来："快看，这个不是那个卖国贼吗？报纸上登的那个。"

王景临一愣，此时所有的眼睛像针一样刺向他，人群议论起来："对了，前两日报纸登的，和日商勾结的黑心商户，好像就是他。"

庞同飞爹也受到老婆大吵大闹的影响，也压制不住情绪黑着脸对着他吼道："你们班同学都给我说了，都是你，自己心术不正勾结日商，让我儿子揭穿了你的真面目，你就在课堂上肆意辱骂我家孩子，现在我孩子被你骂跑了。你这个浑蛋，我儿子要是有什么三长两短的我绝对不会放过你。"

他越骂越气，居然操起一个条凳朝着他抡过去。王景临一侧身，庞父瘦削的身体爆发出惊人的蛮力，那条凳将货台上的瓶瓶罐罐茶叶砸了个稀烂。

碎茶渣溅到王景临长襟，他转身面对大家大声正色道："我能对着青天白日发誓，我对着我们的国家，对着我们祖先的陵墓，我对全体教职员和学生发誓，只要我活着就永不使用日货，更不会勾结旁人来贩卖日货，更不会将日货推进我们滕县的市面上，请大家不要听信谣言。"

旁观者叫嚣着："满口仁义道德，干的尽是些缺德事，读过书的人刁钻起来比谁都厉害，谁会信你？"

整个空气的敌意越来越浓，四面八方朝王景临扑来。

还有的人喊着："看到学生把自己的真面目揭露了，就恼羞成怒将孩子藏起来了，伺机报复，若把日货放进滕县还不断了我们生路，这种人还配做老师？"

王景临不敢恋战，他左右环顾一番想着如何脱身，庞父瞪着血红的眼扑过来撕扯他，好在他个子不高并未抓牢他，王景临就势冲到店门口，周边看热闹来帮腔的人已经将他团团围住。

这时秦主任也赶到这里，他挤进人群奋力保护王景临，冲着庞父气愤大喊："你们这些人，不分青红皂白就乱埋汰人，这般有辱斯文成何体统？"

几经拉扯下，秦主任脸上也挂了彩。

正闹得不可开交时，门外一声大吼："都住手！"顿时一片轻声哑静，众人不约而同循声望去，一个比周围人高出半个甚至一个头的健硕男子走了过来。正是平民大药房的孔掌柜。

孔掌柜目光如炬，扫视众人一圈，浑身散发着不可侵犯的霸气。

他并未说话，微微侧了侧身，一个浑身脏兮兮的少年，低着头从他身后走出来。

是庞同飞！

庞同飞的娘悲喜交加，扑过去抱着失而复得的孩子哭泣着，温言细语左右看着，庞同飞父亲一脸尴尬。

庞同飞走到王景临跟前，目光愧疚得几乎不敢看他，好一会儿，他朝着老师鞠了一躬："王老师对不起，我昨日太浑，请您原谅我的无知和口不择言。"又转头对着众人喊道，"你们不要再冤枉王老师了，他不是卖国贼，也不是他囚禁的我，是、是我自己学业太差，心里烦跑出去散心，那些报纸上的内容都不是真的，你们不要跟着造谣生事！"

众人面面相觑，塞满人的店铺，一时居然鸦雀无声。

孔掌柜走到庞父身边冲他一抱拳，瓮声瓮气道："在下孔从吾，昨晚到郊外收药材，看到这个小子，问清姓名和身份，特地将他带过来。"

庞父回过神来，急忙作揖连连道谢。

孔掌柜环顾四周："方才我听到有人叫骂卖国贼，可我认识这位王先生，我能用自己人格担保，在滕县，若说别人是卖国贼我可能相信，若说王先生是，我是断断不会信的。各位，人言可畏，谣言吃人，切不可无故伤人啊！"

众人都悻悻散开。

庞同飞父亲也是一脸尴尬，嘴上喃喃几句不知是道谢还是后悔的话，便自顾自做自己买卖去了。王景临见庞同飞心绪不定，让他在家休息两日再回学校读书。

王景临跟孔掌柜道谢。孔掌柜爽朗笑道："小事一桩，不过是碰巧罢了。我先告辞了。"说罢转身离去。

秦主任在一旁都看傻了，众人都散了他才"哎哟哎哟"呻吟起来。

王景临到旁边的药铺买了些跌打药膏，跟秦主任说："我宿舍里还有些祖传下来的药粉末，对主任这种被砸出泛红肿的皮肤最有效果，今日我下午才有课，我回去帮您抹一些吧。"

在王景临宿舍里，秦主任的头让王景临仔细包扎好。他问道："那位孔掌柜到底是什么人？看着不像个买卖人。"

王景临一边收拾桌上一边漫不经心道："西门里街一个开药铺的。"

秦主任眼睛一亮："可是那位经常赊药的，想必，医术一定高超。"

王景临笑道："自然，他们药店的药对大部分人都免费，而且秦主任听说了吗？那里有一种专门治疗黑心的药，不管谁服用了必定药到病除。"

秦主任怔了一下，笑道："还有这样的病，这样的药，我可是头一回听说。"

王景临带着揶揄的口吻："或许，秦主任去看看会有所帮助。"

秦主任道："我这皮外伤，怎么跟心方面沾边？"

王景临嘴角微微牵起："秦主任要不去问问您报社的那几位朋友，保不齐对他们也有帮助。"

秦主任讪笑道："王老师说话越来越高深莫测了。"

两人正有一句没一句聊着，有老师过来告诉他们一个消息："李校长回来了。"

秦主任来了精神："王老师赶紧的，您再帮我多包两层纱布，不是说两个星期后才回校吗？李校长也太牵挂我们了。"

李校长此次回校并未提前通知大家，也未召集每个教师职工都开会，反而单独约见了一些老师。

大家看到秦主任顶着头上厚厚的纱布乐颠颠去了李校长办公室，没多久从里面传来秦主任急切的分辩和李校长的训斥声。

秦主任道："为什么突然暂停我的职务，我是做错了什么事吗？"

李校长道："让你回去养伤，待康复了再考虑对你的安排，现在就去吧！"

秦主任再傻也明白其中定有不对，喊道："校长，您让我停职我没有任何异议，可您总得有个名义吧。不然怎么跟别的同事交代，何况您离开学校这段时日，发生了不少事情我都还没有向您汇报……"

李校长道："这个不劳你操心，先管好你自己吧！"李校长眼眸深深地看着秦主任，"你毕竟为人师表，我不把理由向全校公开，也是为了你的颜面。小秦，人在做，天在看，别聪明反被聪明误了。"

一席话噎得秦主任无法辩白一句，只能悻悻领命出办公室离去，正好与奉命前来的王景临擦肩而过，四目相对一瞬，他低下头迅速地走开。

王景临来到李校长跟前，心中十分纳闷，自己本想给李校长发电报，可是，还没有发，校长回来了。他心中已经猜到七八分，多半是因为日货事件才会提前返回滕县。

如今自己深陷舆论旋涡，甚至会带累滕县华北弘道院的名声，尽管自己是被泼了脏水，他心中也清楚是谁泼的，可暂时拿不出证据自证清白，只能默默等着，看李校长会对他做出怎么样的处置。

李校长看他一会儿道："你，现在想对我说什么吗？"

王景临道："如今这个局面我也无法解释太多，但我相信，李校长自有定夺。"

李校长点点头："你的性子比之前更加沉稳，知道我为何提前返回吗？"

原来是平民大药房的孔掌柜发了电报给了李校长。他们很久以来就是志同道合的密友。也就是现在，王景临才知道孔掌柜的真实身份。

在开设平民大药房之前，孔掌柜是国民军十三师师长。

孔掌柜真名为孔昭同，字从吾，原籍是曲阜县。祖父曾是清道光甲辰科举人，他的父亲以及伯叔辈都是在半耕半读中长大的。

孔昭同在这样的环境中也是自小苦读经史博览群书，十八岁中了秀才的时候，正是清王朝摇摇欲坠之时，政治腐败民生凋零强邻压境，孔昭同决定弃文习武、投笔从戎，将抵御外侮、拯救国家作为自己的夙愿。

成为军人的孔昭同宛如展翅的雄鹰，他善于管带士兵，作战勇猛多谋，屡屡在战场上发挥他军事的天赋，屡立奇功。他被编入陆军第五师任连长，担任陆军第十二师的营长，很快又升为团长以及警备司令。

政治波谲云诡比战场上更让人心力交瘁。孔昭同渐渐发现自己作战多年，似乎并没改变生灵涂炭的中国，渐渐滋生出不再想继续为军阀卖命的心理。

后来经过济南惨案，他更加确信了自己的观点，乘着北伐军占领杭州，他所在的部队向北方溃退，他告别军队，开启自己卸甲赋闲的日子，在滕县开了家药铺，打算就这般度过此生。

因为乐善好施，他几乎是在用自己的积蓄来维持药铺的经营。

王景临突然想起了什么："我记得滕东乡下，有一处学堂，是一个匿名人士赞助的'义学学堂'，专门帮助那些天资聪颖勤奋好学却读不起书的孩子学习，不但免除学费，还额外有所补贴，并且请了鲁南教育界知名学士陈慕唐先生来任教。那位慈善者，可就是孔先生？"

李校长微笑点头："我与从吾就是那个时候认识的。"

王景临说出在孔家的平民大药房发现的疑虑。

李校长告诉他，罂粟作为一种植物，既可以成为麻痹神经祸害苍生的物种，亦可以在特定情况下作为救死扶伤的良药，平民大药房是属于后者。因着这药物的特殊，孔昭同在使用罂粟壳前必定会极为小心，每使用一次都会详细记录，绝不敢大意。

至于那些和济南请愿时相同质量的布匹，也是孔先生的深谋远虑。

董宜博找来的布料的确是来自孔先生。而那些布匹无论何种颜色都是纯棉制造，在什么都紧缺的市面，无论是用于做衣服御寒还是包扎伤口都是很好的物资。

作为一名饱经战火的军人，孔先生早早将那些布匹简单高温消毒，储存在药铺里，以备不时之需。

听了孔昭同的介绍，王景临心中感慨，他心中一切疑虑在听完李校长的叙述后烟消云散，还为多了一个志同道合的朋友觉得欣喜。尽管对方不是自己的同志，但只要是发自肺腑为了民族大义和中华之崛起行动，又何必在乎身份呢？

王景临又将话题拉回当下："听说您停了秦主任的职位。"

李校长深深看着他，意味深长道："秦主任，那日来找你的乡绅，还有茶叶店的庞掌柜，他们都认识，您清楚这些吗？"

王景临道："我开始有所怀疑他们之间会有联系，但您这么一说，便真相大白了。"

两人促膝长谈一阵，傍晚回到宿舍，王景临借着夜色来到刘天明住处，跟他一同理顺这几日的情况，发现李校长居然也在。

王景临道："没错，前几日滕县报纸发布的，滕县华北弘道院与日商勾结贩卖日货的事，便是秦主任和陈乡绅做出来的。他们泼脏水在我身上，其实他们自己才是最污浊的源头。"

原来，杜位明的确有心将自己代理的日货供应到滕县市场，所以突破口先从学校开始，如果成功给教师以及学生灌输了他们的想法，以后便可在市场上畅通无阻。

杜位明做着日货称霸滕县的美梦，可他怎么也想不到，陈乡绅和秦主任他们是连襟，他们早就偷偷地从别的渠道准备将日货放入市场，如今突然半路杀出个杜位明，岂不是跟他们一同在锅中抢食，自然会出手阻止。

秦主任在杜位明宴请时，故意将他和其他两位老师拉上，王景临与杜位明曾是同僚也倒名正言顺，然后派人暗中挑选角度拍照送到报社去，制造舆论，将脏水泼到王景临他们身上。

再者，那位茶叶店的庞掌柜也是陈乡绅的远房亲戚，儿子庞同飞正好是王景临所代课国语班的学生。

熟悉庞同飞的老师都知道，庞同飞性格内向，平日并不爱随意跟人冲突。可那日居然能当众顶撞王景临，还说出这么难听的话，接着跑得一夜不见人影，所有迹象都表明他的行为太过反常。

孔掌柜对李校长说，他昨晚去田地里收购农民采摘的药材，看到这个孩子独自在郊外沿着小河边行走。看他的身姿有些晃荡，轻率得有些反常，他担忧孩子有轻生的可能，便悄悄跟随他。

借着月光，他认出那是茶叶店家的孩子，过去问了他。那孩子认得孔从吾，好像也知道孔先生军人的身份，很崇拜他，将实话说出。

果然是父亲逼迫他故意去挑衅王景临，当众让其难堪，造成更大的舆论和精神压力企图打垮王景临。孩子按照父亲的指示做了后，总是觉得良心不安，心情有些复杂。

孔掌柜语重心长：你可知道这将给王老师带来什么后果？若全滕县的人都认定了王老师是卖国贼，别说其他，一人一口唾沫都能将王老师淹没。若人们听信谣言便再不可逆，王老师也会遗臭万年受人唾弃。人言可畏，谣言杀人！孩子痛哭流涕悔不当初，答应一大早就到学校去，当众给王景临赔礼道歉。

果不其然，他父亲一时没有看到儿子心中焦急，干脆顺水推舟栽赃说是王景临把孩子逼得不见了。好在孔掌柜带着庞同飞及时赶到，将王景临从不仁不义的责难中救了出来。

刘天明听了王景临的叙述，心中暗暗为同伴捏了一把汗。

王景临叹口气："孩子是被迫的，我不怪他，他承受了不少压力。真没想到秦主任平日高喊'抵抗日货'的口号这么起劲儿，居然还有另一副面孔，真真切切的两面人，真是知人知面不知心。"

李校长道："秦主任干的这些事情我已知道前因后果。但目前我只能借口他受伤暂停他职务，真正原因我不能告知大众。这些毕竟是不能见光的事，事关学校的声誉。不能公开处分他，还请你理解我的苦衷。"

王景临道："我怎么会怪李校长？当务之急是如何将日货挡在滕县城门外，虽然据我所知，滕县已经有一些日货商品在出售，但毕竟没成气候，不会伤了本土经济元气。但照这个局势看，若放任其发展，日货迟早会霸占滕县市场大部分江山。如果我们放任不管，相当于变相地为日本经济做资助。"

刘天明紧锁双眉："的确是一个棘手事件。"

王景临道："前日我找过龙少爷，他身后是滕县商会，他会联合发动县城所有商贾的力量去抵制日货。但我料定，中间一定有唯利是图者，如杜位明，如秦主任，抛开民族大义，不顾廉耻之心去维护日货，甚至为日本人开脱。明箭暗箭都难以抵挡，天明你是乡长，也定要关注集市当下小商贩小作坊的经营，一定在细枝末节里都不给日货半点机会。"

刘天明点点头，问道："李文庭那边收到消息了吗？"王景临道："药品已经顺利到岸。据文庭的来电，他将药品伪装成进口棉纱品和一些钢笔类的文具用品，现在已经开始转移，不出明日中午，应该会到第二站。那便是栖霞了。"

王景临又道："发假电报冤枉董宜博的那个人，现在暂时还不能动，绝对不能打草惊蛇。"

刘天明笑道："自然，这样便是我们在暗，敌人在明。"

隔了几日，报纸刊登了一则通告，郑重向滕县华北弘道院学校道歉，言称之前报道的滕县华北弘道院教务人员等人与日商勾结纯粹误报，是子虚乌有的事，那张照片只是徐家酒楼酬谢老顾客请他们过去捧场，此事徐二掌柜也在报纸上亲口承认，让广大民众不要再以讹传讹。

董宜博已经印刷好了大量的宣传单，让十多个进步的学生满大街地分发传单，大声喊着："抵抗日货，不做亡国奴"的口号，呼吁广大滕县民众不要购买日货商品，捍卫民族尊严。

王景临明白，日本投资的企业，因为在上海等地无法生存，所以日本人才想把实业转移到像滕县这样的地理位置极好、交通四通八达的地方。如果这次让日货进来了，以后估计会有更大规模的在滕县投资实业，建设工厂。

王景临暗中联系龙少爷，拜托他借用滕县各大商会的力量一起来抵制日货。

所幸，龙少爷极度赞成王景临的想法，当即开始实施。他们一起打通了警察局的关系，仿照上海的做法，对滕县仅存的日货一并清理扫荡，并且坚决抵制其他日货再次进入滕县的城门。

抵抗日货整个进展非常的顺利，王景临心中一块石头也慢慢放下，十分欣慰。

这日傍晚，他路过西关电灯厂，看着两米高红褐色的工厂大门，心头突然一动，不知道林小咏现在怎么样了。

突然听到"哗啦"一声玻璃碎了的声音。

他寻声过去，几个少年正拿着石头朝着工厂的窗户砸去，边砸还边喊："帮日本人开工厂，砸烂活该！"

工厂安保人员冲出来赶走他们，奈何这个看门的年龄大了，撵了这个又跑过来一个继续砸，根本无法应付。

王景临冲上去喊道："你们都在干什么？"几个学生以为是工厂的帮手，一哄而散。

这时，陈经理也闻讯赶来，看到一地狼藉，满面心疼。

工人过来打扫，陈经理满是无奈的苦楚，与王景临聊起了他盘下这家工厂的经历。

陈经理很后悔当初盘下这个工厂。

他深知电灯在中国未来十多年都会是非常热销的商品，因为当初叶老爷走得急，开出的价格让他心动，即便如此他和兄长手里的资金也不够，因为这样那样的原因，没有银行愿意借款给他，可他真心不想放弃这次机会。

正当他一筹莫展的时候，一个朋友找到他，说一个投资人愿意入股投资这个企业，只要求占百分之五十以下股份，不控股，决策人依然是陈经理。

陈经理大喜过望，很痛快答应了。可签订合同后发现，这个投资人的背后财团是一家日本的株式会社。

陈经理有些后悔。虽然他在海外留学也交过日本朋友，可他自己也深知目前中日局势，自家的电灯平白变成日货，一开始实属不能接受，心惊胆战也怕出事。

可自己已经上了这贼船，也只能硬着头皮干下去。平日里只能尽量多行善事，低调处事，希望自己能得到大众的认可。

王景临沉默着，不知如何劝慰他。陈经理长长地叹了口气："我一心想干大事业，没想到会弄成这个局面。若不是当时太过轻信刘三爷，也不至于现在里外不是人。"

王景临愣了一下："刘三爷？"

陈经理道："他是我一个朋友的老乡，人脉很广也乐善好施，为人很仗义。之前看着十分儒雅，挺有气度，现在就是左眼得了眼疾，一直戴着眼罩。"

王景临心脏漏跳半拍——他一直担心的事情可能真的发生了。

王景临和刘天明本来商议每周至少见面一次，定下固定时间，地点按照好几个地方轮流选择。可这一个星期刘天明都没有出现，据说是公务过于繁忙。

王景临只能亲自去找他。他想告诉刘天明同志，他们一直以为已经被炸死的刘贵堂，实际上还活着。

到了刘天明的住处，听他的下属道，刘乡长这两日一直在乡间忙碌公务。

并且得知，这段时日，滕县乡里可能会出现蝗灾。王景临听说这个消息心头一紧。

在七年前滕县就出现过一次蝗灾。

王景临找刘天明去，行走在乡间的路上，只见那广阔的田地上，一小群一小群黄褐色妖云快速地在田间移动，凑近一看，寸来长的小虫爬满了整个山坡，肆无忌惮地啃着地里刚变深绿的植物和庄稼。

田间一个大叔捧起一把泥土，走到他们跟前愁眉不展："今年气候温暖，因为有些干旱土地，土质干松，往年这种气候，多半都会有蝗灾。这些虫子，大概不到一个月幼虫就会长成大虫。如今七月正是蝗虫繁殖最快的时候，照这个速度下去没多久，这些蝗虫就不是一片一片地飞，而是像一张网似的罩过来，恨不得把你房子上的稻草都吃光了。"

刘天明捻捻他手中的土，紧锁双眉恨恨道："就是这些小虫子，你可知道一只雌蝗虫平均能产两百至一千枚卵，一只蝗虫当年产的卵，发育成虫之后可以繁殖一至三代。地下如果全部成活，就意味着每一代会增加一百倍以上。每一代即使按最低的两代和最低产卵数量来看，也就是四万多只，如果是三代的话就是八百万只了，四代就是十六亿只了，这数量吓人不吓人？况且蝗虫们食量十分大，破坏力极强。"

王景临道："我来之前发了一封电报给我北平的同学，他曾经治理过蝗虫。我依稀记得他当初采取的控制措施，是让农民大量浇水在土地上，土地若是湿润，蝗虫的数量就会减少。再者，他上次治理蝗灾，是用了针对蝗虫的化学药剂进行扑杀，效果极好。再加上我们可以组织农民尽量做好植被的养护，增加植被覆盖的面积，减少蝗虫繁殖的条件。"

刘天明点点头："我也知道此事，已经安排人去外地购买这种化学药剂，如果顺利三日后就会到滕县。你同学那边也请保持联系，我们可以随时会向他询问更多治理蝗灾的问题。"

三日后，刘天明订购的第一批化学药剂果然到达滕县。刘天明立刻亲自带着民众去执行扑灭蝗虫的任务。将药粉以一比一千的比例放入水中，再到蝗虫多的区域沿着田埂喷洒到田里。所有人都干得热火朝天，大家都很期待，专心依照这个方法去实施，静等蝗虫减少，势态好转。

可是用了两日，蝗虫的数量并没有减少，反而肉眼能见地多了起来。漫山遍野都充斥着一团团黄色的幽灵，大片大片的庄稼被啃噬得七零八落、满目荒凉。

刘天明纳闷又着急，难不成这蝗虫跟几年前不是一个品种，药物对其没有任何效果吗？

王景临下课早，也来到乡间查看灾情，心中焦虑不已。他的同学告诉他，现在全国多地都有蝗灾，这种药剂已炙手可热，根本买不到。

最让他们困惑的是，这药剂明明之前对付蝗虫成效极佳，怎么会越用蝗虫越多呢？难不成滕县的蝗虫都成了精？

这时，运送除杀蝗虫药剂是一个姓宋的小伙子，他见此情况，忧虑很久才结结巴巴说了自己的想法："可能，这些都不是真的药。"

刘天明吃了一惊。

原来，小宋运送的这批药剂，是装在一个大木箱里，从北平乘坐两天两夜火车才到滕县。

就在他回滕县路途中的第二天，车厢内发生一起盗窃，他离开座位去了趟厕所，不过十分钟，回来发现木箱不见了。他立马告诉乘务员寻找，很快在车厢尾部找到了。

他立马查看一下箱子里的物品，见里面包装密封完好的纸盒与之前没有异样，便没有再追究下去。

小宋羞愤难当道："我怕刘乡长怪罪就没有把这件事情说出来。乡长说这是杀蝗虫的特效药剂，如今看来没有任何成果，我想会不会就是当时，有人故意将药调包了。"

刘天明将药粉带到王景临跟前，王景临打开剩余的包装盒子，撕开里面的纸袋，抖出药粉仔细查看。

他嗅了嗅，再查看了包装盒上字如米粒的配方，想了想道："药是对的，可能是因为存放太久已经失去药效。"

刘天明拍拍小宋的肩膀："不必愧疚，药没有被调包。都是我的失误，早就应该考虑到现在正是蝗灾的季节，多少地方都寻找这个药，奇货可居，别人轻易也不会把好的给到你。"

小宋如释重负松口气，又着急起来："那些卖药的不是骗人吗？怎么不早告诉我们，这多耽误事儿啊。"

王景临笑笑："哪家卖货的能说自己的货不好？人家怎么会干这种自己扇自己巴掌的事儿，世间行行都如此，算了，我跟我同学联系再去买来一些好了。"

刘天明安排两拨人手分别行动。一波停止使用除杀蝗虫的药剂，去到警察局借来水车，从荆河里取来一车车的水，带领民众洒向大地和空中蔓延的蝗虫群。

另一拨出了滕县，再到别的有蝗灾地方，看能否找到多余的除杀蝗虫的药剂。

刘天明不过在田间晒了几日仿佛老了十岁。

傍晚时分就传来了好消息，出滕县找药的人回到刘天明办公室，告诉他找到药了。

刘天明异常惊喜："这么快！"

下属却支支吾吾："不是我们找到药，是别人送给我们的，可那是，那是……"

刘天明焦急问："是谁送来的？你倒是快说啊！"

随同陈杰经理送药来的是一个叫小坂英渡的日本人。

陈经理对刘天明道："刘乡长，请恕我不请之恩，小坂先生是东京大学生物科的高才生，这些药是他送给滕县除杀虫灾的。"

他说罢，身后一个三十出头的男子走上前来，朝他们鞠了一躬，用生硬的中国话说道："陈乡长，我是小坂英渡，初次见面请多多关照。"

刘天明打量了一番他，白净脸庞左边额角有些红肿，略显狼狈。平头窄下颌，满面的谦卑，跟传说中凶神恶煞的日本兵形象倒截然不同。

小坂英渡道："陈乡长，这是我从我们国家带来的治虫害的特效药剂，我用自己的生命担保，它一定会对滕县的蝗灾有效。我与陈杰君是多年的朋友，他很了解我。我向您保证，用了这个药不出三日蝗虫必定减少，若不是我说的那样，任由您发落！"

陈杰道："刘乡长，如今事不宜迟，这种药我曾经也有所耳闻，如果没有效果，您可以连带处罚我。"

刘天明见他们俩脸上都有伤痕，问道："你们脸上的伤……"

陈杰和小坂英渡互相看了一眼，陈经理道："我们刚刚进入滕县城门，就有警察上前来查看，他听出了小坂先生是日本口音，当场就要抓我们。我们无法解释小坂先生不是军人，只是一个学者，来帮助滕县的，他们却不听解释，还动起了手。幸好，遇到了王先生替我们解了围。"

刘天明惊讶道："王景临？"

小坂英渡道："没错，现在除杀蝗虫的药，我们也只能暂时放在国民书店。请刘乡长下令将药粉取过来，赶紧治蝗灾，事不宜迟。"

刘天明心中暗暗纳闷，只能道："远道而来就是客，现在也晚了，小坂先生一路奔波，我现在为你安排到双盛园驿站早些休息为好。"

小坂英渡却比他还要上心："刘乡长，还是先请将药发放下去，首先要教会下面的人如何调剂使用。我知道我们两国现在矛盾很深，你现在对我也有很大偏见，可中国话说得好，一码归一码，民生要紧。"

刘天明没有答话，静静地看着他。

陈杰在旁边给了这个日本人一个眼色，拉了他一把："我看这样，英渡君先去休息，别辜负刘乡长一片好意，刘乡长比你和谁都着急除蝗灾，他会自己处理的。"

小坂英渡也自觉有些失态，鞠躬道歉后，跟随刘乡长的下属下榻去了。

刘天明连夜赶到国民书店，马秀山刚刚打烊关了店门。刘天明从后门进入，果不其然王景临也在那里，正在将一包包的药剂放到玻璃试管里进行研究查看，见他进来仿佛早有预见："来了。"

刘天明有些生气："为什么不和我商量再行动？"

王景临视线一直在试管上："势态紧急，若我迟疑一步，只怕陈经理和那个日本人会被当街打残，若如此那定会有更大的麻烦在里面。我听了陈杰大致说了来意，没有想太多就将他们带到国民书店，再通知到你的人，带他们去见你。"

刘天明上前一步用手指点着桌子焦急道："可你这次带的是日本人到书店，且不说此人身份到底是怎么样，以后会不会因为他暴露书店，再者他们会如此好心送药给我们？这事太过蹊跷猫腻，你怎么这么糊涂。"

王景临突然直起身来，长长吁了口气："这药，的确是有除杀蝗灾的成分，可以放心使用，明日一早就赶紧发放给乡下的农民。"

刘天明沉默了一瞬道："先别忙，容我再缓缓。"

王景临道："缓不了，蝗灾如果再不及时阻止，到了秋季必定会青黄不接，大批民众连草根都吃不上。我知道你在顾虑什么，放心我会处理好的。"

刘天明道："可这是日本人的药，这里面或许有阴谋，若我们用了他的药，以后会出现什么样的状况。这个太过敏感，我建议还是用之前的药，你说过这不过是过了期限，但药效还在，不过是成效低了一些。"

王景临忙道："不！那药我们不能再用了，化学剂的物品不是这么简单。"又叹口气道，"那又能出现什么状况，只要能止住蝗灾何苦在意这些。这个小坂英渡的确可疑，但就如同战场一般，若我们缴械他们枪支也可以为我们所用。我现在以特支组长身份命令你，明日就将那些药粉发放给农民，尽快治理蝗灾。"

刘天明愣了一瞬，尽管心中万般不愿意，也只能同意。一来他深知三灾之首是蝗灾，灭蝗灾的确刻不容缓；二来他相信王景临的决断，虽然觉得他有意隐瞒自己什么，但他充分相信自己的同志。

出乎很多人意料，小坂英渡提供出来的药的确很有效，农民使用一天后就依稀能看到成片的蝗虫扑在地上一动不动，不出三日就看见大片大片的地上全都是黄褐色的虫子，之前漫山遍野的褐色妖风也几乎看不到踪影。

约莫又经过五六天的光景，乡间田野基本上已经不见了蝗虫的身影。而且此药剂对植物并没有任何的损害，只见遍地都是被咬过的粮食作物，没有叶子的菜蔬，一片狼藉。

乡间的农民既痛心不已，又为他们的劫后余生欢庆不已。

殊不知县城内南门里街的国民书店，却因这件事遭受着前所未有的劫难。

不知道是谁将风声传出去，说国民书店，在全国抵制日货期间暗中勾结日商，还将日商请到书店里秘密商讨要事。

此事传出，描绘得有鼻子有眼活灵活现，立刻掀起轩然大波。

一些自称爱国人士的借机跑到国民书，赶走顾客，毁坏书籍大肆捣乱，叫嚣着要为国除害。马秀山厉声阻止："你们不要血口喷人！不看看这里是什么地方，这里是国民书店，书店经理就是刘乡长，你们污蔑政府人员，破坏别人财物，不怕吃牢饭的赶紧滚蛋。"

带头的愣头青不甘示弱："就算是蒋委员长勾结日本贼寇也不行！多少人都看到了，是你们之前那个姓王的经理把日本人带到这里，刘乡长也得负责任，让刘乡长把姓王的交出来，我倒要审审这个卖国贼！"

马秀山瞪着一双鲜红的眼狠狠道："好大的口气！你有什么资格审谁，不撒泡尿照照自己这熊样儿，你要再敢讹人，小心我让警察把你们都抓起来。"

愣头青恼羞成怒，也叫嚣要警察来收缴窝藏在书店的日货，双方动手，差点没放火烧了。幸亏警察及时赶到，马秀山寡不敌众头上挂了彩，只能暂时关了店门，去到马医生的诊所包扎。

王景临在上课的时候依然感受到了不少异样的目光。

之前庞同飞打闹课堂后，虽然也当着全班同学的面给王景临再次道歉，但谣言如同瘟疫，一旦散播出去，即便再如何治理也很难阻断感染他人。很多人心中都觉得王景临是罪大恶极，同日货一样祸害滕县百姓，这颗种子已经在众人心中生根发芽了。

也有不相信谣言的学生和老师，偷偷问王景临是否真的救过一个在滕县城里大街上被追打的日本人，他居然没有否认。

不少人也知道王景临与国民书店的关系，更能确定那些谣言并非空穴来风。

就连王景临的母亲也听到风言风语，痛心疾首地对儿子说："你可千万不要干这个糊涂事呀。"

王景临沉默良久才对母亲说："娘，你放心，我绝不会做卖国贼，父亲他在天上看着我呢。"

王景临积极调整自己的情绪，在巨大的舆论旋涡中沉着行事。脑子里一遍一遍回放着王博源老师跟他说的话："真正的革命战士是可以忍受一切黑暗、诅咒、诽谤、陷害，只有这样才能让自己练就一身钢筋铁骨，更好地为全世界实现共产主义事业而奋斗。"

看似风平浪静地过了几天，王景临收到一个请帖。

小坂英渡居然还要宴请王景临到徐家酒楼一聚。

王景临将请帖折好放入口袋，在宿舍换上一身藏青色的长襟，然后去了国民书店取一些东西。马秀山头上绑着绷带，看到他欣喜："王老师今日好精神。"

他告诉马秀山要去办的事，小伙子急得蹦了起来："千万不能去！这个害人精，坑我们坑得还不够，是想让全滕县人民的唾沫把我们淹没吗？听我的，你可千万别犯糊涂，千万别去。"

王景临笑笑拍拍他的肩膀："你放心，我这次会让全滕县人民的唾沫星子把他给淹没。"

到了徐家酒楼，王景临上了二楼包间，小坂英渡早已在那里久候，殷勤招呼寒暄：

"王先生来了，快里面请！今日我让陈杰君作陪，感谢你那日舍身救命之恩。"

王景临微笑："先生客气了，我今日也带了两个朋友来，我们今日可以畅所欲言。"

转身跟他介绍："这位是赵记者，这位是丁先生，都是我之前国民书店的好友。"

小坂英渡目光看向他身后，一个年轻的女孩，身着浅色旗袍，文质彬彬的模样；一个中年大叔，高大敦实，相貌堂堂。

小坂英渡以为他们也是滕县华北弘道院的老师，没有多问，再次表达感谢后，说出自己宴请王景临的目的："真心感谢王先生百忙之中来赴宴，这次我除了感谢当日的救命之恩，还有一事想与你商量。"

王景临明知故问："如是为了治理蝗灾，小坂先生不是应该去找刘乡长吗？"

小坂英渡摇摇头："在下不是说这个。王先生和我一样，都知道现在的局势，因为政治上的原因，很多在上海和北平的日本工厂已经不能再生产，我们希望把工厂的地址转移到滕县。我知道王先生虽然只是在滕县做老师，但是在滕县的各个领域都有自己的关系和影响力，希望王先生能助我们一臂之力。"

王景临嘴角冷冷笑道："在下不过教书匠一个，没有先生说的这般神通广大。且恕鄙人直言，自从济南惨案之后，日本人在中国任何地区都无法再开办新工厂，先生还是承认这个现实不要再为此枉费心机。"

小坂英渡低头叹息道："作为个人，我也很难受，很遗憾我的国家做的一些事情。可我不过是一个微不足道的小人物，虽然读了几年书，但无法也无力阻止政府的一些行为，我是真心想结交中国朋友，和中国商人们有更多的合作。我也知道很多人一开始不愿意接受，主要是因为战争的原因。可王先生您想想，你们大清刚刚入关时，让所有男子开始梳辫子，如今到了民国，又让大家剪下辫子，最开始都是痛苦的。但是当大家真正感受到了好处时，自然而然就会接受。如今的时局对中日友谊的确是一个挑战，但更是一个机遇，王先生想想是不是这个道理。"

王景临道："小坂先生还真是了解中国历史？大清入关和民国成立看上去像历史的重复，但其各自的背景原因环境非常复杂，我认为绝不能等同而看。我只知道，如今日本长枪入关，在中国烧杀掠夺无恶不作，我国人民生活在水深火热之中，小坂先生不是不知道，相信略有些良知和清醒的中国人此时此刻都会做出正义的选择，都不会跟你合作。"

小坂英渡满面诚恳："王先生说的我都知道，我学习中文已十多年，也是真心热爱这个国家。否则，也不会在陈杰君联系到我时，就冒着生命危险将治理蝗灾的药剂带到滕县。我的一片诚意希望王先生能感受到！"

王景临冷冷地笑道："我正要跟你说这个事儿呢，治理滕县的蝗灾，我还真不打算谢你。"

见小坂英渡一脸疑惑，他转头拍拍中年男子的肩膀道："方才忘了仔细为你们介绍，这位丁先生，小坂先生应该不认识，他是滕县火车站站长。"

丁站长冷冷看着这个日本人，说出详情。

原来，小宋在回滕县途中，将药剂丢失了两个多小时后再被找到，这个时间中间，药剂的确被人掉了包。

王景临查看药剂，第一时间就发现那包装的纸盒有问题，打开检查后发现的确不是治理蝗虫的药粉。但他不愿打草惊蛇，当即说不过是药粉过期失去效果，连刘天明也信以为真。

他让所有人放下警惕，刘天明也没有吩咐人再次追查药剂调包的情况。王景临却开始暗中调查，他先到滕县火车站找到丁站长调查情况。丁站长的孩子是奎文学校的学生，常在国民书店买书，他也非常欣赏王景临，听说事关滕县蝗灾，他义不容辞继续调查，并通过警察局的关系审问了关押在警察局的小偷，知道了的确有人给了他一些银子，指示他偷这些除杀蝗虫的药剂。

小偷交代，吩咐他的是一个戴着面具的人。

接着不出两日，小坂英渡带着那些药剂在刘天明跟前出现了。

丁站长叙述完后，微笑地看着目瞪口呆的小坂英渡道："小坂先生，你现在还有什么话要说吗？"

王景临笑道："小坂先生，治理好滕县蝗灾，我依然很欣赏你把这些药剂带了过来，可这些本就是我们的药，你先派人偷走我们的药，然后再以救世主的身份送给我们。你当初见刘乡长，是不是说这是从你们国家带来的药。那我请问你，从海关带过来的药剂都会进行登记，你敢将你运送到中国国内物品的海关登记簿给我们看看吗？"

小坂英渡沉默很久，胸部微微起伏，半响才缓缓道："这的确是我的一个同胞给我的，他知道我想到滕县来开办工厂，让我用这些你们急需的物品，在滕县打通关系，但我真的想不到，事情会是这样！"

王景临摆摆手："你不必解释了。小坂先生不知情也罢，还是知情也好这都不重要，我奉劝你赶快离开滕县。不然明日滕县报纸发布出来后，不知道会出现什么对你不利的情况。"

小坂英渡身体一抖："见报？见什么报？"

王景临转头对赵记者道："赵记者，这么精彩的新闻实况，今日您看到听到的，请都如实将这些写到报纸上。"

赵记者点点头："滕县蝗灾治理来龙去脉的确曲折，明日我一定将调查到的实情通通见报，告诉大众，给不明真相的民众一个交代。王老师并没有私藏日货，更没有私通外敌，顶着舆论的狂风骤雨，还暗中帮滕县找回治理虫灾的药剂。我一定也尽快还王老师一个清白。"

翌日，滕县报纸用了两个版块，将滕县治理蝗灾的背后来龙去脉说了个清清楚楚、明明白白。全滕县都在议论这个事儿，每个人都夸赞滕县华北弘道院的那位老师，有勇有谋、文经武略、爱国护家。

小坂英渡在一个幽静的清晨，悄悄地离开滕县，默默上了去往上海的火车。

陈杰得知其中内幕后惭愧不已，跟王景临道歉。全国抵抗日货行动已经蔓延整个神州大地，自己工厂股份的内幕也已经被暴露，他的电灯厂几乎办不下了。

刘天明看了报纸狠狠捶了王景临肩膀一拳："好小子有你的，连我都要骗。"

王景临哈哈笑道："不必谢我，看你已经一个脑袋两个大，不想让你再费神演戏，何况做戏当然要做足，让那个日本人彻底放下警惕我才能放开手脚调查。"

刘天明道："这样，也许那些日本商人会断了在滕县建厂的想法。滕县本来就是连接南北四通八达之地，如果这里的市场被日本侵占，后果不堪设想。你很厉害，一下子就把他的尾巴给掐掉了。"

两人也就高兴了五分钟庆祝一番，然后回归工作正题。王景临告诉刘天明一个他发现的惊天情况："土匪刘贵堂，现在还活着。"

刘天明吃了一惊，立马冷静下来："我完全相信，当初结束围剿土匪刘贵堂战役后，我折回刘家庄发现的那一串出村的脚印，再加上那几具烧焦的人，根本分不清面目，我一直心存疑虑。你是如何发现的？"

王景临道："是西关电灯厂的陈杰，他告诉我因着朋友的牵线，他认识一个关系极广人脉极多的贵人，那人的左眼套着一个眼罩，口音是滕县，如此推断，此人多半是刘贵堂。"

刘天明道："上次老蒋对鸦片严厉打击的活动中，叶家因贩卖种植鸦片数量太多，连累他的三个孩子都被国民政府羁押在监狱，并且把滕县乃至山东所有的产业都被没收了，但我知道此人的产业不仅仅在北方，狡兔三窟，其他地方肯定是有的，其他地方一定有他的藏身之处，传说叶老爷已成功逃出去了，的确后患无穷。"

王景临道："最令人担心的是土匪刘贵堂，如果没有被剿灭，那个暗中与陈杰联系的，一定是他。一来是知道他妹夫之前的电灯厂的巨大价值，再者，他一定是觊觎着那批药物。"

刘天明点点头："中日战争一触即发，整个东南亚都牵涉其中。武器、药物现在是金子都买不到的稀有物资，谁拥有得多谁就占据主动权。"

王景临道："虽然刘贵堂至少知道五分之一的路线，但李文庭跟我详细说过，他告诉他很多地点和路线，包括登陆的港口都是错的。尽管他当时用尽了手段折磨文庭，他也没有对他说实话。刘贵堂得不到正确路线，掌握不到要害要领，以他不达目的不罢休的性格还不像条疯狗一样。我们以不变应万变，迟早绞死这条疯狗。"

他们相互对视了一眼。

目前任务越来越艰巨，他们面对着国民政府幽灵般的特务、灭之不绝的土匪、虎视眈眈的日寇。要将药品顺利送到前方党组织手中，未来的道路无比艰辛。

二日后，王景临又收到了李文庭发来的电报，运送药物的队伍已经抵达新的站点，暂时一切顺利。

夜深了，王景临来到国民书店门前。

漆黑的夜色中，国民书店静穆竖立着。

历经一次又一次危机，它虽然浑身都是被误解冤枉的伤痕，但是国民书店永远像一个忠诚坚定而敦厚勇敢的战士，屹立在南门里大街上，不曾表露一丝委屈与退缩的情愫，不离不弃默默地守候着善国这片古老的土地，大门口隐隐发亮的红色灯笼，传递着红色革命不屈不挠的精神，永远，永远都不会熄灭。

第七章　真假古物妖风卷，荒诞传闻祸百姓

王景临继续关注着药品运送的动态，按照约定李文庭每隔两三日就会与他电报联系。

滕县大地的蝗虫并未清剿干净，因为繁殖太快，之前的防范措施太晚，杀蝗虫的任务依然不能掉以轻心。药剂已经用得差不多了，刘天明在王景临建议下，用挖沟灌水，尽量让土地湿润的土方法来破坏蝗虫的生存环境。

不少农民在刘天明的组织下，挑水浇地，挖井取水，各种方法不计其数，果真取得了不小的灭蝗成果，蝗虫逐渐减少，民众的心里，渐渐的安稳了不少。

只是谁也不承想，大家热火朝天在滕县大地上挖沟灌水灭蝗虫的劳作过程中，却发现了新的惊喜。

在滕县西南方向，离县城西南十公里庄里村的姓杨的一家农户，在挖掘地下水井的时候，发现了距离现在几千年的一处古墓。

滕县春秋战国时为滕国，秦始皇统一六国后，废分封置郡县，时设滕县。滕县历史上为滕国，春秋战国时期，延续了七百多年。著名的滕文公问政孟子就发生在这里，因此，这里也称为"善国"。

消息不胫而走，一传十十传百，不少人都很羡慕这个农民的好运气。一些自称考古的学者前来勘察了一番。

多年前就有一位知名的学者在挖出古墓的地方挖出过古董。到图书馆翻阅大量古籍，得出一个推论，这是个古墓群，滕县的历史可以追溯到夏商。

此地离善国的遗址只有几公里的距离，而这个村子，正是善国历代君王的陵园。

此结论一出，整个滕县轰动了。按照学者的说法，很多人推断，几千年的皇家陵园

肯定不止一个小小的墓，如果继续挖掘，还会有大量的墓，肯定能找到价值连城的宝藏。

不少人已经蠢蠢欲动起来。很多农民放下了手中的活计，开始专心寻找古墓。从自己的田地开始，也有人开始往北面更远一些的山坡上挖掘。每个人都希望自己能够有好运气。

刘天明得知此消息，立马上报县政府，让县古物保护管理委员会的人员来此地调查。同时担忧农民自主挖掘会破坏里面的文物，派了人手到乡下劝说并重新组织新的挖掘。

可这并不能挡住农民寻找古物宝藏的迫切之心。尽管盖着红章的县政府大公告贴在村头和每家的墙壁上，偷摸挖掘找古墓的大有人在，政府的人手不够，并没有起到有效的阻止作用。

更有甚者，乡间又传出一个极其古怪的挖宝的故事。

传说这个村庄里，有一户姓杨的人家，男的不过四十出头，在自家田地里挖出了老物件。是一口大铁缸，没任何装饰和花纹，边缘有些参差不齐，看着不值什么钱，就放在粮仓里，找了个破边少沿的木头盖子扣在上面做粮缸。

第二日，杨家媳妇去这口粮缸里舀粮食出来，感觉缸里的粮食比昨天似乎要满一些。她开始以为自己看错了。刚刚经过蝗灾，乡下人把粮食看得比金子还珍贵，她也纳闷是否自己记错了，伸出瓢在缸的中间舀了一下，掂掂约有三斤粮食，缸中出现了一个明显的凹坑，重新盖上盖子自顾自去烧饭去了。

本来此事也没放在心上，次日她又到缸边舀粮食，惊奇地发现，昨天舀过的粮食的凹坑平了，而且周边的粮食一点也没有减少。

杨家媳妇特别吃惊，这一回好好将缸中粮食端详一番后再舀了一勺，心中记住凹坑的样子，盖上盖子去烧饭。

当到了第三日，她再次去掀盖子舀粮食，确切地看见那凹坑又长满了，又是平平的。

杨家媳妇欣喜若狂，跑去对丈夫说了她的发现："当家的，你挖出了一个宝贝缸子呢？我都一连三天在里面舀粮食，隔夜就能再长出来，这，这可就是传说中的聚宝盆吧！"

老杨一开始还不信，在妻子指引下试了一番，第二日果然发现这缸子里，真的能把头一天舀出去的粮食再长回来。

老杨激动得扑通一声跪在地上对着天空喊："祖宗显灵了，保佑我们一家子能得此宝物！"

两口子跪在铁缸跟前磕头作揖，那几日连地都不下了，而后还买来了香烛在铁缸跟前又是烧香拜佛又是磕头祈祷。

老杨挖出宝缸的事儿一传十、十传百，一阵风似的悄悄在村上散布开了。

不少人来到杨家，亲眼见证了这口能自己长粮食的铁缸，都啧啧称奇，忍不住跪倒在地上祈求自己也能获得神灵保佑。

有人说那口大铁缸是太上老君打造，本是供奉玉帝的，大慈大悲观世音菩萨因不忍心看到人间蝗虫肆虐，百姓受苦，特意跟太上老君借来此缸，放入凡间造福众生。

也有人说这缸邪乎得很，只有碰对了主人才会生粮食，这缸若放在别人家不一定会生出粮食。

有人说，观世菩萨悲悯众生，这回给了杨家一口能生粮食的缸子，若心意虔诚，这一片肯定还能再挖出生金子、生银子、生夜明珠，生袁大头的聚宝盆。

各类谣言传得神乎其神，甚至传到省城里。一些城里的古董商人和文物贩子专门跑到乡下来看这口神奇的铁缸，有人要出高价买下，金额甚至涨到三百大洋。

据说杨氏夫妇自然不会卖自己的宝缸。

这样的情况让刘天明十分苦恼，本来他就积极向国民政府提议禁止农民自行挖掘古墓，如今这事一出，不少农民连地都不种了，漫山遍野挖宝贝，他隐隐担忧，这里面会出什么乱子，一定不会这么简单。

他在跟王景临交流药品运输的过程中说了自己的顾虑，王景临决定亲自到村子里，去见识一下那口自产粮食的神奇铁缸。

这是一间再普通不过的农户家庭住宅，前院门口敞开着，土地凹凸不平倒也算打扫得干净。此时正值上午，是庄稼人下地务农的时候。

院内的三间草房一明两暗，仔细端详，看得出来东间的大一些的屋子是给大人居住，西间住着两个孩子。西间一旁有个小的房间，木门锁着，窗户上挂着一串串陈年的玉米棒子，这里应该就是粮仓了。

粮仓被锁着，王景临透过窗户看到有好几口缸，都盖着盖子平平无奇，看不出哪一口是传说中的宝物。他从怀里掏一根小铁丝伸进锁眼中，只听清脆的啪嗒一声，锁瞬间打开。

他正准备进入将锁取下，一声突如其来的叫骂从后院传来。他就势将锁重新锁好，起身往后院走去。

骂声越来越大，王景临看到几个农户正围着一个人骂道："你个偷儿，我蹲了好几天了总算逮住你了，看你还敢不敢抵赖！"

被围着的人急切分辩着："老乡误会，误会啊，我真的什么都没有拿。"怀里却紧紧护着一包什么东西。

此人身着朴素，一身打扮跟农民无多大区别，但也能肯定是从城里来的。一副厚如碗底的玻璃眼镜将他和农民清晰地划分开来。

一个农户吼道："我这几日都看到你在这边晃悠，包里是什么快打开，抓贼抓脏，我可不会冤枉你。"

几个人上前一抢，布包里的东西倒了出来，不过是一堆土疙瘩。

他们又上前扒拉一通，没找到什么。

王景临听说过，最近这一片的庄稼人都热衷于找宝藏，凡是出现了外来的陌生面孔，一律被他们视为也到此挖宝的人，必定会将他们赶走，甚至因此动手。

虽然一无所获，可此人太过可疑，农户怎么能轻易将他放过："他定是使了什么障眼法，把偷来的宝物变没了，快把宝物交出来！"说着几人动手推搡着。

此人大呼冤枉，王景临上前叫住一个农户："陈大哥！"

一个农民循声看过来，他认出了王景临，忙笑着招呼："王先生，今儿没跟刘乡长一块？"

王景临笑笑："我是奉他的委托，过来看看那个聚宝盆，你们知道姓杨这户人家在哪儿？"

农户答道："我也有两日没见着他了。估摸去旁村跟别人谈价格了，说是准备要卖掉呢！"

王景临笑道："难怪，在家里藏了这么个宝贝还没人看着。咦，我说你们这是怎么回事？"

几个农民七嘴八舌跟他说了一通，与自己猜的八九不离十。

王景临故意端详一番此人，一拍脑袋："这，这不是花店的梁老板吗？你是过来找些适合栽培兰花的泥土吧？"

那人被这么一喊，傻傻呆着，王景临眉头一皱，啧了一声："你要帮县长夫人培植兰花，也多带几个人来，现在引起误会，自己也吓着了，到时候交不了差看你这店还不开得下去。"

几个农民一听是帮县长夫人做事，都有些急了："我刚才出手不重啊，你个呆子别是吓傻了！"

辩几句作鸟兽散一哄而去。

王景临上前拾起尘土中的眼镜递给男子："走吧，梁掌柜。"

来到徐家酒楼，王景临让店小二送来一些冰块，用手绢包着让男子拿着敷红肿的额角，自己一边找来一小截铁丝帮他把断掉的眼镜腿仔细缠好，一边道："梁主任受委屈了，最近乡里有些不太平，别怪老乡们下手重，您多担待。"

他话一出，旁边店小二不由得多看了这个中年男子两眼。

为数不多的头发乱得如同被风刮过的鸡窝，一身土褂衫被撕得破破烂烂满是泥浆，狼狈窘迫得比满街跑的车夫都不如，这样的人居然是个当官的！

王景临又问："梁主任也是听说了会自己长粮食的宝缸才来的，您对此是怎么看的？"

被人一口说出身份，梁主任已经愣了一瞬，见他又这般问，露出一口大黄牙笑道："你，就是王景临？"

王景临点点头，将修理好的眼镜递了过去："您总算想起我来了，我以前在济宁教育局工作时，跟您有过一面之缘。那会儿您还是济宁文化局的科长，我回滕县后听说您高升了，没想到调到济宁古物管理委员会当上大主任了。"

梁主任试着戴上眼镜，晃晃头："松紧比之前还合适些。"又道，"宝缸，我还一直没有见着，守了几日连那位姓杨的人我也没见到。那个传说，估计是空穴来风。我对王先生也有些印象。奉命来滕县调查新出土的古物之前，就听济宁的同事提到过您。方才去乡间之前我也见过刘乡长，他还说什么时候帮我跟您引荐一下，我们还真的是有缘分呢！"

王景临问道："梁主任若要来调查，大可通知县政府的人一起来，自己只身前往着实危险，收效还不一定大。"

梁主任一口气灌下一大碗茶，痛快地打了一个饱嗝。呵呵笑道："不如此，还真了解不到多少真实情况。"

他将桌子下的那袋子土提了起来："这些都是从有古物挖掘出来的地方采集到的。别小看这些泥土没有啥研究价值，可是在保护古物运输和保管中有很重要的作用。我把样本带回去，再让手下的人找到这样的泥土。"

王景临问道："现在刚出土的古物古董，古物管理委员会目前收到几件？"

梁主任道："我们目前只收到一些陶罐和一些青铜器皿，还是我们工作人员从古玩贩子手里抢到的。我已经提交报告上去，让政府派人下来保护好还未被开挖的古物。这些也是我们中华文化的宝库，若被盗墓者或古物贩子盗走，真真得不偿失。"顿了顿又道，"其实，经过我这几日的观察，发现一些奇怪的现象，这里的古代墓葬并非如传说中那样多。虽然早在八千多年前的新石器时代，滕县这里就开始广有人居住，但据史料记载，大多王孙贵族的墓葬还是处于夏代少康次子曲烈的鄫国，而滕县地处北面。即便滕县能发现出土珍贵文物的贵族墓葬，也不可能大规模出现。可我这几日在乡下，发现不少农民都称自己挖掘到了古玩。当我上前查看时，分明是做旧的新物件儿，造的品质低劣，但凡懂点古玩知识的人都能看出来。这样的农民不在少数，这种情况会不会是有人故意做局。"

王景临沉默一瞬："梁主任怀疑，是有人故意借着挖掘古物的风，自己伪造一些古玩来欺骗那些闻风来收购古董的商人。"

梁主任点点头："滕县刚刚遭受过蝗灾，若这些农民都把心思放到这上面，不踏实把庄稼种好，来年怕只能是雪上加霜。"

事情远没有他们想象的这么简单。

这天，古物管理委员会的科员都到场，准备开始全面通过正规渠道收购农民挖上来的古物时，却有不少农民蜂拥上前，不是向他们展示自己的宝物，而是哭诉自己的经过。

之前虽有出土古物的传言，但去寻找宝物的农民还算少数，自从宝缸的故事传开，几乎乡间所有的农民都去自家地里挖宝，谁不希望能找到这样的宝贝，即使不换成大洋，自己一家将来也不愁断粮了。

可是古玩是说找到就能找到的吗？

这时，有人居然向他们兜售一些器皿，说自己在地里挖到，怕被人发现不敢拿进城里，问农民们要不要买。

那些人还说，找宝物需要技巧，先弄个小宝物做个引子，大宝物也很快吸引过来了。

贪心驱使之下，不少农民见有这样的好事心花怒放，因着之前杨家挖宝的故事，回到家扒拉出老底倾其所有将其买下，然后再卖给别人，想从中赚上一笔。

好不容易等到一个从城里来的古董贩子来，人家一看说这居然是假的，放到城里连乞丐的碗都不如。更有人带着自家的"宝物"风尘仆仆去了城里的古玩店，也得出了一样的结论。

大批农民这才恍然大悟，知道自己上了当，见着政府的人过来，围着他们哭诉着要说法，想让他们帮忙追回自己的钱财。

古物管理委员会的职员们正不知所措，一个中年妇女带着两个孩子过来跪下哭道，她的男人已经失踪几日。一问才知道她就是那位发现宝缸能生出粮食的农妇。

原来，就在五日前，一个自称政府古物管理委员会委员的人来他们家，说如果他们主动上交宝缸，国民政府会奖励他们一笔钱，若不同意可能会被警察抓起来。

老杨不禁吓，来人又宽慰他们可以帮助周旋，让老杨带着缸跟他们走便是，这一走自己的男人几日都没回来。

老杨媳妇一个妇道人家根本无处打听，见有政府的人来到村子里才来哭诉。

古物管理委员会的工作人员面面相觑，除了梁主任他们都是第一次来这里，是谁在冒充古物管理委员会的人，他们挟持一个农户目的何在呢？

他们继续发掘的工作也几乎无法开展，只好带着那些假古玩折返。

面对一堆农民交上来的破烂瓶瓶罐罐，古物管理委员会的职员和刘天明有些头疼。

刘天明道："当年清朝学者王懿荣第一次发现甲骨文后，他在河南安阳的乡村大力收购这种带图案的龙骨，当地人见此有利可图，便会伪造龙骨卖给别人。"

梁主任道："没错，开始我以为是这里的农民见此故意做的局，没想到被下套了。"

刘天明叹道："当初农民伪造龙骨，确实不应该，骗的都是想在中国投机取巧的洋人。如今别有用心者如法炮制，用这种方式给乡亲们下套。"

梁主任道："虽说可怜之人必有可恨之处。庄稼人心思淳朴，过得又苦，贪婪心上来做了这等傻事。可是把套伸向农民，下套的人更着实可恶。"

县政府也专门组织了相关的人员，成立了古物稽查队出来干预，正在动员让已经收走那些文物的贩子和古玩店的老板将古玩上交给国家。

王景临再次收到了李文庭在潍县发来的电报，药品距离滕县又近了一些。

他烧掉电报，朝着城外西南方向七公里的滕城村行去。

这年滕县的夏季尤其闷热，在乡间无任何树荫遮挡的地方，白惨惨的日光如同火烧过的一样，空气中火辣辣的热浪滚滚，路边青草和树叶一动不动，蜻蜓低低飞行，这是暴雨来临的征兆。

就在昨日，刘天明给他看过那些被坑骗农民的古玩，王景临细心观察一番，乍一看形状材质看似各有千秋，触摸感受下来做工手法出自一个模具机器，还有沾在器皿上的泥土质地也一样，砸掉几个，里面的土坯的质地和烧制的火候颜色也如出一辙。

他就此判断，这是一起针对农民有预谋有组织的骗局。

王景临依照线人提供的地址，来到滕城村。

王景临推断，这些假冒的古玩数量不少，仔细推断一定有迹可循。

王景临行过一个林荫小道，前方的古城墙依稀可见，王景临在高处目测，此处离城墙估计有两公里长。

对面迎来一个老者，清瘦干枯，古铜肤色，胳膊像两根竹竿接在一块似的，打着补丁的衣裤倒也干净齐整，手里拿着两个石头造的大圆球不停转动着，嘴上叨叨着当地的民风民谣，颇有些仙风道骨的味道："早看西南，晚看西北。早霞不出门，晚霞行千里。清早烧霞，晚上沤麻。"

从王景临身边行过，他突然驻足，细长的眼睛微微睁大，王景临也停下脚步用沉稳且善意的目光回应他。

老者突然笑笑，露出缺了门牙的嘴："此处还是不去的好。回去吧，前方凶险，闲事莫管。"

王景临远远看他的样子也猜测出此人是行走乡间的算命先生，这样的卜卦人所出直言自然不可推敲。王景临虽然从不相信鬼神之说，但老者对他说出这话时，心头莫名还是有些不安。

不知是不是从这位老者身上得到某种感应，大脑闪过方才来时的滕城古墙，电光交错中，他突然想起曾在图书博物馆看到过关于滕县历史的一本古籍，说的就是这个离县城西南七公里滕城村。

如果他没有记错，这个地方就是历史上有名的"善国"。

王景临记得古籍中这般说过。黄帝之子二十五宗，其得姓者十四人，为十二姓，其中第十子封滕，称"黄帝之滕"。"滕"者，取泉水腾涌之意为名。滕国故城，滕国的滕字，原为"塍"字。郑玄云："古人在书写时，由于'仓卒无其字，或以音类比方假借为之，趋于近之而已'"，"滕"就此情下，为古人使用的一个同音的假借字，假的时间长了人们便以错为正。

公元前 1027 年，武王克商封其十四弟叔绣于滕，爵为侯。是为姬姓滕国的开始。叔绣及其子孙是周王朝派来东方监视东夷各国的亲信，滕国当初与鲁、卫、晋、郑地位齐名。

滕国传三十一世，历时七百余年，于周赧王二十九年（公元前 286 年）被宋国所灭。

如此推断，若这个地方能出土贵族墓葬，也的确不奇怪。

王景临稳住情绪继续朝前走去。无论是老者的话还是突然想起的历史，他暂且抛在脑后，不愿受到外界影响，最大限度以自己的理性观察推断来思考。

他进入村庄，这里的农民大多是依靠砍伐收购高粱秸秆编制席篓，或培育草木花苗过活。

王景临来到一个卖编席篓家什的小作坊，用脚蹭了蹭门口的泥土，隐约觉得这些泥土和那些假文物上面的泥土相似，便径直过去对雇工道："最近可有新鲜的老货没有？"

雇工心领神会，很热情为他看茶倒水，没一会儿，一个胖墩墩笑呵呵的男子自称郝掌柜过来与他寒暄。

王景临表明来意："我想要一幅唐寅的字画《煎茶图》，要送礼用的，官场上高人不少，不知能否做到万无一失？"

郝掌柜呵呵笑道："我们就是吃这碗饭。不能以假乱真，我们这小店还真没法子开了，只是这价格……"

王景临道："价格好说。"从口袋里掏出十几个大洋，"能否看看别的名家作品？"

郝掌柜忙不迭起身带路，王景临随着他来到里屋，被眼前的情景惊呆了。

四方墙壁上全挂着字画，各个朝代的作品都有，其中不乏大名鼎鼎的黄公望的《富春山居图》、曹植的《洛神赋》、王羲之的《兰亭序》等。纸张微黄泛旧，若没个火眼金睛，全然不能察觉这些不过是人为赋予的岁月的痕迹。

房内的地上东南一隅更是摆放着各种青铜器。

不少造型王景临曾在博物馆里见过，与那里的物件几乎毫无差别，还更有古色古香之韵。若这一屋子的物件都是老货，只怕是价值连城。

郝掌柜道："我那屋子里就有几张刚刚临摹出来唐寅的画，这屋敞亮，王先生稍等片刻，待我去拿过来让您掌眼。"

待他出去，王景临靠近那些青铜器，蹲下拿起一个细细查看，做工的痕迹与乡间农民收到的假古玩大致相同，再仔细端详了一个又一个，粘在器皿上的泥土也相似。果不出他意料！

过了两三分钟郝掌柜还没有拿画过来，多年的战斗经验让王景临心头浮起一丝不祥的预感。

他不想再逗留，起身便朝屋外走去。大堂已经空无一人，方才在柜台边摆弄物件的雇工也一个都不见踪影。

危险的气息瘟疫般迅速蔓延，王景临快步踏出屋内，大步朝着刚才过来的方向行去。

天空阴沉得犹如巨大的铅块，重重地压着大地。草不动，树不摇，酷暑潮热的空气越发湿闷，大雨说不好什么时候就会泼下，他索性放弃大路，从一旁树林的小路行走，路途更近且若有雨还能遮挡一些。

突然脚下一空，王景临"啊"了声跌倒，顿时头晕目眩。待他爬起来时才发现他掉到一个土坑里，一开始估摸是农民抓偷吃庄稼的野兽挖出来的。

仔细看看，这个坑目测离地面三米多高，附近并没有巨大的野兽，为何会有这样一个泥坑？

他正思考如何从坑里出去，一声嚣张的大笑从头顶上传来，一张圆胖的脸在日光背后的投射下与他面面相视。

郝掌柜露出一副奸人的模样："我的店从来都是熟客介绍，你就这么冒冒失失跑来了，也不带个帮手，胆儿也忒肥了。如果我没有猜错你是从省城古物管理委员会那边来的吧？我这里还正好缺一个人俑，姑且就用你来做模子好了。"又吆喝一声，"动手。"

头顶一阵铁锹铲土搬东西的声响，约莫有三五个人的声音。顷刻，大筐的泥土哗啦啦地从地面上倒入坑中。

王景临道："明知道我是国民政府的人，就不怕政府追查到底吗？"

郝掌柜叫嚣着："政府里也要分人，厉害的主有背景有后台，能到古物管理委员会去？你们干这个又脏又累还没油水的活，还成天担惊受怕被上级责骂，一群只会刨泥坑的书呆子干掉几个怕什么。小子你也别怪我，只能怨你运气不好。"

王景临叹口气："郝掌柜你看我们近日无冤往日无仇，何苦这样？我也是奉命行事，你看这样如何，我用一个商周大鼎换我这条命如何？"

郝掌柜听他这般说，让手下停止刨土："说来听听。"

王景临叹口气："事到如今我只能这般。如你所说，我们在政府干事，没油水，只有在发掘了新的古墓后乘机为自己攒一些罢了。实不相瞒，上次在墓葬中我发现一个青铜器鼎，就藏在离这里不远的地方，我愿意把青铜器鼎交给你，交你这个朋友，你看如何？"

郝掌柜道："当真？你当老子第一天跑江湖，信你的鬼话！"

王景临道："你先让我上去我再告诉你具体地址。"

郝掌柜突然又哈哈大笑："小子，你想设计拖延时间，然后等着人来救你。没事，如果你说得当真，我先将你做成人俑再去那里拿也不迟。"

土堆再一次倾盆而下，很快就淹没到了王景临的腿部。

一声闷雷在空中响起，豆大的雨点渐渐砸向大地，很快将整个世界织出一张密不透风的大网。

他们所处的位置让树冠挡着，暂时受到雨点的袭击还小。

郝掌柜抹一把脸上的雨水吩咐："多放一些土，免得雨水把土稀释了，让他跑出去，整个大坑都要填满了。"说罢自己避雨去了。

泥土已经快淹没到王景临腰部位置，他心中焦急应该怎么样脱险。他此次来之前是找了小韩警察，嘱咐他若自己两个时辰没有回去便让他派人手分别从大路和小路来找自己。

没想到自己预测的事不幸言中了。

此时，自己被中了套，大雨会降低小韩警察他们过来找寻自己的效率。

正在紧急时刻，他听到头顶上雇工在谈话："你可听到什么了？"土堆也停止往下倒。

另一个声音："雨声音这么大，啥也听不见。"

又是另一个声音："我好像听到郝掌柜在喊，咦，好像还有咱哥的声音。"

其中一个决定去看看，另外两个继续待在原地往下刨土。

当土没到王景临胸口的时候，只听一声惨叫，一个人从地面上掉进土坑，将王景临身边的泥土砸了一个大坑，紧接着另一个人也掉了下来。

王景临抬头看向地面，雨点虽然砸得他眼睛睁不开，但也能依稀看到一个模糊的身影朝他扔下一截绳子，他抓住绳子从泥土里挣脱出来，奋力爬了上去。

他在大雨中，身上的泥土很快被冲刷得干干净净，只见面前几个人身上并无任何雨具，被浇成个落汤鸡，却也能看出都身着统一褂衫，精神抖擞。几人散开后，一个头戴斗笠身披蓑衣的男子上前——是陆堂倌。

此时另一个洪帮弟子从后面上前汇报情况："姓郝的被我们绑了起来，还听堂倌发落。"

陆堂倌上前看看昏倒在坑中的两名男子："这造孽的东西，能不能活看老天安排，我们先回去。"

回到编席篓家什的小店中，在那间布满伪造字画古玩的屋子中间，郝掌柜双手被反剪五花大绑着号啕大哭："堂倌饶命啊！我下次不敢了，这小子早点告诉我他是你的人，我就是吃一百个豹子胆也不敢动他啊！饶了我吧！"

陆堂倌坐在一把太师椅上冷冷道："你别避重就轻。这小子是死是活跟洪帮没关系，倒是你身为洪帮弟子，明明知道如果不是帮会授意，在古玩这个行当绝不能弄虚作假，你不但偷偷干了还……"环顾一下这个房间，"凭你造的这些数量，够杀你十次头的。"

郝掌柜哭丧着脸，伏着身子想给他磕头，不停求饶认错："我知道错了，堂倌饶了我吧，我愿意自觉断指，以后再也不做这些伤天害理的事了。"

陆堂倌面无表情，如同地煞金刚："我知道，你这身本事是祖传的，如今世道不好，帮派的规矩让你英雄无用武之地，可你千不该万不该把手伸到庄稼人那里！甚至还要动政府那边的人，惊动了帮主，洪帮向来盗亦有道，你这样可真是坏了帮派名声。"

他说着让手下给他解绑，又把刀"哐当"一声扔在他跟前："你加入洪帮多年也算个老人，我让你自己给自己一个痛快，我也好回去跟帮主交代。你还有什么话就说吧，我会帮你把话带到。"

郝掌柜颤颤巍巍拿起刀，眼内透着绝望的光，他咬着牙似乎纠结了很久，猛一抬头道："陆堂倌，我知道我罪大恶极，如你所说我虽然在帮派，可也一直是最底层的门徒，连护送运输侦察情报的义贼都不如，我也要养家糊口。如今我触犯帮规死不足惜，只求陆堂倌照顾好我的妻子和一双儿女。"

他瞪着血红的眼睛，将匕首直直对准自己的心脏，大吼一声，双臂猛地折屈。

血溅了地上伪造的各类青铜器皿一片。

雨声渐渐小了，窗外的天空似乎亮堂不少。

郝掌柜倒在地上浑身是血一动不动的，触目惊心。

出了这个村子，王景临谢过陆堂倌。他目光冷冷道："王先生我再跟你说一次，我是奉帮主之命来调查，不是为了救你。以后我们互不相欠。"

他往外出去突然止住步伐，头也不回地叹口气，仿佛自言自语："老郝也算是条硬汉，是真的够义气，临死也不肯出卖雇用他的人。做旧的手艺不错，但是要他亲自策划实行这么大的骗局，他还没有这个胆子和脑子。"他扔下这么一句便离开。

望着陆堂倌远去的背影，王景临心中一沉。

王景临担忧的事真的发生了。

他知道陆堂倌在提醒他，郝掌柜背后的黑手，跟之前那只挥之不去的黑手是同一个人。

他大脑飞速旋转，刘贵堂即便还活着，但他的队伍早就树倒猢狲散，这么快便东山再起，定是找到了新的后台和合作伙伴。这个后台极有可能是军事委员会。

太阳逐渐西下，把远处的山丘拉出长长的黑影。古老斑驳的古城墙坚毅倔强地屹立伸向远方，神圣不可侵犯。

此次文物造假案件，涉及金额之多，涉及人群之广，手段阴险至极，轰动了整个滕县。

古物管理委员会在警察局的帮助下，从编席篓家什的小作坊的地窖里搜出不少大洋，大多是从农民那里骗来的。因为担心交给其他部门会从中克扣，梁主任命令手下将钱财登记，再让其他手下去乡下搜集被骗农民的名单，在警察的协助下依数将钱财返还他们。

这时也传来消息，那口宝缸的主人，姓杨的农户找到了。

在那个编席篓家什的小作坊地窖里，姓杨的农民已经被饿得奄奄一息。

梁主任自己掏了腰包让他进了医院治疗。杨农户意识渐渐清醒过来，痛哭流涕地告诉了大家实情。

所有人都看到了那口传得神乎其神的宝缸。笨拙粗大，质地糙砺，一口在农村随处都能见到的大缸。

姓杨的农户说，他的确看到有人挖出宝物，自己也试着挖，却一无所获，他一气之下将自己老家一口缸弄出来说自己也找到了古物，有人来看说他那个不过是废物，想着自己不顾祸害庄稼弄出这么个结果，心里憋屈。后来发现能长粮食，又觉得是神仙显灵，发现真相后又担心自己像之前一样被人笑话，就按捺着隐藏了真相。

他心中还有别的小九九，若是能把这缸子出手卖掉，就能发财，贴补家用啊。但这个念头也一直让他良心不安。

就在他心头纠结中，郝掌柜找到他，说帮他找了一个好主顾，能把缸子卖一个好价格，而且绝对没有后顾之忧，便带着那口缸跟随他来到这里。谁想到郝掌柜早就看出了那口缸的内在乾坤，不过是想控制住他。

接着发生的事所有人都知道了，不知何时谣言四起，说杨家出了一口能生出粮食的聚宝盆，让其他农民眼红心热，将人们贪欲之心狠狠撩起，再派人暗中售卖所谓从地里挖出的古玩，让农民倾囊所有买下伪造的古玩，大肆敛财。

整个布局缜密细致，严丝合缝，大家听了杨农户说的话，后背不由得都冒起一身冷汗。

梁主任却是头疼，滕县到底有没有出土古物？难道即便是宝缸之前有出土古物的新闻，也都是居心叵测之人，为了一己私利，凭空造出来的噱头吗？

考古队和古物管理委员会面面相觑，如果出土了古物，怎么连个影儿都没见着？连刘天明的手下也是只闻其事，不见真物。

姓杨的农夫踌躇了一会儿，跟梁主任道："我第一次到姓郝的那个村时，就看到几辆马车在门口。那马车我认识，在城里卖玉米时就见过，是一家绸缎铺子的，马车上有一个大大的'殷'字。"

刘天明点点头："西门里大街的殷家绸缎铺，我知道。"

梁主任也觉得不同寻常，忙问道："他们往马车上搬什么了。"

农夫想了想："都用布包着，有一个没这么严实露出一些，像是个青铜器香炉的脚。"

刘天明低头思忖一下，跟梁主任肯定道："我想，咱这回滕县真的出土了古物，但被文物贩子抢先了过去。"

梁主任叹口气："自从1919年以来，我们国家有不少文物流出海外，很多富商自行收藏的藏品甚至能称之为国宝的精品，都因这样那样的原因损害遗失。这些都是研究中华古代文化文明的重要资料，如此，简直太可惜了。"

见他满面心疼和沧桑，刘天明心头一动："梁主任不必气馁，或许还有一线生机，让我去试一试。三日后给您一个交代。"

按照杨农夫所描述的，这些文物去向刘天明猜到了七八分。

西门里大街的殷家丝绸铺，背后的东家姓殷，是滕县的名门望族。

滕县有城乡八大家之说，在整个山东也算赫赫有名。

城内八大家一般指"徐、黄、张、高、吴、姚、孔、王"八大家族；在乡村流传的八大家多指：大坞张小坞段，杨家龙家也不善。党家村鲁家寨，还有桑村的李二泉，金仓沟银王开，城里的王家最厉害，郗山殷家南山褚，要数留庄的小叶五。

这段顺口溜在清朝末年便有了，至今街上的儿童都会传唱。

滕县城乡"八大家"有权有势，生意兴隆，掌握着生杀予夺之权。全县百分之八十的土地都在他们手中。王开的张良弼是元末湖广行省参知政事，大坞村张家在明代出过布政司，高庙王家出过御史，福杨家中过进士，郗山殷家当过清朝的外务。

那时候起，滕县的政治、官场、经济、商业土地、交通运输一直让这八大财主掌控着，他们大多上有官府撑腰、下有田产商贸，身份实力异常显赫。

这个郗山殷家，祖上便当过清朝的外务，一直身居要职，在滕县当地也置了不少产业。如今民国时期各种营生依然兴旺发达，如当铺、五金铺、客栈、酒店、绸缎铺等许多行当都有涉及。在这个社会动荡、兵荒马乱、土匪横行的世道，家族生意没有没落，反而越做越兴旺，可见殷家人的威势和手段。

相传当家人殷五爷是头等的古玩收藏家，据说去过他宅子里见过那些价值连城的真品的无不赞叹。

有这样的喜好，动机充足，加上殷家的实力，以及刘天明他们发现的线索，基本能够判定，这次新出土的滕县文物，应该在殷家那里。

这也是个吼一吼，滕县地界抖三抖的人物，是个不好对付的狠角色。

刘天明决定去会一会这个殷五爷。

第二天，刘天明来到滕县西北，一座显赫的庄园大院里。

在下人带领下，刘天明穿过两侧是耳房的大门楼，踏入院落穿过一个刻着盘龙的大迎壁，朝东行去穿过一排廊亭，两侧布满各种争奇斗艳的盆栽。

他们又穿过一排两侧都是灰砖灰瓦房子的小道，来到一座硬山墙小瓦覆顶、质地厚重的房子内，一个身着丝绸短衫的约莫四十岁的中年男子在廊下逗鸟，看到刘天明过来，忙不迭扔下手中鸟食上前打招呼："刘乡长，稀客稀客啊！"扭头骂下人："给我通报刘经理，没长眼吗，这可是政府的乡长！"

刘天明怎会不知这些客套话，笑道："殷五爷客气了，这个乡长倒是无所谓，我也的确是国民书店的经理。"

殷五爷哈哈笑道，招呼他喝茶看花，坦率挑起刘天明想说的话题："听说这次滕城村周边不少的农民被骗了。这些人丧尽天良，骗谁不好！俗话说，偷别人活命的粮食，以后要下十八层地狱。如果这次不是你刘乡长，这些可就毁尽了。"

刘天明知道他已洞察自己来此的目的，如此坦荡反而不好对付。

他不慌不忙笑道："殷五爷果然消息灵通，刚遭了蝗灾，又遇到这样的人祸，是我这个乡长无能啊！"

殷五爷把脸一拉："刘乡长话重了。早听人说，你是个真心为民的好乡长，比起好多吃皇粮饭的，我更佩服刘乡长这样的官。好在现在也算太平了，农民追回了自己的损失，那些刚出土的文物也没有落入歹人手中，在我殷某人手中得到完好保管，更不会让这些宝物流出国外，也是皆大欢喜了。"

纵横黑白两道的老手先发制人，一言堵住刘天明想要回文物的嘴。

刘天明啜了口茶，笑笑对他道："我从古物管理委员会的梁主任那儿得了一枚秦朝的竹简，我也看不明白，知道殷五爷好这个，特地过来想让您掌上一眼。"

殷五爷眸光一亮："真的，快拿给我看看。"

殷五爷戴上手套，抚摸着竹简赞不绝口："数千年前的先知智慧，尽在我手，好似我去到了那个年代。古玩，就是能给人这样的感觉。可惜，这竹简品相不行，否则在市面上也能价值百金。"

刘天明从口袋里掏出一个小瓶："五爷可否让人打上一盆水过来？"

殷五爷吩咐下人照做，饶有兴致地看他玩个什么花样。

刘天明将小瓶中的滴剂倒入盆中清水，再将竹简放入盆中。

殷五爷见那破损不堪的竹简在药水的洗礼下，慢慢呈现出它本该有的黄褐色，刻在上面的小篆也越发清晰可见。

殷五爷不由自主睁大眼睛，见过天下古董的他也大为惊讶："这，这是……"

刘天明笑道："古物管理委员会为了研究数百甚至上千年的中国文化，才发掘古墓，经验丰富且设备完善，能极大保护这些珍宝，盗墓贼为了一己私利挖出宝物多会有损伤，为数不多的完整文物若流放出去，时间一长不知道出处何地，也没法从文物身上了解到真正的历史价值。"

他见殷五爷沉默不语，笑道："这根竹简就送给殷五爷，多谢款待。"不再多言，起身便离开殷宅。

三日后，殷府派人给古物管理委员会送来一些物件，包括钟、鼎、铭等十四件周代文物，有一件上书"世代子孙永保留"七个小篆。接着，他们考古队再次在安上村固堆顶发掘出周代的一个贵族墓葬，里面有不少那个时代的陶器、豆、鬲等珍贵文物，刘天明当场对殷五爷表达真诚的感激。

据说，殷五爷狠狠捶了刘天明一拳："刘乡长果然心思缜密，不愧是有情义有担当的文化人，在下深感佩服。"

他目光看向远方："想着多年以后，别人提到我郗山殷家，会说我殷老五对中华文化传承、经济发展起了一定帮助，而不是张口就骂这个老守财奴糟践我们的宝物。"

殷五爷送来的宝贝有些因为运输不当有所损坏，但大都完好无损，有这等收获是振奋人心的。梁主任捡起一块上面酷似鸟足的刻画符号的陶片激动不已："不愧是滕县，文化底蕴如此丰厚。如果把这些文物修复，一定对我们中华民族古代研究有重大突破。"

在多方面的支持下，古物管理委员会把这次从滕县出土来的文物，包括钟、鼎、铭等十四件周代文物，上书"世代子孙永保留"七个小篆的器物收归博物馆。

挖出来的那些文物，大家都在商定该怎么处理。

文化局局长马运术提议希望把这些文物放在滕县，让所有百姓参观，培养和发扬民众的爱国爱家的文化情怀。

梁主任却持有不同意见，他执意要将文物搬迁到山东济南。滕县因为地理位置特殊，一直是日军觊觎攻占之地，若文物在此那很有可能会损伤。

梁主任诚恳道："我相信在座的各位都有一个愿望和初心，就是保护好中华民族的宝贵的遗产，请大家相信我老师的经验，相信我们。"

大家沉默了一瞬，都同意了。

梁主任发去电报，从北京聘请了经验丰富的技工来协助打包装箱，将众多文物运上了山东济南的火车。

第八章 药品凶险抵滕县，内鬼现身拨迷雾

立夏之际，温热的风吹遍滕县大地，将街上报童清脆的叫卖声传到每个人的耳朵里。

"号外！号外！一二八淞沪抗战，国军奋勇抗击日寇，5月5日日本人被迫签订《上海停战协定》。"

王景临拿起一份报纸细细看起来。

一连几日王景临都没有收到李文庭的电报，他心中有了不祥的预感。与同志无故断了联系通常是危险的开始，按照时间推断，李文庭应该有新的站点，势态反常，他必须采取行动。

为了让王景临及时知晓药品运输情况，李文庭行动之前，他们商议依然用电报传送消息。目前，整个中国的通信并没有全部覆盖。他们之前做了调查，庆幸的是，烟杆上破译出来的地点城市里，都有电报局。各个城市的电报局收到通信后，会通过报纸进行发刊，有时候也会通过广播播报。

他们选择明码发出，并不需要破译，在当地发出电报，隔日便能出现在滕县的报纸上。李文庭在所在城市发送代码"B……+"，便是一切顺利，若代码是"B……++"，便是出现了一定程度的阻碍，王景临需要更警惕注意各方信息；若代码是"B……–"，那就是代表情况很危急。

如果药品运送途中极其危险，王景临鞭长莫及，但至少能洞悉情势走向，便于在以后的工作中做出合理正确的决策。

一连几日都没有收到消息，王景临有些担忧。好在，这日他买来的报纸，在报纸专门刊登"公共通电"的一角，看到了"B……+"，心中暗暗舒口气。若是要表明数字，

便在代码的加号或减号后面加上阿拉伯数字即可。

他看着办公桌上的纸质日历，撕下一张。

应该就是这两天，药品，就要到达滕县了。

按照上级刚刚给的指示，药品到达滕县后，将在这里分成两批，一部分将送达滕县的同济堂诊所；另一部分将送到国民书店。分开隐蔽休整后，一路沿大运河济宁向阳站、留庄，经过贾汪，再通过河南焦作等地运送到大别山；另一路南下，运送到上海，再通过浙江等地运送到瑞金。

没错，瑞金。

共产党人都知道的，放眼整个中国，目前无产阶级革命事业开展如火如荼的地方。

傍晚，随着巨大的火车轰鸣声，装载各色大宗货物的二十多节车厢缓缓停靠在滕县火车站。

滕县是南北要道的中枢地段，每月火车站都会有三次到五次的大型货物到达此地。王景临在众多已经等待多时的商户和搬运工人中间，目光锁定在10—15号车厢范围内。

车厢中间相对车头车尾更没那么容易引起注意。果然，王景临看到第11号车厢的第二个窗户下，一只用红炭笔画的红心已经掉了不少颜色，看上去依然熠熠生辉。

工人们争先恐后去搬运自己东家的货物，列车员扯着嗓子吼着维持现场秩序。

一时间，搬运货物，清理数量，堆放货物，人声鼎沸，嘈杂无比。

但也相对有条不紊的人，将一件件货物从这条长龙般庞然大物的肚囊中搬离出来，王景临看到，一个皮肤黝黑、嗓门极响的年轻人在指挥着这节货箱的货品。

狄建刚就是王博源密码的名单中的一位同志，前不久王景临亲自与他通过古诗暗号联系上。

看到人们从11节货厢搬出被包裹的棉花和一些实木家具小件，一箱箱正方、边长一米左右的纸箱被搬了出来，仿佛依稀能看到那纸箱上有不明显的红色"十"字标志。

王景临数了数，刚好八十二个纸箱，与情报中的数目一致。

他突然心中一沉。之前他在李文庭那里得到的情报是总共八十二个纸箱，没想到的是纸箱体积会如此之大。

他在人群中找到警察小韩，他也在附近观察帮忙打掩护。他告诉小狄，来此地帮忙的工人分作两部分，将药品一部分送往同济堂诊所，另一部分送往国民书店存放。

小狄愣了一下，十分不解。药品还会继续运送出来，若放在两个地方，到时候聚集的时候困难会大得多，担心到时候会出差池。

王景临说道："革命的路不是一帆风顺，有很多突如其来的情况，我们只能随机应变，才能更好完成任务。"小狄想了想，只好服从。

八十二个纸箱装了满满六辆马车，从火车站出发，往东，直到滕县中间大街，分成各三辆马车朝北街和东街驶去。

因前段时间日本间谍的风波，国民书店受了不少影响，近日来顾客减少，对大批货物突然来到，倒是挺有益处。

工人们将货品码好堆放在书店内，已经是晚上八点多了。

刘天明在门口大声嘱咐马秀山："这些都是修缮县长宅子需要的涂料和建筑物料，东西不值钱，就是难得买到，一定要看仔细了。"说罢离去了。

王景临在回学校宿舍途中，在一家米糕铺买点心，得到了及时的情报——同济堂诊所的药品也已经安排妥当。

药品一路经过了十多个地点，总算到达了滕县。

刘天明遣人定下一节去往上海的货厢，本是该三日后才能出发，谁知那条道路的火车铁轨后天将要大修，大修停运前，明天早上五点有一节去往上海的货厢。

真是天赐良机。

次日凌晨三点，王景临亲自指挥着将存放在国民书店的药品，连夜秘密地运送到火车站，装上了去上海的火车，李文庭和李雪泉继续负责护送。

中共滕县特支的核心成员都心系那些看似普通又来之不易的纸箱。

眼下，保证放在同济堂诊所隐秘隔间的药品安全，成为滕县特支每一个核心成员最大的任务。

这些送往大别山的药品，什么时间启程？王景临他们在等上级的指示。

这日下课，王景临收拾好书本，笑呵呵跟同学们打着招呼准备离开。越是有大事，他越喜欢让自己表现得自在畅快、风轻云淡。他快步走到宿舍，在楼梯口跟对面的人撞了个正着。

是警察韩洪叶。

他急切地告诉王景临："有人告密，国民书店藏有禁物品。中共滕县特支好几个同志，不知怎么的莫名其妙被抓，搜查给出的理由是贩卖日货和伪造文物。"王景临有些愕然，这两样罪名他刚刚得以平反，又有人拿出来兴风作浪，实属有些诡异。

王景临决定去一趟国民书店。

夜色已至，本该打烊的书店竟然灯火通明。王景临上前推开门，书店早翻得乱七八糟，楼上还有翻找的声响，一个身着军服的人背对着他，听到门响，一转身，是李长官。

王景临一愣，李长官拿出一张搜查令："有人举报，书店藏有日货和古物违禁物品，我奉命在此搜查。"

这时一个士兵来报告："整个书店都找过了，没有任何可疑物品。"

李长官眼睛冷冷看着王景临好一会儿："此事关系重大，这书店只能暂时查封。"

王景临问道："你没问过刘乡长的意见吗？"

李长官道："事情就出在刘乡长这里，有人举报刘天明通共，恐怕现在也是自身难保，连这里的店员我们也得带回去审审。王先生，既然你与此事无瓜葛，劝你小心为妙。"

王景临未见马秀山，估摸已经被抓走了。

两张冰冷的"封"字再次交叉贴在大门上。

突如其来的消息把王景临一棍子闷晕。

很快王景临冷静了下来，万幸的是昨天存放在国民书店的药品连夜运送走了。

难道是冲着药品来的？

他一直担心的事情还是发生了。

原定国民书店存放药品，知道这件事的，中共滕县特支不过几个人，自己、刘天明、小宋、同济堂诊所接应的小护士，还有就是马秀山、李大同，若他所说属实，那整个中共滕县特支，还有现在存放在同济堂诊所的药品都会有危险，搞不好会出大乱子。

王景临担心不知道马秀山在警察局的牢房里，能不能经受住拷打。

最糟糕的是，这次刘天明也牵连其中，因为平时十分谨慎，他被共产党策反的消息更像空穴来风，加上他在国民党政府一向人缘不错，也干了几件深得民心的大事，问题倒也不大，只不过被暂时停职禁锢在家中不得外出。

各个学校的不少同志都被秘密逮捕了。

王景临问起马秀山的情况，小韩叹了口气："小马这次凶多吉少，在书店的时候他就跟那些特务起了冲突。"

王景临诧异，工作这么久小马一向沉稳会来事儿，怎么会跟人在那个时候起冲突？

小韩告诉他，那些人态度极为嚣张，搜查的时候把大堂的书通通扫到地上糟践，还在二楼把书架弄得乱七八糟，说这里的所有物品都要充公，一件件往外搬各种书架桌椅，条凳都不放过。小马极力阻止，说书店虽然被查封但这些私人物品他们没有权力动，几个特务当场将他揍了一顿，鼻血都打出来了。"

王景临拳心一紧，牙根咬得咯吱咯吱响。双手撑着桌面，泪水在眼眶中打转。

小马完全不用受这个罪。他看到特务们开始搬动家具，是担心很有可能会把那个挡在红色书籍前的那个矮柜也搬走。他知道暗格中暂时没存放书籍，却放着暂时还没能销毁的重要的组织文件，若被发现了后果不堪设想。

马秀山是为了整个组织的安全才做出财迷的样子，拼尽全力保护书店的物件，保护所有的同志们。

尽管他背对着，小韩能感受到他的心疼："你也不要太担心，小马年轻，扛扛皮肉之苦不会太难。在监狱里我会暗中关照他，但要尽快想办法解救，若军事委员会的人要带他离开滕县去南京拷问，那就难办了。万幸的是在国民书店没有搜查到任何有价值的东西，可能暂时不会有太大的危险。"

情况十分紧急！

王景临迅速决定，马上搬掉窗台上的石榴盆景，这是党组织内部紧急通知，国民书店已经暴露的暗号，并让小韩想尽一切办法通知其他的同志们尽快转移，保存党的革命实力。

到底是先将马秀山救出来，还是先联系上级加快药品的转移？他突然陷入抉择的纠结中，心急火燎。

情急之下王景临立即决定让小韩告诉李大同马上行动，将同济堂诊所药品秘密转移到县里和公司货场。

送走小韩，王景临深深呼吸，努力迫使自己冷静下来，思考到底是哪个环节出了什么问题，国民书店为何会被特务盯上，难道是出了内鬼？

天色已完全黑了下来。

王景临回到宿舍，灵敏地发觉有人在跟踪自己。突然窗户下面传来小韩压低的声音，透着焦急："王老师快走，军事委员会的人来你这儿了。"

王景临立即反应过来，带着小韩飞快出门上了楼梯，来到屋顶上往下看，果然五六个身形高大的男子已经进入了宿舍的大门。

韩洪叶轻声道："我果然没看错，他们穿着便服，若是穿着制服便是公事公办，若是便服那可能就会动手暗杀。他们来这里，是冲着你过来的。"

王景临屏住呼吸，数着时间知道他们已经进入房间，过了一分钟他从屋顶的一个角落里掏出弹弓，将宿舍旁边的树叶打下去。随后搬开屋顶的一块石头："赶快进去！"里面一个小房间刚好能挤上两个人，关上石板从外面根本看不出。

小韩才发现宿舍这个屋顶设计极为巧妙，四四方方的房顶地面上有一个地下通道，这是之前一个修管道装工具的地方，后来被封住了，如今被人从房顶上打通进入，从里面扣上石板，根本发现不了这里可以藏人。

很快房顶响起了沉重的皮鞋声，几双脚在房顶上踢踢踏踏来回踱步好一会儿，果然听到有人道："他跳树跑了，是我们大意了，赶紧去追！"皮鞋声渐渐远去。

过了约几分钟，王景临带着小韩出来对他道："你先待在这里不要出去，最好待一晚上再走，这是最安全的，早上你走到街上就说你是去赌坊玩了一夜。我先去看看。"

小韩抓住他："我没有问题，可你现在出去会有危险。"

王景临道："不管现在如何，我必须马上行动了。你听我的一定待到这里明天早上再回警局。"

王景临出去后，听到楼道里悄无人声。那些人应该已经离去。

他决定先去落实转移药品，确保落实药品的安全是头等大事。

他再次回到自己宿舍房间门外细细倾听等待，确定里面没有人才进去。他小心观察了四周，只见屋内刚收拾的衣服物件被翻得乱七八糟。他正准备开始动手整理，一个硬硬的物件无声又凶狠地抵在他的腰间。

王景临屏住呼吸，慢慢放下衣服将双手慢慢举起，身后传来熟悉仿佛来自地狱的声音："王先生，等你老半天怎么才过来呀？收拾这么利索，是准备去哪里？"

正是在济南戴面具的男子的声音。

转过身来，果不其然，这回他并没有戴着面具，但面容平凡无奇却很熟悉——当年刘贵堂身边一个不起眼的小跟班。刘贵堂果然和军事委员会的人搅在一起！

王景临依然做出不知情的样子，举着双手："朋友，你三番两次来为难我这个教书匠，有这个必要吗？"

不由得他反抗，男子三下五除二将他绑在了椅子上。开始在屋子里翻找，刚开始找出来的不过是一些书籍和钢笔之类的文具。后来又从他的床底下翻出一些酒精和一些处理化学纸张的玻璃器皿，只见他小心将这些看似不起眼的东西放到一个包裹里，很显然他明白这些都是做什么用的。

王景临道："这位长官，这些都是我的学生学理科做实验用的，我只是一个老师，到底犯了什么法，我承认在济南是给你添了麻烦，那也是被人所逼，今天你也该给我个明白呀！"

那男子笑眯眯走到王景临跟前："王先生看着不像记性差的人啊，老朋友都不认识了。"冷不防猛一拳打在他鼻梁上，"这下可想起来了？"

他力度之大，使得连人带椅子都差点倒下，王景临脸上瞬间血海一片。男子哈哈笑道："都说共产党狡猾，果然比戏子还能演。"

王景临张着满是鲜血的嘴笑道："不明白你说什么。"

男子笑道："你就揣着明白装糊涂吧，等我把你送到我们那儿去，上次是毒蛇，别急，这次还有更新鲜的花样伺候你呢。"

王景临自忖，这段时日他动作太大。到济南带头请愿，抵制日货，为农民追回损失，虽然自己身份只是中学教师，但应该早被人盯住了。

他脑子里飞速判断，结合这几日种种反常情况来看，自己身份暴露了。

但他依然怀着一丝侥幸，只能继续装糊涂道："我明白了，这位长官不过是求财，我藏了一些金条，但是不在这里，你放我走我一定给你，就当舍财保命了。"

那人明显迟疑了一瞬，王景临从这一瞬间看到了希望，可男子又将枪口对着他的掌心"砰"就是一枪，王景临忍不住大叫一声。

男子道："金条放在什么地方？"

王景临疼得直吸冷气："你这样我如何告诉你，我要说了，小命就没有了。"

男子冷笑道："你若不说，我下一枪就打在你的右手上，再不说就打其他部位，慢慢折磨你，你若说了我还能给你个痛快。"

王景临气若游丝道："我若有不测，你如何跟你上级交代？"

男子哈哈笑了两声："还说自己不是共党，经验挺丰富的。我的上级不会关心我带回去的是不是活口，他只在乎是否有用的情报。我只需要汇报你拼死反抗我不得不将你击毙便可。"又凑到王景临的脸庞，轻声道，"从刘家庄带走的金条放在哪里，你若有半个字假话我也看得出来，否则我就……"

他将枪口对准王景临的右手，突然"哗啦"一声，玻璃窗户被砸开，男人惊了一下，本能地将枪对准那个方向"砰砰"就是两枪，并没有任何回应。

他猫着腰踱到窗边左右看看并没有人，殊不知小韩从后面的门口飞速扑了过来。

原来他不放心王景临，来到他宿舍发现不对劲才隐蔽起来。

男子转身又是一枪，放了个空，小韩已经将他拦腰抱住。两人在夺枪的过程中又扣动了两次扳机。男子很明显受过擒拿搏斗的训练，几个回合下来占了上风，抢回手枪对准鼻青脸肿爬起来的小韩。

王景临大声提醒小韩："他的枪已经打出六发子弹，已经空了。"

小韩没有顾虑了，再次反扑上去与之殊死搏斗。几个硬拼下来这个特务总算将小韩制服："这不是警察局的小跑腿的吗？你们共党的水可真够深的，这次我可真的要立头功了。"

男子找来绳索，准备将小韩也绑起来。

此时王景临突然挣脱了绳索，他从墙角处拿出一支钢笔飞速拧开，露出里面的针管，他以迅雷不及掩耳之势将针管狠狠插入特务的脖子。

特务大吼道，一脚踢开王景临，拔下针管。那针头有半截折进他的肉里。很快药效发挥，他在房间里横冲直撞一番，轰一声倒在地上。

两人大汗淋漓坐在地上直喘粗气，过了好一会儿，见地上的男人半天不能动弹，上前摸摸男子脖颈处的脉搏，确认已经没有了呼吸。

小韩撕下棉布，给王景临的手细细包扎上，声音微微颤抖："现在怎么办，要将他怎么处置才好？"他虽然作为警察也常看到这种情况，但这回面对的是军事委员会，他一时手足无措，"你必须去医院才可以。"

王景临道："不要处理了。你先处理下伤口，赶紧找地方藏起来。这个人是他们故意留在此地对我守株待兔的。如果晚一些他们没有看见这个人回去，一定会找过来。你如果撞上就麻烦了。"

小韩道："他在你房间里被杀的怎么解释？我们现在可以把他扔出去。"

王景临一边用棉布缠着手掌一边道："时间来不及了。他们既然能这么找我一定是蓄谋已久的，反正都说不清楚，你先要确定你的安全和保障自己不被暴露，其他的交给我。

今日不管谁问你，你都只能忘记今晚的事情。问起你的伤口，一定说是在赌场打架造成的。"

他看看躺在地上的男子，苦中作乐笑道："这些药当初还是从刘贵堂那里缴获的。果真是报应，自作自受。"

他们先来到马奉峨诊所，这里空无一人。

医生是战争中极为重要的人才，为了让马奉峨医生发挥更大的作用，他已经接到组织的命令去了别地执行新的任务。但这里还有一些用来做手术的器皿。

王景临咬着毛巾，在没有麻药的情况下，用烧红的镊子将自己手掌中的那颗子弹取了出来，随后只撒了些消炎药粉在伤口上包扎好，剧烈的疼痛让他差点晕厥过去。

不敢逗留太久，一来这里亮着灯很容易招人注意；二来还有更重要的事情要去处理。他擦把汗水，掏出布袋取出假胡须，对着厕所的镜子细细贴上。若不是太过疼痛让他无法控制汗液，会将自己伪装得更加陌生。

现在，已是深夜，王景临目送小韩消失在漆黑的夜幕里。

他用受伤的手掌忍着剧痛将墙壁暗格和窗户上方的资料取出，统统焚烧掉，只拿着最重要的两样，一头扎进黑夜中。

在夜色和雾气的掩护下，他来到刘家大院旁。那里有一处废旧的老屋，院墙上布满青苔，散发出泥土的味道。

他顺着院墙根边走边数，到了一个阴影处，抽出一块能活动的砖头，将一包牛皮纸包裹的物件放入里面后再封上砖头，用一旁的杂草和苔藓敷到上面。

他边做事情大脑边飞速运转。

如果没有估算错，药品应该暂时安全。

国民书店被查，应该是刘天明那里出了问题，不然方才的杨副官应该将他抓获。而真正抓自己的军事委员会的特务，定是在药品运输或其他问题上还没有头绪，药品没有暴露。极有可能是为了获取药品的情报，才会来抓他。

万幸的是小韩今日当差，奉了上级命令执行公务，跟随军事委员会的人来秘密抓捕王景临。

据小韩描述，现场的特务拿着几张关于国民书店如何贩卖日货、伪造文物坑害农民的举报信，以及古物管理委员会梁主任的签名。若小韩没有看错，果真是梁主任签字，难道古物管理委员会在运送国宝的途中被军事委员会的人控制住了？

更何况共产党员马秀山在国民书店遭到逮捕，城内大街小巷都贴满了对中共滕县特支一些人的通缉令，全城实行戒严，主要道路口派军警设岗对来往行人严加盘查。难道真的出了内鬼？

王景临百思不得其解。

当务之急是只要自己还活着，就该尽快带着药品离开滕县，应该没有太大问题。

只可惜，苦了那些被逮捕的同志们。

他心头一阵绞痛，强行按捺住心中悲愤，深呼吸一口气，继续行动。

他一刻不敢耽搁，叫了一辆黄包车来到县城南部与临城区接壤的地界，来到懋榛小学。沿途他看到到处张贴着国民党对他的通缉令。

懋榛小学是李天倪 1925 年在家乡五所楼创办的一所小学。李大同和张元桥等好几位同志都在这里工作。

王景临冒着生命危险也要尽快让他们知道到国民书店已经被查封的消息。

他来到操场往教学区方向行去，迎面上来李大同和几个学生，他多半又加班给学生补课了。

李大同看到他一身狼狈，忙遣走学生，看看他包扎的手掌小声问道："你怎么跑这里来了？"

王景临迅速用手掌在胸前上下翻转两遍，这是告诉李大同自己可能已暴露，通知大家紧急转移的暗号。一边呼吸轻微急促道："我们先到你的办公室……"

话还没讲完，李大同忙摆手道："你先等等，你干了那些没脸的事儿还能过来？"

王景临愣了一瞬："大同你这是怎么？"

李大同极其不耐烦："若想人不知除非己莫为，王老师你太让我失望了，你干的什么事儿早就传遍整个滕县了，亏我之前一直当你是朋友！以后我们桥归桥路归路，还是保持距离好。告辞了！"

王景临愕然，他的态度极为反常。但看着他远去的背影，自己的心仿若跌入冰窖。

他出了懋榛小学，突然感觉身后一个黑影一闪而过，他不动声色向前走去，凭着对小路的熟悉，很快甩掉了后面的人。

事到如今，为了药品的安全，他只能尽快将药品转移，先离开滕县再说。

目前这个情况十分危险，他想先去火车站为母亲买一张去济南的火车票，让母亲离开滕县暂时避避风头。

他知道自己这次行动极为凶险，接下来母亲极有可能成为敌人攻击的重点对象。

如果不把母亲送走，他不知道这次离开滕县，还能不能再回来尽自己儿子的责任。

他刚来到母亲所住处的街道，远远就看到住所被一些身着黑色中山服、头戴宽檐帽子的人包围着。

是特务！

王景临立马侧身躲在阴影处屏住呼吸。

只见一辆黑色的轿车停在住所门口，几个特务的人立在旁边，神情严肃，左右环顾，其中一人还牵着一条狼狗。

他心脏在剧烈跳动，四肢瞬间冰冷得似乎感受不到来自手掌的疼痛。

他早该想到如果特务想要针对他，肯定会向自己母亲下手。他心中不禁后悔当初让母亲住在城里，本是为了尽自己一些孝道，一个老人在乡下他同样十分担心。

他也预料过，自己一直从事这样的工作，总有一日会出现这样的情况，只是没想到会这么快，这么突然，半点缓冲的时间都没有给到他。

看到眼前这个场景，不知道母亲是否已经被他们带走。目前，他迅速地梳理了一下。刘天明被困；董宜博在文物案后随着教授专家去了上海；马秀山他们也不知道是否真的被特务控制；小韩目前在警察局还不知道能不能过那一关；李大同离心；其他同志也只能待在原地，以不变应万变；渠玉瑞正在秘密运送存放在同济堂诊所的药物，前途未卜；国民书店被特务搜查，虽然没有搜查到党的文件和违禁书籍，但是，整个中共滕县特支变得十分危急，变得支离破碎。稍有不慎，便会有全军覆没的危险。王景临一时陷入深深绝望中。

再者，那个告密者也在暗处不知哪个地方幽幽窥探着他。

王景临此时处在孤立无援、四面楚歌的境地。

无论如何，先去为母亲买火车票，再做进一步的工作。他离开母亲的住处，穿过不为人知的小路来到火车站。

他买的火车票是明天的头一班，早上七点准时出发。

此时已经是深夜，凌晨的火车站已经有不少人，十十八八躺在椅子上，有的干脆在地上枕着自己的行李睡着，大多浑浑噩噩满身疲惫。

王景临正想寻个角落坐下歇息片刻，一道锐利的目光吸引了他。

坐在长椅一端的一个男子，身着普通的褂衫，不似寻常旅客满身疲惫和睡意，他眸子如狼般射着绿色的光，仿佛寻找着猎物。

王景临扫视一下整个候车厅，竟然发现好几个类似这样的人，他立刻明白购买车票的事情可能已经暴露，特务嗅着气味过来了。

他暗暗挪动步伐，想不动声色退出候车厅。岂料如此缓慢的行动也引起那个男子的注意，只见他几步冲了过来一把抓住他："什么人？去哪儿？"

王景临耸着肩膀咳嗽几声："老总，我去济南看我家大姐坐月子，这里有人抽烟太厉害，我肺一向不好出去透透气。"

天亮第一班的火车终点站正是济南。

他表情过于自然谦和，男子愣了一瞬，果真失去了一些警惕，放开他的衣领，王景临转身往外走去，男子注意到他的包裹："去这么远的地方，带这个小包，里面装的什么？"

男子目光扫向他的左手："伤口哪儿来的？"

王景临笑笑："院子里的孩子顽皮从高台上往下蹦，我一接就把手掌给弄折了。"

男子眸子又浮起怀疑的光："不过伤了骨筋还流这么多血。"

王景临道："就是这么巧合撞到石头桌子角上，你真的可以去问问。"

那人已经不再相信他的话："跟我走一趟吧。"

王景临只能跟着男子朝一旁走去。他们一同走出候车厅，影影绰绰的路灯下，迎面过来几个男子。王景临吸了一口冷气——其中两个正是在济南那边见过面的。若与他们正面相对，那自己就真没有希望了。

他急中生智，指着一旁的公厕弯腰道："老总，我有些拉肚子，可否去方便一下？快憋不住了。"

特务嫌弃地捂住口鼻，依然警惕看着他："早不拉晚不拉，耍什么花样！"

王景临跟他求情道："长官行行好，我真的是闹肚子，你听我这里咕噜咕噜响着，我保证很快就回来。"

他边请求边用眼角的余光注视着离他不到五十米距离的那几个特务。

好在他们好像看到了貌似可疑的人并对其盘查起来，暂时没有朝他这边走过来。

那特务骂两句，想跟他进入厕所，又被里面的腌臜臭气熏了出来，只能呵斥道："动作快点！"

王景临求道："长官可有手纸借我两张？"

那特务："我上哪儿找手纸？你赶紧进去赶紧出来。"

王景临道："那我只能用手绢，长官可多等等我。"

王景临进了厕所，忍着手掌剧痛，很快从一边破损的墙壁爬出去走掉。

火车站后面不少民居是七拐八扭的巷子。王景临极其熟悉地形，后面的特务像嗅着血腥的蚂蟥蜂拥而至，但也被甩到身后。

他躲在一个隐蔽的暗处，手掌因方才剧烈运动疼得厉害。他咬着牙不让自己出声，即便没有任何声响他也不能行动。

火车站已经被特务控制了，他现在要让母亲离开滕县，火车已经上不去了。他穿过一条隐蔽狭促的小道，慢慢行走了大约十几分钟，一栋二层高的小楼出现在面前，大门顶端几个大字——理和公司。

理和公司是理和转运公司在火车站附近设下的一个分号，由商人李子丹开办。此人是滕县人，家境富足年轻有为，开办长途客货运输公司，开通滕县通往山东各地以及上海的路线。滕县大部分去到外地的特产农作物，都是通过这家公司运输。

从刘家庄回来后，王景临预计将来在运输方面理和公司会有重要的作用，想方设法让老方从学校来到理和公司运输站工作，此时正是他派用场的时候。前些日子他们单独见面，老方虽然年纪大了些，但记忆力、精气神极好，对各条路线了如指掌。

事发突然，他不知道自己这次去是否能有运气能碰到老方，让他关注滕县货运的各个班次。目前只能拜托他在理和公司寻找车辆将药品运输出城。

天蒙蒙亮，两个老者在打扫门口，讨论着："你说现在还有什么是不奇怪的，这个世道太乱了，连老方这么安分守己的人好好的也被抓走了。"

另一个声音嗤笑了声："就是啊，看着越老实的人反而越不安分。不过话说回来，老方平时挺仗义一人，怎么就去干那些个掉脑袋的事儿了，好死不如赖活，可怜啦！"

王景临心中吃了一惊，内心一阵绞痛，这些特务消息太灵通，连老方这条线他们也找到了，这是将自己出滕县的路完全堵死了。

很快，他发现大厅进入几个人，虽然身着便服，但他很容易分辨出他们就是特务。

王景临不动声色朝前走去，轻松自然的举动并没有引起任何人的注意，他径直来到货车运输调度的前台，给电话亭打了一个电话，等电话响了两声挂掉，又打了一个，这次接通了，王景临吩咐道："我现在理和公司……"

打完电话他坐到角落，他竭尽全力安排好所有一切，前方未知的命运，悄无声息地即将到来。

大约半个小时后，张元桥赶到了。不等他反应，王景临率先开口："给中共中央战士运送的药品快到滕县，刘天明被叛徒出卖，现在药品已经失联，我们不少同志已经被捕了。"

张元桥愣了一瞬左右看看："这里太危险，我们先出去。"

他上前扶起王景临，近乎一晚没有闭眼，王景临极度疲倦，大半个身体靠在张元桥身上，两人从一个不起眼的侧门出去。

两人一同上了一辆黄包车，一路飞奔到一个小平房内。张元桥付了车夫铜板，带王景临来到房间："这里是我同学的住所，他去了北平现让我帮他看房子，很安全。"他出去了一会儿，找来处理伤口的工具，开始替王景临包扎。

他检查他的伤口："沾了这么多污秽的东西，本来包扎就不严实，再不处理肯定会感染。"

王景临看着他细心的动作："幸好这段时日你一直在学校工作，你办公室的电话还能接通，否则真不知道该怎么办。"

张元桥一边卷着纱布一边道："其实我听到风声，去找你，发现你的宿舍被封了，去火车站也发现了特务，想着如果你要离开滕县，多半会到这里，天不亮就赶来了，幸亏我判断得不错。"

他放下拿着纱布的手："你放心，特支还有不少同志在呢！我们不会让你有事的。"顿了顿道，"你先吃点东西，等下带你见两个人。"

王景临随着他来到后院进入一个小屋内，居然是自己的母亲。

第九章　运河脱险锄汉奸，机巧妙算解危情

母子悲喜交加相拥而泣。

王景临几乎不能控制自己的情绪，安慰了母亲后对张元桥说道："救母之恩没齿难忘，大恩大德真不知道如何报答。"

张元桥："我也是凭着跟伯母住得比较近，一得到消息就带她过来了。后来我听说那条街都被封了，多亏了行动得快，我们还是有些革命危机意识的。"

王景临平复好情绪，跟张元桥出了房门问道："你不是说带我见两个人吗？"

张元桥神秘笑道："等等，他中午过来。"

到了中午，门口果然响起蕴含特殊节奏的敲门声，三声慢，三声快。

门打开，居然是王博源先生。

王景临愣住了。

看着那张熟悉的脸，王景临觉得自己仿佛在做梦，一时各种情愫交织，说不出话来。

王博源慈爱看着他："景临，你黑了，瘦了，但更像一个革命战士了！"

两人也没有太多时间寒暄，王景临很快调整好情绪与他相互交换了情报。

王博源告诉他，中共滕县特支组织面临暴露的巨大危险，当务之急是保护好其他的同志生命安全，确保存放在滕县的药品安全运送到目的地。而现在王景临不能现身，让他用化学药剂写出一份中共滕县特支人员名单和近期重要的事宜，交给王博源全权安排。

让张元桥负责护送王景临和药品尽快离开滕县，保证安全。

张元桥到理和运输公司弄来一辆大货车，王景临换上雇工的衣服，化装坐在副驾驶位置上。

汽车行驶在道路上，王景临看到自己的不少画像通缉令贴在墙上。好在因为有运输通行证，守卫查看了货物运输证、汽车通行证，询问了几句张元桥，并未特别注意到副驾驶的王景临，两人很快顺利出城。

张元桥一边开车一边转头看看紧锁双眉的王景临，试图让他心情松快一些："本来是真的让负责运输的师傅开车，可他临时换了班，只能让我这个'三脚猫'来替代了。"

王景临叹口气："若不是我的手受伤，否则我也能亲自开车。"

张元桥道："我刚学了开车，驾驶四轮车辆的技术还很生疏，有你这个老手在我身边指导应该不成问题。"

王景临道："开车不难，再者需要证件，如果在路上碰到巡查的警察或军人可就难办了。"

张元桥掏出一个小本递给他，王景临打开这本小小证件，见排头便是张元桥姓名，下面盖着交通局紫色椭圆印章和血红色长方形印章，有些惊讶："你什么时候拿到的证件？"

张元桥腼腆笑笑："刚刚才一个月，实操方面还有待加强。通往微山县方向向阳站港码头的路好在都还算好走，再加上有你帮忙就什么也不怕。"

汽车一路行驶，滕县县城离他越来越远。他们往微山县方向行驶，路过一个叫沙堤的小村庄，王景临提出身体不能承受，他们在路边的一处农户屋里住下，表面上是休息两天，实际他在等上级的指示情报。

这家农户很朴实热情，精心照顾王景临。

其间，张元桥提出是不是想办法将搁置在李文庭屋子里的资料通通都转移。

他试着询问王景临的意见："我知道特别是那根刻着路线的烟杆，若转移了上面的情报也最好及时销毁。"

王景临道："这些资料包括那个刻有路线密码的烟杆，我通通已经毁掉了，那路线应该不会再出现在纸上，都在我的脑子里。不过这情报很快也没用了，相信李文庭他们已经将药品运输到我们的根据地了。"

其间，张元桥出去，为王景临抓药也顺便探听消息。回来时看到王景临看着远处的山峦出神，安慰道："吉人自有天相，或许没有李老师的消息便是最好的消息。王老师别太忧心，多注意休息身体才能更好地恢复。"

王景临看看手掌："伤筋动骨一百天，我这手掌估计是废掉了。不过没有感觉更好，我倒更可以无所顾忌。"

张元桥沉默一瞬："有时候我也觉得，如果没有这么多情感，没有心，或许能成更大的事。"

临到傍晚，王景临用一只手，将长长的芦苇叶给孩子编织了一个翠绿的小蚂蚱，小孩还想要，王景临让他去田头的池塘边去多摘一些叶子，要找又长又宽的，就可以编年画上的大老虎。小孩高兴蹦起来跑出去了。

翌日，王景临提出继续踏上路途。

他提议道："我们不能再耽误时间，只要到了贾汪，我们会有同志接应，放心，中共滕县特支不会这么轻易垮掉。我们的汽车怕没有汽油走不了太长的路，这里离码头很近，我们可以改走水路。"

张元桥在微山湖岸边包下一艘船，他们两人上船，雇了一位老渔夫撑船顺流而下。这是一艘普通的渔船改装的，沿着大运河河流朝微山岛驶去。

大运河两岸青山绿黛，星星点点农家小舍点缀其中，一派安宁祥和。

张元桥有些晕船，似乎感到一丝不妙："我们应该再休息一段时日再行路。"

王景临看着他难受的苍白面孔宽慰："你受苦了，时间不等人，我们要尽快行动。"

张元桥有气无力道："我还好，您可是有伤在身，可别再感染了。"

王景临笑笑："比这更厉害的我都体验过。"遂递上一个小鼻烟壶，"嗅一嗅，会好点。"

张元桥拿过闻了闻，果然一股清凉气体直冲太阳穴，貌似轻快了不少。

他定了定神，突然问王景临："王老师，你说我们付出这么多，干这些事，到底会不会迎来新中国？"

王景临沉默一瞬："我不知道中国几十年后如何，我甚至不知道接下来的半个小时会发生什么事。但我知道只有活在当下，一心一意跟着党组织走，我工作这些年越来越深刻体会到，只有共产党是真心实意为了人民的幸福在奋斗。我相信自己当初的选择没有错！"顿了顿对着张元桥笑道，"你害怕了？"

张元桥摇摇头："如果说不害怕是假的，我更关心的是奋斗的结果。有时候意志不够坚定也是有的。但无论如何，路的方向千万别走错了就行。"

王景临漫不经心道："张元桥，你吸的鼻烟壶是用鸦片特地精制的香粉，当然会晕。"

张元桥猛清醒不少："王老师！"

王景临冷冷看着他："我不过是以其人之道还治其人之身罢了。从最开始你就跟刘贵堂勾结，你这是为什么？"

张元桥急忙分辩："王老师，你，你怎么会有这样的想法？这些日子我可是一直在保护你，之前的工作我也是做得兢兢业业。到底是谁在背后冤枉我，你不相信我总会相信王博源先生吧！"

王景临冷冷道："知道药品运输的秘密只有我们几个人，你是如何得知的？早在刘家庄前我便怀疑你。"

张元桥依然大呼冤枉。

王景临冷冷道："咱们远的不说，你煞费苦心请人过来冒充王博源老师，想尽方法学会易容术也算是尽力了。那些地址，是王博源老师亲自交代给我，他是知道的，怎么可能再从我这里写出来。

"何况，从见到此人第一眼，我就知道他不是真的王博源。他眼内少了一种我说不出的东西，再者也是最重要的，他没有说只有我们见面才能互相传递信息的暗号。整个事情全过程与李文庭联系，也自始至终是我一个人，突然要将此情报转移到别人身上，不符合组织的规矩和保密制度，也是更不安全的做法。我脑子还算清醒，这点破绽还是能察觉到的。"

张元桥依然狡辩着："这些我通通都不知道，我也是按照组织的要求找到的王博源同志，才告诉了你，其中乾坤真不是我了解的。"

王景临顿了顿又道："到后来你考取汽车驾驶证，如今想学开车这门手艺，你可知道如今普通人没有关系过硬的后台，根本没有机会去学习。你给我治疗伤口的麻药，现在滕县的医院都没有，你手上倒有足够的。你潜伏在我身边，不过是为了想得到药品运输地址名单和所有信息，还有就是，为了将滕县特支乃至其他地区的同志一网打尽。除了某个单个和我联系的同志，从未参加过特支组织的会议，所以你不知道，凡是你所知道的同志大多数被捕。"

张元桥体内药效发挥，他察觉自己无法正常行动，被药迷得几乎快支撑不住身体，他大呼冤枉："我遇到王博源老师也是偶然，他在我的学校跟我对上了组织的暗号找才知道。王老师既然说他是冒充的，这一点我确实不知道。我学习开车，是通过刘天明乡长的一个朋友周旋才得到学习的机会。麻药是我的一个同学在滕县医院，我早就告诉过他如果有麻药一定要自行储备。这些情况你也是知道的。还有那些被捕人泄露的情报，难道是我一个人知道的吗？"

王景临道："我的行踪就一直被泄露，我这次从宿舍杀了那个特务出来后，一直在你的监视下吧。就像当初，我去墨子传经阁那边，也是你透露给刘贵堂的。"

张元桥依然分辩："王老师你是多疑得糊涂了不是？你看我一直在帮助你，就算我工作有些失误，但我一直在救你，还救了你的母亲。"

王景临道："不要以为你用我母亲来威胁我就可以被你牵着鼻子走。人在做，天在看。张元桥，选择做叛徒，你只会自掘坟墓，不会得到你想要的荣华富贵。"

张元桥喘着气，渐渐察觉出自己的四肢的确无力，好一会儿缓缓道："在这大运河上，你若没有我相助怎么可能到大别山，甚至能不能靠岸都不清楚。"

他见王景临唇边的笑容，突然意识到，王景临肯定得到了旁人的帮助。

张元桥突然意识到，他离开农户去安排事情的时候，王景临已经和帮助他们的人接上头了。

他为自己的大意感到愤怒，一时奋起猛向王景临撞了过去，正好撞到王景临受伤的手掌。

王景临疼得痉挛了一下，立马回身躲避。药效在张元桥身上发挥，他继续挣扎着道："既然认为我是叛徒，为何不直接杀掉我？"

王景临道："跟你不杀我的理由一样，我需要你身上的情报。张元桥，引出你身后那个始作俑者，你走到这一步不过是咎由自取。"

好一会儿，张元桥放缓声音："王老师，你之前也很照顾我，可是这个世界上很多事情，我们可以借助国民党的力量，做出更多的事情。多么简单的事情，把地址给了我们，同样可以抗日救国。"

王景临冷笑道："你仅仅是跟国民党勾结吗？之前就跟刘贵堂勾结，我会把你交给组织，你等着接受审判吧。"

张元桥已经没有力气再争辩，缓缓闭上眼睛。最后一刻清醒的意识，发现那位撑船的老渔夫正在努力朝着一艘大船划桨，恍惚中看到从大船上一个人影跳到他们船上。

那个人，是李大同。

李大同跳上船，一把扶住王景临："我以为，你真会以为我背叛了。"

王景临笑道："这么多年这点默契都没有，咱革命工作可不白干了？"

方才被张元桥袭击，伤口又裂开一些。

之前王景临让小韩去通知李大同尽快转移药品，但是，担心情况突变情报传达不到位，为确保万无一失，他在刘家大院的院墙下又留下了情报，一个洞口里是给刘天明的，另一个洞口里是给李大同的，所以李大同才能及时赶到。

值得欣慰的是存放在国民书店的药品，在李文庭的指挥周旋下，已经安全搬上了去往上海火车的货厢，几日前已经平安启程了。

只有同济堂诊所的药品转移让王景临坐卧不安。

王景临去懋榛小学找李大同时，已察觉有人跟踪他，李大同也发现是张元桥跟踪他，但是他当时不知道他身后是否有其他特务，只能当场跟王景临翻脸不亲近他，暗中去保护，找到薛凤仪来帮助王景临。

王景临只问了一句："事情都办好了吗？"

李大同轻声道："好了。"王景临说道："事关重大，别怪我之前没有让你知道。"

看着他沉稳冷静的眼睛，王景临心中巨石平稳放在地上。

虽然他与李大同有时数月都不见面，但他们有规定，每周都会在刘家大院留下情报和相关暗号，让其关注。

王景临冒死留下的情报，李大同全都了解，并且在王景临和张元桥离开滕县之际，联系到同济堂诊所的小护士对好暗号，成功将药品安全运送到理和公司，在那里交给了党组织安排护送药品的人。

药品，都是安全的。

这时，处理好伤口后，一个中年男子走了过来："王先生伤口并无大碍，薛小姐已经打点妥当，待船上岸便可同行。希望王先生遵守您的承诺。"说罢便退出。

王景临心头莫名一紧："你答应洪帮什么？"

李大同迟疑一瞬，只能如实相告。

王景临沉默了，低头沉思，紧锁双眉。

无论是中国，还是国外都不太平，战争一触即发，武器弹药、药品粮食炙手可热，略有远见和实力的人都会想尽一切办法囤积这些货物。

面对紧缺药品，即便心怀侠义，也难以抵挡这种诱惑。

李大同咬咬牙叹口气道："若跟洪帮合作定好契约，无论如何都不可以更改，否则会遭到所有洪帮弟子的追杀。若洪帮搅局，我们很多工作都会有阻力。我知道你怪我自作主张，但我目前实在想不到还有比这更好的办法。"

王景临思忖一瞬叹口气："我没有怪你，他们已经知道了这个情报，就算这次不乘机提要求，以后也会。目前我们只能最大限度利用洪帮的力量帮我们完成任务了。现在滕县城里的同志们怎么样了？"

李大同愣住了，只好将他所知和盘托出，王景临握着杯子的手微微颤抖，所传导的愤怒心痛，几乎要将那陶瓷捏碎。

他们将张元桥关在船舱内。

李大同恨恨道："相信，就算你将他就地正法替同志们报仇，组织也不会责怪你逾越规矩。"

王景临道："他身上还有可利用的情报，对我们可能会有用。再者，我希望最终处决他的是组织！"

此时，管家过来向他们请示："我奉了薛小姐的命令负责将二位平安送到岸边。王先生是送您去哪个方向？"

王景临道："先生如果方便请送我到上海。我朋友已经跟上海的朋友联系，去那里。"转头对李大同道："待我到了上海，你再乘船悄悄潜回滕县，继续工作。旁人问起你一律推到薛凤仪身上，没人会怀疑你。"

天已经黑了，船上所有人都休息了。王景临躺在船舱里根本无法入睡。

耳边总响起李大同跟他说的话："小韩将他在你宿舍里杀了特务的罪名担了下来，渠玉瑞现在还关在监狱，没有具体的犯罪证据，估计会很快放出来。读书会的很多成员也因这样那样的借口被捕。刘天明虽然被禁锢家中，不久也放了出来。因为国民党内部高层争权夺利很是厉害，从中斡旋和周旋，他反而得以脱身，才能收到你放在墙角的情报。

还有李文庭那边，我们不知道他现在具体的位置。"

又是一个无眠之夜。

船靠到一个大运河微山湖岛的码头，管家下船采购一些物品。几人下船透气。王景临心中依然十分为被捕的同志们难过，愤怒张元桥的背叛，也痛心同志们遇到的种种磨难。

李大同宽慰他："我们只有振作起来才能更好地完成任务，将你送到靠近上海城地界我便回滕县，那里还有更艰巨更复杂的任务需要你去处理。你的任务事关大局，注意安全，好好照顾自己。"

他们再次上船扬帆起航。李大同给王景临换药的时候，王景临突然耳朵一竖，警觉道："你听到什么声音没有？"

李大同止住手上动作，屏气凝神听了一会儿："没什么响声啊！"

王景临提醒他："你听，是哪里发出'嘀嗒嘀嗒'的声音？"

李大同再次集中精力，果然有类似钟表的声音，舒口气："不过是船上的钟表，这种接待达官贵人的船上多半有这些西洋贵重玩意儿。"

王景临摇摇头："之前可一直都没有，我看到方才有工人搬运物品上过船，这船上至少多了三个新面孔。"

李大同不置可否："这艘赌船随时要修缮、添加各种物资保证整艘船运行，工人都是提前安排好的。景临你太过紧张了。"

王景临依然警觉："若是钟表，那也应该屋内有这些响声，我方才在屋内并没有听到任何声响，可我们在甲板上才能听到。"

李大同也紧张起来，告诉了管家。管家是见多识广的人，也不敢大意，循着声音让所有雇工到处找。

甲板上，船舱中，所有的物资中，犄角旮旯儿都翻了一遍，那钟表声不绝于耳，但就是找不到发出声音的源头。

管家也大为迷惑："这可奇了。这声响若不注意真不好察觉出来，即便旁人听到，多半还以为是自己耳鸣。可咱们船上的人不会全都耳鸣了吧。怎么就是找不着发出声响的东西？的确有些蹊跷。"

王景临额头上早布满一层细细的汗珠。

如果他没有记错，这声响他曾多年前在参加秘密训练时听过，类似钟表的声音如此急促，是定时炸弹。此时此刻他希望自己的判断是错误的。

可整艘船都快被人翻了个底朝天，却怎么也找不到发声的那个东西。

王景临急中生智，在李大同耳边低语几句，让他安排照做。

王景临拜托管家让方才新上船的那几个雇工来到甲板上，将弄乱的物件重新摆放整齐。李大同已经将张元桥带了出来："好好再看看这个世界吧，到了那里不知道你还看不看得到。"

张元桥满面不服，肢体极为抗拒，虽不明白他们此时意欲何为，但被关在狭小的空间憋屈了不少时候，坐在甲板上的椅子看向远处。

王景临在暗处观察着他。见张元桥的眼光落在一个雇工身上长达五秒以上，飞快将眼神挪开同时还飞速左右环顾一番看是否有人注意到他。

王景临捕捉到这个细节，迅速走到那个雇工身边。

这是一个矮小敦实的汉子，见一个人突然杵在自己跟前吓了一跳，搬着竹筐的手差点没把东西掉下来。

他被王景临穿透一切的眼神震得不知所措，王景临发现那嘀嗒声响如此清晰，一只手猛夺过他手中的竹筐哗啦啦将里面的东西倒出。

不过是一些肥皂之类的洗漱物品。可声音还在，王景临从雇工的眼中看出了绝望和害怕，他一把扯开他的上衣褂扣。

众人不约而同"啊"了一声。那雇工胸口绑着一个半块砖头大小的黑色东西，滴答声随着衣服被撩开更加清晰且充满节奏。

果然是一个定时炸弹。

王景临思考了不到十秒，吩咐道："给我一把剪刀或夹钳。"管家不敢大意，虽然不清楚这是什么物件，但见状也不敢怠慢，迅速满足王景临的要求。

王景临将雇工一把拉到身前，只见那玻璃屏幕显示的数字不过一分三十多秒。

他努力让自己冷静，几年前他在参加秘密训练时，学习过定时炸弹的装置和解除。那些复杂的算式和细节在头脑里无规则地撞击着。他深深呼吸一口，思路缓缓归于正道，在数字显示二十九时，他用颤抖的手摸到一根细细的红色金属线，一声轻微的咔嚓声，细微如针，却在耳边洪亮如山崩。

红金属线断成两截，只见那屏幕上的数字又向前走了两个指数，嘀嗒声停止，终于戛然而止。

所有人足足一分钟不敢动弹半分，直到发现并没有任何异常出现，王景临长长吐了口气，整个人几乎瘫倒在地。

李大同上前拾起这个黑色物件，掂了掂惊呼："好家伙，这可是真东西！我在军事书籍上看到过，这要是晚几秒发现可怎么得了！"

那雇工见已败露，"扑通"一声跪在地上求饶："长官，我也是被逼的。我也不知道这是个什么，是他们让我绑在身上，说无论如何都不能被人发现，我老婆老娘孩子们都在他们手里……"

管家也吃了一惊，洪帮的雇工杂役也都是帮派中人，居然有人再次渗透进来，干的还是杀人的勾当。

李大同对张元桥冷哼一声道："这就是你自己找的好主子，简直不惜一切代价，得罪整个洪帮，也要把你除掉。"

张元桥面色惨白，无言以对好一会儿，突然哈哈大笑道："你怎么知道他们的目标是我！现在滕县的几个同志已经抓捕，何苦呢？我们这样同样可以将药品送到中国军人手中，一样保家卫国，有何区别？大丈夫是识时务者为俊杰。"

王景临道："我本来不是怀疑你。我把小韩当作嫌疑人。可是后来我的线人跟我说起，你经常出入高档场所，所购买的东西都超出了你的收入水平，吃喝玩乐，醉生梦死，你明明就是贪图荣华富贵，被欲望蒙蔽了眼睛和心，你对不起组织和人民。"

张元桥道："我做了这么多得到了什么！我的母亲病重拿不出足够的钱抓药，我想去更高的天空，不想总是这样像耗子一样被人追着打。我的一些老乡，他们也没有做什么，就是因为跟对了组织，走到哪儿都受别人高看一眼，我可以光明正大为国效命，我为什么要过这种过街老鼠的日子？"

王景临道："加入党组织从来都是自愿的，我从不勉强同志们。每个人都是怀着一腔热血和对共产主义社会的向往，为了中国和我们子孙后代的未来做这些事。你若心中不平衡甚至可以退出，可你竟然用同志们的生命搭成你通向富贵荣华的道路。到现在你还执迷不悟，小韩、渠玉瑞，还有之前的……他们都是被你所害！"

张元桥道："是他们自己转不过弯。你别把自己说得如此高尚，你做这些不也是为了功成名就吗？你和我有什么区别，不过是我们组织不同。那些人不过是咎由自取！"

他又冷笑一声："你以为李文庭一定会永远对你、对党组织忠诚吗？你别忘了，你的母亲，还有他的父母和儿子。"

王景临突然想起来，当时国民书店被查封时正是星期一，李文庭的孩子每个周末上午都会待在书店，当时不在书店中，但也保不齐会被特务盯上绑架了。

他很懊恼，为什么没有注意到这个细节。

他一时气急攻心，下意识掏出枪猛对准他，却又下不了手。张元桥冷笑道："成王败寇，你杀我也无话可说，好在有多少人陪着我。"

王景临举着颤抖的手迟迟不能扣动扳机，张元桥喘着粗气狠狠盯着他，突然扑了过去，原来他早就挣脱了绳子，此时他想跳入水中逃跑，却被旁边的雇工眼疾手快一把揪住。

张元桥挣脱开他的手，跌倒在地上，恰巧摔倒到被拆除的那个定时炸弹一旁，他飞速抓在手中，冲众人大吼："别过来！"

他狰狞地看着王景临和李大同，声音极轻却恐怖得像来自地狱的魔鬼："你以为，这炸弹只要将那根线拆除，就一定不会爆炸了吗？你们太天真了！你别以为你苦心保护的情报只有你一个人知道，那批从山东蓬莱港口运进来的药品早就被人抢走瓜分了，你做这些事不过是自欺欺人罢了。王景临，你迟早会后悔的。"

管家急得大吼一声："你疯了，快点放下。"

张元桥情绪崩溃到几乎精神失常："我们一起下地狱吧！"

李大同道："张元桥你真是鬼迷心窍了，别找死，你做的错事还不够多吗？赶紧悬崖勒马！"

话音未落，只听"砰"一声枪响。王景临在他右侧，对着他就是一枪。

张元桥胸口红了一片，他大吼一声将那根金属线狠狠拉开，一个雇工用船桨将他猛顶了出去。

"轰隆"一声，巨大的水花溅起数米高。

暗红的液体几乎布满了眼前整个水面，所有人都惊魂未定。

船上的人看着红色的河水，几乎不敢回想方才千钧一发的场景，个个都心有余悸。

管家命人将这个雇工禁锢起来，带到帮派再仔细审问和发落。

李大同看着河面，喃喃道："想当初我们在国民书店开会，这个孩子当时炯炯有神的眼眸我现在都还记得，谁都没想到他会走到这一步。革命的道路，充满太多的变数，无论是环境还是人心，对任何人都是极大的考验。"

叹息一瞬，李大同对着站立在船沿的王景临，作轻松状一掌拍他肩膀上："看不出来还会这等活计，什么时候学会的拆解和组装炸弹，有机会一定也教教我。"

他话音未落，王景临被他拍得一个踉跄跌倒在甲板上。

李大同忙上前扶住他："哎哟，对不住，忘了你还有伤在身。"他抱住他的胳膊往上提，王景临却浑身如同泥浆一般无法配合站起来。

李大同意识到了不对，摸他的额头，惊得弹开手指："你发烧了。管家，赶快拿药来。"

王景临的意识越来越模糊。

第十章　平安抵沪现初心，霓虹灯下遇故人

王景临昏迷了。

他刚上船时就发觉自己有些低烧，想着敷了药也用了药好歹能扛过去。方才因情况万分紧急心跳加快，消耗极大的能量，才使体温陡然增高。

耳边响起李大同焦急的声音："他手掌的伤还未愈合，此时高烧，若再感染后果不堪设想，请管家想想办法。"

王景临迷迷糊糊睡过去。梦中见到渠玉瑞浑身是血，手脚都被铐着铁链，目光坚定地看着他。小韩在监狱里痛苦地哀号，还有不少同志，满脸是血的李文庭，警察局里痛苦的惨叫声，还有那些学生，他们奋力抗争的肢体和坚定不移的眼神，前仆后继，没有一丝丝后悔的举动。

恍惚中他看到一个窈窕的人影，那熟悉的身影、轻快的步伐，他多久没有见到她了，那是他日思夜想的心上人。

他听有人说林小咏去了江西瑞金，有人说她去了上海，还有人说她去了北平，但都不确定。不知今生是否还能再次相见。

在一团光明和温暖中，他感到身体没有这么寒冷，渐渐变得松泛起来了，脸庞被一缕似曾相识的清风抚摸着，沁人心脾。

他缓缓睁开眼睛，一缕阳光正好从他睫毛边掠过，斑斓光影中他看到一丝花白的胡子掠过他的脸颊额头，那张熟悉的脸出现在他跟前。

蒙眬中听到老者的声音："他已经醒过来，手掌估计暂时不会痊愈，好歹算脱离危险。"他辨认出来，就是张大夫。

管家毕恭毕敬的声音："……帮助救这个小子，扎了银针，在船舱里还熬了半宿的汤药，太辛苦了，也亏这小子命大，否则再过两个时辰，神仙也救不了这小子。我扶您去休息一下。"后面，便是脚步远去的声音。

王景临心中感激，今日他又大难不死又偶遇张大夫，他们头一次见面就是在去往南京请愿的火车上，他那会儿也发着高烧，这位张大夫可真真是自己的救星。

王景临闭上眼睛，回想起方才管家的话，突然猛睁开眼，挣扎坐起来想下床。

可他身体太虚，没有站稳摔倒在地上。一个高大的人影闻讯走了过来。他还是老样子，在这乱世中一副闲云野鹤的模样，仿佛天底下的纷扰都与他不相干，可他似乎又总是置身其中。

王景临问道："您是滕西的张大夫？"

张大夫呵呵一笑："小子，上次就交代过你遇事小心冷静，不过你我几番相遇，也是有缘分。实不相瞒，我这里还有事情要拜托你。"说罢递给王景临一样东西。

王景临看看手中的物件，听了他一席话，心头暗暗震惊。

船在一个小码头靠岸，王景临和李大同谢过管家，上了码头的台阶。

一辆马车已经在小路边等候多时。

一个年轻人朝他们迎了过来。李大同上前与他对了暗号，高兴地对王景临道："这就是我们上海联络站的同志杜子端，这次你去上海，就由他来接应协助你。"

杜子端瘦削脸庞，生得浓眉大眼，他兴奋地握住王景临的手："我是党组织派来的同志，前来接应王景临同志。根据上级指示安排你到特别训练班去学习。"

王景临与杜子端握手相识，与李大同就此别过，马车分头向前驶去。

临近上海，他们换了马车，叫上两辆黄包车融入了这座热闹非凡的城市。

上海已经是名扬海外的东方明珠，王景临第一次置身其中，感受着别样的繁华。

王景临坐在黄包车上，没太多兴趣欣赏这花花世界，脑子里飞速地回想着与张大夫见面的那几次，他拜托自己的那些话一直在耳边回荡。

虽然张大夫告诉他，自己不过是一名闲云野鹤的乡间大夫，但王景临推断此人应该就是大名鼎鼎的张仁奎——青帮"大"字辈人物。

管家的那声"帮助"，他仔细回想一下，应该叫的是"帮主"。

黄包车突然颠簸了一下，王景临觉得手掌狠狠疼了起来，这才注意到他们已经离开繁华的都市中心，正飞奔在一条宁静的大道上，路两旁种植着高大的梧桐。

抬头看去，一个路牌飞快从他眼前掠过，他看清了上面显示的是杨浦路。

黄包车在一座偌大的灰色建筑物前停了下来，里面传来机器轰鸣声，此处应该是一个工厂。

他们进入房间内，机器轰隆声大得无法对话，只见工人们手脚并用，在一台台机器边忙得热火朝天，他们继续往前走，整个房间很大，足足走了五六分钟才到达房间另一端的出口。

他们出了厂房向前走去。机器的轰鸣声渐渐远去，只有一些"刺啦"声会灌入耳中。没想到后面的院子也有一栋高大的建筑，他们进去后发现是一个极开阔之地，被隔成一个一个的小格子，同样热闹非凡。不少青年拿着笔和本子，聚精会神地听各个讲台上的老师讲课。

见此情景，王景临心中猜到了七八分。

他此行来上海参加共产党干部的培训班，这里应该就是。

杜子端边走边跟一些注意到他们的青年人打招呼。

王景临一时被扑面而来的青春气息和热情所感染，杜子端突然转过头神秘地告诉他："我带你去个地方。"

王景临随着他上了二楼，来到一个房间跟前，杜子端示意他推开门。门打开的一瞬间，他愣住了，顿时热泪盈眶。

房间里面的装潢布置和滕县的国民书店如出一辙。那书架，那桌椅，那柜台，只是摆在架子上的各种关于红色革命的书籍，没有被藏起来，而是光明正大立在那里。

他翻看着一本本书，都是他曾经精挑细选放到国民书店的暗格中的，等待一位位有志的青年将其带走，无声又磅礴的红色革命思想浪潮，裹挟着无数青年从身体上和精神上都投身革命的浪潮，为中华之崛起而奋斗。

他终于理解了为什么杜子端不顾他舟车劳顿，有伤在身，也要带他过来。

果不其然，杜子端同志告诉他："本来想让你休息一下，但我忍不住，你可能不记得我，我也去过咱们滕县的国民书店，我们这里也是效仿你们开设红色革命书店进行宣传工作，已经有两年多了。我们这里，有不少同学和同志，听了你们中共滕县特支不少的革命事迹——组织学生游行，成立读书会，智斗地痞流氓，为当地的农民百姓请愿争取利益，大家都很钦佩你们，你们是我们的榜样！"

王景临喉咙涌起一股热浪，他按捺住心头的激动。他没想到，自己和同志们在滕县做的工作影响这么深远，上海不少同人也知道了自己所作所为。

他转过身去偷偷揉了下眼睑。

杜子端突然看向后面："李主任！"

王景临转过身来，一位年纪在三四十岁、面色白净、眼尾细长、温文尔雅、身着中山服的男子不知何时进入房间，微笑看着他，对上王景临炯炯发亮的眼眸："景临，你可算来了。"

杜子端向他介绍："这就是李主任。"

王景临愣了一瞬，眸光同样亮了起来："善平，原来是你！"李善平紧紧握住王景临那只完好的手，扶起他的另一只手掌看看，目光透着心疼和欣慰。

两人曾在滕县有过一面之缘。

那是两年前，王景临仅仅知道此人一直名唤李善平，之前在滕县一家运输公司做统计员。他到国民书店买书时，两人不过谈天两小时，王景临并不知道他的底细。

但当时他便觉得此人谈吐不俗，可惜后来便再没见他去国民书店。

没想到，他已经是这里的负责人。

李善平扶着他坐下，告诉他："我去滕县的国民书店时，留下的印象极为深刻，国民书店源源不断地为有志之士提供了精神食粮，如此意义重大，才特地嘱咐杜子端凭着记忆将这里布置成国民书店的样子。"

王景临低下头音色略带哽咽："可惜，国民书店又遭遇搜查，我们的队伍正在被国民党特务追杀，同志们的生命存在着巨大的危险……"

李善平目光变得坚定："自古道山重水复疑无路，革命工作本就是这样。我也眼见不少同志为了自己的信仰付出了很多甚至是生命。相信，他们都不会后悔这条道路。国民书店宏观来看似乎微不足道，但对中国整个发展有着极为重要的意义，千万别再有自责之心。"

王景临说道："这次组织安排我到这里，一是为了确保药品运输万无一失到达上海；二是参加党组织的学习培训。"

李善平急切地说："我想聘请你担任我们这里的实战老师。"

王景临哑然失笑："保证完成党组织交给的任务。但我如何能做老师？"

李善平摆摆手笑道："你可别在我这里谦虚。你的不少事迹这里的同志都知道，你如何和土匪、特务作斗争，如何跟政府官员周旋，如何与资本大鳄和帮派人士打交道，你有什么技能和经验，那里面的弯弯绕绕可以都传输给我们同志，让他们跟你一样，无论是思想上，还是能力上都可以同你一样进步，为组织、为社会、为中国的未来做出自己的贡献。"

王景临低头思忖一下，目光看向窗外雨过天晴湛蓝的天空："或许很多年后，等到中国解放了，说不定我会写一本书。书里的故事就是我们中国共产党为了解放中国众多百姓浴血奋战，不怕牺牲，奋勇拼搏的故事。"

李善平道："一定会有那一天！这本书的名字就叫《国民书店》。"顿了顿道："你先休息一天，明日我带你去一个地方。"

翌日傍晚，李善平带着王景临，叫上两辆黄包车向市中心驶去。

临近夜晚，却是上海最热闹的时候。

黄包车经过一众舞厅大门，绕到旁边一条街道，街牌上写着"公兴里"三个大字，黄包车跑了大概五分钟，又穿进一条小胡同里。

窄窄的街道旁边的建筑大多是两三层的小楼，院门口屋檐都挂着红灯笼，讲究一些的还挂着一串做招牌用的彩灯，三两个身着旗袍浓妆艳抹的女子，搔首弄姿，挥舞着手绢，空气中充满混着汗臭的脂粉味。

两人的黄包车在一栋小楼里停了下来，门牌上赫然几个大字"艳香阁"。三三两两的客人也正在进进出出。

李善平驾轻就熟与她们笑侃着，一条光滑的胳膊也挽住了王景临的手，他忍住心中的不适迎合着，心中当然明白，这是个妓院，李主任带他前来肯定不是寻欢作乐。

李善平问姑娘："你家妈妈也太忙了，我上次给你们从法国带的香水到底好不好用，她还没告诉我，要不要再给你们带一些？"

不远处康妈妈笑眯眯地应答着："好！好用得很。"

李善平打招呼："康妈妈辛苦了。"

康妈妈带着李善平和王景临向院子的阁楼走去。

李善平自行拉开门把手朝前走着，在一个拐角处又推开一个不起眼的木板，带王景临走进去。

这是一间用铁条包裹的房间，极为奇怪。

王景临只觉得呼的一声，那房间居然往下沉。原来这是一部电梯。电梯下沉了不过两三层楼，打开后便是一个黑暗的房间，李善平从怀里掏出手电筒，两人向前走，能看出这是一个硕大的地下室。

李善平一边走一边轻声跟王景临道："这栋房子的主人很有远见，担心西方列强会轰炸上海，早在两三年前就开始挖地下通道和地窖，这里可以通往租界外边。"

这看似花天酒地的房子居然有这般乾坤。王景临跟随李善平继续朝前走，香水脂粉味道越发浓郁。

他们来到一个房间，顿时豁然开朗，里面居然安装了电灯。

只见屋里堆着不少布匹和装着香粉的盒子及其他物件，一个身影正弯着腰聚精会神地记录着什么。

王景临凑近一看，激动地喊了一声："文庭！"

李文庭抬起头来，手里的纸笔也掉在地上，他兴奋地拉住王景临："你什么时候来的？我护送药品离开，便得到国民书店被搜查、你被追杀、同志们被迫害的消息，真是担心死我了！"

战友重逢，他俩几乎喜极而泣。

那一堆看似布匹和香粉的盒子，都是棉纱、消炎和镇痛药等重要战略物资，这些就是这次李文庭和李雪泉负责运送的任务。

原来，王景临当时接到上级组织的命令，将存放在国民书店的药物送往上海，在上海将药品留下一部分给上海特支，一部分运往瑞金；于是他安排李文庭和李雪泉负责运送药物辗转来到上海，在李善平和上海中共特支的帮助下，将药物以布匹和胭脂水粉的名义运送进了租界里的"艳香阁"中。

自从太平军兵临上海之时，处于战区的西门一带的不少妓院也迁入租界。此时这些妓院妓馆只要按时向工部局缴纳税款，领取执照，便可公开营业。

也是机缘巧合，李善平结识了康妈妈，身在风尘中，康妈妈也是一个极聪慧且胸怀大义的女子，义无反顾帮助李善平在上海开展了不少工作。

此处虽是烟花柳巷，且鱼龙混杂，但因租界地势特殊，加上是寻欢作乐之地，转运军用物资倒是个更能掩人耳目的好地方。

李文庭在到达上海后，等待着上级药物下一站的具体运输路线和药品交接的指令。这些天他心中万分焦急，为王景临等同志的安危担忧，所幸今天李善平将王景临带了过来。

李善平告诉了他们俩一个好消息，国民书店解封了，也已正常营业了。

上级党组织刚刚给他发来了电报，王景临的母亲和李文庭的父母孩子现在都平安无恙；马秀山也得到解救。

李善平还告诉他们，存放在同济堂诊所的那些药品正在运送大别山的途中。

王景临现在才知道，让他最为担心的那批药物从滕县李大同手中交接给上级派来的同志运出去后，由两辆卡车运送至江苏、河南等地，每一个地点都有共产党联络站的同志暗中接应。

李善平还告诉他们俩："在滕县还有不少被捕的同志，组织正在千方百计解救，幸亏他走之前在墙边那块砖头放了情报，那个假扮王博源先生的人已经被抓住了。"

洪帮的人找到了假的王博源，以及洪帮里面的奸细，一律都按照帮规进行了处置。

李文庭告诉他，这些并不是他们护送来的全部的药品。

在上海，根据上级指示，将这批药物分成两部分，一部分已安全交给中共上海特支；存在地下室的这一部分将送到瑞金。

药品被分开送到上海，王景临多少有些不解和奇怪。

王景临问道："张上校现在何处？"

李文庭道："他带着李雪泉和接应的人员押送另外大批药物去了大别山黄安、麻城。"

王景临不解："他为何要去大别山？"

李文庭也不清楚，王景临告诉他，这位张上校是张仁奎的儿子。

李文庭听到那个名字，虽然之前有些风声，但也吃了一惊："你是说青帮大佬的张仁奎？他是张仁奎的儿子？"

李善平并不意外的样子，郑重地说道："他是我们的战友！"

王景临仿佛明白了很久以来让自己迷惑不解的一系列事情。

王景临将在赌船上的事告诉二人，又问道："那一批药品为何会送到大别山黄安呢？"

李善平道："据我们组织情报，国民政府动员数十万国民党军队围剿中国共产党控制的农村根据地，并以大兵压境力量重点进攻鄂豫皖苏区。黄安、麻城起义后创建的红军苏区有着重要的战略地位，它一面可以控制平汉铁路，一面可以截据长江交通，是中国工农红军第四方面军所在地。"

王景临愣了一瞬："你的意思是说，最近的情势对我们非常不利？"

李善平道："目前，上级党组织布置，要我们准备更多的粮食、冬衣、药品来为工农红军接下来的行动做准备。"

此时，他们更加感到任务光荣艰巨。

李善平告诉王景临："目前你暂时只需要在这里好好养伤，抓紧时间学习，完成培训任务尽快返回滕县，领导滕县特支开展工作。目前我们这里十分需要你这样的人才，把你丰富的地下党工作的经验传授给大家，培养更多的可以为党组织做事的同志。"

他们与李文庭见面联系后，并不从来时的路线返回，径直从地道出发，直接到了租界外面。

王景临终于放下那颗悬着的心，开始了紧张的秘密集中训练。

翌日，李善平带王景临来到上海的电报局、政府大楼、各种商铺百货公司等地，告诉他这里也潜伏着他们党组织里的人。

接下来的几天，王景临便在电报局和杨浦路两点一线穿梭着，想用最短的时间学习到更多的知识。

在工厂内，王景临也将自己这些年来培养总结的本事，如对人表情的观察、如何跟踪追踪、如何反侦察、如何查看地形了解各种建筑、家具或摆设能有什么样的玄机、如何查看地图、如何快速记忆、如何借助巧力胜利、如何快速入门开枪瞄准、如何躲避子弹、如何使用某些化学药剂、如何在特定的环境下逃生等，事无巨细地传授给组织培训班的同志们。

听他的讲解，年轻的同志们佩服羡慕不已，都赞不绝口。

王景临很谦虚："我还有很多的不足，我也要向大家学习，比如说老江，会做馒头，这样也是技能，这些也是我该学习的。说不定以后我去开展工作，就要摆个馒头摊做掩护。每个人都有自己的长处，大伙应该扬长补短，才能更好发挥自己在组织里的作用。"

李善平对王景临跟同志们的培训非常满意。

如今王景临身体恢复一些，虽然手掌还不能灵活自如，但也在奋力练习用左手快速掏枪开枪。

这日，李善平递给王景临一本书："现在这个很有帮助。"

王景临略翻了翻，里面全是看似不规则的一组组数字，立马明白过来："这就是大名鼎鼎的摩斯密码（Morse code）。"

李善平点点头："其实我们党组织很多暗号都是根据这个摩斯密码来创造的，以后很有可能派上用场，你越早学会越好。"

李善平又给了他几本厚厚的书，全是密码破译以及更难的破解拆除炸弹和制作炸弹的方法。王景临翻看后，察觉当时在船上拆除的炸弹是最最简单的，若当初制作炸弹的人学过此书，后果简直不堪设想。

他如饥似渴地学习着，心头还有别的事儿。兜儿里揣着张仁奎给的物件，他不知道，此时张上校在哪里？

情报告诉他们，张上校已回到上海，王景临决定去会一会他，迫切地想见见这个谜一样的战友，了解他作为国民党军官要去帮助共产党工农红军的初衷。

他打听到张上校会经常去两个地方，百乐门和一个叫丽都的歌舞厅，便和杜子端前去那里。

第十一章　运筹远谋大营救，虎口脱险再前行

几日后，王景临来到丽都歌舞厅。

民国以来，上海各大舞厅雨后春笋般起来，洋文化和中国传统文化结合，是上流社会流连忘返的场所。

只见里面灯光摇曳，空气中布满着烟酒的味道，音乐开到最大，几乎要震聋人的耳朵，男女都在舞池里欢快地跳着，舞台中央装扮艳丽的女子扭动着身子，唱着娇滴滴的歌曲。昏暗灯光，迷离眼神中的彷徨，犹如那飘忽不定的魅影。

王景临在舞池里看到一个熟悉的身影，张上校正和一位身着旗袍的高挑女士翩翩起舞。

舞曲毕，张上校朝女伴微微鞠了一躬，转身径直朝王景临走来。

张上校道："能在这里找到我，王兄果然神通广大。我知道，你是为了上海的这些药品的安全来的。"

王景临道："所以你欺骗了我们，这些并不是全部给共产党的药品。"

张上校道："只是将一部分药品在这里合并，送往大别山的药品正在按照计划中的路线运往黄安、麻城，如果不出意外的话，十天左右就会送到工农红军的手里。"

他顿了顿继续说道："剩下的这批药物会与上海的药品、物资一齐运往瑞金。论实质，我们本来就是一家人。你应该了解我，我并不属于国民党或共产党，我是为了我自己的国家和自己的良心做事。至于这些药物送到谁的手里，要等待上级的消息。"

王景临道："我来上海前遇到一个忘年交，托我给你一样东西。"

说着把张仁奎交给他的东西掏出来，不过是一枚普通的子弹。

张上校看了一愣，面色一变，没有再多言。

虽然不知内情，但看他神色，那多半是属于他们父子间的秘密。

王景临虽然不知内在乾坤，但他至少完成了张仁奎交代他的事情。

张上校从上衣口袋里拿出几张照片交给他。

王景临却盯着其中一张照片，隐约觉得不对，抓起来仔细辨认，见照片中的人，分明是——刘贵堂！

浑身的汗毛都竖起来成为警戒状态，再一次证明了他得出的结论是正确的，刘贵堂依然活着，足迹遍布中国各地，依然兴风作浪。

王景临问："你我并非同僚，为何要帮我？"

张上校啜口红酒："王博源用心良苦，一盘棋下得出神入化。我本想一直当黄雀，只可惜我党国……"眼中流出一丝不甘的怨愤，将杯中红酒一饮而尽。

王景临心中明白，他也早已破译烟杆密码。

张上校又道："我党国若有你这样的人才，何愁土匪日寇不早日消失在我华夏大地上？可惜若我为党国拿下这些药品，真不见得用到我们中国士兵的身上。"

王景临怔了一下说道："上海这些药品能否安全送到瑞金党组织手中，此事我一定要继续跟进，绝不会妥协，如果有人胆敢徇私舞弊，我绝不会放过他。"

张上校告诉他："就在这段时日，因为叛徒的出卖，巡捕房突然对共产党进行了一次秘密大围剿，不少共产党员和进步人士都被逮捕，其中王博源就被关在上海的临狱。"

王景临心头一惊，马上说道："快想办法解救。"

张上校看看周围："见机行事最好。"

话音刚落，音乐奏起，他再次融进灯红酒绿中与纸醉金迷里。

张上校突然哈哈道："既然来了，就玩个痛快。"

王景临将自己从这奢靡的环境中抽离出来，看看舞池——从本质上，张上校与他是同一类人，可惜他们一开始就选择了不同的方向。他和杜子端准备离开，突然被不远处的小摩擦吸引住了。

一个男子突然跳起来，夺过一个舞女的酒杯狠狠摔到地上骂道："居然在老子眼皮子底下喝假酒，耍花样。"

女子身着亮色旗袍被泼了一身酒渍，她一副破罐破摔的模样，尖酸的上海话蓬勃而出："小瘪三动起手来了，老娘陪你坐坐就是你的福气，你挑三拣四不怕我大哥削你。"

脖子上戴着领带的服务生急忙赶到圆场："先生，别生气。"

男子不依不饶："我花钱找乐子，你送这么个破货来败兴！"把一个酒瓶往他身前一掼："我又不是不知道，百乐门那里混不下去了，你才到这里来混口饭吃，装什么贞洁烈女，把这瓶人头马通通喝下去，今天就算了。"

服务生一脸惶恐求饶道："先生，这个度数高，一口气喝下去要出人命的，咱们换一个！"

杜子端见王景临看得出神，拉拉他，凑到他耳朵边悄声道："这种是非之地常见这样的情况，我们赶紧走了。"

王景临摇摇头："等一下。"

只见那女子一副玩世不恭的模样："小瘪三，我若一口气喝下，你就跪在我跟前叫我一声姑奶奶。"

男子站起来捆了她一耳光："给脸不要脸，你厉害什么！"

女子冷不防挨了这么一下，整个身子扑倒在地，不偏不倚跌倒在王景临的脚边。

王景临下意识扶起女子，杜子端不知对方身份，担心招惹麻烦，想拉着王景临走掉，女子跳起来对着男子骂道："你知不知道姑奶奶靠山是谁，信不信我让你今天走不出去？"

男子额头青筋暴露："黄金荣是你的靠山，你配吗？"

男子见女子身后站着两人，知道对方来了帮手，看上去自知不太好惹，嚣张气焰消了不少，碍于面子还是嘴硬。

大堂经理冷冷看着女子："月茹，你知道规矩。"

女子也被压制住，迟疑了一瞬，一把抓起桌上的酒瓶，咕咚咕咚，不出一分钟整个瓶子都空了。她一撂胳膊，瓶子摔个粉碎。

王景临道："得饶人处且饶人，都是场面上的人物，先生来消遣，何苦给自己找不痛快？"

那男子上下将他打量一番冷哼一声："哪儿来的乡巴佬也想英雄救美，你也不看看自己的分量，你救的这个又是什么货色。"

他突然发现这个女子像极了林小咏。

一则眼前这个女子五官的确与林小咏有八九分相似，但右边脸颊上有一颗明显的美人痣。林小咏脸部肤色白净没有任何明显标志。二则她那一口吴侬软语骂出尖酸的话，嗓音也更为沙哑，被一群男子拉得东倒西歪，仪态尽失，自尊扫地。林小咏虽然爱笑爱跳，但向来自尊自爱甚至有些洁癖，跟面前这个人大相径庭。

天底下相像的人很多，不是什么新鲜事。待确定心中判断想离开时，这女子偏偏倒在他的脚边，世上的缘分也难说得很。她告诉王景临，自己叫月茹。

王景临返回后把和张上校一起的经过告诉了大家，李善平思量一番：刚刚接到上级指示，营救同志。综合各方面因素考虑，要尽快第一时间将这三位同志解救出来。

第二天傍晚，王景临来到虹口无线路一栋高大的建筑前，这就是整个上海滩大名鼎鼎的娱乐场所——百乐门。此行是与张上校商议营救王博源老师。

"月明星稀，灯光如练。何处寄足，高楼广寒。非敢做遨游之梦，吾爱此天上人间。"

字里行间真实流露出上海民间对百乐门的喜爱。

王景临跟随人流走入大厅，找了一处角落驻足，打量这纸醉金迷的花花世界。耳边传来欢声笑语的放浪形骸、飞觞换盏的虚与委蛇，暖黄色的灯光下流光飞舞，空气中弥漫着浓郁的法国香水、酒精和烟草的气息。

台上一众女子身着艳丽夸张的裙子，整齐划一，曼妙歌舞，中间一个女歌星抱着麦克风沉醉地唱着："夜上海，夜上海，你是个不夜城，华灯起，乐声响，歌舞升平……"

舞池中一对对痴男怨女相拥着，随着音乐翩翩起舞。这里仿佛永远歌舞升平，没有烦恼和压力，没有亡国的恐惧，所有人恨不得永远置身在这梦幻般的天堂。将人们与真实世界隔离开的不仅仅是这栋七层高的建筑，还有有心逃避现实和今朝有酒今朝醉的得过且过的自我欺骗。

他们上了二楼一个房间，在靠窗的沙发上坐下。房间结构布局设计极为巧妙，从外面看不易察觉房间内部，从这里的窗户正好能看到整个舞池，屋外热闹非凡，屋内却很安静，听不到多少杂音。

张上校将一张图纸递到王景临手上："这是那所监狱，上至地形结构，下至地下通道，上面都标注得很清楚。"

王景临接过图纸仔细审阅，张上校补充："王博源就关在这个监狱里。"

王景临道："如果是特务抓走的也应该是关在宪兵队，怎么会在监狱中？"

张上校道："这是国民党高层之间的权力争夺，我的情报不会错！"

王景临道："可是我就算得到了关押同志的资料，监狱戒备森严，我们如何能救出他们？"

张上校道："你看东南角那边。"

王景临看到一个身着西服，梳着油光水滑大背头的男子，正兴致昂扬地与舞女和一众朋友聊得热火朝天。

张上校道："他是监狱的监狱长，所有关卡的钥匙都在他那里，且二十四小时随身携带，今日能不能拿到钥匙看你自己本事了。你拿到后用印泥印出钥匙的形状结构再打造出来。"

王景临下楼来到舞厅，远远看着座位上那位玩得兴致勃勃的男子，见他手势动作，似乎在跟人交流射击的经验，腰间的金属在摇曳璀璨的灯光中灼灼闪着银色的光芒。

王景临一步一步向他靠拢过去，隐约听到他跟旁人说今日差不多该回去了。张上校的话在耳边响起——若要尽快救出王老师，成败第一步就在这两三分钟内了。

他大脑飞速旋转，考虑用什么方法，从哪个角度下手，这时一个人突然将他撞了一个趔趄，撞到旁边一个托着酒杯的服务生，只听当啷一声响，酒杯碎了一地。

王景临抬头一看，居然是月茹。

小冲突引得旁人侧目张望，监狱长也注意到了他们。

月茹哎哟叫唤两声，经理急哄哄跑过来狠狠瞪她一眼，转头向王景临赔不是。

月茹也发现是他，双眸熠熠发亮，一口上海话的破锣嗓蓬勃而出："小白脸，你怎么也在这里？"王景临一把捂住她的嘴，拉着她到角落的一边。

他皱皱眉头道："你怎么这么毛毛躁躁的？"

月茹"嗤"了一声扭头对着反光贴金片的柱子整理了一下自己的鬓角："那个瘪三跟老娘作对，差点把老娘整死了。我有个姐妹刚刚介绍我到这里来陪跳舞，又体面，银圆又赚得多，比丽都歌舞厅强多了！"她朝王景临飞个媚眼，咬咬嘴唇一把拉过他，"来都来了，我们也跳一曲呗！哎呀，不收你钱。"

不由王景临拒绝，他已经被她拉入舞池，随着欢快的节奏跳了起来。

舞池中，王景临看到监狱长已经离开座位。

随后，王景临将张上校带给他的图纸给了李善平。一番商量后他们开始了营救计划。也就是这个时候，王景临才知道当时在百乐门没有下手偷监狱长的钥匙，才是正确的选择。

他当时的注意力完全在那个监狱长身上，没想到他身边各个方位有众多持枪保镖，如果他当时下手，无论从哪个角度都会被发现，轻则会当场被抓获，重则会被当场打死。

月茹的无心之举救了王景临一命。

经过多次商量，计划很快制订出来，前去营救的人员也确定下来，紧锣密鼓，部署得当，按部就班，缜密计划。

杨浦区的商业街的一家金器店发生了一起抢劫案。抢夺金饰的男子被正在巡逻的巡捕当场抓获。按照案发地域划分，偷盗者就近被押送到江湾监狱。

偷盗金额过大，属于重罪，男子被关进了监狱最深的牢房中。

王景临在潮湿阴暗的小黑屋里左敲敲右摸摸，时不时发出呻吟声迷惑外面的狱警，搜寻一番后，果不其然寻找到了他所需要的位置。接下来静静等着天黑，再开始行动。

天几乎完全黑下来，禁闭室外人声多了起来，此时正是狱警换班的时刻。趁着所有人在最放松的状态下，王景临撕开自己贴在腹部的一张人造的假皮肤，又从里面掏出一把小刀和一个火捻子，在白日寻找到的位置开始凿起来。外面杂乱喧闹的人声掩盖住轻微的凿动声。

监狱里因常年不被日光晒到，此处更是监狱内部多根排水管道交叉位置，墙壁砖头在这种潮湿的环境下早就变得松软易碎，王景临很快看到了排水管道的部分。

他一边行动一边快速记忆，将张上校给他的这座监狱的图纸在脑海中过了一遍，大脑将他即将前往的路线图过了一遍。当墙壁被凿开，自己便飞快地钻进洞口攀着管道向前爬去。

若图纸没错，这个位置离关押同志的地方不会太远。

暗黑的管道系统伸手不见五指，王景临点亮火捻子，借着微弱的亮光小心翼翼地爬行在管道里。

空气中弥漫着不可言喻的酸腐味道，能听到某个管道已经破损滴答漏水的声音，偶尔一只壁虎从他面前飞快跑过。

还有一百米，八十米，五十米。

停停歇歇半个多小时，爬到了一个通风口，王景临拿出别在腰上的小刀撬开盖子爬了进去。再次爬行不到三十米，就看到一个房间，从里面往下看去，一个浑身是血的男子正坐在椅子上，王景临仔细辨认了相貌。

王博源！王老师，果然是他。不敢太过逗留，按照原计划开始原路返回。

攀爬在管道上，王景临百感交集。这么多年来他一直以老师的话激励鼓舞自己继续革命继续前进，他是自己投身革命事业最牢不可破的精神支柱。

而现在他必须忍住自己的情绪，忍住恨不得立马和王博源相认的情绪。

现在不是意气用事之时，他必须按捺住悲怆的情愫才能将同志救出来。

回到禁闭室，他体力几乎耗尽，蒙头睡着不在话下。

今日恰好是一月一次的探监日。一早监狱门外就有二十多个犯人家属等待，时间一到，在狱警的指引下进入监狱院子。此刻门会关上，等所有人结束了探监再一次性全部放出去。

探监室。

这座整个上海最为森严的监狱，从外面看过去，铁丝网足足三米多高，带着探照灯的碉塔比一般的监狱还多两座。

今天，随着探监家属一起进入外围警戒区的，还有杜子端。他来看望一个因酗酒闹事被抓的朋友。

探监室是一个宽大的房子，里面摆着整齐的十张桌子，相隔三米，每张桌子两侧放着两把椅子，每两张桌子有一个狱警在一旁看管。

根据探监人的先后次序叫出戴着手铐脚链的囚犯，每人有十分钟的探监时间，这一轮探监结束，换下一批。

杜子端根据他们计划的时间故意排到第三轮。待轮到他了，两人没聊到两分钟，突然最边上起了冲突。一个身形高大的囚犯狠狠抓住他对面探监者的领子大声吼着："你这个浑蛋！"

所有人的注意力都被吸引住了，一个狱警掏出警棍阻止这场纷争，那大个子狠狠攥着对方不放手嘴里骂道："我为了你才进来，让你照顾我老婆，你们居然给我戴绿帽子，我现在就弄死你！"

大高个力气太大，把面前的桌子都弄垮了，所有的狱警一拥而上，费了好大劲儿才将两人分开。此时离这一轮探监时间也差不多了。

狱警们笑呵呵讨论方才的风流韵事，没想到的是杜子端已经用万能钥匙打开了朋友的禁锢，两人在所有人都看向那场冲突的时候换下衣服。杜子端跟着进了监狱。

今日正好也是可以在操场自由活动的日子。

杜子端和他的朋友脸型与发型都比较相像，穿着同样的囚犯服装，监狱的看管人员根本察觉不到人员的变化。上午十点多，杜子端在操场上踱步，趁着别人没注意到他，来到一个犄角旮旯处放下一个东西。

王景临正好已经结束了禁闭，远远看见杜子端在不动声色张望。

他被关押的三日中，每天都会在晚上的时候去那个地方看望两位同志和王博源。在看守都偷偷喝酒时，他到了房间，跟他们对了暗号，确定了王博源和上海地下党两个同志的身份并告诉了下一步的计划。

王景临从杜子端身边擦肩而过，并不说话，只为让对方看到自己。然后站在一个台阶上看向远方，确定了杜子端已经发现自己后，王景临转动自己脖颈，不同的幅度是摩斯密码的代号。

他在告诉对方同志被关押的具体地点，告诉他继续按原计划进行。杜子端也给予他摩斯密码代号的回应，一切都在按部就班进行着，就像方才在探监室大闹的中年男子，也是他们设下的步骤。完成交流后，王景临来到方才杜子端放置物品的地方，拿起东西将其缠在自己腰间。然后他转身走到一个彪形大汉身边，二话不说狠狠就给了他一拳。

那个囚犯愣了一下，双方扭打起来。

狱警冲上前来拉开他们。一根警棍打在王景临肩膀上，骂骂咧咧一通。王景临动手打的人在这里非常霸道，家属也常给狱警不少好处，不出意外，王景临再次被关进禁闭室，提前结束了自由活动。

这正是他们的计划之一。

就在此时，探视的人们刚离开不到五分钟，一辆黑色的轿车已经行驶在监狱大门口大鸣喇叭。看守的狱警从侧门开了出来询问，车上下来一名身着中山服的瘦高男子，鼻孔朝天态度傲慢递上去一个证件道："南京来的徐特派员视察监狱工作，请将门打开放车进去。"

狱警一头雾水接过证件，打开，赫然是"徐竖真"几个大字，看上面的照片，轮廓的确跟坐在车里的有几分相似，他不敢伸长脖子看个仔细，只是小心翼翼问道："平日长官过来，都是我们监狱长陪同，今日来怎么事先都不知道，要不我打电话报告下……"

年轻秘书冷冷飞了一记眼刀给他："你的意思是说，特派员巡视还是其他工作，要得到你们监狱长同意才能进行吗？"

秘书一身气场震慑到了狱警，虽然他并不认识眼前这个人，他也知道特派员身份不能与旁人等同而语，还是从南京那边过来的，只好命令守卫打开大门，尾随着汽车驶了进去。

车停，秘书下车拉开后面车门，护顶让特派员下来，徐特派员同样一身中山服，目光如炬，照得狱警心中一颤，将他二人引到会客室，斟茶倒水忙得不亦乐乎："徐特派员稍候片刻，我去报告监狱长。"

徐特派员倒显得和蔼可亲："等会儿我亲自给他电话，今日就是过来看看，你们不必紧张。"

秘书说："让现在工作不多的兄弟过来一下，我们特派员要亲自了解一些情况。"

言下之意是不要走漏风声。狱警退下心中打鼓，不知道头儿是不是被人陷害，突然这么重要的人物过来调查，思考片刻决定暗自通知监狱长。

徐特派员看似笑眯眯，狱警深知这种看似和蔼可亲的才是杀人不眨眼的狠角色，不敢怠慢，主动引着特派员坐在监狱长的办公桌前，看他气定神闲、装模作样地喝了一口茶，开始了自己的演讲。

从整个国民政治局势，到监狱的布局，从目前抗日的准备形势，到狱警们的工作状态，他口若悬河、指点江山、滔滔不绝，台下一众狱警只有频频点头的份儿。

徐特派员痛心疾首敲着桌子："如今共匪猖獗，我们虽然只是监狱的看管人员，也要提起一万个小心，若有一个闪失便会坏了党国的大事！"

狱头接着拍着马屁："特派员放心，我们这里就关押着共产党。"

特派员端起茶杯啜了一口点点头："共产党，自诩是有信仰的人，从他们口中得出答案可不容易。对了李秘书，这所监狱有宗教室，对不对？"秘书立刻翻开手中的小本本查看，狱头忙答话："有有，我们这里不少囚犯信耶稣的，有为他们准备。"

特派员道："走，去宗教室。"

一大群人簇拥着徐特派员浩浩荡荡来到宗教室，还没走到那里突然只听轰隆一声爆炸惊得所有人都蹦了起来。这时不知从哪儿传来一嗓子："有人越狱啦！"

话音未落，又一声爆炸巨响，秘书护住特派员大喊："你们派人护送特派员从后门出去。"

一个狱警迟疑一下道："门旁边没有电网和防护栏，打开后囚犯很容易逃走。一般没有监狱长的命令，不能打开后门。"

秘书捆了他一巴掌："发生这么恶性的事件你还敢违背命令！特派员要是有个闪失你们监狱长十个脑袋都赔不起，还不快走！"

又是一声轰炸声传来。

官大一级压死人，狱警不敢怠慢，带着特派员离开。这时操场已经乱成一团。王景临因为在操场上跟人起了冲突再次被关进禁闭室。这正是他们的计划之一。

他顾不上刚刚被打得酸痛的肩膀，飞快地攀着管道系统来到王博源房间，用刚刚在杜子端那里取到的钥匙打开这所监狱房门，借着爆炸声击毙了看守者。

王景临忙着将狱警的衣服换到自己和王博源身上："什么话都不要说，我们走！"

王景临背着王博源刚刚将房门打开在甬道上奔走，突然被一个声音叫住了："快快，救救我！"

王景临转身一看，一个铁栏里的一个人身着囚服，浑身邋遢，目光炯炯不肯放弃一丝能够逃跑的机会。

他任务在身不想多管闲事，转身就要离开，只听那人道："我知道你有钥匙，就是拧一下锁的工夫。告诉你，我这个房间可是有警铃的，若你不救我，我就按这里的警报，到时候我们都出不去。"

王景临只好用钥匙打开那个房间，那人立马穿上狱警的衣服。

监狱的后门也已经打开，因为过于混乱不少狱警也被炸伤，秘书喊道："前面大门已经通通被包围了，是共党下令围攻监狱，赶快让受伤的兄弟从后门跑出去。"

徐特派员和秘书让他们径直上了接应的汽车，在王景临要求下也让那个陌生男子上了汽车。没一会儿也接应到了杜子端和另外两名同志，把此时此刻正是火光浓密且惨叫连连的监狱抛到身后。

这次行动成功地将上海两名地下党和王博源营救成功，全身而退。

车子按照之前规划的路线狂奔行驶，到了一个僻静街角处，那个男子大喊："停车停车！"

王景临示意，汽车停了下来，那男子熟练地打开车门，看看他们所有人一眼，飞快下车消失在街头。

能被关在那个地方的人，估计也是一个重要人物，他到底是谁呢？

第二天报纸刊登了这起越狱事件。巡捕房下达通缉令，全城搜捕上海中共地下党有关人员。

据说监狱长查看了那个禁闭室，又看到关押王源博的监牢，气得暴跳如雷，把狱警都狠狠抽了一顿，罚了三个月的月俸。

王博源身受重伤，在中共上海特支的帮助下，他很快得到救治并脱离危险。

在病房中，师徒促膝深谈。他们没有太多言语，战友之间的默契尽在不言中。

在和王博源沟通时，王景临得知，王博源从来都没有背叛过组织，罗琴薇说王博源已经加入国民党，是因为想借此策反王景临。

王博源告诉他，如他推测的一样。敌人用药品做诱饵，引诱药品运输路线区域的共产党现身后，再将其一一杀害。还特地成立特务组织，将一个个地方所有的共产党的组织端掉。

这期间为了这个目的，有的国民党甚至与土匪和日本人合作。

王博源道："最好的防守就是进攻，我们要立马行动起来！"

接下来的时间，国民党军事委员会发现，他们各个领域旗下的间谍有的失踪，有的被暗杀，十个有九个都失去联系，不知道哪里来的手将他们花大精力培养的人才扼杀。

王博源曾与军事委员会的组长是同学，他深谙对方培训间谍的手段，在王博源破译下，他们很快找到规律，一个个将接近负责接运药品同志的特务们挖出来，极大保护了各个地域组织的成员。

王博源还告诉王景临，这些年他为了躲避追捕，一直用各种身份乔装，脚步遍布大半个中国，在相对安全的情况下与各个地方的共产党组织联系，冒着被抓捕的危险力所能及做了不少革命工作。这次来到上海执行任务时候，也不知道怎么被人发现，抓进了这个监狱。

在被严刑拷打的时候，他一口咬定了自己名字叫王陆卿，只是一个普通的商人，想过来买货物，也并没有透露出自己的真实身份和出卖任何一个革命同志。

此时，大街上到处张贴着通缉令，他们仔细看了通缉令内容，巡捕房始终没能确定他们是不是需要抓捕的共党分子，王博源和王景临被抓进来用的假名字，还有假扮徐特派员和秘书的简易画像，其他没有什么有价值的线索。

奇怪的是，通缉令上还有一个让他瞳孔震惊的名字——刘贵堂。一个令他震惊百思不得其解的名字。

他想起那个临时被他们救助的中年人，当时他头上缠着纱布遮盖了半个脸，难道？有那份胆识和机智，想必不是一个普通人。

只是又一个同名同姓不同字的巧合吗？

未来的战斗，将会何等惨烈？

第十二章 国民书店遭查封，临危受命险象生

此时，王景临完成了在上海的培训学习任务，按照计划返回滕县，继续以国民书店为掩护，领导滕县特支开展工作，培养壮大党的力量。

王景临回到滕县后，立即将上海的革命斗争形势传达给中共滕县特支的同志们，大家很受教育和启发。

秋天时节，这样的天气是王景临最为喜欢的。

清晨，滕县的天空如一块巨大的蓝色玻璃，阳光透过淡薄的云层，一柱柱金色的光束从高空射向沧桑的县城，带来一丝丝闷热的气息。微风吹过树梢，树叶轻轻摇曳，发出沙沙的声响。东方的龙泉塔在朝阳的映照下，显得格外神秘而壮丽。空气中弥漫着清新的草木香气，让人感到心旷神怡。

人们一如既往地忙碌，为生计奔波的那一刻，能暂时将恐怖和血腥从心中抹去。

南门里大街，国民书店的牌匾古色古香，书店内弥漫着淡淡的墨香和书香，给人一种宁静而舒适的感觉。书架上排列着一本本书籍，从古典文学到现代诗歌，从历史传记到科学普及，应有尽有。

书店的一个角落，一身着一袭普通长袍的年轻人静静地立在书架旁，专注地阅读着手中的书籍。虽然一身读书人打扮，却无法掩盖他身上散发出的不凡气质。

不少书店的熟客从他身边踱过，都认识，这是国民书店的创办者之一——王景临先生。

马秀山顾不上午饭，囫囵往嘴里塞了两口煎饼，一边扫地上的纸屑瓜子皮，一边侧头对王景临道："自从咱们书店里布置了水果花生这些吃食，生意果然一天好过一天。

不瞒你说我还有些小人之心，要是大家伙都顾着吃果子不买书，咱这买卖可就太亏了，幸亏今儿买书的人还不少。"

王景临不置可否，眼睛始终没有离开过书本。嘴角微微上翘，翻了一页书依旧没搭话。

他回到大堂与王景临开着玩笑："我觉着，你可是越来越有做买卖的脑袋了，干脆咱们别干这劳什子活儿，明天再去开个分店，你看怎么样？"

王景临头也不抬道："好。"

马秀山嗤笑出声："你可当真？"

王景临合上手中的书："我说的话什么时候没当真过。"他走过去冷不丁抓住马秀山的胳膊，"在北门街开书店，是张元桥的主意吧？"

马秀山一时没反应过来。

王景临冷哼一声："张元桥这次出事，你心里一直很难过对吧？"

马秀山浑身哆嗦一下，目瞪口呆："王、王老师，你是说，我、我也是……"他向外看看门口，"你这玩笑开大发了！"

王景临道："先说说近的，上次国民书店被查封，张元桥是怎么知道这个情况的？"

小马苦笑道："当时我倒是想赶紧把这情况传出去给所有同志，可是第一时间被抓起来的人，用什么方式给人通风报信呢！"

王景临目光如炬缓缓逼近："你确定你当时一直在警察局监狱里？"

马秀山愣了；"啊，啊，对！"

王景临嘴角微微牵起，看着他。

王景临语气平稳得几乎冷酷："还有李文庭从刘家庄回来养伤的那会儿，警察局局长身边的秘书专门来看我，这也是从你那儿出去的，不是吗？"

马秀山道："警察局也确实问过我这个情况，这些事很多人都知道。我自然不能撒谎。你教过我，不涉及核心机密，有些细节必要时可以诚实透露，否则撒谎一次便要更多谎言来圆，会更加得不偿失。"

王景临话锋又转："上次被查封，除了好饭好菜，还有别的吧。这些你怎么从没有跟我说过？"

马秀山道："我，我也是怕你怀疑。"

王景临步步紧逼："其实你当时心里已经动摇了。"

马秀山点点头："没错。"

王景临道："这么说你也承认了。"

马秀山深呼吸一口气直面对道："我心动，可并没由此付诸行动，更没有背叛。这么长时间以来，对中共滕县特支、对组织，我问心无愧。"

王景临看着他的眼睛足足一分钟，轻声回复他："我知道，考验你而已。"

马秀山同样不动声色："我知道，配合你而已。"

两人不约而同哈哈大笑起来。

最近，王景临喜欢隔三岔五地袭击一下马秀山，与他演练一下，训练他的反应能力。

张元桥的叛变让他心有余悸。他回想与张元桥相处的各个细节，此人的一举一动看似无意，实则每一句话每一个动作都有自己的目的，一看便受过专业的训练。

如此推断，定是有高人在他背后精心指导。

这个叛徒不是单打独斗，他背后的力量还没完全浮现，他的同盟到底在做什么？是不是已经靠近滕县特支，或者，已经在其中？

马秀山道："我同你想法一样，我们特支队伍里面很有可能有别的叛徒和奸细，你对我试探也是应该的。"

马秀山这几年的确没有白成长，在书店里工作，不但文化日渐提高，思想觉悟亦有了很大进步，最重要的是对时局政治方向的动态越发敏感，他一席话正好触动了王景临。

王景临吩咐他："张元桥的这次叛变一定要引起我们的反思，虽然他已经被就地正法，我们依旧不能掉以轻心，我到目前还不敢保证是否有张元桥自己都不知道的叛变者在我们组织内。"

马秀山有些调侃他："按你方才对我的方法，跟特支的每个同志都试一试——只是你方才试探我，真是吓我一跳。"

王景临点点头："君子论迹不论心，即便心中有暂时的动摇，我们也不能冤枉一个同志。别看最近太平了几日，你还得更加当心才行。"

马秀山点点头。

傍晚时分，王景临正在与母亲交谈，他想告诉母亲自己内心里的一些打算。

突然间，李大同急匆匆来到，告诉他了一个震惊的消息："国民书店又被查封了。"

李大同紧张又急促地说道："今天晚上，国民党驻滕县第七十四师一个姓杨的副官来到国民书店，说是买书，实际是进行侦查。那个副官从书架上拿出一本朱谦以宣传三民主义为基本内容的《大同世界的共产主义社会》一书，以此为借口，扬言书店被赤化了。随后立即调来二十名荷枪实弹的士兵，将书店围住，搜查出《大同世界的共产主义社会》和党的刊物《红旗》以及一部分党的文件，将国民书店查封，门口贴上了封条。实际情况是，这次查封书店是有人告密，说国民书店里有共产党！"

李大同告诉他："这次驻军和军事委员会在查封书店的时候，搜查出了几份文件，那是没有来得及转移的党的文件；同时，搜查时驻军手里有一份关于国民书店出售违禁书籍清单的举报信。"

王景临心中咯噔一下，他知道，一定是出了问题。

他紧锁双眉："我尽快去协调。"

李大同斩钉截铁阻止他："你不能去，更何况共产党员渠玉瑞和马秀山已遭到逮捕，城内大街小巷都贴满了对李文庭、你、我等人的通缉令，全城实行戒严，主要道路口派军警设岗对来往行人严加盘查。"

李大同继续说道："最糟糕的是，在书店里搜查到了没有来得及销毁的党组织的文件，这次，真的是凶多吉少。我这里有一份晚上刚刚收到的情报，你快点看看。"

王景临顾不上多想，马上将挂在母亲房门口上方的一捆艾草叶取下来。

这是国民书店已暴露的信号。

王景临迅速果断地安排李大同：要想尽一切办法通知滕县特支的同志们尽快转移。

王景临打开情报，将纸放在蜡烛上烤了烤，清晰的字迹呈现出来。这是王博源老师给他的密信，内容是：药品已到瑞金叶坪，接应的同志失去联络，王景临尽快去办理。

王博源老师是这批药品运送的责任人，打算这次亲自去瑞金叶坪将所有药品转交给工农红军。但是因为身份暴露，一直处于躲避和被追捕之中，眼下身负重伤，运送药品的任务变得更加艰巨。

王景临明白，党组织和王博源老师再次把这个任务交给了他最信任的战友。他必须亲自去一趟，去寻找那里接应药品的同志。

王景临知道形势情况复杂多变，虽然瑞金是我们党的革命根据地，但各种暗藏的危险和势力依然会出现，自己到了那里根据实际情况和变数进行周旋，药品安全送到我们党组织和军队手中，这个任务才算圆满完成。

王景临乔装打扮一番，告别了母亲和李大同，躲过诸多盘查的关口，踏上了去往瑞金叶坪的火车。

王景临心事重重，他知道此次国民书店被查封，有可能是华新书店的周经理举报的，能够列举出国民书店书籍清单的，也只有他一人能做得到。现在，任务紧迫，中共滕县特支的同志们能否安全得到转移，同志们的生命安全让他心急如焚。

望着窗外飞速掠过的山川，回忆如同电影般一幕幕回放着……

突然，他感觉到一个人正在挤着他，回头一看，吃了一惊："怎么？是你？"

瑞金，革命根据地，大街上百姓的脸上始终挂满舒心的笑容，大家努力顽强地为自己明天幸福的生活奔忙。

只听噼里啪啦一声响，露天集市一个角落的馒头摊上，蒸笼、案台、桌椅被砸了个乱七八糟，刚做好的热气腾腾的馒头也滚了一地，坐着喝粥吃馒头的客人也落荒而逃，站在一旁看热闹的贪便宜的人乘人不备拿走两个。

几个身着布衫的年轻人吼着："来这里摆摊这么多天还拿不出钱，我看你就是只顾自己发财，不肯给党组织做贡献！"

王景临裹着头巾，妥妥一副农民小贩子的模样，他赔着笑恳求道："这两日下雨没多少顾客，成本都还没有找回来了。大哥再宽限两日，我一定给足钱。"

其中一个怪声怪气道："什么大哥！叫同志！这老小子还真把我们当成旧社会的地痞流氓。你外地新来的不知道，你问问周边做买卖的，他们都给过了。"眼神巡视一圈，"修房屋盖大楼都要用钱，这一切都是为了我们的新中国的解放而必须花费的。我们要向苏维埃共和国看齐，与世界同步就得团结一致有所奉献才是。"

王景临频频点头称："是，是！"那窝囊样儿让人心生怜悯。

他此时心下纳闷。他也去过不少地方，接触过当地的共产党的组织，没有听说党组织会因各种原因跟老百姓要钱。

王景临初来乍到也不清楚这里的具体情况，再加上自己的掩护身份，不敢多问。

王景临弯下腰去捡地上的一个馒头，一个"同志"恶狠狠地用脚尖攒着地上的土弄脏馒头："没钱，就把棺材本拿出来！"

王景临低头拳心一紧，这几个狐假虎威的尿包怎么会是自己对手，若不是有任务在身，他真想当场将这几个人打成半残。

这些地痞似乎看出他心中的愤怒，以为他敢怒不敢言，一脚踢在他肩头让他一个趔趄："还不服气是不是？"

另一个阻止了同伴，帮他捡起馒头："我们也是为了整个大局着想，老乡可得多多体谅啊，听你的口音是山东来的吧，我的连襟也是山东人，再宽限你几日好了。"还自我介绍一番，"我姓陈，以后有什么事情尽管找我。"

王景临点头看着陈长官。心想：一个红脸一个白脸，这跟地痞有什么区别。见此人态度客气，王景临心中明白，这才是这个团队的主心骨儿，心狠手辣的笑面虎。

这时一个女子冷不防扑过来，叉着腰跟他吼："这里我早问过，我们这样的小摊贩只会每月缴二十个铜子，已经缴给税务局了，凭什么还要我们再缴，我们不偷不抢凭什么作践人！"

原来是月茹。

几个"同志"惊呼一声："哪里来的疯婆子，原来这个山东佬还有老婆！"

月茹跟他们几个撒泼打滚闹起来，还故意撕开自己衣服大喊："快来人呀，政府的人污蔑妇女啦！"这群人第一次见这样的阵仗，都给吓跑了。

月茹拍拍裤子上的土，朝他们跑的方向"呸"了一口。

王景临心头百感交集。

就在来往瑞金的火车上，他见一个穿着朴素的女子跟了过来，王景临大吃一惊，怎么是她？月茹跟他平日见到的样子大不相同，卸掉了脂粉，露出有些微微雀斑的脸庞，倒也干净。身上少了浮夸，多了一些宜家宜室的味道。

王景临正在目瞪口呆，月茹说："我看出来了，你肯定是个大官，跟你没错。不然你让我当你丫鬟吧。"这女人主意多大啊！跟一个萍水相逢的男人跑这么远的地方居然也不怕！

王景临知道舞女毕生将找个男人为目的，他当机立断告诉她："我已经有老婆了。"

月茹不假思索地说道："你老婆叫什么？"

"林小咏。"

叽叽喳喳的女人总算安静了。

可她还是厚着脸皮跟着他。

王景临看着他，觉得她的性子跟林小咏倒有几分相像，若她们两人见面，旁人看着会不会像失散多年的姐妹？

王景临的拒绝没有吓退月茹。

她已经铁了心跟他，虽然自己的状况大大出乎她的意料，但她并没有离开的意思。

因为在上海有交集，也知道这个女人是个苦命人，他没有再强硬赶走她。两人租住在一个小平房里。王景临做馒头的手艺就是在工厂李善平那里学到的。

她对他说："看你在上海挺威风的，怎么在这里这么个怂样，我真是瞎了眼才跟了你！"

王景临道："看到了，我就是个卖馒头的，你方才那几句山东话学得还挺像。"

月茹嘴上嘟囔着："怎么就没人出来管管？我早就听说，这里好得很，谁的身份都是平等的。看来天下乌鸦一般黑，我们还是要自己想想办法找门路才好。"

不应该呀，这也正是王景临心里纳闷的问题。

这些日子发生的事情，他也百思不得其解。

这个集市本不需要给摊位钱，但不知何时有人来向摊主们收费，都是老实巴交的老百姓和农民，看到他们亮了枪便不敢再多言。

因为任务在身，在这些问题上似乎不能细究。

月茹跑出去很晚才回来，心情似乎不错，一直哼着歌。

"我送我的情哥去打仗，劝声哥哥看清革命的路，劝声哥哥要扫除国民党，发誓把压迫穷人的军阀土豪都消灭光……"

王景临听得有些发愣，恍惚间觉得月茹的模样像极了那个人，回神过来问她："你都唱的什么？"

月茹朝着远处豆腐脑摊子努努嘴，王景临看到一个身着补丁、头包头巾的姑娘在烟火腾腾的小灶边忙碌。月茹道："在河边洗衣服跟那个女子学的。"然后神神秘秘且惊喜跟他说，"你猜我今天见到谁了？"她一扬脖子喝了口开水，"我今天去政府了。"

王景临吓一跳："你去那里干什么？"

月茹理直气壮："还能干什么！当然是告状啊。见到了当官的，二话不说上去告了状，把那些地痞耍流氓的人的行径通通告诉了他。"

王景临吓一跳很生气："你怎么知道那是当官的，如果是假扮的怎么办？你这样不听我的话到处乱跑！"

月茹愤愤地："难道你还是司令不成，老娘还听你指挥？老娘一心一意为你，本以为跟你可以威风享福，可现在老是受窝囊气，你还狗咬吕洞宾——不识好人心。"

王景临哭笑不得："我从来就不想让你跟着我，你哪儿来的回哪儿去！"

月茹急了，声音更像是公鸭嗓劈了："说个半天，你就是嫌弃老娘是吧？老娘还看不上你这个土老帽呢！算我瞎了眼，老娘不伺候了，你该干啥就干啥！"

看着月茹骂骂咧咧远去的背影，他无法告诉月茹，他心中对这个女子有很多好感。甚至这些时候还想着，或许他们有一天真的能成为一对平凡的夫妻，相濡以沫过日子。

月茹走了两小时后，在收摊前，他像往常买了一份叶坪当地的报纸。

晚上回到屋里，他躺在床上，他将在瑞金这些日子来发生的事情捋顺，判断自己下一步该怎么走。

他必须尽快找到接应药品的同志。

翌日，王景临照常出摊，一旁的商户打趣明知故问："兄弟，弟妹今天没过来？"

王景临讪笑。

午饭后，那位陈长官过来，脸上堆着笑对王景临道："等下我的长官要过来，你可得给我说些好听的！"说罢掏出不少钱硬塞给王景临。

所有人看到他都毕恭毕敬，原来是一个领导。

此刻，他正在亲切地跟一个戴着头巾的老者攀谈着，那个老头是集市为数不多有固定店面的掌柜。

随后，他走到王景临身边，一脸慈祥："我是陈进喜，听说上次他们跟你要了不少钱，这更是我们工作上的疏忽，我是第一个需要检查反省的。放心，以后不会再出现这种事了。"

王景临点头道谢，他心下疑惑，这个人他听说过，是中央红军的组长，负责当地的经济建设和计划的领域，并不会涉及这集贸市场的工作。

陈进喜又说了一句："不安于小成，然后足成大器。不诱于小利，然后可以利远功。兄弟现在只是做点小买卖，相信凭您的气质一定终成大器。"

王景临心中猛然一惊，心下明白地说道："陈长官抬举我了。莫为一身之谋，而有天下之志。我也只能做到这个水平了。"

暗号对上。

陈进喜笑道："我眼光果然没错。"遂从怀里掏出一个写着地址的纸条，"这是我们刚创办的小学，正是需要人才的时候，看你谈吐不凡，有兴趣去那里，不用起早贪黑做馒头，既有意义也还体面。"

表面上，王景临接过纸条连连称谢。

望着陈进喜一行人远去的背影，暗号对上应该高兴，可是王景临此时，内心万分忐忑，他隐隐约约地感到不安，感觉到情况变得越来越复杂。

第十三章　一波三折现真相，昔日妖魔露狰狞

翌日清晨，王景临并没有摆摊卖馒头，而是按照陈进喜提供给他的地址来到列宁小学。

他刚到叶坪时，就来过这里好几次。孩子的欢声笑语和老师讲课的声音让他流连忘返，总是忍不住回忆当初在华北弘道院当老师时的情景。

这所列宁小学靠近村庄的边缘，远远便能看到成片的庄稼地，也能闻到阵阵果香，孩童稚嫩的读书声随着秋风传到他的耳边。

王景临朝前的教室走去，一个老者正拿着一把大扫帚哗哗扫着地上落叶。抬头看看他，似乎早已认识他并等候多时，放下工具道："来了。这边过去。"

老者指着一间没有招牌的屋子道："这是叶坪最大的文具店，进去看看吧。"

老者带着王景临穿过这家文具店，又是一个房间，好像是个卫生室，里面是柜台，但是摆放的货品是一个一个的箱子，空气中飘着药草的味道。

王景临一个激灵，随手打开一个箱子，果不其然里面有不少药品，再打开一个，看到一些中草药。

"王景临同志！"

他转头一看，陈进喜站在他背后面带微笑看着他。

陈进喜跟他详细说了这里的情况："据我们收到的情报，国民党破坏围攻我们的根据地是迫在眉睫的，目前看来我们转移阵地是必需的，在之前我们必须做好充分的准备。"

陈进喜继续说道："现在国内情况复杂，还有日寇虎视眈眈，药品对部队太重要了。"

王景临道："没错。我在这里，一直等待着把药品交付给组织。"

陈进喜一愣："那就太好了，药品现在在哪里？"

王景临道："实不相瞒，我们药品在运送的途中遭到不明身份歹徒的劫持，幸好我们早有所准备，歹徒劫持走的不过是我们事先准备的假药品，真正的药品就在叶坪附近。"

陈进喜若有所思地点点头。

陈进喜道："我们商量一个时间地点将药品送到这里来便安全了。"

王景临道："没错。一直等待着药品交到我手中，一旦交付，我第一时间给您。"

陈进喜有些惊讶："怎么？都这个时候了，药品还没有交付给您？"

王景临道："陈组长您也知道，组织有自己的安排，每一个环节不容有半点差错。"

陈进喜点点头："谨慎些也好，那我们随时联络。"

陈进喜又指着这间屋子道："您也看到了我们的根据地也是很隐蔽，先以学校作为掩护，接着是文具店，然后再是一家中药铺子，层层叠加，一般人都找不到这里。除非，有叛徒。"

王景临道："我们确定一个时间将药品送到这里来便安全了，如今只有一小批，为了减少麻烦，我建议我们尽量一次到位，待所有药品全都齐全了我们再联系。事关军队前线战士们的生命安全，一点马虎不得。"

陈进喜道："有道理，我们都要格外小心才是，这段时日就辛苦王同志了。"转头一想道，"哦，对了，我们这里之前有一个同志一直在这里工作，后来被调走了，具体去哪里我也不清楚，也是你们膘县老乡。"

"哦，他叫什么？"

"叫什么我记不住了，记得她姓林，眉清目秀，白白净净的。"

王景临心脏呼啦一下提到嗓子眼，他按捺住激动的心情问道："是不是叫林小咏？"

"好像就是。"

"您知道她现在去哪儿了吗？"王景临火急火燎地问道。

"她在这里工作有一段时间了，听有的同志说她去上海还是北平啦，记得她是山东的，是您老乡，才顺嘴提一句。"

王景临总觉得这个陈进喜疑点重重，又似乎找不出哪里不妥，但是，又总是感觉哪里不对。

本着长期以来的革命警惕，王景临决定不能把药品和货物交给他。

王景临回到自己的住所，脑子里一帧一帧回忆着方才与陈进喜见面的场景。

一切仿佛已经快尘埃落定，多年革命的经验让他依然找到不少破绽。

那卫生所虽然刻意布置过，还有那些装药的盒子，他无意中发现，那些全是空盒子。

即便是给受伤的战士用药了，那些盒子都应该有打开过的痕迹，但表面确实是簇新的。

他抓紧时间浅浅睡了一觉，半夜起来揉面做馒头。他隐约中发现有人在秘密监视自己，他不动声色自己做自己的事情，静待暴风雨的呼之欲出。

待二十多斤重的面团揉好后，需要再等待两个小时左右醒醒面。王景临已经感到很疲倦，天刚刚微微亮，他在厨房的橱柜旁小板凳上坐着，眯着眼睛打了个小盹。

一个低沉的男子声音传来："别动！东西都放在哪里？"

王景临答道："我只是个卖馒头的，钱都在我床头的柜子里。"

"少装蒜！"他后脑勺狠狠挨了一下，视力也正好适应了这里的黑暗，一阵嘈杂翻动的声音，加上挟持他的人一共是两个人。

"你是说别人放在我这里的东西，对吗？我放在厨房里面，那里有几口大缸。"

那两个男子停止动作，一个男子继续找，另一个跟王景临去了厨房。

王景临道："你需要的应该就在这里。"他指着一个贴在墙上两米多高的橱柜。他打开，里面居然暗藏着另一个小房间，黑不见底。

男子内心似乎动了一下，放在王景临脖颈上的匕首也松了松，王景临以迅雷不及掩耳之势乘机从他的腰间拔下枪，在那人还没来得及叫一声之时，将他一脚踹进柜子里砰一声关上橱柜门。他拿起那把手枪迅速上膛，隔着门连开两枪，那门里面就没有动静了。

王景临就势躲在厨房暗处，听到枪声的那个同伙赶了过来，同样被王景临击毙在地。

邻居家的灯点燃了，一个大爷披着外套哈欠连天过来："怎么这么闹腾？"

王景临道："点火蒸馒头不小心点燃了几个炮仗，对不住。"邻居不满地嘟囔着离去。

柜子里面是那两个人究竟是什么身份？

王景临不紧不慢地把面团切成一个个剂子，大脑急速旋转思绪万千。

他在这里潜伏了半个多月一直相安无事，怎么一见陈进喜就有人过来直截了当要找药品？

难道正如自己所感受的，陈进喜有问题。

王景临很显然感觉到这个人急切得到药品的心理，并没有太多考虑安全问题。

但作为党组织的领导，心情急切不是应该的吗？

小心驶得万年船，他心中过于谨慎，本来也可以随时将药品交付给陈进喜，但他还是按捺住激动的心情，希望再次确认下来再开始行动。如今晚上他就遭到了袭击，如果不是有防备，差点丢了性命。究竟是陈进喜有问题，还是因为自己暴露了？

到底是谁？对上暗号了，为什么会是这个样子？

无论如何，在没有接到上级指令，没有接应到真正的同志，他一定要拼尽全力将药品保护好。

天已经蒙蒙亮，王景临将蒸笼、小碗摆好，简易的灶上是热气腾腾的馒头，不时有行人过来买上一个两个。

王景临手脚不停忙着，实则关注着周边一切环境。

他知道不管关在柜子里的人是谁派来的，一晚上都没有回去，想必很快他们背后的人就会找到这里。

只能随机应变。

正想着，突然一只手拍在他的肩上。

王景临长长嘘了口气，只见月茹大摇大摆坐到摊位的条凳上，一条腿弯曲踩在上面大咧咧道："给我来个馒头一碗粥，饿晕老娘我了！"

一旁的摊贩远远笑着打招呼："小嫂子回来啦！这就对了，小两口打归打，别动不动就跑不见了呀！我这里的油条给你来两根。"

月茹也不客气，咕咚咕咚灌下两口粥，掰开一个馒头夹着油条塞到嘴里大嚼，像饿了几日。

王景临其实早就料到，他得到消息，在瑞金去往外地的铁路暂时被封锁了，月茹想要出去也是不容易的，她回来可能还会更安全。

此刻，月茹填饱了七成肚子，她依然愤愤王景临居然不去找她，口里塞着馒头还嚷嚷着要跟他算账。

天下女子一个样，都把感情看得比命更重要。

"大清早怎么还打上了？"王景临抬头一看，陈进喜。他们约定的交付药品的时间并没有到，这么早过来看来那柜子里的人真的是他派来的。

这个陈进喜，到底是什么人？

他把紧张的思绪狠狠压制住，展开一个笑容："老陈来了，来几个馒头。"

陈进喜摆摆手笑道："不用不用，这位是……"目光落在月茹脸上，一时愣住了。月茹也愣了一瞬，看看王景临又打量一番陈进喜，一拍大腿："老王，这就是你说的那个大官是吧，赶紧请坐请坐！"厚着脸皮自我介绍，"我是老王媳妇。"

王景临看她一眼，居然无可奈何默认了。陈进喜表情有些意外："没听说，弟妹也来了啊。"

王景临叹口气："贱内让人见笑了。"

"谁贱了，谁贱了！在外人面前怎么这么埋汰媳妇。"月茹骂道，转头又给了陈进喜一个笑脸，"您坐着，我给你打二两酒你们哥俩喝几杯。"风风火火走掉了。

陈进喜道："你这媳妇还挺有意思的，我就觉得她跟你那个姓林的老乡有点像……"

王景临笑道："长得像？对了，您这么早过来出了什么事吗？"

陈进喜道："没什么，就是再来跟你商量一下，看最近这里有没有可疑的人出现。在药品交付给组织之前，我们都要万分小心，但也要随时联系才可以啊。"又道，"那些人最近没有来骚扰你吧，如果有一定要告诉我。我在这里还是有一点办法的。"

王景临点头称是。

两人又聊了一会儿，陈进喜称不想让别人怀疑，也吃了一个馒头留下钱便离开。

王景临见他离开摊位渐渐远去，就快融入了街上的人流中。冷不防看到月茹跑到他跟前拽着他的衣袖说话。

王景临一把将她拽过来："你胡说什么？"

月茹横劲儿也上来了："谁让你骗我说那个林小咏是你媳妇，老娘吃了这么多苦跟着你！良心让狗给吃了！"边说边呼一下扇了王景临一个大耳刮子，大哭大闹起来。不少乡亲包围着他们几人指指点点。王景临羞愤难当，吼道："回去！"

摊子也不管了，拽着月茹就往租的房子走去，嘴里嚷嚷着要狠狠收拾她。

月茹不服气依然在大吵大闹，王景临狠狠拉她一把，将手指放在唇边长长嘘了一声，月茹不知他葫芦里卖的什么药，自觉消停下来。

王景临仔细查看院门地上的环境，查看到不少陌生的脚印，看来他柜子里的那两个人多半已经被发现了。

他拉着月茹跑到房顶露台上，这是这座房子的制高点，能看到房子以下所有的情况。

他又仔细观察一番，察觉没有异常后，嘱咐月茹待在房顶露台上，自己来到厨房打开柜子，里面空无一物。

他昨日杀的两个人，全都不翼而飞！

看着黑洞洞的柜子，王景临立在那里呆了好久好久。脑子里闪过一帧一帧的画面，心中那团乱麻突然被一只无形的手牵出一个线头，慢慢拉长，一个个细节支点充满逻辑地连贯起来，整个思绪也清晰了不少。

突然听到厨房外有响动，他心脏剧烈跳动几下，猛一脚踹开门，月茹冷不防跌倒在地骂道："干什么？要了我的命了！"

王景临率先发火："让你待着不动，你怎么就不听话呢？"

月茹爬起来道："我这不也是担心你吗，这么久啥动静都没有。"

"帮我一个忙。"王景临打断她。

月茹怔住了。

阳光照进了厨房的小屋，两人低声密语好一会儿。

她一边转身一边气哼哼道："居然要跟我分离去找你那个相好的吧，我现在就回上海去，爬也要爬回去，别以为老娘就没人疼了。"

她大声嚷着，公鸭嗓子响彻天空，引得左邻右舍和街上的行人伸脖探望，见她摔门而去。

望着月茹远去的背影渐渐消失在视线内，他强忍着喉咙的酸胀，蹲在灶台前隐蔽的角落狠狠咬着自己的手背，眼泪已经止不住流了下来。

在上海的时候，她提醒王景临药品的走向，帮他找到更多的情报，阻止他去偷监狱长的钥匙，暗示他接头的人有问题等。

还有他昨晚杀掉的那两个人，除了她处理掉还会有谁，可能她自己都没有发现，她身上还有不轻易被人察觉的血渍。

他后悔得想扇自己几个耳刮子。

王景临醒悟过来后，让月茹扇自己是怕被监视而遭受到怀疑。无论身份如何转化，无论何时何地，他们，永远都是配合最为默契的战友。

王景临总算发现和验证了自己的猜测。

月茹，就是林小咏！

这些年林小咏究竟经历了什么？

在上海，她突然在自己跟前出现，一次又一次暗示帮助自己，看似无意的行为，现在都有了确切的目的和答案。这次她追随着自己来到叶坪，也是为了帮助药品顺利交付。

她自始至终以另一种方式另一个身份来帮助自己。

王景临泪眼蒙眬打开了信……

他想起很久以前林小咏曾告诉他，最喜欢英国一个叫卓别林的人的电影，表面滑稽，其实这种人心里是最苦最累的，为了活着不得不演戏，哪怕心中流着泪、流着血。

王景临回到摊位上，天已擦黑，街上的行人已经鲜见，家家户户的烟囱冒着炊烟，一派祥和宁静。

王景临一边收拾着桌椅案板，一边静静看着宁静的街道，心里明白这可能是暴风雨前的平静。这两日非常关键，他的神志必须时刻警惕，但又不能暴露太多。

晚上沉沉睡去，王景临梦见林小咏来到他的面前，他再也控制不住自己的感情，将她紧紧地拥入怀里，再也不敢撒手，担心一旦松开手就会永远失去她。中共滕县特支、上海地下党，还有所有党组织里的同志们，所有人肩并肩，虽然背光看不见每个人的表情，他们岩石般的肌肉和脊梁化身绵延几千公里的山脉，在祖国的地平线上拔地而起，一条红色的大道蜿蜒汹涌如长江，沸腾的热血蔓延整个神州大地。

公鸡一声啼鸣将他从睡梦中拉醒。

天还没有亮，三个小时的睡眠足以让他精神焕发。他起床烧火揉面发酵，七零八碎的事务准备着，大脑飞快地运算转动。

如果顺利，林小咏应该在邮电局将这里的情况发过去了。让她完成工作任务就是想办法让她离开这里，不知道这次她会不会听自己的话。

工作还得继续，馒头摊还得摆出来。

可今日摆摊过程中他明显感到气氛不对。

一个大汉粗声粗气喊道要馒头。王景临忙去招呼他。谁知那小年轻咬了一口馒头呸地吐了出来："什么面做的，你加了什么玩意儿？"

明显就是来找碴的。王景临冷静告诉他："这货真价实今天一大早做的馒头，里面只有老面和少许盐，没有别的。"

一个愣头青呵呵冷笑："现在盐这么金贵，你一个做馒头的还能放，你不会是个……奸细。"

王景临一怔，笑道："兄弟，东西可以乱吃话不能乱说，我是实实在在逃难过来的，混口饭吃，你这不是砸我摊子吗？"

愣头青将手中馒头往他脸上一扔："我就是来砸你这个摊子的。你老实交代，你是不是奸细？是不是国民党派来搞破坏欺辱我们瑞金老百姓的？"

陈进喜大吼一声："张小六你在干什么？"

小愣头青年轻气盛道："打这个狗汉奸……"

"胡说！"陈进喜狠狠瞪他一眼，朝着围观的众人道，"乡亲们，我陈进喜在这里这么些年，你们都了解我的为人。今天我就实不相瞒大家，这位……"

他指着王景临正色道："他是我们共产党的同志，从山东滕县过来给我们运送药品的。"

周边一片鸦雀无声，方才还气势汹汹的愣头青脑子一时转不过来，目瞪口呆站在那儿。

在王景临的出租房里，陈进喜满面愧疚："这里的老百姓最恨国民党反动派，乡亲们都被欺压怕了呀！我如果当时不公开你的身份，怕他们当时就会撕了你。"

王景临叹口气："我知道陈组长是为了我好。只是想不通，怎么我就变成奸细了，这是谁造的谣，这名声如果传出去，我以后还怎么在党组织里工作？"

陈进喜笑笑，看出他也担忧自己的声誉，劝道："王同志放心，将来我一定为你担保证明您在党组织里是个好同志。但为了尽快平息这里的风言风语，您还是得赶紧把药品交付给我才好。"

王景临点头："那是肯定的。"

王景临陷入沉默。

王景临没有思考太久道："我本来准备今晚就来找你，我知道药品的具体位置，现在晚了不方便行动，明日我再告诉你。"

陈进喜眼眸一亮，马上按捺住："你告诉我地址，我派人去取。"

王景临道："夜晚这么多人去那里动静太大反而会坏事。说不定真正的奸细就在附近密切注意着我们。明日我们接头。"

次日一大早，王景临领着陈进喜等人来到列宁小学旁的小山丘。这个小山丘是沙罗山，平日鲜少有人来这里。这里绿树成荫将整个山体遮盖得严严实实，连本地人很多都不知道，这背阴的地方会有一个小山洞。

乡亲们东张西望，这个小山洞显然是依照天然地势再人为加工而成的，里面放了十数个木头做的箱子，一股中草药味道夹杂着泥土枯草自然的芬芳扑入人们鼻中。

因进入深秋季，瑞金气候由夏季的湿润转成干燥，再加上这个洞穴正好是阴凉通风之地，形成一个天然的储存药品的大容器。

王景临的烟杆上标志体现的地址沙罗山，就是这个容器，所以他即便没有跟任何同志接头也很容易找到这些药品。这也是他到列宁小学好几次的原因。

陈进喜做梦也没想到，药品离自己的根据地这么近。

王景临道："陈组长，药品我已经送到了，让乡亲们先回去吧。"

陈进喜想让乡亲们帮忙搬动一下药品，王景临称药品很多都是玻璃瓶子容易损坏，让自己的同志来搬动更合适。

老百姓都走得差不多了，剩下陈进喜和五六个同志，所有人都没有动手搬动，空气中隐隐浮动着一股蠢蠢欲动的危险的气息。

只有王景临和陈进喜几个人一起进入山洞中。

他们进入山洞里，陈进喜的一个手下打开箱子掏出一个玻璃瓶仔细看看上面的字："没错，是盘尼西林消炎药。"他拧开瓶盖看看闻闻，"不对，消炎药，怎么是一股子火药的味道？"他拿着给陈进喜，"我鼻子出毛病了？"

陈进喜闻闻，思索片刻，猛抬头看着王景临："王、王同志，你这是什么意思？""这些根本就不是药！"

王景临根本没有接他的话茬，开口说道："陈组长，我让你遣散老百姓还有一个原因。这次我们不但准备了药品，还有不少从土匪那里搜剿到的一些银圆和金条，还有一些关于国民党的重要资料，都在洞穴的里面，财不外露，我们还是自己人处理才好。东西都在洞穴的最里面的那个小木箱子里，我现在都交给你们，我的任务也算圆满完成了。"

陈进喜满目惊喜，命令三个下属进去查看，自己和另外两个下属和王景临原地等候，他按捺不住激动的心情问王景临："王同志，其实药品早就到了，我们的暗号也对上了，早点给到组织也不至于乡亲们对你有什么误会。现在才告诉我会不会晚了点？"

王景临笑道："做革命工作最重要的除了坚定的信仰，就是要谨慎小心了。就像陈组长一样，揣在怀里的枪一直握在手里，像要随时击毙敌人一样。"

陈进喜眉毛一跳，哈哈笑道："这是习惯了，王同志真是明察秋毫，这次一定会得到组织嘉奖。"

王景临道："你根本就不是陈进喜，陈组长早就奉命离开。你们这群畜生，打着共产党的名义，可恶至极！易容术能让你变成我们的同志，但你那颗恶毒的心、恶毒的行为，永远人人得以诛之。"

王景临在答应将冒牌货给陈进喜的头一天晚上，就巧妙躲避了眼线的跟踪，来到这里布下陷阱。山洞最里面的箱子装着两条赤链蛇，这是江西最常见也最毒的蛇，攻击性极强速度极快，人一旦被咬到会立刻肢体麻木，不出半个小时就会丧命。

只听洞穴里面一阵惨叫。他浑身一哆嗦，本能将手枪往怀里掏出来一瞬间，王景临飞快夺过他的枪，未等他们反应过来就击毙了三人。

陈进喜捂着汩汩流血的胸口看着他，目光凶恶又不解："你，你居然……"

假冒陈进喜扯下面具："你费尽心思，就为了把自己逼到这个绝境吗？"他掏出枪指着王景临，"说你聪明，你也的确是个人才，可惜了……"他连着朝王景临开了数枪。

咔嚓，咔嚓。假冒陈进喜吃了一惊，枪居然没有子弹。

他来不及多思考，命令手下："杀了他！"

转头看去，属下一个个已经倒在地下。

王景临从怀里掏出枪对准他开枪，假冒的陈进喜应声倒地。

王景临看着他们轻声道："不是只有恶人，才会懂得下毒。"

老冯从山下赶上来，王景临问道："乡亲们都遣散了吗？"

老冯抹抹汗水："放心吧，他们都走远了。"

在一片混乱中，老冯向王景临说出了重重的暗号，王景临才确定，老冯是真的接应的同志。

小山洞里的物品，也是老冯配合他提前准备的。

王景临道："我们现在要翻过东北方向这座山，可有路走？"

老冯朝那边了望："有路，这山丘不高，最多半个时辰就能到那里，不过翻过去，就是咱们列宁小学了。你的意思是，药品都放在那里？"

王景临道："我看了地图，收到同志给我的消息，就是那里了。"

王景临在洞穴内部向肢体麻木的歹徒分别补了几枪，朝着那个山丘前行。

远处传来读书声，约莫还有一个小时，列宁小学的孩子才放学。

他数次来过列宁小学，就是早就推断出被劫持的药品藏在这里，早就暗里向当地的孩子打听到山里的结构。

果然，按照他打听到的路线，他远远看到了一个秸秆搭成的棚子，一股风迎面吹来，熟识的味道扑面而来。

他怀着激动的心情上前立在棚子前面，刚想伸手推开门，突然心中一惊——这么重要的物资，怎么会没人站岗看管？

只听一声咳嗽，王景临转头看去——集市上的老掌柜。

一束刺眼的阳光透过绿荫，横亘在两人跟前。远处传来阵阵孩子们的欢声笑语。

他哈哈大笑："这世界太小了，咱们的缘分太大了。"

王景临冷笑一声："刘贵堂，别来无恙！你演戏还要演到什么时候？"

老掌柜一愣，王景临唰一下扯下他的头巾，连同着花白的假发也拽掉了，一个左眼戴着眼罩的熟悉又狰狞的面孔出现在他跟前。

他哈哈大笑："没想到，我打扮成这样你还能认出我，你居然也能找到这里！"

王景临举着枪对准他："在集市上看你第一眼我就发现不对。你善于躲在背后操纵全局，用各种利益诱惑他人变成跟你一样的魔鬼。"

刘贵堂也不再隐瞒："我纵横谋划这么久，本来也不一定要这批药，我兄弟都说还会跟你交手，也别在这一棵树上吊着，可我，不亲手弄死你，就是不甘心！"

他一把扯下眼罩，露出无比恐怖的那个窟窿："这个拜你所赐。我的一个日本朋友本来可以给我安一个以假乱真的眼珠，可我拒绝了，就是要随时提醒自己你的存在。"

王景临不再跟他太多废话，飞速一只手上膛就要扣动扳机。

刘贵堂狂笑道："五分钟以内只要我没有走出这个沙罗山，那所列宁小学就会被夷为平地。怎么样，共产党？你们心心念念为了老百姓，可是这么多孩子就会因为你的决定而被炸掉。我在小学放的炸弹可比给张元桥的还要厉害，而且还有好几个呢，要不要试一试？哈哈哈！"

王景临瞪着血红的双眼看着他。刘贵堂道："现在还有两分钟，就是这么一会儿，老百姓就会恨你，恨共产党，你可真是你们党组织的好共产党员！"

王景临额头浮起一层细密的汗水，时间　分　秒过去，只听到轰隆一声巨响，声音果然是从列宁小学那边传来的。

王景临大吼一声连扣动几下扳机，放了几下空枪，原来子弹已经没有了。

刘贵堂不慌不忙地从怀里掏出枪道："给你个痛快可没这么容易，马上我的兄弟们过来，让你，还有你媳妇好好看看，我会怎么收拾你们。不过说到底，你媳妇，不管她姓林还是姓叶什么的，严格说来还算得上我的外甥女，你也是我的外甥女婿，可惜你们很快……"

话音未落便听到急促的脚步声朝这边过来，刘贵堂更加得意，只见老冯慌慌张张跑过来："刘爷，不好了！"看着躺一地的人，"刘爷，他们怎么都……"

刘贵堂眉头一吊："怎么回事？"

老冯喘着气凑到刘贵堂耳边："刘爷，方才……"

突然刘贵堂一声惨叫捂住腰间，原来那老冯将一把匕首插入他的腰间，正待要抢他手中的枪，他就势对准老冯开了一枪。

王景临乘机扑将过去猛抓起一旁的石头对准他的颈椎将他击晕。

王景临抱着奄奄一息的老冯喊道："同志！你撑一撑，这里有药，可以治好你的伤。"

老冯嘴角流着血，微笑摇摇头："没用的。"用最后一丝力气断断续续交代道："学校被炸,但孩子们都已经转移了,全都是安全的。我和老师们把孩子带到山丘西边那一带,老师们照看着孩子们,大家都是安全的……我也掩护林小咏同志成功把电报发出去了,我们的同志去联络主力部队马上就要来到了,很快,我们的同志会过来接手药品。党组织信任我,让我负责这里的工作,我没有辜负组织。"

他的手垂了下来,王景临眼含热泪将他轻轻放下,山涧的风变得更大更响……

接应王景临的部队如期而至。

王景临在交付药品时,才知道老冯是负责药材和卫生管理的人。

由于国民党反动派千方百计封锁和破坏中央苏区,多次秘密派遣特务潜入叶坪,为了确保安全,老冯受党组织安排秘密寻找运送药品的同志。

本来他一开始也怀疑山东口音的王景临就是他要找的人,但他的任务是临时被安排的,当时并没有暗号或任何可以证明身份的物件,为了谨慎一直不能轻易相识。只能顺着那个假扮的陈进喜的安排,做出对老百姓压榨的违心的事,继续等待和观察他所需要接头的人。

教林小咏唱歌的做豆腐脑的女孩,就是组织安排在这里秘密接应王景临的同志。也是她提前转移了列宁小学所有的孩子。

在来到这个山丘之前,他们互相都不知道对方的身份。在林小咏和各个明处暗处的同志们的帮助下,王景临将所有的药品成功交给了最需要药品的赣南红军十六纵队。

任务完成了,王景临总算长长舒了一口气。

很快王景临接到上级党组织的命令,要求他重新回到滕县继续开展党的地下工作。

第十四章　赤色火焰南门里，先辈功绩传千秋

山东滕县县城，城墙门口"滕县"十分醒目。

一个戴着墨镜，身着长衫，手持一根卦杆的白面男子来到城门外。

此时，城门楼上传来一片猜酒行令的声音："哥俩好呀，五魁首，六六六呀！七个巧，八匹马，九连环。快，拿钱，拿钱……"

守城的士兵不耐烦赶走他："算命到别处去！现在城内正在抓捕共产党，没有通行证谁都不能进入滕县县城。"

男子赔笑道："我是受邀进城，军爷行个方便。"说着将袖口往上提了提。

士兵正要发火，另一个忙道："进去吧，进去吧！"

算命的走后，士兵敲了下同伴的头："你没看见他袖子上有一个'青'字，青帮的人你也敢得罪！"

王景临就这么成功返回，进入了滕县县城。

他径直来到县城南门里街，国民书店的牌匾早已经摘了下来，屋檐上挂满了蜘蛛网。

一个月前他离开时，国民书店已经被查封了，罪名是：国民书店里有共产党，贩卖红色革命书籍。

他在国民书店门前吆喝了几声"预料前程姻缘，速来请教卜卦"，眼神在书店上空久久不能撤去。

所幸，刘天明在各方面的周旋下全身而退，不少滕县特支的同志们已经被放出来了。大家都不知道王景临已经回到滕县，虽然都各自做着自己的工作，其实都在等待着组织交给新的任务。

战斗，还在继续。

形势会更为凶险而复杂，真正的革命战士从不会贪生怕死。

就像林小咏，在参加革命后并深深爱上了王景临的同时，机缘巧合地在张上校周全下，利用自己表演话剧的天赋，借用青洪帮的种种便利，查到不少关于土匪渗入各个帮派乃至国民党政权的千丝万缕的关系和内幕，刺探出他们的情报，默默地为党工作。

这些都是王景临看到的那一封信中，以及听知情的同志们说的一些细节，自己感受到在那样的艰苦的环境里，林小咏是多么的勇敢、多么的坚强。

他想起第一次见到他扮的月茹，就是在上海丽都歌舞厅和张上校谈判的时候。

其实，内心深处，他早就应该知道，这一切都是林小咏对他无私的爱，对党组织无限的忠诚。

林小咏。他心里默念这个名字千百万遍，最深的情愫永远被一腔责任压在心里最底下。

也许，到了革命胜利的那一天，到了百姓们都能安居乐业过上踏踏实实的日子，实现了他们共同的夙愿，他才会心无旁骛去找她，永远永远在一起。

他看了看周围，为了不引起注意，便离开了。

国民书店，在他身后越来越远，分量在他心里越来越重。

这里承载了太多的血腥风雨，太多的生离死别，太多的惊心动魄的记忆，虽然这里已经空无一物，但相信不久的将来，国民书店的故事一定会传遍整个中国和世界，世世代代的炎黄子孙都会听到那个热血沸腾的革命年代的故事。

清晨，朝霞如同红火的巨龙，金色的太阳光芒万丈……

后 记

  《国民书店》是一部革命题材的纪实小说。创作这部小说既是组织的嘱托，更是一名老共产党党员和文化工作者出于对英雄先辈们敬重的情怀。2022 年的 6 月 10 日，应枣庄市革命老区建设促进会的邀请参加了红色革命题材纪实小说创作座谈会，并按照要求根据历史事件记载中的"国民书店"为故事基础背景，创作一部红色纪实小说。其实，我曾经多次也有把这段革命历史故事通过文学艺术的形式展现出来的想法，用文字讴歌无数共产党人在那个血雨腥风的年代，为了共产主义理想付出了自己的热血和生命。由于种种原因，迟迟没有动笔。这次受邀欣然接受。

  《国民书店》历史故事中的一切，虽然我们都不曾经历过，但是都曾经真实地发生过。通过查阅大量的历史资料，我一直沉溺在二十世纪三十年代滕县"国民书店"那段惊心动魄的革命历程之中，常常为故事中人物的命运寝食不安、坐卧不宁，仿佛看到无数的共产党员在血雨腥风的岁月里，上演着一幕幕惊心动魄的斗争。这些革命斗争故事深深地打动着我、激励着我。我不止一次久久地徘徊在滕州老南门里大街上，寻找革命先辈为理想付诸行动的脚印，感受他们将革命信仰树立于内心的力量，体悟他们把信念贯彻于斗争中的精神状态。

  小说的历史背景，是"四一二"反革命政变后，中国共产党面临白色恐怖下的大屠杀，为了保存革命斗争实力，一大批革命人转入地下开展工作。围绕滕县国民书店，以纪实的手法讲述了二十世纪三十年代中国社会的那些惊心动魄、扣人心弦的革命党人的感人事迹，再现了那个年代的历史风貌，生动地描绘了共产党人为了革命理想抛头颅洒热血、不畏牺牲的感人故事。塑造了一群以真实人物为原型的英雄形象，刻画了革命英雄人物的鲜明性格特征和丰富的内心情感世界，展现了那段充满英雄主义和传奇色彩的革命斗争故事。纪实性＋悬疑色彩＋主旋律＋红色底色多元融合，依托真实历史和真实人物事迹，故事层层推进，情节环环相扣，将国民书店党的地下工作者的鲜为人知的英勇事迹逐个揭秘。在人物设定上，以王临之、李景黄、刘炳文、李淑铭等为原型，塑造了王景临、李文庭、刘天明等一幅幅英雄的群像。他们身上散发着对党对人民誓死忠诚的精神，义无反顾地投身革命，他们身上充满了江湖气、烟火气、英雄气。他们的特行独立让他们能够从容面对黑恶势力，面对凶残的屠杀，勇敢淡定应对一切困难挑战，经历着随时丢掉生命的严峻考验。

《国民书店》终于成稿了，可以欣慰的是，完成了组织给我的光荣任务，实现了我个人多年的愿望。遗憾的是，由于个人的写作水平有限，给文艺作品留下许多缺点和不足。实事求是地讲，写这样的长篇小说是力不从心的，之所以下决心拿起笔写下去，还是缘于"国民书店"发生的那些惊心动魄、可歌可泣的感人故事激励着我、感染着我、鞭策着我。我敬重他们、崇拜他们、热爱他们，我有着强烈地表达对他们英雄事迹的愿望。虽然是力不从心，但也是竭尽全力了。

在成书之际，衷心感谢枣庄市革命老区建设促进会的各位领导对我的关心和帮助；衷心感谢刘宗启会长对本书的悉心指导；衷心感谢山东大学儒学高等研究院执行副院长兼《文史哲》杂志主编王学典先生，枣庄人大常委会副主任杜永光先生，枣庄学院原党委书记胡小林先生，外交部亚洲司赵大为先生，兖矿集团国泰化工有限公司原总经理丁辉先生，枣庄市文化广播电视新闻出版局原副局长汪继军先生等在百忙之中为本书撰写的指导意见和修改建议；衷心感谢滕州市党史办和滕州市图书馆馆长刘进静女士为此书提供了大量的历史资料；感谢各位老师和大家给予我的指导与帮助；感谢我的爱人李鹏涛先生在我写作的时光里，承担了几乎所有的家务，为我安心创作提供了没有任何后顾之忧的后勤保障。

本书出版过程中，还得到方方面面众多单位和领导、专家、学者、朋友的支持和帮助，在此深表谢忱！

2024 年 3 月 20 日于滕州